Yes
Prime Minister

是，首相

[英] 乔纳森·林恩
安东尼·杰伊 编著
徐国强 闫春伶 译

生活·讀書·新知 三联书店

English Version © Ally Pally Enterprises Ltd & Antony Jay Productions Ltd
Simplified Chinese Copyright © 2017 by SDX Joint Publishing Company.
All Rights Reserved.
本作品简体中文版权由生活·读书·新知三联书店所有。
未经许可，不得翻印。

图书在版编目（CIP）数据

是，首相／（英）林恩，（英）杰伊编著；徐国强，闫春伶译．—北京：生活·读书·新知三联书店，2017.11（2024.10重印）
ISBN 978-7-108-06007-5

Ⅰ.①是… Ⅱ.①林… ②杰… ③徐… ④闫… Ⅲ.①日记体小说-英国-现代 Ⅳ.①I561.45

中国版本图书馆CIP数据核字（2017）第144486号

责任编辑	刘蓉林
装帧设计	蔡立国
责任印制	董　欢
出版发行	生活·讀書·新知三联书店
	（北京市东城区美术馆东街22号　100010）
网　　址	www.sdxjpc.com
图　　字	01-2017-4929
经　　销	新华书店
印　　刷	河北松源印刷有限公司
版　　次	2017年11月北京第1版
	2024年10月北京第9次印刷
开　　本	889毫米×1230毫米　1/32　印张 20.5
字　　数	454千字
印　　数	36,001-41,000册
定　　价	89.00元

（印装查询：01064002715；邮购查询：01084010542）

目 录

编者的说明 ... 1

1. 党内博弈 ... 1
   内阁秘书和首相先后辞职,哈克不知所措,汉弗莱却为他设计了一条光辉大道。

2. 宏伟蓝图 ... 73
   首相哈克走马上任,第一次看见核按钮,立刻琢磨起崭新的国防计划。

3. 电视演说 ... 113
   首相十分担心自己第一次全国讲话的形象,汉弗莱担心的却是内容。

4. 钥匙风波 ... 151
   首相联合首席政治顾问多萝西,与汉弗莱展开地盘之争。

5. 休戚与共 ... 187
   汉弗莱大肆批判并成功实现一次公务员加薪计划。

6. 民主之胜 ... 221
   名不见经传的小岛圣乔治,使得首相开始怀疑十号和外交部究竟谁说了算。

7. 烟幕重重 ... *256*
   卫生大臣提出禁烟计划，给了首相抗衡财政部的筹码。

8. 主教之争 ... *292*
   一个英国护士在海湾国家被捕，改变了一次主教的任命。

9. 我们之一 ... *323*
   过世的军情五处领导被发现是间谍，同时一条狗在炮兵靶场上游荡。

10. 落水之人 ... *354*
    汉弗莱爵士挫败了就业大臣重新部署军队的计划。

11. 官方秘密 ... *396*
    哈克千方百计压制前首相回忆录中说他坏话的章节。

12. 外交事件 ... *433*
    前首相的逝世给了哈克与法国谈判海峡隧道主权问题的良机。

13. 利益冲突 ... *467*
    金融城丑闻闹得沸沸扬扬，首相寄希望任命一位能干的英格兰银行新行长。

14. 还政于民 ... *506*
    受首相的地方政府改革计划所迫，汉弗莱与一位激进女斗士携起手来。

15. 蛛网缠结 ... *535*
    首相不小心撒了谎，与此同时，汉弗莱正为英国广播公司三台的采访踌躇满志。

16. **资助艺术** ... *575*
    首相受邀出席戏剧颁奖晚宴,但他并不乐观,尤其是在知道当年的资助额后。

17. **国民教育** ... *609*
    参观一座校办工厂后,首相认为教育部是改革的绊脚石,不如废掉得好。

编者的说明

哈克意外地升职为首相（见本书第 1 章末），给英国带来了不少麻烦，也给这本日记的编者带来了几乎同样多的麻烦。哈克在写日记时下定决心，要让他的首相生涯看起来充满一连串的胜利，尽管这个任务对于他来说难了点，就算是一个技巧高超的日记作家也未必能够胜任。历史对待作为首相的哈克未免不够怜惜，但是看过他的全部日记，读者也许会觉得事情还算公道，谁让哈克作为作者对待历史的态度更加粗暴呢？这或许是由于首相一职助长了他，让他变本加厉地脱离现实，当然换了别人大概也会一样。当他照例倒上一杯苏格兰威士忌，独自对着盒式录音机口述当天发生的事情时，随着他对成功的回味和对失败的重新解释，哪些是事实，哪些是他的想象，也就模糊起来。

我们有幸负责编订和录写哈克的大量此类录音资料，但是我们却不时惊奇地发现,哈克为了美化自己的形象,似乎有意文饰和重构了历史事件。事实上,尽管在现代读者看来也许难以置信,但哈克似乎对自己一定能够达成目标信心十足。我们不敢相信,政治家能有意地重构事件,扭曲历史记录,因此我们不得不推断,哈克一定有着某种奇怪的心理问题,这常使得他不是追问自己"我到底做了什么",而是追问自己"怎样解释我的行为会最感人,而且不与已公开的事实相矛盾"。

政治回忆录的读者应该知道,大多数政治家的回忆录都是公正和准确的典范,充满着慷慨大度,而且不打算为既往的错误进行辩护。政治家们会对同僚不吝友善和赞美之词,与此相应,他们把自己对政府的贡献谦逊地予以淡化。他们很少假称或者暗示他们所提出的每一项措施都被证实是成功的,也很少宣称自己对每一项导致灾难的决定早就加以警告。政治家是一群高尚的人,他们的恪尽职守和无私奉献使得英国有了今天这个样子。

事实上,让大多数政治回忆录的编辑感到苦恼的任务是,迫使极不情愿配合的政治家们在其书中加入大量争论、歪曲和怨谤之言,以便出版商有机会把内容的连载权卖给《星期日泰晤士报》。

为什么哈克就不一样呢?也许最有可能的解释是,身居高位使他开始以另外一种方式来看待语言。政治家们通常是简单而直接的人,他们习惯于直截了当地表达意思。但是长期同文官部门,特别是作为其典型代表的汉弗莱·阿普尔比爵士打交道,可能已经让哈克不把语言视为思想的窗口,而是视为掩饰思想的工具。

哈克花费了大量时间对着他的盒式录音机倾谈。可以毫不夸张地说,他早已沉迷此道。最终,录音机成为世界上唯一愿意不加批判地恭听他讲话的对象。不仅如此，它还会把哈克本人的念头和思想重复给他听，首相发现录音机的这项品质令他恢复了信心和勇气。

　　如果不是因为其他资料已经变得充分可用，哈克的回忆录将是其唐宁街十号生涯的一个颇有瑕疵的记录。同以前一样，我们大量利用了阿普尔比文件，其中包括汉弗莱爵士的私人日记、信件和备忘录，在此我们要感谢他的遗孀、托管人和遗嘱执行人，以及根据"三十年规则"①慷慨解密了所有相关文件的公共档案局。我们还要特别感谢伯纳德·伍利爵士，他曾是哈克在唐宁街十号工作时期的首席私人秘书，最终出任国内文官长，他为我们提供了自己的回忆录，并且核对了本书的历史细节，这实在是一项不甚讨巧的任务。对于本书的所有问题，无论是遗漏还是误判，照例将由编者承担全部责任。

乔纳森·林恩

安东尼·杰伊

牛津大学，哈克学院

公元 2024 年 5 月

---

① 这是对英国、爱尔兰和澳大利亚的一项法律的通俗称呼，它规定政府内阁的文件在产生三十年后对公众解密。——译者

1. 党内博弈

12月6日

　　汉弗莱爵士一定是心里有事。昨天我在行政事务部①见到他时，他神情恍惚，竟然不能集中精神听我讲欧洲香肠的问题，这可是我最近不得不和我们的欧洲敌人［或称为欧洲伙伴，哈克在公共场合作如是称呼——编者］进行的一场关于标准化的愚蠢斗争。

　　然而很快我就有了新发现，汉弗莱爵士素来热衷于官僚斗争，最近却有些淡兴。他无疑在谋划着一些什么。我可得尽快打探出来，否则我就有麻烦了。

　　今天我大部分时间都在处理日常事务。上午当我正在办公室里费劲地读着内阁防务文件时，伯纳德进来打断了我。

---

① Department of Administrative，这是本书虚构的一个部门。——译者

"打扰了，大臣，恐怕您要优先处理一件更迫切的事情。"

我问是什么事。

"您的圣诞贺卡，大臣。别再耽搁了。"

伯纳德说得对，寄圣诞贺卡**可比**读内阁防务文件重要得多——除非你是国防大臣，那自然另当别论。[显然，哈克同许多政治家一样，不能分辨"迫切"和"重要"两词的区别。伯纳德说寄圣诞卡很迫切，而哈克竟然误解为此事很重要。不过，换个角度想想，哈克可能说得对。他仅仅是个内阁成员，对于国防事务的影响微不足道，能给他过目的文件估计也无关痛痒。——编者]

伯纳德已经把行政事务部要寄的贺卡沿着会议桌摆了一溜儿，一堆堆大小不同。显然，他这么摆是有所考虑的。

伯纳德上前做了解释："大臣，贺卡都给您清楚地标明了。"他顺着桌子边走边依次指点着区别，俨然一副检阅仪仗队的样子。"这些您签上吉姆，这些您签上吉姆·哈克，这些要签吉姆和安妮，这些要签安妮·哈克和吉姆·哈克，这些要写爱你的安妮和吉姆，这些需要哈克夫人来签，但您要在后面附上您的名字。"

我发现还有两堆他没说。"那些不用签吗？"

"那些都是印好的，上面有复制的签名，所以不需要您再签什么了。您只需要核对一下，确保这些收信人没有需要您亲笔签名的。"他继续解释说，"您知道，我所说的**亲笔**签名是指吉姆、吉姆·哈克、吉姆和安妮，或者安妮·哈克和吉姆·哈克之类。"

在桌子那头还有一大批贺卡，也被分成了好几堆。"那些又是什么呀？"

伯纳德对此了如指掌:"那些贺卡要发给您的选民①,是您的竞选代理人今早拿来的。"

我没想到贺卡竟然能被细分到这种程度。当然,给选民发贺卡被认为是政治行为,而非政府行为。文官部门从不负责此事,因为他们不得在党派政治中有所偏袒。至少,他们是这样标榜的。

即便如此,伯纳德还是乐此不疲地解释如何在选民贺卡上签名:"这些要签吉姆,这些要签吉姆·哈克,这些要签吉姆和安妮,这些要签爱你的安妮和吉姆……"

我告诉他,我明白什么意思了。但是很显然,我要花上大半天的时间来签名。真是烦人!

原来,任务还不止这些呢。忽然,伯纳德又拎出了一个鼓鼓囊囊的手提袋。

他满怀同情地低声说:"这些是哈克夫人留下的,是您的私人贺卡。不过这不会占用您太多的时间,只有一千一百七十二张而已。"

我不禁大吃一惊:"一千一百七十二张?"

"另外,党总部还有一些贺卡在等着您签名呢。"伯纳德补充道。

我的心不禁一沉。党总部!我怎么把这事全忘了。去年我连一张党总部的贺卡也没有签。但是去年我还不是党主席,今年我当上了党主席。

我开始在卡片上签起名来。不过令我吃惊的是,我发现贺卡

---

① 英国选举是每个选区选出一名下院议员,拥有议员最多的党派组阁。因此每名议员都有自己的选区要维护。——译者

之间还不一样：分行政事务部贺卡和下院①贺卡两种。

伯纳德解释道："比起一张单纯的下院贺卡，行政事务部的贺卡更能让收信人感到荣耀。"这话没错，只有行政事务部成员才能派发该部贺卡，而下院贺卡却是任何一个普通的后座议员都可以派发的。

我问为什么我们不给每个人都发行政事务部贺卡呢。

"那要多花上十个便士，大臣。"

"但是只收到下院贺卡的人会不会觉得身份被贬低、尊严被冒犯了呢？"

"不会的，大臣，我们已经认真考虑过此事了。对于某些人来说，收到一张下院的贺卡也可以将就，只要您在贺卡上的签名是吉姆而不是吉姆·哈克，或者是吉姆和安妮而不是吉姆·哈克和安妮·哈克，或者加上'爱你的'字样，或者使用亲笔签名而不用复制的签名，或者……"

我看了他一眼，示意他别再说了。

有一张贺卡我看着就有气，不想签发。它的收信人是在布鲁塞尔的欧洲经济共同体农业专员。说实话，要是可能的话，我倒是想给他寄一封辞退信。他可比他的同事坏多了，我简直想不出谁还做过更坏的事。他就是那个硬要推行欧洲香肠标准化的蠢货。到明年年底，我们就不得不挥别美味的、传统的英国香肠，被迫接受像萨拉米（salami）②或者德式烤香肠那样令人

---

① 英国下院的议决效力要大于上院，下院议员由选举产生，上院议员由指派神职人员和贵族产生。——译者

② salami，这是一种意大利产的蒜味咸腊肠。——译者

恶心的外国货。

当然，事实上他们不可能**阻止**我们吃英国香肠，但是他们却可以不让我们把英国香肠称为香肠。看样子它很可能被改名为"乳化高脂下脚管"（Emulsified High-Fat Offal Tube），而我们还要把它硬吞下去！我的意思是说，虽然这个名字可以恰如其分地描述它，但是听起来却令人大倒胃口。这可是管子啊，它不容易跳开舌头，说实在的，还会卡在喉咙里。那样一来，麻烦可就大了。

但是我的职责就是推行欧洲经济共同体的规定。况且为了在农产品价格，以及英国少承担共同体预算方面获得实惠，我们不得不做出这项妥协。现在看来，首相对此并不在乎，外交部也不在乎，农业部更不在乎——说服英国人民接受此事的担子大概要落在我头上了，弄不好，这会毁掉我的前程。

伯纳德问我，欧洲经济共同体为什么不接受我们的香肠呢？显然他没有看过由他放在我红盒子①里的文件。

"你没看分析报告吗？"

"我瞥过一眼，大臣，但是我没看进去。"

我当场又读了一遍。

> 缺乏健康的营养成分。英国香肠的平均组成为：
> 32% 脂肪
> 6% 动物皮

---

① 一种装政府文件用的红色皮面文件箱，每晚或周末时交给政府高官，供其回家作准备用。——译者

20% 水分

5% 调料、防腐剂和色素

26% 肉

这 26% 的肉主要是由软骨、头肉、其他下脚料以及利用蒸汽从畜体上剥离的机械脱骨肉渣。

我感觉有点恶心。我早餐时刚吃过一根。

伯纳德看了一遍分析报告后说:"欧洲经济共同体的农业专员要废除英国香肠也许是对的。"

伯纳德有时候**完全**搞不清事情的关键所在。"他**或许**是对的,"我不耐烦地解释道,"可是选民们会对此极为反感。"伯纳德沮丧地点点头。"唉,好吧,"我补充道,"看来只能咬紧牙关,勉力为之了。"①〔我们在这里保留了哈克混杂的比喻之词,我们认为,这样会有助于人们深入了解一位伟大的国家领导人的思想。——编者〕

伯纳德老练地建议我,尽管如此,还是应该给莫里斯专员发一张圣诞贺卡。我漫不经心地考虑着,是在贺卡上祝他"圣诞下脚"呢,还是"新年烤肠"呢?但伯纳德劝告我不要这样做。〔此事要绝对保密,不能让政府各大臣知道,其原因之一是,如果走漏风声的话,不出几天,最多不出几个星期,有些人可就要成为别人的笑柄啦。伯纳德对此事的劝告是十分明智的。——编者〕

我问伯纳德,送给私人办公室的工作人员,什么圣诞礼物最

---

① 哈克在这里连用了 "grit our teeth" 和 "bite the bullet" 两个习语,都是咬紧牙关之意,据说后者的起源是,战地医院缺少麻醉药时必须咬紧子弹缓解疼痛。——译者

合适?

伯纳德说这事全听我的。但他还是建议给助理私人秘书们送雪利酒,给日程秘书和通讯秘书送大盒下院薄荷糖,给其他人送小盒下院薄荷糖。

"那首席私人秘书呢?"我心不在焉地问道。

"那就是我呀!"他答道,有点吃惊。

我赶忙解释:"我知道是你。但我想知道,我该送你点什么好呢。"

"大臣,就不必送我了。"

"我知道不必送,"我真诚而热情地说道,"但是我**愿意**送。"

伯纳德似乎很感动。他答道:"噢,大臣……"

"嗯?"我问。

"好吧,其实什么都行。"

他显然不想直说。可是我真是**不知道**他喜欢什么。

"比如说?"我提示他。

"说真的,我想要个惊喜。"

我仍然没有头绪:"那么我该给你**怎样的**惊喜呢?"

"那好吧,"他小心谨慎地说道,"通常的惊喜是一瓶香槟。"

今天剩下的时间我都在那些该死的贺卡上签名。我本该与汉弗莱有一个重要的会谈,但他却突然要去见阿诺德爵士[内阁秘书阿诺德·罗宾逊——编者],所以会谈就取消了。我觉得伯纳德一定知道汉弗莱爵士在搞什么名堂,因为当我问他这次会见是否涉及什么我该知道的事情时,他以惯用的一套遮掩之词作答。

他含糊其词地答道:"嗯,我敢肯定,您知道,如果有什么事情需要您知道的话,并且假如,您明白我的意思,您还**不知道**

它的内容,那么很明显,当您知道的时候才是汉弗莱爵士真正知道的时候。"

"我不喜欢被蒙在鼓里。"我抱怨道。

"好吧,大臣,坦率地说,汉弗莱爵士或许也不知道是什么事情,只有阿诺德爵士才知道。他们两个确实见过多次面,但讨论的并不是我们部门的事。"

伯纳德也许是对的。但是提起阿诺德爵士我总是感到特别紧张,在某些方面,内阁秘书是这个国家最有权势的人。他是首相的得力助手,负责安排内阁议程,可以决定谁能接近首相。

[汉弗莱·阿普尔比爵士与这位国内最有权势者的会见,对哈克、阿普尔比和伯纳德·伍利三个人的前途都产生了重大的影响。有关这次会见的记录已经在汉弗莱爵士的私人文件中找到了。——编者]

今天我和阿诺德·罗宾逊爵士进行了一次胆战心惊的会见。这位内阁秘书用锐利的目光凝视着我。

"汉弗莱,"他低声说道,"提早退休一事,我一直在考虑。"

我顿时惊呆了。我没打算退休呀!我真不知道自己做错什么了。但是他好像非常坚定:"是时候了,汉弗莱,要适可而止了。"

我对他说,这消息简直就是一个晴天霹雳。

"我很清楚,汉弗莱,"他态度坚决地说道,"没有人是不可或缺的。"

我正在犹豫着,是否应该为自己近来的行为据理力争,指出如果一个人要和哈克那样的大臣做斗争的话,那么这个人的工作成就将受到极大的限制。这时阿诺德又说道:"不要试图劝我了,汉弗莱,我心意已决。我将提前六个月退休,就在新年的时候。"

我感到自己真是太幸运了!在文官部门三十年的历练没有白费,幸亏我刚才没有鲁莽行事。沉默是金啊!既然不说话也能获得好处,那么何乐而不为呢?

可是为什么阿诺德要和我推心置腹呢?答案马上就清楚了。"汉弗莱,我的继任者必须是一个面对那些政治老爷们能够立场坚定的人。"

我连忙表示同意。我们不能容忍那些政客不断地夸夸其谈。我也这么说了。但是我们两个人一致认为,阿诺德的继任者在不能容忍夸夸其谈的同时,还应该是一位机智、温和、有魅力而且人情练达的人。此外最重要的是,人要**可靠**。我毫不怀疑自己充分具备了这一切必要的素质。果不其然,阿诺德继续说道,他的重要责任就是向首相进行推荐,说明现任常任秘书中谁最符合这些苛刻的要求。[理应由一个包括财政部常任秘书和国内文官长在内的小型委员会进行推荐。但事实上,首相很可能接受阿诺德爵士的推荐,特别是当他能确保其同事都赞同时。——编者]

他逐渐谈到了重点。他指出就他的职位而言,真正的难题不是找出答案,而是找出问题。"我们需要的是那个能够找出关键问题的人。"

原来如此,这可是对我的考验。事情突如其来,没有任何人提醒过我会有这样的口试,因此我必须思维敏捷才行。幸运的是,我急中生智,片刻之间就想到了那个关键问题。

但是提出这个问题的方式必须文雅而谨慎。因此我说，我们不妨换个话题吧，然后就询问他退休之后有什么打算。

阿诺德感到很高兴，并祝贺我提出了一个好问题。随即我就知道了，他有很多可以继续为国家服务的途径［**即他可以挑选的职位——编者**］，内阁秘书一职的继任者可以说服他去从事此事［**即为他铺好路——编者**］。

从交谈中得知，阿诺德爵士对未来的去处其实早有考虑，他已经受邀担任西方银行的主席，还有英国石油公司和国际商用机器公司（IBM）的董事。

不过，我还是仔细记下了阿诺德爵士所提出的他可以为国家服务的，也被他记挂着的其他几个途径。皇家剧院信托基金的董事长一职明年将虚位以待，牛津大学名誉校长一职也是如此。我们一致认为英格兰银行的副主席是一个挑战，同样的职位还有安全委员会的领导。不过盎格鲁—加勒比协会的主席将是一个不错的服务机会，特别是在冬季的几个月里。

我向阿诺德保证，任何一个称职的继任者都将把这些事情安排妥当。看得出来，阿诺德对我积极主动的表态感到极为满意。

然而，我又得知阿诺德还有其他事情不能释怀。他担心自己过去向首相提过的某些建议如果曝光的话，会被人们误解［**实际上是正确理解——编者**］。我们这些当文官的人，自然是每个人都有这方面的担心。

阿诺德尤其如此，因为某些文件似乎还在，上面记录了他明智合理的意见，如在罢工中动用军队，以及同样合理的预防措施——这些军队应该全副武装。当然,断章取义的话[实际上,是放在正确的背景下——编者],这种信息对他极为不利。

在很久以前,阿诺德还建议过我们应当保证对罗德西亚[这是当时的名称——编者]的制裁不会发生[1];近些年来,他还建议过与南非谈判恢复西蒙斯顿的海军基地。后者在战略上是极为明智的,显然对于保卫福克兰群岛[2]大有助益。但是这种事对于一个正在争取并且极可能当上英联邦秘书长的人来说颇为尴尬。而我确信,阿诺德爵士现在**就是**这样一个人。

阿诺德感到很满意,特别是当我告诉他,我认为,合格的继任者将毫不含糊地把相关文件束之高阁时。

于是我们又回到原来的话题上,接着讨论阿诺德爵士的退休一事。他告诉我,他现在可以进一步把我放在候选名单的首位。这真是好消息,但是更好的消息接踵而至,我小心探问后得到他的暗示:名单上没有其他人。

当我欣喜若狂地同他话别时,阿诺德提到,他已经接受了信息自由运动委员会的主席一职。我听了颇为诧异,但我马上就悟出了其中的奥妙所在。这项运动很受反对党的欢迎,而今天的反对党就是明天的执政党。此外,他的主席一职也将确保信息自由的权利不被滥用。他现在可谓近水楼台,有望借机把自己给首相——和大臣们——提建议的那些

---

[1] Rhodesia,是英国在非洲的殖民地,分南北两部分,1964 年北罗德西亚独立后称赞比亚,1965—1979 年南罗德西亚改称罗德西亚,其间曾单方面独立建立白人政权,但不被国际社会承认并受到联合国制裁,倒台后建立今天的津巴布韦。——译者
[2] 阿根廷称之为马尔维纳斯群岛,1982 年英阿为此开战,主权今存争议。——译者

档案严加看管起来。

我们举杯共祝健全政府永远长存,同时也愿信息资料永享自由——但首先要符合国家的利益。[阿普尔比文件PPC/MPAA]

[哈克的日记继续下去。——编者]

12月9日

今天一大早我就对汉弗莱的前途产生了可怕的误解。要不是我平素手段娴熟,此刻正好善为掩饰,那可就糟大了。

他今天早上第一件事就是来看我。他告诉我他有极为重大的消息,并且说话的语调颇为沉重。事实上,一步步加深的误解完全是因为他冗长而令人费解的语言所致,他要是能说些简单易懂的话就不会有这么多事了。

今天晚些时候,我问伯纳德,汉弗莱都说了些什么。他记得非常清楚。显然,汉弗莱当时沉重地说:"这种关系——我可以冒昧地称它并非没有一定的互惠,甚至偶有意外的满足——但而今它正不可避免地走向岔路口,或者简单地说,它正在令人遗憾地接近终结。"

我问汉弗莱,是否可以发发慈悲,把他刚才所说的话用单音节词概括一下。

他满怀忧伤地点头默许。"我……要走了。"①他解释道。

---

① 原文为"I'm on my way out."这句话有歧义,汉弗莱意为"我即将退出",哈克理解为"我行将逝去"。——译者

我不敢相信自己的耳朵，我听到的是他要说的意思吗？

"总有一天，"汉弗莱继续说道，"一个人必须接受命运为他安排好的一切，当这个人 passes on①……"

"真的吗？"我不由愣住，轻声打断了他。

"...to pastures new，"他继续说道，"perhaps greener，但他最终可以献身，为一位比我们任何人都伟大的人物服务。"②

我大吃一惊，告诉他我非常难过。他说了声谢谢。我问他，夫人是否知道此事。他说，显然她已经起疑一段时间了。我问他，他们什么时候会通知他。他说今天下午。最后我问，他们能给你多长时间。

"只有几个星期。"他答道。

我十分骇然，但又感动不已。他表现得如此无畏，这确实打动了我，但是……我只是以为他非常无畏。

"汉弗莱，该死的，你真是勇敢。"我说。

"嗯，我得承认我有一点紧张，人们总是惧怕未知的事物，但是我有信心，不管怎样，我都应付得了。"

我被征服了，激动得一塌糊涂。事实上，我不怕难为情，我承认我流泪了。幸运的是，汉弗莱没能看清楚，因为我明智地用手绢挡住了眼睛。

---

① pass on 有歧义，汉弗莱意为"转战，继续前进"，哈克理解为婉语"去世"。——译者

② pastures new 有歧义，汉弗莱意为"新的职位"，哈克理解为"新的牧场"；汉弗莱使用 green 为"全新，生疏"，哈克理解为"那里的牧草也许更绿"；伟大人物，汉弗莱意为首相，哈克理解为上帝，而这正与天国常被比喻为牧场的意象相合。——译者

但是他一定注意到我情绪低沉，就问我出了什么事。我结结巴巴地说不清楚。我试图解释我是多么难过，尽管我们的关系有过亲密，也有过不快，但这些波折真的算不了什么。随后我似乎注意到，他望着我的眼神好像在说，我是不是有点情绪不正常。

"大臣，不要这个样子，"他规劝道，"我们还会经常见面的，至少每星期一次。"

我以为我听错了，但他却充满自信地微笑着。我的思绪一片混乱。他所指的可能是什么？难道我完全误解了？

"我还没有告诉你我要去哪里呢。"

我的眼睛直盯着他。

"我已经被任命为内阁秘书。"

天啊！我**刚才**完全误会了。"内阁秘书？"

"对。"现在他看起来有些迷惑，一定跟我刚才一样。"怎么了，你以为我说什么呢？"

我几乎无法说出口，我还能说什么呢？"我以为……我以为……"于是我不想说下去了，而是试图把它敷衍过去，我暗示自己非常不在状态，疲劳紧张，诸如此类。诚实地说，我一生中从未如此窘迫过。

和我不一样，汉弗莱爵士很会竭力抑制他的同情心。"我很遗憾，"他低声说道，"作为已被任命而尚未就任的内阁秘书，也许我应该向首相建议为你减轻一些工作负担。"

这使我意识到，我应该表现得对他亲切友善一些。我绝不会再犯**刚才**的错误了！我连忙打消他的疑虑，说我很好，绝对正常。我热情地，甚至十分热烈地祝贺他得以高就。我也许有些过分热情了,但是我不以为意。我甚至有点奉承地对他说,没有你我以后可怎么好啊。

"没有我,您可能做得更好呢。"他难得诚实地回答道。我差点就要热情地表示赞同了,但我忽然及时地意识到,这样做恐怕有些不太合适。

再者,我已经清楚地意识到,到了政府改组时,汉弗莱无疑会就组阁一事向首相提出建议,而首相也无疑会问他我是否合适。

于是,我向他大灌迷魂汤,说他过去如何出类拔萃,我对他的所作所为又如何钦佩备至,他的工作,哪怕按照文官的最高要求来看,都不失为出色的工作。讲的都是些肉麻话,但是他却照单全收,并且夸我人不错,说的都是大实话!

我谨慎地给了他一个礼尚往来的机会,我说在我看来,我们过去合作愉快,颇有成效。"大臣,我并不指望找到一个比您更好的大臣。"① 他说道。听到这话,我真是太高兴了,而且我认为这就是他的真实意思。虽然汉弗莱一贯含蓄隐晦,但是,我从未发现过他赤裸裸地说过谎。

[对于以上哈克所描述的谈话,汉弗莱·阿普尔比爵士日记的记载略有出入。——编者]

我告诉大臣,我不得不转到新的岗位,致力于为首相服务。我试图以一种哀伤的语调来讲述此事,但我其实并不哀

---

① 哈克的理解是自己是最好的大臣,汉弗莱无法找到更好的,而汉弗莱的意思是他确确实实不想找一个更好的大臣。——译者

伤，我只不过是想掩盖我此刻正体验到的愉快和轻松，而不让哈克看出来。与哈克的几年共事形同苦役，如今这个判决就快要满期了，我从未想过我能被开释。

他做出的反应令我大感不解，他似乎有些情绪错乱，而且好像是哭了。显然，他患有严重的歇斯底里症，此前我可从未明确意识到这一点。

让他明白我的新工作费了点工夫，他想到将要失去我时情绪低落。但是随后他以一种令人颇为困窘的方式对我大加谄媚。他问我是否将为首相做事，就像我过去对他行事一样。当然，他一定以为我是在**为他**做事。①［我们并不认为如此。——编者］他满口巴结奉承，好为自己的将来铺路，他说他对我佩服得五体投地，而我的工作干得出类拔萃。当然，他说得一点不假，但是动机却昭然若揭。

他希望我回报一下这些吹捧。我所能做的最好的事情就是向他保证：我并不指望找到一个比他更好的大臣。他看起来非常激动。显然，他是按照表面意思理解这句话的。

我们商定，我将在周五晚上向行政事务部的职员们宣布离任，正好赶在我的新任命被公布之前。我可以在那天晚上预祝圣诞的酒会上向大家告别。

哈克说，那无疑将是一个令人愉快的场合。显然，他的意思是对于我而言；对于他而言，那可就是个难受的场合了。［阿普尔比文件 PPC/MPAA］

---

① 原文中为谁做事是 do for，而对谁行事是 do to，读者可体会其中差别。——译者

[哈克的日记继续下去。——编者]

12月18日

　　这是一个高度戏剧化的周末,一切都从周五晚上开始。那天下班后,我们在我的办公室里举行了一个小型酒会,我的私人办公室和汉弗莱的私人办公室里的那些家伙都被请来热闹一下,预祝圣诞的到来,参加者还有我的司机罗伊、几位通讯员和保洁员。现在是平等的时代。

　　我向每个人赠送了下院薄荷糖或瓶装酒,他们尽管毫不惊奇,但是似乎都很愉快。随后我们喝了一点酒,并不太多。我发表了动人的致辞,自己感觉效果非常好。致辞中,我提议为了汉弗莱爵士的健康干一杯。作为回敬,他也赞美了我。酒会之后,我们各自驾车回家。

伯纳德・伍利爵士(与编者谈话时)回忆:
　　　　哈克的日记对于那次预祝圣诞的酒会描述不够准确,我却记得很清楚。开始是常见的困窘——大家围成一圈,手里尴尬地端着倒有雪利酒的杯子,不知说些什么好。屋子里有些冷,因为圣诞假期即将到来,中央空调系统已经关闭了。正如所有的办公室聚会一样,我们彼此之间没有什么好应酬的,多数人只好咧着嘴干笑,直到我们意识到大臣有些醉了为止。当然,他的醉酒是可以预料的。

　　　　他起劲地为我们倒酒,然后问我们大家过得高不高兴,问了不止一遍。

　　　　我记得他问过汉弗莱爵士是否盼望着去内阁办公室工

作。汉弗莱爵士表达了热切之情,但是又好意补充说,对于欧洲香肠这个恼人问题,大家还是群情激愤的。

"啊,对呀,"大臣呷了一口酒,"该死的欧洲香肠。"

汉弗莱爵士实在忍不住冲哈克开了个小玩笑,他回道,欧洲香肠肯定是北约的新战术导弹。

"是吗?"哈克被搞糊涂了,没有领会这是个玩笑。这下大家备感困窘。

最后,我们大家都发怵的时刻到来了:哈克要向汉弗莱爵士致告别辞。哈克的日记显示,哈克认为他发表了一个动人的致辞。即使按照哈克本人独特的标准来看,这也是天大的谎言,十足的自欺欺人。

他一上来就说自己不得不说几句——我担心,所谓几句总是被低估。他开始喋喋不休地讲述,圣诞节对于我们大家来说是如何不同寻常,愿地上和平,世人友善,等等,然后他说总是很高兴举办这种小型聚会,把那些服务他的人聚到一起。话没说完,他就连忙改口为那些帮助他的人。①

他感谢所有人对他的帮助。"从常任秘书下至通讯员、司机、保洁员……噢,不是**下至**,我想说的是,仅仅指楼上楼下,汉弗莱爵士在五楼,所以称之为上。噢,不,我们这里没有任何人高人一等。"

当哈克慌忙进一步地加以解释时,他一定注意到,我们正以一种不信任的目光盯着他。"我们都是平等的,"他说话

---

① 哈克想说的是"...for those who serve him",但他说完"serve"后意识到不妥,就顺口改为词组"serve to help"(起帮助作用)。——译者

时带着显著的言不由衷,"是一个团队,就像内阁一样。不同的是,我们大家都站在一头,没有人背后使坏,没有人向媒体泄密。"也许他意识到自己的话可以被人用来指责他不忠于内阁同事,尽管他指出我们是一头的,没人使坏和泄密,但说不定聚会者中就有非官方发言人或消息灵通人士,或者他感觉到批评内阁同事会使**自己**变成团队中的坏分子。于是哈克又补充道,我的意思是指**影子**内阁①。然后他甚至收回了这句话:"不,不,**今晚不谈政治**。愿地上和平,世人友善,包括当官的在内,特别是那些即将离任的,因此……让我们为汉弗莱干杯。"说着,他有些晃悠地举起了酒杯。

当哈克终于说完了时,屋子里的凝滞气氛一扫而空,那种轻松感觉真是令人难以形容。我们品着酒,汉弗莱爵士做了简短并优雅的答谢,感谢过去多年来每个人的努力。他说,这样的场合让人在情绪上备感矛盾,尽管他的离任原因是体面的,但他对此仍不免黯然神伤。

汉弗莱爵士还补充道,他特别感伤的是即将离开这样一位服务对象,一位在他从政经验之中找不出第二个来的大臣。被哈克误解为赞美之词的也许正是这个评论。

我们大家一致认为,一个极其独特的合作关系即将结束了。

[哈克当天的日记继续下去。——编者]

---

① 影子内阁是指某些资本主义国家的在野党为准备上台执政而设的预备内阁班子。这种制度由英国保守党首创,后为一些英联邦国家所采用。——译者

我在酒会开始之前，就把警卫们打发回家了。按理说他们还不能下班，但我坚持这样做，这是体现友善的好时机。因此，当警察拦住我的时候，警卫们都不在身边。我不明白他们为什么要拦我，我把车开得极为安全。我正缓慢而小心地把车开回家去。我模糊记得一位骑自行车的中年女士甚至超过了我，这一点也许说明我的安全意识过了头，但绝对算不上一个控告我酒驾的好理由。我的意思是醉酒并没有错，当然，我指的是道德上而非法律上。问题在于你是否因醉酒而变得**危险**，我可从来没有。

不管怎样，不知从哪里冒出来了一辆巡逻车，里面有两个警察，但是当我告诉他们我有银质徽章之后，就再也没有碰到麻烦。我不认为安妮是个好司机，但在那种情况下，我不得不让她把车接着开回家去。

[我们在研究过程中还没有发现那晚拦住哈克的警察所做的记录。但是我们非常幸运，在内政部的档案里发现了警察局局长的一封来信，信中引述了当值警察的记录。来信附上。——编者]

亲爱的理查德：

我们很遗憾地通知您，行政事务部大臣、下院议员詹姆斯·哈克阁下周五晚间驱车回家时被警方拦下，他当时正以大约每小时九英里的速度行驶，并且酒气熏天。因为他立刻出示了银质徽章，所以我们的警察没有立即对他进行呼气酒精测试。这是一个严重的错误，只能归结于经验不足。

警察报告说，当他们走近哈克先生时，哈克第一句话说的是:"晚上好,紧官,盛荡快乐。"①当问他为什么开得这样慢时,他说:"我不想被马路牙子撞到。"哈克夫人显然没有喝酒,她提出由她接着开车。

如果您能使哈克意识到此事的严重性,并警告他再次违法时,他的银质徽章将不再起作用,我会感激不尽。对我而言,我将教训负责保护哈克的警卫,确保他们知道,其职责包括保护政治家免受自身的伤害。

你诚挚的×××

12月19日

12月20日

想象一下我有多么惊奇吧!当接下来的内阁会议——这是汉弗莱当上内阁秘书后的第一次会议——结束之后,我们正要离开内阁会议室时,他竟然把我留住,要我抽空去他办公室说几句话。

我祝贺他第一次主持内阁会议时表现得很好,并问他坐在首相右边有什么感受。

他没有理会我的问题,让我坐在椅子上,绝对没有任何预兆,甚至没有停下来请我喝些什么,就告诉我要跟我谈一件交通事故。

天啊,刚才真是对牛弹琴了。我马上意识到,他所指一定是我那次小事故。

"我收到内政部的一份报告。当然这完全是您的私事……"

---

① 哈克因酒醉而吐字模糊,将constable(警官)说成了cinstable,将Christmas(圣诞)说成了Chrostmas。——译者

我坚决地打断了他:"没错,纯属私事。"

"但是,"他继续说道,"内政部很重视此事,他们认为大臣们应该以身作则。如果某些人因为正巧拥有可信任的职位——无论多么暂时——就可以侥幸逃脱的话,对警察的士气该有多大的打击啊!"

他居然说"无论多么暂时",这无疑带着威胁。我几乎不能相信自己的耳朵。他才当了两天的内阁秘书,就变得相当骄横了。

"汉弗莱,"我带着怀疑问他,"你是想数落我一番呢,还是怎么样?"

他马上收敛起来。"大臣,我绝不敢这样,我只是内阁成员的仆人,一个卑微的文职人员。但是内政部要我保证类似事件不再发生。"

我知道他不敢动我,于是高傲地问他:"那内政部发给我们的银质徽章有什么用?"

"为了得到警察的合作,以便我们能通过警察的封锁线和安全关卡等,但不是保护醉酒者开车的。"

我不为所动,继续说道:"汉弗莱,我可不希望让文职人员来教训我,即使是像你这样卑微的职员。我可是一位皇家大臣[①]。"

"那当然,大臣,"他和气地答道,"如果这是您的愿望,我将向女王陛下报告此事。"

这显然**不是**我的愿望,他肯定也知道!我开始解释,这纯粹是技术上的说法。但他打断了我,补充道,对他来讲,技术上的

[①] 只有少数负责重要部门的大臣才是内阁成员,内阁成员可称为"Minister of the Crown"(直译为:皇家大臣)。哈克是在炫耀自己的内阁身份。——译者

程序应该是向首相报告。说到这里,我考虑了一下,表示他可以随时告诉内政部,说我已经接受了意见。

他有礼貌地表示感谢。我问内政大臣是否知道此事。如果这次批评是由我的一位同事授权的话,那显然是件相当丢人的事。

汉弗莱说内政大臣不知道。"这件事是内政部常任秘书直接转过来的。"

我松了口气。"此事没必要让内政大臣知道……我的意思是说,人们没有必要让他的……同事(我差点说成敌人)知道。"

汉弗莱猜到了我的意思,毕竟我对雷有成见的事情早有传闻:"我认为,以内政大臣目前的状况,他不可能对此事加以利用。"

我很奇怪他为何这么说。我忽然想起了雷并没有出席内阁会议。这时汉弗莱给我看《伦敦旗帜报》的大字标题。

内政大臣被控酒后驾车
彼得·金斯利 报道

事件有了令人惊奇的变化,内政大臣今天被控酒后驾车……

事情概括起来就是,内政大臣曾经亲自发起"圣诞节勿酒驾"运动,并且为警方签署了一项强硬政策。结果人们发现他醉醺醺地开车,而且是在他自己的选区里。

他怎么会沦落到这种地步呢?我问汉弗莱,为什么没有警卫和他在一起?

"很显然,"汉弗莱爵士尖刻地答道,"他甩掉了警卫,您知道,这些醉汉要多机智有多机智。"

原来内政大臣的运气比我差多了,他撞上了一辆装满核废料的卡车。更倒霉的是,他的车被卡车弹开之后又撞上了另一辆轿车,而车里面恰好坐着本地报纸的主笔。结果遮掩此事的机会变得微乎其微。现在自然是泄露出去了。[指事故,而不是核废料。——编者]

这就是雷的结局,到今天晚些时候,他就应该离职了。

我看看汉弗莱:"那他以后怎么办?"

"我猜想,"他轻蔑地答道,"既然他醉得像个爵士①——所以事情冷置一段时间后,他们大概会给他个爵位的。"

伯纳德·伍利爵士(与编者谈话时)回忆:

我很清楚地记得两天以后发生的戏剧性事件。我给大臣的伦敦公寓打电话,去接他参加一个我必须作陪的晚宴。

结果大臣还没下班,安妮·哈克正在写圣诞贺卡,她问我既然要等候,能否帮她贴贴邮票。

我说我不能,并马上解释道,并不是因为我做不了,而是因为我猜想这些贺卡是送给选民的,发放选民贺卡被认为是政治活动而非政府事务,而我作为一个政府文职人员,不允许参与大臣的政治活动。

"我只是请你去舔一些邮票②罢了。"她哀求道。

我解释说,除非那是为政府舔的。[伯纳德·伍利的谨

---

① "as drunk as a lord"为习语,意味酩酊大醉,这里是利用字面意思来打趣。——编者
② 此种邮票背后有晾干的胶水,用舌头舔湿便可以贴在信封上。——译者

慎和迂腐于此为甚，这也无疑说明了他为何能很快地在文官部门中升至顶峰。——编者]

哈克夫人找到了一个巧妙的解决办法："如果所有的贺卡都是写给记者的，你能干得来吗？"她问道。

"那就没问题了。"我表示同意。

"这些全都是发给记者的。"她言之凿凿地说道。当然，我不能怀疑她的话。于是我坐在沙发上开始舔邮票，心里暗想，原来这也是媒体公关的一个重要组成部分。[无疑，伯纳德·伍利和哈克夫人为了调剂一下，很乐于只舔寄给记者的邮票。——编者]

我们讨论了那天早上供各报公布的民意测验结果，大臣曾对这些结果异常高兴。看起来，内政大臣的不幸在国内并没有对政府造成伤害，即使他是党的副领袖。

我们讨论了不可避免的人事调动，不过哈克夫人似乎兴趣不大。她唯一关心的是，哈克也许会得到北爱尔兰的职位。不过我们大家一致认为，首相看起来并没有对哈克讨厌到那种程度。当然，大多数人认为，乌尔斯特①是一个死胡同，尽管有可能在一片荣耀的光彩中②解决那里。[我们确信伯纳德在这里并不打算一语双关。——编者]

最后我们打开电视看新闻节目。像大多数政府官员的妻子一样，安妮·哈克也喜欢看新闻，因为这是她找到丈夫在

---

① Ulster，北爱尔兰的范围大体与古代爱尔兰王国的乌尔斯特省相当，故又称乌尔斯特。——译者
② 原文为"in a blaze of glory"，可以理解为在一片荣耀的光彩中，也可以理解为在一片壮丽的火光中。——译者

哪里的最佳办法。

这时一条简讯让我们大吃一惊,报道称唐宁街十号刚刚宣布,首相将在新年退休。

根据这篇新闻稿的说法,首相不打算再服务于下届政府了,因此他准备辞职,以便让本党的继任者能早些积累优势直到下一次的大选。这是具有历史意义的一天。

[哈克的日记继续下去。——编者]

12月22日

当我到家时,安妮和伯纳德正在家里,显然被首相辞职的新闻惊呆了。我已经知道了——首相在今天下午晚些时候紧急召开了内阁会议,以告知我们此事。那时我们所有二十四个人都目瞪口呆,面面相觑。

安妮问我,他为什么要辞职。这是我们大家**都**在问的问题。他对我们,也同样对媒体说,他这么做是为了给继任者一个好机会,以便迎接下次大选。显然,这不是真正的原因。

有一些惊人的传闻在白厅街①流传。左翼说首相是中情局的特工,右翼则说他是克格勃的特务。

伯纳德和我讨论了这些传闻。伯纳德听到了一个完全不同的传闻:"首相,我听说,唐宁街的保险箱里有一批价值上百万英

---

① Whitehall,伦敦的一条南北大街,位于特拉法尔加广场与议会大厦之间,以政府机关密集著称。——译者

镑的南非钻石。"［哈罗德·威尔逊①先生辞职时，怀特霍尔街也曾流传过类似的传闻。——编者］"当然，"他补充道，"这仅仅是个传闻。"

"是真的吗？"我问道。

"哦，是的。"他权威地说道。

我吃了一惊："原来唐宁街真的**有**这批钻石。"

伯纳德惊奇地看着我："有吗？"

我糊涂了："你刚才说的啊。"

"我没说。"他愤愤不平地说道。

"你说了，"我不想让他蒙混过关，"你说有那么个传闻，我说是真的吗，你说是真的。"

"我是说，那真的是个传闻。"

"不，你说你听到它是真的。"

"不，我说我真的听到过。"

安妮打断了我们："很抱歉，我打扰了你们的重要讨论，但你们相信那批钻石的传闻吗？"

我说不相信，伯纳德也说不相信，现在真相清楚了。此事并非不可能，但是此事从未被正式地否认过，因此我认为我们完全可以不信。政治上的第一条原则是："不要相信任何事情，除非它被正式否认。"

我们讨论了各种可能性。很显然不会举行大选，我们的党在政府中占大多数席位。将要发生的只有一件事：党需要选择一个新领袖。

---

① Harold Wilson，英国著名政治家（1916—1995），1976年辞去首相一职。——译者

安妮问我是否想担任这个工作。

我真的从未想过此事。我根本没有机会。这个位置不属于埃里克［财政大臣埃里克·杰弗里斯——编者］就属于邓肯［外交大臣邓肯·肖特——编者］。我开始向安妮做解释:"你看,这个位置**本来**应该是雷的,他是政党的副领袖,但是他现在被迫从内政部辞职了……"

我突然停了下来。现在我明白首相**为何**辞职了!他一直不喜欢雷,而雷是他的当然继承者。因此他一直抓住权力不放,直到他确信雷得不到这个职位为止。［首相大概是从艾德礼那里学到的这一招,毫无疑问,艾德礼一直担任首相,直到赫伯特·莫里森失去竞争力才辞职。也有人暗示说,哈罗德·威尔逊突然辞去首相的时间,恰好是丹尼斯·希利不再受工党左翼欢迎的时间,从而保证了詹姆斯·卡拉汉的当选,当然,这种说法缺乏证据。——编者］

我向安妮和伯纳德做了解释,伯纳德由衷地感到高兴,首相对报界的声明是真实的。"因此,辞职**是**让新领袖在下届大选前有时间来利用执政资源。"

"现在,内政大臣已经被拘留了。"安妮平静地微笑着。

自然而然,我们开始讨论两个可能的候选人。他们在今天下午的内阁会议后都拉着我谈话。

"埃里克希望我支持他。"我告诉安妮和伯纳德,"我认为他可以胜任首相一职,他已经是一个相当成功的财政大臣。我已经打算要站在他那一边。"

安妮惊讶地问:"那么邓肯呢?"

事实上,邓肯是非常适合的人选。我点头同意。"也许他应该得到此职,毕竟他在外交部干得相当出色。没错,他就是首相的人选。我想,我最好支持他。"

"因此你支持埃里克和邓肯两个人?"她无知地问道。

我生气了,显然这是一个十分困难的选择。"你看,"我告诉她,"如果我支持邓肯而**埃里克**获得此职……那么,这样说吧,对我而言一切都完了。假如我支持埃里克而**邓肯**获得此职……情况也一样。"

"那么,谁都不支持。"她建议道。

真希望事情能这么简单。"那么,无论他们谁胜利,我都完了!"

安妮明白了。接着她问我,实际上我到底支持谁。我告诉了她。

我将支持埃里克。

……或者邓肯。

12月23日

埃里克没有耽搁,很快就来游说我。午餐时间,我正在办公室,他打电话过来,说他要过来小坐并喝点儿什么。

埃里克很有魅力,高个儿,文雅,灰白头发,敏锐机智。我想这是一个值得推荐给选民的、相当有吸引力的领袖。但是选民们从未见到他的另一面——卑鄙、狡猾、恶毒。他人还没有迈进我的办公室,就开始诋毁起邓肯来了。

"邓肯喜欢挑拨离间,因此说实话,他对于党没有什么好处,对于国家也没有什么好处。"

我仍未做出决定,我正竭力设法避免承诺。正当我要说我不明白该如何公开支持埃里克时,他详细地解释了他所面临的形势。

他的观点相当简单,我的支持对于他至关重要,因为我普遍受到大家的欢迎。我必须承认,我认为这一点相当正确。他还强调,我拥有良好的公众形象,每个人都认为我十分可靠。

我解释了我的问题。好吧,至少我没有说我犹豫不决是因为理所当然的焦虑——担心下错了赌注。我只是充分而坦率地解释了作为政党的主席,我必须让人们看起来不偏不倚。[我们注意到,尽管是政治上的一般用法,但哈克对于充分和坦率的理解并不符合《牛津英语词典》的定义。——编者]

埃里克开始利用我对党的忠诚大做文章。他提醒我,我们都是温和派,我们都为党工作,都有同样的目标。但是如果邓肯获胜,那将是一场灾难。

我就知道他会说这些话。但接下来他给了我一个意外。"我要告诉你一件事,"他坚定地说道,"我不会把邓肯留在外交部。我将物色一个新的外交大臣。"

言外之意是显而易见的。他指的是我!这令人兴奋不已,但危险仍然存在——如果他失算了怎么办?然而,我必须抓住机会。因此,最终我对埃里克说,尽管我必须**看起来**不偏不倚,但我一定会找到办法,暗示大家我是支持他的。当然,是一个完全不偏不倚的方法。

因此,我想,也许我会支持埃里克。

12月24日

邓肯晚上跑到公寓来看我。我的感觉是,他已经听说了我和埃里克的短晤。

邓肯与埃里克十分不同。邓肯也很聪明,但他不狡猾、恶毒或奸诈。他是一个直爽粗鲁的咄咄逼人者。我开始解释,我作为党的主席应该是不偏不倚的,至少**看起来**应如此。

他以一贯的唐突方式置我的话于不顾:"作为党的主席,您要比以前发挥更大的作用,并且您没有任何敌人,至今还没有。"

这话带着威胁,错不了。然后他开始解释说,如果埃里克入主唐宁街十号,那将是一场大灾难。我点点头,我觉得点头可以被解释为我完全赞同,但事实上,也能仅被视为一种信号,代表我听懂了他的话。

然后,像埃里克一样,他开始尝试忠诚战术,他笑得露出了牙齿——他认为这代表着温和友好。"吉姆,我们是一边的,对不对?"

我说是的。我觉得"是"只表示:作为同一个党的成员,我们必须站在一边。[这可不一定。——编者]我仔细留意着不扯谎。[当然,在"不说谎"与"讲真话"之间有着重要的区别。而在政治上,讲真话只意味着任何陈述不能被证伪。——编者]

"好。"邓肯说。但是我担心,他看得出我对他的支持不是全心全意的,因为他又添上了一句:"你知道,我将赢得胜利,而且我不会原谅任何给我拆台的人。"

果然,邓肯不喜欢拐弯抹角。我指出,我可以支持他,但不能做得太露骨。

"用不着公开宣示,"他答道,"只要路人皆知就行。然后,当我进了唐宁街十号,而埃里克奔赴北爱尔兰的时候,"他不怀好意地咯咯笑着,"我们都将知道谁会是下一任财政大臣,不是吗?"

又一个职位承诺!他指的是我!但是,不出预料,谈话的最后他总要带上句威胁:"除非你自己钟情北爱尔兰,是吧?"

我想,也许我将支持邓肯。

[事情就此耽搁下来,哈克给自己放了一个假,这是他应该享受的假期,他甚至停止了口述他的日记。有一两盘发音含糊、难以辨认的磁带,也许是长假之中录制的,但我们将之归结为盒式录音机的问题。

新年之初,汉弗莱爵士在雅典娜俱乐部与阿诺德·罗宾逊爵士共进了午餐。阿普尔比在其私人日记中提到了这次会面。——编者]

这是阿诺德爵士从内阁办公室退休后,我们的第一次见面。此时他已经担起其他重要的职责。我带着调侃的口气问他,自由信息运动那边的事情怎么样。"很抱歉,"他说道,"无可奉告。"

当然,阿诺德想知道新任首相会是我们杰出的财政大臣,还是我们卓越的外交大臣。[汉弗莱酷爱使用反语,即使在其私人日记中也是如此。——编者]非常有趣的是,这正是我要同阿诺德讨论的问题,谁应该入主唐宁街十号?

他对在二人之间的选择态度模糊。他是对的,这是一项困难的选择。这就相当于在问:该找哪个疯子来管理精神病院?

我们一致认为这两个人无论谁胜利都会产生同样的问题。他们都是干涉主义者,成为首相后,都会对如何管理国家有相当愚蠢的观念。

阿诺德问我,我们有什么同盟者没有。[这个同盟的目

标是要找出第三个候选人,一位更合适的首相。——编者]

当然有,总组织秘书①就是。他担心无论谁当上首相,都会打击另一个人的支持者,从而造成党内分裂。在我看来,这种忧虑十分现实。

由于在一段时期内这会导致彻底的不稳定和大变动[这是文官部门要不惜一切代价避免的两件事情——编者],因此寻找一个折中的候选人无疑是明智的。

我们一致认为这样一个候选人必须具有下列素质:他必须适应顺从,灵活变通,随和可亲,没有坚定的意见,没有聪明的主意,没有思想上的信念,没有改变任何事情的意志力。最重要的是,我们必须确知,他可以接受专业指导[即接受操控——编者],并且愿意将政府事务交给专家们去处理。

似乎只有一个人满足以上条件……吉姆·哈克!但是让他当首相的念头,听起来似乎十分可笑。更糟糕的是,这很难办到。

尽管如此,我们认为此事有必要认真考虑,毕竟政府中的很多人并不欢迎信奉干涉主义的领导。真正的障碍无疑是两位竞争者本人,但阿诺德认为可以说服这两个人退出竞争。

事情的关键在于他们在军情五处的档案。我还没顾得上去看这些档案,但是阿诺德向我建议,假如一个人想要找点

---

① Chief Whip,这是英国政党督促本党议员执行党的纪律和保证出勤率的一个职位,又译总督导、总党鞭。——译者

乐子，那么他真应该向军情五处调来内阁大臣的档案看看。[内阁秘书是所有安全行动的核心，内阁办公室的很多房间都装满了绝密的安全信息。——编者]

伯纳德走了过来并要了一杯普通咖啡，他有一些行政事务部的最终文件要让我过目。我们互祝新年快乐，随后我向他提出了让哈克当首相一事。

当我问他对他现在的主人担任下一届首相有什么看法时，他相当愕然。事实上，他似乎不能一下子接受这个想法。他不断地问我是否指的是哈克先生，**他的**大臣？

阿诺德问伯纳德是否在暗示哈克不能胜任首相一职。伯纳德似乎想不出一个妥当的答复。于是我们解释说，不少人认为这样的委任有许多好处。对英国有好处。[汉弗莱爵士这么说，意思是对文官部门有好处，在他看来，文官部门代表着英国最好的一切。值得注意的是，阿诺德·罗宾逊爵士说有不少人赞成这一点，也许在那一刻还不是真实的，但是到了第二天早上肯定成真。——编者]

在谈话结束时，我们向伯纳德提出了一些坚定而明确的劝告——如果哈克想要成功的话，在接下来的几周内哪些事情是绝对不能做的。最重要的是，伯纳德·伍利必须保证他的大臣在未来几周内不要做激烈或不睦之事，要避免一切争议，并且对任何事情都不要明确表态。

伯纳德认为这没有问题。总之，他相信这大概正是哈克打算做的事儿。

[哈克的日记继续下去。——编者]

1月2日

今天晚上在外交和联邦事务部①举行了一场酒会。那是招待我们的四位欧洲朋友的。有了像他们这样的朋友……

我遇见了一位欧洲经济共同体的官员,他看起来具有十足的条顿②味儿,因此我问他来自什么地方。③

"我刚从布鲁塞尔到这里。"他告诉我。

我惊奇地问:"你来自比利时?"

"布鲁塞尔是在比利时,没错。"真是条顿人的脑子!

伯纳德赶紧来救场:"我想大臣是在问您是不是比利时人?"

这位官员点头微笑:"不,我是德国人。"

"在欧洲经济共同体里,你是什么呢?"④我愉快地问。

"我还是德国人。"

我提醒自己,耐心是一种美德。"我**知道**你是德国人。"我说完向伯纳德看了一眼,希望他再来救场。

"我想大臣的意思是,"伯纳德小心地说道,"您的职务是什么。"

"咳,"这个德国佬说道,"我是个部门负责人。"

"有些像助理大臣。"伯纳德低声告诉我。

---

① Foreign and Commonwealth Office,因要处理与几十个英联邦国家的关系,故全名如此,一般可简称外交部。——译者
② 条顿人是古代日耳曼人的一个分支,后世常以条顿人泛指日耳曼人及其后裔,或是直接以此称呼德国人。——译者
③ 英语常用"where...from"询问国籍出生地,这里德国人误以为在问从哪里过来的。——译者
④ 英语常用"what are you"询问工作,这里德国人误以为在问他是什么人。——译者

我对伯纳德说，我很想知道我们的德国朋友（我只能这样称呼他）能否在香肠问题上为我们帮忙。伯纳德点点头，就问他**具体**工作是做什么的。

他非常乐于说明："我的工作与共同农业政策有关。我要务必保证农民得到足够资金去生产更多的粮食。"

这令我感到相当意外。我认为欧洲经济共同体已经生产了太多的粮食，甚至过剩。于是我就这么说了出来。

德国人意味深长地点点头。"没错！对于**吃**来讲是太多了！"

我感到困惑。"粮食不吃，还有什么别的用处？"我问他。他的眼睛一亮，兴奋起来。

"我们生产粮食并不是为了吃。粮食是一种武器！"

我不明白他到底是什么意思。"一种武器？"我说道，"你的意思是……"我在思考正确的答复，但是没有找到答案。"你的意思是……确切地说，你**指**的是什么？"

对于他而言这很明显："粮食是力量，绿色的力量。"

我问他是否指的是：我们要依靠粮食和苏联人战斗。他不耐烦了，解释道："我们并不和苏联人战斗，苏联人是我们的朋友、我们的顾客。我们要与美国人战斗！"

我请他阐释一下这个话题。他很高兴，当他讨论条顿民族最喜欢的消遣话题时，眼神焕发着光彩。"这是一场战争，"他开始了，"一场贸易战争。我们利用粮食来扩展我们对第三世界国家的影响，当我们威胁说要向埃及出售小麦时，你应该看到基辛格的脸色了吧？"他愉快地咯咯笑起来。"他想把埃及划归自己，你知道，如果第三世界国家不向美国而向欧洲购买粮食的话，美国总统将在背心里[1]损失几百万选票。"

我反应了半天才明白他说的是地理上的西部，而不是裁缝店里的背心。

"是**中号**背心。"他解释道，"因此，共同农业政策让我们的影响超越美国，您明白吗？上一场战争，用的是大炮；这场战争，用的是黄油。"

"黄油，更好一些。"[2]我开玩笑地加以评论，并小声笑了。他没有领会这个玩笑。[其实这个玩笑也不怎么样。——编者]因此我问他，**准确地说**，他在这场粮食战争中扮演什么角色。

"我保证农民得到补贴，来生产尽可能多的粮食。我们的地下仓库里充满着农业'导弹'。"我们站在自助餐桌前，他开始把餐桌当作战场来向我们说明。"我们派遣一个师的黄油去孟加拉国，我们用三个旅的小麦威胁埃及，但这是一个假目标，您懂吗？"他满怀胜利感地叫道："我们有六个空降师的牛肉等着飞往中国，接着……"

他突然停了下来，然后放声大笑，伯纳德和我盯着他发呆，最后我问他有什么好笑的？

"黄油，更好一些，"他哈哈大笑，"太有趣了，太有趣了。"

伯纳德拉着我的手，悄悄把我领到酒会的另一角，然后向我介绍了让·彭莱特先生，他也来自布鲁塞尔，是另一个部门的负责人。

---

[1] 德国人发音不准，把 in the west（在西部）说成了 in the vest（在背心里），造成了哈克的费解。下文的中号背心（mid-vest），应为中西部之意。——译者

[2] 原文为 It's better, butter，其中 butter（黄油）与 better（更好）谐音，这是哈克回赠的玩笑。——译者

我不会说德语,但我试着对彭莱特先生讲了一句法语。"彭莱特先生,您会讲英语吗?"我用带韵脚的文字询问道。

"我会。"他冷淡而礼貌地答道。

"您是做什么的?"我问道。

"我的工作,"他耐心地一笑,"是处理过剩的粮食。"

"您的意思是,将之出口或是储存?"

他糊涂了。"不——我付钱给农民,然后确保把所有过剩的粮食销毁掉。"

现在轮到我糊涂了。"销毁?"我重复道。

"当然。"他带着优越感,来了一个高卢式耸肩,并说道:"您不知道共同体生产了太多的粮食吗?"

我克制着自己的脾气。

"不过你看,对不起,我不想让人家觉得我笨,但是那边那个家伙"——我指了指幽默友好的德国人——"他付钱给农民**生产**过剩的粮食,还说什么绿色的力量。"

"我知道,"他点点头,"他做得很好,粮食是一种绿色武器。"

这样一来就更讲不通了。我问道:"那么你**为什么**付钱给人们去销毁粮食呢?"

对我们的法国朋友来说,这没有什么难理解的:"所有的武器都会面临报废,然后你可以付钱给人们再去生产。这很简单。"

"难道你不继续储存它们吗?"

他认为这是一个荒谬的想法。"**不**,比起储存粮食,把粮食液化或者使粮食脱水而言,销毁粮食更便宜。"

"要是把它运往全世界呢,也不便宜吗?"伯纳德问道。

"正是如此。"

我渐渐明白了整个"逆序折回"的处理方式。"我猜想你不能按照市价出售,因为那样一来粮食价格就会下跌,农民收入就会减少。"

那位法国人看见我懂了很高兴:"正是如此!"

我打算总结一下:"因此,**他**付钱给法国农民去生产粮食,而**你**付钱给同样这些农民去销毁粮食!"

他现在咧嘴笑了起来:"正是如此!"

我还有一件事情不明白:"为什么我们不付钱给农民,叫他们坐在那里不动,何必去种什么粮食呢?"

那位法国人感觉自己受到了冒犯。"哈克先生,"他傲慢地说道,"法国农民不愿意不劳而获,我们不需要施舍。"

[从本篇日记来看,哈克对外国人的厌恶表现得很清楚。仅仅按照有关民族的陈词滥调来看待德国人和法国人,这种不可取的能力既是哈克的弱点,也是一种政治上的力量。我们将看到,在他沿着那根油腻的滑竿向上爬的关键时刻,这种能力将成为他的王牌。——编者]

1月3日

直到下午晚些时候,我才到了办公室。尽管我要做的事情很多,但是不知为何,我就是不能集中思想。欧洲经济共同体的官僚机构甚至比我们本国的官僚机构更加无聊,面对于此,我只感到无尽的空虚,我们所做的每一件事情都是徒劳。

我坐在办公桌后沉思,一时出了神。随后我意识到伯纳德正站在我面前,试图以他特有的方式吸引我注意。

"嗯……"他充满希望地开口了。

我沮丧地看着他。"这一切都是**为了什么，伯纳德？**"我问道，"我们都在做什么啊？这一切又有什么意义？"

他看起来一时不知如何是好。"我没有读过神学，大臣。"

我试图向他解释我的忧虑："伯纳德，我的意思是一切都是**白费**，给那么多人付钱生产大量的粮食，再付另一大笔钱去销毁粮食。还要付钱给数以千计的官僚去摆弄文件，以促成此事。难道这一切徒劳没让你感到沮丧吗？"

"事实上没有，"他有点迷惑地答道，"我是一个文职人员。"

"但是这一切竟然毫无意义，我从政是为了致力于人民的幸福啊！"

"哦，但是他们快乐了，大臣。"他开始担心起我来了，竭力哄我高兴。"忙碌的人总比闲极无聊的人幸福。"

"如果干的是徒劳的工作也会吗？"我绝望地问道。

"哦，是的。"他鼓舞着我，"您看您的私人办公室，当您在这里而他们在忙碌时，他们感到了更加充实和快乐。"

我不明白他的意思，我指出，我这个私人办公室的工作是有意义的。

伯纳德有点不以为然："嗯，大多数工作是起草了您未发表过的声明，您未进行的演说，未见报的新闻稿，无人阅读的文件，未被提出的问题的答案。"

这个评论并非空穴来风，它使我更加沮丧。我告诉伯纳德，他是在说我的工作与欧洲经济共同体一样无聊。

他极力地否认这一点。"根本不是，大臣，您从政是致力于人民的幸福，您使人们更快乐，您在私人办公室非常受大家欢迎。"他又赶紧补充了一句。"当然,在别处也是。"

我们坐在会谈区,讨论着首相一职的竞争。"伯纳德,"我开始说,"我已经跟埃里克和邓肯谈过,我想我已经答应支持埃里克作为候选人。"

"我明白。"他饶有兴趣地说道。

"接着,"我继续说道,"我想我也承诺要支持邓肯。"

伯纳德看起来很赞成:"这听起来不偏不倚,大臣。"

他没有抓住关键,我解释道:"我不可能同时恪守对他们两个人的诺言。"

他似乎并不认为这有什么可担心的:"这些只不过是些政治承诺,大臣,不是吗?"我点头同意。"那么好的,"他说道,"这就像您宣言中的那些诺言,不是吗?人们都知道是怎么回事。"

他的看法或许是对的,但还有另一个问题。我现在开始去回想我与埃里克和邓肯的谈话,但我不确定他们中谁给了**我**明确的承诺。

我把这件事向伯纳德说了,说的时候有些担心这会让我显得有点笨。但伯纳德认为,如果他们没有向我承诺,那么我就完全没有同他们做任何交易。即使伯纳德说得对,我仍然必须决定去支持谁。这不仅是一个挑头马下注的问题,因为我的支持也许能打破平衡。"因此,问题是,伯纳德,我到底是做外交大臣好呢,还是财政大臣好呢?"

我必须承认,我被他的回答惊得目瞪口呆:"都不好!"

"都不好?为什么不好呢?"

"两个都是令人头疼的职位。"

我起初认为伯纳德相当傻,毕竟,他在谈论的是内阁三大顶

1. 党内博弈 | 41

尖职位中的两个。我向他解释道，他只不过是个文职人员，并不真正懂得政治。

他显得有些懊悔，并向我道歉。

"伯纳德，要想在政治上获得成功，"我继续说道，"你必须成为人们瞩目的中心。如果你是财政大臣，你就有了一个十分鲜明的政治形象，这对于你获得政治选票大有帮助，现在理解了吗？"

结果他的回答证明他理解得颇为深刻，他明白了很多我不曾想到的事。我为自己刚才那副神气活现的样子而难为情，我希望他没有注意到我的困窘。

"财政大臣就是扫兴先生，"伯纳德说道，"他提高啤酒税和香烟税，让选民们大为不满。"他说得对。他继续说道："并且，大臣，您是否考虑过和财政部那些常务官员共事的问题？请允许我提醒您，当汉弗莱爵士还在这里当常任秘书的时候，您是不是经常感觉他有事瞒着您，我想我说得没错吧？"

好一个传统的英国式低调陈述。但是我向伯纳德指出，尽管如此，我通常还是能够按照我的想法行事。〔这里可以明显看出哈克具有生活在幻想中的能力，这是所有政治家的必备本领。——编者〕伯纳德问我，是否对于应付财政部的官员毫不发怵。

我正要回答他一点也不时，忽然意识到，我不是一个经济学家，这意味着他们可以远胜于我。我突然又意识到，没有任何新的经济政策能在两年内起到显著效果，这意味着，你在当财政大臣的头两年里都在为前任的错误埋单。而且，没有人能意识到，经济一旦恶化，通常你是**无能为力**的。特别是，我们的经济受到美国经济的控制，而我作为财政大臣对于美国经济是说不上话的。

伯纳德表示同意，并且补充说，内幕消息称会出现来自美国的经济冲击波。

现在，对我来说形势完全明朗了。我不应该去当下一任财政大臣。"我是不是没有办法不干这个职位？"我问伯纳德。

"是的，大臣，当然，除非作为一个惩罚，把您送到外交部。"

我不明白他说什么。"一个惩罚？"

"外交大臣是一个更糟的职位。"

这就是他的意思。我不再想草率摒弃伯纳德的看法。我暂停下来，开始考虑这个问题。他仅仅是说供职外交部不易获得选票吗？

"不仅如此，大臣。政府不得不对外国人客气一些，但是选民们希望您对他们表现得凶点儿。例如，他们对于向发展中国家提供援助心怀怨恨，尤其是中部地区还有人失业。"

我的选民区就在中部！[伯纳德举出这样的例子，几乎可以肯定不是巧合。——编者]而我一旦开始思考这个问题，就有各种各样的理由要避开外交部。外交大臣不得不周游世界，而内阁的其他成员则可以致力于政府政策的具体细节。失业者会在新闻中看到我在巴黎大使馆吃美食的画面，而他们的医院却关门大吉。

再者，就世界政治格局而言，我们的外交部实际上无足轻重，我们没有真正的权力，英国仅仅是美国的一个导弹基地而已，就是这么简单。

伯纳德评论道，但凡有棘手的外交任务，首相就派外交大臣前往，但如果是什么出头露脸的事儿，首相就会亲自出国，以便成为万众瞩目的焦点。

这毫不奇怪。对于财政大臣也是一样。人们都认为，财政大臣丧失选票，而首相赢得选票。当财政大臣从来就无功只有过。

我长叹一声。"这真是一个两难选择。"我对伯纳德说。

他不同寻常地眨了一下眼睛。"除非……"他迟疑地说道，"嗯，当然，有另外一个选择。"

我想不出是什么选择。

"干一个居中的职位。"

"不，伯纳德，"我说道，"内政大臣？别犯傻了。要负责所有的抢劫、越狱和种族暴动。太谢谢啦。"

"不，大臣，去干一个把所有功劳归于自身的职位。"

最初我不明白他说什么，然后我懂了，**首相**！伯纳德对于我比我自己还有雄心！但这超出了我的期望，甚至超出了我的想象。但是现在既然伯纳德已经向我提出了建议，我就无法抹杀这个想法了。

我谨慎地问他是不是在开玩笑，他说自己是严肃的。"为什么不呢？大臣。现在您已经考虑了所有可能，似乎一切都指向一个方向。"

主要问题是，我正切切实实地一头扎在欧洲香肠里。[1]［我们推想，并非真的如此。——编者］如果这个问题能够解决……

不管怎样，我向伯纳德表示了感谢。我告诉他这是一次极有

---

[1] 原句为"I'm literally up to my neck in the Eurosausage"。literally 本义是"按字面理解"，但可以引申为"确实如此"。习语 up to my neck in 意为"深深陷入"，类似汉语的"埋头于、一头扎在"。——译者

意义的谈话，我必须考虑我的参选是否有胜利的可能。

伯纳德说，有些事不应当由他来说，因为他只是一介文官。但是他建议我不妨让我的政务次官代表我出席明天在市政厅举行的典礼，据说在到达时，很可能会有一场街头的反政府抗议活动，他还建议我尽量少在有争议的场合和有敌意的环境里抛头露面。

他说得完全正确，我听从了他的建议。我告诉他，他变得越来越像汉弗莱爵士了。

"谢谢您，大臣，我把您的话视为对我的褒奖。"

"你的眼光非常好。"我开玩笑。但他是对的，没错。

[当伯纳德按照汉弗莱的指示在哈克内心肥沃而富饶的土壤中播下当首相的种子，并确保他远离一切争议时，汉弗莱也没闲着。他打电话给总组织秘书杰弗里·皮尔逊，邀请他到内阁办公室私聊。在汉弗莱爵士的私人文件中没有这次谈话的记录，也许是因为此事性质敏感而又涉及安全问题。杰弗里·皮尔逊作为一个政治家就没有那么多顾虑，这次谈话可在他优雅的自传《吸一口瞧瞧》（*Suck It And See*）中找到。——编者]

我接到了内阁秘书汉弗莱·阿普尔比爵士的电话，他问我总组织办公室对首相职位的竞争看法如何。

他应该深知前景惨淡。如果埃里克当首相，党将在三个月之内分裂。如果邓肯当选，党将在三个星期之内分裂。

他告诉了我一些惊人的信息。他透露，这两位竞争者都存在着安全问题，我请他说得详细些，他却称不能多说。他说由于首相不在〔首相在宣布辞职之后出国，表面上是到友好国家进行亲切访问，实际上是一次获利丰厚的巡回演讲，接受一些有利可图的顾问职位——编者］，他唯一可以透露的对象是党主席［即吉姆·哈克——编者］，因为这些问题就本质而言是党内事务。

他已经邀请哈克到内阁办公室商谈，并希望我能参加。我自然接受了他的邀请。他还让我提出一位折中的候选人。我最初想到的人选能有半打。

汉弗莱爵士问我是否考虑过党主席本人，尽管让哈克当首相的念头最初让我感到荒唐可笑，但这很快成为一个相当不坏的主意，至少不比任何其他主意更糟。到底谁**适合**这个职位？你永远不会知道，除非你吸一口瞧瞧。

汉弗莱爵士指出，有些人不太可能成为首相，我很想知道是谁。［广泛的调查显示，汉弗莱爵士所指的一定是布特侯爵。——编者］

［哈克的日记继续下去。——编者］

1月4日

我得到了一个通知，要我去汉弗莱的办公室见他。使我吃惊的是，总组织秘书杰弗里·皮尔逊也在那里。他身材魁梧，眼睛闪亮，戴着一副巨大的粗框眼镜，光秃发亮的头顶反射着上方枝形吊灯的光辉。我想我要是戴着墨镜来就好了。

汉弗莱谦恭至极。"您能来真是太好了，大臣。我碰到了麻烦，正需要您的帮助。"

"难道您自己管理不了这个国家？"我问道。

他并没有被逗乐。"是的,恐怕这是一件相当严肃的事。"

我立刻变得严肃起来。

"这是关于推举领袖的事情,首相感到他别无选择,只能请您出面。"

原来糟糕到**如此**地步,我点点头,等他接着说。然后他说了一些我未能完全领会的话——也许我没有完全集中精神。

[哈克未能领会的汉弗莱的那些话被记在备忘录中,现复制如下,汉弗莱在会见哈克后不久将此备忘录送呈首相。——编者]

致:首相

自:内阁秘书

我告知哈克先生存在着某些机密信息。这些信息在理论上允许做无罪解释,但它们包含着太多可做不同解释的内容,一旦它们以某种不太高尚的方式落入一个无情者手中,它们可能会造成极大的窘迫,并且可以料想,它们甚至能引发危险——如果它们干扰了一个担任敏感职位者进行正常思考的话。

[哈克当天的日记继续下去。——编者]

杰弗里·皮尔逊解释说,汉弗莱正在谈论安全问题。

"安全问题?"我重复道,有些迷惑。"你指的是什么?"

"秘密。"他说道。

我努力掩饰自己的不耐烦。我当然知道安全意味着什么,我想知道的是汉弗莱的具体**所指**。

1. 党内博弈 | 47

"我没有资格知道。"杰弗里说。

"为什么没有?"我问道。

"安全问题。"他答道。

我转向汉弗莱要求解释。他破天荒地满足了我。他对我解释说,因为首相不在,所以由我代理党务工作。他需要我过目一下财政大臣的安全档案。他无权让我看整个档案,只能给我看相关的内容。

接着他给我看了一些惊人的文件,包括国家安全局官员写的有关埃里克的报告、警察局政治保安处写的埃里克的报告、与埃里克司机的谈话记录、来自首相本人的机密备忘录。

我真的无法在这里详谈。这些信息太具有爆炸性了,如果这盒录音带〔哈克总是对着盒式录音机口述日记——编者〕落到不应该得到它的人手中,对于埃里克而言,那将是毁灭性的灾难。可以说,在我印象里,埃里克从不是一个色情狂或者老色鬼,而且我完全不能想象,像他那样的工作迷竟然有工夫去做我今天所读到的一切。

汉弗莱爵士解释道:"我的经验是,在生活的某个领域中高度活跃者在其他领域中很可能也同样地活跃。"

"我的意思是,光看表面,你不可能想象他竟然热衷于……"我一时找不到一个足够文雅的词说下去。

汉弗莱爵士补充道:"我想流行说法是'横向推摇'[1],大臣。"

我指出这种"横向推摇"刚发生不久,并且无法证明埃里克

---

[1] horizontal jogging,这是性交的婉语,jogging 意为慢跑,推摇,电机的频繁反复运动。——译者

曾经因此渎职。

汉弗莱马上表示同意:"这就是首相为什么认为他还能当财政大臣的原因。但是鉴于南斯拉夫那一个……南非那一个……更不用提阿根廷的那位可疑女士……顺便说说,据称她只是一个掩护。"

这就更令人不可思议了。一个掩护,究竟是**为了**掩护什么?如果这些"女士"都是掩护,我真想象不出他的真正目的何在。

显然,汉弗莱也无法理解。但是很清楚,国防部和外交部对于这样一个大臣有点敏感。假如埃里克当上首相,那么他将同时是安全局的首脑。我能看出汉弗莱的担忧,这将是不可思议的。

"因此,"我说道,"你的意思是,此人非邓肯莫属。"

汉弗莱有些犹豫。然后他伸手去拿桌子对面的另一宗绝密档案。"我正要谈此事,"他谨慎地答道,"这是外交大臣的档案。"

又是一堆令人惊诧的文件。其中来自政治保安处的文件更多,还有来自伦敦警署反诈骗组的,来自税务局的。更有秘密审计员的报告,以及英格兰银行外汇部的公函。

我花了很长时间阅读才掌握档案的要点。我问汉弗莱,其中揭露的每一件事是否在技术上是合法的。

汉弗莱明智地点点头:"**技术上**,也许是吧,但是这足以使邓肯被排除在财政事务之外。"

我突然有点多疑。我疑惑内阁办公室是不是也有关于我的类似报告。[肯定有。——编者]任何人都没有理由怀疑我有此类问题。[这几乎是可以肯定的,哈克的私人生活是相当单调的。——编者]我问汉弗莱,他们是如何发现邓肯有这么多经济问题的?

他避开了这个问题:"我们可以说,事情全都被调查得相当深入。"我猜想,就像调查那位可疑的女士一样。

我推测,军事情报五处(MI5)正在主持这些调查。但是汉弗莱的意思是,军情五处并不存在。"我们并不承认它存在。如果它存在的话——当然它并不存在,它的名字应该叫国防情报五处(DI5)。既然它并不存在,这个名字也就无从用起。"①

我一点也不信他的话。我确信军情五处是存在的。[哈克是对的,汉弗莱给哈克讲的是官方假消息,用来迷惑军情五处的观察者。——编者]

我必须承认,我所读到的关于两位同事的每件事情都使我吃惊不已。我转向总组织秘书。"这不令人吃惊吗?"我问道。

他现在看起来仍然油光可鉴,但显得焦躁不安。"我不知道,"他厉声说道,"我什么也没有看到。"

我表示歉意,并转向汉弗莱。"汉弗莱,"我说道,"我不想让你觉得我很笨……"

"千万别这么说,大臣。"他答道。我觉得他对我的提示反应有点迟钝。

"但是,"我继续说道,"如果总组织秘书无权看这些机密档案的话,为什么他会在这里?"

杰弗里自己做了回答:"我们,以及党,不能冒这些丑闻被曝光的风险——既然连你们两位都认为这十分难堪的话。如果这

---

① 军情五处诞生于1909年,原属陆军部,现由内政大臣领导,但不隶属于内政部,它负责的是国内安全事务,而负责国外情报工作的则是军情六处。汉弗莱认为这一历史称呼已经不够确切。——译者

两个人之一成为首相，丑闻会让国家和党抬不起头来。我们不愿意没穿裤子就被人抓住。①"

像埃里克那样的人是不会的。但是我没开这个玩笑，因为这一场合太过严肃。我只是简单地评论道，事情很严重。

"非常严重。"杰弗里赞同。

"非常严重。"汉弗莱也回应。

我们彼此凝视，陷入深思。"因此，"我问道，"如果他们中的某个人当上首相**会**出现什么后果？"

"无疑会发生非常严重的事情。"汉弗莱认真答道。

"非常严重。"杰弗里赞同。

"我明白。"我说完后等着他们说。

"严重的后果。"总组织秘书叨咕着。

汉弗莱点点头。"**严重**的后果。"他加以强调。

"严重至极。"杰弗里补充，阐明了事态。

"事实上，"汉弗莱严肃地说道，"我甚至可以说，几乎没有比这**更**严重的了。"

我们都默然，因此我决定总结一下。"那么我想，我们的看法相同，"我说道，"这是严重的。"

他们点点头。我们算是达成了一致意见。

问题是，接下来该怎么办？杰弗里有了答案："我们必须另找候选人，而且要尽快。"

汉弗莱咕哝道："总组织秘书想知道您有什么人选推荐？"

---

① 原文为"caught with our trousers down"，这一习语的意思为"措手不及，困窘难当"，这里采用直译，以便和下文衔接。——译者

"因为您是党的主席。"杰弗里解释道。

自然,伯纳德的话在我的耳畔响起。为什么不去争取最高职位,那个可以揽大功为己有的职位?但我没有立刻毛遂自荐,否则他们会认为我是自大狂。因此我装出深思的样子。

"相当困难,"我说道,"我们在寻找一个相当卓越的人,一个未来的首相。这个人要相当可靠。"

"还要灵活变通。"汉弗莱说道。

"对,"我表示同意,"而且要是个正常人。"我评价道,脑子里想着埃里克的特殊爱好。我知道自己在这方面是无懈可击的。

"并且,"杰弗里以总组织秘书的身份有力地提醒我们,"要能被党的两翼同时接受。"

"还应该懂得如何听取建议,大臣。"汉弗莱总结道。

内阁秘书和总组织秘书都有礼貌地看着我,等候我的建议。但我不愿提出自己,生怕我误解了这些暗示。

最终,杰弗里开口了:"您考虑过由您本人担任这个职务吗?"

我假装大吃一惊:"你说**我**?"

"有何不可?"汉弗莱反问道。

"您想不想担任首相?"杰弗里问道。

我想我应当谦逊一下,便解释说,我当然希望如此,但我不太肯定自己能够胜任。

汉弗莱似乎**太**轻易就把我的话当真了。"也许这终究不是一个好主意。"他面向杰弗里说道。

我不得不问汉弗莱这话什么意思。他说道:"大臣,也许连您都不觉得自己真有首相之才。"

我非常肯定地告诉汉弗莱,我认为,我毫无疑问能**胜任**首相工作。虽然我要谦虚，但我的能力毋庸置疑。

但是杰弗里说事情有点美中不足。"您多少还是一个局外人，除非您能在接下来的几天做些安排，取得一些公开的成功。"

我建议，我只好开始竞选，让人们知道我有意就任首相职位。

"我认为恰恰相反，"杰弗里说道，"最好让人们知道您无意于此。"

我问这样做是否管用。杰弗里和汉弗莱表示确信，只要我让每个人都知道我不打算当首相，这就够了。杰弗里提出可以掌管我的竞选活动。如果**任何人**问我，我只要简单地回答我没有这方面的野心就可以。

如果有任何人为了让我上套，问我是否**拒绝**做候选人的话，汉弗莱建议说，在以前的类似场合，一个可取的通常答复是：一个人虽不寻求官职，但应立誓效忠国家；如果同事劝说他这才是最好的服务渠道，那么这个人应该勉为其难地承担起这个责任，而不顾及私人的愿望。我连忙把这个答复记了下来。

最终，我们谈到竞争问题。据我看来，事情不可避免地要成为三方竞争。但是总组织秘书却有另外的看法，他想要的是一个没有对手的竞争。团结总会受到公众的欢迎，党也需要一点儿团结。

但是有两个令人扫兴的人物——埃里克和邓肯。我突然意识到安全档案到底有什么用了——我的两个对手不得不接受劝告退出竞争。我问杰弗里，他是否准备和这两个人谈话。

"我不能去，"他态度坚决，"我没看过那些档案。"

我问汉弗莱能不能去。

"不，大臣，这是党内事务，我去非常不合适。"

现在，我终于明白这件事的恐怖之处了。他们让**我**去劝说埃里克和邓肯退出。他们让我去告诉我的同事：你们一个是骗子，一个是变态。我当然不干！

汉弗莱说，我根本用不着明说，甚至不用多说话。"让他们知道你清楚一些情况，就足够了。"

我觉得这样不行。"他们会跟我说，管好你自己的破事吧！"

杰弗里插话说道："如果他们这样说，你就得说，如果他们坚持的话，作为党主席，你有责任把这些信息告诉那些有必要知道的人——党的执行委员、党的主要捐赠者、政治元老，也许还有皇室。你必须告诉他们每个人，他别无选择，只有退出并支持……为他提供保护的人。"

我不敢相信我的耳朵，杰弗里想让我去**保护**他们？

汉弗莱表示赞成，并且评论说，只要不涉及安全问题，他们的私生活别人管不着。

我实在没有兴致进行这样的谈话。我很遗憾地告诉汉弗莱和杰弗里，我不想去……**不能**这么做。但是汉弗莱听不进去，他告诉我，现在我已经知道了此事，因此我别无选择。

"既然没人知道我知道此事，"我坚定地说道，"我打算把此事完全忘了。"

然后汉弗莱语出惊人："大臣，您要是这么做的话，说明您非常勇敢。"

我吓了一跳！勇敢？我可不想干任何**勇敢**的事情！这种事情会毁掉自己的政治生涯。

汉弗莱仍旧镇定："万一发生了什么事情，大家会知道您早知此事却又故意压制……"

我打断了他的话："你是说，你会透露出去？"我一时骇然。

汉弗莱无视我的问题,继续说道:"这将被视为包庇你的密友,肯为此牺牲自己的政治生涯,'人的爱心没有比这个大的'[①]。"

我告诉他不要威胁我。

他试图安抚我的情绪:"不,大臣,我是在帮助你。"

杰弗里擦了擦他闪亮的前额,并且摸了下头顶:"您要明白,吉姆,首相要具备另一种素质——杀手的本性。"

他说的没错。杀手的本性。但是我有吗?等着瞧吧。既然我知道了埃里克和邓肯的那些事,我除了在背后捅他们一刀外已别无选择。

或者,当面捅。

噢,我的上帝!

1月5日

机不可失,时不再来。我早上给邓肯打了电话。告诉他关于竞争首相一事,我有很迫切的事情和他商量。我拒绝在电话里透露消息。事实上,我想说的内容几乎无法在电话里表达。我努力使自己的声音显得愉快,让他以为会有好消息。

他取消了一些日程安排,晚饭后来到了我的公寓。我给他倒了一小杯苏格兰威士忌,给自己倒了一大杯,然后我们坐在壁炉前。我事先已经告诉安妮和露西[哈克的女儿——编者]不要露面。

邓肯异常兴奋。他举起酒杯:"为唐宁街十号干杯,嗯?"

"谢谢你。"我不假思索地说道。他古怪地看着我,我不知道

[①] 原文为 Greater love hath no man than this,语出《圣经·约翰福音》第15章第13节。——译者

怎么圆场，于是喝干了威士忌，赶紧去另倒了一大杯。我从餐具柜那里转过身来，看见邓肯正狐疑地看着我。

"怎么啦，吉姆？"

"邓肯，我有一个……一个问题。"

"你不打算支持我了？"

谈话刚刚开始，就要失控。我又喝了一大杯，并告诉他我收到了一些信息，内容很严重，同他的经济活动有关。

当然，他假装听不懂我的话，因此我提到了大陆通用公司的倒闭，他说那不过是运气欠佳。因此我又提到更早的把经费转到董事会提名的一些公司的事情，他说这并没有错。

我说，技术上而言这并没有错，但是如果将此事与近海证券公司的类似事件联系起来看……

我故意没有把话说完。

邓肯倒吸了一口冷气："你从哪里弄到这些的？"

我没有回答，但是我指出，如果他继续竞争首相一职，我有义务把我知道的事情告知党内的资深党员、税务局、反诈骗组等。"如果一切都是光明正大的，就不会有事。"我天真地补充说道，"你说是，我就相信是。但是美国人也需要知道，还有女王陛下……"

他喝了一口酒，开始考虑他的处境。"没有任何不当之处。"他说，显然这不是一个令人信服的否认。

"那就好。"我高兴地说道，"如果真如你所说，那我就放心地告诉大家了。把事情摆出来，不怕说不清楚。"

他有些惶恐："等等！经济事务很容易被误解。人们会完全搞混的。"

我呷着小酒，等他表态。这用不着太久。按照邓肯的说法，他并非真正想入主唐宁街十号。他说他从未真正想过当首相，就很多方面而言，外交大臣是一个好得多的职位。他想让我确信，他要入主唐宁街十号，仅仅是为了不让埃里克进去。"我必须把一件事情说清楚，我是不会支持埃里克的。"他情绪激烈地坚持道。

我暗示邓肯，埃里克或许也当不上。"你把一切力量转而用于支持另外一个人怎么样？"

邓肯显得茫然："谁呢？"

"问题是要找到一个看重你才能的人。他应该希望你留任外交大臣，他会谨慎处理大陆通用公司的事情，他是你信任的人，是一个老朋友。"

我忽然感到，我的暗示或许过了头。我是邓肯的老相识，但很难说是一个老朋友，而且很显然他没有信任的人，一个都没有。

但是他坐在那里，紧盯着我。我报以微笑。渐渐地，我发现他明白过来。

"你的意思是——你？"他问道。

我佯作惊奇："我？我绝对没有这方面的野心。"

"你就是在说你自己。"他安静地评论道。这事他懂的。

也许我真有杀手的本性。

1月6日

今天我解决了我的另一个同事和对手。现实证明，一切比我想象的容易。

埃里克如约前来下院小酌。这次我发现自己能够很快进入角色。我现在已经尝过鲜血的滋味。我确信，一个杀手一旦杀过人,再杀起来就容易得多。

不管怎样,我大致告诉了他我所知道的事情。他面色苍白,一饮而尽,我又给他倒了一杯。

"好的,谢谢,"他安静地说道,"我需要一杯烈酒。"事实上,喝什么似乎并不是他关心的问题。我问他是否意识到他的处境是……严重的。

他冷酷地说,他太清楚这一点了,并且痛苦地看着我说:"你不打算帮助我了,对吧?"

"打算。"我说。①

他糊涂了。"你想说,打算帮还是不帮?"

"帮啊,"我说,并急忙补充道,"我是打算帮你,但并非打算帮你竞争首相一职。"

"你说过你要帮我当首相的。"

说真的,他怎么会看不出如今事情大不一样了呢?我耐心地指出,我曾经答应帮他,但是当时我还不知道那位可疑的阿根廷女士,当然还有其他几位。

"你看,埃里克,作为党的主席,我有我的职责。如果你当了首相并且事情曝光,那对于我们党将是一场灾难。"我意识到这句话无意中带有讽刺味道,于是赶紧接着说道,"我的意思是,我不愿意向女王陛下解释你的私生活,你愿意吗?"

"我打算退出。"他嘀咕道。

早该如此了,我想。如果他平时多收敛一点,那么现在也

---

① 此段及以下两段涉及否定疑问句的回答法,这与汉语习惯不同,容易引起混乱,故翻译从简。——译者

就不会落到如此境地了。但是我向他保证说,我们将不会再提此事,对任何人都不会。

他不快地说了声谢谢,然后咆哮道,他估计该死的邓肯要进十号了。

"如果我能做到的话,就不会是他。"我告诉他。

"那么会是谁?"

我向他举杯,微笑着说:"干杯。"

他终于明白了我这句话的真正意思,惊得下巴都快掉下来了。"你该不会是指——你?"他的呼吸急促起来。

我再一次假装惊奇。"怎么会是我呢?"我一脸无辜。"我们的孩子都快成年了,而安妮和我正想多花一些时间彼此相处呢。"

他完全明白我的意思。"你指的**就是**你。"

真有趣!

1月9日

事情进展迅速。埃里克和邓肯两人退出了,但是只有我、汉弗莱和伯纳德知道此事。问题在于,尽管他们出局了,但是我还没有**入**局。我需要在关键时刻取得某种公开的成功,以便使党**转而**青睐于我,这样其他人便可以貌似合理地出局。

我的大麻烦还没有解决,我还在捧着欧洲香肠问题这个烫手山芋。我必须得像魔术师一样,从帽子里变出些好东西来才行,或者从熟食店里变出来。①

---

① pull something out of a hat 意为凭空变出。熟食店是哈克顺势接的玩笑话,只因香肠出在熟食店里。——译者

今天我们沿着这个思路取得了很大进展。我必须说——该赞扬的还是得赞扬——汉弗莱这个老家伙真得力!

显然,把我置于困境的欧洲专员莫里斯昨天还在伦敦。汉弗莱发现他的航班延误了,并设法和他约了一个短暂的会晤。

我接到通知,要我去汉弗莱在内阁办公室的内室进行紧急会晤。唯一的问题是,一切都是在仓促之间安排好的,因此我只比莫里斯早到了片刻。我对汉弗莱的策略毫无头绪,不知道我到时候该说些什么。汉弗莱简单地低声告诉我,他希望说服莫里斯帮我们解决关于欧洲香肠的小麻烦,并让我把说话的机会都留给他,只在他征询我意见时表示支持就可以了。

莫里斯满脸笑容地来了,用不太标准的发音说:"菊姆,我有幸被邀请,该管谢谁呢?"

我当然不知道该怎么回答。但是汉弗莱立刻来救场。

我们在谈话区落座,汉弗莱开始解释(其实就是捏造),说我让他安排这次会议,来探讨一下专员能否帮我们解决一个问题。当然,这不是一个**真正**的谎言,而真正是一个并无恶意的谎言。我们政府的一贯做法是,文职人员想出了好主意总要归功于大臣。这是相当公平的——我们必须要为他们的所有错误蒙羞,如果他们偶然想出了好主意,我们沾沾光不是理所当然的吗?

不管怎样,我点头同意,并且附和说我们确实有一个问题。莫里斯说他当然会予以帮助。

"问题是,"汉弗莱平静地说道,"欧洲经济共同体在这里已经变得相当不受欢迎。"他转向我,"您说是吧,大臣?"

这话没有问题。"是的。"我说道。

莫里斯对此早有耳闻。"你们想为它恢复形象?"他问道。

"是的。"我说道,但是说早了。

"不。"汉弗莱坚定地说道。

"不。"我急忙修正,并决定在弄清汉弗莱的真实意思前绝不轻易表态。

汉弗莱继续说道:"问题是大臣觉得他要为选票着想,应该抨击欧洲经济共同体而不是为它辩护——这样可以更好地表达英国人民的声音。"

他看看我,我很乐于同意他的看法。再说了,事实本来就是如此!

这个威胁竟然使莫里斯感到心烦意乱,我不禁感到惊讶。这对他而言并非新闻,但他似乎相当忧心。"但是贵国政府承诺要支持我们的。"他盯着我规劝道。

我完全不知道该如何回答,我还没有掌握汉弗莱的要点。不过汉弗莱再次救场。

"大臣的意思是,按照我的理解,政府的承诺是针对原则和条约的。"

"针对条约。"我坚定地重复道。

"但是承诺予以支持的对象,"汉弗莱此时变得相当强硬,"并不包括各种机构、具体做法或者个别政策。刚才您正给我举一个例子,是不是,大臣?"

他看看我,对我进行暗示。但是我想不出来他要我说什么。他一定看出我眼神中的慌张:"关于粮食生产的。"

我突然明白了!"没错,"我以尖锐犀利的目光凝视着莫里斯,"我近来发现,你们的一个专员花费了全部精力用于付款给农民生产粮食,而隔壁办公室的另一个专员却把全部时间用于付款给农民销毁粮食。"

莫里斯愤怒了:"一派胡言!"

汉弗莱和我相当惊讶。真是厚颜无耻的否认!怎么可能呢?我们都是亲耳听到的。

"不是真的吗?"汉弗莱问道。

"不,"莫里斯说道,"两个人不在隔壁,甚至都不在同一层楼上。"

"关于欧洲经济共同体的荒谬之举,大臣可以举出几百个例子。"汉弗莱继续无情地说道。

"几百个。"我表示同意,同时努力去想另一个。

"问题的关键在于,莫里斯,大臣正在考虑,内阁的某位成员应该把这些事情告诉英国人民。"

莫里斯再次愤怒了。"这是不可容忍的,"他吼道,"就是意大利政府也不会对人民卑躬屈膝到这种地步。"

我看到了机会,使出了致命招数:"可没有人要求意大利把萨拉米改叫'乳化高脂下脚管'啊。"

事情都摆明了。莫里斯会不会上路呢?没错,他接招了。[再一次地,哈克的一系列比喻使我们领略到,我们伟大的国家领袖之一在其思维中所具有的理性和连贯性。——编者]①

莫里斯谨慎地征询道:"你们有什么建议?毕竟我们都在寻求和谐嘛。我们不可能称之为香肠,你们说可以叫什么呢?"

我毫无主意,香肠除了叫香肠,还能叫什么呢?问题的关键

---

① 这里哈克连用了三个俗语,大意分别是"牌在桌子上""接球并玩""双手握荨麻",表面上看来极具跳跃性,故编者有此言。——译者

就在于我们**应该**称之为香肠。但我应该意识到——汉弗莱已经考虑过这个问题了。

"政治是一种表述的艺术,我们难道不可以称之为英国香肠吗?"他低语道。

绝顶聪明!莫里斯把"英国香肠"翻译成了几种语言,法语、意大利语、德语。这些欧洲大陆人,就会卖弄。"嗯,不错,我想我们可以向专门委员会建议这个名字。"

他当然可以,这是一个他不能拒绝的提议。

我们把会谈进行了简单总结,大家都强烈地一致认为,欧洲经济共同体是一个异常卓越的机构。我甚至亲吻了莫里斯的双颊。

他离开后,我沉思了半晌。汉弗莱和伯纳德都建议我举行一个记者招待会,叫上所有的欧洲通讯社记者,告诉他们我已经解决了欧洲香肠的问题。

但是我有一个更好的主意。解决香肠问题不能算是新闻,对于媒体而言,坏消息才是好新闻。因此,我为什么要给他们这样一个不是新闻的新闻呢?一个已解决的欧洲香肠问题并不能把一个人推上领袖地位,公众甚至并不知道有这个问题存在,怎么会在意我解决了它呢?不能这样,我决定明天告诉媒体一个灾难性的新闻。他们会喜欢的。过几天我再告诉他们一场胜利,如此一来我就会成为英雄。

1月10日

今天我召开了一场非正式的、不具名的新闻简报会,邀请欧洲驻伦敦的记者参加。

院外活动制度①确实很有价值。这些雇佣文人渴望拿到新闻，但是他们又非常懒惰，几乎我们说什么就是什么。我告诉他们，布鲁塞尔最近给我们带来了大麻烦。既然大家用不了几天也会知道此事，那么还不如我现在就直接和盘托出呢。大家听了都异常兴奋。

"布鲁塞尔，"我说道，"正打算使英国的香肠在欧洲经济共同体的规定之下变得不合法。"

伯纳德非常担心地看着我。他匆忙写了个字条递给我，提醒我欧洲经济共同体并非想使英国香肠成为非法的食物，他们仅仅是想阻止我们**称**之为香肠罢了。

我果断地把字条揉成一团，伯纳德就是不懂政治。［尽管伯纳德明白事实的真假。——编者］

我宣布现在进入提问环节。第一个问题还是同样的内容。"您的意思是什么，**不合法**吗？"

我修饰了我的答案。"事实上等同于不合法。"我答道，"因为猪肉香肠必须含有75%的瘦猪肉，牛肉香肠也一样。"

《太阳报》的一个家伙问道，难道牛肉香肠也要求含有75%的瘦猪肉吗？真是典型的院外记者的水平。如果只让他一个人参加一项智力竞赛，他都能得第三名！

我解释说，坚持香肠应包含75%的瘦肉将使香肠成为奢侈的食物。这意味着普通工薪阶层再想吃香肠就要好好斟酌了。

一位记者问道，这个消息将在什么时候公布，我告诉他是下

---

① lobby system，西方国家中，企图影响议会立法和政府决策的组织或个人常在议院的走廊（lobby）或接待处进行活动，故有院外活动之称。——译者

个月。接着我巧妙地补充道，届时欧洲经济共同体也许会否认这一点，事实上，他们可能会告诉英国媒体，他们只不过是在讨论给英国香肠改个名字罢了。

最后，一位记者问我，针对此事，政府有什么打算。我一脸的绝望、悲戚和无助。我告诉他，我还没有主意，这将是一个大麻烦，我是不会假装我们能应付自如的。

然后我把记者们送走，在接待室里，新闻官会给他们灌酒的。当他们走后，伯纳德追着我说："大臣，您明白吗？这些媒体会报道一些不实消息的。"

"真的吗？"我微笑着对他说，"太可怕啦！"

1月12日

一切如预期般进展。过去两天来，有关香肠非法的消息覆盖了各大媒体的头版。这引发了一场很大的政治风暴，所有评论员和批评家都在说，政府和党没有了领袖，我们的香肠都成了香蕉皮。

人们都在说谁将继任首相的形势很不明朗。杰弗里的话一整周都在被人引用，他被当成了非官方发言人、消息灵通人士、党的看法、接近领袖的人士，以及不断壮大的舆论主体。报上的消息很多都以他的说法作为依据，说什么党现在感到越来越麻烦，因为两位显而易见的候选人代表了党的极左和极右两翼。

我自己也透露了一点消息，大意是埃里克和邓肯正面临越来越大的压力，人们要求他们退出以便一个折中的候选人能上位。不幸的是，和我谈话的院外记者们根本没有意识到提名我作为上述折中者，而是愚蠢地妄加评论，大意是说迄今为止没有参选者能打动公众。令人惊诧的是，你必须把**每件事**一字一句地写给记者才行。他们不仅不能得出最简单的结论，甚至连引用我的话都出错。事实上，我说的是"温和"而不是"折中"。

我已经为我明晚的选民演说召集了大批媒体，包括英国广播公司（BBC）和独立电视新闻公司（ITN）。伯纳德问我，为什么他们会对政府的消防安全政策如此感兴趣。

我没有回答。但是我肯定，假如我同时讲些其他问题，他是不会惊讶的。

[哈克的大型演讲确实吸引了大批报刊、电台和电视台出席。"接近大臣的人士"暗示，他将做出重要的政策演说。对于伦敦新闻界而言，这显然意味着哈克是在积极谋求首相一职，当然，这主要取决于哈克当晚演说的效果如何。结果正如哈克所期望和计划的一样，这一点已经体现在他日记中得意扬扬的语调上。——编者]

1月13日

我有一个感觉，今天晚上我敲定了政党领袖的职位。果真如此，我进入唐宁街十号将只是时间问题。今天是13日星期五，13真是我的幸运数字。[也许并不是英国的幸运数字。——编者]

在我的演讲中，几次爆发了掌声。一些掌声持续达半分钟之久。最后我在欢呼声和长时间的起立鼓掌声中落座。我想我将来或许能做一个重要的鼓吹家。

[演讲的原稿已经遗失，因此我们不能全文刊出。然而我们可以找到最后部分的记录，它来自英国广播公司9点钟新闻节目

的录音,听众的反应也被标出。——编者]

英国广播公司

所附文字根据录音整理而成,并非出自原稿。因为误听的风险,英国广播公司并不保证它完全无误。

"9点钟新闻""新闻之夜"

播放时间:1月13日

实况:

下院议员詹姆斯·哈克阁下:我是一个良好的欧洲人。我相信欧洲。我相信有关欧洲的理想。我们将不再重蹈两次大战的覆辙。欧洲将照此永存。

但是,这并不意味着我们会对来自布鲁塞尔的每一位充满官僚作风的波拿巴①的每一项指示都言听计从。我们仍然是一个主权国家,并为之自豪。(掌声)

我们已经对欧洲的农业政委②一再迁就。没错,我使用了"政委"这个词,但我是有所考虑的。我们已经被迫吞下了如湖的红酒和如山的黄油,我们已经看到,我们的法国"朋友"暴打给法国民众送去上好羔羊的英国卡车司机。③

---

① 这是拿破仑的姓氏,此处用来指代这样的独裁者。——译者
② 哈克使用的是"commissar",该词专指苏联的政治委员或部长,他原本可以使用"commissonor"来指专员或委员,这是故意对专员们表示不满。——译者
③ 法国是欧洲第一大红酒和黄油生产国,而英国的羔羊肉则享誉欧洲,这段讲的是贸易摩擦。——译者

我们已经点头哈腰，脱帽致敬，撩发抚额①，凑上另半张脸去。但是我要说，一切都够了！（长时间的掌声）

欧洲人已经做得太过火了。他们现在开始威胁上了英国的香肠，他们要把它标准化——按照他们的标准。他们将迫使英国人吃萨拉米、德式烤香肠以及其他满是蒜味的油腻食物，这同我们不列颠的生活方式**格格不入**。（周围充斥着喊声："听听吧！听听吧！""对极了！""吉姆，跟他们讲！"）

你想早餐就着鸡蛋和培根吃萨拉米吗？我可不想，我也绝不会！（掌声热烈）

他们已经把我们的"品脱"改成了"公升"，把我们的"码"改成了"米"。我们已经放弃了六便士的硬币和三便士的硬币，也放弃了两先令的硬币和两先令六便士的硬币。但是他们不能够，也绝不可能毁灭英国的香肠！（掌声和欢呼声）

只要我在这里，绝不行！（掌声雷动）

让我引用马丁·路德的话吧：这是我的立场，我别无选择。（哈克落座，一大群人站了起来，爆发出感激之情。）

［第二天，哈克接受了著名电视访谈员鲁多维克·肯尼迪的访问。我们有幸获得了英国广播公司的全部电视记录，并附之如下。——编者］

英国广播公司

所附文字根据录音整理而成，并非出自原稿。因为误听

---

① 这是英国旧时下等人向上等人表示尊敬的一种礼节。——译者

的风险，英国广播公司并不保证它完全无误。

播放时间：1月14日

实况：

肯尼迪：您的演说很强硬，哈克先生。

哈克：嗯，那是我深有所感的东西。事实上，我有时很想知道，你们媒体人士是否真正意识到我们其他人对于我们的国家和我们的生活方式的强烈感情？我们深爱它，并以之为荣。

肯尼迪：因此对于政府对待欧洲经济共同的政策，您颇有微词？

哈克：我非常赞同政府的政策。鲁多维克爵士，哦，对不起，肯尼迪先生。① 但是政府的政策里从未包括废除英国香肠。你知道，香肠不仅好吃，而且具有一流的营养。

肯尼迪：布鲁塞尔方面否认说，从未想过废除英国香肠。

哈克：好吧，他们会这么说，不是吗？他们知道他们所面对的是什么，他们知道英国舆论的力量。

肯尼迪：大臣，您的演说的确赢得了大量报道和一片赞扬。不知在时机选择上，您有什么深意？

哈克：你是什么意思？

肯尼迪：您的政党正在寻求一位新领袖，毕竟，您的名字已经被一些人提出过。

---

① 英文爵士后不可只加名，先生后不可只加姓，但两者后均可加姓名。故哈克改口前后必须这样说。——译者

哈克：事实上很多人提出过。但是，不，绝对没有联系，我没有这方面的野心。

肯尼迪：您的意思是，您不会让您的名字更进一步？

哈克：好吧，鲁多……我想做的只不过是服务我的国家，从未想过升官发财。但是如果同事们劝说我最好的服务渠道是唐宁街十号，那么我也许会勉为其难地承担起这个责任，而不顾及我的私人愿望。

肯尼迪：那么，如果您不参加竞争，您会支持谁呢？

哈克：这个问题，当然还为时过早。但是我要说的是，现在是消除分歧的时候，是求同存异的时候。我们要看到对手的优点，而不是紧盯着他的缺点。你知道，每个人都有优点。

肯尼迪：除了法国人。

哈克：除了法……不，即使是法国人。

[哈克的日记继续下去。——编者]

1月18日

过去三天，我异常焦虑，什么事也做不了。甚至做些笔记以供口述日记之用，我都紧张得弄不下去。但是今天，我成功啦！我达到啦！我进去啦！我做到啦！我得到啦！我胜利啦！

我将以连贯的方式叙述我在领袖竞争之路上的最后几件事。

今天委员会，也就是政党领袖特别委员会，召开了年会。埃里克和邓肯在我成功演讲之后的退出，使得我出人意料地成为领跑者。当然，他们两个人现在都答应全力支持我，而不再投自己的票。由于我已经抓住了他们的痛处,我对此一点都不意外,这件事反倒是让其他所有人感到十分惊奇。

因此今天唯一的问题是,议会党是否会推出另一个候选人与我竞争。如果是那样,我们将不得不进行一场选举。

今天早上我打电话给埃里克和邓肯,去验证他们是否还支持我。他们的言语都有些含糊,都给自己退出并转而支持他人留有余地。那样的话,我**大概也**会赢得选举,但是烦恼将再延长两到三个星期——谁知道在这段时间会发生什么事?如果说一个星期在政治中是一段很长的时间,那么三个星期简直是永恒。

随后我去了汉弗莱的办公室,我们两个人一起等消息。午饭都吃完了,难道电话就不响了吗?他的桌子上有两部电话,我问汉弗莱,他们会打哪一个电话。

"也许是这个。"他回答道。接着,过了片刻,他又说道:"或者是那个。说真的,两个都有可能。"

我毫无所获。即使这么一点信息他也瞒着我。我告诉汉弗莱,我要坐下放松放松。我刚一坐下,他的内部通信装置就响了,我一下子跳得老高。原来是伯纳德到了。

"大臣,"他谦恭地说道,"皇室刚才打来电话。"

"皇室?"

他们想向所有可能的候选人确认,看他们是否有空在5点钟行吻手礼。[这是一个新任首相表示效忠皇室的正式礼节。——编者] 当然,这要取决于一个没有对手的人选推荐。

我告诉伯纳德,我想我应该可以抽出时间。

我们一起坐下等候。然后我一时冲动就提出了一个慷慨的建议,我想我随后就后悔了。我邀请伯纳德担任我的首席私人秘书,如果我当上首相的话。

他的答复方式是他特有的含糊其词。"啊,首相,天哪!"但他微笑了,脸上泛出红晕。

我很高兴,随即转向汉弗莱,他的脸已经僵住了。我问他这样做是否合适。

"首相的话就是法律。"他冷冷地答道。

也许他是对的。但我转念一想,我太仓促了。事实上,我并不确定伯纳德能否胜任,他还太幼稚。但我确信他总会设法处理好的,他非常忠诚,从未阴谋反对过我。[哈克在此称伯纳德幼稚,说明了哈克显然没有意识到伯纳德的真正忠诚所在。因为伯纳德一方面要忠于他的政治主子哈克,另一方面要忠于他在文官部门的主子汉弗莱。——编者]

关于彼此的忠诚,我想我能比伯纳德做得更好。[哈克是对的。——编者]不管怎样,我现在就已经做了。

正当伯纳德满怀感激之情时,电话响了。我抓起听筒,无人应答。汉弗莱冷静地拿起另一部电话。"是,"他说道,"是……是……没错,他在这儿,我会告诉他的。"

汉弗莱挂了电话,我看着他。疑问全都写在了我的脸上。是我吗?我有对手吗?我爬上油腻滑竿的顶部了吗?

"是,首相。"汉弗莱说。我幻想他正以新的敬意看着我。

2. 宏伟蓝图

1月23日

  最近几天我真是兴奋得不得了。我去了白金汉宫，吻了女王的手。第二天早上我入住唐宁街十号。我从过去几位首相的回忆录中读到，职员们会在前厅排成两行，长长的走廊里都是人，一直通到宏伟的中央楼梯，大家鼓掌欢迎履新的首相。事实上，我很奇怪为什么没有人朝我鼓掌［传统上，这种赞美只给刚在大选中获胜的首相——编者］，但愿这不是一个坏兆头。

  搬家花了一两天。首相生活在办公室上方的公寓里，整个建筑极易令人迷惑。从外表看，它很像乔治时期排屋中的一栋，但是里面绝对够大，像是一处小型的豪华古宅，又像是一座迷你王宫。

  这是因为，它实际上是两栋房子，但两栋房子并不是肩并肩

（十一号是财政部），而是背对背。它们以走廊、楼梯井和庭院相连接。每栋房子都有五到六层楼，背面的那栋房子还有雅致的贵宾大厅，可供我待客之需。[哈克显然有点妄想狂，把自己当成了君主。——编者]

在唐宁街十号内部找路的主要问题是，一旦你上了楼你就几乎不可能知道自己是在几层。第一个原因是它有两栋房子，第二个原因是房子在战争[指"二战"——编者]期间有过下沉，第三个原因就是地面本身前后有斜度。

但是比之我今天的困惑，迁入过程中的那点迷惑实在算不了什么。在就职的第五天，我被带到了国防部地下的绝密操作室。

看起来正如你所期望的：五大洲的地图、坐在显示器终端的姑娘、坐在办公桌前的官员。国防部参谋总长杰弗里·霍华德将军带我参观，他是位爵士，瘦高整洁，有着淡黄棕色的头发和浓重的眉毛，嗓门清脆而有威严。汉弗莱爵士和伯纳德爵士则像往常一样，跟在我身边转悠。

自然而然，我第一个问题是关于热线的。将军看起来有些困惑。

"哪一条？"

"通往苏联的。"

"啊，它就在唐宁街。"将军告诉我。我瞪着伯纳德，为什么没让我看过？他显得很惊奇——也许同样没人让他看过。

我继续问："如果情况紧急，我能和苏联主席直接通话？"

"理论上如此。"霍华德将军谨慎地回答。

"你的意思是实际上不可以？"

"哦，我们是这样告诉记者的。事实上，我们只接通过克里姆林宫一次，对方还是个接线员。"

"接线员不能帮你接通吗？"

"我们也不知道，她似乎英语很差。"

"热线多久测试一次？"

将军看起来一脸茫然，显然，他从未测试过。

"他们尽量减少测试，"汉弗莱平静地插话，"太多的测试容易给对方造成不必要的恐慌，但凡涉及核武器，避免恐慌总是一件好事。您觉得呢？"我当然也这样认为。

将军从我跟前走过，来到了一台电传机前。

"瞧这个——"他意味深长地说道，"**就是它**。"

"就是它吗？"我问道。

"是的。"他说。

"好啊！"我充满鼓励地答道。但接下来我就意识到，我对他正在谈论的东西似乎接不上什么话。"哦……确切地说，这东西是**什么**？"我随意问道，装出一副很在行的样子。

"这是发射装置，首相。"汉弗莱爵士低声道。

我心里一惊。"发射装置？"

"是的，核武器发射装置……就是按钮。"

"就是这个吗？"我不敢相信，我紧紧盯着那台看上去很无辜的电传机。

"间接而言，是的。"将军看出了我的担心。"不过这只是一台连接到诺斯伍德号皇家军舰的电传机。您可以发送一个电码信号，您看，然后诺斯伍德号的电传操作员发出一个验证信号。"

"因此，他可以知道指令来自您。"汉弗莱轻声补充道。

"当指令被验证，并且目标被指示后，诺斯伍德号将向我们的一艘核潜艇发送命令,然后将由那里按下真正的发射按钮。"将军似乎对这一切感到很满意。

看起来一切如此简单,早已按部就班。我发出命令,他们就执行。我感到嗓子发干,但是还得想办法说点什么才好。

"他们真的去做……就像你说的那样?"

"就是那样。"将军显然感到很骄傲。

"只要我一说?"

"您一说就做!"

"但是,难道就没人……和我**争论**吗?"

霍华德将军愣住了。"当然没有人,现役军官服从命令,从不问为什么,首相。"

我咽了咽口水。"倘若我喝醉了呢?"我开玩笑地问道。汉弗莱相当严肃地回答:"就整体而言,还是您没喝醉比较安全。"

"没错,但是……认真地说,"我问道,"如果我发疯了会怎么样?"

"我想内阁是能看出来的。"汉弗莱爵士努力让人感到安心。

我并没有安心。我可不认为人们能够指望内阁注意到这种事情。首先,一半内阁成员即使不是完全精神失常的话,也绝对不是你所认为的心智健全。

我必须知道更多。"假如我下了命令去按按钮,然后又改变主意了呢?"

"那没关系,"霍华德将军嘿嘿一笑,"没有人会知道有这回事,不是吗?"其他人都会意地笑了起来。

我也很想笑,但不知为什么,就是笑不出来。于是我问道:"我们到底有多少核弹呢?"

"四艘决心级潜艇,"将军说道,"每艘装载十六颗北极星导弹,每颗导弹三个弹头。"

心算从来不是我的强项,我也不愿意当众掏出我的袖珍计算器。伯纳德看出了我的难处,开口说道:"一百九十二颗核弹,首相。"显然,事前已经有人把总数告诉他了。

一百九十二颗核弹啊,真是让人想都不敢想!汉弗莱接着又加以渲染,指出每颗核弹的威力至少是投放广岛的核弹的五倍。

大家都在等着我说话,但是我觉得自己已经完全被新职责所包含的恐怖和疯狂压倒了。

将军充满同情和理解地看着我。"我知道您正在想什么,"他说道,"还不够是吧?"

那**根本**不是我的想法!我尖锐地告诉他,一百九十二颗核弹在我看来已经很多了。他并不同意我的看法:"苏联有一千二百颗导弹正瞄准着英国,等待着随时报复,与此相比,这些真的不算多。"

一千二百颗?我觉得我应该表现得镇定一些。"好啊,"我评论道,"英国人总是不屈服于困难,不是吗?想想西班牙人的无敌舰队,还有'二战'时与德国人的不列颠之战……"说这些话时,连我自己也意识到,逆境中勇敢战斗的精神在核战争爆发时全无用武之地。

但是霍华德将军看出这是一个推荐三叉戟导弹的机会。他指出,一旦它交付使用,我们将有强大得多的攻击力以供支配,我们也就拥有了更大的威慑力。

"在这段时间内,"我说道,"感谢上帝,我们拥有常规部队。"

大家都略带怀疑地看着我。

"首相,"将军不自然地说道,"我们的常规部队至多能顶住苏联人七十二小时的进攻。"

"至多?"

"至多。"

将军行了个立正礼,他穿的是便服,所以显得有些奇怪。事实上,是我的想法有些不合时宜,这里所有的人无疑都是军人——即使他们没有穿制服。当然,你可以把那种松松垮垮的蓝条纹服装称为制服。

我不得不考虑我刚上任就听到的消息所带来的可怕暗示。"这么说,如果受到苏联人攻击,我就必须立刻做出决定?"

霍华德将军摇摇头,微笑着说:"不,首相,您大概有十二个小时的时间考虑。"

十二个小时?这就是**我**所说的立刻。我问他,我们难道**不应该**为此做些事情吗?

将军坚决表示同意,他认为我们的确应该做些事情。但是,他苦涩地告诉我,军方三十多年来一直听到政治家在说,国家没有钱去建设常规力量以承担这项任务。

站在我身边的汉弗莱点头同意。

"常规力量的费用惊人,首相,"他解释道,"只需按一下按钮就便宜得多。"

1月24日

昨晚我难以入睡,国防部之行让我感到寝食难安。我无法把那些数字从脑海中抹去。我集中精神的能力本来相当出色〔我们认为哈克在这里没打算说反话——编者〕，但是今天我发现自己无法专心工作。

"七十二小时……"我发觉自己与伯纳德一块儿开会时在喃喃自语。

"哦，首相？"他试图把我拉回到我们正在讨论的事情上。"同新西兰高级专员的会谈花上七十二小时，是否太大方了？"

我猜他是在开玩笑，他可以看出来我是在回想北约组织能顶住苏联人进攻的时间。我问他，我们是否可以说服美国人增强**他们的**常规力量。

伯纳德认为，这对事情并没有实质性的帮助："很显然，驻德国的美军吸毒成瘾，以致都不知道自己到底跟谁一头。上次北约演习，美国军队都散了伙，跑到树林里和女兵野餐。"

我问他北约其他军队如何。伯纳德说他们在工作日还算是正常。我让他把话说得清楚些。

"荷兰、丹麦和比利时军队，一到周末就都放假回家了。"

这是我所听到的最不可思议的事情。我以我一贯的不留情面的逻辑推论："这样说来，如果苏联人一定要进攻，权衡起来，我们倒宁愿他们在周一到周五来？"〔事实上，即使华约组织的军队选在周一到周五入侵也于事无补。北约组织的军队营房离前线阵地是如此之远，以致侵略者不管怎么样都会首先到达那些阵地。——编者〕

他点点头。

"这个情况知道的人多吗？"我吃惊地问。

伯纳德知道我想问的是苏联人。他解释说，如果他知道此事，那么苏联人必定知道。"通常在北约组织的防御信息走漏到唐宁街十号之前,克里姆林宫就已经知道了。"

我总结道:"因此,事情完全回到三叉戟导弹上来了。"

"等它出来的时候。"[1]他表示同意。

等它出来的时候?我陷入沉思,不知道何时才能成真。

"如果它起作用的话。"伯纳德补充道。

如果它起作用的话?他什么意思呢?

他漫不经心地告诉我:"首相,当新武器被交付使用时,常常发生的情况是,弹头装不上火箭的终端。北极星导弹就是这样。您知道这类事情,档案里都会有。"他快速翻动着一份档案。"线路错误,微芯片故障,地面控制传输器与导弹接收器频率不匹配。"他满怀歉意地抬头望着我。"我们已经好几年没有办法发射北极星导弹了,巡航者导弹大概同样如此,三叉戟导弹估计也好不了多少。"

我告诉他,我绝对不能容忍此事,我们应该把制造商告上法庭。

伯纳德悲哀地摇摇头,解释说,我们不能冒引起公众注意的风险。当然,他说得对。出于安全考虑,控告不可行,而制造商也拿准了这一点。

我问他是否能换个制造商。

"唉,我们就是这样做的,"他叹了口气,"我们一直在换,麻烦的是,所有的制造商都知道我们怕曝光。这就是那个鱼雷落到桑德威奇高尔夫球场上的原因。"

---

[1] 英国订购的是美国生产的三叉戟Ⅱ型导弹,在本书写作的80年代,这种导弹并未交付使用。——译者

我以为自己听错了，鱼雷落到桑德威奇高尔夫球场上了？为什么我们没有在报纸上看到这条新闻？

伯纳德知道得一清二楚。"事情被掩盖了，第二天早上，会员们只是在第七块草场上发现了一个障碍洞而已。"

我不知道自己是关注鱼雷的故障，还是更关注掩盖本身。我问伯纳德，为什么连我们的鱼雷都不好使？他安慰我，显然只有**新款**鱼雷才这样，其他的都挺好使，他指的是那些"二战"期间设计的鱼雷。

可是那些都是四十年前的旧款式啊！我想知道，为什么它们竟然比我们新设计的武器用起来更可靠。答案是如此明显，我自己应该能想得到的：旧款鱼雷经过了大量测试，而我们没办法对新武器进行严格测试。部分是因为这样做花费太大，部分是因为，如果<u>是</u>一场核战争，它将不会持续太久，我们来不及对武器进行充分测试。

我不想知道还有什么事情被掩盖着，但现在我有权知道所有的军事秘密。我想我最好早点儿了解它们。"关于英国的国防，我还有什么不知道的？"我问伯纳德。

"我不知道，首相。我不知道您都不知道什么。"

我不认为他的表现傲慢无礼，因为伯纳德接下来给了我一些有用的建议。如果我想要听听另一种观点，找政府的首席军事顾问谈谈会有收获。显然，此人对这些问题的看法与国防部颇有分歧。

我让伯纳德马上去请这位顾问。伯纳德显得有些犹豫。"傍晚小酌也许是个更好的选择，"他建议道，"最好别让内阁办公室知道，汉弗莱爵士相当烦人——他不认为首席科学顾问和我们是一头儿的。"

我在《名人录》中查到了这位顾问,伊萨克·罗森布拉姆教授,曾因"二战"中阿纳姆战役时的表现获得优异服务勋章(DSO)。汉弗莱怎么可以不信任这样一个曾经勇敢战斗,并因此被乔治六世国王授勋的人呢?

"恐怕这并不能弥补他说话时带有奥地利口音的缺点,"伯纳德评论道,"并且毫无疑问,他没上过牛津或剑桥,也不是伦敦政治经济学院毕业。"

我认为这是伯纳德所开的一个小玩笑。

1月25日

今晚我邀请伊萨克·罗森布拉姆教授来我的公寓小酌。现在我的脑子还有点晕。遇到一位真正的知识分子,并与之交谈,这在政界并不是常有的事。我曾在一所工艺专科学校当过讲师,但是在学术界与人进行充满智慧的交谈的机会并不多。[看来哈克把工艺专科学校也看成是学术界的一部分。——编者]当然,很少有知识分子能身跨两界,但是政治家们从不愿承认这一点,而学术界人士则更喜欢谈及此事。

罗森布拉姆教授是一个瘦小而结实的老者,他七十多岁,清癯,目光明亮,头脑敏锐。我感觉自己像一个大学生在接受辅导,但我确信自己能学到一二。我相信我们今晚的讨论对于这个政府的未来和这个国家的前途将产生决定性影响。将有改变由此生。[哈克在口授这一段日记时非常兴奋,以致他完全忘了还有文官机构。——编者]

今晚他突然到访唐宁街十号时,汉弗莱爵士已经回家多时了

[是下午6点走的——编者]。我吩咐安全人员,罗森布拉姆教授可以从后门进来,因为前门总是有记者守着。

他一上来就问我是否相信核威慑有用。

"相信啊。"我说。

"为什么?"他反问。

我不太清楚该怎么回答,我的意思是,每个人都相信核威慑。于是我请他重复一下问题。

"为什么?"他再次问道。

"因为……它威慑了啊。"我软弱地回答。

"谁?"

我此前从未遇到过一个说话如此简短的人。你在政界永远找不到**这样**一个人,在学术界也找不到。但是我摸不透他究竟要说什么。

"谁?"他再次问道。他看得出我不太理解,又澄清了他的问题:"它威慑了**谁**?"

在我看来,这很明显。"苏联人,让他们不敢攻击我们。"

"为什么?"他又来了,使用那个恼人的小单词。为什么什么?我在拖延时间。"请重复一下好吗?"我请求道。

"为什么?"

为什么核威慑能威慑苏联人,让他们不敢进攻我们,这就是他的问题所在。"因为,"我坚定地答道,"他们知道一旦他们发起攻击,我将按下核按钮。"

"您会吗?"他听起来有些惊奇?

"呃……"我犹豫了一下,"难道我不会吗?"

"唔……**您**会吗?"

"作为最后一招,我会的,肯定会。"我又想了一下,"至少我**认为**我肯定会。"

他继续无情地发问,我必须三思而后答。[哈克已经疏于思考很久了。——编者]

"那么到底怎样你才使用最后一招呢?"

"如果苏联人侵犯西欧。"至少这一点看起来很明显。

罗森布拉姆教授微笑了起来:"但是你只有十二个小时做出决定。因此最后一招也是第一反应,这是您的意思吧?"

我的意思**就是**这个?事情看起来太疯狂了。

首席科学顾问用挑剔的目光盯着我。"好吧,你无须担心这一点。苏联人为什么要试图吞并整个欧洲呢?他们甚至连阿富汗都控制不了。"他摇摇头。"不会这样的。如果他们要干些什么,将会采取萨拉米策略。"[萨拉米策略指的是一片一片吃掉的策略,也就是说,苏联不会全面入侵西方,而是每次吞并一小片地方。对于开头几步,更为常见的做法不是吞并土地,而是轻微违约、封锁道路等。——编者]

罗森布拉姆站了起来。他兴奋地在我的客厅里走来走去,手里拿着一杯橙汁,解释着各种各样的防卫场景。首先,他假设西柏林发生了暴乱,建筑物处于一片火海,东德的消防队员越过界线来灭火。他停住脚步,盯着我,问我在这种情况下是否会按下按钮。

很显然,答案是不会。罗森布拉姆点点头,他似乎赞同这一点。然后他问我,如果东德**警察**与消防队一并越界的话,我会不会按下按钮?我依旧摇摇头。我怎么能因为一点小小的领土侵犯就发动一场核战争呢?

罗森布拉姆再次踱起步来，他的嘴角上露出一丝微笑："假设东德派遣了**军队**，然后又增派了军队——他们声称，只不过是为了控制暴乱。然后东德军队被苏联军队替换。您会按下按钮吗？"

苏联军队在西柏林替换东德军队，我会开启核战争吗？我看不出我为什么会这样做，便又摇了摇头。

这位首席科学顾问微笑起来，并高兴地提出了"下一片香肠"：苏联军队不走了，他们被"邀请"留下来，以协助民政管理。接下来的民政管理措施也许会封锁道路并管制柏林郊外的国际机场。现在，西柏林被封锁了。[西柏林是前德意志联邦共和国的一块飞地，深入前德意志民主共和国境内约六十英里。自然，这里的民主指的是共产主义。——编者]**现在**，我会按下按钮吗？他问我。

我不知道。我告诉他我需要时间来考虑。

"您只有十二小时。"他严厉地提醒道。

我感到非常恐慌。然后我提醒自己，也提醒他，这些完全是他的虚构，说完我感到放松了一些。

他耸耸肩："现在您可是首相，也许北约组织总部马上就会给您打一个电话。"

这时电话真的响了起来！我毛骨悚然。伯纳德赶紧从我书房的这头跑到那头，接起电话。"喂，是吗？"他转身对我说道，"北约总部，首相。"

难道梦魇就要成真了吗？伯纳德继续说道："您是否愿意4月份在北约年度会议上发表演讲？"

我过去**想过**此事，我是愿意去的——但是此时我不再确信任

2．宏伟蓝图 | 85

何事,我无法明确答复。

"是的。"伯纳德对着电话说道,然后挂了电话。

罗森布拉姆教授转过身来,他又开始发话了:"现在来看场景二,苏联军队采取了'事出偶然'策略,他们的军队故意越过西德边境……这时您会用最后一招吗?"

"不会。"我答道,看起来还不是。

"好吧,"他很兴奋地继续说道,"场景三,假设苏联军队**已经**占领了西德、比利时、荷兰和法国。假设他们的坦克和军队已经抵达了英吉利海峡。假设他们正在准备入侵,您会使用**最后一招**吗?"

我拖沓地答道:"不会。"

"为什么呢?"他质问道,"为什么**不会**?"

我的思绪一片混乱,我在努力从中寻求判断。"因为,"我笨拙地说道,"因为我们战斗只不过是为了自卫,用自杀的办法怎么能自卫呢?"

"那要到哪里**才**用最后一招?"这个老家伙微笑道。他耸耸肩,坐下来,向后靠在火炉边那配有厚软垫的印花棉布扶手椅中。"皮卡迪利大街?沃特福德地峡加油站?还是改革俱乐部?"①

我盯着他,试图整理一下思绪。"如你所说,"我对他说道,"核威慑便毫无意义,你是不是这个意思?"

罗森布拉姆教授摇了摇头:"不,我可没这么说。如果苏联或美国有核弹的话,另一方一定也有。我们最好保留着北极星导

---

① 皮卡迪利大街是伦敦一条繁华的大街;沃特福德地峡位于北安普敦郡的两座山丘间;改革俱乐部位于伦敦市中心,建于1836年。——译者

弹,万一用得着呢。"

我仍然不明白他到底要提什么建议。

他干脆直说了。"取消三叉戟导弹的订购,把省下来的一百五十亿英镑花在常规部队上。因为您根本不会真正按下核按钮,不是吗?"

"也许我会,"我谨慎地说道,"如果我无可选择的话。"

他叹了口气:"但是我们已经预演了此事,他们绝不会让您陷入无可选择的境地。他们将坚持采用萨拉米策略,您记得吧?"

"这么说,"我深深地呼了口气,"如果我们不订购三叉戟导弹会怎么样呢?我们把这笔钱花在什么地方?——坦克?"

"不。我们可以花在 ET 上。"

他究竟想干什么?难道要花在外星人[①]身上?

他看出了我的心思。微笑着说道:"ET 代表新兴技术(Emergent Technology),精确导弹、目标寻引、红外感应等。新兴技术需要一支庞大的常规部队来加以操控。"

听他这么一说,我大受启发!我突然悟出了该做些什么。一切都简单得可笑,但是完全可行。首先,我们取消三叉戟导弹的订购,然后我们进行征兵,这将提供一支庞大的常规部队,它不仅解决我们的国防问题,也解决了我们的就业问题。我兴奋地解释了我的想法,伯纳德提出了一点疑虑:"征兵可是一项相当大胆的政策,首相。"

伯纳德这就不对了,征兵政策在充分就业时期固然是有些大胆,但是现在将会让年轻人有事情可做。

---

① 地外生命(Extra-Terrestrial)的缩写也是 ET。——译者

事实上，其他好处也是明显可见的。被征募的年轻人将得以学习手艺和技术，他们甚至可以学会读书识字——军队绝不可能让一个文盲退役。事实上，我们能让年轻人得到全面的教育，以弥补他们目前接受的所谓综合教育。

我们将整个举措称为国民兵役制，正像他们过去所习惯的一样[1]，以提醒每一个人，这些年轻人将在这片土地上退役，并服务于社会和国家。

这是一项伟大的政策，对英国来说是一项新政。我将称之为我的宏伟蓝图，而哈克就是总设计师。我已经为我在下院的演讲做了笔记，概述整个构思："在我们这个伟大岛国的历史上，不时会有大任降诸某人，让他领导人民走出阴暗的幽谷，登上宽阔明朗的高地，那里充满和平与繁荣。"

我很纳闷自己为什么直到今晚才想到这一切呢。[大概只有一个理由：哈克和罗森布拉姆教授今晚才刚刚会面。——编者]

1月26日

说真的，这里的事情必须有所改变，而我将是那个见证改变发生的人。[哈克上任仅仅一周，看起来就有些脱离现实了。——编者]

整个上午非常紧张，我忙于参加内阁会议，委任本届政府的留任官员，包括一些副大臣。然后我上楼到公寓去吃午饭。

但是家里没有饭。我进门的时候，安妮正在穿雨衣，而且她

---

[1] 英国在1960年废除了战争期间实施的国民兵役制（又称征兵制），并于1962年施行志愿兵役制（又称募兵制）。——译者

的心情不太好。当我以稍显诧异的温和口气问她是否有事要出门时,她提醒我,她要参加志愿服务委员会的活动,而且已经有点迟到了。鬼知道那是什么组织,我也不感兴趣。

我问她是否有空弄个炒鸡蛋或者别的什么东西。真的,**什么都行**。她告诉我冰箱里有鸡蛋。

我不敢相信,她竟然让我自己做午饭。我的意思是,我并非是大男子主义或有其他类似观念作祟,而是因为我担任首相,要日理万机,并且作为一个政治家,我其实没有资格和唐宁街的公务员就餐于内阁食堂［附属于内阁办公室——编者］。

我明白安妮的意思。我们曾经达成过协议,当我成为首相,而我们搬入了唐宁街十号之后,她仍然可以干自己的工作。她曾经强烈反对搬到这里来,我开始明白了原因所在——这里没有私人空间。当我们正在讨论炒蛋的问题,而我发现自己要扮演哈伯德大妈①的角色,并对此感到相当不悦的时候,一位年轻的女通讯员敲了敲开着的门,带着外交部绿匣子走了进来。

"外交部电报,首相。"她解释道。

安妮感到厌恶透顶。"明白我的意思了吗?"她抱怨道,"总之,生活在透明的金鱼缸里真是糟透了。我必须得搬出去过自己的生活。每次我想出门买一些香烟的时候,我不得不在门厅中经过十几个记者、一个电视摄制组、一连串的通讯员、管家和警察,在街头还得面对五十多个直盯着你看的游客。**无论到哪里,都没有隐私!**"

---

① Mother Hubbard,英国儿歌中的人物,是位家庭主妇,也引申指家务用的宽松女长袍。——译者

我指出我们还有一扇后门可走，她认为无论我们走哪扇门，事情的本质并没有改变。我说道："在公寓里我们有完全的隐私，或者几乎完全的隐私，好吧，无论如何，总有一点隐私。"

"但我们的生活不再属于自己。"她透彻地指出这一点，"今天凌晨2点，美国总统把你从床上吵醒，这又怎么说？"

我相当愚蠢地答道，那是华盛顿时间上午9点。我看得出，这个解释在她看来于事无补。我正要向她解释那是一个重要的电话，讨论的是我即将去美国访问的事宜，此时又一阵敲门声响起，两只吐着舌头的嗅探犬闯了进来，身后拖着两个警员。显然这是一次炸弹威胁，他们不得不对此进行搜索。

安妮看着我问道："这就是隐私吗？"

在我看来，她并不是很在理。我敢保证安妮宁愿进行安检也不愿意被炸飞。我告诉她，她随时可以去花园里散步，我从未看见有人到那里去。

"我又不是没试过，"安妮轻蔑地看着我说道，"大约有六十人从唐宁街十号，以及内阁办公室的窗户里看着你。就像是在监狱的院子里操练，其他囚犯和狱卒都在看着你。仔细想想，我们住这里还要付房租，他们应该花钱请我们住在这里才对。"

我必须承认，对于房租，我和她一样有怨言，我早该想到——我**确实**已经想到——既然一个人为了服务国家而做出重大的个人牺牲，那么他应该得到免费的住房才对。[许多非政界人物可不认为在这片土地上获得最大的行政权和任命权只是重大的个人牺牲而已。还有许多人十分不解哈克为什么会幻想既然大权在握，他就有资格免费居住。——编者]

嗅探犬和警员离开后，我对安妮说："看，这里确实是一个宜居之所，至少它很安静。"说这句话真是白痴，我话音未落，该死的铜管乐队就开始演奏了，我们窗外就是皇家骑兵卫队阅兵场。

她冲我咆哮道："从早上7点开始就这样了。"没错，但那里是皇家骑兵卫队阅兵场，而他们是皇家骑兵卫队——他们不得不找个地方排练。当然，我是幸运的，因为每天7点时，我已经起床了。

我试图使她平静下来："理智一些，安妮，公职生涯难免会有些个人牺牲。"

她扣上她的雨衣："好吧，我牺牲我的睡眠，你牺牲你的午餐。"她说罢就走了。

我追了出去，向楼梯下面喊道："那你午餐吃的什么啊？"

"半支约克条①。"

我一肚子火，回到公寓寻找剩下的半支，但就是找不到。冰箱里倒是有一些鸡蛋，可是我就是不能面对下厨房的待遇。我沮丧地溜达下楼梯，漫步到我的书房中，我愤怒地站在窗前，看着军乐队来来回回行进。我在私人办公室留了一张纸条，这样伯纳德一吃完午餐就会跑过来看我。

四十分钟以后他闯进来了，吃得很饱，兴致颇高。我转身问他午餐吃得可好。

他稍微有些惊讶："是的，相当好。"

"你在哪儿吃的？"

"在内阁食堂。"

"三道菜？"

"没错。"

---

① Yokie bar，这是雀巢公司生产的一种巧克力。——译者

"还有酒?"

"是的,一杯红葡萄酒。"他停顿了一下,努力想弄明白我什么意思。"嗯……首相,如果您感兴趣的话,我喝了咖喱肉汤,接下来是小牛排加炒土豆泥,还有……"

"我没兴趣听,伯纳德,"我厉声说道,"你想不想知道**我**中午吃的什么?"

他感到我正心烦意乱,但仍然不明所以。"嗯……您想告诉我吗?"他问道。

我不愉快地微笑了一下。"好啊,我什么都没吃。"我愤然说道。

"您在节食吗?首相。"

我简单解释了我并非节食。我表示真乃奇哉怪事:这里的餐厅可以让伯纳德进餐,可以让所有的私人秘书进餐,可以让内阁办公室、新闻办公室,乃至花园室的姑娘们[指的是登记处和打字组的绝对高级的女士,她们的工作场所位于通向花园的一间地下室里——编者]进餐,偏偏就不让我进餐,而该死的我却要住在这里。

伯纳德问我哈克夫人是否能为我做饭。我提醒他,夫人有自己的工作要干。然后他提出我可以雇一个厨师,这个主意看起来不错——但细一考虑,我将必须自己付酬。并且按照伯纳德的说法,一个全职厨师的工钱一年要八千到一万英镑。我可付不起。为了让自己脱身,他建议我找内阁秘书商量。显然他不想卷入这场讨论,因为他无权改变这一制度。

但我当时非常恼火,现在一想到此事,我还窝火呢。我转向窗户,暗暗憋气。

伯纳德清了清嗓子:"我想内阁秘书不一会儿就会过来,让我们继续处理一些国家事务吧。"

"去他的国家事务，"我答道，"我就想要一个厨子。"

伯纳德答应此事会得到关注的，然后引领唐宁街十号的新闻官马尔科姆·沃伦进了房间。他是一个直率的大块头约克郡人，一个职业公务员，对如何处理现实世界的各种事务很是在行。他是我前任所任命的，我把他留了下来，因为他能牢牢控制住议会记者和整个白厅街的公关机器。

我请他说得简洁一些，因为我随时可能要接见内阁秘书。

"遵命，首相大人，一共两件事。第一件，也是最重要的事，我们要讨论您履新后的首次电视露面问题。"

这是件大事，非常重要，我请他过一两天再来讨论，以便我们有时间深入细节。

他要跟我讨论的另一件事是我对华盛顿的正式访问，当然，此事的重要性略逊一等。

他想提出的一点是，大量记者想跟我们一起去华盛顿。我想这是好事儿啊。马尔科姆却担心费用问题。但我向他解释说，这将是一个极为重要的场合，我将站在那儿，与美国总统肩并肩站在白宫前的草坪上。现场将奏响两国国歌，两位世界领袖将在一起合影。美国总统将向世界宣示我们的良好关系、我们的团结和决心。他也许还会说一两句话来揄扬我的勇气、智慧和政治才能。如果他这样说了，那么非常重要的一点，就是把此事在英国予以充分报道。这种形象宣传对于英国而言是至关重要的。[哈克的意思是对他个人是至关重要的。——编者] 对于我们在世界上的威望是至关重要的。[对于他的威望。——编者] 对于我们在世界上的地位是至关重要的。[对于他的历史地位。——编者]

马尔科姆欣然同意，特别是当我告诉他，我的意思是，作为一项政策，对于这个国家在各个方面的成功，我们不应该对报界有所保留。我告诉他，我们必须对我们政府的成就开诚布公。我要求，对于政府的每一个胜利，我们必须具有勇敢的诚实精神。

他明白我的意思，但是仍然吹毛求疵地指出一点，我上任只有七天，还没有那么多成就可言。此话不假，但今后会有的。

我向他提供了一个新闻故事的好素材：我告诉他，我今天刚不得不自己解决了午餐问题。我问他是否知道此事。看来还没有人对他说过。因此我把事情和盘托出——楼上的公寓如何没有厨师或管家，安妮如何有自己的工作，我们也雇不起人，看起来最好的办法就是我自己来洗盘子，洗袜子。

马尔科姆在领会我的意思方面有点迟钝。他看不出其中可以产生一个好的新闻故事。我解释说，他能以吉姆·哈克并没有被难住，并能体会老百姓的难处为线索弄一篇报道，诸如此类吧。

马尔科姆说他要想一下："我们不想让您看起来太过平庸，首相，尽管您是有点平庸。"

他的意思是说，这个报道听起来平庸？我可不这么认为，他接下来说道："我的意思是，这类宣传能产生相反的效果，您还记得吉米·卡特总统被兔子攻击的事情[①]吧？"

我依稀有印象，卡特看起来有点像个傻子。还有卡特在户外慢跑的那张照片，看起来就要完全虚脱了。他也许认为展示自己

[①] 美国前总统卡特在野外垂钓时被一只"十分邪恶"的沼泽兔发起攻击，卡特急中生智，用船桨赶走了这名不速之客。尽管卡特成功应对了这次突发事件，但其总统职位并未因此而保住。虽然有很多因素导致了卡特1980年竞选连任失败，但此事绝对给竞选中的卡特带来了负面影响：这次被媒体捕捉到的"兔袭"事件吸引了公众的注意，并不幸地被竞争对手所利用，将卡特塑造成了一个走霉运的领导人。——译者

正在锻炼的场景是个不错的主意——但是这张照片给选民们造成了他将不久于人世的印象,使他丧失了大量支持。由此看来,马尔科姆的谨慎或许不无道理。

马尔科姆进一步阐明了他的观点:"也许我们逐步为您塑造形象更好一些,比方我们先登载您正在洗盘子的照片,身上有点湿漉漉的样子。"

我送马尔科姆出去,然后伯纳德引了汉弗莱进来。我告诉汉弗莱,我一直在思考。

"好啊。"他充满鼓励地说道。

"我当首相已经有一个星期了。"我说道。

"要让我说的话,您还是一个非常称职的首相。"

我感到高兴,被同事称赞总归是一件好事,特别是像汉弗莱这样刻薄的同事,更是难能可贵。我告诉他,我不是在沽名钓誉,而是一切**确实**进行得很好。我很高兴他能认识到这一点。

然而,我们立即发现我们所犯的第一个错误,或者说是**他们**所犯的第一个错误,这是一个相当严重的错误。我当时随口议论说,给我们的老盟友以报答真是一件愉快的事情。"罗恩·琼斯对他的贵族头衔满意吗?"我问道。

"噢,相当满意。"伯纳德说道,"他说他的会员们会很高兴的。"

我不明白伯纳德什么意思。"会员?"

"他所负责的联盟的会员,某某全国联合会……"[①]

[①] 原句为"The National Federation of...",英文定语后置,故会名尚未出口便被哈克打断。——译者

我突然明白怎么回事了。我脸色铁青。"不是**他**！"我大喊道,"我指的是我们的后座议员。我想给那个罗恩·琼斯贵族头衔,不是这个**罗恩·琼斯**。"

"啊?"伯纳德说道。大大出乎他的意料,我想。

我们都坐下来,面面相觑。事情无可挽回了。伯纳德试图往好的方面想。"首相,我猜他都快乐疯了,我想这对您是一个安慰。"

"他绝对乐疯了!既高兴——还很奇怪!"我说道,并问汉弗莱我们还能做些什么,要不也给后座议员一个贵族头衔?汉弗莱认为不可行:"恕我直言,首相,我们不能在上议院推出**两个**罗恩·琼斯——这看起来像是在搞批发。"

但我已经许诺会给他某种荣誉,我们抓着头皮想了一会儿,然后汉弗莱有了主意:"罗恩不是对于电视特别有兴趣吗?他甚至搞了一台电视机在家。我们可以委任他为英国广播公司的主管之一。"

事情就这么定了,我们开始讨论一些重要的事情。我对汉弗莱解释说,我楼上的公寓需要一个厨师兼管家。

他建议我可以登广告聘请。他不明白我的意思。我说,我需要**政府**给我派一个厨师兼管家来。

正如我在与伯纳德谈话后所预料到的一样,汉弗莱对此事完全帮不上忙:"这个要求十分困难,因为您的公寓是一个私人住宅,而它正巧位于一座政府大楼里。"

我指出,我正巧就住在里面。于是——真想不到啊!——我正巧也得吃在里面。"我要求有个厨师并非不合情理吧?"

"合情合理,但是不可能。"汉弗莱直截了当地说道。

我从未听到过如此荒谬的事情。汉弗莱让我接受现实，我有权把世界炸飞，但无权要求炒蛋。[哈克有权**要求**炒蛋，这一点毋庸置疑。——编者]

我进一步探究这个荒谬的规定，想得出合乎逻辑的结论。"如果我邀请德国大使来共进午餐，那怎么办呢？"我问道。

"那就没问题了，"汉弗莱略加思索道，"这是官方邀请，按照政府礼节，将为您准备五道菜，三瓶红酒或白兰地。毫无问题。"

汉弗莱的意思是，德国大使的午餐是政府的事，我的午餐却不是。当然，不仅是德国大使，**任何**一位大使的午餐都是如此。

因此，我当场告诉伯纳德拿日程簿来，然后我让他周一给我安排与德国大使的午餐，周二安排法国大使，周三安排美国大使。对了，不要忘记英联邦国家，周四我要和新西兰高级专员共进午餐。"伯纳德，联合国一共有多少个国家？"

他当然知道答案。"一百五十八个。"

"好，"我微笑着示意汉弗莱，"这就够我安排半年的了，然后再循环安排吧。"

伯纳德迅速翻阅着我的日程簿。"首相，您并不是每天都有空和大使吃饭，有时您会有官方安排的其他午宴。"

"好消息，"我答道，"这样更好，我们就用大使们来填空。"

汉弗莱面露忧色并评论道，外交部对此或许会有看法的。[这一点毫无疑问。有这样一种说法：首相同一位大使吃顿午餐，两年耐心的外交努力就白费了。外交部不可能赞同这类午餐。——编者]

我不怎么介意外交部的说法："居然没有人为我和我的家人提供伙食，实在是太荒谬了！"

汉弗莱不懂为什么荒谬。不过他也不会懂的，他也在内阁食堂吃午餐。"首相，二百五十年来，事情一直就是这样安排的。"他说。

"这就是一直以来的结论吗？"我问道。

"两个半世纪以来一直就是。"

伯纳德——上帝保佑这个家伙——以他一贯的书生气和强迫症方式插嘴了。"啊，恕我直言，汉弗莱爵士，"他无礼地开口了，"这不可能是两个半世纪以来一直的结论，因为半个世纪以前它仅仅是两个世纪以来的结论，一个世纪以前它仅仅是一个半世纪以来的结论，一个半世纪以来……"汉弗莱恶狠狠地盯着他，伯纳德停了下来。他的逻辑总是无可挑剔并且离题万里。

我匆忙插话，以转移汉弗莱的注意力，把他的怒火从我忠诚的私人秘书身上引开。"汉弗莱，我并没有被说服。我想要一个厨师，并且我想让你明白，他的工资必须有人负责。"

汉弗莱板着脸，转过身来生硬地对我说："那么，让我们这么说吧。您希望媒体宣布，您上任后第一个举措就是把自己每年的实际薪俸增加八千到一万英镑吗？"

我没料到这一点，但我不明白我们为什么要把这件事告诉媒体。否则谁会知道。

汉弗莱看出了我的心思："顺便说一声，我们必须告诉媒体。我们别无选择，首相的薪俸和费用必须公开。"

"有什么办法，我们能……不提它吗？"我满怀希望地问道。

"开放的政府，开放的信息。首相，对于媒体可以从其他渠道轻易搞到的**任何**消息，我们应该保持开诚布公。"

我原本以为此乃小菜一碟，现在我完全不敢相信此事竟然无法解决。但今天我不得不暂时放下这个问题。汉弗莱的立场是，自从二百五十年前，唐宁街十号被用作首相官邸以来，这个问题就没有解决。因此，按照文官部门的推理方式，这个问题将永远也不会解决。

汉弗莱改变了话题："首相，您刚才说您一直在思考一个问题。"

"是的，汉弗莱。"我答道，"我们都已经承认，我当首相以来，一切都很顺利。因此我常常问自己：怎样才能把这种顺利维持下去呢？"

汉弗莱充满希望地盯着我："您有没有考虑过可以巧妙地无为而治？"

真是荒谬。但我还有耐心："不，汉弗莱，首相嘛，应该坚决有力。"

"那当然！"他赞成道，"**坚决有力**地巧妙实施无为而治，怎么样？"

我不能再当老好人了——毕竟，现在我是舵手。"不，"我微笑着说道，"但我**应该**坚强有力。"

"没错。"汉弗莱爵士说。

"而且要有决断。"我继续说。

"完全正确。"汉弗莱爵士说。

"而且要富于想象力。"我带着挑衅之意补充道。

"富于想象力这一点，我可说不准。"我敢**打赌**汉弗莱就没有想象力。

"首要的一点，"我总结道，"我必须发挥领导能力。"

"领导能力，"他极力赞同，"领导能力至关重要。"

"既然我是首相,我有权这样做,是不是?"

"当然了,首相,您是首相,您指引我们向东,我们绝不敢向西。"

于是我告诉他我的新政策,我的宏伟蓝图。我已经决定撤销三叉戟导弹,将一百五十亿英镑花在常规部队和新兴技术上,施行征兵制,从而一揽子解决我们的国防问题、收支平衡问题、教育问题和失业问题。

他目瞪口呆地看着我,我瞥了一眼伯纳德,他正兴致勃勃地看着他的老上司。

我在等汉弗莱的答复,但毫无答复。不管怎样,起初并没有答复。他似乎已经被斧头大卸八块了。我给了他一些时间,以便他能把自己重新组装起来。然后,当我等得不耐烦的时候,我让他好歹说点什么。

"我……呃……这个主意是哪儿来的?"这不是一个招人喜欢的问题,于是我提醒他,我不是一直在思考嘛。

"您不能那样!"他气急败坏地说道。

起初,我认为他是在告诉我,我不能独立思考,或者不必思考。但他接下来说,我所提出的蓝图是全新的革命,是前所未有的创新。

因此,我们就较起真儿来了。他的意思是我不能推行我的政策。好吧,我在我看来,还轮不上他指手画脚。

但他显然以为他有资格来评判:"首相,您不能完全重组这个国家的整个国防,就像您画个蓝图那样随便。"

我的答复很简单:"我是首相。"他刚说过他会追随我,也同意我应该有决断,更赞成我应该发挥领导能力。那么他还抱怨什么呢？［也许汉弗莱爵士希望哈克的决断都用在汉弗莱赞成的事务上，哈克的领导能力只有体现在被赞成的方向上才受欢迎。——编者］"多说一句，"我补充道，"我有这个权力。"

他一点也不喜欢这话。"没错——但是要在法律和宪法许可的范围内，要受行政先例、预算可行性和内阁政府的约束。您的内阁同事呢，他们对此有何看法？"

我不得不承认，我还没有告诉他们。但我想他们会喜欢这项政策的，因为他们喜欢一切能降低失业率的政策，他们半数人甚至会欢迎通货膨胀，只要它能降低失业率。而且我认为，当内阁知道有一百五十亿英镑突然闲置出来可以用于公共开支时，也会非常高兴的。不管怎样，我是首相，他们怎么想又有什么关系呢？

"是我任命了内阁。"我简单地说道。

汉弗莱冷笑了起来："我肯定，您不想让他们**失望**吧。"

非常可笑，他总是一副高高在上的样子。但是我没有笑。我什么也没有说。我只是等着他屈服，遗憾的是，他不再说话了。

"汉弗莱，你成哑巴了啊？"

"您说了很多让我无话可说的话。"

"你的意思是，**你**认为我们应该保留三叉戟导弹？"

他只有一种回答方式："这事不由我做主，首相。"完全正确，他只不过是个文职人员。

"说得好，"我宽宏大度地表示赞同，"那么我们算是一致了。"

汉弗莱不肯就此罢休："但是既然您向我征求意见……"

我感到得意："那么怎么样？"

"好，"他冷冷地说道，"我认为我们应该保留它。"

我告诉他，我看不出保留它有何意义。汉弗莱在揣摩我的思路，他问我，如果我取消三叉戟导弹的话，是否要买巡航导弹代替。

我告诉他，英国不应该再添购任何核武器了。

他脸色惨白："但是首相——你不会暗地里是一个单方面裁军主义者吧？"

我解释说，我才不是呢，我们还有北极星导弹呢，我没有打算放弃它。

他稍微放松了些。在他看来，我至少不是一个安全方面的冒险者，只是有点蠢。他告诉我，北极星导弹不能胜任，那只是破烂不堪的老系统，而三叉戟导弹则是一流的，速度更快，弹头更多，能独立制导。据汉弗莱说，三叉戟导弹几乎不可能被拦截，而苏联很容易建立一个能够拦截北极星导弹的多层弹道导弹防御系统。

"该系统何时交付使用？"我问道。

"按照战略需要，从现在起的任何时候。"

我打五十步以外就能看出这是在含糊其词。[再远也行，因为哈克本人就是一个含糊其词的高手。——编者]我问他，确切地说，到底是在哪一年？

"这个嘛……2020年。"我微微一笑。"不过可能比您想得要早。"他急忙补充道。

"你是说，这样一个防御系统能拦截全部一百九十二颗北极星导弹？"

"不是**全部**，不是。但是几乎是全部，是97%。"

我掏出袖珍计算器,做了个简单的算术。我抬起头望着他:"这样说来还有五枚导弹可以突破防御系统。"

汉弗莱得意起来:"准确地说,只有五枚而已。"

"足够了,"我温柔地提醒他,"足够抹平莫斯科、列宁格勒和明斯克了。"

"是的,"他冷笑道,"不过也就这样了。"

我不敢保证真的理解了他的话。"我认为,这足以使苏联人停下来好好想想了。"

汉弗莱对三叉戟导弹的热情是毫无止境的:"但是,您没有**看到**吗,首相,有了三叉戟导弹,我们就可以抹平整个东欧。"

我不想抹平整个东欧。我把这个想法告诉了他,他不耐烦地点点头,他也知道这一点,他认为我不明白他的核心意思。"这毫无疑问将是一个有效的威慑,首相。"

"但这只是吓唬人的,"我告诉他,"我大概不会用它。"

"他们不**知道**您大概不用。"他争辩道。

"他们大概知道。"我说。

他被迫同意我的看法。"是的,他们**大概**知道您大概不用,但是他们不能**确信**这一点。"

他是对的,但是他们不必确信。"他们**大概**确信我大概不用。"我说。

"没错,"他表示同意,"然而,即使他们**大概**确信您大概不用,但他们还是不能**完全**确信您**完全**不用。"

伯纳德正在做谈话记录。幸亏他在使用速记法,所以在傍晚公务完毕时他才能把这些谈话整理成文字。

汉弗莱能看得出来,他的威慑论在我这里并不好使,因此他换了另一招来劝我保留三叉戟导弹。这次是恭维我并利用我的虚荣心。我无法想象，他为什么总是觉得这招能奏效。

"您看，首相，一切归结为一个简单的问题。您是首相，大不列颠的首相，您不认为英国应该拥有最好的东西吗？"

"当然。"

"很好。"他把我的答复作为接着加以盛赞的信号。"如果您走进核导弹样品陈列室，您就会希望购买三叉戟导弹，它可爱，优雅，美观，一句话，它是最棒的。英国就应该拥有最棒的东西，它在核导弹世界里的地位，就相当于伦敦萨维尔街的服装，劳斯莱斯险路系列的汽车，拉菲庄园1945年的红酒。这是哈罗德百货①所能卖给您的最好的导弹，我还能说什么呢？"

"只不过，"我镇定地答道，"它要花费我们一百五十亿英镑，而我们又不需要它。"

汉弗莱悲伤地摇了摇头，在他看来我完全不得要领。"对于哈罗德百货的任何东西，您都可以这样说。"他的话不无道理。

1月30日

今晚我们在唐宁街十号有一个招待会。时间是6点半到8点。尽管许多来宾是从上届政府中留用的［有一些人仍官居原职——编者］，但这毕竟是我上任以来的第一次招待会，不过我们都是同一个党的成员，招待会也不是太要紧。

经历了漫长而疲惫的一天后，我对招待会并没有太多的期

---

① 哈罗德百货（Harrods）创建于1834年，是英国著名的奢侈品公司。1901年创建了富丽堂皇的大商场，成为当时伦敦最时尚的场所。——译者

待。但是，事情往往就是这样，在一次不经意的谈话中，出乎意料的事情发生了。霍华德将军也是来宾之一，大约一周前，他曾经带我参观了国防部。我拉住他谈话，我告诉他，我想听听他对一件事的看法，还说他是不会喜欢这件事的。

"把最坏的事情告诉我吧，首相。"他生硬地说道。

于是我就说了。我说尽管此事对于现役军人来说无疑是一个沉重打击，非常不受欢迎，但我还是想取消三叉戟导弹。

他咕哝了一句，我听得半懂不懂。"嗯，等一下，"我说道，"不要反驳得太快，争论是没有用的。我……"我忽然停了下来，意识到我没听清楚的那句话是什么意思。"你刚才说什么？"我问道，以免是自己出现幻觉。

"好主意。"他说话简洁扼要。我还是不敢确定我理解对了。

"你的意思是，你赞成？赞成撤销三叉戟导弹？"

"当然赞成。"

刚过去一周时间，我所有关于国防部的成见第二次被颠倒过来。

我站在那里，盯着这个仪表堂堂的、浅棕色头发、浓眉大眼、六英尺四英寸的大家伙。"你为什么赞成呢？"

"我们并不需要它，"他简洁地回答，"这完全是浪费金钱，毫无必要。"

我几乎不敢相信我的耳朵。国内陆军的最高长官同意我的看法——三叉戟导弹就是浪费金钱。我告诉他，我希望保留北极星导弹，保留美军基地，并加强我们的常规部队。

"您真是太英明了。"

我反倒有些怀疑他是一个唯命是从者。"国防部所有人都同意吗?"

他摇摇头。"不,海军想要保留它,因为导弹要从他们的潜艇上发射。取消三叉戟导弹,它们就差不多成了摆设。"

"因此他们会抵制?"

"是的,但是没有什么是他们不抵制的。他们曾拒绝护航,这几乎使我们输掉第一次世界大战。"

"那么皇家空军呢?"我问道。

"唉,"他轻蔑地说道,"如果您有兴趣知道飞机库修理工们的意见,您倒是可以去问问他们。但是我猜他们也是想要三叉戟导弹的。只不过他们想要的是从空中发射的导弹,就像是飞鱼导弹①。"

突然,这一切使我明白过来。为什么我以前会认为三军总有一致看法呢?

霍华德将军继续向我解释他所了解的空军心态。"他们想在飞机上装炸弹,您明白,他们真正感兴趣的是飞过去在人们头上扔东西。当然,并非说他们擅长此术——我的意思是,他们甚至不能接近斯坦利港的跑道②。他们甚至找不到莫斯科,即使找到了,恐怕也打不中。"

现在问题清楚了。如果只有陆军支持我,我怎么使国防部通过这项政策呢?我就此询问了霍华德将军,他已经想好了答案。

---

① Exocet,这是法国研发的反舰导弹,在1982年的马岛战争中,阿根廷空军曾用该导弹击沉了英国谢菲尔德号驱逐舰。——译者
② 指马岛战争初期,英国对斯坦利港阿根廷军发起的黑公鹿空袭行动,该行动收效甚微,其中三次突袭机场只击中跑道一次。——译者

"国防参谋长①一职不久就会空缺,按理说,轮到海军来担任了。不过这事还要看您的决定,如果您直接委任一位军人……"

他很微妙地故意不把话说完。我已经明白,他就是那位资格最老的军人了。因此,如果我任命了他,国防参谋长就站在我的一边了。我不知道这样是否就够了,另外如果我忽视了海军的人选,他们将作何反应?显然,在一定的时候,这些问题我必须加以考虑。

[汉弗莱·阿普尔比爵士在那晚的招待会上也和霍华德将军有过谈话。他们的谈话明显改变了事态的进程,而将军和首相的谈话却没有达到这种效果。汉弗莱爵士对该谈话的回忆被发现于他的私人文件中。——编者]

  霍华德将军在同首相进行了简短谈话后,看起来异常轻松,这一点我一直在观察。后来在恰当的时候,我们谈了话。将军评论道,他很高兴碰到一位有点想法的首相。

  我问他哪个国家有这样的福气。当然,我知道他指的是哈克,而且我猜哈克并没有告诉他全部计划。

  显然,我是对的。哈克对霍华德将军谈了取消三叉戟导弹的事,但并**没有**谈重新实行征兵制的问题。当我提及此事的所有细节时,将军大吃一惊,我就知道他会这样。

  哈克要实行征兵制,因为这有助于解决失业问题,从而赢得选票。但是军队并不需要征兵制,而且从不需要。他们

---

① 国防参谋长一职相当于美军参谋长联席会议主席,为英军级别最高的将领。该职地位虽高于各军种的首长,却没有直接下命令的权力,所有的军队指挥官直接听从国防部的命令。——译者

以精干、专业的军队而自豪。这是一支坚忍不拔、训练有素的军队,很可能是世界上最好的军队。国防参谋长可不想征召一群朋克、怪人、吸毒者和地痞流氓。手上有五十万乌合之众,除了在奥尔德肖特①削土豆外无事可做。将军们都担心这样会把他们的军队沦为普通的军队。[就像是打赢两次世界大战的那支军队。②——编者]

他们还对新通过的机会均等的立法表示忧心。众所周知,在美国,北约司令官甚至不知道派给他们的士兵是男是女,直到士兵到了才知道,有时候即使是到了也认不出来。

鉴于可能要实行征兵制,霍华德将军认为,尽管三叉戟导弹有诸多毛病,但还是保留为妙。他催促我赶紧想一些办法,阻止首相推行这个不幸的政策。

我解释道,很不幸,首相们是不可能被阻止的。但是他们能被拖延。事实上,他们几乎总是这样——几个月后,大多数首相都或多或少地消停起来。

我的主意是同大使悄悄谈谈,霍华德将军表示赞同。

[哈克的日记继续下去。——编者]

1月31日

今天有好消息,也有坏消息。先碰上的是坏消息。

---

① Aldershot,这是位于伦敦西南六十公里的小镇,有英军大型训练基地,被誉为"英军之家"。——译者
② 英军在两次大战期间实行的就是征兵制,编者这里是在讽刺。——译者

我早上和汉弗莱、伯纳德、马尔科姆一起开会，为我的美国访问之行做最后的准备。马尔科姆负责落实让英国广播公司新闻部和英国独立电视新闻公司在白宫草坪上获得最好的位置，以便能拍到我和美国总统亲密的双人特写镜头。

我还告诉他，在白宫里面也要保证获得好的拍照位置，以便拍出我和总统的两人合影。

我给了他一张单子，上面列出我想好的所有拍照想法。包括第二天会谈开始的时候，总统对我说再见的时候，特别是他用左手充满希望地抓着我的肘部。他在与西德总理会面时用过这个姿势，显得异常亲密。

我要他同我们的驻美大使把这一切安排好，但马尔科姆认为这有些困难。我必须说一句，我真不知道我们要这些大使有什么用，每当我们需要办一些对英国十分重要［即对哈克十分重要——编者］的事情时，他们总是添乱。

并不是我要关心政治利益、选票胜利或诸如此类的事情。我是为了英国好，让世界上的其他国家知道英国是美国平等的伙伴，仅此而已。

汉弗莱不愿意继续讨论宣传方面的问题，真不知道是为什么。取而代之，他拿出了内阁的议事日程。

你不必是大侦探赫尔克里·波洛[①]就可以看出日程已经被篡改过。取消三叉戟导弹的讨论显然不在其列。我问汉弗莱这是为

[①] Hercule Poirot，英国作家阿加莎·克里斯蒂（Agatha Christie）笔下的大侦探，是一系列故事的主人公，著名的有《东方快车谋杀案》《尼罗河上的惨案》等。——译者

什么——毕竟，作为内阁秘书，拟定日程是他的工作。

"我们确实想讨论三叉戟导弹的问题，首相，但是我认为稍后再讨论也许更明智一些。我们先要彻底地研究它，详细地审查，思考有关问题，提出一些报告，进行部门之间的讨论，制订应急计划，等等。我们正在讨论的可是这个国家的国防问题啊。"

我不敢相信，他仍然以为这些旧把戏能骗得了我。我当即责问他，而他声称自己是无辜的。"事实上，不是这样，首相，但是内阁必须掌握全部事实。"

我笑了："这真是一个新鲜的想法。"

他没有笑："重要的决策需要时间，首相。"

我立即看出他在玩什么把戏：拖延战术——最古老的招数。事情耽搁越久，就越难以启动。

这时，那个坏消息出现了。犹如晴天霹雳。很显然，汉弗莱已经从美国大使那里得到消息了——非正式的——假如我们向美国取消三叉戟导弹的订购，他们将非常不高兴，除非我们向他们订购另一款核导弹。

起初，我对此十分抵触，毕竟，我要为英国的利益着想。但是，他们宣称有两个理由感到不安。第一个理由是，他们感到需要我们这个伙伴，但是不想独自承担核包袱。这个理由完全合理，但是既然我们保留了北极星，他们就不必独自承担。第二个理由才是真正的理由：美国将损失上百亿美元的订单，其航空航天工业也将失去几万个工作岗位。

问题是，美国人在反对我的伟大计划，如果有什么可做的话，我能做些什么呢？我告诉汉弗莱，我无意改变我的政策，就是美国人也得学会如何接受它。

"是，首相，"他说道，"但是我认为，如果我们把您有关三叉戟导弹的计划保密，直到您访美回来再说，或许我们能避免一些尴尬。"

我尖锐地回答我不同意："如果非得进行一些强硬的对话，在我和美国总统会谈时，我倒要和他说个明白。"

他遗憾地摇了摇头："啊，问题就在这里。您知道，您同他会谈的议事日程必须事先经双方同意，您不能大老远地跑过去闲聊。"

"为什么不能？"

"呃……您可能想不起来有什么话可说。此外，如果您把取消三叉戟导弹的打算事先告知美国人，我猜想访问计划将会有少许的改动。"

"什么改动？"

"总统将不会与您见面，改由副总统来接待您。"

我极为震惊。副总统？我不敢相信自己的耳朵。我以为汉弗莱是在开玩笑，但他是**认真的**。

真是荒谬，太可笑了。完全是一种侮辱。连博茨瓦纳去访问都是美国总统接待。[博茨瓦纳并没有取消三叉戟导弹的订购。——编者]

汉弗莱试图把话说得委婉一点："我肯定，他们会把事情处理得体的，首相。总统将患上外交性的牙疼，就像赫鲁晓夫一样。"他们也可以解释他患了黏膜炎，或者挫伤了大拇指，甚至睡着了也说不定。

汉弗莱知道，我也知道，整个访美之行的重点是公关价值，要让人们看到首相与总统在一起。我问汉弗莱，我们有什么选择。他劝告我，实际上根本没有选择。假如我想被总统接待，就

2．宏伟蓝图

必须把三叉戟导弹问题从议事日程上拿走。

这对我是一个可怕的打击。这件事我必须另找个机会和美国说，但还有什么时候比我人在美国时更好呢？不过，注定要做的事情，一定会做的。

接下来的问题是，我是否应该在内阁会议上提出三叉戟导弹一事。汉弗莱劝我暂时放一放，直到访美回来，万一讨论的内容被泄露给美国大使呢？汉弗莱是对的，很显然已经有人把此事泄露给了美国大使，但这个人是谁呢？

"不管怎样，汉弗莱，"我悲哀地说道，"一个新首相必须向世人表明他已经到任了，表明唐宁街十号有了新的思想和有力的手腕。我一定要扬名立万！"

接着汉弗莱透露了一个好消息。看来我还是有所成就的，而此事在前任中谁也不曾做到。一名厨师，令人惊讶吧！他从内阁办公室的食堂调到我的公寓，如果有需要的话，专为我们做午饭。当然，周末和节假日除外。

此事令人满意，并将在史书上留下一笔。我想这表明，事情已经走上了我要的轨道。我控制了局面，而且文官部门可以清楚地看到，唐宁街十号有了新的思想和有力的手腕。

我告诉汉弗莱，至于三叉戟导弹的事，我不想改变我的政策，也不想改变我的思想。在适当的时候，我将甩掉它［哈克的意思大概是甩掉三叉戟导弹，而不是他的政策——编者］。但是与此同时，我看不出把取消三叉戟导弹的计划推迟到我访美回来以后有什么不妥，因此我坚定地告诉汉弗莱，把三叉戟导弹的事情从明天的议事日程上拿去。

他顺从地接受了这个决定。"是，首相。"他谦卑地答道。

3. 电视演说

2月6日

今天的事情我记的不多。昨晚我刚从美国回来,几乎整夜都没有睡,大清早第一件事就是来书房。我想同汉弗莱谈件事情,但是他今天似乎并没有来上班。伯纳德告诉我没发生什么事情,日志上也没什么约会,于是我们花了些时间来浏览报道我美国之行的那些报纸,并庆祝这次访美的成功。说实在的,仅此而已。

伯纳德·伍利爵士(与编者谈话时)回忆:

由于时差反应,首相对于他这次访美归来后的回忆恐怕有些模糊。他实在太累了。

他从公寓里出来,蹒跚地下楼走进书房,除了一双布满血丝的眼睛外,整个面容看起来十分苍白。他声称他没有时差反应，然而他有些担心，因为他一句也没想起来美国总统在白宫对他说过什么话。事实上，这与时差反应无关——总统确实没有说几句话。也许是因为总统也非常疲惫吧。

哈克频繁地打着哈欠，派人把汉弗莱·阿普尔比爵士请了来。汉弗莱没去华盛顿因而精神饱满、思维敏捷。哈克自知很疲惫，表示忧虑说，如今的政治家[**政客们往往用这个词来形容自己——编者**]花费了大量时间搭乘喷气式飞机奔波于世界各地，参加那些能够影响人类前途的重大磋商，而自己却"晕头转向"。哈克当时用的就是这个词。

汉弗莱爵士解释道，这就是为什么这种重大磋商总是由他这样卑微的下属预先谈好，而几乎不会留给"晕头转向"的首脑们来处理。

幸运的是，汉弗莱爵士说话时首相正微微打盹儿，没有留意到他的话。也许这正说明了首相回忆有误，以为汉弗莱爵士那天不在场。

我们试图唤醒首相，过了一会儿他才醒。他睁开了眼睛，坐直了身体，有些惊讶地说："啊，汉弗莱，早上好。"

不幸的是，哈克根本就没有想起来曾经派人请过汉弗莱爵士，也没想起来为什么要这么做。我也不知道为什么，因为哈克还没来得及告诉我，就又睡着了。因此汉弗莱爵士就离开了，当他走时，首相又开始打鼾，于是我也走开了，好让首相安静地睡一会儿。

那天下午很晚的时候，他匆忙到私人办公室找我，让我同他一起审查积压下来的大量工作，他原以为他不在的这段时间工作会积压如山。

我不得不告诉他，根本就没有积压的待办事项，并且与公众的认识恰恰相反，他现在要做的工作少多了，因为他是首相，不用再负责一个具体的部门了。

事实是，人们在报纸上看到的每一个描述首相工作如何辛苦的报道都是杜撰出来的，这一般是由新闻处编造的。我将首相每周必须完成的工作列举如下：

1．主持内阁会议：两个半小时；
2．主持两到三个内阁委员会会议：四个小时；
3．在议会上答疑：半小时；
4．女王接见：最多一个小时（如果她在一小时内不感到厌烦的话）。

以上每周合计八个小时。除此之外，首相必须读所有的简报、备忘录、呈递的材料以及外交部的电报等。私人办公室则安排首相从一个地方赶到另一个地方同人们握手。事实上，尽管需要首相做的事情很多，他应该做的事情很多，他**能够**做的事情也很多，但是他**必须**做的事情却很少。毕竟，首相就是老板。[事实上，美国总统在20世纪80年代中期所采取的不干实际工作的制度颇有可取之处。这个制度留给总统时间去思考，如果他觉得有必要思考的话；如果不愿意，睡觉也行。——编者]

由于没有预料中的积压工作，首相提出要看看有关他的新闻剪报。

他对唐宁街十号的新闻官马尔科姆·沃伦送来的剪报十

分满意。显然，我们不在国内的时候，首相已经连续三个晚上出现在所有的电视新闻中。"大全景"节目①还做了专题。共有一千二百六十九栏英寸②的报刊报道，涉及三十一张照片。此外还有十六项电台报道。

我问首相，他是否觉得华盛顿之行非常成功。他并不理解我的问题——在他看来，取得了这么多的宣传成果，显然是成功的。

我想问的是，是否与美国人达成了什么协议。然而，在这条战线上似乎没有什么进展。

[那天的晚些时候，伯纳德·伍利与汉弗莱·阿普尔比在办公室碰面。汉弗莱在他自己的日记中记录了这次谈话。——编者]

伯纳德给了我一份关于首相的华盛顿之行的报告，并证实首相并没有向美国总统提及他的新国防政策。这多少是一个安慰。

不管怎样，我们仍然有一个大麻烦。这里的"我们"，意味着内阁办公室、财政部、国防部、外交和联邦事务部，以及各种次要部门的所有人。首相仍然希望取消三叉戟导弹和巡航导弹，而维持北极星导弹，并恢复征兵制，构建一支庞大的常规部队。

伯纳德这个首席私人秘书当得非常够格，他开始为首

---

① Panorama，这是英国播出历史最长的时事电视节目，是BBC的旗舰节目，它提供新闻报道、大量分析和部分调查。——译者
② 栏英寸是指报刊横为一栏，竖为一英寸的篇幅。——译者

相的想法辩护。他指出,在节约资金、减少失业和促进国防上,这个方案很有价值。我看他的忠诚度可以打分为 A+,但是他的常识只有十分制的零分。

他似乎相信我们防御政策的目的是保卫英国。但是很显然,在现代世界,这是不可能完成的任务。因此我们政策的唯一目的是使人们**相信**,英国防卫有度。

一些威慑理论的倡导者明白这点,但是他们认为我们国防政策的目的,是使苏联人相信我们防卫有度。这是荒谬的。我们政策的存在应该是使**英国人**相信英国防卫有度——当然苏联人知道并非如此。

因此,我们的国防政策旨在给所有单纯无知的英国公民——那些进出住宅、公交、酒吧、工厂和内阁会议室的各色人等——一个深刻的印象。我们正努力使他们感到安全。

伯纳德和首相寻求一个更好的办法,这无疑值得称赞。但是"好的办法"意味着改变,而改变始终是一个最危险的观念。

目前我们有一支魔杖,它叫三叉戟导弹。对于它,任何人都一无所知,只知道它值一百五十亿英镑,这说明它一定非常了不起,非常不可思议。我们只需要写一张支票,大家就都安心了。假如政府中的人开始谈论它,最终他们会开始思考它。然后他们将意识到其中的问题和推理思路的瑕疵。结果只能是:变得举国焦虑起来。

经过我解释之后,伯纳德相当清楚其中的危险。但是他提出,首相即将发表电视讲话。他担心首相会借机宣布他的新政策——在和内阁讨论并向下院宣布后马上就在媒体曝光。他很可能利用电视露面的机会来开启一场全民大讨论。这会开一个恶劣的先例——在政府非公开地做出决定前，个人不应该开启全民大讨论。

伯纳德认为，首相已经下定决心。如果这样，他必须打消这个念头。我指示伯纳德立即负责此事。

伯纳德感到没有把握完成任务，并且忠诚地指出：首相就是首相，他为此拥有一定的权利和权力。

首相的权利不少，也很明显。他有自己的专车和司机、市区的漂亮房子、乡间的别墅、无尽的露面机会，以及终身养老金。我问伯纳德首相还想要什么。

"我觉得他想去治理英国。"伯纳德答道。

这个企图必须遏制，他还不够格。[阿普尔比文件WB/CAA/400]

[哈克的日记继续下去。——编者]

2月7日

我今天感到富有活力，我也在回来后第一次见到汉弗莱，我们的见面非常愉快。

今天我们的第一件事情就是和马尔科姆一起开会，讨论我当上首相后的第一次电视演说。会上谈到了大量有意思的问题和难题，这是我以前当内阁大臣时从未遇到的。

马尔科姆提出的第一个问题是，采用访谈形式还是由我直接面对镜头讲话。一开始我不明白两者有什么区别，因此只是说好的。但他解释说两者只能选其一。

起初我建议进行访谈,因为我觉得这样会轻松一些。但是,马尔科姆立即问我喜欢请谁来搭戏。选择似乎不外乎罗宾·戴、布莱恩·沃尔登、特里·沃根或者吉米·扬〔全都是哈克第一次当首相期间的著名媒体人。现在,唉,他们都被遗忘了。——编者〕

"这取决于,首相,您是希望被视为一个思想家呢?还是权力人物、人民之友或者仅仅是一个老好人?"

"说真的,我都想要。"我说。但是他误解了我的意思,说这些人不可能同时访谈我。我说我并不是要**这些人**都来,我是希望我看起来拥有上述所有品质。如果我有了这些品质,我看不出还有什么问题。

马尔科姆懂行地摇摇头:"什么样的采访人选,就会自动生成什么样的形象。您希望重点突出哪方面呢?"

我建议,我应该主要被视为一个思想家。这显然意味着与我谈话的将是布莱恩·沃尔登。但是马尔科姆说,选择沃尔登的话会有些问题。"他知道得太多了,不要忘了他本人也是一位下院议员。"

"这不是更方便吗?"我感到奇怪。

"不,如果您不回答问题的话,他会再问一遍。如果您还不回答的话,他会问第三遍。如果您第三次还不回答的话,他会告诉观众,您有三次机会,但还是没有回答问题。"

考虑起来,沃尔登似乎并非最佳人选,我想,权力人物的形象也许更好一些。

显然,这意味着我要同罗宾·戴谈话,但是马尔科姆说,我必须得能支配他,才能应付得过去。要想支配戴似乎很难办到,但是马尔科姆明显觉得,如果支配不了他,那么观众会觉得他比我更像一位首相。

伯纳德觉得罗宾·戴还算好说话，因为他刚获得了骑士身份。尽管或许会好说话一些，但我认为最好不要冒险。我问道："如果我选择当一个老好人怎么样？"

"这意味着选择特里·沃根，"马尔科姆答道，"但是这意味着您不得不和他斗嘴。"

我不明白马尔科姆是什么意思。"斗嘴？"

伯纳德解释道："您必须得表现得机智幽默才行。"

我看不出这有什么问题，我已经够机智的了。但是马尔科姆和伯纳德看起来非常悲观。我不明白为什么，这时伯纳德忽然开口："好吧……麻烦是，他喜欢冷嘲热讽。"

"他要嘲讽首相？"我不敢相信自己的耳朵。

"他会嘲讽任何人，如果他来了兴致的话。"

"我有一个主意，也许**他**喜欢骑士身份。"

伯纳德并不认为这是一个好主意："特里·沃根爵士，我觉得很别扭，首相。"

我被迫同意这么做有点过头，尽管一个司令勋章（CBE）就能打发他，能确保他不再乱说话。

伯纳德仍然不赞成这个主意。"嗯……他是爱尔兰人，我不敢肯定他真懂得珍惜荣誉，还有，我不敢肯定作为一个大英帝国的授勋爵士是否在爱尔兰吃得开。特别是他出身于爱尔兰中部地区。①"

在我看来，伯纳德说得有道理。因此我只剩下一个选择，以

---

① 此句直译为"特别是他是从泥炭沼里散发出来的"，爱尔兰中部分布有大量泥炭沼。——译者

人民之友的姿态出现，并出现在吉米·扬的节目中。

"跟他合作也有问题，"马尔科姆评论道，"你会被摆弄来摆弄去，他会不时地插播电话请求、交通消息和商品导购。"

伯纳德表示同意："他倒是非常友好，但是这看起来有点儿戏。再者，他只是个搞电台节目的。"［伯纳德没有解释电台节目怎么就无足轻重了。——编者］

此时，我已经彻底放弃了做访谈的想法。对于我来说，对着镜头讲话似乎要好得多。那样将由我来掌控局面，而不再是那些不成功的下院议员和自负的音乐主持人。

马尔科姆建议搞个政党宣言[1]，我想这真是一个糟糕的主意，一提起政党宣言就让人感到厌烦。我的基本想法是：一个首相向他的人民讲话。

伯纳德打断了我："如果您这么做，这将成为一场内阁演说，反对党的领导人将会要求行使回应权[2]。"

乍看起来这很荒谬。我说我不想给他们回应权。我问伯纳德他到底站在哪一边。

他一下子变得谨小慎微。"我只不过是提前考虑一下，首相，如果您是反对党的领袖，您也会要求回应权的。"

我并不打算成为反对党的领袖，至少在可预见的长久未来是如此。但是我明白，我必须认可他说的有道理。因此我告诉伯纳德，我还是面对镜头吧，就像一个政党宣言。

---

[1] party political，英国法律规定，广播电视中不得出现政治广告，但是一个党派可以在规定的时间段内通过传统有线电视进行宣传，时间在五分钟左右，一般形式为一个人面对镜头讲话。——译者
[2] 回应权是指在同一个场合对公开批评做出辩解和回应的权利。——译者

"但您不是说,这令人生厌吗?"他说道。

我开始讨厌起他来。"我说过**我**令人讨厌吗,我说过吗?"一片沉默。"**你**认为我令人讨厌吗?"他没有答复。我想我是不会的!我不会发表一场令人生厌的现场演说或电视演说,那是极不可能的,这一点他再清楚不过了!

马尔科姆问我是否曾面对镜头做过很多演说。我说没有,他提出要安排一次彩排——这真是一个好主意。

接着他问了最后一个问题:"演说和什么有关?"

我一时没明白他的意思。很显然,演说和我有关,我向他做了解释,他说他完全明白。但他还想进一步了解一个小小的细节:我打算说些什么?

我不明白这有什么重要,但是他想知道我会谈到什么政策。我解释说还是老一套:团结向前,更好的明天,勒紧腰带,齐心协力,治愈创伤,诸如此类吧。

他非常喜欢这个想法。但是劝我说得具体一些。我的第一个想法就是,我会具体地谈谈如何勒紧腰带,要治愈我们社会的哪些创伤。

但是马尔科姆想让我去说一些新东西,我还从未考虑过此事。接着,我突然意识到这对我是一个机会。我将谈谈我的宏伟蓝图。我告诉马尔科姆,我会提前给他演说稿。此前他要为我找一个合适的监制人,并安排一次彩排。一切看起来大有可为。

2月8日

今天与汉弗莱的会面非常紧张。他提出了要求,让我一有空就赶紧跟他谈谈。

我一进书房就派人去请他。他几乎马上就到了,想必他一直在楼下等着呢。

"啊,汉弗莱,"我说道,"你到啦?"

"是的,我想和您讨论一下电视上露面的事情。"

他就想跟我谈这个吗?我很惊奇。"这不是最迫切的事情,对吧?"我问道。

"绝对不是,"他表示赞同,"一点也不重要。"

我的第一次电视露面被汉弗莱说成一点也不重要,我很不快。他一定看到了我的表情,因为他急忙补充说:"这极为重要,但并不是值得担心的,也不是十分危险的。"

显然,他并不担心我的演说**本身**,而是担心我的宏伟蓝图。他不想让我在电视中提到它。

我告诉他,我要做的正是这件事,我问他有什么意见。

"我认为这是一个错误。首相。"

"你说这项政策?"我问道,我很自得。

"不,不,我指的是在电视上宣布。这是轻率的,早产的,危险的。"

他在压力之下,无疑具有押头韵①的癖好。我继续逗他玩:"这么说你赞成这项政策?"

他上了套。他不能说他既不赞成这项政策,也不赞成在电视上宣布。赞成不赞成不是文官该管的事情。他迟疑着,而我在旁观。当然,他也不至于总找不着词。"我……我认为这项政策……哦……是有趣的、有想象力的、激动人心的。对,一个**最**

---

① 汉弗莱说的三个单词为 precipitate、premature、perilous。

激动人心的办法。它是**极端**新颖的,是以新头脑来看待老问题,挑战老想法,它质疑了过去三十年政府的整体思路基础。"

他的言下之意是,如果我打算否认过去三十年的政府思路,那我一定是个大白痴。

因此我给了他表达自己看法的机会:"这么说你不赞成这项政策?"

像往常一样,他说话闪烁其词:"不是这样,首相。只是会有一些牵连、反响、后果、连锁反应。我们需要花一些时间去审查和权衡证据,分析选项,检验论点。评估,研究,磋商。"

我觉得他说的非常有帮助,于是告诉汉弗莱,他应该抓紧完成以上这些任务。与此同时,我会在电视上宣布这项政策。

"不!"他喊道,"不能这样,绝不能。"

"为什么?"我想知道原因,但他还是说不出个所以然。

"这个……我们必须告知美国人。"

现在我火了。突然我觉得受够了。就在上星期,在我去美国之前,他还建议我**不要**告诉美国人,这就是我为什么没在那里提此事的原因。于是我以此质问他。

"啊,"他认真地答道,"没错,但那是在您访问之前,那时谈此事时机不对。"

"等我回来了,"我的语气充满了强烈的讽刺意味,"谈此事的时机就对了?"

他挑衅地说道:"是的,但是他们将会极力反对。这需要几个月耐心的外交。精巧的问题需要敏锐的操作。"

我想应该提醒汉弗莱谁才是老板了:"汉弗莱,对于英国政府的事务,谁有最终发言权,是英国内阁还是美国总统?"

他坐了回去，跷起二郎腿，考虑了一会儿："这是一个迷人的问题，首相，我们经常讨论。"

"那你们得出了什么结论？"

"这个嘛，"他答道，"我不得不承认，我是一个异端，我认为是英国内阁，但是我知道我是少数派。"

我告诉汉弗莱，我有个消息要告诉他，从现在起，他是多数派了。

他很惊奇。"但是您必须得和美国总统和睦相处才行。"他说得没错，而我已经做到了。事实上，当我们开始谈话时，我给他念我的摘要，而他给我念他的摘要。然后我们决定如果我们把摘要交换过来自己读，会快得多。因此我们几乎把所有时间用来嘲笑法国人。真的很棒吧？

"但是现在蜜月期结束了，"我措辞明确地告诉汉弗莱，"从现在起，英国将按照自身而非美国的利益需要来进行管理。"

汉弗莱并不认可这一点："首相，您真的以为您能做出改变，而不用征求美国的同意吗？"

我无视他的反对。我告诉他，我将以我的宏伟蓝图来宣告我们的独立。

"好，好，"他非常不快地说道，"好极了，但是现在还不到时候。为内阁的合乎宪法的权益大声疾呼是我的职责。我是他们的秘书。"

这一招真荒谬。"你没有必要这么做，"我指出，"是我任命了他们，他们是我的政府班子。"

"恕我直言，首相，他们是女王陛下的政府。"现在他开始掰扯鸡毛蒜皮的小事了。

"恕我**诚恳**地直言,汉弗莱,"我说道,提醒他注意自己的身份,"我将向内阁的海外政策和国防委员会正式提出这项计划,随后提交内阁讨论。我私下听取了他们很多人的意见,他们认为这对于英国的国防功莫大焉,并且会大受欢迎〔即赢得选票——编者〕。"

"恕我**恭敬**地直言,首相,"他不留情面地说道,"这不光是内阁的事情,您知道,必须首先向下院宣布,您现在仍然是下院议员。"

我用不着被人提醒这一点。"恕我**极其恭敬**地直言,汉弗莱,"我气急了,"我会在晚上做电视演说,但是当天下午我就会向下院宣布。"

"恕我怀着**无以复加的恭敬**直言,首相……"

我不能容忍这样的傲慢无礼。"你或许会后悔这样说话的。"我态度生硬地告诉他。

2月10日

今天我为电视演说进行了彩排。一天过得非常辛苦,还有点难堪。

我坐在一张桌子后,对着镜头开始讲话。我的台词被放到了自动提词机[①]里。

彩排的开头相当糟糕。演说开始了,是通常的无聊开场白。"所以让我们极为清醒地看到这一点:我们不能继续入不敷出了。

[①] autocue,它可以为电视讲话人或演出者逐行显示语句,相当于美国英语的teleprompter。——译者

其他国家没有义务赡养我们。我们必须准备做出牺牲。"[1]全是陈词滥调。

我问是谁写的这些废话。伯纳德当着所有人告诉我,是我写的。我起初不信,但是后来发现这是一篇相当陈旧的演说词,我写它的时候还很稚嫩。

不管怎么样,我不得不解释,它并非全然无聊(实际上我觉得相当无聊),但是我认为我们应该用我正式演说时的文稿来做彩排。

伯纳德似乎有些不情愿,因为它还是一份文稿。我看不出这有什么不妥,反正我们只是在练习而已。伯纳德说那份文稿高度机密,因为它提及了我的宏伟蓝图,取消三叉戟导弹、恢复征兵制等。我还是没看出有什么不妥——房间里又没有外人。

因此我坚持要他们把我的正式文稿放入自动提词。我不明白今天伯纳德为什么这么不配合。

马尔科姆找到一位以前英国广播公司的监制人来进行艺术指导,他名叫戈弗雷·埃塞克斯。这家伙不错,我心想。瘦高,灰白头发,仪表堂堂,戴着眼镜,富有经验,举止文雅机智,戴着领结。当他换文稿时,我问他我做得怎么样。他挺能鼓励人,说我做得相当好。

但是他提出了一个有趣的问题。事实上,他接下来还提了很多类似的问题。他问我是否准备戴着眼镜讲。

我征求他的意见。

---

[1] 20世纪80年代保守党致力于减少英国外债,类似的话曾反复在撒切尔夫人的演说中出现。——译者

"这取决于您，"他谨慎地答道，"戴着眼镜的时候您显得威严果断，而摘了眼镜您显得真诚坦率，您想要哪种形象？"

这是我无法权衡而又必须做出取舍的诸多问题中的第一个。我过去还不知道这种事这么有讲究。我告诉戈弗雷，我想看起来既威严又真诚。

"说真的，二者不可兼得。"他说道。

"如果……"我想了一下，"如果我讲的时候一会儿戴着一会儿摘下如何？"

"那会显得您优柔寡断。"

好吧，我可不想看起来优柔寡断，这是对事实真相的歪曲。我仔细考虑了半天，还是拿不定主意。

"那么戴个单片眼镜如何？"伯纳德建议道。我想他这是开个玩笑。

我想等正式录制那天再决定这个问题。

自动提词机装好了，有了新文稿，我开始讲话。戈弗雷、伯纳德和菲奥娜——一位迷人的女化妆师——都围着那位视频监控员，仔细地观察着我。我感觉自己就像是显微镜下的标本。被如此精细地观察，真是一种奇怪的感觉。

演说开始后，我对文稿感到满意。"三叉戟导弹项目太烧钱了。取消它我们就可以省出上百亿英镑，我们可以用它来实施一项针对国家弊病的、有创造性的根本措施。"

戈弗雷打断了我。他告诉我，表现**非常**好。但是他显然有了什么新想法。伯纳德似乎也要说什么，但是我告诉他等一等。

戈弗雷说，我的身体太过前倾，这使我看起来很像是卖保险的，正在极力催促客户签字。

我变换了各种坐姿、各种角度和各种目光方向。我能看出没有一个让戈弗雷感到完全满意。伯纳德和马尔科姆偷偷离开了,回来时给我带了一份略有不同的文稿:"**当然,我们应该广泛审核政府开支的整个领域中的每一个项目。**"

"伯纳德,"我有些生气地喊道,"这没有说明任何问题。"

"谢谢,首相。"

他没抓住要点。"毫无冲击力。"我解释道。

"您太客气了。"他有些脸红,谦虚地答道。

"不,伯纳德——**我不喜欢它。**"

他很惊奇,并且再读了一遍,看能否改得更有冲击力一点。"加上'**迫切地**'如何?"

我怒目相向。他有点焦躁,但仍然不为所动。"我真的觉得,首相,应该低调一点。"

我转向马尔科姆征求他的意见和指导,他建议这样改:"**三叉戟导弹项目对你们纳税人来说是一笔沉重的负担。一百五十亿英镑是一大笔钱,我们应该非常谨慎地看待这个项目,看它是否物有所值。**"

显然,这多少冲淡了文稿的内容,但是我接受了这项妥协。我问戈弗雷提及数字是否妥当。

"没问题,"他对数字相当热情,"我的意思是,实际上没有人听进去,而听进去的人又不信,但是这会使人们认为,你对数据了然于胸。不要忘了,人们并不知道你是照着自动提词机读的。"

好主意。除此之外,他对我唯一的批评是我讲得慢了一点。确实如此,但是我慢是因为提词机走得慢。不过我用不着担心,因为他解释道,提词机能自动跟随您的速度,您快它也快,您慢它也慢。

我试了一下,以非常慢的语速说:"三——叉——戟——导——弹——项——目——"然后我突然加速,"对你们纳税人来说是一笔沉重的负担,一百五十亿英镑是一——大——笔——钱——,我——们——"说到半截,我又变得极慢。自动提词机运转良好,任你驱使。但是,困难在于做到自然而然地说出口,而不是机械地读出来。尽管如此,我认为我还是相当快就掌握了窍门。

戈弗雷在这句话里还找出了一个值得商榷的细节:"我不知道您是否介意不要说'你们纳税人',这会使您听起来不像是人民的一员,而像是统治者在向被统治者发话,是他们和我们的关系。"

又是一个好主意。我应该说"**我们纳税人**"。我不是也纳税嘛!

伯纳德仍然担心这一部分太过直白。我不明白有何不妥。这时伯纳德告诉我,在这个国家,很多人要依靠三叉戟导弹来就业。他觉得,除非就此进行了一些磋商,否则不宜把话直接挑明。

考虑了一下,我觉得他或许说得对。马尔科姆提出了一种替换说法:"**国防开支是政府将要严格审查以确保我们能以最低的花费完成同样的国防任务的领域之一。**"

这个措辞我看来还可以。但是戈弗雷说它太长了,应该被拆成两个句子。"我们发现任何一个句子如果占两行以上,当说到最后时,大多数人已经忘了开头了,包括说话者本人。"

因此我们把这个表述拆成了两个句子。

戈弗雷对我在桌子前的位置仍不放心,显然我的姿态令他不满意。他告诉我,我的身子又开始前倾了。

说真的,我无法控制自己。"当我想看起来诚恳的时候,"我对他解释道,"我就是这个样子。"

"麻烦在于,"他答道,"这样会使您看起来是在假装诚恳。如果你往后靠靠,会显得轻松而有自制。"

我马上后仰。"不要**太**往后,"戈弗雷说道,"这会使你看起来像刚吃过液体午餐①。"

我们当然不想这样!我坐得笔直,并问他如果不能前倾,那怎样会显得真诚一些?

戈弗雷想了个办法:"我们把您想表现真诚的地方画上线,当您读到这里的时候,您要皱眉,并放慢语速。"

到目前为止还不错。但是接着他开始给我上表演课。他告诉我,我的面容呆板。以前没有人告诉过我这一点,我都不知道该怎么接受。

他解释说,在通常的演说中,人们的脑袋、眉毛和面部肌肉等都会动。但是自动提词机把我变得木讷呆板。

因此我试了试。我努力做表情的样子似乎引起了房间一角里技术人员的窃笑。戈弗雷告诉我,我做得过头了。

伯纳德仍然担心演说的相关段落。目前那句话是:**"国防开支是政府将要严格审查……的领域之一。"**汉弗莱感到这样说太直白,很危险:"如果您明确说明要削减国防预算,将会引起诸

---

① 液体午餐是婉语,意思是说午餐没少喝酒。——译者

如德文波特、朴茨茅斯、塞罗斯、奥尔德肖特、布里斯托尔等地的焦虑。"

我突然明白他的意思。而且这些城市都是边缘选区[①]。我告诉伯纳德去把这句话的调子放低一点。于是我们其他人继续下一段演说词。

下面一段是这样的:**"你们已经听到反对党的很多鬼扯。他们说我们浪费资金,说我们把自己出卖给美国。我要说,看看他们掌权时一团糟的局面吧,看看他们对经济造成的伤害吧!"**

这一次,戈弗雷开始反对演说的内容:"首相,如果让我建议的话——不要攻击反对党。"

他的反响令人失望。毕竟这些说法都是我们党最喜欢的。

但是戈弗雷的看法非常有趣。他的观点是:党不管怎样都会投我的票的,攻击反对党只会使摇摆不定的选民认为我是个有威胁的分裂人物。

如果他所言不假,我确实不想这样。戈弗雷还建议我,不要重复人们对我的指控,这样做只能使这些批评广为流传。他还认为,如果我刻意去攻击反对党的话,会让人们认为我正在忧心于反对党的力量。

因此,我不明白,对于反对党我还**能够**说些什么呢?他的答案很简单:只字不提。"您说的每一句话都要听起来温和友善。既要权威,当然也要深情。一国之父嘛。请试着降低一下您嗓音的声调。"

[①] 即优势微弱选区,因为每个选区只选出一名议员,所以讨好和争夺边缘选区很重要。——译者

我发现用低沉的声音演说相当困难。它听起来很假，像是保罗·罗宾逊①的样子。我被告知，如果我想真正掌握正确的低音，我就应该向皇家莎士比亚剧团的某人请教。〔皇家莎士比亚剧团以精于措辞用语和发音训练而久负盛名。——编者〕

不管怎样，我用尽量低沉的声音开始讲接下来的内容。"**他们降低了我们的黄金储备，他们败坏了我们的出口贸易，他们缔结了卑鄙无耻的种种协议……**"我意识到所有这些精彩的贬语都必须删掉时，感到十分遗憾。

但是戈弗雷和马尔科姆商量之后，给我插入了有关未来的积极乐观的一段话，我想他们或许是对的，这比光说过去的不是要好。"**我们要为孩子打造一个光明的未来。我们要建设一个和平而繁荣的英国，一个能在世界上昂首自豪的英国。**"

我认为这句话非常棒，我问他们这是哪里搞到的，结果证实这出自反对党领袖上次的政党宣言。这样的话，我们必须变换一下措辞才行。

戈弗雷把话题拉回到了我的外观问题上。我做好了接受更多个人批评的准备，他却开始讨论我的衣服。

"您打算穿什么？"

"有什么建议呢？"

"深色套装能彰显传统价值。"

我说，我准备穿深色套装。

"另一方面，浅色套装看起来精干务实。"

---

① Paul Robesen，美国著名男低音歌唱家和演员，以扮演奥赛罗和演唱《老人河》而闻名。——译者

又一个两难困境。传统好还是务实好呢？我又想两者都要。"我能不能穿一件浅色的夹克，配一件深色的马甲？"

"不，首相，这将使您看起来不知道自己是谁。当然，您可以穿一套花呢套装，它代表着英国的乡下，还会使人想到环境保护、生态平衡等。"

这听起来也不错。但是戈弗雷还有很多提议："一件运动夹克也很好——看起来不拘礼节，平易近人。"

我对戈弗雷声明，我就是这一切的化身，我具有所有这些素质。

他人很好，对我说我不用马上做出决定，并给了我一个信息含义的对照清单，以便我有空时再去考虑。"如果你具有这些素质，那么你应该考虑你没有的素质，或者人们认为你缺乏的素质。因此，如果您做出了很多改变，而想看起来传统可靠的话，那么您应该穿深色套装，配橡木墙板背景和皮面书籍。但是如果您不打算搞什么革新的话，您应该穿浅色的现代服装，配高科技背景和抽象画。"

菲奥娜把戈弗雷叫到一边去说我的化妆问题。这一切让我感到情绪复杂。我必须说明，如果有人围着你忙乱，对你十分在意，感觉是很不错的。但是我能听到他们之间的全部低语——而那原本是不应该让我听到的。

"戈弗雷，你对灰头发满意吗？要不我们染黑一点？"

"不，这样挺好。"

"后退的发际线呢？"

"后退的什么？"我说道，以表示我完全听得见他们的谈话。

戈弗雷转过身说道："弄成高前额。"

"好的。"菲奥娜说道。

接下来的事情也使我非常不快。但是戈弗雷已经告诫过我，当他工作时，他必须直言不讳，否则将于事无补。他和菲奥娜盯着我本人看了一会儿，接着又在监控器里看，然后又看我本人。"嗯，菲奥娜……你能处理一下眼睛吗？不要让它们看起来靠得太近。"

"好的。"她看不出有什么大问题，我也是。"要不要把眼袋弄亮一点，把苍白的两颊弄暗一点？"

戈弗雷点头认可，接着说道："最大的问题在于鼻子。"

我打断了他："鼻子怎么了？"

戈弗雷向我保证，鼻子**本身**没问题。只是光线问题，显然，附近有一个大阴影。

我已经受够了这一切。我告诉他们，我想继续彩排。但是戈弗雷一边问菲奥娜是否还有什么问题，一边安慰我说这一切都是为我好，我在电视上的形象越好，我赢得下届大选的机会越大。当然，他说的没错。

"当然，还有牙齿要看，"菲奥娜说道，并转向了我，"请您微笑，首相。"

我微微一笑。他们盯着我，有些沮丧。接着戈弗雷叹了口气。"是的。"他说道，声调十分低落。他踱到我的桌前。"首相，给您做个牙科小手术如何？"

我听了感到异常不快。

但是戈弗雷一再坚持："只不过做个牙齿矫正而已，人们总是挑剔这些小事。牙齿矫正给哈罗德·威尔逊带来了奇迹，瞧瞧吧。"菲奥娜递给我两张威尔逊的照片，分别是他牙齿矫正前后的照片。

我答应下周约牙医见面。

于是我们又开始了。我往后靠,但不是太往后。我以低沉的嗓音说话。稍微动动脸颊和眉毛。说话的语速快慢有致。"**当然,我们应该广泛审核政府开支的整个领域中的每一个项目……**"我突然意识到这完全是我以前否定过的那句话。

我十分恼怒。我告诉伯纳德,我们似乎在兜圈子。

"首相,"他说道,"我认为这句才是最合适的,最恰当的……"

"最空洞无物的。"我不等他说完。

他表示异议:"并非完全没有意义,首相,而是更不明确。"

我开始对我们能达成一致感到绝望。我问戈弗雷对这份材料有什么看法。

他当然不表态。我也不怪他,这事不能赖他。"当然,这取决于您,首相。"他说道,把球又踢了回来。"我只能说,如果照您目前的讲话,我建议您穿现代服装,配高科技背景、高亮黄色壁纸加抽象画。这一切都是为了掩盖演说本身的缺乏新意。"

我告诉他,我或许会回到初稿。

"那样一来,"杰弗雷亲切地说道,"应该选深色套装,橡木墙板。"

伯纳德听说我要回到初稿,感到异常苦恼:"首相,我真诚地建议您再考虑一下。"

我决定,表明立场的时候到了。我告诉他,也告诉他们大家,这是我当首相后第一次电视演说,必须得讲一些重要主题。我不能上电视瞎扯一通。我的演说必须有冲击力。

伯纳德说他全然赞同（顺便说一句，其实并非如此），但是建议我能否找些争议比较小的主题。我解释道，争议小的主题冲击力自然就小，争议大才有冲击力。

"一些争议小的主题其实不是也很有冲击力吗？"

"比方说？"我饶有兴趣地等他回答。

"嗯……比如乱丢垃圾！"他不是在开玩笑吧？"可以尖锐地抨击乱丢垃圾者，或者强调安全驾驶，倡导节约能源，有大量的主题可以说。"

我说我也有一个建议，我告诉他你省省吧。

戈弗雷提出了最后一个事项：开场音乐。显然还是类似的规则：创新要选巴赫，守成则选斯特拉文斯基。

我向戈弗雷建议，使用英国作曲家的作品或许不错，这能反映我的形象。他觉得这个主意不错。"埃尔加[①]如何？"

"可以，"我说道，"但是不要那首《希望与荣耀的土地》（*Land of Hope and Glory*）。"

"《谜语变奏曲》（*Enigma Variations*）怎么样？"伯纳德说道。我看他一眼，示意他闭嘴。

[三天以后，伯纳德·伍利给汉弗莱·阿普尔比爵士写了一封短笺，内容是关于哈克的电视演说的。幸运的是在三十年规则之下，这封短笺得以公开。我们把原件复制如下。——编者]

[①] 爱德华·埃尔加（Edward Elgar，1857—1934），英国作曲家、指挥家。下文的两首曲子均为其代表作。——译者

亲爱的汉弗莱：

我担心电视演说一事前景不妙。

首相已经订购了深色套装和橡木墙板。这意味着他打算在电视上讲些激进的新东西，因而他才需要展现出一个传统的、保守的、可靠的形象。

我知道这会让您感到焦虑，但是现在他正热衷于此。

你永远的

伯纳德·伍利

2月13日

[第二天伯纳德·伍利收到了回复。——编者]

亲爱的伯纳德：

首相打算在电视上讨论他所谓的宏伟蓝图，此事令人极度担心。

事实上，他是否热衷于此并不重要。首相的热衷并不代表事情会发生。张伯伦不是也热衷于和平吗？

这正是我曾希望你竭力避免的。为什么这种事情还是发生了？

你永远的

汉弗莱·阿普尔比

2月14日

[伯纳德·伍利立即短笺答复。——编者]

亲爱的汉弗莱：

最好的解释是，首相认为他的宏伟蓝图能为他赢得选票。

党已经举行了民意测验。投票者似乎赞成恢复征兵制。

你永远的
伯纳德·伍利
2月14日

伯纳德·伍利爵士（与编者谈话时）回忆：

是的，我记得曾经交换过短笺。汉弗莱·阿普尔比对于我没有让哈克的演说变得低调一些感到不快，但是我已经尽了最大努力。

他要我顺路去内阁办公室找他，讨论一下当前的形势。他对党的民意测验最感兴趣，但我觉得这对于改变首相的想法是一个不可逾越的障碍。

他的解决方案很简单：再搞一次民意测验。这次要显示投票人**反对**恢复征兵制。

我那时有些**幼稚**，不懂得测验怎么可能一会儿赞成，一会儿反对。亲爱的老汉弗莱告诉了我这是怎么做到的。

秘密在于，让年轻漂亮的女士手持写字夹板，向一位街头普通人提出**一系列**问题。这位普通人自然想留下好印象，而不愿意出丑。因此，调查员使用的是设计好的、能顺理成章地得出最终结果的一系列问题。

汉弗莱拿我做起了实验。"伍利先生，您担心青少年犯罪率上升吗？"

"是的。"我说。

"您是否认为我们的综合学校缺乏纪律和严格训练？"

"是的。"

"您认为年轻人的生活需要一些组织和领导吗？"

"是的。"

"对他们提出挑战性的要求，他们是否会有响应？"

"是的。"

"您是否赞成恢复征兵制？"

好吧，我自然而然地说了"是"。为了让别人看起来思维连贯，人们几乎不可能说别的什么。然后，民意测验只发表最后一个问题及其统计结果。

当然，有声誉的民意测验机构并不诱导被调查人，但是这样的机构并不多。汉弗莱建议我们再去委托一项民意调查，这次不是以党的名义，而是以国防部的名义。于是我们就这样做了。他当场炮制了一系列问题。

"伍利先生，您是否担心战争的危险？"

"是的。"我说道，相当诚恳。

"您是否对于军备的增长感到不快？"

"是的。"

"您认为给年轻人枪支并教他们如何杀人是危险的吗？"

"是的。"

"您认为强迫人民拿起武器是错误的吗？"

"是的。"

"您是否反对恢复征兵制？"

我不知不觉、不由自主地说了"是"。

汉弗莱高兴得笑了起来。"你瞧，伯纳德，"他对我说道，"你就是完美的平衡样本。"

汉弗莱确实很有想象力，同他密切合作真是愉快。

他还有更多建议。首相计划在三到四周之内进行电视演说。但是汉弗莱敦促我告诉哈克他应该在接下来的十一天之内完成此事。

我认为首相也许会拒绝,这有点太仓促了。汉弗莱预料到这一点,他建议我告诉首相,我刚从联合广电委员会获悉,反对党将在十八天后发表政党宣言。哈克有权先进行电视演说,如果他不快点儿,那么他当首相后第一次政党宣言将会由反对党率先发表。

我问汉弗莱是否确有其事。"会有的,"他微笑着说道,"如果你明天早上之前还不告诉他的话。"

让哈克把演说提前的原因是要让他措手不及。让他来不及宣布新政策,因为在接下来的十一天之内日程上只能挤进去一次海外政策和国防委员会的会议,而这不足以让他向内阁同事们解释清楚这个根本性的方向转变。

当时他的同事们广泛赞成新政策,但仅限于从个人角度和政治角度,而不是**正式**意见。

作为责任重大的各部大臣,他们的正式意见将取决于他们受到的忠告。

[白厅街的每次会议都有记录,部门之间的会议也不例外。每件事情都被记录在案,做了什么决定,如何付诸实施。这基于一种广泛的共识:此举有利于保证政府的延续性。然而有一种会议是没有记录的,这就是常务秘书的每周例会。它每周三,也就是内阁会议的前一天,在内阁秘书的办公室召开。这是一个非正式的会议,没有日程,仅用于保持联络和沟通。

历史学家是幸运的,汉弗莱出于个人目的,为其中一些例会做了私人记录。他生前对这些记录防范甚严。但阿普尔比夫人非常友好,她给我们看了这些记录,其中就包括2月15日周三这天早上的常务秘书例会。——编者]

今天早上的闲谈非常有用。到会的有迪克、诺曼、贾尔斯和戴维。[这些人分别是外交部常任秘书理查德·沃顿爵士、国防部常任秘书诺曼·科皮特爵士、教育与科学部①常任秘书贾尔斯·布雷瑟顿爵士、就业部常任秘书戴维·史密斯爵士。——编者]

我们讨论了首相的所谓宏伟蓝图,开始时我们一致认为,放弃三叉戟导弹和巡航导弹并通过征兵制加强常规部队的主意是新奇的、富有想象力的。[从这两个形容词上,我们就可以体会出席那次会议的文官们对哈克的政策怀有多么深的轻蔑和敌意。——编者]

我们一致同意,大家作为忠诚的常任秘书,有责任在我们的权力范围内尽力促成此事。

然而,我们怀疑我们各自的政治主子或许并没有考虑到它可能带来的所有影响。有鉴于此,我们详细地讨论了这些影响,以便于当首相明天在内阁会议上提出此政策时,大臣们能够做出简要的说明。

迪克说,从外交部的角度来看,这项政策是有问题的。美国人完全不会支持它。并非说英国的政策由美国决定——

---

① 1992年前,英国的教育部与科学部合在一起,称为"教育与科学部"。1992年改称教育与就业部,2001年改称教育与技能部,其后又多次改名。——译者

但愿不会如此！——而是因为在实践中，把所有的新动向明确告知美国是明智的。上一次我们就没有做，结果很惨。[指1956年的苏伊士运河危机。——编者]

我告诫迪克，首相对于苏伊士运河事件的印象可能有点模糊，因此它的说服力或许要打不少折扣。而且他不想让别人看起来他正在向美国人叩头。

迪克又举出了一点，哈克刚当上首相不久就取消三叉戟导弹会让人觉得他软弱。这是在姑息苏联，是缺乏勇气和决心的表现。我们一致认为，这将成为外交部意见的基调。首相空谈勇气，却置身事外。我问迪克，他是否在陈述外交大臣的看法。迪克相信，到了明天这就会成为大臣的观点。

诺曼对新政策感到格外担心，因为他供职于国防部，所受影响最大。国防大臣此时相当苦恼——他特有的问题是，陆海空三军的意见总不一致。当然他们骨子里并没有什么矛盾，只是除了彼此，他们找不到发泄好战本能的更好渠道。但是三军在一件事情上是高度一致的，那就是坚决抵制征兵制。他们无意反对本国的年轻人，但是他们不想让训练有素的、专业的精英部队被乌合之众搅得一塌糊涂。英国军官是北约里最优秀的士兵领导。事实上，几乎没有多少士兵可供他们领导，这也许就是他们领导得出色的原因。

我向诺曼指出，首相也许并不会把三军司令的反对意见作为国防部的结论。

诺曼觉得，立论应该简单：三叉戟导弹是最好的，而英国必须有最好的。这种说法对国防大臣很有吸引力。他本人非常简单,应该能够接受它。我们一致认为,诺曼应该给他的大臣进行一点"指导"。

讨论转向教育与科学部。贾尔斯认为,从教育角度来看征兵制是有问题的。我们的教育体系取得了一系列胜利,培养出与社会相结合的、富于创新意识的孩子,使他们在自我表现的艺术与技巧方面受到了充分训练。教育与科学部在此方面成绩卓著,完成了杰出的工作。然而,贾尔斯感到,征兵制将不可避免地向公众透露一个事实,许多中学刚毕业的学生实际上不会读,不会写,不会做加减法。因此全国教师联合会将会强烈反对征兵制。

此外,还要冒一个略有可能的风险,军队或许会接管大多数继续教育学院,将之用于**教学**目的。我们一致认为,这种毫无必要的干涉真是骇人听闻——把功能完全扭曲了。

我担心的是,征兵制其实并不是一个教育问题,因此贾尔斯的大臣很难卷入全国教师联合会的否决运动。相反,贾尔斯感到,全国教师联合会倒是有可能否决他的大臣,使他的任期终结。

我问贾尔斯会给他的政治主子提什么建议。贾尔斯评论道,尽管征兵制并不是教育与科学部所认为的教育,但是它对于教会人们东西还是非常有用的。因此,很难做出反对。我们教育和科学部没有人想反对。

诺曼质疑,如果一个问题缺乏合理的考虑时间,是否就不应该提出来?仓促行事会带来灾难。

我指出,罗森布拉姆教授〔第二章中已提到此人——

编者]的学历背景或许有问题,他是哈克这项主张的幕后提出者。

贾尔斯热情地表示赞同,他认为能够指出的是,罗森布拉姆教授提供的数据正在受到严格的审查,或许他在学术上是值得怀疑的。贾尔斯觉得一旦他的大臣听说这些事实,这就会成为大臣的观点。事实上,贾尔斯想起来,有一篇即将发表的论文批评了罗森布拉姆教授思想的整个基础,论文在明天早上就会发表。[在文官部门里这一招很有名,用足球比赛来打比方,就是踢人而非踢球。——编者]

凑巧这篇论文将会[汉弗莱写到这里有一个疏漏,他应该说"已经"而非"将会"——编者]由一位错失首席科学顾问职位的教授写成。他并非出于嫉妒,只是认为,罗森布拉姆教授的影响力并不完全会带来好事情。

我们一致认为,为了避免伤害罗森布拉姆教授的感情,最好不让罗森布拉姆教授看到这篇论文。它应该由贾尔斯作为私人建议呈递给教育大臣,而不必发表。[如果你在踢人而非踢球,重要的是不要让那个人知道你正在这么做。——编者]

我们的话题最终转向了就业方面所受到的影响。首相的计划有一个重要部分:征兵制会使年轻人为社区做一些有益的工作。

戴维认为,表面看来这是一个相当好的主意,但是与工会之间的关系就会产生严重的裂痕。一旦你向非工会成员提供工作机会,你就处于危险境地。如果你让几个年轻人去给老人修缮房屋,你就会看到一大群人——砖瓦匠、泥水匠、油漆匠、管子工、电工和木匠——吵吵闹闹，这原本是他们的工作。

我们一致认为，社区服务或许对社区极为有害。然而，首相很可能会说，如果年轻人靠做工谋生，而老人们又很满意，那么何乐而不为呢？当然，这种说法把事情过分简单化了，但是首相似乎从未对过分简单有所忧心。

戴维有一个很棒的主意。他认为就业大臣也许会指出，在现阶段，失业的年轻人是不合格的、无组织的、无纪律的、未经训练的。他们是一个社会问题——但是并不对社会构成威胁！而征兵制意味着会最终把一群全都受过杀人训练的健壮年轻人投放到大街上。

我们由衷地赞赏这一富有远见和责任心的态度，并鼓励戴维去保证他的大臣在明天之前采纳这个主张。

最后我做了总结。我们一致认为，我们正试图反对首相的新政策，但这并没有错。我们相信该政策是新奇的、富有想象力的，我们反对的只不过是它的贸然实施罢了。[阿普尔比文件 PA/121/LAX]

[哈克的日记继续下去。——编者]

2月16日

今天下午召开了内阁委员会的会议，我的同事们对我的宏伟蓝图做出了令我意想不到的反应。

这是议事日程的最后一项，我告诉他们，我打算在周五的电视演说中宣布我的宏伟蓝图，并且，如果委员会同意的话，我将在周四早上把它提交给整个内阁，并在当天下午告知下院。

接下来一片沉默。我把这当成了普遍赞成。于是我打算宣布通过，这时邓肯［外交大臣——编者］说话了。

"首相，我认为这是一个非常优秀的计划。"他开始说道。

"好的。"我说。

"唯一的问题是……您刚当上首相就取消三叉戟导弹，这会显得对苏联太过软弱。"

汉弗莱惹人注目地咕哝了一下，并若有所思地点点头，然后转向我并带着询问的表情。

我不禁有点愕然。记得上次和他谈话时，他可是完全赞同的。"我想你是赞成这个主意的，我们将通过建设可靠的常规力量来切实保证**加强**北约组织。"

邓肯点点头，但是并不同意："不错……但是它**看起来**缺乏勇气，带着绥靖的味道。"

我告诉邓肯，我会把他的看法记录下来，即使他得不到别人的支持。

我说得太早了。休［国防大臣——编者］接话了。

"呃，说真的，首相，尽管我认为这项计划确实挺不错，但是三叉戟导弹是最好的，而英国就应该拥有最好的。"

我很吃惊。"但是，休，"我说道，"我认为你其实是想取消三叉戟导弹的。你说过，那是毫无意义的烧钱。"

休看起来有些不安："呃，我确实说过这话，但是现在我有点犹豫。我已经重读了文件，有很多问题我当时没想到。"我冷冷地看了他一眼。"嗯，我只是反对过早地宣布它，仅此而已。"他说道。

"我也反对过早地宣布,首相。"现在帕特里克[教育大臣——编者]同邓肯和休站在了一起。我无话可说,只能问他为什么。

"因为整个计划是基于罗森布拉姆教授的数据,而我得到的消息是,他在学术上是值得怀疑的。我已经收到了一篇有力的论文,严肃地批评了他的整个理论基础。"

"但是,帕特里克,"我带着越来越焦虑的情绪说道,"你曾经同意,这将彻底解决年轻人的失业问题,并为我们提供有意义的国防力量。"

汤姆[就业大臣——编者]替帕特里克做了回答:"没错,但是后来我想到,这也将带来一群有组织和纪律的、身体健壮的年轻人,两年后他们会退伍,那时他们再次失业但却受过了杀人训练。"

我不信任地盯着他:"这么说,你*也*不赞成了?"

他并没有直接回答:"我只是反对过早地宣布,我想我们需要时间,以便更充分考虑一切因素。"

整个谈话让我大感不解。仅仅在一星期以前,他们都赞同这项政策,说它将会真正赢得选票。对于下一步,我真得慎重想想。

汉弗莱说他会给这次会议写一份备忘录,暂时不做结论,留待以后讨论。我感谢他帮了大忙。

2月20日

今天我收到国防大臣休送来的备忘录,他们已经做了民意调查,调查显示,73%的民众反对恢复征兵制。

这真是令我百思不得其解。党的民意调查明明说64%的人赞成征兵制！

接着会议记录送到了。

[汉弗莱爵士的会议记录历经沧桑保存至今，现附之如下。——编者]

讨论项目七：宏伟蓝图

显然，内阁委员会一致认为新政策在原则上十分优秀。但是鉴于会上所表达的各种疑虑，决定记录如下：经过慎重的思考，委员会的成熟意见是，尽管他们认为这项提议在原则上获得了广泛赞许，但是也认为有几项原则上是十分基本的，还有几项考虑是如此复杂并且在实践中是需要微妙平衡的，以致在原则上有人提出明智谨慎的做法应该是：将此提议付诸更详细的考虑，不仅与有关部门一起进行而且在有关部门之间进行，其目的在于准备和提出一个更彻底、更广泛的提议，强调争议比较小的内容，考虑新提议和现有原则间的必要连续性，然后选择合适的场合提交议会考虑和公众讨论，时机选择的条件是，舆论氛围被认为更适宜考虑这项政策所提出的并旨在征求赞同的主要论点的方法和原则。①

[哈克当天的日记继续下去。——编者]

我把这段话读了好几遍，我想它绕来绕去，无非是想说，委员会不同意我在周五的电视演说中提及我的宏伟蓝图。

---

① 整个会议记录只有一段，共有两句话，后面超长的一句充满了官话套话。——译者

我不打算就此放弃我的政策。不过我将亲自督导这场战斗，我深知这一点。

与此同时，我指示伯纳德说，在电视上露面时，我最好穿浅色套装，配高科技家具、高亮黄色壁纸和抽象画——当然还有斯特拉文斯基的曲子。

4. 钥匙风波

2月27日

我的首席政治顾问多萝西·温莱特今天早上到内阁办公室来找我,她是一个非常有魅力的金发女郎,年约四十岁,身材苗条,办事高效,作风顽强。

我把她称为**我的**首席政治顾问,其实这个说法并不准确。我的前任还在时,她就已经在这个职位上了,后来我把她留了下来,看起来这是一个好主意。

汉弗莱·阿普尔比曾经向我暗示,她不是那么有用——因此就更应该把她留下来了。毕竟,我需要一些不被汉弗莱严密控制的人手。但是自从我到这里的第一天,也就是把她留任那天起,我几乎就再也没有看到她。因此,当她果断地阔步走进内阁会议室时,我感到非常意外。我那时正在伏案工作,接着她给了我另一个意外,一个相当犀利的开场白。

"喂,吉姆,如果您不想让我当政治顾问,我希望您直说。"

我吃了一惊。为什么我要请她留任呢?因为她是唯一能阻止我的前任与现实世界失去联系的人。但是她似乎得到了一种印象,就是我做了安排,把她赶出原有的办公室,放逐到服务人员的办公区。

"我过去的办公室就在这个房间的隔壁,不是吗?"这是反问句还是疑问句呢?

为了稳妥起见,我说是的。

"是您让我搬到前楼去,上三层楼,沿着走廊走,再下两层楼,向右转,走到第四个门为止。隔壁则是文印室。"

这对我而言是个新闻,我对她在哪里一无所知。"我以为你在放假,或者干什么别的去了。"我解释道。事实上,我的工作非常之忙,说实话,我几乎没有注意到她最近不常露面。[这并不是巧合。——编者]

"我倒是宁愿休假,"她说话咄咄逼人,"你上任的第一个周末之后,我回来上班,发现我的办公室变成了内阁大臣和官员之类的等候室。我所有的东西都已经被搬到楼上阁楼里了。汉弗莱说这是您的指示,是不是?"

我努力回想着,我下过这道指示吗?不,我没有啊。但是……我下过!"你知道吗,多萝西,汉弗莱带着一份合理化方案来找我,建议充分利用空间。"

她摇摇头,静默不语,有些惊讶:"难道您没有意识到吗?文官部门三年来一直想把我赶出办公室。"

我怎么可能意识到呢。"为什么?"

"因为按照布局来讲,我的办公室处于关键性的战略位置上。它是整个楼里最好的房间。"

我不明白这有什么不同,我说道:"你仍然在唐宁街十号啊。"

"勉强算是吧。"她说完紧闭双唇。

"你还收得到所有文件吗?"

"有那么一些。"她承认。

"我们可以通电话。"我提醒她。

"这要看他们是否给我接通了。"她苦涩地说。

我想她可能有那么一点迫害妄想,我点明了这个意思。然后她开始讲起了阿尔巴尼亚和古巴。她说阿尔巴尼亚对美国政策的影响有限,而古巴却影响很大。这是为什么呢?因为阿尔巴尼亚距离美国遥远,而古巴却近在咫尺。她说,十号与外面的真实世界一样,影响与距离有关。"而我现在就变得远了。"最后她伤感地说道。

"但你还不至于在阿尔巴尼亚。"我说道。

"不,我在该死的阁楼上。"她厉声说道。"您看!"她开始拿我桌子上的东西比画。"桌面就是十号的布局,这堆文件是内阁会议室,我们就在此地。穿过这里的门"——她在文件的一端放了一本书——"是您的私人办公室。这把尺子代表从前门出来后的走廊。**这个走廊**"——她抓起一把裁纸刀并把它沿着文件和书放好——"从内阁会议室一直连接到这扇蒙有绿色呢子的门,它通常是锁着的,门的另一边是内阁办公室,用便笺本代表,那里也就是汉弗莱工作的地方。这杯咖啡是通向您书房的楼梯,杯托是男厕所。**这里**是我的办公室。"她在代表内阁会议室的文件旁放了一个烟灰缸。"现在,我的桌子面对着大厅,而我总是开着门,您说我能看到什么?"

我盯着这一切。"你能看到,"我慢慢地说道,"从前门或者内阁办公室进来的每一个人,进出内阁会议室和我私人办公室的每一个人,上下楼梯的每一个人。"

她保持沉默,而我在沉思。然后,她继续讲解她所在的有利位置,她拿起杯托又把它放下。"并且我正对着男厕所,**我不得不**对着男厕所。"

我问她为此是否看过医生,但是显然不得要领。"这是个男厕所,"她提醒我,"几乎每个内阁成员都是男的。我能听到当他们在内阁会议中途跑出来上厕所时,彼此之间私下里谈的一切事情。我可以让前任首相完全掌握这些人的小癖好。"

"这些事与首相有关吗?"我问道。

"当这些人图谋反对他时,就用得上了!"

她真是聪明。难怪汉弗莱把她的办公室改成等候室,并且把她赶到阁楼上。

我按铃召唤伯纳德。私人办公室的白色双开大门打开,伯纳德出现了。

"啊,伯纳德,我想让多萝西回到她的办公室去。"

"您的意思是,带她到那儿去?"他示意阁楼方向。

"不,"我说道,"我的意思是,带她回等候室,就在这房间的外面。"

伯纳德糊涂了。"您的意思是,在她回到她的办公室**之前**,让她在这里等着。"

我很有耐心:"不,伯纳德,我指的是等候室,那是她以前的办公室,现在恢复了。"

"但是，等候室怎么办呢？"他问道。

我让他集中精神仔细听，并观察我嘴唇的动作。"等——候——室——，"我说道，"将——成——为——多——萝——西——的——办——公——室。"

他似乎明白了，但是仍在争辩："是的，首相，但是等候室怎么办？"

我生气了，冲他大喊道："不要这样，伯纳德，马上去办！"

伯纳德**还是**不明白。他拼命地固执己见："是的，首相，我知道您的意思是立刻办，不要等候。但是**我**的意思是，如果没有等候室，人们到哪里去等呢？"

我明白他的意思了。这完全是一个简单的误解。但是他的问题仍是相当愚蠢的。"整个楼到处都是等候室，"我指出，"楼上所有的高级客房，几乎都没有用过，然后是休息室，就在这里！"我指着我的桌面说道。

伯纳德一脸茫然。"哪里？"

"那里，"我说道，"看，在烟灰缸、咖啡杯和杯托之间。"

他看看桌子，又看看我，困惑地睁大眼睛："在咖啡杯和杯托之间？"

他有时候真是笨。"杯托代表男厕所，伯纳德，"我告诉他，"醒醒吧你！"

我有时候真怀疑伯纳德的脑子是否够用，是否能胜任这个工作。

伯纳德·伍利爵士（与编者谈话时）回忆：

自然，我立刻根据首相的指示予以照办。其实我别无企图,这都是汉弗莱爵士的主意,是他坚持温莱特女士必须从这个能观望内阁会议室外大厅的战略要地搬走的。

次日,汉弗莱致电给我,让我做出解释或者收回安排。我告诉他无可解释——这没有什么大不了的。

一个小时以后,有人送来他的短笺,上面有他的亲笔字迹。

[伯纳德爵士人很好,给我们找出了这张字条,现录入如下。——编者]

伯纳德:

万事都需要解释。我们努力了好几年才把那个讨厌的女人赶出那间办公室,而你却让此事功败垂成。

虽然此事是首相的要求,但无关紧要。你不必把首相的每个小小的要求都当真。你必须向他解释,这些要求并不都对他有益。事实上,大多数是无益的。

我们的工作是保证首相不被人迷惑。政治家是简单的人,他们喜欢简单的选择以及清晰的指导。他们并不喜欢怀疑和矛盾。而这个女人使他怀疑我们所告诉他的一切。

汉弗莱·阿普尔比

2月28日

又及:请阅后即毁。

[对于历史学家而言,幸运的是,伯纳德爵士并没有遵嘱销毁短笺。他也没有立即收回变更温莱特女士办公室的安排。——编者]

伯纳德·伍利爵士（与编者谈话时）回忆：

不，我真的没有这样做。我感到为首相说话是我的职责所在。因此汉弗莱跑到私人办公室和我进一步讨论此事。我另有想法，这让他很不高兴。

我十分简单地告诉他，哈克先生很喜欢温莱特女士。这个理由并不能打动他。"就像是参孙喜欢大利拉。"①他评论道。幸好办公室里没有别人，汉弗莱聪明地选择了一天工作结束时来找我谈话，此时大家都已经下班。

我表现得并不认同。我告诉他，在我看来温莱特并不危险，她根本不知道具体情况。我们总是小心地保管重要文件，不让她接触到。

汉弗莱对我的答复并不满意。他提醒我，我们文官部门的官员对于捍卫英国政府的健全可靠有着义不容辞的责任，他说得没错。他又说，温莱特女士唯一的职责是保证哈克先生再次当选。

我倒是觉得，如果哈克把英国治理好了，他**就会**再次当选。随后这成为我们争议的焦点。汉弗莱坚持认为，他在任期间也一直这么认为：正确的决定不一定就是受欢迎的决定，两者甚至从未有过交集。他相信，如果哈克做出了正确或者必要的决定，那么他就会遭到惨败。因此，每当我们引导哈克做出正确的决定时，不可避免地，温莱特就会跳出来

---

① 均为《圣经》中人物。参孙是一位力大无穷的犹太人领袖。其情妇大利拉将他出卖给非利士人，在他睡觉时剪掉了他的头发，使参孙丧失了力量。——译者

警告他,说这可能会损失选票云云。这使我们的工作无法进行。

因此简而言之,汉弗莱的意思就是,将政治考虑排除到政府之外是必要的。引申而言之,把多萝西·温莱特放在阁楼里也是必要的。

当他解释这点时,他身后的双开门打开了,温莱特女士走出了内阁会议室。汉弗莱对此表现出了一贯的临危不乱。

"啊,晚上好,亲爱的女士,"他一边转身一边说道,"见到你真是高兴。"

她不为所动。"你好,汉弗莱,等着见首相吗?"

"的确如此,亲爱的女士。"

"为什么你不待在等候室里呢?"

他无法回答,我想这场面太有趣了,但是我一如既往地矜持着。

汉弗莱转向了我,决心在其他方面展现他的权威。他告诉我,前一天有个"外人"被放进唐宁街十号,事后证实此人是首相的选举代理人,但是他居然没有通行证就进来了。

他真是小题大做。外边的警察都认识此人,毫无危险可言。不管怎样,汉弗莱——以某种羞辱人的方式——提醒我,我的职责是保证任何想从前门进入的人都必须出示通行证或者预约卡。

温莱特女士听到了这些对话,但是这并没有让她觉得汉弗莱有多权威。"伯纳德,抱歉我插句话,"她说道,"首相请我找你做出必要的安排,以便我搬回原来的办公室。"

我十分尴尬,汉弗莱狠狠地瞪了我一眼,等着我拒绝她。我不知道该如何拒绝——如果首相真有此指示的话。

我试图敷衍,我告诉她,我必须马上落实汉弗莱关于通行证的要求。她说汉弗莱的要求可以稍后再说。汉弗莱说等不得。温莱特说可以等。

汉弗莱转过身去,走进内阁会议室去见首相。

我必须说明,我在白厅供职这么多年,从未见过像汉弗莱和温莱特这样短兵相接的粗鲁场面。我不知道这是否因为她过于直率——她的确是不留情面的,哈克先生的日记就说明了这一点。汉弗莱显然极端讨厌她——即使他没有理由一开始就讨厌她,却有理由最终会讨厌她。

[哈克的日记继续下去。——编者]

2月28日

今天我与多萝西谈过之后,开始在内阁会议室里口述一些信件。多萝西对于迟迟不能搬回楼下有些心烦,但是我安慰她没有问题,毕竟是昨天才做出的指示。她觉得文官部门一定在阻挠此事,而我认为她是在杞人忧天。

她刚一离开,我就隐约听到私人办公室响起了说话声。接着汉弗莱出现了。"据我看,您对于我们的办公室调整方案另有想法。"他说道。

"不,"我答道,"我只不过是决定把多萝西搬回到原来的办公室去。"

"哎呀,那是不可能的。"

"胡说。"我予以反驳,并且按下了我的录音机,准备口述信件。

但是他没有放弃:"不,首相,整个调整的关键就是为了把她搬出去。"

我不明白为什么,我告诉他只不过是多了一个等候室而已。

"**不止**是个等候室,"他坚决不认同,并走上前来,"这是棋盘上的关键位置。"

"人们可以在大厅等啊,"我说道,并未意识到我的录音机还开着,"楼上的高级客房也行。"

"有些人也许可以,"汉弗莱爵士答道,"但是有些人必须等在一个其他人看不到的地方。还有那些早到的人必须等在一个看不到晚到者先进入的地方。还有那些从外面进来的人必须待在一个看不到从里面出来的人的地方,而后者将告知您前者会和您谈什么事情。还有并不想让他们知道您正在接见其他人的那些人到达后必须待在一个地方,直到您已经接见过那些在别人看来您并未接见的人之后。"

我不可能全都记住,今天的晚些时候,我试图转述这些话,结果发现碰到了大麻烦。不过,在我看来他的言外之意很明显。"你的意思是,当我正在里面安静地忙碌着时,一整出白厅滑稽剧[该词可以用来形容'白厅剧场'二十年来一直上演的一系列戏剧性的闹剧。当然,白厅是指连接唐宁街十号和议会广场的大街,沿街分布有大量重要的政府部门——编者]正在外面上演着?"

"首相,唐宁街十号是一个铁路枢纽,没有车棚、岔线和时刻表的正确搭配,它就无法运转,温莱特的办公室就是一个至关重要的车棚。"

我表示质疑:"你嫌她碍事吧?"

"天哪,没有的事,首相!"

"你认为她是一个大麻烦,说实话。"

"不,不。一位杰出的女性,温莱特夫人,正直,坦率,直截了当。"①

有时候汉弗莱真是一位天生的诗人。"但还是个麻烦?"我追问道。

"好吧,"他谨慎地承认道,"她曾对文官部门提出过几次批评……哦,怎么说呢,坦率得令人耳目一新。还有,她与媒体的谈话也是,惊人地开诚布公和知无不言。有时候,她需要信息和帮助的请求原本不必那么生硬和固执,但是我们那些已经神经衰弱的职员在过去三年里说什么也得忍着。"

"但是我发现她的建议还是很有价值的。"我提醒他。

"当然,首相,"汉弗莱现在的语调满怀理解。"您仍将得到她的建议,只不过是书面的。"

"这样的话,你岂不是都能看到?"我质疑道。

随即我意识到自己说走了嘴。"为什么不能?"他问道,"还要对我保密吗?"

当然,我无言以对。因此我重申了我的主要论点。"她需要待在事发地,才能更好地服务。"

"想一想吧,首相,这对她公平吗?"

我不明白他用意何在。他继续说道:"在唐宁街十号,我们

---

① 该句为:"Mrs Wainwright. Upright. Downright. Forthright." 四个单词押尾韵,故下句有诗人之感叹。——译者

其他人都是职业文官。忠诚，可信，纯粹。我们的判断力经受了多年的考验。如果从外边聘来了一个临时文官，那么一旦出现安全问题，此人就会成为怀疑的对象。这对于一位女性来讲压力实在是太大了。怎么同情都不过分。"

这个理由是否合理呢？貌似有些道理。但有一点是毋庸置疑的，他们是在尽一切可能把她排挤出去。于是我向汉弗莱解释说她是有价值的，因为她可以提供**政治**方面的建议。

"首相，"他答道，"整个内阁都可以为您提供政治建议。"

"他们只不过是建议我给他们各自的部门多投钱而已。我需要一个人，汉弗莱，能站在**我**这边。"

他顿时变得极为轻松和蔼："我就站在您这边啊，整个文官部门都站在您这边，我们有六十八万人，应该足够您驱使了吧？"

看起来他在争论中占了上风。我真后悔卷入这场辩论，我要是只固守我的决定就好了。但是现在太晚了，我陷入一场我根本不可能获胜的辩论。"但是你们都给了我同样的建议。"我绝望地说道。

"这证明，"汉弗莱以胜利的口吻答道，"它一定是正确的！因此，现在我们还是恢复最初的调整方案吧？"

我知道自己被击败了。我点了点头。

汉弗莱试图再拿甜言蜜语哄哄我："有这样一位有决断、有主见的首相，真是令人愉快！"

我叫伯纳德去请多萝西来，令我惊奇的是，她正在隔壁我的私人办公室里等着。我一召唤她立刻就进来了，我等汉弗莱离开。但是他没有。因此我解释说，我想和多萝西私下聊聊。

他仍旧没有离开。"您可以在我面前畅所欲言。"他微笑着说。

多萝西顿时明白了形势。"首相也许可以做到,"她厉声说道,"但是我不行。"

"我担保您可以。"汉弗莱盛气凌人地答道。

局面很糟糕,令人无比难堪。这真是我的错误,我没有顶住汉弗莱的凌厉攻势。多萝西转身就走:"伯纳德,也许你能告诉我首相什么时候有空。"

我叫住了她,请她立刻回来,并让汉弗莱马上离开。

他并没有移动半步。"如果您认为有必要的话,首相。但是我明白您跟她没几句话可说,而我们之间还有很多其他要紧事等着讨论。"

我想不起来有什么要紧事。很显然,汉弗莱要亲眼看着我拒绝多萝西的要求。当我饱受左右为难的折磨时,多萝西转向了汉弗莱。

"很抱歉,汉弗莱,"她尖刻地说道,"我想我听到了**首相在说,他请你出去**。"

我保持沉默。汉弗莱意识到自己别无选择,于是转身走出房去。我示意伯纳德跟出去。

门关上后,多萝西坐在我对面。她现在对整个形势一目了然,因此说话开门见山。

"他无权这样做。您要明白。"

为了挽回点颜面,我假装不明白。她解释道,汉弗莱随意进出连声招呼都不打,还告诉她说首相不会和她多说话。

"他是内阁秘书。"我提醒道。

"没错,他只是个秘书。"

我觉得有必要为汉弗莱扳回脸面:"他是文官部门最资深的文官。"

她露出嘲讽的微笑:"如果您的行为像一个傲慢的主人,而人们却依旧称您为文官,那真是了不起啊。"

现在我觉得不得不保住我的脸面。"我是这里的主人。"我拿出最一本正经的架势说道。

"这就对了!"她强调道。

受到了鼓励,我告诉她,我是首相,我将坚定而有决断。我对她说,我想和她谈谈关于办公室的问题,我已经改变了主意。

她不礼貌地问我,这回是否坚定而有决断了?

这很令人恼火,我问她到底是什么意思。"不幸的是,"她答道,"是您自己改变了主意,还是有人替您改变了主意?"

我告诉她我们需要等候室,她问为什么。

"好吧,"我开始解释,但我却无法重复汉弗莱的说辞,恐怕我说的话与他的有相当大的出入。"因为,若某人来了,看见某人不知道也会来的某人……也就是说,某人在其他人看见他看见他们之前看见了某人……还有,其他人看见某人……"好吧,全乱套了。

我十分困窘地住了口。她用冷淡的蓝眼睛打量着我:"这套说辞是您自己想出来的吗?"她问道。

"请注意,你说话要公平!"我竭力为自己辩护。"我身为首相,没有时间仔细研究每一件事,我必须依靠我的官员来提供建议。"

她承认这话没错。但我不能只依靠官员的建议。她认为汉弗莱正试图封锁除了文官部门外所有其他信息和建议的来源。此外,她还认为,汉弗莱正在努力把自己变为文官部门建议的唯一来源。

这听起来过于夸张,但是她在十号的阅历比我丰富,并且我知道她是向着我的——至少她不会向着汉弗莱,当然两者也许不一样。

但是汉弗莱是如何使自己成为建议的唯一来源呢?我每周四要和整个内阁碰面,还要开各种内阁委员会的会议。

其实这个问题我自己就可以回答。我的内阁几乎总是讨论文官部门的议事日程,我发现自己就是这样做的。而汉弗莱在内阁会议的前一天会和内阁成员的常任秘书非正式会面,说服这些人同意他的议事日程。这就是我的宏伟蓝图何以碰上麻烦的原因——文官部门在背后捣鬼。

然而还有智囊团[这是中央政策评议小组的俗称——编者]的存在。我提醒多萝西,他们也会递交报告。

她表示怀疑:"如果汉弗莱建议让他们直接向他本人报告的话,我不会感到意外。接着,他会在十号内争取更多的地盘。"

"为什么?"我问道,"智囊团按说应该设在内阁办公室之内。"[内阁办公室是与十号相连的另一栋建筑,它的正门在白厅街,而不是唐宁街。——编者]

"他会说,"多萝西预测道,"他们需要更多的空间。他会逐步蚕食您的地盘,为什么呢?因为这样一来,他将有权把唐宁街十号作为内阁办公室的一部分,让这里也成为他的辖区。然后您猜他会干什么?他将开始清除您。"

我开始认为多萝西有点疯了。"你是说,"我问道,"他想自己当首相?"

"不，不是。"她不耐烦地说道，"他不想要这个头衔，也不想担这个责任。他想要的是权力。因此，为了使他自己成为一切信息和建议的会聚点，他将鼓励您进行海外旅行，越久越好。然后他会趁您不在做出大量决定——抱歉，是把大量决定推荐给内阁——您不在时，您将不得不接受他的建议。而内阁也会采纳他的推荐意见，因为他们将从各自的常任秘书那里得到同样的推荐意见。"

这似乎是一个骇人听闻的情景，我真不敢相信。然而我还是认为，必须对汉弗莱有所压制才行。经过反思，我想我明天就让多萝西搬回来。

3月1日

今天我真是坚定而又决断。这感觉真棒！我已经好好地、真正地树立起我的权威来了。

首先我把多萝西召来。我坚定而有决断地告诉她，我再次改变了想法，她将搬回她原来的办公室。

然后我向多萝西征求她对于汉弗莱的建议。我并不真的打算采纳她的建议！我只是想知道她是否真的建议我除掉他。

她避而不答，问我是否想削减汉弗莱的权力，接着她就此提出了一个非常好的建议。汉弗莱既是内阁秘书，也是国内文官的并列头头，他负责人事工作。而薪俸和配给则掌握在财政部首席秘书弗兰克·戈登爵士手中。因此文官系统的权力实际上是由汉弗莱爵士和弗兰克爵士分担的。

多萝西的建议既英明又简单，那就是把汉弗莱的那一半工作拿出来，交给弗兰克全权负责。

当然，这种转移的危险在于，它可能使弗兰克的权力膨胀得像汉弗莱一样。很难说这会对我有什么好处，因为我不那么了解弗兰克。但是我根本不必承诺，我所要做的只是吓唬一下汉弗莱。我想我今天肯定已经做到了。

我派人去找汉弗莱。他来的时候多萝西还在。我一上来就告诉他，**我明确**决定让多萝西搬回原来的办公室。

汉弗莱开始抗议，但是我不给他发言机会。他要求和我私下谈谈。多萝西不快地微笑着，然后说汉弗莱也可以在她面前畅所欲言。

汉弗莱似乎有些不情愿。我问他是否要质疑我的决定。

"**一经**决定，就不了。"他谨慎地答道。

"那就好。"我说道，将此事告一段落。"现在，我有重要的事情和你讨论。"然后我示意多萝西现在该离开了。她向我甜甜地一笑，以胜利者的姿态离开了。

我还没打出我的威胁牌，把他负责的那一半分给弗兰克，他就先开口说话了，而且所说的话令我几乎不敢相信自己的耳朵。

"我想我们应该考虑一下智囊团的问题。"他开始说道。我的天啊，难道多萝西早就**知道**他会来这一手？要不就是基于对汉弗莱的了解，她做出了合理猜测。不管怎样，当时我就意识到不能再把她的担心视为多疑了。

"难道智囊团不能替自己想吗？"我漫不经心地问道。

"我在担心他们的交流线路不明确。"他说道。

我看起来很惊奇。"怎么可能呢？他们向我报告啊。"

"实际工作中是这样，但是在行政管理上，他们得向我报告。"

汉弗莱称这是一个严重的反常现象。因此，我假装误解了他。"我明白，"我说道，"因此你想让他们在行政管理上也向我的办公室报告。"

他没有料到我会这样说。"不，不！"他匆忙答道，"这样会加重您办公室的行政负担，十分不当。我建议他们在实际工作中也向我报告得了。"

我假装愿意考虑这个方案，其实内心里已经火了："这样的话，让他们把报告直接交给你？"

汉弗莱明显感到已经大功告成。"没错，只是为了核查方便诸如此类，"他答复道，靠到椅背上，有些放松，"以保证您收到的报告在形式上令人满意。"

"汉弗莱，"我露出最虚伪的微笑说道，"这**真**是有劳你了，这样一来，你又多了不少额外工作吧？"

他露出英国人在《残酷的大海》(*Cruel Sea*)①中的英勇表情。"一个人必须勇于担当。"他咕哝道。

我决定检验一下多萝西的理论。"但是……天啊……"我一脸天真地说道，"你将怎么解决房间问题呢？"

"我正要谈这个问题，内阁办公室已经不能容纳额外的职员，但是我想我们或许能在十号找到一些新房间。"

该死的，她又说对了！

"在这里？"我问道。

"对，这里还有一些空间。"他解释道。

"如果是这样，"我问道，"我们为何必须让多萝西搬家呢？"

---

① 这是 Nicholas Monsarrat 于 1951 年出版的小说，描写的是英军在"二战"大西洋战场中的表现。1953 年被拍成同名电影。——译者

他只狼狈了片刻。"哦……如果她待在这里,我们就能搬两个人到她的新办公室去。不,她的老办公室。不,她老的新办公室。"

"说下去。"我说道,逗着他玩。

"您同意啦?"他问道。

"不,还没同意,"我和善地答道,"但是很吸引人,你还有什么别的提议吗?"

"只不过是一些海外访问。"他说着拿出了几页纸,我惊得几乎从椅子上掉了下来。"您应该考虑一下。"

我看了一眼他给我的单子,里面有北约的会议、联合国的会议、欧洲经济共同体的会议、在香港的关于殖民地未来命运的磋商、在渥太华的英联邦会议,以及在北京和莫斯科的峰会。我对多萝西如此了解这套方法以及它的运用者感到吃惊不已。

但是我对汉弗莱说:"如果我一直不在国内,你岂不是要承担大量可怕的额外工作?"

"我认为,首相,您能在世界舞台上占据一席之地,对您十分重要。"

"我同意这点,"我热情地说道,"但是这对你的要求太高了,我真的有必要帮你减轻点负担。"

他充满怀疑地看着我:"不,不,没必要。"

我表现出鳄鱼般的同情:"噢,但是**有**必要,汉弗莱,**有必要**!我一直在想此事,首先来讲,你是国内文官长,是不是?"

他在回避问题:"嗯,财政部负责薪俸和配给。"

"但是你负责提升和委任等。这是不是对你有点儿繁重?"

他用笑声打断了我:"不,一点儿也不。根本不费什么工夫,轻而易举。"

我觉得很好玩:"提升和委任六十八万人,难道也轻而易举?"

"呃,我的意思是说,那是委派别人去做的。"他谨慎地解释道。

我高兴地笑起来了。"好啊,"我说道,"反正也是委派,委派给财政部不也一样嘛。"

他现在有点坐不住了。"完全不可能,"他坚定地答道,"财政部已经有了太多的权力——哦,不,是工作。"

我不留情面了。"你看,"我说道,"你负责提升,而他们负责薪俸,权力线路很不明确,这无法令人感到满意,这是一个严重的反常现象。"

汉弗莱看到了一个好机会,他眼睛亮了:"好吧,这样的话,我也可以负责薪俸和配给。"

亏你想得出来啊,汉弗莱!我悲哀地摇了摇头。"你已经有了这么多负担,再加上你要做的这些事,不,汉弗莱,我绝不允许你做出这么大的牺牲。"

他绝望了:"不是牺牲,根本不麻烦!"

在他的一生中,也许这一次总算说实话了。"汉弗莱,你太高尚了,"我答道,"但是我能看穿你的目的。"

他像一只受惊的雪貂一样看着我:"您能看穿?"

"你竭力牺牲自己,好让我少操些心,是不是?"

他迷惑了。他不能想出稳妥的答案,一个能给他带来所求的答案。"啊……"他说道,"哦,是的。呃,不。"他最后总结道:"这真的**不是牺牲**。"

我玩得有些不耐烦了。因此我直截了当地告诉他:此事行不通。

但是关于智囊团的其他几个提议,汉弗莱还想知道我的意见。

"我越想此事,汉弗莱,"我说道,"我就越觉得你已经包揽得太多。事实上,我不想让你再待在这里了,因为在**你自己**的办公室里,你还有很多事情要做。"

他不敢相信自己的耳朵,难道自己被免职了?我决定澄清一下有关他的情况:"你可以离开了,如果唐宁街十号再次需要你,我会派人请你的。"

他站了起来,然后停下来纠正我。"您的意思是**等到**吧。"[1]

我笑着道歉:"我的意思是等到。"我表示同意后,他转身离开。"并且'如果'。"[2] 我恶作剧般地补充了一句。

他愣了一下,然后走向门口。当他出门时,我确信他听到了我在用内线告诉伯纳德,让他请弗兰克爵士尽快来见我。

3月2日

弗兰克爵士昨天非常忙,因此我同他电话沟通了一下。

"弗兰克,"我说道,"我想知道你对某事的看法,是关于汉弗莱的事,我想知道他是否包揽的事情太多了。"

正如我所预料到的一样,弗兰克向我保证,汉弗莱颇有能力,绝对胜任愉快,他管的事情多多益善,每件事情他都能恰如

---

[1] 以"if"引导的从句含有免职之意,以"when"则没有,因此汉弗莱要加以辨析。——译者

[2] 在英语正式文件中常有"if and when"或者"when and if",是起强调性的如果,哈克正是基于此而开的玩笑。——译者

其分地处理好。

然后我说明我之所以这么问,是因为汉弗莱要总管国内的文官,我想知道弗兰克是否能帮汉弗莱分忧解难。

绝对不要惊奇,接下来弗兰克就再也没有夸过汉弗莱一句,取而代之的是,他评论道,这项提议很有意义。

我让他明天来见我,同时希望他尽快将确切想法写一份书面意见,说明汉弗莱是否包揽得过多,写好之后送给我。

一个小时之后他的意见来了,写得真快。内容如下:

亲爱的首相:

当我说汉弗莱并没有大包大揽时,我当然是按照如下意义来说的,即纵观全局的整体累积性负担,而不是某些单独的本质上反常的职责;从逻辑上讲,这类职责并不与一系列互相交织、密不可分的广泛功能协调一致,实际上,与通盘考虑来看的相当少的好处相比,它们可以说给内阁办公室造成了过量的并且是额外的负担。

你永远的

弗兰克

3月2日

我认真读了好几遍,我的结论是:他**能够**承担汉弗莱的那部分工作。

3月3日

弗兰克今天过来见我,但我们的会谈自始至终就没有踏实进行。

当他到达后,我指示伯纳德要保证汉弗莱不能打扰我们。我需要完全保密。

伯纳德说道:"我会尽力而为。"

"就算你尽了全力也许还不够。"我告诉他。噢,我真是太有预见性了!

我今天早上第一件事情就是见多萝西。她提醒我,按规定,汉弗莱爵士在穿过绿色呢子门到唐宁街十号这边来之前,应该先从其内阁办公室打个电话请求一下。

我吩咐伯纳德将这一点告知汉弗莱,他很犹豫:"也许这在理论上是对的,但实际上,这只是个形式。"

"好啊,"我说道,"汉弗莱就喜欢搞形式。"

伯纳德表示同意,但有点勉强:"是的,首相,不过正如人们所说……有些风俗,把它破坏了倒比遵守它还体面些。"

我真是烦透了伯纳德、汉弗莱和弗兰克这帮人。为什么自己有话不直说,非要绕弯子呢?还是这种烂句子,什么叫破坏时反而体面的风俗……他们为什么要歪曲和败坏世界上最美丽的语言,莎士比亚的语言[1]呢?〔哈克显然没有意识到,伯纳德正在引用的就是莎士比亚的语言,见《哈姆雷特》第一幕第四场。——编者〕

伯纳德·伍利爵士(与编者谈话时)回忆:

那天是我职业生涯中,也是人生中的一个重要转折点,

---

[1] 莎士比亚为英语带来了巨大发展,可以说塑造和成就了现代英语,故人们常称英语为莎士比亚的语言。——译者

我从未意识到,我的新职位——首相的首席私人秘书——使我有机会向我的旧老板显示我的力量和独立。那一刻对于我而言是一个启示、一道炫目的闪光、一条通向大马士革之路!①

我刚把弗兰克·戈登爵士引到内阁会议室,就回到私人办公室。

我拨通了汉弗莱的电话号码。

我听到了汉弗莱的声音,响亮而清楚。"喂?"

"啊,汉弗莱爵士。"我说道。

"是我。"他再次说道。而我意识到,他的声音如此响亮的原因是他就站在我身后——他已经进入了房间。

"我是伯纳德。"我兀自傻乎乎地说道。好吧,我承认我很狼狈。

"我知道。"他答道。我挂上了电话。

"我正要打电话找您呢。"我说道,非常担心他打扰了哈克先生的秘密会谈。

"我现在人在这里了,不是更好吗?"他说道。

"是的,也不是。"我毫无意义地咕哝着。我说我只是想跟他说句话,就是这么个原因,没别的。最终,我还是说了出来,首相吩咐我提醒您,在来我们这里之前先从内阁办公室打个电话来,这样也许大家都方便一些。

汉弗莱征求我的意见:"会不方便吗?"

---

① 《圣经·使徒行传》第22章记载,原本迫害基督徒的保罗在去大马士革的路上,看到炫目的闪光,耶稣在光中启示了他,自此他转奉耶稣。——译者

"会的。"我说道。

"不,不会的。"他说道。

随后我极为肯定地说道:"**会的。**"

他盯着我,接着突然变得很冷酷,问我首相是不是在忙什么。

我不得不说首相是在忙着。汉弗莱想知道具体是什么事。我试图含糊过去,嘀咕说他在忙于案牍工作。你要知道,我那时真的还很惧怕汉弗莱。

汉弗莱说既然如此,他就进去和首相说句话。我被迫承认,首相是在和别人**一起做案牍工作**。

汉弗莱仔细地看着我,很显然,他意识到我对他不够坦率,也许根本就是在撒谎。"你的意思是,他在会谈?"我点点头。"**和谁呀?伯纳德。**"他厉声说道。

我想他一定已经知道了,这事已经传了两天了。我刚承认首相正在和财政部首席秘书谈话,汉弗莱就像穿着裤子的雪貂一样钻了进去。我没有来得及阻止他——我根本没有反应过来。

[哈克当天的日记继续下去。——编者]

然而,我刚和弗兰克谈到正题上,汉弗莱就闯了进来。我问他你想干什么,我并不欢迎你。他说他想查看一下,这里是否有用得着他的地方。我问他,伯纳德是否告诉他我正在会谈。大门开着,伯纳德在那里拼命地点头。汉弗莱承认伯纳德告诉过他。

"你想怎么样呢?"我不耐烦地问道。

他很显然没什么好说的,他仅仅是来察看我。"好吧,"他说道,"既然参加会谈的是我工作上的一个同事,那么我想——**你好,弗兰克**——我也许能帮上什么忙。"

他朝弗兰克热情微笑着,我注意到,后者几乎没有任何表示。

"我知道,"我说道,"不,谢谢你。"

我等他走开,但是他赖着不走。

"谢谢你。"我十分明确地说道。

"谢谢**您**,首相。"他答道,仍然不动分毫。他就是站在门口,等着,听着,不让我们剥夺他半点工作职责。

"汉弗莱,"我说道,怒火油然而生,"这是一次私人会谈。"

"啊,"他说道,"要不要我把门关上?"

"是的,请关上。"我说道。当他转身从里面把门关上时,我真是惊奇无比。"不,汉弗莱,请从**外面**关上。"

他生气地拒绝了:"我能问问为什么吗?"

与此同时,弗兰克渐渐紧张起来。他站了起来,准备告辞,我让他坐下,并请汉弗莱离开。

汉弗莱似乎宁愿装疯卖傻也不肯离开。"您说的离开[①]究竟是哪种含义?"他问道,好像这是一个合情合理的问题。

我冲汉弗莱大声咆哮,叫他出去。然后我也告诉弗兰克可以走了——我现在心烦意乱,气恼万分,显然已经不适合进行理智的谈话。

伯纳德也打算悄悄溜走。我喊住了他,叫他回来。最后就剩下我们两个人。

---

① leave 根据语境有时也做留下讲。事实上,留下是本意,离开是引申义。——译者

我问他,我明确吩咐过不许汉弗莱进来,为什么还放他进来。

"我拦不住他啊。"他无可奈何地耸耸肩,答道。

"为什么不能呢?"

"他的职位比我高。"

"那么,"我冷酷地下了决心,"他必须被限制在内阁办公室。"

"怎么限制啊?"他问道。

"很显然,锁上中间的那道门。"我说。

"但是他有钥匙啊。"伯纳德抱怨道。

"把他的钥匙要回来。"我说。

伯纳德不敢相信自己的耳朵。"把他的钥匙要回来?"他充满怀疑地问道。

"拿走他的钥匙。"我解释道。

"**您**去拿走他的钥匙吧!"伯纳德说道。

我从未受到过如此无礼的冒犯和公开的挑衅。"**你说什么?**"我喊道。

伯纳德深深地吸了口气,停了下来,然后又试着说:"抱歉,首相,我想我的权力不允许我这样做。"

伯纳德有一定学术修养,受过良好的教育,但是因此而变得内向、拘谨、墨守成规。有时候他只见树木不见森林。

"我给你权力,"我解释道,"我授权给你。"

他似乎处在完全垮掉的边缘。"但是……我不知道我是不是……我的意思是……哎呀,他会彻底发疯的。"

我冲伯纳德微微一笑,他也回之一笑。然后他的笑容淡去,舔了舔嘴唇。他仍然不是很有勇气。"就看你的了,伯纳德。"我温和地说。

"是,但是……"

"放手去干吧,伯纳德。"我轻轻地说。

"是,但是……"

"我给你权力,伯纳德。"我和善地提醒他。

"是,但是……"

"只有你,独一无二地,享有随时见首相的特权。"我巧妙地鼓励他。

但即使这样也没有完全说服他。

"但是……但是……"他始终不能说明反对的原因。他的整个世界正在被颠覆。

"别老对我说但是了,伯纳德。莎士比亚。"①我想是时候让我卖弄一点学问了。

可是一知半解是危险的。伯纳德立刻在无用的、不相关的卖弄学问中遮掩起尴尬来。"不,首相,'别老对我说但是了'是一条19世纪的引语。我相信,苏珊娜·森特利弗于1709年首先使用了它。但直到沃尔特·司各脱于1816年出版的《古董贩子》(*The Antiquary*)中再次使用它,这句话才变得流行起来。"

我谢谢伯纳德,并且问他是否我们能抓住要点。他误解了我,我认为他是故意的,为的是进一步逃避有关汉弗莱通行的问题。

---

① but me no buts,有个流传甚广的故事说这是莎士比亚对仆人所说的话,但这个来源是错误的。哈克便误信此说。——译者

"是的——要点**是**,首相,我想您把森特利弗夫人和《罗密欧与朱丽叶》(*Romeo and Juliet*)第三幕第五场中老凯普莱特的话搞混了,当时他说的是'我不要你老感谢,我也不要你老喜欢'。这才是莎士比亚的原话。"①

我再次感谢伯纳德,并且告诉他就这么对汉弗莱说。

他显得很迷茫。"说什么?"

"我也不要你老喜欢,汉弗莱爵士。"

"是的,首相。"他似乎一点也不觉得好笑。"哦……唯一的问题是:如果我去要走他的钥匙,我可以提什么理由呢?"

我终于不耐烦了,他是一个天生的公务员——只能看到问题的那种人。但是伴随着每个问题,也都存在一个**机遇**。"看在上帝的份儿上,伯纳德,"我呵斥道,"你自己去找一个理由!"

他退却了。"是,首相。谢谢您,首相。"

我从眼镜框上边瞄着他:"我不要你老感谢,伯纳德。"

[多萝西·温莱特的回忆录《首相的耳朵》(*The Prime Minister's Ear*)在此事过去两三年后热卖。从以下摘录中,我们可以借助她的视角,来看看那天稍后时分,伯纳德·伍利在执行首相的指示时发生了什么事情。——编者]

> 我正在沉思我希望搬回旧办公室一事时,我听见大厅对面的私人办公室里响起了伯纳德的声音。"我说**不行**,汉弗莱爵士。"接着他又重复了一遍。

---

① 伯纳德认为问题的要点在于 but me no buts 与 thank me no thankings, nor proud me no prouds 的结构相似性,使得哈克弄混了出处。——译者

4.钥匙风波

于是我好奇心大炽,推门走了进去。伯纳德正在打电话,他面色潮红,显得非常激动。"我**就是**在说不,"他说道,"首相正忙着。"

电话另一端的汉弗莱爵士一定提出拜访伯纳德,因为伯纳德接着说道:"我也在忙着呢。"

电话里似乎有一些噼里啪啦的辱骂声。片刻之后,伯纳德挺直了五英尺十英寸半的身子,做了个深呼吸,说道:"汉弗莱爵士,你不可以穿过来,你没有得到允许。"

汉弗莱大喊道:"说什么我也得过来!"——这边满屋子都听得到**这句话**——然后摔下电话。伯纳德也挂了电话,然后跌落坐椅,半是兴奋,半是恐惧。他看着我,一脸茫然的微笑。"他不敢相信自己的耳朵。"伯纳德兴奋地说道。

"他说什么?"

"他说什么都要过来。"

"你能顶得住吗?"我同情地问道。

伯纳德坐了回去,颇为放松:"没问题,他过不来。我已经通知保安处从他办公室里拿走了钥匙。"

此刻门砰地开了,汉弗莱爵士闯了进来,我从未见过他如此生气。毫不夸张地说,他已经七窍生烟了。[1] [按字面理解,这是不可能的。——编者]

伯纳德跳了起来:"我的上帝!"

---

[1] 原句为"There was literally steam coming out of his ears"。literally 本义是"按字面理解",但可以引申为"毫不夸张地说"。习语 steam come out of one's ears 意为"气愤已极",类似汉语的"七窍生烟"。——译者

"不,伯纳德,"汉弗莱咆哮道,"我是你的上司。"

[理论上说,这种关系也许是对的,毕竟汉弗莱爵士是国内文官长。但是,自从伯纳德搬入了唐宁街十号,他就不用再向汉弗莱报告。作为首相的首席私人秘书,伯纳德现在的实际权力和影响已经与内阁秘书不相上下。正因如此,才有这场争吵。——编者]

"你怎么穿过那道坚固的门的?"伯纳德问道。

"我的钥匙哪儿去了?"汉弗莱问道。

"你一定有备用钥匙。"伯纳德推断说。

"我的**钥匙**在哪里?"汉弗莱爵士咆哮道。

伯纳德鼓起了勇气:"首相指示我把它取走。"

我想我应该帮伯纳德一把。"这项指示非常正确。"我补充道。

汉弗莱满怀敌意地转过身来:"请你注意,**亲爱的女士**,这与你无关。"然后他又转向伯纳德:"首相无权剥夺我的钥匙。"

"这是他的房子。"伯纳德勇敢地说道。

"这是政府的建筑。"汉弗莱说道。

伯纳德毫不惊慌:"我相信,谁能进入这栋房子全凭首相的决定。不管怎样,我不会把我房子的钥匙交给丈母娘。"

我几乎笑出声来。这个类比看起来让汉弗莱勃然大怒。

"我不是首相的丈母娘,伯纳德。"

伯纳德并未回答,他不需要回答。他只是沉默地站在那里。过了一会儿,汉弗莱走到窗口,慢慢地、静静地深呼吸,让自己镇定下来。然后他走回伯纳德的面前,带着假慈悲的微笑。

"你看,伯纳德,我不希望我们为此争吵。首相也太小气了。我们已经共事这么多年了。首相有来有去——而你职业生涯的前途,完全指望那些有权提升和任命你的人。"

"让我们坚持主题吧。"我生硬地说话了,汉弗莱又朝我投来充满敌意的一瞥,看起来要杀人似的。

伯纳德真值得赞扬,他**的确**坚持了主题。"我一定要请你告诉我,你是怎么进来的?"

汉弗莱爵士立即噘起他的嘴唇,这是他一贯的**无可奉告**的表情。

"你一定自己有一把钥匙。"伯纳德说。汉弗莱保持沉默。"你告诉我是不是这样?"伯纳德问道。

汉弗莱似笑非笑。"我没有告诉你我没有,我只是不告诉你我有。"

伯纳德伸出了手:"交出来!"

汉弗莱盯着伯纳德看了一会儿,然后一个急转身,走了出去。伯纳德突然坐下,长出了一口气。我告诉他,他干得不错。

他点点头,然后拿起桌子上的一部电话,打给了保安处。他吩咐保安处把内阁办公室和唐宁街十号之间过道门的门锁换掉,并且把**所有**的钥匙都交给他。

[同一天,也就是3月3日的稍后时分,在汉弗莱的办公室举行了常任秘书例会。最近在弗兰克·戈登爵士的私人日记中找

到了一段这样的记载，内容是例会后一个简单的私下交流。——编者]

我出门时，汉弗莱问起我与首相会谈的情况。我没有告诉他，在他不受欢迎地闯入之后，那次会谈也就作罢。取而代之，我告诉他那次会谈非常成功。

他问我是否谈了什么特定主题。我问他是否有什么主题比较关心。他问我首相是否提出有关文官任命的问题，或者首相是否暗示了要把职责重新分配。既然我们根本没有讨论，我只能暗示他某些主题已经提过，我们进行了广泛的讨论。

他感兴趣地问道，是否我们已经达成了什么结论。他一定非常担心，我说两方面都有利弊，也许某一方面更胜一筹，但是肯定没有什么值得**我**担心的。

[哈克的日记继续下去。——编者]

3月6日

我的计划完全成功了。汉弗莱最终明白了他的处境。正如我一两天前向多萝西建议的一样，削减汉弗莱权力的时机到了。[机敏的读者或许能想起，在前几天的日记中，哈克已经承认了压制汉弗莱的想法是多萝西·温莱特的建议。——编者]

很显然，伯纳德更换了过道的门锁。因此汉弗莱**不得不请**求许可。当汉弗莱今天早晨打电话过来的时候，伯纳德拒绝了他。

不一会儿，他和多萝西就听到了另一边传来咚咚的捶门声，

4．钥匙风波 | 183

伴随着被压抑的暴怒的喊声:"开开门!快开门!"

汉弗莱接着从内阁办公室位于白厅街的前门跑了出去,绕了个弯,直奔唐宁街十号。但十号门口的两个警察不让他进,因为他没有预约卡,也没有十号的通行证,只有一张内阁办公室的通行证。

伯纳德上星期实行了新的安全规定:除非有唐宁街十号的通行证或者有当天的预约卡,否则**任何人**不得进入。显然这依照的是汉弗莱本人的指示。

警察当然熟识汉弗莱,并且显然也打电话到私人办公室进行询问。但是此时,伯纳德和多萝西已经来到内阁会议室,正和我商讨事情。

汉弗莱一定又跑回了自己的办公室,跳窗进入唐宁街十号的花园,穿过草坪和花坛,以飞贼一样的姿势爬上墙,来到内阁办公室外面的阳台上。

我无疑是第一个知道这一切的,当时我看到一个灰头土脸的汉弗莱爵士在落地窗外站立不稳,摇摇欲坠。我微笑着朝他挥挥手。他抓住窗户的把手,试图把它弄开——立时电铃声、警报声大作,片刻之后穿制服的警察、警犬和便衣侦探就冲进内阁会议室。

在纷乱中,我们大喊:没事,我们不需要保护,内阁秘书碰不了我们,不管他是多么生气,或者有多么委屈。

警报被关掉了。

汉弗莱爵士走到跟前,交给我一封信,是他本人的笔迹。

"汉弗莱,"我说道,"这是什么?"

他闭口无言,愤怒不已,拼命抑制着眼泪,试图保持他的尊严。他说不出话来,用手指了指那封信。我打开来读了。

亲爱的首相:
　　我必须以尽可能最强烈的言辞来表达我对新规定的强烈反对,这项规定对政府高级成员的出入施加了令人无法容忍的严厉限制,并且很可能将会——如果当前这项应受谴责的创新被长期认可的话——促进对交流渠道的逐步限制,最终形成组织萎缩和行政麻痹的状况,从而使得大英帝国女王陛下政府运行的连贯性和协作性事实上变得不可能。
你顺从而谦卑的仆人
汉弗莱·阿普尔比

我认真读了信,然后打量着汉弗莱。
"你的意思是,你已经丢了你的钥匙?"我问道。
"首相,"他绝望地说道,"我必须要拿到一把新的。"
很惭愧地说,我当时是在戏耍他。"到时候自然会给你,汉弗莱。"我答道。"在适当的时候,在时机成熟的时候。不过,在此期间,我们还要做另外一个决定,一个更迫切的决定,也就是关于多萝西办公室的决定。"
"相当迫切!"多萝西咄咄逼人地说道。
汉弗莱试图置之不理,就像他一贯的态度一样。但是我不允许这样。"不,汉弗莱,"我以极大的耐心解释道,"现在此事必须解决,要不这样,要不那样。真的,就像你的钥匙问题一样。"
我从他的表情中看出来,他终于明白过来。当他还在内心斗争时,我给了他一个台阶下。"我很想知道你的看法,在某种意义上,这是解决我们问题的关键①,你认为呢?"

他表现出一种他希望看起来深思熟虑的意见和不失尊严的妥协。"经过思考,我认为,温莱特夫人**确实**需要离这个房间更近些。"他说道。

这下我们都放心了。"既然这样,我们就让她搬回去,你看行吗?"他点点头。"立刻就搬?"他再次点点头。

我请伯纳德给他一把新钥匙,我对汉弗莱的帮助与合作表示感谢。最后我请大家散去。

今天晚些时候,伯纳德告诉我,汉弗莱打电话来询问,是否能与我单独会面。我说当然可以。伯纳德大方地请他过来。汉弗莱毕恭毕敬地进入我的书房,并问我另外一件事情是否解决了。

"另外一件事?"我想不出他指的是什么。

他清了清嗓子:"我可以……呃……问一下谁将是国内文官长吗?"

"你——也许是。"我说道。他微笑了。"或者可能是弗兰克爵士。"我补充道。他的微笑不见了。"我尚未做出决定,但不管怎么样,都需要由我来做决定,不是这样吗?汉弗莱。"

"是,首相。"他答道,显得更加悲凉,但是更加聪明。

---

① "key"既有关键之意,又有钥匙之意。哈克的话也不无敲打之意。——译者

5. 休戚与共

3月9日

我今天步履蹒跚地上了楼,准备回公寓吃午饭。幸运的是,安妮在家。她看了我一眼,问我内阁会议是否开得很糟糕。

"找些东西把地毯上的血迹擦掉吧?"我哼了一声,倒在我的印花棉布扶手椅上,深深地叹了一口气。[我们推测叹气的应该不是扶手椅。——编者]

"谁的血迹?"安妮问道,她随手捡起了一个矿泉水瓶。

"天知道是谁的。"我苦恼地答道。

她问我是否需要一两杯苏格兰威士忌,我说我要三杯。

我之所以郁闷,是因为一份刚刚递交给我们的财政部文件。财政危机比我们想象的还要糟糕。没有人——尤其是我——能预见到它的到来。当然有一个例外,那就是我的前任,怪不得他出人意料地辞职了。

安妮毫不惊奇。"我总是在想，"她沉思道，"他为什么要让位给一个比他年纪大的人呢。"

我感到有点被冒犯。"我并不比他大啊。"我说道。

"噢，"她充满同情地凝视着我，"也许你只不过看起来比他大罢了。"

我想，**我现在**确实如此！我真不知道该怎么办，对于内阁的开支计划必须做大规模削减才行，而他们毫无心理准备。他们都有雄心勃勃的发展计划，而这些都是我要求的。

我们听到了沉重的脚步声，伯纳德出现在客厅门口，安妮递给他一杯苏格兰威士忌。

"请给我三杯。"他冷峻地说道。

安妮同情地点点头，明智地保持沉默。

"伯纳德，"我说道，"会出现这种情况，汉弗莱应该事先警告我。"

他坐在沙发上，抿着酒："我觉得汉弗莱不懂经济，首相——他念的是古典文学，您知道的。"

"好吧，那弗兰克爵士呢？他可是财政部的头头。"

伯纳德摇摇头："我敢说他更不明白经济是怎么回事，首相，您别忘了他是一个经济学家。"

安妮拿着一瓶毕雷牌（Perrier）矿泉水坐了过来："吉姆，如果发生了经济危机，难道内阁看不出有必要削减预算吗？"

"他们看得出来其他部门有削减预算的必要，就是看不出自己部门的。"

"真是相当自私。"她评论道。看起来，安妮仍然认为内阁充满着团队精神。其实不是。他们彼此之间经常争风头，抢声望。而这种事，最快捷的方法就是花钱，花公家的钱，这使内阁成员受到所在部门、党、议员和媒体的欢迎。而削减开支会使每个人都不那么受欢迎。安妮不明白这些，伯纳德打算去解释，但是他花了很长时间以一种完全不可理解的方式磨叨关于帽子（hat）[①]的问题，让人听得莫名其妙。

伯纳德·伍利爵士（与编者谈话时）回忆：

我的解释实际上一清二楚。我记得，哈克夫人似乎认为，如果削减开支，公众就会**高兴**，因为他们是纳税人。但是我告诉她这是一个关于帽子的问题，过去是，现在也是。如果政府为某些事情花钱，那么投票人——戴着投票人的帽子——会感到非常高兴，因为他们觉得那是免费的。他们没有意识到，自己戴着选举人帽子的同时也戴着纳税人的帽子，因此他们是在为自己所得到的一切埋单。而内阁大臣呢，戴着一部之长的帽子，彼此竞争。因为他们戴着政府成员的帽子，就必须从帽子里凭空变出[②]经济上的成功，同时还得让纳税人——因为他们戴着投票人的帽子——认为政府是在花别人的钱。事实上**不是**，都是**他们**自己的钱。因此大臣们戴着帽子，必须努力这样，并坚持这样。

[①] "hat"除了帽子之外，也有职位、身份之意。这与汉语有些类似，故下文中只译作帽子，请读者自己体会。——译者
[②] 这里借着 hat 使用了习语 pull something out of a hat，意为像魔术师一样凭空变出。——译者

[哈克当天的日记继续下去。——编者]

安妮问我:"这么说来,是你鼓励了所有的那些开支项目,因为你要收买人心?"

既是又不是,这是唯一说得通的答案。我当然希望受欢迎,这并没有错,选举比的就是受欢迎,这也是民主政治的全部内容。但是我同时也认为,我们能够承担得起这些花费。我并不知道,也没有人告诉我,由于通货膨胀、英镑危机和生产率低下而造成的这些迫在眉睫的问题。

安妮问我有什么打算。"今天早上,你有没有下令严加限制?"

"我不能下任何命令,安妮。"我悲哀地解释道。

安妮并不明白。"他只是首相,哈克夫人,"伯纳德说道,"他甚至连一个属于他自己的部门都没有,怎么严加限制呢?"

安妮认为——据我所知,至今仍然认为——首相能够完全掌控一切。这是一个谬见,领导只能通过协调一致来进行领导。

"假如不是你,那么是谁在掌控?"安妮相当困惑地问道。

我也被她的问题弄得困惑了,似乎没有一个答案。我想了一会儿。"真的没有人负责。"我悲哀地说道。

"这样好吗?"她更加困惑。

"必须这样,"我无可奈何地回答,"这就是民主的全部。"

"这使英国成为今天的英国。"伯纳德加上了一句。

安妮在沉思她所听到的内容:"因此是你的内阁在掌控一切,而不是你。"

她完全误解了!"不!"我说道,"回想一下吧,安妮!当我还是大臣的时候,我根本不能掌控一切,不是吗?"

她说:"我认为内阁中只有你不能掌控而已。"

安妮就像新闻媒体一样,对于谁掌控谁的事情喋喋不休。但是政府的要点在于,没有人能掌控一切。很多人有权阻止某事的发生,但是几乎没有人有权**实行**某事。我们的政府有割草机的发动引擎,却有劳斯莱斯轿车的刹车系统。

当然,我从未公开谈论这一点。选民会把它理解为失败主义,尽管并不是!它是真相①,我将与之斗争。[我们并不认为,哈克想让读者相信他要与真理做斗争。——编者]

我们开始讨论这场财政危机的进一步影响。明天将有一个后座议员代表团前来见我,会谈内容是我曾经许诺的加薪问题。我自然不能答应他们。他们会炸窝,而且会说:

第一,我不能食言;

第二,他们的报酬低得不像话;

第三,敢情我过得很好,因为我一年有五万英镑;

第四,这不是钱的问题,这是原则问题;

第五,这不仅仅是为他们个人;

第六,我打击的正是议会民主的基础。

我怎么知道他们会说些什么呢?因为当我是后座议员时,我就说过这些话。

唯一的答复办法是说谎,我会说:

第一,我深表同情。——其实我毫不同情!

第二,他们肯定会得到加薪。——其实没这回事儿!

第三,一旦危机过去,我就会优先考虑此事。——其实我才

---

① "truth"有两个意思,真相和真理。——译者

不呢!

第四,如果后座议员投票为自己大幅加薪,而随后又告诉每个人政府无钱支付的话,将会使人们对议会的尊严感到吃惊。——其实根本不会!

如果有人说这不是钱而是原则问题,我会强忍住想冲出口的话:他们**想要**的就是钱!

我把这一切解释给安妮,使我惊讶的是,她居然很同情他们:"事实上,议员的薪酬不是很低吗?"

我很惊奇,太低了?你说后座议员?我对安妮解释道,当后座议员是一桩巨大的追名逐利的买卖,而且还有薪俸。它不需要资格限制,不需要工作时限,也没有完成标准,还能获得温暖的住房,并有电话和三餐补贴。这群自以为是的家伙夸夸其谈,多管闲事,却突然发现人们开始把他们的话当回事了,而这仅仅是因为他们的名字后面多了 MP 两个字母[①]。当每个空缺都有两百份申请在竞争时,怎么**可以**说薪俸过低?即使需要他们付钱才能当议员,你还是会发现每个座位能卖出去二十次。

"但是五年前,你也是一个后座议员啊。"安妮说道。

"我是一个例外,"我解释道,"我是其中的精华,所以我升到了顶峰。"

安妮想知道,我是否认为我的答复会奏效。我并不如此认为。他们永远不会闭嘴。"但是,"我对她耸耸肩说道,"我别无选择。当削减护士和教师时,国家是绝不会答应为议员加薪的。"

"护士和教师?"安妮看起来很担心,"这太严重了,是不

---

① MP 即 member of parliament,议员之意。——译者

是？"

有时我认为，安妮就是搞不懂政治。"不，安妮，"我疲惫地说道，"**不太**严重，护士和教师得到下次大选时才能投票反对我，而后座议员今晚10点就能投票反对我。"

3月10日

正如我所预料的，我与后座议员的会谈充满了激烈的争吵。他们说了我认为他们会说的所有话，而我也说了我曾说过的所有话。他们还说，如果我失去后座议员的支持，我将不能再对任何人指手画脚了。

我随后叫汉弗莱上来。我告诉他，如果我能早一点得到消息，我就会预先安抚一下他们。

他承认，没有得到消息真是遗憾。

这意味着他并没有理解我的要点。"这都怪你，汉弗莱，"我强调，"你是内阁秘书，你必须让我们早一点拿到文件。"

汉弗莱垂下头："唉！在文件被写出来以前，拿到就是一个大问题。"

"如果文件没有被写，那么**为什么**不写呢？"我对汉弗莱怒目而视，"财政部肯定早已经预见到这一点了。"

"首相，"汉弗莱耸耸肩答道，"我又不是财政部的常任秘书，这事您得去问弗兰克爵士。"

"他会怎么说？"我问道。

汉弗莱再次耸耸肩："我这样卑微的凡人是无法洞悉伟人那周密而高尚的思想的。但是总体而言，我想弗兰克爵士会认为，如果财政部知道该做些什么的话，那么将不会留给内阁太多时间考虑的。"

我火了:"这真是一个可恶的见解。"

"是的,"他微笑着说,"这就是财政部出名的政策。"

"假设,"我问道,"内阁提出质疑呢?"

"我认为,弗兰克爵士的看法是,"汉弗莱谨慎地说,"在财政部难得弄明白问题时,内阁却弄不明白答案。"

我变得更加恼火。"你赞成这个看法吗?"我直接问他。

汉弗莱看起来真的很吃惊。"您说我?首相,我只不过是在努力执行首相和内阁的愿望罢了。"

我告诉汉弗莱,我的愿望是,以后在内阁会议之前至少四十八小时,就要送呈所有的文件。我请他转告弗兰克爵士。

汉弗莱表示他乐意效劳,他将立刻请求弗兰克爵士接见。随后他就离开了。

这些冠冕堂皇的言辞并没有迷惑住我。显然他认为弗兰克有些自大。要不就是……他还在担心我上星期对他的威胁——让弗兰克当国内文官长。当然如此!这就是他为什么对弗兰克如此不忠诚的原因。

我不知道是否应该使他免于担心。使他们继续猜疑的话,我能得到什么呢?没错,我会得到一个焦虑不安而紧密合作的内阁秘书。

[那天晚些时候,汉弗莱·阿普尔比爵士会见了财政部常任秘书弗兰克·戈登爵士,见面地点在帕尔摩街的改革俱乐部。汉弗莱在其私人日记中记录了此次会面。——编者]

弗兰克和我讨论了这周财政部给内阁的文件迟迟才到,

经济危机的消息通知得太仓促的事情。

弗兰克希望我这样解释,通知仓促的原因在于美国突然改变了利率政策。我向弗兰克保证,我已经勇敢地为他做过辩护了,首相对此确信无疑,没有追问真正原因。

弗兰克对此很满意,他比我所预期的更容易捉摸。

他关心的是,我们不能在此时让首相对我们有意见。随着财政危机的到来,我们显然将实行某种形式的薪俸限制。不幸的是,正巧在弗兰克打算提议为文官部门加薪的当口,议员们期待已久的加薪被否决了。

这真是令人难堪。显然,人们对于为自己加薪并不感兴趣。常任秘书们最不在乎的就是钱。假如我们从事实业,我们早就发财了。钱是钱,服务是服务。

不管怎样,弗兰克和我一致同意,我们应该尽我们所能,为下级同事们多谋些福利。

颇具讽刺意味的是,帮助他们将不可避免地也使我们加薪——而我们并不在乎此事——那时我们会被批评为营私自肥,这将是我们不得不做出的牺牲,不得不背负的骂名。[汉弗莱日记中的这段话最令人感兴趣。他是否真的能让自己相信,在这场他和弗兰克获益最大的大规模文官加薪运动中,他确实大公无私?或者他对自己所写的每样东西都十分谨慎,即使是私人日记,也要经得起失窃和曝光的考验?——编者]

我敦促弗兰克尽快提出我们的加薪主张,一定要赶在限薪运动开始之前,很显然,主张必须要不早不晚,在下周四内阁会议的头天晚上提出,否则大臣们将有两天时间和后座议员以及政治顾问进行讨论,他们将提出各种反对意见。

弗兰克担心这会使内阁连续两周仓促接招。我让他确信,我们别无选择。

弗兰克接着提议,最好由我们两人共同提出此事。我知道为什么——人多的话保险一些。然而他的理由却是,实际上我们都是文官部门的头头。

不用说,我绝不接受这一观点。内阁秘书才是**法律上**的国内文官长。弗兰克宁愿相信这一点:因为他负责财政方面,而我负责体制方面,因此**事实上**我们是共同的头头。

他似乎想讨论下去,以便证明这一点。我则竭力回避这个问题。我告诉他,我认为自己必须在文官部门加薪一事上保持距离和公正。我说,如果我失去了首相的信任,对于文官部门将是致命的打击。[**对于汉弗莱爵士本人而言也将是致命的打击,他很清楚这一点。——编者**]

我鼓励弗兰克发起此事,并向他保证,一旦时机成熟,我就站出来支持他。

弗兰克还有另外一个顾虑,这个顾虑合情合理。他不想让内阁来裁决此事,这十分正确。

我们决定,应该像通常一样,把它提交给一个公正中立的委员会。问题是,谁来做主席?我们一致认为阿诺德[**前内阁秘书阿诺德·罗宾逊——编者**]是一个好人选。但是内阁似乎不会同意让一个前文官主持委员会,来裁决文官加薪的事情。

我建议由威尔逊教授来担任。弗兰克听说过他,说他是个愚蠢的老家伙。也许如此,但是威尔逊曾请我提名他任下届大学资助委员会的主席。因此他会明白我们需要他做些什么。

弗兰克表示同意,认为威尔逊教授将是一个绝佳人选。[阿普尔比文件 BA/281/282]

[哈克的日记继续下去。——编者]

3月15日

自从我指示汉弗莱保证不要再仓促送呈文件后,五天过去了。记得正是五天前,我们决定,议员们不再加薪,而财政部将削减一半的开支计划。

但是我今天在桌子上看到了什么?**文官部门加薪计划!**

汉弗莱竟然厚颜无耻地建议,因为削减开支给文官部门带来了额外的工作量,他们为了应付这些工作付出了劳动,应该被加薪。

荒谬至极!即使这是合理的,在我告诉他所有文件必须提前四十八小时送达之后,他竟然敢明天就提交内阁会议通过。

汉弗莱说这不是他的错误:"首相,不该由我替弗兰克爵士辩护。"

"那就为你自己辩护吧,"我反驳道,"你是内阁秘书,也是国内文官长。"

"您说我吗?"汉弗莱微笑道,"真令人高兴。"

"只是此时。"我意味深长地说,后悔刚才说漏了嘴。

"作为内阁秘书,"汉弗莱说道,"我热切渴望削减公共开支;但是作为国内文官长,假如加薪问题不尽快解决的话,我必须为行政管理上出现的十分现实的问题负责。对于我，这将很难处理，因为我同时戴着两顶帽子。"

"难道这很难吗？"我问道。

"如果一个人有两副头脑而互不相干的话，并不难。"他得体地答道。

"或者有两张面孔的话。"①伯纳德插言道，我能看出他马上后悔了。

"也许我应该替你摘掉一个帽子。"我建议道。

汉弗莱有点慌张："噢，不，不，我对它们非常满意。"

"两张面孔？"我开玩笑地问。

"两顶帽子。"他厉声说。

"但是，"我提醒汉弗莱，"你说你有非常实际的问题。"

"问题是士气低落，这将难免有罢工之虞。如果负责社会服务的计算机管理员罢工的话，想想是什么后果吧。此外，因为薪酬，我们在招聘方面已经遇到了困难。"

这对我来说真是新闻："我听说你每个职位都大约有十个应聘者呢。"

"是的，"他不情愿地承认道，"但是我们的应聘者质量很低，很少有人具有一级学位，大多数人都是以二级学位毕业。"②

---

① 原文为"has two faces"，伯纳德想说有两张面孔便可以戴两个帽子，但这个短语还有"耍两面派、口是心非的"意思。故接下来有伯纳德之后悔，以及哈克之敲打。——译者
② 英国大学除苏格兰外为三年制，以后两年课程的平均成绩作为学位成绩。成绩为百分制，但以40分为及格或毕业线。学位成绩70分以上为一级学位，60—69分为二级上等学位，50—59分为二级下等学位，40—49分为三级学位。——译者

真是荒谬的知识上的歧视!"我就是三级学位。"我评论道。

汉弗莱犹豫了,他意识到自己的策略不妥。伯纳德试图为他圆场:"三级学位也许适合首相,但是汉弗莱说的是文官。"

汉弗莱坚持他的立场:"文官部门工会如果不合作的话,政府将会瘫痪的。"我猜想,他是在假设政府此前还能算是运行的。"一级雇员联盟[这是代表政府高级文官利益的工会——编者]现在的会员很多。"他说道。

"你也是其中一员吗?"我问道。

汉弗莱向我保证,即使他是该工会的一员,他也将一如既往地同我合作。

他合作?这大概正是我要抱怨的事情。

我对他重申,我不可能让这项主张通过,**即使我个人愿意**。由于后座议员对削减问题的不满赫然耸现,议员们绝不会通过文官部门的加薪主张。内阁也一定会拒绝。

汉弗莱马上就明白了这一点。他建议,我们只是请求内阁在原则上同意对这一主张予以考虑。接下来就把此事交给一个独立的评审员小组去详加评判。

这似乎是一个合理的妥协方案。只有一件事情我不明白,汉弗莱为什么提议让威尔逊教授担任主席,我听说他是一个愚蠢的老家伙。

[第二天,内阁确实同意在原则上对此事予以考虑,但是并未做出其他保证。然后此事就被搁置起来,等待有一个详细的计划。这个计划订立得非常匆忙,仅仅在十一天后,弗兰克爵士就将计划随信交给了汉弗莱爵士。弗兰克爵士对于付诸文字的东西

不如汉弗莱爵士谨慎,我们在内阁办公室里找到了这封亲笔手写的便笺。推想这是汉弗莱爵士为了在与弗兰克爵士争夺文官部门控制权的斗争中派上用场而小心保留下来的。在事件的进展过程中,哈克从未见过它,但是它显示了20世纪后期文官部门的加薪主张是如何筹划的。——编者]

亲爱的汉弗莱:

我随信附上工作底稿。有一点我想你肯定会同意:为求绝对公平,那些真正承受斗争重担的高级职员应该获得更大额度的增长。

这意味着,副秘书、常任副秘书、常任秘书,然后是承担最大负担的两个顶级职位[两个顶级职位即内阁秘书和财政部常任秘书,巧合的是,这正是此信的发信人和收信人——编者],将依次有更高的增长百分比。增幅最大将达到43%,哎呀!

随信的文件不是供送呈用的,正式的文件随后送达,它的附录从A一直编到Q,多达十七个,因此内阁成员们不太可能读完全部文件。有一页撮要[文官部门将此习称为珍妮特和约翰小剧目①——编者]是给内阁准备的,它多少与上次一样。它的标题是《工业中可供比较的职位》,现也随信附上。

你将看出,薪水的比较是基于英国石油公司和国际商业

---

① Janet and John 是英国五六十年代流行的一系列儿童读物,有很多小故事单元,用以帮助儿童提高读写能力。——译者

机器公司主管的标准。我认为这将不会受到非难,因为按照本部门一贯的方式方法,我们并没有提及公司的名字,只是说典型的工业公司。

然后举出我们增长额的例子,从低到高列举如下:

通讯员每周增加 3.5 英镑;

登记员每周增加 4.2 英镑;

科学方面的官员每周增加 8.2 英镑;

……

对于最高的级别[此级别只有弗兰克爵士和汉弗莱爵士两人——编者],每周增加 500 英镑。几乎没看出有任何必要在撮要中提及这点。首先如果内阁成员们想知道,他们可以自己计算;其次这个级别只涉及两个职位。如果有什么批评的话,就像我们曾说过的一样,只是我们需要背负的一个骂名而已。

诚挚的

弗兰克·戈登

3月27日

[汉弗莱做了回复,措辞非常谨慎。——编者]

亲爱的弗兰克:

很高兴看到你对于文官部门加薪主张的具体提议。谢谢你让我知道这一切。

也谢谢你没有给我看全部细节。既然薪俸由您负责,那么我完全洞悉的话将是极为不当的。你认为我们是否应该自愿放弃我们自己的一部分加薪?另外,你没有提及退休金问题。

你是否相当确定内阁不想比撮要更为详细地审查这项提议?

你永远的

汉弗莱·阿普尔比

3月27日

[以下是弗兰克爵士对于汉弗莱爵士的答复。——编者]
亲爱的汉弗莱:

假如我们自己的加薪情况被提出来讨论的话,我们可以自愿提出推迟加薪。等风波平息后再找补回来。

我没有提及退休金。自从我们得到通货膨胀指数以后,我觉得最好还是别提。提出的话,会招来敌意,把现有的事情弄乱,而且养老金的真正标准很难评估。

我看不出来内阁大臣们有深入调查此事的可能。大臣们都是由手下的官员来介绍简要情况的,而我们都知道这些人更忠于谁。

弗兰克

3月27日

[以下是汉弗莱爵士对于弗兰克爵士的答复。——编者]
亲爱的弗兰克:

我会把此事放在午餐之前,是议事日程的最后一项。日程这么多,经过小心把握的话,将只剩大约五分钟可以讨论此事。

因此，除了威尔逊教授还要严格审查，一切都应该很顺利！

你永远的

汉弗莱·阿普尔比

3月28日

［哈克的日记继续下去。——编者］

3月29日

今天我接到了多萝西·温莱特的电话，对我非常有意义。我曾经要求她对文官部门的加薪主张进行研究，并写个报告给我。她很快就有了回复。

我问她研究的结果是什么。

"我没有任何答案，有的只是一系列问题。"她告诉我，"这些问题不是问您的，而是要质问汉弗莱的。这项主张是谋求私利的、不合时宜的，并且不少重要问题它没有直接反映出来。但是请将我的问题清单保持高度机密，否则您将永远抓不到汉弗莱。"

我把这份清单锁在我办公室的抽屉里，然后带走了钥匙。因此我在这里不能列举它们，但是我明天将再谈此事。

［汉弗莱爵士很幸运，这个电话被伯纳德听到了。他并没有偷听，旁听首相打进打出的所有电话是首席私人秘书的职责，这样做是为了记录和见证谈话内容，为首相写好备忘录，并且保证首相日后不被他人歪曲。就此事而言，多萝西犯了一个战术上的错误，她应该拨打首相的私人电话，或者更好的办法是，她应该亲自来找首相面谈。

当然,公平地说,伯纳德也有责任,他应该为这个电话完全保密。然而要指出的是,伯纳德仅仅在表面上遵守了规定,从汉弗莱的日记中显然可以看出,伯纳德并没有贯彻保密的精神。但是,正如所有的私人秘书一样,他在保持双重忠诚上确实很为难。——编者〕

我在经过私人办公室前往内阁会议室的途中,被焦虑的伯纳德拦住了。

他告诉我他发现了某种动向。确切地说,是在文官部门不希望有动向的地方出现了动向。

我强忍住没有指出,文官部门一般在任何事情上都不希望出现动向。

伯纳德似乎不能或者不愿意以他一贯的清晰来表达意思。他告诉我,动向所涉及的主题,是一件正常来讲由文官部门完全地、排外地掌控的事务。我告诉他,他是在给我出谜语,他说谢谢正是。

这一次很罕见地,我领会得很慢。我意识到他的嘴被封住了,但他一定是在隐晦地指他因职责所在而做的一项记录,是关于首相及其机要顾问之一所做的机密会谈。

我问他是否如此,他点头承认。

我问他这个机要顾问是谁,他告诉我他不能随意泄露**她**的名字。这太有帮助了。①

我进一步追问他,机密会谈是否涉及财政危机或者首

---

① 伯纳德说不能泄露她的(her)名字,而不是他的(his)名字,因女顾问甚少,故帮助很大。——译者

相那个愚蠢的核政策。伯纳德暗示这件事情比上述两件事都重要。

我立刻意识到他指的一定是文官部门的加薪主张。我问他是否如此，他拒绝表态。他的做法十分正确。[这种不置可否的正确性其实值得商榷。既然伯纳德对汉弗莱爵士的其他问题都明确表示否定，那么他对于这个问题的不置可否就使得答案显而易见了。——编者]

我征求伯纳德的建议。他告诫我，要仔细掂量自己的位置，或许可以临时采取中立的态度，同时注意聆听别的说法，掩护撤退，观察后方。虽然有损于尊严，但是我还是听取了他的告诫。

我对他的帮助表示感谢，他答道，他没有告诉我任何事。我表示同意，因为如果他那么做的话是极为不当的。[阿普尔比文件638/T/RJC]

[哈克的日记继续下去。——编者]

3月30日

今天我起得非常早，极为详尽地研究了文官部门的加薪主张，有了多萝西精彩的问题清单，我打算跟汉弗莱大闹一场。我很高兴她给我的意见都是完全机密的，因为借此，今天我又了解到汉弗莱某些重要的方面：他**并非**总是站在文官部门一边。他事先并不知道我所提出的这些棘手的问题，但还是表现得通情达理，乐于助益，让我印象深刻。

他进来以后，我递给他那卷非常厚的加薪主张的卷宗。我想它真是不可思议地冗长和啰唆——一直编到了附录Q。感谢上帝，多萝西真是一个耐心的读者，也是一个快捷的读者。

我问汉弗莱，他对此有何看法。他说内容太多了，一时无法做出判断。我让他先读读前面一页精彩的撮要。

他读完后抬头看着我，评论道，我把他摆在了很为难的位置。

我对他严肃起来。"汉弗莱，"我提醒他，"我很欣赏你对同事的忠诚，但是你对于内阁及其政策应该具有更为博大的忠诚。"

"我同意。"他说道。

我糊涂了。"你同意？"

"是的。"他说。

我想把这个问题搞清楚。"你的意思是你同意我？"我问道。

"是的，我同意。"他重复道。

我仍然拿不准他是不是在和我玩文字游戏或者语言游戏。我想确定他的态度。"确切地说，你同意谁？"

"同意您。"他回答道。

我需要绝对的把握。"你不同意弗兰克爵士？"

"不同意。"他说道。

我总结道："这样说……你根本不打算和我争辩？"

"不，"他答道，"也许我还没有说清楚，首相——我完全赞同您。"

好吧，你可以想象我当时是多么吃惊。于是我问**他**对谋求私利的加薪主张有何看法。

"它本身并不过分，"他答道，"但是在国家经济紧张的时候提出，则既不明智，也不符合国家利益。我不愿意批评我的同事,但是在我看来,弗兰克爵士尽管无疑出自良好的动机,但还是应该把国家利益置于狭隘的部门利益之上。可以说,这项主张具有严重的问题。"

他竟然使用这样的措辞,真是有意思。我告诉他我也准备了一些问题,我把多萝西的问题清单递给了他。

他盯着清单。"好问题,"他平静地说道,"这些问题是哪里来的?"

我不确定我是否介意他问题的言外之意。"它们……是我想到的。"我说道。

他再次盯着看起来。"不错,嗯,这些都是**非常**好的问题。"

这正是我——以及多萝西——的看法。因此我问汉弗莱,我们应该围绕这些问题做些什么呢?他说我们应该就此发问。我想我**已经**在发问了,但是他的意思是,我应该向弗兰克爵士发问。"我想您应该把他请来讨论这些问题。他也许已经有了答案,事实上,他是应该有答案的。这毕竟是他的工作。"

我意识到汉弗莱说得非常正确。我告诉他吩咐伯纳德去安排这个会谈。我还告诉汉弗莱,我相当欣赏他在此事上的不偏不倚。毕竟,如果这项主张通过的话,汉弗莱本人会从中得到不少好处。

汉弗莱表示感谢,但解释说,他把明白自己的所作所为于国家有益视为对自己工作的报酬。我相信他是在说实话。当然,我对于自己也持这种看法。不管怎样,一个人该表扬就得表扬——汉弗莱今天表现得十分公正。

他离开后,我问伯纳德一级雇员联盟是如何运作的。如果大家都加入了这个工会,他们如何就自己的薪俸与他们自己讨价还价呢?

我已经预料到了答案——伯纳德说,如果他们仅仅是戴着两顶帽子,事情并不那么困难。

"很好,"我说道,"但是如果发生劳工行动［这个词组一定是文官部门将这个有损身份的单词用于自身的唯一场合。尽管文官部门经常把自身描述为勤勉的——编者］①,会怎么处理呢?"

"这样会相当尴尬,"伯纳德说道,"我们工会的秘书曾是全国文官联盟委员会的成员,该委员会曾经策划了上一场破坏活动——但同时,作为斯旺西市的第三把手,他的职责是制订应急计划以挫败破坏活动。"

我问后来怎么样了。伯纳德说他做得非常成功。

我不明白为什么。"他一定已经知道了另一边的计划。"我说道。

"哪一边?"伯纳德问道。

"**两个**另一边都是。"我符合逻辑地答道,"在任何时刻,他不在这一边,必然在**另一边**。"

这个说法伯纳德理解起来没问题。"是的,"他表示同意,"但是他从未泄露另一边的计划。"

"向谁泄露?"我有些糊涂了。

"向他这一边。"

"哪一个这一边?"我问道。

"在任意时刻只要他不在**另一边**,他就在这一边。"伯纳德耐

---

① industrial 意为工业的、产业的。公务员们自以为是白领,不在劳工之列,但又要争取劳工的权益。industrious(勤勉的)与 industrial 语出同源。——译者

心地解释道。

我现在如坠五里雾中，逻辑一片混乱。"是的，但是即使他从不把另一边的计划泄露给这一边，他也知道另一边的计划，因为他也位列另一边！"

伯纳德对这个问题略加思索。"所以我猜想，"他答道，"他从未向自己泄露过他所知道的东西。"

我问伯纳德这怎么可能。在伯纳德看来这很简单。"要不说他是一个谨慎负责的典范呢。"他答道。

在我看来，斯旺西市的第三把手听起来很像是一个精神病院里人格分裂的典范。不过还有一个至关重要的问题没有回答。"当发生真正的利益冲突时，伯纳德，文官部门到底会站在哪一边？"

这次他毫不犹豫地答道："胜利的那一边，首相。"然后他给了我一个胜利者的微笑。

[由于事态的发展，汉弗莱爵士被迫反对弗兰克爵士所提出的文官部门的加薪主张，他处于进退两难的困境当中。表现得比弗兰克爵士更为忠诚，对于汉弗莱爵士是有利的；而且不管怎样，既然首相已经察觉到了一些要害问题，这项主张注定要落空，稍微明智的人一般都会避而远之。然而，他不得不苦苦寻找方法，使得加薪主张看起来可以接受——部分原因在于这将巩固他在首相和文官同事前的地位，部分原因在于他还是很想要钱的。

为此，他求教于他杰出的前任阿诺德·罗宾逊爵士。鲁宾逊爵士退休后，接受了众多职位，其一便是信息自由运动的主席。

然而，奇怪的是，他从未把本章描述的事件告知媒体，也从未告知该组织。事实上，他的私人笔记仅仅是最近才发现的，按照他遗嘱的条款，在他去世三十年后，他的私人日记才从他在沃金的银行保险箱中取出解密。——编者]

我们在帕尔摩街的雅典娜俱乐部共进午餐。汉弗莱感到苦恼的是他不能支持弗兰克那件事情。他无疑极度焦虑，但是人们不可能去支持明显要被拒绝的提议。

温莱特那个雌货给哈克提供了一连串的问题，还建议让政客阻止我们处理自己的加薪主张，并建议让一个特别议会委员来裁决此事。这是**令人震惊**的想法！我们面对的另一件事是，政客以不称职为由裁掉文职人员，这将成为得寸进尺的开端。

无疑，有些文职人员确实不称职，但绝对不会差到能引起政客们注意的程度。一个更好的主意应该是，文职人员以不称职为由来裁掉政客。当然这是一个令人悲哀的不当想法，因为事实上这样一来，整个下院和内阁将会被裁减殆尽，于是民主制政府将被终结，而开启一个责任制政府。

显然弗兰克使用的是标准公式——与工业中的职位相比较。他们的目标是提薪43%，为此我提出了下列建议：

第一，既然所有的相关职员都在伦敦工作，那么就应该大幅增加伦敦地区的津贴。并把津贴像薪俸一样划分等级。因为并不将此作为薪俸增长，所以在百分比中看不出来。

第二，对一级学位和二级上等学位毕业生，推出一种特殊毕业津贴（因为牛津大学不设二级上等学位，因此其二级学位即可）。

第三，优异功绩奖加倍，这项奖励**人人**可得。该奖励像额外奖金一样划分等级，并且像津贴一样不计入薪俸增长。

第四，推行前三项措施，会使顶级职位的薪俸只增长大约 18%。因此应该从 1973 年算起，那是增长百分比最高[并非收入最高——编者]的一年，并且计算一直持续到从现在起的两年后，即这个主张所要求的加薪期**结束**而非开始的时候。

以上四项措施将使增幅降到只有 6%，但是这**仍然**意味着，文官部门的薪俸总额将会太高。因此唯一的选择是削减编制，这样一来，个人的增幅可以更大，总额的增幅可以更小。

当然，我们知道，**真正**削减文官部门的规模意味着文明的终结。因此答案并不那么令人担心：将一些官员不再称之为文官就可以了。

例如，将所有的博物馆转变为独立信托机构，这样所有的职员将不再被定义为文职人员。他们仍然是同样一批人，干同样的事，仍然由政府拨款付薪。但是，财政拨款就像津贴和额外奖金一样，并不计算在薪俸之内。如此这般，就有了一次削减，一次相当可观的大削减，除非有人进行十分细密的调查。[这一招在 20 世纪 80 年代使用过，导致公众相信文职人员的数量只有六十八万，是多年来的最小数目。——编者]

现在只有一个问题：建立足够数量的信托。但是也许根本没有必要去做。只是必须在未来两年内的某个时间**计划**去做此事，以便能反映在统计数字内。如果最终并没有做，也不怪任何人。

阿普尔比对我千恩万谢,我指出我总是乐意效劳的。[我们怀疑,越是在女王生日授勋①临近颁发的时候越是如此。果然,阿诺德爵士在6月获授了巴斯勋位大十字勋章骑士(GCB)。——编者]

我提出也同财政部的弗兰克·戈登讨论一下此事,但是汉弗莱坚称不必如此。显然,弗兰克此时正面临着诸多问题。但是他没有跟我提及。[这是因为,弗兰克爵士显然还不知道这些问题。——编者]

我建议汉弗莱,干脆进行一次重大的改革。

议员们对于文官部门的薪俸非常小气,文官经常要就自己的加薪问题进行斗争。但是如果议员们的薪俸能与文职人员的薪俸按等级挂钩,那么他们每次投票通过文职人员的加薪主张时,就将顺带为自己加薪。我们还可以将议员的退休金与物价指数挂钩。这样就能避免各种不愉快。[这一条款在1983年未经立法就付诸实施,到了7月下旬才予以宣布,因为此时几个能看透此事的新闻记者已经外出度暑假去了。——编者]

这一点,我在担任内阁秘书时未能做到,主要是因为哈克的前任作为首相感到,这样一来,议会便会经常使政府开支通货膨胀一般地增长。我希望议员们不要过于谋求私利,但是政客是唯利是图的一帮人,我们文职人员并不能以自身

---

① 英国一般每年会有两次公布获得荣誉称号者的名单,即君主的生日和新年。——译者

的高尚标准来衡量他们。

[哈克的日记继续下去。——编者]

4月3日

今天开了一个非常有意思的会。出席者有汉弗莱、伯纳德、弗兰克和多萝西,当然还有我。我已经知道汉弗莱忠诚而大公无私,但是对于弗兰克我还不敢肯定。

弗兰克第一个说话,他认为文职人员的薪俸已经远远落后于工业中的类似职位。当我问他到底是哪些类似职位时,他却不给我一个具体答案,而说这是一个复杂的公式,多年来已经获得普遍认可。

我拿出事实和他对质。"据我掌握的数字,一个常任秘书每年能拿到四万五千英镑的收入,而内阁秘书和财政部常任秘书每年能拿到五万一千英镑。"

弗兰克暧昧地答道:"也许您是对的。"他笑得很不由衷。

真是荒谬。他难道不知道自己挣多少钱?还是他暂时想不起来了?

我转向坐在我右边的汉弗莱,征求他的看法。

他为人很谨慎,一点儿也没错。"这事真的不应该由我来说,首相。我对此有利益关系需要回避,而弗兰克负责掌管着文官的薪俸,是吧,弗兰克?"

汉弗莱至少是在体面地追求利益。坐在我左边的多萝西说话了。

"我可以问一个问题吗?首相。"我点头同意。她使劲盯着桌子对面的弗兰克。"对于工作保障上的得益,你做了什么相应扣除?"

他很震惊。显然这个问题以前没人问过,他根本没想到。

多萝西进一步加以解释。"工业中的主管可以被解雇。公司被接管后可能被清洗。他们的公司还可能破产。但是你们的工作是有保障的。"

他再次回避问题:"嗯。有得有失嘛。"

"有什么失呢?"多萝西尖锐地问道。

弗兰克解释说,顶级文官也许工作有保证,但是他们工作的压力大,时间长。

"难道工业主管就不是吗?"多萝西要他回答。然后她看了看我补充道:"不管怎样,工业领导必须做出并且贯彻决定。"

这激怒了弗兰克,他的脸颊泛起了小红点。"文官也一样。"他反驳道。

多萝西发起凌厉的攻势。"真的吗?我认为是大臣们在做决定啊。"

"还要承担责任。"我插话道,"就是这样定的,不是吗?"

弗兰克实在不知道是否该回答这些反问句。"是的……嗯……当然,是大臣们做决定。"他承认道,"但是文职人员要决定怎么贯彻执行。"

多萝西使出杀手锏:"就像秘书决定怎么设计一封信的格式一样吗?"

"是的,"弗兰克说道,"不,"他又改变了主意,接着他向汉弗莱求援,"我想汉弗莱爵士明白我的意思。"

汉弗莱的眼睛紧紧地盯着他桌前的那张白纸:"弗兰克,一切听你的,文职人员的薪俸是由你负责的。"

多萝西递给我一张纸条。上面写着:"请谈谈**公职的服务性**何在。"

我冷冷地盯着弗兰克。"请谈谈公职的服务性何在?"我问道。

"公职的服务性?"他重复道,"您的意思是什么?"

我并不是很确定我的意思,或者说多萝西的意思是什么?但有一点可以肯定,报告上没有提这点。我装作随意地转向多萝西,请她代为解释。

"这项工作有强烈的服务性色彩,"她痛快地解释起来,"业绩的酬劳就是授勋——例如巴斯勋章、高级圣迈克尔和乔治勋爵士(KCMG)等。"

"在一定程度上如此。"弗兰克谨慎地承认。

多萝西转向了我。"您看,首相,我很想知道我们是否应该把文官的薪俸和慈善机构的主管相比较,而不是与工业界人士比较。我想,"她瑟瑟地翻动着所带的文件,"他们每年的收入大约是一万七千英镑。"

我微微一笑:"这是一个令人感兴趣的提议。"

的确如此。弗兰克面带惊慌。汉弗莱看起来也不是那么高兴。

"我不认为……嗯,这样我们就永远招聘不来人了。"弗兰克说着,声音陡然高了八度。"士气将会一落千丈……我想汉弗莱爵士同意我的看法。"

汉弗莱保持沉默。

我看着他。"汉弗莱?"我问道。

"嗯,首相,我的看法是……"他抬头看看弗兰克,流露出明显不支持的目光。"弗兰克爵士掌管着文职人员的薪俸。弗兰克,我真的认为,首相有权要求你做出回答。"

弗兰克显然被这个回答吓了一跳。他再次露出不由衷的微笑,但桌子旁的其他人都没有微笑。

多萝西纸条上的下一个问题是与物价指数挂钩的退休金。我就此发问。弗兰克说这与此事完全不相干,很久以前该方案就被批准了。

"但是它们有相当可观的价值。"我指出。

他竭力淡化。"有价值,是的,但是适度。"

多萝西为此次会议准备了精彩的摘要,我从中找出了一页。"这里有一份评估,买断一个常任秘书的退休金,将花费六十五万英镑。"

弗兰克再次微笑道:"真是荒谬!"

"那你估计是多少?"多萝西问道。

弗兰克真是傻了,说了一个数字:"大约十万英镑。"

我等的就是这一手。"这样的话,弗兰克,我向你提出一笔交易,政府将按照你所评估的价值买断你的退休金——以及其他愿意出售者的退休金。我们给你十万英镑,而且是现金,来交换你享受退休金的权利,你干不干?"

弗兰克现在就像一只没头没脑的小鸡——这是人们所熟知的文官形象。"啊,我的意思是……不,我刚才是随便说着玩的,它有可能是这个价格,也就是说,我还没有算过呢。"

多萝西又发出致命的一击。"六十五万这个数字可是社会保障部和退休金精算师算出来的。"

"是的,但是当初该方案被批准时,"弗兰克无助地发着牢骚,"我敢肯定它绝没有这么多。"

多萝西是无情的,她还有另一个主意。"将与物价指数挂钩的退休金作为荣誉的**替代品**,这个主意怎么样?每个文官都能选择获得报酬的方式——荣誉还是现金!"

"但那是荒诞无稽的!"弗兰克尖叫起来。

"为什么?"多萝西问道。

我也想知道这个问题的答案,听起来这像是一个非常好的主意。在我的右边,汉弗莱紧咬着嘴唇,他的沉默使他显得非常突兀,伯纳德也变得面色灰白。而我则兴味十足。

只剩下弗兰克在为不可能辩护的事情辩护。"这样一个选择将……它将……呃……它将把我们……呃……把**他们**置于一个难以容忍的境地。我的意思是,那些已经有荣誉的人怎么办呢?"

当然,多萝西已经有了答案。她事先已经料到了每一种可能:"这很简单,他们可以选择放弃荣誉勋章或是放弃与物价指数挂钩的退休金。"她向前倾斜,并且隔过我向汉弗莱爵士愉快地微笑道:"您有什么看法,汉弗莱爵士——或者称您为阿普尔比**先生**?"

汉弗莱并不觉得有趣。他本来期望弗兰克的表现更出色一些,但是现在,连他自己的薪俸增长和荣誉都受到了威胁。"我相信,弗兰克爵士对于这一点已经彻底研究过了。"他说道。

"还不够彻底,"我说道,"弗兰克,按照这个加薪主张,你本人可以得到很多钱,对不对?"

弗兰克怒气冲冲而语无伦次。"首相,这并不是一项考虑因素。"他说道。推测起来,这代表着答案是**没错**。

多萝西马上给了他一个讥讽的微笑:"您的意思是,您乐于将自己排除在这次加薪范围之外?"

弗兰克不说话了。她转向汉弗莱:"我相信内阁秘书会这样做的,是不是,汉弗莱?"

我为汉弗莱感到难过,他处于一个相当尴尬的境地。他结结巴巴地说了一些先例,说要将文官部门作为整体考虑,要从长远的角度考虑。接着他发现了一条脱身妙策。"是的!"他说道,突然坚定起来,"**如果**——并且只有如此——政府确实认为高级人员应该比其下属薪俸要低,并且把这条原则应用于内阁大臣及其次官之上,那么我同意将自己排除在加薪范围之外。"

我自然没有这个意思,并且不管怎样,我的目的并不是逼得汉弗莱走投无路,毕竟他在此事上跟我是站在一边的。因此我感谢大家来开会并宣布散会。

我把汉弗莱留下来单独说了句话。我问他是否认为我们有点为难弗兰克。"正相反,"他说道,"都是极其恰当和敏锐的问题——假如我可以这么说的话,但我不愿意对同事不忠诚。"

很显然,他从未当过内阁大臣。

4月5日

汉弗莱今天真的完成了任务。他在努力制订一个新的文官部门加薪计划。他想向我解释一下。

"很抱歉,我一直认为,"他告诉我,"在经济紧张之时,财政部的主张是非常过分的,也是不符合国家利益的。当然它对于文职人员很好,但这不是内阁秘书出于更高层次的忠诚所能推荐的主张。**这就是我们为什么不能让财政部常任秘书担任国内文官**

长的原因。"我明白他的意思。

然后他提交了一个更为温和的主张,两年中仅仅增加11%,顶级职位的加薪只按照平均百分比来加薪。按照汉弗莱的主张,文官部门的薪俸总额在一定时期里,每年只增加6%。

这显然更为合理,我非常愿意批准它。他甚至也没有请求立刻批准。他说,低级人员的薪俸显然应该走正常的程序。但是他建议,一级雇员的薪俸应该被尽可能保密地尽快推行。

理由是,如果广泛讨论他的计划,他担心会产生适得其反的效果。许多一级雇员联盟的成员也许会要价更高——如果依照弗兰克的经验,我相信汉弗莱是对的。因此汉弗莱现在不想让任何人看到它,包括顾问们。

如果他能让同事们接受这么一个6%的微小增幅的话,那我就只有同意的份了。他说如果我能保证支持,并且配合保密的话,他就能促成此事。我做了保证。我做成了一笔交易。

但是还有一个问题没有解决:议会。后座议员们一直痛恨文官部门加薪,汉弗莱有一个解决方案,真是个完美漂亮的方案。它涉及一项将会普遍受到欢迎的重大改革。[所谓普遍受欢迎,哈克指的是议会和文官部门,而不是英国公众。对他而言,普遍只包括威斯敏斯特宫①和白厅街。——编者]

"首相,如果议员的薪俸与文职人员按等级挂钩,那么他们将不用再为自己的加薪而不断投票了。每次文官部门加薪,他们也会加薪,自动加薪。如果他们的退休金也与物价指数挂钩,那就更好了。"

---

① 威斯敏斯特宫又称国会大厦,是议会上院与下院的所在地。——译者

"那当然了，"我表示同意，"好极了，谢谢你。"汉弗莱真是一位勇于自我牺牲的干城柱石。"你认为，一个后座议员相当于什么等级？"我问他。

"我认为，也许是一个高级首席。"

我很惊奇："是不是太低了？"

"后座议员本身就相当低啊。"他带着点恶意地眨眨眼睛。

"内阁大臣相当于什么级别？"我问道。

"副秘书如何？"汉弗莱建议道。

"那么首相呢？"

"嗯，"汉弗莱说道，"现在您挣得还不如我多，但是我认为您应该把自己定为常务秘书这一级，并且您可以像我一样享有与物价指数挂钩的退休金。但计算时，并不按照您当首相的实际年头，而是按照您好像终生都担任此职并拿此薪水一样计算。"〔自从20世纪80年代以来，此方法已经被实行起来。——编者〕

一个非常公平的提议。我谢了他。他表示不愿承受："毕竟，首相，这是一个伙伴关系。"

"确实如此，"我表示同意，"一个真正的伙伴关系。"

"是，首相。"汉弗莱说道。综合来看，他还真是一个好人。

6. 民主之胜

4月10日

今晚我们在唐宁街十号举办了一场酒会。美国大使也是众多来宾之一。他在柱厅里把我堵住了,并慢慢地把我迫向一根黄色立柱。

"白宫那边情况如何?"我愉快地问道。

他高大魁梧、态度友善,很难相信他的言辞中竟带着威胁。然而……他说:"他们已经听到了有关计划取消三叉戟导弹订单的传言,除此之外还有即将到来的粮食战争——呃,这就是来自我们欧洲朋友的友好竞争,只不过它会摧毁整个北约组织罢了。"

现场有很多和蔼优雅的中年女士端着银色的酒水托盘,我向其中一位经过这里的女士要了一杯苏格兰威士忌,并表示感谢,而美国大使却挥手示意她离开。

"当然，这只是传言，"他继续说道，"我个人不相信英国政府会取消三叉戟导弹的订单。但我知道，您一定面临着很大压力。"

事实上，所有取消三叉戟导弹订单的压力都源于我本人。我勇敢地答道："是的，嗯，压力是工作的一部分，不是吗？"其实我并没有说谎。

"不过，白宫让我传话给您——当然是非正式的，不是以大使的官方身份——说您这样做可能会引起麻烦。您知道，国防工业中有不少人是我党资金的大笔捐助者。"

美国的反应是汉弗莱早就预料到的。这对我并不新鲜。"真的吗？"我说道，好像这是新闻似的。

大使靠得离我更近了些。我相信他只是为了使谈话变得机密一些，但却令人感到了威胁。"白宫将有大量举动以阻止取消订单的行为。大量！"

我再次获得了片刻的思考机会，这次是政府礼宾司的女士端来了一盘卡纳佩①拼盘。我挑了一个，粗粮面包片，里面卷的是烟熏鲑鱼和芦笋。"美味极了。"我说道，并示意大使也应该享用一下我们的美意。但是他放弃了。

"你可以私下里告诉白宫，"我勇敢地说道，"你已经表明了你的观点。"

"私下里？"他同意保持这种虚构，"好吧，但是国务院和五角大楼还担心其他事情。"

---

① Canape，这是一种法式食品，是夹有干酪、鱼子酱、鱼肉等的薄面包或脆饼，为西餐中的一道饭前开胃食品。——译者

"关于什么?"我想不出还有什么地方冒犯了美国。

大使抿了一口他手中的毕雷矿泉水:"嗯,您知道东也门问题吗?"

我从未听说过那里。"当然,"我说道,"大问题。"

大使看起来对我的回答很惊讶。"不过,不是现在,是吧?"

"当然不是现在,"我连忙表示赞同,"而是……有这个可能。"

"对!"他很热衷于这个话题。"您知道圣乔治岛①吗?"

又是一个我从未听说过的地方。"圣乔治岛?"我重复着,好像有意不说明一样。

这瞒不过大使。"它是英联邦的一部分。"他解释道。

"哦,你说的是**那个**圣·乔治岛啊。"我说道,好像大家都知道有几个圣乔治岛一样。

"嗯……"大使表情很严肃,"看样子共产党可能想要夺取它。"

这听起来很严重。"真的吗?"我问道,"我会和外交大臣说说此事。"

大使看起来有些怀疑:"您认为那样做管用吗?"

我不知道。从一开始,我就不知道什么招数管用,而告诉邓肯几乎不会起任何作用。于是我支吾起来:"嗯,也许这本身并不那么有效,但是……"

"白宫,"大使插嘴道,"担心您的外交部对此不够强硬,他

---

① 本章故事影射的是1983年美国入侵格林纳达事件,圣乔治岛的名字取自格林纳达首都圣乔治城。——译者

们或许只能坐观其变。白宫认为您的外交部里都是些左倾分子和卖国贼。"

我笑了。"他们报纸看多了……我是说，侦探故事。"这是我下意识的失言。

"我也是这样告诉他们的，"大使赞同地叹了口气，"但是五角大楼说他们在苏联的文件中读到了太多有关北约组织的秘密。首相，如果共产党控制了圣乔治岛这样的战略要地，白宫会寝食难安的。"这么说那儿是个战略要地！"有传言说我国要对进口英国汽车征收关税，不让捷豹汽车再销往美国。"他**是在威胁我**！

我试图打断他，但正他说得起劲。"当然，我反对这样做，不过我算老几？白宫或许会对美国在英国的投资征税。那样将会使英镑遭到严重挤兑。他们会降低GCHQ［设在切尔滕纳姆的高度戒备的雷达监测中心——编者］的地位，转而提高西班牙监测站的地位。他们甚至会将英国排除在总统的访欧计划之外。"

这些都是羞辱性的威胁，最后一点更是灾难性的［因为这会羞辱到吉姆·哈克本人——编者］。这番狂轰乱炸使我哑口无言。

"但正如我所说，"大使继续说道，但愿他将我的沉默误认作是对威胁的反抗［哈克总是这样一厢情愿——编者］，"我肯定不建议这样报复我们的老朋友，老盟国。"

我想不出他是在说谁。"谁啊？"我问道。

"您。"他说道。

我正打算去找另外两百多位客人中的随便一位聊天以求脱身，大使一把拽住了我的胳膊。"哦，顺便说一下，我猜想，您在联合国的代表不会支持阿拉伯人谴责以色列的决议吧？那无疑会使白宫大发雷霆的。自由和民主必须捍卫。"

显然,我赞同必须捍卫自由和民主。任何头脑正常的人都会如此。问题是,联合国的一项决议能否改变自由和民主的未来,谁都说不准。整个谈话使我分外不安。我明天要见邓肯。

4月11日

昨天晚上我没有睡好,美国大使的话让我十分担忧。今天早上我一来办公室就把这些事情全部告诉了伯纳德。

我问伯纳德,我们在东也门的大问题是什么?"呃……"他咕哝着,然后又补充说他会努力查明的。我又告诉他美国对于圣乔治岛的担心,美国感到我们的外交部无济于事,因为里面不是左倾分子就是卖国贼。

"不,"伯纳德愤怒地说道,"不全是。"

伯纳德说他下午将安排外交大臣与我见面。"您可以吩咐他把事情办好,"他又安慰我说道,"毕竟,他们站在我们一边。"

"谁?"我问道。

"美国人。"伯纳德说道。

"哦。**他们**是,没错。"我说道,"我刚才差点儿以为你说的是外交部。"

[看来那天下午外交大臣邓肯·肖特无法去见首相。于是见面被改在第二天早上,地点是唐宁街十号。然而就在外交部刚刚收到来自伯纳德的首相召见的紧急要求后不久,当天下午又安排了另一场会面——见面的是外交部常任秘书理查德·沃顿和汉弗莱·阿普尔比爵士。汉弗莱在其私人日记中对此事做了记

录。——编者]

外交部的迪克[1]·沃顿来我办公室，我们做了短暂的交谈。他有些忧虑。我想不出为什么。据我了解，外交大臣已经完全受他支配了。

迪克承认外交大臣十分顺从。显然，问题是当邓肯提出外交部的建议时，首相已经开始不相信了。看起来，首相甚至质疑起了外交部的政策。

迪克开始察觉到内阁有追求自己外交政策的危险倾向。这是荒唐的。一个国家怎能有两种外交政策呢！

首相确实受到了白宫的严重影响。除非涉及三叉戟导弹订单的问题，而这是他唯一应该受美国影响的时候！

迪克告诉我即将发生的两件事，对于这两件事，首相也许需要一点正确的引导。

第一件是**圣乔治岛问题**。迪克不得不提醒我它的位置：这是印度洋中为数不多的几个岛屿之一，它独立后仍留在英联邦内部。圣乔治岛是民主国家，有自由选举权，但是山区有一伙赤色游击队，据称要发动政变。

当然这种事情时有发生。但据迪克讲，游击队受到东也门的帮助。东也门的全称是东也门人民民主共和国。像其他所有的人民民主共和国一样，这是一个共产党专政的政府。

这些来自东也门的游击队受到苏联和利比亚的支持。外交部不打算让英国插手此事，因为：

---

[1] 迪克（Dick）是理查德（Richard）的昵称。——译者

（1）一旦我们插手的话，只会让许多临近的非洲国家感到不安；

（2）目前我们还不想与苏联为敌；

（3）我们刚刚签订了一份为圣乔治岛建设新机场和新港口的大合同。如果我们站错了队，这份合同就泡汤了；

（4）我们并不在乎民主主义者还是马克思主义者取得胜利。这对我们没有什么区别。

首相可能面对的问题：一旦他的丘吉尔式爱国心大爆发，他可能会发起某种"捍卫民主"的愚蠢行动。

外交部的解决方案：首相必须明白，一旦开始干涉他国的内部争端，他就会处在一个危险的境地。这个道理连外交大臣都明白。

第二件是**以色列上周袭击了黎巴嫩**。这是对巴勒斯坦解放组织以炸弹袭击特拉维夫的报复行动。阿拉伯国家已经在联合国提出一项谴责以色列的动议。我们自然应该支持阿拉伯人。但是首相显然已经表示，希望我们弃权。他对外交大臣所说的理由不甚清楚，但大致如下：

（1）这次是巴勒斯坦解放组织挑起的；

（2）双方都有错；

（3）关系到美国人；

（4）担心圣地的安全。

外交部的观点是，（1）（2）两点都是感情用事的废话；至于（3），首相实际上是在讨好美国人，这很危险；而对于（4），首相应该更多关心原油产地而非圣地。

首相可能面对的问题：和所有入主唐宁街十号的人一

样,他想在世界的舞台上拥有一席之地。但舞台上的人应被称为演员,他们所要做的一切就是看似真实,保持清醒,按照正确的顺序把交给他们的台词念好。那些想要自创台词的人通常不会在台上太久。

外交部的答案: 首相必须意识到,就外交事务而言,他的工作只有两个:友好招待和充当仪式的角色。[阿普尔比文件 FO/RW/JHO]

[哈克当天的日记继续下去。——编者]

昨天我与邓肯的会面被神秘地推迟了。今天早晨他才来十号。

我告诉他美国大使前天晚上和我有过一番"私人"谈话。

"关于什么?"他紧张地问道。

我坐回椅子,仔细打量着他:"关于圣乔治岛你知道些什么?"

邓肯目光犹疑。"您知道些什么?"他反问道。我不知道他是否知道什么,或者像我一样,这个该死的家伙担心暴露自己的一无所知。

"你是外交部部长,而我不是。"我让自己的语调听上去有些愤怒。"你认为那儿有被赤色分子接管的危险吗?"

他看上去仍然像一只被捕获的兔子:"他说过那儿有这样的危险吗?"

"他暗示有。"我告诉他,并等他回答。

邓肯决定主动采取肯定策略:"没有,毫无危险。"

"你确定吗?"

我等待着明确的保证。我得到了,但还是感觉不放心。"当然。如果有的话,外交部早告诉我了。"

"你确定,"我问道,"他们会把一切事情都告诉你吗?"

"每一件事,如果他们认为是我应当知道的。"他自信地笑着说。

"那正是我所担心的,"我反驳道,"白宫显然在担心这一点,目前我们不能让他们心烦。"

"我确信,一切都在掌控之中。"邓肯十分自信地说道。

"张伯伦还确信他掌控了希特勒,"我提醒他,"艾登还确信他控制了纳塞尔呢。"[①]

邓肯好斗地马上开始维护起外交部来。对邓肯这个天生的暴徒来说,攻击总是最好的保护方法。"您是说外交部不知道自己在做什么吗?"

"不,"我谨慎地答道,"我是说外交部不让我们知道它在做些什么。"

邓肯说这样的谴责很荒唐。"我问的任何问题都能得到充分的解答。"

"那你不问的问题呢?"我反击道。

"例如?"

"例如圣乔治岛!"

他耸耸肩:"啊——呃,我不问那些。"

"那么,问问吧,"我恳请他,"为了我,好吗?"

[①] 1956年埃及总统纳塞尔决定将苏伊士运河收归国有,英国首相安东尼·艾登误判形势,联合法国出兵,结果铩羽而归,这成为英国衰落的重要标志。——译者

似乎他已经为我做了一切。他永远不会原谅我。[因为我当上首相一事。——编者]

邓肯似乎不愿意询问外交部有关圣乔治岛的事情,尽管他说他会的。他告诫我:"别忘了一旦您开始干涉他国的内部争端,您就处在了危险的境地。"

我转而谈起美国大使提到的其他问题。我问他,今晚我们是否真的要在联合国投票谴责以色列?

"当然。"他说道,对我提出这样的问题略感惊讶。

"为什么?"

"他们轰炸了巴解组织。"他说道。

"但是巴解组织也袭击了以色列。"我说道。

"但以色列投的炸弹更多。"

"但挑事的是巴解组织。"

他正要反驳,我用手势示意他停止争辩。我对此感到厌倦。"不管怎样,"我说道,"在我看来,他们同样应该受到谴责。"

"我看不是这样的。"邓肯态度坚决地说道。

"双方都一样。"我被这些是是非非搞得疲惫不已,我真希望处理的是些无可争辩的事实。"美国向我施加了强大的压力,我希望今晚我们能够弃权。"

邓肯看起来非常焦虑,开始躲躲闪闪:"哦,我想我们不能那样做。外交部不会接受的。"

我生气了:"在这里是他们听从我们的指示,还是我们听从他们的指示?"

"别傻了。"邓肯答道。

显然,这是邓肯不去过问的另一个问题。

4月14日

两天过去了。我没有收到邓肯的回复。这使我很焦躁。午餐后我叫汉弗莱过来商讨外交事务——一些我们以前从未碰到过的事情。

我们分坐在书房里壁炉的两侧,边喝咖啡边交谈。我们没有议程——我只想随便聊聊。但是这天下午,我无疑学到了一两件事情。

"外交事务很复杂,不是吗?"我开了个头。

"是的,首相。"他拿起一片巧克力全麦饼干。"这就是我们要把它们交给外交部处理的原因。"

我立刻感到情况有些不对。

"那么……他们知道他们在做什么吗?"我漫不经心地问道。

他自信地笑了:"如果连他们都不知道,那谁知道呢?"

跟没回答一样。我告诉汉弗莱,我正在担心美国人。他似乎对此毫不烦恼。"是的,没错,我们都担心美国人。"他露出令人厌烦的微笑。

伦敦的舆论制造圈子里有普遍增长的反美情绪——特别是在白厅街——这使我有些担心。但汉弗莱不会轻易地免除我的忧虑,他知道如果我想要取消三叉戟导弹这笔国防大订单的话,在接下来的几个月中,我都要竭尽全力与美国保持一致。

当然,我知道他会怎样建议:不要取消三叉戟导弹的订单!他已经多次阐明他的观点,我想他是在尽一切可能阻止我。事实上,这可以说明他为什么不愿意帮我解决有关美国的这个新问题。

不管怎样，我已下定决心取消订单。因此我必须确定，我们不在其他方面让美国不高兴。

我直奔主题："美国大使提了一些关于圣乔治岛的事情。"

他看起来很惊讶："真的？"

"汉弗莱……你知道在世界的那个地方发生什么事了吗？"

"在世界的哪个地方？"他用蓝眼睛傲慢无礼地盯着我问。该死！他意识到我不知道它的确切位置！

然而，我**仍然**不打算承认。"就在那里！"我固执地说道，"圣乔治岛所在的地方。"

"那里是哪里？"

我打算用欺骗的手段蒙混过关："如果你不知道，汉弗莱，我建议你看看地图。"

"我知道，首相。"

"好，那我们就都知道了。"我说道，我不确定他是否相信我的话。但是我解释说美国人担心圣乔治岛被赤色游击队接管，他看起来一点也不担心。我怀疑他早就知道了。

"他们认为我们应该为此做点什么。"我继续说道。

汉弗莱咯咯地笑起来并悲哀地摇摇头。

我警告他："这不是什么有趣的事，汉弗莱。"

"确实不是，首相。实际上很感人。"有时候，他如此傲慢，我真恨不得扭断他的脖子！

"这不是什么**趣事**！"我愤怒地说道。

他脸上的笑容立即消失了。"当然不是。"他强调。

"它是一个英联邦国家，也是一个民主国家。"

"是的，首相，但是一旦您开始干涉他国的内部争端，您就处在了危险的境地。"

现在我已有证据表明我们的这番谈话对他而言并非意外。这正是外交大臣和我说的话,一字不差。

我转而谈论以色列问题。我指出双方都应受谴责,中东问题是历史造成的悲剧,并且从道义上讲,我们不应该只谴责其中一方,而不谴责双方。

汉弗莱不同意我的看法,这一点我倒并不意外。"毫无疑问,"他争辩道,"这是维护我们与阿拉伯国家关系的问题。伊斯兰有一定势力。还涉及原油供给。"

我试图让他明白:"汉弗莱,我在讨论是非问题!"

他很震惊。"哦,别让外交部听见您这么说!"他突然强烈地建议我。

我感到我有必要教教他基本的历史知识。我提醒他,是我们英国人扛起了民主的大旗,让自由的火炬永不熄灭。我们伟大的责任,不,我们的使命,就是抵抗侵略者和压迫者,维护法治的精神和正义的地位。我们是文明社会的受托监管人。[这大概就是汉弗莱·阿普比爵士担心的丘吉尔式爱国心的大爆发。——编者]

汉弗莱表示赞同。嗯,他只能如此!他提出了一个折中的办法:如果我一定要坚持公平处理的话,外交部或许会同意在这一问题投弃权票,但前提是我们要授权我们的人在联合国来一番抨击犹太复国主义运动的激烈演说。

对于这是否是个好主意,我感到没有把握。"事实上,我们应该用辩论来缔造和平、和谐和友善。"

"那将很不寻常,"汉弗莱扬起眉毛答道,"联合国被公认为是表达国际仇恨的论坛。"

他似乎认为这样做很好。大概是由于如果我们不是在一种可控的环境中表达仇恨，就会再次诉诸战争。但是鉴于在世界各地，在联合国的成员之间，目前正有六七十场大小战争在进行，我倒是觉得少表达一些仇恨或许并不是坏事，应当受到鼓励。

汉弗莱并不打算改变他保卫民主或者说保卫圣乔治岛的方法。他一再嘲讽地谈及他称为"挥舞旗帜"和"高举火炬"的事情。他竭力辩称，如果保卫民主令那些我们准备与之交朋友的人感到不安，而损害到英国利益的话，那么它就不是需要优先考虑的事情了。

我愣住了。这是对希特勒采取绥靖政策那些人的声音。事实上，这是同一个外交部，现在我想起来了。

但令我瞠目结舌的是，汉弗莱竟然为绥靖主义者辩护："他们做得十分正确。打了六年的仗，我们的成果只不过是让东欧从法西斯的独裁统治变为共产党的独裁统治。而我们付出的代价却是数百万人的生命以及国家的没落。这就是我们不听从外交部劝告的下场。"

我想这是汉弗莱对我说过的最令我震惊的言辞之一。我的意思是，他的话或许正确，但是他玷污了我们视为珍贵的一切事物。

我向他质问道："汉弗莱，你是说英国不应站在法律与正义这边吗？"

"不，不，我们**当然**应该，"他以强调的语气答道，"只不过，我们不应让它影响我们的外交政策，仅此而已。"他完全没有道德意识。

"我们总是应当扶植弱小,抵抗强权。"

"哦,真的吗?"他以嘲讽的语气说道,"那我们为什么不出兵阿富汗抵抗苏联人呢?"

这是完全不公正的批评,我不屑作答。显然,苏联**太**强大了。在我看来,这并没有影响我观点的正确性,于是我也这样告诉了他。我指示汉弗莱向圣乔治岛经民主选举的首相送去安慰,说英国将支持他。

汉弗莱站起来:"或许您所希望的是与外交大臣商议此事。"

"如果这是你的意思,我会告诉他的。"我冷冷地回答,并示意他可以离开了。他到底没帮上什么忙。我派人叫来伯纳德,无奈地问他一个非常尴尬的问题:"圣乔治岛到底在哪里呢?"

让我大感安慰和更为高兴的是,我发现他也不知道。"呃……我们看看地球仪吧,"他说,"您的私人办公室里就有一个。"

我们匆忙走下盘旋而下的大楼梯,它四周点缀着历届首相的照片,再经过嗒嗒作响的自动收报机,进入了私人办公室。办公室里有几名职员。私人秘书中只有卢克一个人在,他是负责外交事务的私人秘书。卢克是我见过的最具雅利安人特征的家伙——高而瘦、白皮肤、金发碧眼——如果他不老是摆出一副傲慢而屈尊的神情,实际上是个相当迷人的家伙。他那套神情举止真不像是一个三十七八岁的人。

我进来时他站了起来,身上熨帖平整的双排扣法兰绒灰西服一如既往地洁净。我道了声下午好。他也回了一句。

伯纳德和我直奔地球仪,他指着阿拉伯海——临近波斯湾,是印度洋的一部分——中的一个小点给我看。

"波斯湾是西方的生命线，"伯纳德说道，"现在请看，"他指着阿拉伯海正北方的一块陆地继续说，"这里是阿富汗，现在处于苏联的控制下。如果苏联也控制了巴基斯坦……"

"他们不会这么做的。"卢克平静地打断道。我突然意识到他在和我们一起看地球仪，此刻就站在我们的背后。

"但如果他们做了呢，"伯纳德指着地处海岸线上，位于阿富汗以南、阿拉伯海以北的巴基斯坦坚持说，"接下来苏联会控制波斯湾、阿拉伯海以及印度洋。苏联一直想得到他们所谓的暖水港。"

卢克傲慢地微笑着。"没有那种危险。他们不会侵占巴基斯坦的，不管怎么样，美国人有一支舰队永久地驻扎在这里。"他指着印度洋说道。

我转向卢克，让他以其对外交事务的了解，告诉我美国为什么这么担心圣乔治岛。是因为有利比亚和苏联支持的游击队带来的威胁吗？

卢克说我们必须牢记，如果我们进行干涉的话，邻近的非洲国家——他指着非洲东海岸，这个地方也濒临印度洋——将会非常恼火。

"他们喜欢共产主义游击队吗？"我问道。

"他们不会介意的，"卢克告诉我，"他们的政府大多起源于共产主义游击队。可以这样说，游击队有圣乔治岛人民的支持。"

"这是谁说的？"我问道。

"游击队说的。"伯纳德冷冷地说道。

卢克强调，由于我们与非洲国家有大量贸易往来，所以我们不要招惹他们。当我建议我们应当为圣乔治岛的自由和民主而战时,卢克窃笑起来,并傲慢地告诉我这事相当复杂,而且外交部认为我们不应该介入。但是,外交部从来就没认为有什么事情是应该介入的。

然后他不知深浅地给我讲起了和平共存之道。他说,美国人太富于侵略性了——嗯,我们都知道。他援引外交部常任秘书的话说,不是和平共存,就是不共戴天。又是过去外交部的绥靖政策那一套。

随后,让我吃惊的是伯纳德突然说他迫切地要和我谈谈国内事务。我让他等会儿,但他开始以非常奇怪的方式对我挤眉弄眼。起初我以为他神经出了毛病,随后我意识到他正背对着卢克,是示意我单独谈话。

我们走进隔壁的内阁会议室,伯纳德在后面小心地扣上门。

"我不愿意做什么不忠之事,"他的声音低得像耳语一样,"但我真的不认为当着卢克的面继续谈话会有什么好处。"

"卢克?为什么不能?"

"安全问题。"伯纳德小声说道。

我吃了一惊:"他是你的同事,我的私人秘书之一。军情五处怎么能容忍这种事情?"

伯纳德急忙纠正我:"不,首相,他不是那种危及国家安全的危险分子。他只不过是为外交部工作。"

这倒是个新发现!我一直以为卢克是在为我工作。但结果却是:他不仅是我在外交部的人,还是外交部在我这里的人。换句话说,他是被安插进来的人。

我明白了这一点,但是其含义却耐人寻味,并且令人担忧。

6. 民主之胜

它明确地证实了我一段时间以来所怀疑的事情。

"伯纳德,"我边说边轻声地从门边走开,以防卢克在门外偷听,"你是说外交部有事瞒着我?"

"是的。"他毫不犹豫地答道。

"什么事?"我问道。

"我不知道,"他无助地说,"他们也瞒着我。"

"那你是怎么知道的?"

伯纳德困惑起来:"我不知道。"

我开始恼怒了:"你刚才明明说你知道的。"

"不,我只是说我不知道。"

他到底想说什么?此刻我因为交流不畅而大为恼火:"你说他们有事瞒着我——**如果你不知道,那你是怎么知道瞒着我的呢**?"

伯纳德开始变得绝望:"我不知道具体是什么事情,首相,但是我确实知道外交部总是向每个人隐瞒每件事。这是他们的一贯做法。"

"那么谁**会**知道呢?"我问道。

伯纳德想了一会儿,然后他把在教育和培训中学到的本领全都施展了开来:"我能把问题澄清一下吗?您问的是谁会知道,**我**不知道,**您**不知道,但是外交部知道**他们**知道,他们瞒着您,让**您**不知道,但他们**确实**知道,**我们**所知道的就是有件事情**我们**不知道,我们想知道,但是我们不知道是**什么**,因为我们**不**知道。"我紧盯着他默不作声。"问题是这样的吗?"他问道。

我深深呼吸了一口气。就是这样,否则我非薅住他的领子把他晃晕不可。"**我能澄清一下问题吗？**"我概括道，"除了外交部，谁还知道外交部的秘密？"

"啊，这个问题简单，"伯纳德说道，"只有克里姆林宫。"

[伯纳德·伍利给汉弗莱·阿普尔比爵士和理查德·沃顿爵士都送了信，要他们一起来讨论一下圣乔治岛的问题。沃顿的回信保存在伯纳德的私人文件中，为了协助出版哈克日记，他将这封回信提供给了我们。——编者]

亲爱的伯纳德：

我乐于参加明天你组织的会议。圣乔治岛这点小小纷扰正在变得令人烦恼不已。

就你所了解的情况，我相信，二十年前我们让它独立的时候，就已经犯了真正的错误。

当然，由于时局变迁大势及其他因素，独立是不可避免的。但是我们应该分而治之，正如我们在印度、塞浦路斯①、巴勒斯坦和爱尔兰的做法一样。这是我们让殖民地独立时的一贯做法。我不明白为什么这次没坚持。这个办法可是屡试不爽的啊。

也许有人会质疑说分治政策会导致内战。在印度、塞浦路斯、巴勒斯坦和爱尔兰确实如此。但这对于英国而言绝非坏事。这使得他们忙于彼此内斗，而顾不上与我们开战。这就意味着没有必要制定一个关于他们的政策。

---

① 塞浦路斯至今仍处于分裂中，北部的土耳其裔政府仅为土耳其一国所承认。——译者

然而覆水难收，现在苦果已经酿成了。

明天下午3点见。

迪克
4月18日

[第二天午餐后，伯纳德·伍利见到了白厅街最工于心计的两位官僚。他们的谈话很坦率，在这次会谈中，伯纳德首次领教了外交部的实际工作方法。对历史学家而言幸运的是，汉弗莱·阿普尔比爵士对这次会议做了详细记录，并保存在他的私人文件中。因此，普通读者可以破天荒地知道自20世纪30年代以来外交部是如何处理世界事务的。——编者]

我应伯纳德·伍利的邀请参加这次会面，我事先与迪克·沃顿进行了秘密谈话。我们决定要让伯纳德对外交部的工作方法有个充分了解。

伯纳德以他所看到的问题——首相完全被蒙在鼓里——为切入点开始了表面上是关于圣乔治岛的讨论。迪克说这很好，然后我们开始鼓励伯纳德将此看作机遇，而非问题。

这种观念伯纳德接受起来并不容易。他问还有什么其他事首相不知道——这个问题实在荒唐。我有时候真搞不懂伯纳德这个人。随后他又问关于圣乔治岛还有什么事情首相不知道，迪克正确地解释说，首相的正当程序是就他想知道的问题询问外交大臣。然后外交部所做的必要工作就是确保外交大臣也不知道整个事情的来龙去脉。

我们找到了伯纳德·伍利的问题所在，他还以为首相要知道一切发生过的事情呢。

安全处理外交事务的基本原则是:不要让政治家卷入外交,否则太危险了。所谓外交,旨在生存到下个世纪——而政治则只关乎生存到本周五下午。

世界上有一百五十七个独立的国家,外交部长年和它们打交道。几乎没有一个议员能知道任何国家的任何事情。让议员们看看世界地图,他们中的许多人都很难找到怀特岛[①]在哪里。

伯纳德争辩说议员们不可能这样无知。于是迪克给他做了一个小测试:

(1)上沃尔特[②]在哪里?

(2)乍得的首都在哪里?

(3)马里人说什么语言?

(4)秘鲁总统是谁?

(5)喀麦隆的国教是什么?

伯纳德一道题也不会,只能得零分。迪克建议他可以去当议员了。

伯纳德的问题在于,他学了太多关于宪法历史的书——或者,至少是学得太用心了。他争辩道,在我看来表达得不够清晰:"如果有了民主,在一定程度上,人们是不是应该讨论些事情?"

我们一致认为,与首相进行充分讨论是必要的。伯纳德

---

① Isle of Wight,在英国正南部,是英格兰最大的一个岛屿。——译者
② Upper Volta,在非洲西部,1984年改称今名布基纳法索。——译者

指出，因此首相应该知道真相。谬论又来了！

伯纳德需要清楚地了解以下论证：

（1）真相使事情变得复杂；

（2）人民不需要真相；

（3）媒体、人民以及他们选出来的代表所想知道的只是，谁是好人？谁是坏人？

（4）不幸的是，英国的利益常常需要与那些公众眼中的坏人打交道；

（5）因此，讨论必须限制在外交部内部进行。然后为外交大臣制定出一条政策，这代表了外交部深思熟虑的意见，大臣可以照此行事。证明完毕。

伯纳德担心外交部只制定一条成熟的政策，没有选择和替换的余地。

在实践中，这并不会产生什么问题。如果迫于压力，外交部就会重新审视该事件，然后得出相同的结论。如果外交大臣要求有选择，外交部就给他三个选择，其中两个（细究起来的话）将完全相同，而第三个当然是完全无法接受的，例如轰炸华沙或入侵法国之类。

另一个选择方式偶尔会用到：鼓励外交大臣自己想出政策，然后外交部告诉他这个政策如何会导致第三次世界大战，或许在四十八小时之内就会开战。

伯纳德懂得这个意思，但是他想——由于他现在是私人秘书，这样想也是十分恰当的——从政客的角度继续讨论下去。他评论道，大臣们主要关心的是政策对国内政治舆论的影响。事实上，他们最擅长的就是制造影响。但是外交部的制度并不真正允许这样做。

他说得很对。外交部确实着眼于全球。它问的是怎样对全世界最好,然而大多数大臣宁愿这样问:《每日邮报》的社论会怎么说?外交部去考虑这些是相当不合适的,外交政策不能由媒体编辑、后座议员或者内阁大臣那些乡巴佬来制定。外交部的工作是做出正确的决定,然后让其他人解决政治问题。

伯纳德还担心如果所有的选择都提供了,外交大臣一个也不同意怎么办。我向他解释说这是一个自由的国家,外交大臣随时可以辞职。

之后,我们谈话的主题出乎意料地发生了转变。一封急电送至。迪克读完后告诉我们,东也门正准备发兵圣乔治岛以支援赤色游击队。

伯纳德·伍利认为这是个坏消息。当然这对圣乔治岛政府来说是个坏消息——但对于游击队来说却是个十足的好消息。

在所有事情中,伯纳德最想知道的是,这对于圣乔治岛人民来说是否是个好消息。我担心他已经做私人秘书太久了——他开始像政治家那样做出反应。

迪克建议我们不为岛民提供任何帮助,我表示同意。如果他们向我们求救,我们将给他们一切道义上的支持,但就是不援助。如果首相坚持让我们援助,那我们就采取传统的四步战略,这是外交部应对任何危机的标准反应。

第一步: 我们说不会发生任何事。

第二步: 我们说或许有事情要发生,但我们应该什么也不做。

第三步： 我们说或许我们应该做点什么，但我们什么都做不了。

第四步： 我们说或许我们早该做点什么，但现在为时已晚。

［哈克的日记继续下去。——编者］

4月19日

今天的事情极富戏剧性。我想我已经取得了重大胜利。

今天下午，当那个令人难以忍受的年轻人卢克带着装有外交部电报的绿色旧匣子走进内阁会议室时，所有事情都到了紧要关头。

由于某些原因，伯纳德并没有在场。他留下纸条说他去找汉弗莱爵士谈话。

我拿起第一份电报：上面说东也门有军队在调动。我看看卢克。他说这并不重要。

"但是，"我告诉卢克，"上周美国大使提到了东也门有情况。"

"真的吗？"卢克傲慢地微笑着，"我感到很意外，他也听说这件事了啊。"

我问卢克东也门为什么会有军队调动。他说据他推测，东也门只是准备对西也门进行常规袭击。

"那有什么需要我们担心的吗？"

"根本没有。"他向我保证。

我坐回椅子想了一会儿，然后对卢克说："美国大使还谈到了圣乔治岛。"

"真的吗?"卢克又是这样说,"他还真是美国人当中有点知识的。"

"那边有什么问题吗?"我问道。

"没有,首相,只有普通的当地人纠纷。"

卢克正在隐瞒着什么事情,我不知道到底是什么。当然破解的手段不是寻找正确的答案,而是寻找正确的问题。我不知道我应该问什么问题,这个问题要能迫使卢克告诉我外交部在隐瞒什么事情。

"美国大使似乎在担心共产主义者可能会接管那里。"我最终说道。

"美国人总是这样。"他微笑道。

看来这件事也就是这样了。于是我拿起第二封电报——我对上面的内容感到十分不悦!显然,我们昨晚在联合国投票反对以色列。我拿给卢克看,他依旧保持冷静。

"卢克,"我说道,"我已做出明确指示,我们要弃权。"

"我不这样认为,首相。"他带着一贯的微笑说。他竟敢这样!

"我就这样认为,"我坚定地反驳道,"我告诉外交大臣我强烈认为我们不应该偏袒一方。"

"那没错,"卢克表示同意,"外交大臣提到了您的强烈感觉。"

此时我站起来,说真的,我非常气愤。"那么他为什么置之不理?"我喊道。

"恕我直言,首相,"卢克明显毫无敬意地说道,"他确实做了些事情。他问过我们驻联合国的大使，说是否应该考虑弃权。"

"那么大使是怎么做的？"我问道。

"他说不。"卢克答道。

我怔住了。看来外交部认为可以完全无视首相的意愿。

卢克表示否认。他说外交部在做决定时充分考虑到了我的意愿，但是事态发展迅速。"昨天晚上，在我们与阿拉伯国家之间的关系中有了一些重要因素，这是您做决定时还不曾知道的。我们又不可能及时与您联系。"

太荒唐了！"你知道，我有电话。"我说道。

"我们不认为它有那么重要，非得在凌晨3点把您吵醒。"

"这极为重要，"我冲那个高傲的自命不凡者喊道，"白宫会大发雷霆的！"

卢克看起来并不那么在乎。"好吧，我想我可以做出安排，每次联合国投票前都给您打电话。不过他们与会期间一晚上要投两三次票。"

他在有意避重就轻。对于大多数联合国投票，我向来不表达个人观点，这一点他非常清楚。但是我既然表了态，就希望它能被遵照执行。

事已至此，争论毫无用处。我考虑着接下来该怎么办。"我该如何亡羊补牢呢？"我问他。

"毫无办法，首相，"他坚决地说道，"那将会很尴尬的，政府的政策一旦发布，很难收回。"

或许他是对的。要是这样，一项未经首相批准的政策，就更没有理由发布了！

接下来我想到了一个主意——一个好主意！我现在相信，这是一个可以改变历史的主意。但在当时我还不知道会带来怎样的结果。"卢克,"我说道,"我想和以色列大使谈谈。"

他摇头:"我想不行,首相。"

我几乎不敢相信自己的耳朵。卢克以为自己是谁啊?我把话重复了一遍。卢克固执地重复说不行。在他看来,这是很不明智的。

我用食指指着自己的嘴。"卢克,"我说道,"你没听见我在说话吗?看着我嘴唇的动作,我——想——和——他——谈……"

他明白了。他终于懂得,我说话是算数的。谁说这些外交部的人都很聪明?白花钱受这么多年教育了——没错,白花钱!

卢克说如果那是我的愿望,当然可以!我感觉他就像迁就一个小孩子似的。"我将联系外交大臣和理查德爵士,然后给以色列大使打电话。"

"这两个人我一个也不要,"我说道,尽情地享受着对这个妄自尊大者的指使,"我只想见大使。"

他开始变得有些恼怒:"首相,我必须告诫您,在没有外交大臣在场的情况下,会见大使是极为不当的。"

"为什么?"我问道,"你以为我要和以色列大使谈什么?"

他停住了,发现这里有圈套:"呃,大概是谈关于联合国投票一事。"

"说真的,卢克!"我开始呵斥他,并一脸严肃地瞎编道,"那样做太不恰当了。"

他一下子愣住了。"哦。"他有气无力地说。

现在轮到我给他上礼貌课了,我也摆出傲慢的微笑,真有趣!"不,卢克,只不过是露西的大学快放假了,她想在一家基布兹度过她的假期。由于她在埃塞克斯大学,或许我应该说是另一家基布兹。"①

"我明白了。"卢克冷冷地说道。

我进一步解释说,以色列大使和我是伦敦政治经济学院的同窗,因此安妮和我想请他到我们公寓来,谈谈关于集体农场的建议。

"哦。"卢克又说道。

我毫无幽默感地冲他微笑,实际上只是露了露牙齿而已。"我认为,这没什么问题吧?"

"呃——没有。"他说道。

我继续刺激他:"那么我们还用请外交大臣和理查德爵士来帮露西选择度假地点吗?"

"呃——不。"他重复着,完全被击败了。

我让他把见面时间安排在今晚6点,并威严地挥手让他离开。

至少我赢了一回。我希望我的以色列朋友戴维·比卢能帮我想些办法扭转外交部对于以色列的习惯性态度。

在这方面我没有成功。但我却发现了另外一件事,它要重要得多。

戴维6点钟如约前来,我们坐在顶层的客厅里。他平静地接受了我关于联合国投票一事的道歉,他说以色列已经完全习惯

---

① Kibbutz,是指以色列的集体农庄,实行"各尽所能,按需分配"的制度,每年吸引很多外国志愿者来此体验生活。露西在埃塞克斯大学过住校的集体生活,校园内很多设施免费开放,故哈克觉得这也相当于一家基布兹。——译者

了,这种事情时常发生。

我信誓旦旦地说,我事前就告诉下属让他们弃权。他相信我所说的话。他点着头,一双棕色的大眼睛中充满了悲伤和无可奈何的神情。"大家都很清楚,"他轻声解释说,"在英国外交部,首相的指示会变成外交大臣的要求,然后成为副大臣的劝告,最终变成对大使的建议。如果它能到达这一层的话。"

他英语讲得如此流利,这使我大感意外。随后我想到他**曾是**一个英国人,就在以色列建国前不久移居到了巴勒斯坦地区。

我已向他道过歉,他也欣然接受了。于是我站起身来又给他倒了一杯苏格兰威士忌。我正准备问他,如何解决他刚刚准确概括出来的问题时,他却抛出了第一个惊人的消息。

"嗯,吉姆,你打算怎么处理圣乔治岛的事情?"

我慢慢地转过脸看着他:"你知道那件事?"

他耸耸肩:"很明显。"

我把酒放回咖啡桌然后坐下:"问题不算严重,是吧?"

他很惊讶。他的眉毛扬了起来,差不多要碰上他灰白色卷发的发际线了。"不严重吗?你的消息一定比我多。"

"怎么可能?"我问道,"我的消息来自外交部。"

他呷了一口威士忌:"以色列情报部门说东也门最近几天将侵犯圣乔治岛。"

原来这就是其中的联系!居然没有人告诉我!

戴维·比卢解释说外交部已经和东也门达成共识,英国将表示强烈抗议,但不采取任何行动。作为交换,东也门在接管圣乔治岛后继续承认英国的工程合同。

但这只是一切的开始。以色列驻华盛顿大使显然已经告诉戴维，美国计划支援圣乔治岛的现有政府。交战！就在岛上！他们打算派遣一个空降师，并由第七舰队进行支援。

美国入侵一个英联邦国家去捍卫自由和民主，这将是对英国的极大羞辱！皇室会勃然大怒的！

"美国人为什么不告诉我？"我问戴维。我以为他也不知道，但是他知道。

"他们不信任你。"他同情地答道。

我很尴尬："为什么呢？"

"因为您信任外交部。"

我能理解这层意思。我真的不怪他们。随后戴维为我提供了一个极好的建议。

"吉姆，你有一支空降营在德国待命，现在不用参加北约的演习。"

"你怎么知道的？"我说道。

"我知道。"他看起来十分自信地说道，"如果你把他们派去圣乔治岛的话，会吓退东也门，他们就不会再来入侵。当然，这不应该是以色列大使给英国首相的建议。"

他幽默地眯起了眼睛。我也向他咧嘴笑笑。"他也不会采纳你的建议的。"我说着并快步走到电话机旁，实施这个建议。

我告诉总机先为我接通外交大臣，然后再接通国防大臣。等候找人的时候我在想，外交部为何没有在此事上给他们自己打掩护呢？他们通常可都是留了后手的。今晚我已经翻看了所有的文件匣，只剩一只还没有看。于是我赶紧在其中搜寻，在接近匣底的部分有一沓厚厚的文件，标题是《北印度洋形势报告》。我想可能就是它。我数了一下共有一百二十八页。我意识到就是它了!但我必须在明天之前缜密地研究一下。

邓肯打来电话。我告诉他我想让圣乔治岛的总统邀请英国派遣空降营进行友好访问。作为一个充满善意的表示。

他看不出有什么可反对的。他当然看不出——他也不清楚将要发生什么。他只是说让八百名全副武装的空降兵进行友好访问有点太过了。我告诉他,这只不过代表着非常友好!

接着保罗［国防大臣保罗·西奇威克——编者］打来电话。我们的制度找到这些人的速度真是惊人,我颇受鼓舞。我告诉他,我们有一支空降营正在德国待命,我想把它派去圣乔治岛。他有点尴尬,问我是怎么知道的。太没礼貌了!我告诉他,我就是知道,这就够了!

他想知道圣乔治岛在哪里。太无知了!我告诉他大约在非洲和印度中间,并让他自己去看地图。对他而言,圣乔治岛在哪里并不重要。

他还怀疑这次访问纯粹是为了宣示存在。我向他保证,我们受到了邀请,并让他下令六个小时之内起飞。我向他解释说,这是一次紧急的友好访问。

最后,我让他告诉媒体这是一次例行访问。他纠正说是一次例行的突然访问,我觉得这么说也可以。他问我如何具体解释,我建议他这样说,我们早就受到了邀请,但北约的军事演习使我们一时无法接受邀请——现在他们没有任务了,因此就去圣乔治岛了。

他仍在耽搁着,这次是基于一个可笑的原因:这个故事并不真实。我指出没有人知道真实与否,不管怎样,新闻发布用不着宣誓。我告诉他,部队最好在午夜前后起飞,然后挂断了电话。

6. 民主之胜

现在是凌晨1点,我还在口述这些笔记。部队的确在午夜前出发了——我已经核实了。我感到精神鼓舞,毫无倦意,精力充沛,异常兴奋——事实上,颇有些拿破仑的感觉。

我谢过戴维·比卢的帮助。他很激动。"你不仅恐吓了东也门,也恐吓了外交部。"他说着悄悄地从侧门走了出去,融入夜色之中。

他说得对。我也正盼望着这一点。外交部是胆怯的温床,那些人什么都不敢做。

4月20日

今天我大获全胜。我太兴奋了,昨晚没有睡好觉。因此当汉弗莱进来时,我已经在内阁会议室里我的老位子上忙碌开了。

外交部一定很快就把事情告诉了汉弗莱,因此他直接就来找我了。

"我推想,"他用充满怨恨的声音说道,"此刻空中有一支空降营。"

"听起来这地方很适合他们。"我笑着说道。

他冷冷地盯着我:"我推想,他们是在去圣乔治岛的途中。"

"是的,实际上再过两个小时就要降落了。"我证实道。

我迷人的坦率态度并未使他平息怒火。"说真的,"他生气地说道,"这是不是太突然了?"

我愉快地点点头。"是的,我突然有一个表示友好的冲动,汉弗莱,"我说道,"我就想表达一下善意。"

"今天早上,外交部可没有什么善意。"他咆哮道。

"真的吗?"我说道,装作一无所知,"为什么?"

"这会被理解成挑衅，让全副武装的空降营飞往这样一个麻烦之地，那里有爆炸性的形势。"

我立刻捕捉到他用了爆炸性一词："但是汉弗莱，你跟我说那里没问题啊。"

他试图摆脱自己制造的困境："是的，不，没有。根本没问题。但是爆炸性……只有**潜在的**可能。来回调动部队。"

"得了，得了，汉弗莱。"对于自己被逗乐了，我现在毫不掩饰，"我们总是在索尔兹伯里平原来回调动部队。那里也有潜在的爆炸性吗？"

伯纳德插嘴了，我觉得他想为汉弗莱挽回面子："索尔兹伯里平原上有许多未爆炸的炮弹。"

我感谢伯纳德提供了情况，并客气地让汉弗莱解释一下外交部在担心什么。我对此很有兴趣，想看看我们会如何争辩。

"那是世界上一处十分敏感的地方。"他开始说道。

"但他们曾经告诉我那里有多么稳定。"

他又怔住了。"哦，它是的。是，是，是这样的，"他的眼睛眯了起来，"但那是一种非常不稳定的稳定。"

此时卢克抱着装有外交部电报的匣子走了进来。他的嘴唇闭得太紧以致几乎看不见了。他态度生硬地将匣子放在我面前，我打开它。"哦，真不少。"我故作惊讶地说。我看着卢克等他解释。

"是的，呃，对圣乔治岛的有些非正统的访问把事情给搅乱了。"他有气无力地说。["非正统的"是外交部的暗语，意思是"不负责任的、愚蠢的"。——编者]

第一封电报包含了最好的消息：东也门正在把军队调回基地。"他们最终决定不去进犯西也门？"我对卢克说，他阴沉地点点头。我知道他是知道的,而且他也知道我**知道**他是知道我知道的。

第二封电报来自白宫,它对我们的友好访问之举表示赞赏。我把它拿给了汉弗莱。

"你看,"我指着相关页面说,"他们说如果我们需要增援的话,他们有一整支空降师在待命。"

"增援什么?"他质问我。

我不为所动。"增援善意,汉弗莱。"我热情地说。

汉弗莱再也控制不住自己了:"首相,我能问问这次异常行动的念头来自哪里吗?"

"你当然能,汉弗莱,"我答道,"来自卢克。"

汉弗莱不知是否应该相信我。他转向卢克,此时卢克面色苍白。

"来自**我**?"卢克喘着气,已经被吓呆了。

我拿出那份一百二十八页的文件——《北印度洋形势报告》,冲他挥了挥:"这份高超的报告是你整理的,不是吗?"

卢克开始恐慌,他咽着口水:"是的,但上面说我们什么都不用做。"

我不怀好意地朝他笑了笑,并告诉他这瞒不了我,我能体会到言外之意。我还告诉他第 107 页有一小段(我知道他之所以写这些是为了掩护自己,当然用的是最不引人注意的方式)清楚地说明圣乔治岛需要紧急支援。"我接受了暗示,"我说道,"谢谢你。我会给你充分的奖赏,并让外交大臣告诉理查德·沃顿爵士正是由于你及时的提醒才有了这次军事调动。"至少,这一点是真的——我已告诉外交大臣让大家都知道这是卢克的主意。

卢克很绝望,他太急切地想为自己辩护,以致没有想到去责备那个明显的泄密者——以色列大使。"不,不,不是我,"他叫道,"我没有!"

"我不觉得当我说你应被奖赏时,我是在泄露秘密,"我以最慈祥的声音说道,"你被派到一个非常重要的大使馆出任大使。立即上任!"

"哪个使馆?"卢克小声问道,恐怕是最坏的那一个。

"特拉维夫。"我愉快地说。

"我的上帝啊,"卢克嘶哑地叫着,崩溃了,"不!求求您!您不能派我去以色列。我的前途怎么办?"

"胡说,"我尖锐地答道,清楚地知道他的职业生涯完蛋了,"这是荣誉,是晋升。"

卢克竭尽全力挽救自己。"那以色列怎么办?您会使他们烦恼不安的。他们不想让我去,他们知道我是站在阿拉伯一边的!"

我默不作声,让沉默来说明问题,让他自己来服罪。我们都盯着卢克,我能听见落地式大摆钟嘀嗒作响。"我不是这个意思……"他无力地说着,然后停了下来。

伯纳德和汉弗莱避开了目光。他们不愿意亲眼看到一个同事职业生涯的毁灭。

我回答了他。"我原以为你是我们这边的。"我轻声地说道。

卢克沉默了。

"不管怎样,"我轻快地笑着说,"我们需要一个像你这样的人去特拉维夫,好向他们解释清楚为什么我们总是在联合国投票反对他们。你说是吧,汉弗莱?"

汉弗莱看着我。他知道这一局他又输了。"是,首相。"他谦卑地答道。

7. 烟幕重重

［哈克担任首相三个半月之后，他不得不面临他的第一次内阁危机。他克服危机的办法证明了他的政治手腕越来越高明。这次危机同时涉及许多问题——挽救他的宏伟蓝图的斗争、揭老底的威胁、一位或两位低级大臣辞职的威胁，以及与财政部关于减税的斗争。在与财政部的这场斗争中，他利用了强有力的禁烟院外活动得以制胜，这将在短期内为他赢得选票。

在5月初的一次会面中，这些危机就可见端倪，那次会面的两个人是内阁秘书汉弗莱·阿普尔比爵士和财政部常任秘书弗兰克·戈登爵士。汉弗莱爵士的日记没有提到此次会面，但是弗兰克爵士的笔记在最近被发现于沃尔瑟姆斯托的文官部门档案库中。——编者］

今天在改革俱乐部与阿普尔比共进午餐。阿普尔比表示担忧,因为我们的新任首相想减税或者降低财政开支。

这一要求必须予以拒绝。政治家们就像小孩子一样——不能他们要什么就给什么,否则只能鼓励他们得寸进尺。

然而,阿普尔比甚至不应该允许它成为一项**正式提议**。也就是说,不应该让它通过**非正式讨论**这一关。

[弗兰克爵士用不着忧心忡忡。在非正式讨论和形成正式提议之后还必须经过九个阶段。全部十一个阶段罗列如下:

(1)非正式讨论

(2)正式提议

(3)初步研究

(4)文件讨论

(5)深入研究

(6)提议修正

(7)方针

(8)策略

(9)执行计划传阅

(10)执行计划修正

(11)内阁批准授权

任何一个称职的文官应该能保证:如果一项政策不受欢迎,那么在下届大选的预热时期之前,它都不会达到第十一阶段。——编者]

以我个人的愚见,汉弗莱对此事有些过度放松了。这项可能的减税是哈克那个幻想的一部分——他的幻想就是撤销三叉戟导弹的订单,并实行征兵制,创建大批常规部队。三军绝不会答应他的,尽管他们不喜欢三叉戟导弹,但是他们更讨厌征兵制。

但是我手下的职员们感到恐慌。恐慌的浪潮波及了整个财政部。放弃十五亿英镑的到手钱财是不可想象的。[哈克指出,这笔钱本来就属于纳税人,并且一旦实施减税,财政部只不过不再从纳税人手中拿走罢了。但财政部从来不这么认为。——编者]

我向汉弗莱表示,阿诺德[前内阁秘书阿诺德·罗宾逊——编者]是绝不会让这样一个念头变成提议的。汉弗莱评论道,阿诺德并没有和十号现在的主人共事过,此话倒也有理。

由于汉弗莱相对而言还是一个新手,我就向他明确申明了以下几点:

(1)整个系统取决于这样的假定——他能控制首相,而我能控制财政大臣;

(2)要维持这种控制,必须使他们之间保持不信任,这是令人愉快的;

(3)如果他们之间存在敌意,无疑会更好;

(4)减税会把他们团结起来,因为政治家们可以靠减税赢得选票;

(5)甚至连减税的**提议**也会把他们团结起来,因为提议会带来赢得选票的希望。

汉弗莱对此很自信,甚至可以说很自负。他相信没有我们的帮助,首相和财政大臣也会一直保持敌意的。他认为埃里克［财政大臣埃里克·杰弗里斯——编者］因为吉姆当首相一事对吉姆耿耿于怀，而吉姆也绝不会再相信埃里克——毕竟，一个人决不会相信任何他欺骗过的人。

然而，我已经做到了**保证**埃里克会反对任何减税措施。我使用了通常的诱饵——告诉他我们在医院、学校和老人问题上需要花钱。［这就是财政部著名的"人工肾策略"①。这一招几乎从未失手过。接下来的一招就是暗示任职者将被历史铭记为"仁慈的财政大臣"，这一招则从未失手过。——编者］

汉弗莱始终认为我对于区区十五亿英镑的减税数额过于忧心。固然，这一数目本身并不太大，但是我指出，我们有一些资深同事在担心他（汉弗莱）是不是还有操控能力。这次减税提出得过早了。汉弗莱能否遵循阿诺德的传统——铁面加铁拳②，从不留情呢？毕竟，如果让政治家们开始治国，对于英国而言将是苦难深重日子的开始。

5月1日

［看来汉弗莱·阿普尔比爵士并未由于弗兰克爵士的暗示、焦虑和隐性威胁而过分忧心。汉弗莱在其日记里对此事有着平实的论述。——编者］

弗兰克很担心哈克的减税提议。减税是认真的，这我知

---

① 人工肾即透析机，是维持患者生命必不可少的设备，就像学校、医院之于社会一样。——译者
② 原文是 the iron fist in the iron glove，化用自习语 the iron fist in the velvet glove（外柔内刚）。——译者

道，但是如果我处在他的位置，我恐怕会更担心经济状况和低下的生产率。当然，弗兰克对此无能为力。英国工人打从根本上就是懒惰的，他们总想着不劳而获。没有人愿意再老老实实地整天工作。

今天下午我去了洛兹板球场。我到那里时，英格兰是七十次击球仅命中四次。英格兰又一次崩溃了。考虑到英镑[①]的状态和击球的状态，人们有时候真怀疑英格兰是否还有什么前途。

尽管如此，那天下午还是令人愉快的。温暖的阳光、冰凉的香槟酒，以及球上所带的特有的柳木味儿——不过那是偶然的。[②]

当然，我是为了公事来的，是英国烟草集团公司主席杰拉尔德·巴伦的客人。在我看来，该公司是国家重要的赞助商。我趁此机会请求杰拉尔德多给皇家歌剧院［皇家歌剧院位于考文特花园，它多少是由内阁办公室负责的——编者］一些赞助。杰拉尔德表示要认真考虑这个主意，虽然他提到体育大臣或许今天下午也要顺便光临板球场，代表温布尔登网球赛、布兰兹哈奇车赛或者某个斯诺克锦标赛向他施压。我真不知道如果没有这家公司我们会怎么样。

然而我特别注意到，卫生大臣彼得·索恩博士显然又缺席了。很明显，他被禁烟的院外活动拖住了。杰拉尔德问

[①] 英镑为 pound，此单词也有"击打"之意，故与击球产生联想。——译者
[②] 板球棒是用柳木做的，当板球被偶然击打到场外的观众席时，观众便有机会享受此味道。——译者

我，索恩博士是否在白厅街有一定影响力。我就此再次向他保证——索恩博士不过是一介低级大臣，毫无势力可言。
[阿普尔比文件 WHS/41/DE]

[哈克的日记继续下去。——编者]

5月3日

今天汉弗莱和我见了面，讨论他早前送给我的一份关于撤销三叉戟导弹和恢复征兵制的研究报告。报告很长，非常细致，非常啰唆，简直不可卒读。

我拿给他看，他却对此感到很满意。"啊，是的，我们总嫌资料不足，"他自鸣得意地说道，"我们需要大量的信息。除非已经详细审查了任何牵涉的影响和任何可能的结果，否则我们不能贸然宣布任何事。"好一个拖字诀，大家心知肚明。

"这是一定会实行的，汉弗莱。"我以坚定的口吻告诉他。

"啊，是，首相。"所谓**是**，他意思是指**不**。"在一定的时刻，在适当的时间，在成熟的时机，确实会的，无可置疑。"

"不，汉弗莱，"我尖锐地答道，"就在本世纪内，事实上，就在这届议会上。"

他悲哀地摇摇头："这届议会吗？我不太相信它能办成什么事。时机也许还不成熟。结果将证实这是一块香蕉皮，指不定会摔到谁。"

他的怀疑也许说明了我在埃里克那里所遇到的难以理解的固执。文件表明，如果我的计划得以施行，我们便可以减免十五亿英镑的税款。在所有人中，偏偏财政大臣要反对它。这是一个赢得选民人心的大好机会，他为什么要反对呢？按照汉弗莱的看法，唯一的可能是埃里克听从了财政部的意见，显然这不是一个打算还钱的意见。

一个非财政部的人总是很难理解这个意见。我解释说，这笔钱不是财政部的，而是纳税人的。

"您说的**只是**一种看法，"汉弗莱承认道，"但是这不是财政部所持有的看法。一旦他们把钱弄到手，他们就不这么想了。"

"但是，如果他们不需要这笔钱呢……"我开始发问。

他打断了我，感到不解。"对不起，我没听清楚。"他说道。

"如果他们不需要这笔钱呢……"我重复了一遍，可是没说完又被打断了。

"征税，"他高傲地说道，"并非基于您的需要。财政部不是先算出它需要多少钱，然后再想办法收取；而是先设法收取，只要能拿走，多多益善，然后再考虑怎样花。如果政府仅仅因为无此**需要**，就把钱退还回去，那么我们将破坏几百年来的传统。打个比方，这样做的话英国海军会变成什么样子？"

我看不出这个问题和当前的话题有什么联系："海军仍然会在那里，而我们仍然需要海军。"

汉弗莱解释道，由于我们只有四艘主力舰①，我们将**只需要**四位海军上将以及一位海军元帅。而我们现在一共有六十位海军上将。尽管去掉他们中的五十六位是一个诱人的主意，但实际效果将是把现役军官逐级削减下去，直到海军几乎没剩下什么人为止。

我认为这是一个障眼法。我同汉弗莱的谈话完全是在兜圈

---

① capital ship，指最大一级的军舰，如一艘战列舰或一艘航母。——译者

子。概括一下就是：财政部是政府中最重要的部门，因为它掌握了所有钱财。每次你要拿走它一些钱，就等于分走它一些权，所以它总是会抗拒。让财政部同意减税的唯一办法是让财政大臣先同意，但是只有财政部同意了，财政大臣才能同意。这是一个无解的局面。

汉弗莱建议我说服财政大臣来积极支持我，他是我的内阁同事。我需要找个人来帮助我，他要站在我这一边——简而言之，这就是我目前的障碍所在。

我们的谈话毫无进展。我必须得好好想想这个问题。

5月10日

今天我找到了让我的减税提议得以通过的办法。给我帮助的是一个最意想不到的人——卫生大臣。不可思议之处在于，不但他不太有帮助我的可能，而且连他本人都不知道他在帮我。当然我是不打算让他知道的！

事情是这样发生的。索恩博士来看我。他曾经给过我一份文件，表面上谈的是吸烟问题，实际上这也是一份关于本国烟草院外活动集团的权势和影响的报告。遗憾的是我一直没有时间阅读。当他向我征求我读后的看法时，我请他用自己的话概括一下文件的内容。

"文件上面都是我自己的话。"他说道，有点迷惑不解。

伯纳德前来解围，话说得很有技巧："首相经常觉得简要的口头总结可以明确重点并突出要点。"

"突出要点。"我附和道，鼓励着索恩博士。

于是他告诉了我他的想法。我大吃一惊。他希望政府采取禁烟行动，为此他制订了一个五点计划：

（1）完全禁止所有烟草商的赞助活动；

（2）完全禁止所有烟草广告，即使是在销售点；

（3）拨款五千万英镑用于禁烟宣传；

（4）一切公共场所禁止吸烟；

（5）连续五年征收惩罚税，税额逐年增高，直到一包二十支的香烟价格相当于一瓶威士忌为止。

这是一个激进的方案。他自称采用此法至少可以减掉80%的烟民，甚至是90%，并预计这将使不少烟草公司关门大吉。

对这种激进的提议，我没有马上答复。当然，如果我在见面之前读过他的文件，对于如何答复是会有帮助的。但是，人们不可能有时间去做每件事情！鉴于他是十分严肃的，我不能让他太扫兴。于是我对他说，显然我大体同意他的禁烟想法。这是毫无疑问的。我还对他说，在一定的时刻、在适当的时间、在成熟的时机我们会明确禁烟的。我看出伯纳德在后面点头称是。我越来越善于使用文官部门的拖延技巧了。

索恩博士能看出我想做什么："您的意思是，忘了它吧？"

我向他保证，我不是这个意思。真的不是！好吧，不完全是！但是我们必须得现实一点。"毕竟，"我说道，"我们不是昨天才生下来的。"

"不是，"他双唇紧闭，非常坚决，"但我们也不是昨天刚死去的。"

"这话什么意思？"我问道。

"昨天确实有三百人死去，他们是由于抽烟而早逝的。一年至少有十万人死于吸烟。"

我试图告诉彼得，他是多么地不切实际啊！如果我把这个提议带到内阁去，财政部和财政大臣肯定会说，烟草每年给国家带来四十亿英镑的税收；没有这笔钱，我们的政府将很难维持。

彼得坚持说，他并非不现实："我知道您不可能用财政问题驳倒财政部。不过这是一个道德问题。"

这时我突然有了一个**极好**的主意！一个打败财政部的办法——利用彼得·索恩博士的帮助，但不是利用他的禁烟知识。不是去解决禁烟问题，而是把它作为实现我减税目标的手段。

我非常谨慎。我没有**明确**告诉索恩说我要支持他，而是对他说，他已经论述了自己的理由，我们可以试试他的计划。我告诉他，我甚至准备拜读他的文件。我突然发现自己说漏了嘴，赶紧补上了一个词"再次"[①]。

对于我是否在这个问题上真正支持他，他想让我做出明确表态。我解释说，我还不能**公开**支持他——时机还未成熟。"如果在这个阶段，我站出来支持某一方，就会削弱我说话的分量。我必须表现得像个不偏不倚的法官，然后被你有力的论证所说服。"

他说他明白其中的道理。他这人还是容易上当受骗的。不过我必须记住，这样骗来骗去是危险的。也可能是有用的——我想起自己的初衷。

"但是我的私人意见是，"我最后说道，"我希望看到这件事被有力地推动。说真的，是要非常有力地推动。我还希望你能就这个问题发表一些演说。"

[①] I read his paper again. 英语的 again（再次）是放在句末的，感觉前面不妥后可以及时补充。——译者

7. 烟幕重重 | 265

伯纳德看起来有些惊慌，而索恩博士的脸上却喜气洋洋。他兴奋得脸上泛起红晕，热情地感谢了我一番。我也感谢了他的 cigarette paper[①]。[推测起来，索恩博士应该明白哈克说的是有关香烟的文件。——编者]

彼得·索恩走了以后，伯纳德问我此话是否当真。他解释说，过去的习惯做法是劝阻大臣们发表禁烟演说，对于已经发表的，也不鼓励印发其演说词。我问伯纳德是否有书面规定。他说这不是一件光明正大的事，只有一个君子协定而已。

我指示伯纳德去查查彼得·索恩的禁烟演说词是否印发了，并让他确保大家都知道此事。尤其是要让财政部尽快并充分地听说此事。

我愉快地一笑："伯纳德，凡事总是有输有赢。这次我一定会输。"

他就完全摸不着头脑了："那是为什么啊？"

我没有让他白费唇舌，我说道："因为**等到**我输的时候，他们将不得不给我一些补偿。如果你是财政部，你宁愿放弃十五亿英镑的所得税收入，还是四十亿英镑的烟草税收入？"

他微笑道："我宁愿放弃所得税。"

我点点头："你知道，这就是我要的结果。"

他的脸上充满了钦佩和尊敬："因此说，您是在利用香烟来制造一种烟幕[②]？"

---

① cigarette paper 在这里是指有关香烟的文件，但它还有香烟纸、卷烟纸的意思。——译者
② 战场上常施放烟幕弹，利用烟幕来掩护军事行动和军事位置。——译者

"正是如此。"我说道。

5月11日

今天早晨汉弗莱前来看我。他十分紧张。显然伯纳德干得非常好,很多人都知道了索恩博士的新政策。

"首相,"他开口了,"我想知道……您是否和索恩博士进行过一次有趣的谈话?"

"是的,他提议禁烟。"

汉弗莱嘲讽地大笑起来:"请问,他打算如何通过这项政策?或许是搞一场催眠大法吧?"

我保持着镇静,向后靠在椅背上,并自信地向他微笑着:"不,是使烟草税飞涨,同时禁绝一切香烟广告,包括销售点在内。"

汉弗莱咯咯地笑了起来,但是没有说话。

"难道你不认为,"我问道,"他站在道德立场上,这非常令人赞赏吗?"

他显露出一种他所独有的傲慢:"或许是道德的,但却是极端愚蠢的。没有一个神智正常者会认真考虑这样的提议。"

"我在考虑。"我说道。

"是的,当然。"他没有丝毫的犹豫,但他脸上傲慢的笑容立刻消失了。"您不要误会我的意思,对来自您政府班子的所有提议加以考虑无疑是正确的,但是没有一个心智健全者会支持这项提议。"

"我支持。"我说道。

"那也相当正确,首相,如果我可以这样说的话。"他的话锋转换得如此敏捷，以至于人们很难注意到，他所说的每句话都是在彻底否定上句话。

我给了他一个机会，让他转到我这边来。我问道："这么说，你打算支持它了？"

"支持它？"他强调道，"我将全心全意地支持它！这是一个出色的、新奇的、浪漫的、善意的、富于想象的、改良社会的观念。"

正如我所预料的，他完全反对！

"唯一的问题是，"他继续说道，"目前有强有力的论据反对这一政策。"

"也有强有力的论据支持它。"我答道。

"啊，**一点不错！**"他坚持己见，"但是**反对**者会指出烟草税是政府收入的主要来源。"

"可是还有一些人会指出，烟草是大量致命疾病的主因。"〔指肺癌、喉癌、口腔癌、食道癌、胰腺癌、膀胱癌和肾癌；肺气肿和慢性支气管炎；冠心病；中风；围产期死亡；怀孕期吸烟所导致的较高的死胎率。在20世纪80年代的英国，吸烟每年造成约一万次火警，并引起约二百五十人死亡。——编者〕

汉弗莱严肃地点点头："是的，确实有人这么说。事情果真如此的话，令人震惊。但是，目前其中的因果联系尚未被**明确**证实，是不是？"

"统计数字是无可辩驳的。"我说道。

他似乎被逗乐了："统计数字？您可以用统计数字来证明一切。"

"即使是真理。"我评论道。

"是……是的。"他承认得有点勉强。"但是每年四十亿英镑的收入是很大一笔钱,"他又急忙补充道,"他们会这样说的。"生怕被我认为他在争论中偏袒某一方。显然,这里的"他们"指的是财政部。

我说每年毫无必要地死去十万人,还是最低限度,这真是一种可怕的流行病。他同意这是骇人听闻的。于是我便使出了杀手锏:"为了救治这些受害者,国家卫生局每年都要花上大笔的钱。所以如果我们禁烟的话,财政部将会非常高兴的。"

这招失策了。汉弗莱自信地转守为攻起来:"这种考虑,我想您是错的,首相。"

我看不出我怎么会错了。"与吸烟有关的疾病,"我指着放在我面前的索恩博士的文件说道,"一年要花费国家卫生局一亿六千五百万英镑。"

但是汉弗莱也有数据简报,那是财政部和他们从事烟草院外活动的朋友给他提供的。"我们研究过这些情况,"他答道,"现已证明:如果每年死去的这十万人都能够安享晚年的话,我们花在退休金和社会保障方面的钱,将远远多于他们的医药费。因此从财政上来讲,他们继续按照目前的规模死去,无疑更划算一些。"

我震惊了。我参政已有时日,很多事情都见怪不怪了。但是他的卑鄙无情还是令我骇然不已。[有意思的是,汉弗莱鼓励吸烟的卑鄙想法使哈克吃惊,但是哈克本人明知自己是在利用禁烟问题为削减所得税的目标铺路,他却并不觉得卑鄙。他和汉弗莱一样无意于索恩博士的意见,但是他能让自己暂时相信,他并不像他的内阁秘书那么伪善。伟大的政治领袖靠的都是这种自我欺

7. 烟幕重重 | 269

骗。无怪乎哈克能面对汉弗莱据道德而力争。——编者]

"汉弗莱,"我说道,"1833年霍乱杀死了三万人,我们得到了《公共卫生法》。1952年伦敦大烟雾杀死了两千五百人,我们得到了《清洁空气法》。当一种商业性药物导致五六十人死亡时,我们就立即收回它,即使它能给许多患者带来好处。但是香烟一年杀死十万人,我们又得到了什么呢?"

"一年四十亿英镑,"他干脆地答道,"外加烟草业的两万五千个就业机会,以及有助于平衡贸易逆差的大规模香烟出口。还有烟草相关行业的二十五万就业机会,如报刊经销商[①]、包装业、运输业……"

我打断他的话:"这些数字只不过是猜测而已。"

"不,"他说道,"这些数字来自政府的统计,"他看见我在微笑,就急忙继续说下去,"也就是说,都是事实。"

我实在忍不住了:"你的意思是,你的统计数字都是事实,而我的事实只不过是统计数字?"

汉弗莱认为此时应该再撒一个小谎:"您看,我是站在您那一边的,首相。我只不过是在向您提供您会碰到的反对理由罢了。"

我说了声谢谢,并告诉他,我很高兴能得到他这种方式的支持。我原本希望这句话能把谈话给结束了——但是没有!他决心把我会碰到的所有反对理由都灌输给我。

"还应该指出,烟草业是体育运动的有力赞助商。他们使数百万人在观看比赛时获得天真无邪的乐趣,而您却要把这种乐趣一笔勾销。说到底,如果烟草公司不在上面做广告,哪儿来的英

---

① 因为报刊亭可以公开展示和销售香烟,烟草销售甚至是其主要业务。——译者

国广播公司的体育节目呢?"［这句话汉弗莱说漏了嘴。一直到20世纪80年代后期,英国广播公司都在虚假地标榜着自己不做荧屏广告。当然,汉弗莱想问的话应该是:如果烟草公司不赞助那些被电视播放的体育比赛,哪儿来的英国广播公司的体育节目呢?——编者］

我重申我们讨论的是每年有十万人死亡的问题。汉弗莱立刻表示同意。

"是的,首相……但这发生在一个人口过度密集的岛上。而且不管怎么说,没有足够的职位让每个人都有工作。吸烟之利远甚其弊:烟草税收入占国家卫生局全部开支的三分之一。因为有了那些为朋友甘冒性命之忧的烟民,我们才得以拯救更多的生命。烟民就是国家的捐助人……"

"只要他们还活着。"我冷冷地提醒他。

"只要他们还活着,"他点头称是,"而当他们死了,还给活着的人省下大笔的钱,而且无论如何,总有更多的人来顶替他们的位置。但是没有任何直接的因果联系被证实,正如我先前说过的那样。"

没有直接的因果关系?这种废话令我大为恼火。我提醒汉弗莱,美国公共卫生局局长说过这样的话:"在我们的社会里,可以避免的死因中最主要的一个是吸烟;在我们这个时代里,公共卫生问题中最重要的一个也是吸烟。"

汉弗莱以一个高傲的微笑来表示他并不接受这位局长的看法:"在他的社会里也许如此。但是首相,请您记住:美国人凡事都喜欢大惊小怪,愿上帝保佑他们温暖的小心脏吧。"他请我不要冒冒失失,一定要有非常可靠的根据,每走一步都要三思而后行。当然，事实上对于每件事，他都是这么说的。

伯纳德打断了我们的谈话。内阁委员会要开会了，接下来将去下院进午餐——体育大臣正在那里等我，有迫切的事情要谈。

无疑，消息传播得很快。我以责难的眼光盯着汉弗莱，故作生气。

"谁把消息捅给他的？"我问道。

汉弗莱和伯纳德彼此看了看，然后看着我。两人都没有吭声。

"恐怕他也成了烟草院外活动集团的一员。"我对汉弗莱说道。

汉弗莱故作不知。"他应该是您政府的一员吧？"他问道，假装震惊，但装得不像。

汉弗莱这招很蹩脚。显然，体育大臣在烟草方面有既得利益——接受了大量赞助。不仅如此，就这位体育大臣〔莱斯利·波茨——编者〕而言，他是诺丁汉某个选区选出来的议员，而诺丁汉有数千名烟草工人。

我吩咐伯纳德去告诉那位大臣，2点半我有空，可以同他谈上十分钟的话。

"乐意效劳，首相。"

"我不乐意见他，伯纳德，"我说道，"但不管怎样我还是得见他。"

2点半，我们见面了。莱斯利·波茨是我从前任手里接过来的。他实在是一个极其乏味、毫无个人魅力的人。他身材矮小，十分消瘦，凸出的眼睛经过几乎有一英寸厚的镜片的放大更显膨胀。他不时地咳嗽，并且动不动还喘粗气。他的手指被尼古丁熏得黄黄的，印迹怕是永远也去不掉了。他一根接一根地抽着烟，然后把烟灰胡乱地弹在地上，搞得自己就像是一座古老的火山。

他头发油腻,牙齿发黄,身上散发着火车上二等吸烟车厢才有的味道。我只能猜想当我的前任委任他为体育大臣时,一定破天荒地发挥了一下他鲜为人知的幽默感。

"我吸烟您不介意吧?"波茨说道,声音粗哑。

我摇了摇头,于是他半捏紧的手掌打开,里面立刻出现了一支点燃的香烟。他深深地吸了一口,咳嗽了几下,提到了那个说我打算亲自对烟草业发动攻击的谣言。

我给了他一个诚实的答复,尽管不相关。"我没有听到那个谣言。"

"它是真的吗?"莱斯利问道,他没有受骗。

"卫生大臣正在考虑此事,还没有做出决定。"

"但是无火不成烟啊。"[①]莱斯利说道。这方面的事他最有发言权了!

"自然会向你请教的,"我以充满咨询性的口吻说道,"作为体育大臣,我知道你是关心此事的。"

"体育,我一点也不在乎!但是我的选区里有四千名烟草工人。我的 seat[②] 会怎么样?"

"你的肺部怎么样?"我说道。

"我的肺很好。"他吼了起来。

"而且他的呼吸不通过 seat。"伯纳德说道,他这话于事无补。

波茨呼哧带喘地问道:"你说什么?"

"噢,"伯纳德答道,"我说你的 seat。我明白了。对不起。"

---

① no smoke without fire,即无风不起浪之意。——译者
② 波茨所说的 seat 是指议员席位,但是哈克故意理解为婉语臀部之意。——译者

我竭力忍住没笑,并挥手示意伯纳德不要再说了。然后我转向莱斯利。

"当然,我知道你的选区里有一家烟草厂,但是有时候一个人应该目光放宽阔点。"

"甚至比你的 seat 还要**宽阔**。"伯纳德恶作剧般地补充道。我不敢看他的目光——否则我怕是要忍不住大笑起来。

议员莱斯利·波茨没有被逗乐。"这不只涉及**我的**席位,"他厉声说道,"在布里斯托尔、诺丁汉、格拉斯哥、巴西尔登和北爱尔兰还有边缘席位,那里都有烟草工厂。然后还有很多市镇啤酒厂林立,它们都属于烟草制造商所有。"

"我看得出是有问题,"我承认道,"但如果一件事对国家有利的话,难道你不认为政府应该放手去干吗?"

在莱斯利·波茨所关注的范围内,事情没得商量。"**当然**,政府必须做正确的事情——但是如果影响到边缘选区的话,那就不必做了!显然,要有个限度。"

我再次向他保证,目前尚未做出决定。当然,他所担心的决定永远不会做出——我所追求的是**另**一种结果。不过他不肯就此罢休。他告诉我,为了党的利益,我不应该干涉吸烟问题。

我不喜欢让别人来告诉我何事可做和何事不能做,尤其是我的政府的低级成员!"对我恫吓咆哮是没有用的,莱斯利。"我抗议道。

"对不起。"他说道,用手挥去二手的蓝烟①。

---

① 二手烟指空气中的让不吸烟者被动吸入的烟气。蓝烟指燃烧不充分的烟尘,多呈蓝色。——译者

我继续说道:"英国烟草集团公司出钱聘请你当顾问了吧?"

他摆出威严的架子站起来,挺了挺身子——充其量不过五英尺二英寸半,并以极其自以为是的腔调答道:"英国烟草集团公司是给了我一小笔聘金,但这一事实与我们当前所讨论的这件事毫无关系。"我竭力克制自己,不动声色。"他们是一家非常慷慨的公司,有着强烈的社会责任感。瞧瞧他们在体育上花了多少钱吧,而您现在竟然打算阻止他们继续赞助!"

我受够了他的胡说八道、胡搅蛮缠。"莱斯利,"我坚定地说道,"他们投钱搞赞助只不过是为了推销更多的香烟。"

"不,"他顽固地坚称,"他们这么做是出于服务社会的真诚愿望。"

"那好吧,"我答道,"既然如此,如果他们乐意的话,他们可以继续匿名赞助啊。"

"啊,"他犹豫了一下,"嗯……当然,他们会很高兴这样做的,如果他们能公开宣扬他们匿名赞助一事的话。"他看不出这话有什么不妥。"告诉我,吉姆,彼得·索恩也在试图改变政府的健康忠告①,这是真的吗?"

我不愿答复,因此我看了一眼伯纳德,要他帮忙。但是伯纳德始终没把这次谈话看得很严肃。"我相信,"他面无表情地答道,"索恩博士是在发出类似于这样的警告:**癌症致死会严重危害您的健康。**"

莱斯利·波茨被激怒了。"根本没有这么回事!"他叫嚷道。我怀疑他是否相信自己的话。谈着谈着,我真的开始认为,对于

---

① 例如烟草广告和烟草包装中必须出现的"吸烟有害健康"字样。——译者

吸烟与健康问题，我们必须做些实事——不过我想这要等到今后时机成熟的时候。

"听着，莱斯利，"我说道，"如果我们放任不管的话，在未来十年中，我们国家将有一百万人英年早逝，这还是最低限度。"在我讲出这个数字时，我也着实吓了自己一跳。

"我同意，"他无可奈何地答道，"一百万人死亡。确实可怕。但是死亡者将分布均匀，而不集中在边缘选区里。听我说，吉姆，还没得出结论性的证明，说确实存在着什么因果关系，在吸烟和……"

我没有听清他后面的话，因为一阵咳嗽和气喘湮没了它。但是我想我已经明白了他的意思。

[与此同时，在汉弗莱·阿普尔比爵士和弗兰克·戈登爵士之间正急切地进行着信件往来。信件的复印件已经分别在内阁办公室档案和财政部档案中找到了，根据"三十年规则"，这些信件都已经解密。他们进行的是书面讨论，所以两位绅士都心怀感激地表达了对政府政策的热情。他们的真实感情必须从字里行间去揣摩。——编者]

亲爱的弗兰克：

当然，我们一致认为，在一个理想世界里不应该鼓励吸烟。显然我们也一致认为，帮助首相达成其目标是我们的职责所在。然而，我们也许能够帮助他明白：我们并非生活在一个理想世界里，而且如果他能重新评估事情的轻重缓急，而用不着评估目的，或许将是明智的。

他不幸受到愚蠢的压力集团——例如皇家内科医师学

会——和狂热分子的影响。这些狂热分子要求政府制定关于吸烟的政策。

我遗憾地说，这简直是痴心妄想。这不是世界运行的实情。政府之外的每个人都要求政府有政策。但是我们在政府里的人却没有一个有此要求，包括——我冒昧地提出——首相在内，如果他充分了解其中的风险和弊端的话。

如果你制定一项政策，有人就能要求你恪守它。虽然那些力促禁烟的院外活动者以事情非黑即白、只求阻止死亡等观点看待问题，但是我们知道，整个问题并非这么简单。

我确信你会同意，正如在一切管理中一样，政府必须保持平衡。例如卫生大臣可以反对吸烟，但是体育大臣需要烟草公司。

如果政府是一个团队，那事情就容易多了。但是，既然它事实上是由敌对部落组成的松散联盟，这就需要我们去找到共通之处。

期待你的意见

汉弗莱·阿普尔比

5月15日

[第二天，汉弗莱收到回信。——编者]

亲爱的汉弗莱：

卫生大臣希望用高额税收来对付吸烟问题。然而财政大臣不让我把税抬得太高——他担心自己在选民中不得人心。

因为其他一些理由，我必须同意他的意见。例如烟草税的大幅提高将会对通货膨胀产生相当可观的影响。

不管怎样必须承认，此事涉及一项道德原则。我们财政部的人都充分理解和赞许首相的这一考虑。我们都真诚地信奉这项道德原则。

但是当四十亿英镑的税收成为问题时，我们不得不十分严肃地考虑：我们不能一味地纵容自己对道德原则的追求，那是相当自私的行为，应该适可而止。

你应该记得，我曾经担心过削减所得税十五亿英镑的建议，不过它或许都成为了正式提议。但是削减四十亿英镑啊，那将是灾难性的！

我建议我们去征求诺埃尔的意见和建议。我已经把这些信件复印给他了。

弗兰克

5月16日

［信件的复印件被送到卫生和社会保障部，征求常任秘书诺埃尔·惠廷顿爵士的意见。两天之后，反馈意见送给弗兰克爵士，复印件送给汉弗莱爵士。——编者］

亲爱的弗兰克：

可能实行的提高烟草税之举会带来如下一些令人忧虑的影响：

第一，此事不仅涉及税收的减少，还会导致详细审查的问题。如果我们与烟草公司进行对抗的话，他们会雇用一大批人来详细审查我们所做的每一件事情。他们会公开指出其中的任何错误，包括与事实不符、论证过程矛盾、公布的数字不准确并误导人，等等。当然，据说我们的工作应该能经得起审查。这话相当正确！议会的审查和媒体的审查是值得赞成的。但是，我们不赞成进行专业性的审查，它将浪费政府太多的时间。因此，挑起这件事并不符合公众利益。

第二，烟草公司或许会让我们尴尬不已，他们会威胁公布我们接受午餐的邀请和温布尔登网球赛或格林德伯恩歌剧节等活动的免费门票的全部记录。

第三，没有烟草商的赞助，哪儿来的艺术呢？难道要靠英国艺术委员会的怜悯和恩惠！

第四，最重要的是——我在此具体代表了卫生和社会保障部——我们必须提醒首相，政府必须不偏不倚，在健康和烟草之间有任何偏袒都是不当的。不偏不倚对于我们部门尤其重要，因为我们叫作卫生**和社会保障**部，所以我们负有双重责任。如果我们失去烟草税的收入，那么对于每年将活下来并领取退休金的额外的十万人来说，我们打算怎么办呢？

很显然，我们必须一如既往地保持平衡。我们需要一个健康的国家，可是我们也需要一个健康的烟草工业。

我们有责任不偏不倚：烟草业的赞助身份或许会鼓励人们吸烟，但是获得赞助的体育运动也会鼓励人们去锻炼。

在我看来，卫生和社会保障部在反吸烟上或许已经够卖力气了。我们有一位助理秘书把三分之一的精力，一位主管把一半的精力都投入到减少吸烟的工作上。在一个自由社会里，这无疑已经足够了。

作为总结，我提出如下两点建议：

第一，由汉弗莱做出安排，让首相接见一些烟草界人士。这样一来，首相就会明白他们都是大好人，都真诚地关心健康问题。在我看来，英国烟草集团公司是不可能犯什么严重错误的。原因之一是他们的董事会里有一位前常任秘书。该公司还建议，他们在必要之时还会再聘请一位前常任秘书。[这句话意味着，该公司已经向诺埃尔爵士本人做了暗示。——编者]

第二，我认为我们可以给我们的彼得·索恩博士挑一些毛病。他是一位非常聪明并且颇有想象力的大臣，但是他没有经验，而且行事有欠公允。不幸的是，他担任此职时怀有严重的偏见：他是一个医生，因此他无法具有更开阔的视野。他工作的**唯一目标**是让人活着。遗憾的是，眼睁睁地看着病人死亡一定扭曲了他的判断力。当然这是可以理解的，但是情绪反应会严重地阻碍人们冷静决策。

我期待着你的结论。我认为让汉弗莱爵士立刻采取一些行动是至关重要的。

诺埃尔

5月18日

[汉弗莱爵士仔细考虑了这封信，并在其私人日记中做了如下记载。——编者]

我将在本周末之后与首相会谈，我必须为此次的烟草事件构想出一个应对策略。

我认为诺埃尔的那句话很关键，我们处在一个自由社会里。因此人们有权自己做出选择和决定。政府不应该成为一个保姆。我们不需要保姆政权。

这个见解的唯一缺点是,它也能推出如下结论:出售大麻、海洛因、可卡因、砒霜乃至炸药都是合法的。

因此我的策略是这样的:当哈克还是行政事务部大臣时,作为英国烟草集团公司的客人,他陪我去不少地方,不仅去看了格林德伯里歌剧节,而且还去看了温布尔登网球赛、洛兹板球赛、歌剧和芭蕾舞。

在观看《睡美人》时,人们以为他是在表演剧名中的角色。他对艺术毫无兴趣,这就是为什么利用赞助把艺术从艺术委员会手中拯救出来这个理由无法打动首相。在观看芭蕾时,除了打鼾以外,他倒是懂得保持安静。在皇家歌剧院看瓦格纳的歌剧时,第四幕开始了,首相问他们为什么要加演,等到第五幕开始了,他认为这是"伤停补时"时间。[1]他真是个一窍不通的门外汉。

我有些跑题了。看来他涉嫌收受英国烟草集团公司价值达几百英镑——如果不值几千英镑的话——的馈赠。如果这件事泄露出去,将会令他大大地难堪一番。当然,这种事情的泄露本身也许令人震惊。[汉弗莱高估了这个威胁。在四天之后的会谈中,哈克对此应付自如,大大出乎内阁秘书的意料。——编者]

伯纳德·伍利爵士(与编者谈话时)回忆:

5月22日上午,首相情绪高涨。他告诉我,事情进展

---

[1] 瓦格纳的十余部歌剧绝大多数为三幕剧,很少有五幕剧,故哈克有如上感慨。这里所看的很可能是最著名的五幕剧《黎恩济》(*Rienzi*)。——译者

得非常顺利,还说他使得财政部走投无路。财政大臣也是一样。

我问他这样做是否真的有好处。财政大臣毕竟是首相自己政府中的一员。

"当然有好处,"他告诉我,"他将不得不变得顺从,不得不学会合作。"

我问他到底什么叫"合作"时,他向我揭示,他把合作定义为服从他的命令!"如果你是首相的话,合作也会是这个意思。"他说道。

这使我想起蛋形人的一些话。

["当我使用一个词的时候,"蛋形人以相当轻蔑的语调说道,"它的意思恰恰就是我要用它指的意思,不多也不少。"

"问题是,"爱丽丝问道,"你怎么使一些词包含许多不同的意思呢?"

"问题在于谁才是主人——仅此而已。"蛋形人说道。

——摘自刘易斯·卡罗尔《爱丽丝漫游镜中世界》第六章。——编者]①

"财政大臣曾经想当首相,你记得吗?他在竞争中领先,但我以智胜之。"这件事我记得多么清楚啊!首相在他书房的窗户前,欣喜得手舞足蹈。"现在我再次以智胜之。如果他损失了四十亿英镑的烟草税收入,他知道自己有两个选择,要么他不得不在其他行业加征四十亿英镑的税款,这

---

① "蛋形人"原文为 Humpty Dumpty。该书与同作者的《爱丽丝漫游仙境》为姊妹篇。Humpty Dumpty 的本意为矮胖子。——译者

将使他在国家中不得人心,要么他不得不削减四十亿英镑的政府开支,这将使得他在内阁里更加不得人心。他们都被彼得·索恩博士的政策吓坏了,他们将损失掉烟民的选票,损失掉烟草税,损失掉就业机会——这太棒了!因此我将支持彼得·索恩,直到财政部不再妨碍我削减十五亿英镑的所得税为止。"

[哈克的日记继续下去。——编者]

5月22日

今天同汉弗莱谈得很好。他开始的时候给了我一张纸,上面的话令人费解,我现在意识到,这总归是一个好迹象。他不再能够用这个办法糊弄我了。那只能说明他自己的不安全感。[这标志着哈克越来越警觉,管理手腕越来越高明。——编者]

[卫生和社会保障部提交了有关索恩博士计划的提案,该提案保存至今。汉弗莱的这张纸条就是对该提案的评论,现复制如下。——编者]

尽管该提议可想而知包含着边缘和外围方面的伴生利益,但是却存在着一个重要至极的问题,它涉及您本人的同谋和已被证实的渎职行为,其后果是,您以前的交往和消遣活动的瑕疵和污点将无可救药、不可避免地动摇您的地位,并在公众揭发和舆论谴责下让您难堪到极点,最终毫无挽回的余地。

我让汉弗莱把它概括一下,变成一个短句子。

他想了一下，说道："您的手上染有尼古丁。"

我不明白他什么意思，我又不抽烟。接着我意识到他说的并不是字面意思，而是一种比喻。"您受到的很多款待都是由英国烟草集团公司埋单的，"他以悲伤的口吻指责我，"香槟酒会、冷餐会、体育比赛和文化演出的头等席位，等等。"

他似乎认为，如果我的立法行为对烟草公司不利的话，他们或许会将这些令人难堪的信息透露给媒体。

但是我看不出这种事有什么值得难堪的。我告诉他，我在苏联大使馆喝过酒——这并没有使我成为一个间谍。如果这是汉弗莱用于阻止我的最好主意，最终我也许只好让索恩博士的提议通过了，我本不想这样的！我认为汉弗莱大概是黔驴技穷了——这是我所听到过的最软弱的威胁。

汉弗莱本人也意识到了这一点，因为他无话可接。"还有别的吗？"我问道，希望他能表演得好一些。

"是的，首相，"他在继续斗争，但是看起来并无信心，"有人向我提出，既然吸烟并不是一个政治问题，政府不该有所偏袒。"

"你的意思是，我们必须不偏不倚？"

"完全正确。"他怀着感激的心情答道。

"你的意思是，"我明知故问，"一边在失火，另一边要救火，在两者之间也要不偏不倚吗？"

他眼看不可能说得过我，于是急忙接着说下去："还有一个更严重的反对意见。包括**名流权贵**在内的一大批人已然指出，索恩博士所提出的立法将会沉重打击公民的自由选择权利。"

我问为什么。他滔滔不绝地谈道，对一种本身完全合法的产品实行惩罚性的征税并禁止其做广告,是对自由的严重践踏。我告诉他,这纯属胡说八道!我们现在谈论的可不是禁烟本身。我问他是否每次增税都打击了自由呢?

他避而不答,只是说:"要看增税的数额有多大。"

真是一个有趣的答案。于是我接着问道:"那么增加二十便士算不算打击自由呢?"

他开始抗议:"首相……"

我置之不理:"二十五便士算不算?三十便士呢?三十一便士呢?我看凡是能严重损害你的财富的事,不管其他方面怎么样,都可以算是打击了自由吧?"

我自忖道,这一反驳真是妙极!但他并没有笑出来。他只是阴沉地评论道,那是十分可笑的。

于是我就在有关自由选择的争论中一直牵着他的鼻子走。我们一致认为,如果要做到自由选择的话,广告是极为必要的,因为自由选择有赖于充分地掌握信息。因此正反两方面都要做广告。烟草公司不是信奉自由选择吗?既然他们可以在推销烟草方面花上至少一亿英镑,难道他们不应该花同样数目的钱来宣传反对吸烟的理由吗?我提醒汉弗莱,这一观点将会受到所有信奉自由选择的名流权贵们的衷心欢迎。

"首相,"他咬咬牙说道,"我不得不奉告您,这个提议将产生严重的后果。我能预见到它会带来各种难以预料的问题。"

"例如?"我问。

汉弗莱有些恼火了。"如果我能预见的话,它们就不是难以预料的了!"他厉声说。

"但是你刚才说你能预见到的。"我亲切地提醒着他。

他被逼到了绝路。现在不得不使出最后一招。"您看,成立一个跨部门委员会怎么样？……进行一次议会质询呢？……成立一个皇家专门调查委员会呢？"

我提出了一个几天来我一直想问的问题："汉弗莱,你为什么这么热爱烟草工业？"

他避而不答。当然,我知道就会这样。"首相,要不先在财政部搞一个委员会,您看如何？"

这是我的机会。"不要同我谈财政部,"我哀伤地叹了口气,"他们在阻挠我的减税十五亿英镑的计划,这是我新的国防策略的一部分。"我说罢又沉重地、富于戏剧性地叹了口气,同时心里嘀咕是否演得有些过头,接着我就继续表露起心声来："当然,要是财政部能展示一点**灵活性**,那就好啦……"

汉弗莱随即看出了问题的关键所在,甚至可以说是一瞬间就看出来了。"啊,"他说道,眸子一下亮了起来,"哦……首相,我认为对于那件事,他们还没有完全确定。"

"真的吗？"我假装感到意外。

"绝对没有。哦,没有。灵活性,我相信他们一定会找到办法的。"

"他们会吗？"我睁大了眼睛,惊奇地问道。就为这个表情,我应该荣获奥斯卡奖。

"唯一的绊脚石是,"汉弗莱说道,迅速把自己调整到新的谈判位置上,"如果禁烟提议得以通过的话,财政部将会忙得不可开交,而无法发动人手去做减税工作。"

我们现在说的话彼此都清楚什么意思。"唔,"我说道,"禁烟提议的优先级别是要低于国防问题的。"

汉弗莱现在明白了我的交易条件。我知道，对他来说这是可以接受的。现在问题只剩下和财政部讲清楚了。

5月23日

今天发生了一件稍微有点复杂的事情。

彼得·索恩到下院我的房间来见我。"我刚得到一些令人兴奋的消息，首相，"他开始说，"我们已经得到英国医学会、皇家内科医师学会以及其他八个顶级科学和医学学会的全力支持。"

我的心直往下沉，我没指望他会如此迅速地取得这样大的进展。我对他说这些消息棒极了，但是他所提出的立法不可能马上实现。

"不着急，"他说道，"他们的支持只要求在三个月内将它作为政府政策宣布，在一年内发表白皮书即可。所以时间宽裕得很。"

他的热忱令人感动。我真是感到很愧疚，因为我马上要抛弃这个方案了，还有一个特别的原因，我曾就此与汉弗莱进行了十分成功的辩论，以致现在连我自己也开始相信这个方案了。

我告诉他我已经碰到了来自财政部方面的诸多难题。他立刻看出我们谈话的基调变了。

他眯起眼睛说道："这些事情您以前不可能不知道吧。"

"彼得，事情并不像你所想象的那么简单。"我知道这话并没有什么说服力。

彼得做了个深呼吸。接着他发出了一个威胁，这是一个**真正**的威胁："听着，吉姆，我对这件事是极为认真的，我相信，这是我从政期间所能做的一件真正重要并值得付出的事。如果您故意拖延它，我将不得不辞职，并且要公开原因。"

我叫他冷静下来，但是他说他已经非常冷静了："吉姆，对于此事，医学界的团体甚至比我还要认真。也许我本不该告诉他们您是支持的，不过他们表示，将宣布您已经屈服于烟草公司。"

他这招是早有准备的。对于我的改变立场，他显然毫不惊奇——事实上，他对此事的期待值并不高。

我真的无所适从。但是铃声救了我，确切地说，是电话铃。

伯纳德拿起电话："抱歉，首相。汉弗莱问能否马上见到您，就那么一会儿，是要紧事。"

我叫索恩在屋外等候。汉弗莱径直闯进来告诉我一个**好**消息：他今天早上的第一件事就是去与财政部谈话。出人意料！极为惊喜！他们可以促成我的所得税减税提议。当然这要基于一种共识：不再继续推进那项禁烟提议。

我简单地向汉弗莱介绍了新出现的复杂情况——索恩博士威胁要辞职，随后整个英国医学体制将对我进行公开谴责。

汉弗莱感到忧虑——不过只是片刻。接着他想出了一个极好的主意，冲着这个好主意，我可以原谅他给我带来的所有麻烦——呃，几乎所有的。

"首相，在财政部里，您不是还有一个政府职位的空缺吗？"

想出这主意的真是天才，绝对的天才。对于索恩来说，这意味着破格晋升，一个非常迅速的升迁。但是对于这样一位能干的大臣来说，有什么理由不晋升呢？

我把他请回办公室。

"彼得，"我说道，"我刚想起一件事，在财政部里我们还有一个缺额。我想不出如何把它补上——但是你对于这个提议所做的工作,我必须告诉你,给我留下了深刻的印象。"

他在猜疑。嗯,难道有谁不能去补缺吗?"你不会想开除我吧?"

"绝对不是。恰恰相反。"

他禁不住诱惑了:"嗯……这是个大晋升啊。"

"应得的,"我以仁慈的声音热情地说道,"完全是你应得的。"

索恩感到很矛盾:"如果它意味着让我放弃禁烟提案,我绝不能接受。"

"彼得,让我实话实说吧。提案已经……"我趁他不注意赶紧更正了我的话,"将会很难通过。卫生部不是关键的地方,财政部才是,它是真正的绊脚石。这需要多花一点儿时间。但是如果你深入财政部,你就可以弄清内幕,我们就会有更好的机会制定出一项万无一失的法案,而它最终将被载入法令全书。相信我。"这个理由听起来如此令人信服,连我自己几乎都相信了。

幸运的是他相信了。"这么说我的建议没被抛弃?"他问道,**希望**得到否定的答案。

"绝对没有。"我说道。准确地说,我没有说谎——在一定的时刻,在适当的时间,在成熟的时机,我或许会重提此事。

他只犹豫了片刻。"好吧,"他答道,"我将接受财政部的职位,非常感谢。"

我们握了手,他高高兴兴地走了。作为首相,最棒的事情在于,你可以给他人带来如此多的快乐和如此巨大的成就感。

5月24日

彼得·索恩升迁到财政部使得卫生部出现了另一个空缺。显然，我们现在不想起用一个跟烟草院外活动集团作对的大臣。于是我们想到一个明显的人选。

今天早晨我派人去请莱斯利·波茨。没用多久他就从马香街［环境部总部的所在地——编者］驱车至此。他照旧被一团烟雾包裹着，气喘吁吁地进入了我的书房，一根点燃的香烟夹在他被熏黄的短粗的手指间。

我热情地招呼他："亲爱的老家伙，快进来。你愿意担任卫生大臣吗？"

他极为惊讶："您说我？"

我点点头。

他咳嗽了起来，这是一阵刺耳的咳嗽，让人明显感到肺部有痰。咳嗽过后甚至连**我**都感觉轻松多了。

"这可是一个大晋升。"他最后说道，谨慎地盯着我，想知道我在打什么主意。

"但是你受之无愧。"我热情地说道。

他想了一会儿，没看出有任何圈套的迹象。事实上，本来就没有。"好吧，当然，那我就却之不恭了。谢谢您，首相。"

我叫来汉弗莱，向他介绍我们新的卫生大臣。汉弗莱装出了稍许惊讶，尽管这本就是他的主意。

与此同时，莱斯利认为自己找到了圈套。"等一下，"他突然哑着嗓子叫道，"如果让我攻击烟草业，我可不干。"

我再次向他保证，让他彻底放心。"不，莱斯利，我们在政府做事的人必须是现实主义者。我需要你与烟草企业合作：他们都是些不错的家伙、有同情心的人士、出色的雇主，但他们确实需要帮助——我想让你与他们合作，而不是反对他们，你明白吗?"

莱斯利看起来很高兴,当他想回答时,一阵难以抑制的咳嗽声湮没了他。他脸色发紫,竭力想要说些什么——我完全听不清。

我转向汉弗莱。"他在说什么?"我问道。

"我想,"汉弗莱愉快地说道,"他在说:'是,首相。'"

8. 主教之争

6月5日

今晚到6点时工作基本结束,只剩我红匣子里的文件未阅。因此伯纳德和我开始看6点钟的新闻节目。没有什么新鲜事,但是媒体在一位名叫菲奥娜·麦格雷戈的年轻英国护士身上大做文章,她被海湾国家库姆兰①扣留,据称是因她持有一瓶威士忌。

在那里,她被判了十年监禁和四十鞭子,但是判决显然尚未执行,要等到"批准生效"之后再说,不知道是要怎么批准生效。

新闻上露面的是菲奥娜的母亲以及她所在选区的议员——后

---

① Qumran,库姆兰是死海西北的一个古代文明遗址,这里被借用作一个虚构的国家名字。——译者

座议员斯图尔特·戈登,两人正向库姆兰驻英国大使馆请愿,但大使馆官员拒绝接受请愿书。

故事的结尾是外交部的官方反应,报道说外交大臣将这一事件描述为令人遗憾的,但是没有任何行动计划。

新闻接下来告诉我们,今天对于英镑而言又是一个倒霉的日子。我关掉电视,派人去请汉弗莱。他来后,我告诉他这名护士的情况令人非常担心,公众对她给予了极大的同情。

他表示赞同。

"我们最应该做什么呢?"我问。

"我敢肯定,外交大臣会给您建议的。"他说。

"他建议我无须作为。"我说。

"我敢肯定,这是一个非常好的建议。"他说。

这是外交部惯用的拖延策略。但此事已经曝光很久了。"假如我们冷眼旁观,人们会认为我们毫无同情心,"我解释道,"人们还会认为是我们软弱。被人看作既无情又软弱,对政府可没什么好处。"我转向伯纳德:"你说呢,伯纳德?"

伯纳德活跃起来:"也许您能设法做到这次无情,下次软弱,交替着来。"

我没有搭理他,只是一再向汉弗莱重申,我们必须**有所作为**。我的想法是,既然我不久前刚重挫了汉弗莱和他在外交部的死党迪克·沃顿,这次我不需要施加多少压力他们就会屈服。

然而,一时还很难见效。汉弗莱礼貌地告知我,外交大臣并不认为我们必须做什么。嗯,**显然**是不做——外交大臣的想法都是外交部灌输的,而这些人并不知道,也不在乎选民的要求。

汉弗莱告诉了我官方的意见。库姆兰是英国的好伙伴,他们刚和我们签订了一大笔国防订单。他们告诉我们，苏联人在伊拉克进行活动，他们甚至为了我们不惜破坏欧佩克①协议。所以我们不能给他们添麻烦。

"这些我都**知道**，汉弗莱，"我不耐烦地说，有时候他说话时完全把我当成了白痴，"但问题是，一个英国公民因为一点细微的冒犯就要面临野蛮的惩罚，而外交部在那里的职责是保护大英帝国的臣民。"

他摇了摇头，悲哀地笑了笑："外交部在那里的职责是保护国家的利益。"

"让她受鞭刑肯定不符合她的利益。"我说。

"阻止鞭刑肯定也不符合国家的利益。"他突然坚定地说道。

我并不认可这一观点。几天来我一直拒绝接受，至今我仍是如此。［外交部对哈克始终拒绝接受这一观点，感到非常满意。因为他的拒绝只是感情上的自我安慰，并不会导致强迫外交部改变现有政策的结果。——编者］汉弗莱指出，这只不过像一场小小的丛林火灾，一下子烧了起来，过几天自己就灭了。我们能犯的唯一错误就是火上浇油。声明啊，行动啊，最后通牒啊，制裁啊——这一切只会把事情搞得更糟。外交部希望我坐视不管即可。

他声称外交部确实在做事情："明天，我们显然会将一份措辞强烈的抗议书送给库姆兰人。"

"为什么不能现在就做？"我问。

---

① 即石油输出国组织，成立于1960年，主要是协调各国石油政策，保护其共同利益。——译者

"因为我们尚未征得他们的同意,"他解释道,"我们正在与库姆兰大使密谈。他们同意这些措辞后,我们就会把抗议书交给他们。然后,"他自鸣得意地评论道,"我们就仁至义尽了。"

这似乎是一个相当奇怪的抗议方式。这纯粹是一种外交上的抗议,仅供公众欣赏而已,一点效力也没有。但是汉弗莱觉得为了那个可怜的姑娘,这些已经够多了。我指出,外交部一定认为本丢·彼拉多[①]已经尽力而为了。

令我吃惊的是,汉弗莱热情地赞同这一观点:"事实上就是这样,彼拉多可以成为一个优秀的外交大臣。你不能仅仅出于正义就愚蠢地感情用事,而置国家于危险之中。如果我们因为个人所受的不公和暴行而采取道德立场的话,我们就不可能将香港归还中国,也不可能让穆加贝执掌津巴布韦政权。外交部原本计划把福克兰群岛悄悄地移交给阿根廷,这件事之所以会弄糟就是因为要讲什么道义。外交部已经很长时间不愿意采取道德立场了。"

我叹了口气,从实际出发的话,看起来他是对的。我们似乎无事能做。"真是冷酷无情啊。"我沮丧地说。

汉弗莱受到鼓舞往前靠了靠:"无情总比无脑好。世界历史就是一部无情战胜无脑的历史。"

他胜利了,他也明白这一点。我们都沉默了片刻。然后汉弗莱起身问他是否可以离开,因为他已经约了晚餐。当他走到门口时,我在他身后说道,外交部永远别指望内阁会通过这项政策。

他在门口转过身来:"外交部从不指望内阁会通过他们的任

---

① Pontius Pilate,彼拉多是罗马帝国的犹太行省总督。据《圣经》所述,他优柔寡断,屈服于压力而判处耶稣死刑。——译者

何政策。这就是为什么外交部从来不充分解释这些政策的原因，他们所要求的只是内阁在政策被制定后默认而已。"

汉弗莱说罢就走了。

我闷闷不乐地看着伯纳德："伯纳德，还有什么人在公职上表现得像外交部官员那样没有骨气吗？"

伯纳德很惊奇："他们并不是没有骨气，首相，什么都不做是需要很大勇气和毅力的。"

我从未有过这样的想法。"是吗？"我问道。

"是的，首相。这就是人们把**您**视为伟大领袖的原因。"

这是赞扬呢，还是侮辱呢？似乎伯纳德也不是很肯定，因为他赶紧补充道："我的意思是，因为您能扛得住压力。"然后他提醒我得为今晚的招待会准备一下。

我请他给我简单介绍一下名单上的嘉宾。今晚最重要的是英国国教①总会的代表。在伯里圣埃德蒙兹教区出现了一个空缺，我必须在他们提供给我的两名候选人中做出抉择。

但是，按照传统，他们必须提交给我两个名字，因此他们担心我会指错了人。我问伯纳德我怎么知道选哪个呢。

"就像文官部门选用人才一样，这是一个魔术，您知道，就像是抽取扑克牌，魔术师总能迫使你最终抽取他想让你抽的那张。"

伯纳德非常明目张胆地指出此事。于是我问道："如果我不配合会怎么样呢？"

他自信地微笑道："您会的。"

---

① 英国国教又称圣公会，16世纪时脱离罗马天主教会的统治，奉英国皇室为尊，所有主教受其任命。——译者

好吧，让我们等着瞧，我暗自想道。"他们提供给我的这些教士牌都是谁呢？"

"关于教会嘛，"他咧嘴笑道，"通常会给你一个 J 和一个 Q 让你选。"①

[汉弗莱·阿普尔比爵士的晚餐地点在他的母校——牛津大学贝利学院，他坐在贵宾席上。在那里，出于偶然，有关汉弗莱退休的话题出乎意料地影响了首相即将面临的主教抉择。贵宾席上的谈话首相当然不知情，但却记录在了汉弗莱的私人日记里。——编者]

我们有丰盛的晚宴。一般说来，波尔多葡萄酒比食物更佳，波特酒比波尔多葡萄酒更佳，而谈话比波特酒更佳。

严肃的谈话总是在我们开始品尝波特酒和甜食时开始的。我们先是寒暄，学院的院长感谢我的光临，我说和老朋友共进晚餐令人愉快，接着他谈到了正题。他告诉我他将在四五年后退休，与我的退休差不多同时。

他将两者相提并论不太可能是出于偶然，因此我对他接下来的话留心起来。他说道："司库和我都认为您是接替贝利学院院长的最佳人选。"甜言蜜语，令我如闻仙乐。

然而，事情接下来就清楚了：有一个障碍，那就是该学院的学监②。院长尽管有些不情愿，但却不再拐弯抹角，他

---

① 扑克牌中的 knave（J）有恶棍之意，queen（Q）有男同性恋之意，这都是教会中的丑闻。——译者
② 在牛津、剑桥这样的联合大学（collegiate university），每个学院都有一个学监，学监负责学院的组织纪律，并负责该学院的小教堂，一般具有牧师身份。——译者

告诉我学监不喜欢我。

这令我感到惊讶,他为什么不喜欢我,难道是因为我从未给过他好处帮过他忙吗?

然而,事实似乎就是如此。司库的观点是,学监认为我太聪明了。人们总是以为在牛津被称为聪明是一种赞美,其实不然。

显然,学监还认为我总是自鸣得意。这也是司库告诉我的,他似乎很享受这次谈话,不过享受得过头了,让我有些反感。

司库或许已经意识到我不太欣赏他的直率,因为他告诉我,在他看来此事并不重要。我本来以为他是在说学监怎么说并不重要——但却不是,他是说我自鸣得意与否并不重要!

随后他继续唠叨下去。他说我的自鸣得意之情溢于言表,并且我也是有理由自鸣得意的。他告诉我,如果他一年能挣七万五千英镑,有爵士身份,有与物价指数挂钩的退休金,有一群政客为他的所有错误负责任,**他**也会相当自鸣得意的。

这通评论对我很有启发。嫉妒是学监讨厌我的根源,也是司库认为我自鸣得意的根源,此外别无解释。这是我要背负的一个骂名,但我将尽力欣然承受。

院长补充说,学监痛恨阴谋,不喜欢政客。我不舒服了好一段时间,我认为院长是在暗示**我**就是一名政客。他们已经花了不少时间讨论别人对我的个人品质的歪曲,因此我决定多了解一些这名学监的情况。

司库解释说，学监怀疑院长和司库在他背后阴谋算计此事。这就是他们为何决定趁学监外出时和我讨论此事的原因。他们明确说了两件事：第一，他们**不搞**阴谋诡计；第二，让我当上院长的唯一办法就是设法弄走学监。

这件事有点麻烦。学监是一个懒惰的家伙，他一周只工作四个小时，讲一次课，做几次辅导——但他这是终身职位。他们说他只有两个爱好：板球和蒸汽机。他从不读一本新书，也不考虑一个新想法。因此一个牛津的职位对他来说再合适不过了，他何必还要另谋高就呢？

院长和司库下结论说，只有主教职位能引诱他离开贝利学院。因此他们想知道，正好出缺的伯里圣埃德蒙兹教区有没有可能让他当上主教？

这是一个很有吸引力的教区，它是老教区之一，在上院有一个席位[1]。我知道，这对学监有极大的吸引力。据我目前对他的了解，他的夙愿就是被吸收进贵族阶层。

不幸的是，我不确定我能否在此事上帮得上忙。此事现在为时已晚。再者，我解释道，教会是在寻找一位这样的候选人，他能在信上帝者和不信上帝者之间保持平衡。

知道教会里竟然有很多人不信上帝，包括大多数的主教，这让不少人感到惊奇，院长和司库听到这话时的反应也是一样。

伯里圣埃德蒙兹教区一事已经解决，教会安排迈克·斯

---

[1] 英国国教共设有四十四位主教，除了显赫的坎特伯雷大主教和约克大主教外，二十四位高级主教拥有上院席位，其他十八位普通主教没有。——译者

坦福教士担任此职。理论上,哈克必须推荐委任人选。但是习惯上,教会将提出一个他们想要的人选,然后配上一个不可能的第二人选,以确保首相无法进行真正的选择。

此外,学监没有做过足够的公共服务,甚至连入选的资格都没有。

但是此事对于我的未来而言非同小可,特别是在最近几年没有其他教区将会出缺。主教们经常该退而不退。年长者不必在六十岁退休,而主教们往往活得很长——显然上帝不那么愿意他们与自己同在。"神所爱之人短寿"①,这句话说明了主教们为什么高寿。

我们的谈话集中在唯一有希望的进攻路线上:让他去做更多的公共服务。他是一个伊斯兰学专家,他喜爱阿拉伯人。这是他为数不多的优点之一。我忽然灵光一现,我建议院长说服主教把学监派往库姆兰去替那名护士求情。他们都认为这是个好主意。

这件事情我们横竖不吃亏。如果他失败了,他至少服务过了。如果他成功了,他将是一个英雄。如果他未能回来,我们也没人想他。

当然,我是不愿意去那里的。那是一个可怕的国家。偷窃就要砍手,妇女通奸就要遭乱石砸死。英国可不一样,这里的女人喝醉了就想去通奸。②

---

① 这句话出自古希腊戏剧家米南德(Menander)之笔。——译者
② 由于 get stoned 有 "遭石头砸" 和 "醉酒" 两层意思,这里的两个句子 women get stoned when they commit adultery 和 women commit adultery when they get stoned 正巧颠倒了顺序,构成了奇妙的辉映。——译者

他甚至可能缺点什么零件回来。

看哪,手都没了![阿普尔比文件 42/43/12 BD]

[哈克的日记继续下去。——编者]

6月6日

今天我与任命秘书①彼得·哈丁会面。他年约六十,是一个沉着自信的家伙,看起来非常可靠。

我有些犹豫,因为我以前从未任命过一个主教。[应该说是向皇室推荐任命的人选。——编者]

有两个人选。第一个是迈克·斯坦福教士。我猜想他名字的全称应该是迈克尔,尽管大家都叫他迈克。当我还年幼时,人们从不会对主教直呼"迈克"!不管怎样,在公众场合不会这么叫。也许大家称他为迈克的原因是,他的名字经常出现在广播里。

彼得告诉我迈克是个现代主义者。我不太明白这个词的含义。"这是一个神学术语,首相。他似乎认为,《圣经》中描述的一些事件,不能按照字面意思来理解——他将之视为比喻、传奇或者神话。他对这些故事背后的精神或者哲学含义更感兴趣。"

我按照自己的理解接着询问,以确定我是否明白了:"你的意思是,他不相信上帝七日创世,也不相信夏娃来自亚当的肋骨,诸如此类的事情?"

---

① 大主教任命秘书(The Archbishops' Secretary for Appointments)由坎特伯雷大主教和约克大主教任命,负责协助高级教职的任命工作。该秘书也身兼皇家任命委员会的秘书之职,该委员会负责任命教区主教。——译者

彼得很高兴。似乎**正是**这类事情，这听起来合情合理。彼得说，关于迈克，我还必须知道一件事情，他先后毕业于温彻斯特公学和牛津新学院①，成绩名列第一。"并且，"彼得补充道，"他有一位非常合适的妻子。"

"你的意思是，她十分虔敬，并做了大量善举？"我问道。

他很惊讶："不，我的意思是，她是多尔切斯特伯爵的女儿。"

现在轮到我惊讶了。那又怎么样呢？我很奇怪。我问他名单上的第二个候选人是谁。

"嗯……第二个是保罗·哈维博士。"

我等他说下去，但是彼得似乎不愿再说些什么。

"接着说啊？"我提示他。

"好吧，他是一个值得敬佩的人。"彼得说。我一下就听出来了，他是在明褒暗贬。彼得盯着自己的鞋子，没有看我。

"但是怎样呢？"我需要一个解释。

彼得叹了口气，然后看着我说："当然，一切由您选择，首相。但是……有人怀疑，他是倾向于政教分离主义。"

"啊。"我看似很在行地说。然后意识到自己很尴尬，因为我并不**真正**明白他的意思。我请他详细说说。

"那是一种认为国教应该与政府分离的观点。有些人认为它应该分离，就像卫理公会或者天主教会一样，他们认为，普通百姓已经把国教视为统治阶级俱乐部，而不是一种信仰。"

在我看来，这家伙听起来不错，于是我就说了出来。但是彼

---

① 新学院（New College）创建于1379年，是牛津大学中规模最大、资金最充沛的学院之一。——译者

得继续痛苦地保持沉默。我问他到底怎么了。

"好吧,当然,这完全取决于您,首相。但是我怀疑,如果您请女王陛下任命这样一个人,她会感到吃惊的,想想吧,这个人认为女王应该违背她在加冕时发过的誓言——捍卫国教。"

说得有道理,但是为什么把他列入候选名单?彼得支吾起来。他解释说,**确切地说**,哈维**仍然**不是一个**正式**的政教分离主义者,他只是有这方面的倾向而已。不过,经过讨论,他的名字还是上了名单。另外,他的健康值得怀疑,年纪也大了一点。

我很清楚一件事:有人在恶意诋毁他!否则他从一开始就绝不会进入名单。不管怎么说,这不是我能称之为选择的事情。"你正在说的是,我是选斯坦福教士,还是选斯坦福教士呢。"我对彼得说道。

"不,"他温和地答道,"这完全取决于您。但是就此而言,如果我可以建议的话,选择还是很容易的。"他拒不承认任何事情,脸上面无表情。"首相,委员会提供给您两个名字,都写在上面了。"

"有没有开放性的选择呢?"我问道。

他不耐烦地争辩道:"这是**不可能**的,主教被视为使徒递袭的一部分。"

我不是一个经常去教堂的人,所以要求他解释一下。

"这是上帝的意愿。当加略人犹大玷污了自己的名声后,他不得不被他人取代。他们让圣灵来决定。"①

---

① 见《圣经·使徒行传》第1章末,众人从两个人中摇签选出马提亚顶替了犹大的位置。——译者

我感到迷惑:"圣灵怎么表达自己的意思呢?"

"通过摇签。"彼得说道。

"那么我们这次也可以让圣灵决定啊?"我问道,试图找到一种方法来摆脱这个棘手的问题。

彼得和伯纳德彼此对望了一眼,很显然我的建议不可行。伯纳德打算解释一下:"没有人相信圣灵会明白一个怎样的人才能当好英国国教的主教。"

我问这次"选择"是如何产生的。彼得神秘兮兮地告诉我采用的是暗地调查。

"彼得,"我笑着说道,"我在学生时代经常玩扑克,我能看出一副牌是否作过弊。"

伯纳德站了起来,提醒我时间到了,该会见汉弗莱爵士了。他建议彼得明天再和我讨论,彼得面露谢意地走了。

当汉弗莱进来后,我为我们两个人倒了下班酒。伯纳德则出门去取关于迈克·斯坦福的履历材料,他已经悄悄提醒过我,任命迈克·斯坦福这样一个人可能会自找麻烦。

汉弗莱和我举杯互祝身体健康,然后坐在书房里舒适的扶手椅上。我问他现代主义者**到底**是什么意思。

他误解了,问我是否指的是肖斯塔科维奇或者马塞尔·杜尚,我告诉他我指的是迈克·斯坦福。

正如我所料,他完全明白。"对于英国国教而言,现代主义者代表着不信教。"

"一个无神论者?"我惊奇地问道。

"哦,不,首相,"他坏笑着答道,"一个无神论教士是不可能继续领取薪俸的,因此当他们不再信仰上帝的时候,他们自称为现代主义者。"

我大吃一惊:"英国国教怎么能推荐一个无神论者担任伯里圣埃德蒙兹的主教呢?"

汉弗莱跷起二郎腿,抿了一口酒。"很简单,"他微笑着说道,"国教基本上已经变成了一个社会组织,而不再是一个宗教组织。"

这对于我是个新闻。不过也难怪,我并非出身于很有"社会性"的背景。

"噢,对了,"汉弗莱继续讲解道,"它是这个国家丰富的社会结构的一部分,主教必须是言谈大方得体,通晓餐桌礼仪的家伙,还必须受人尊敬。"

这时我才意识到,彼得说斯坦福有一个非常合适的妻子是什么意思。

我问汉弗莱,还有没有其他合适的候选人。他说眼下已经没有了。言下之意,最近曾有一些好职位空缺过。我想象不出什么工作比主教更好,除了骗子! 显然,温莎的教长是个好工作,威斯敏斯特的教长也是。汉弗莱解释说这种肥缺能让人同皇室搞好关系。

我现在渐渐地全都明白了。"因此,当主教,"我总结道,"完全是一个身份地位的问题,能穿罩袍和束腿[①]。"

汉弗莱点点头:"是的,首相。不过现在束腿只有在重要宗教场合才穿上,比如皇室的露天花园招待会。"

我很好奇为什么现在罩袍和束腿不时兴了。

---

① 这是20世纪中叶以前主教的典型装束,穿上束腿便于骑马在教区内往来奔波,后来则成为象征。——译者

"教会想联系得更密切。"汉弗莱说道。

"同上帝吗?"我问道。

"**当然**不是,首相,我所说的密切是从社会学角度而言。"

事实上,他想说的就是,教会眼中理想的候选人应该是上流人士和社会活动家的交集。

伯纳德带着迈克·斯坦福的履历材料回来了。他是对的。材料非常有启发性。斯坦福离开了神学院之后,成为谢菲尔德教区主教的助理牧师,随后升迁为该教区负责族群共同体和社会责任的指导顾问。他负责组织各种联络磋商,包括基督教不同信仰之间,基督教徒和马克思主义者之间,基督教徒和格林汉康芒镇妇女营之间。[这个妇女营是一个由反核武的或和平主义的或马克思主义的妇女组成的半女权主义半同性恋的露营地。它非法驻扎在纽伯里市的一个美国空军基地的大门外,该基地存储了大量巡航导弹。只有妇女和儿童才能参加这项抗议活动,它旨在反对核武器、美国人和男人,也可能顺序是反的。核导弹被视为阴茎崇拜的一种形式,因此在弗洛伊德学说持有者看来,这里的妇女具有严重的阴茎嫉妒心理。对格林汉康芒镇妇女营表示支持,即使是有限的支持,也被看作是一种"进步姿态"。——编者]随后,斯坦福先后担任了埃塞克斯大学的大学牧师和一家神学院的副院长。目前,他是英国基督教联合会裁军委员会的秘书。

在他的履历中有一个重要的缺漏。"他是否做过一个普通的教区牧师?"我问道。

伯纳德对此感到惊奇。"不,首相,想做主教的神职人员总是设法回避牧师工作。"

"他想高飞,直上青云。"汉弗莱评论道。

"伊卡洛斯倒是也想高飞呢。"伯纳德神秘地说道。[伊卡洛斯是代达罗斯之子,他飞得太接近太阳以致翅膀熔化而摔死了。野心太大而欲速不达,这就像斯坦福教士一样。——编者]

"不管怎样,如果他是个政治麻烦鬼,我就不想要他。"我做了决定。

伯纳德明智地点点头:"那个希腊人是多么刚愎自用的傻瓜,他竟然教自己的儿子以飞禽的功能。"我告诉伯纳德不要再对我引用 Greek①。[哈克是错误的,伯纳德所引出自莎士比亚《亨利六世》第三幕。——编者]

汉弗莱对我的决定谨慎地表示赞同:"斯坦福以主教和上院议员的身份来发表意见,一定会带来更大的麻烦。"

"他不是我想要的那种人,"我解释道,"所有这些主教都劝我多投钱搞福利,但是这样不好。你不能总是通过给人们投钱来解决问题,尤其投的还是别人的钱。这个国家需要的是更伟大的精神——肩负责任、自力更生。"

汉弗莱对我微笑了一下:"怎么现在的政治家谈论道德,而主教们却谈论政治,多有意思啊,不是吗?"

他说得对,伯纳德从斯坦福的履历中给我们找了一个例子:"他曾经在伦敦南部地区设计了一个新教堂。设计图上有分发橘汁的地方,有计划生育的地方,有组织示威的地方,就是没有举行圣餐礼的地方。"他又不失公正地补充说,有一所两用的大厅

---

① Greek 既指希腊人,也指希腊语,还指晦涩难懂的东西。作者写作时显然想到了这三重意思,哈克也很可能想卖弄一下双关,故此处不译,留给读者体会。——译者

可作礼拜之用。

我问身边的这两位官员,教会是否批准了这个方案。

"噢,是的,"汉弗莱说道,"您知道,教会是由神学家掌管的。"

"这意味着什么呢?"我问道。

"嗯,"他微笑着说道,"神学是一种策略,有助于把不可知论者留在教会内部。"[1]

"也许我是幼稚的,"我说道,"但是……"

"请不要这样想,首相。"汉弗莱打断了我。

愚蠢的奉承!他难道看不出这是虚伪的客套话吗?我当然不会认为自己是幼稚的。我挥手让他闭嘴,然后继续说道:"我认为教会的掌管者应该是信仰上帝的简单的人,而不是盯着肥缺的世俗政客。"

"您也可以指出,"汉弗莱和蔼地说道,"那些盯着肥缺的人都认为自己能在一个更重要的岗位为社会做出更好的服务。"

"那是伪善的胡说八道。"我说道。

他耸了耸肩:"就像您本人只想在唐宁街十号这里为国家服务一样。"

我突然明白了他的意思。他是对的。但我还是不想要斯坦福。

汉弗莱向我解释说,我可以把两名候选人都拒绝掉,但这不合惯例,不建议如此。[2]

---

[1] 神学是对宗教问题的理性探究,不一定是信仰者。不可知论认为无法证实上帝的存在但又不否认这种可能性。——译者
[2] 近几十年来并没有要求增加人选的事情发生。选择第二人选的事情只发生了一起,撒切尔夫人在80年代否决了教会推荐的伯明翰教区主教的第一人选,这名候选人有自由主义和左倾观点。本章故事或许暗指此事。——译者

"即使一位候选人想把上帝逐出教会,而另一位则想把女王逐出教会,也不建议如此吗?"

"女王,"汉弗莱说道,"与英国国教是不可分离的。"

"是吗?"我问道,"那么上帝呢?"

"我想上帝就是我们平常所说的**任选项**。"我的私人秘书答道,并一饮而尽。

6月9日

关于库姆兰的那名护士,今晚事态有了有趣的发展。

这些天外交部没有任何动静,这实在不值得惊讶——没有做事的外交部,只有解释为什么不能做事的外交部。

我在晚餐时打算向安妮做些解释,但她很难理解这种想法,她不断地提出不相关的问题,例如:"难道他们不关心吗?"

"不关心。"我说道。她还是很难明白。

"事情不会相当糟糕吧?"她问道。

显然事情**的确**糟糕,它正给政府带来严重的伤害。然而外交部所做的只是耸一耸肩,并且说我们一定不能惹恼库姆兰人。"外交部简直看不到在他们狭隘利益之外的任何东西。"我说道。

"对她而言,真是可怕极了。"安妮说道。

"谁?"我问道,随后我意识到指的是那名护士。"是的。"我表示同意。

安妮冷冷地盯着我:"我看你并不比外交部更关心她的死活?"

我认为这话是完全不公平的。[也许应该说,是**不完全**公平的。——编者]安妮似乎认为,我只顾担心我在选民中失去人心,就像外交部担心在阿拉伯人中失去人心一样。这话并不全对——但是就**对**的一面而言,我有错吗?我是民选的代表,在一个民主国家里,我应该多关心选民的满意度,这不对吗?有什么不妥吗?

伯纳德来到了我的公寓。我有些恼火,看来我和安妮不可能独自安安静静地喝点酒了。他穿着大衣,显然已经准备回家了。

他说打扰我很抱歉,但是事情十分重要。"外交部刚刚打电话来,说班伯里教区的主教和英国圣公会传道团已经宣布,我们正派遣贝利学院的学监前往库姆兰,执行为那个护士辩护的仁慈使命。"

这是好消息,但是我不明白他们为什么要派一个牛津学监去。伯纳德解释说,此人对阿拉伯人怀有信心。

"很高兴听到英国国教的高级教友还相信某些东西,"我说道,"但是此行的希望不大,是不是?"

伯纳德认为还是有希望的:"尽管他是个基督徒,但他也是一个伊斯兰专家,这是一场信仰与信仰的对话。"

我笑了笑,让伯纳德告诉外交部,说我乐于支持此行。伯纳德使劲地摇摇头。"不,不,"他说道,"外交部实际上希望您予以阻止。他们很生气,说此举徒劳无功,只会损害我们和一个友好国家的关系。"

这真是太过分了,我可不打算阻止。这是一个极好的主意,至少表明我们正在努力营救,甚至有希望把她救出来,尽管可能性低到了极点。我起身送伯纳德出门,他临走时提醒我,兰贝斯宫①正催促我对主教一事早做决定。

---

① Lambeth Palaec,这是英国国教中地位最高的坎特伯雷大主教在伦敦的官邸。——译者

安妮很好奇，她问我是什么事。

"我必须对委任谁为主教做出决定。"①

"这不是给海军大臣的职位吗？"

"不，安妮，"我耐心地解释道，"我是在选一位主教。"

她笑成一团。"你？"她最终喘着气说道，"真荒谬。"她擦了擦眼睛，笑得浑身无力。

我看不出有什么荒谬的："我知道我不是宗教界人士，但此事显然与宗教无关，而我是首相。"安妮不明白为什么主教居然和宗教无关。因此我解释道，他们基本上就是穿着奇装异服的经理。

我拿出红盒子里的文件给她看。英国国教拥有十七万两千英亩②土地、数千名承租人，财产和投资的总值达十六亿英镑，包括工业、商业和住宅产权，以及农田和林场。因此，说真的，理想的主教应该是一个公司主管，也就是商业银行家、人事经理、房地产经纪人那一类。

安妮对此并不太关心。"作为一个经常去礼拜的人，"她说道，"我宁愿你选择一个虔诚信主的人。"

"他们给我提供了一个，"我解释道，"但是他想把英国国教带入一场宗教运动中。"

"我明白。"

"还有另一个，也就是他们想让我选的那个人，但他是一个

---

① 原文为 be appointed to the see，这里的 see 意为主教，被哈克夫人当成谐音的 sea（大海）。——译者
② 1 英亩约为 4046 平方米，约为中国的 6 亩。——译者

现代主义者。"

安妮经常去教堂，因此明白这个词是什么意思。"你是说他是一个马克思主义者或者一个无神论者？"

"二者都是，"我答道，"显然无人在意无神论者，但是马克思主义者能给我带来不少麻烦，如果他在上院发表演说的话。"

"你就不能不选他吗？"安妮问道。

"我也想这么做，但是这样会被视为搞政治。"

安妮有些糊涂了："但是你刚刚解释说，教会**是**政治性的啊？"

我保持着耐心："没错，安妮，但是不能让别人看出来。"

她考虑了一会儿说道："那么你为什么不以宗教理由拒绝他呢？"

我不明白她到底什么意思。她解释道："他相信天堂和地狱吗？"

"当然不相信。"我说道。

"耶稣是由童贞女所生呢？"安妮问道。

"不相信。"

"耶稣复活呢？"安妮问道。

"也不相信。"我开始明白这是一个多么棒的主意。

"这难道还不够用吗？"她问道。她真聪明。简单的常识。我突然明白了，我可以按照汉弗莱的建议，要求更多的候选人，**这样看起来就不像是在搞政治歧视**。妙极了！

"我所需要的候选人要与任何人都容易相处。"我对安妮说道。

"你的意思是，他对任何事情都不能强烈坚持自己的看法？"

安妮的说法带有一点嘲讽的味道,但基本上是对的。不过还有一个附带条件。如果他倾向于基督教,则只会有好处,而不可能造成任何真正的伤害。因此我所真正需要的是一位只尚空谈的基督徒。

[几天之后,贝利学院的学监克里斯托弗·斯迈思牧师在大肆宣传中起程前往库姆兰去执行这项仁慈使命。他到达那里后,三天不见人影。然后突然再次出现在公众的视野中,宣布他已经成功地解救了菲奥娜·麦格雷戈——这位年轻的英国女护士从监狱里被释放了。这一消息传回英国,令人激动颤抖,特别是报道当天又逢英镑遭遇重挫。外交部首席秘书理查德·沃顿爵士在其私人日记中提及了此事。该日记近来被发现于卡尔顿花园的一个地下室中,日记封面上标有"私人所有,严格保密"字样。——编者]

6月12日　星期一

今天糟糕透顶的新闻让我深感不安,把多管闲事的牧师派去库姆兰是谁的主意?

我们此时本来已经完全控制了形势。我们进行了抗议,那名护士将被悄悄地鞭打,然后塞进库姆兰的某个监狱中。几周之后,媒体就会完全忘了此事。

现在的结局对外交部的工作造成严重的伤害。我们几乎就要达成了一个协议——在库姆兰修建一个信号监测站。我们已经告诉对方,如果签署协议的话,我们就不再为护士的事情大肆吵闹。现在我们失去了最佳筹码。

整个愚蠢的解救行动所带来的唯一收获是,我们终于摆脱了护士那快发疯的母亲。她不停地打电话给媒体，写信给媒体，与媒体面谈，说我们做得很不够。而媒体竟然站在她那一边，简直令人不敢相信。他们一直在唠叨，说外交部应该表现得更爱国一些。真是废话。我们的工作是与其他国家和睦相处。人们可以说外交部这不好，那不好，但是没有人能质疑外交部的爱国精神。

很难相信媒体对于外交现实竟然如此无知。

现在我预见到在我们和首相之间将有一场麻烦，因为我们曾经建议他不要让那名牧师去库姆兰。我们曾告诉内阁那名护士是不可能被解救出来的，首相现在会说我们是错的。其实我们说得没错——假如他们让外交部去解救，事情就**会**变得不可能。

[第二天，理查德爵士收到一封来自汉弗莱爵士的短笺。——编者]

亲爱的迪克：

我相信外交部即将面临一场公关问题。

媒体会说外交部没有办成的事被教会办成了。他们会发掘所有的杂讯栏目，找出诸如大使的劳斯莱斯轿车、五百万英镑建大使馆、用纳税人的钱去付伊顿公学的学费等一类消息，然后质问英国都得到了什么。

对此，你有什么建议？

汉弗莱·阿普尔比

6月13日

伯纳德·伍利爵士（与编者谈话时）回忆：

那名护士刚被从库姆兰解救出来，汉弗莱就急切地找我进行了一次私人谈话。

他知道外交部曾经反对派遣贝利学院的学监，并且他知道**我**也知道此事。

为了预防敌对媒体报道外交部在事件进程中的消极作用，理查德·沃顿爵士提议，由外交部告知媒体是哈克主动派遣了学监，首相将会乐于接受这份功劳。顺便说一下，不会存在被首相否认的危险——哈克绝不会因为事情不实就否认一个对自己有利的故事。

对于星期日报纸①，外交部将吐露如下消息：当他们发现外交渠道被堵死后，就向首相建议了这一做法。这样一来，没有一个人蒙羞，所有人都能分享荣誉。

这是一个明智的计划。我是首相的首席私人秘书，他们需要我的配合。我毫不犹豫地同意了。

[汉弗莱爵士在同伯纳德·伍利会谈之后，接到了来自贝利学院院长的电话。汉弗莱在其日记中，只提了一句同伯纳德的谈话，却简要记载了这个电话和随后与任命秘书彼得·哈丁的谈话。——编者]

6月13日　星期二

2点半——与伯纳德就外交部的公关计划进行了成功的

---

① 英国很多报纸都有相应的星期日版，如《星期日泰晤士报》《星期日卫报》《星期日每日电讯报》等，这类报纸往往进行深入报道。——译者

谈话。

2点45分——贝利学院的院长来电话，他对菲奥娜获释一事备感激动，认为此事可以促进我们的朋友获得肥缺。

我告诉他，我们也许不用等另一个主教职位出缺了。伯里圣埃德蒙兹教区的主教还没敲定呢。我打算让学监作为一个迟到的参赛者也站到起跑线上。

3点——彼得·哈丁来讨论伯里圣埃德蒙兹教区主教一事，皇室任命委员会将于明早开会。

他不太高兴，因为现在就必须再向首相提出一个候选人。首相坚持要选一个相信耶稣复活的主教，他觉得为此打破传统也是值得的。

彼得向我保证，有一个候选人斯蒂芬·索姆斯绝对合适。但令他感到惋惜的是，他们原本打算将索姆斯派往特鲁姆的。[特鲁姆非常偏远，在教会眼中，该地就相当于文官部门心目中的斯旺西机动车执照署。——编者]

索姆斯期待主教职位已经多年，可以说是"long time no see"①了。他这个人相当麻烦，总是喋喋不休地诉说他对于上帝的种种职责，诸如此类。教会真的想把他弄远点，但是如果首相想要一个虔诚的主教，找来找去差不多只有他最合适。

我告诉彼得，还有一个意外的困难。首相希望增加**两名**候选人。事实上，首相根本不知道此事，但是只要我跟

---

① 这是洋泾浜英语，源自中文"好久不见"，因外国人觉得有趣而传开，电影《阿凡达》和美剧《越狱》中均有该用法。作者此处的 see 用的是主教之意。——译者

首相说明一下,首相就会认可。毕竟,这只会让首相更有选择感。

因此彼得只有再提出一个候选人才行。我鼓励他找出一个貌似可行、实则不行的候选人出来。彼得有些发愁,他必须在明天早上之前就想好候选人。

我提名贝利学院的学监。彼得认为他实在是说不过去,甚至连提名都很牵强,理由是他酷爱空谈,而且极度无能。

我对彼得解释说,首相并不认为任命尚空谈的无能者是愚蠢的。不信看看内阁吧。此外,学监刚刚获得了一些好名声,因此一定可以成为一个貌似可行的人选。

这让彼得有些担心,这一次他担心的是学监可能会因此**得到**这个职位。

我马上去安抚彼得的情绪,我告诉他,首相声明过,他必须要选一个虔诚的基督徒。而众所周知,学监只崇尚伊斯兰、板球和蒸汽机。彼得这下感到放心了,同意把学监放在名单上。

等到哈克真的推荐学监当主教时,我将不得不去安抚彼得更大的情绪。不过那毕竟是明天的事了。

[哈克的日记继续下去。——编者]

6月14日

今天的早报是一场胜利的狂欢。

《每日邮报》

仁慈天使实乃首相派出;首相特使令护士开释;吉姆派

出学监使菲奥娜免受鞭笞。

《每日电讯报》

富于想象力的外交

首相没有束缚于传统外交的桎梏,饱受赞扬……

昨天晚上的新闻也把一切都归功于我,我实在不太清楚这是为什么。我猜想,实际上**一定**全是因为我的所作所为。毕竟报纸上就是这么说的。我不让外交部阻止学监——这和我直接派他去不是一码事嘛。

然而事情还是很奇怪。通常一个人在公职生活中做了一点什么好事,都要经过一番斗争才能得到适当的表扬。然而此时,荣誉却自己送上门来了,而我在其中所扮演的角色,至少可以说是十分边缘的。

不管怎样,故事已经发表,内容对我又是如此有利,我实在没有必要去要求修正。我想我应把它算作上天的恩惠吧。

今天上午第一件事就是开最后一次会,来讨论主教的空缺,兰贝斯宫正在等着。尽管如此,当汉弗莱和伯纳德进来时,我首先问的是,在他们看来,外交部为什么要把解救行动归功于我。

汉弗莱认为,外交部已经向库姆兰人提出过抗议,他们不能把所有功劳都揽为己有。但是归功于我的话,可以使它看起来是政府的成就而不是教会的成就。

我料想一定如此!《每日电讯报》的社论也强调了这一观点。

我们接着开始讨论伯里圣埃德蒙兹教区的新主教。我最初倾向于斯蒂芬·索姆斯。彼得也喜欢他。尽管贝利学院的学监在库姆兰干得很漂亮,但是据说他相当古怪,事实上,我听说他性情无比怪诞。但是当我征求汉弗莱的意见时,他的回答真是吓了我一跳:"我相信,索姆斯正是任命秘书希望您挑中的人选,首相。"

这是一个不祥的警告信号。彼得没有对我说实话。我问汉弗莱,索姆斯有什么问题?

"我听说他是一个极端主义者。"

我不知道**极端主义者**代表着什么意思。"你的意思是,他相信上帝?"我胡乱摸索着。

伯纳德打算解释一下。"他**非常**虔诚,首相。"

我仍在摸索:"对于主教来说,虔诚不好吗?"

"嗯……既好又不好,"汉弗莱谨慎地说,"他倾向于提出政府通常不希望见到的某些问题。他尖锐地抨击堕胎、十六岁以下避孕、性教育、色情作品、周日做生意、轻易离婚,以及电视节目中带脏话,等等。"

名目还不少呢。问题很严重,我不想要喋喋不休、自以为是的牧师,他会在上述一切问题上为难政府。

如果政府对上述问题制定了政策的话,事情还不至于如此糟糕。但是在这些事情上政府总是避免制定政策。我们的政策就是没有政策。

我同汉弗莱讨论了这一点。"的确如此,"他答道,"他反对的就是您没有政策的政策。"

伯纳德插嘴说了起来,大概是为了明确一下:"他会要求您禁止堕胎、周日做生意、十六岁以下避孕、性教育……"

"谢谢你,伯纳德,我知道是怎么回事。"我说道。

汉弗莱说,他还有更多关于索姆斯的坏消息:"他还反对非洲的压迫和迫害。"

我看不出这有什么不妥："我们也是这样啊。"

"是的,"他表示赞同,"但跟我们不一样的是,索姆斯不管是黑人政府这样做,还是白人政府这样做,通通反对。"

这么说,他是一个种族主义者!〔这个逻辑上的古怪跳跃说明了一个事实,当哈克还是反对党时,他是一个《卫报》的读者。——编者〕

我真的不知道该怎么办。汉弗莱充满同情地轻声说,如果我愿意,我还是可以选索姆斯的。很显然,我**不想**这么做——但是我怎么能拒绝这两项**新**提名呢?

因此我们再看了一眼贝利学院的学监,我列举了他的不足之处:"他实在是不称职,据说他懒惰,好空谈,对基督教完全不感兴趣。"

"没错,"汉弗莱说道,"但是他不**反对**基督教!我想他非常适合当英国的主教——板球、蒸汽机、对神学的一窍不通。致力于神学能严重削弱一个人的信仰。"

我的问题是,他基本上不合格。材料上说,他从未做过真正的教会工作,他把时间都花在了牛津。但另一方面,他在库姆兰做得很出色,因此任命他也许能讨好选民。

汉弗莱突然抛出了一个惊人的消息。"还有一个问题,"他说道,"我猜想他此刻正准备告诉媒体,库姆兰之行不是您的主意。我估计他在您介入之前就收到了班伯里主教的来信。"

这是一个**可怕**的消息!这将让我备感困窘,因为这会让我看起来正在把没做之事归功于自己。我不敢想象报纸的标题,它可能是"学监出使首相贪功"或者"吉姆并未安排此行"。

于是问题变成了:我们怎么能阻止学监做出令人难堪的揭露?根据汉弗莱的消息,学监似乎大为恼火,因为他觉得,自己的功劳没有受到足够的认可,或者教会的功劳,或者其他什么人的功劳!

表面上看来,解决办法是容易的。我告诉伯纳德今晚我要和学监把酒言欢,对于媒体而言,这也是一个很好的拍照机会。

然而汉弗莱说,这样做不太合适。在他看来,我正在考虑两个候选人谁能够出任主教职位,我几乎不可能只邀请其中一个人来喝酒。

我明白他的意思。但是我必须做点**什么事**,以阻止他对媒体胡扯。

接着汉弗莱想到了一个妙计,感谢上帝。"假如您已经**授予**他这个职位,那么这样做就极为得体了。"

这样一来,我越想此事,越觉得学监或许是一个相当**优秀**的主教人选。毕竟他是一个有胆有识的家伙,并且正如我向伯纳德所解释的一样,古怪也可以是一种美德,你只管称之为个人主义① 好了。

伯纳德完全同意:"这是一个不规则动词,不是吗?'我有独立思想,你是古怪的,他疯了',对吧?"②

我们进一步讨论此事,并一致同意,在上院中需要一个了解

---

① Individualism,个人主义并不等同于利己主义,它强调个人自由,主张自我独立,反抗威权和社会的束缚。——译者
② 这一概念被称为罗素变形(Russell conjugation),1948 年由英国哲学家伯特兰·罗素提出。他指出,人们在为不规则动词的语法变形举例时往往倾向于把自己描述得很好,这是人们这种心理倾向的一个著名例子。伯纳德模仿罗素的话,意在说明学监是被别人丑化的。——译者

阿拉伯世界的人，了解板球和蒸汽机的也需要。因此经过成熟的考虑，我把牛津大学贝利学院的学监克里斯托弗·斯迈思作为我的选择结果。我请伯纳德将我的推荐人选通报兰贝斯宫，要尽快！我希望在午餐的时候，这项任命能被宣布。我还请伯纳德立刻通知学监，我希望他来此附近小酌，今晚6点，再叫上一个摄影师。

这就是所发生的一切，危机结束了。我有了新的伯里圣埃德蒙兹教区主教，那名护士也被库姆兰释放了，我得到了全面的赞誉。

汉弗莱也很高兴，他告诉我，任命学监是一项充满智慧的选择。事实上，他竟然**如此**高兴，以致让我有些起疑。

我突然想起来，贝利学院是汉弗莱的母校。也许这就是他为什么如此了解学监，如此为这项任命高兴的原因。于是我问他在此事上是否又是任人唯亲。

他愤怒地否认了这一点。"恰恰相反，首相，我几乎不认识他，事实上，我还知道他不喜欢我，不信您今晚就可以去问他。我也不喜欢他。"

"这么说，从这项任命上你没有捞到任何好处？"

"怎么可能呢？"他反问道。

我也看不出有什么可能。但这一切似乎有点巧合。因此，当我和学监在白色客厅①的壁炉前让媒体拍照时，我问他是否喜欢汉弗莱·阿普尔比。"我受不了他，十分坦率地说，"学监轻声说道，"他这个人总是自鸣得意。"

看来汉弗莱说的是实话。我真的非常感激他，他按照文官部门最优秀的传统给我提出了公正有益的建议。

---

① 这是白金汉宫的一个房间，还有蓝色客厅等。——译者

9. 我们之一

6月20日

在今天下午的首相质询时间,我的表现真是棒极了。议员们从各种角度攻击我削减国防开支的方案,但我舌战群儒,把他们驳得体无完肤。

因此工作结束后,我急忙回到公寓去看新闻节目。安妮正在看着,新闻已经开始了。我问质询会是不是头条新闻,但是节目还没有提到它。

"真是典型的BBC做法。"我说道。

"这不是BBC频道。"

"真是典型的ITV做法。"我说道。

"这是第四频道①。"

---

① 第四频道是一家开播于1982年11月2日的公共服务电视台。——译者

"噢，"我说道，"你在等着看什么？"

我看了新闻的后半段，它完全是讲一只名叫本琪的英国古老牧羊犬，说它不知何故钻过铁丝网，进入了索尔兹伯里平原的国防部炮兵靶场。

根据第四频道的报道，本琪的主人是八岁的小女孩琳达·弗莱彻，她是个孤儿，父母在去年的一场车祸中丧生，那场车祸也险些要了她和本琪的命。

这片炮兵靶场到处是没有爆炸的炮弹，除了一条固定的小路外其他地方高度危险。本琪离这条小路还有一段距离。新闻播放了**危险**标牌的特写画面，以及那只狗在乱跑和坐下观望的远摄镜头。接着是小姑娘，她在铁丝网外泪流满面地往里眺望，亲人在安慰着她。

最后军方表示遗憾，说除非小狗自愿走到铁丝网边上来，否则他们爱莫能助。看来本琪难以逃脱被饿死或者被炸死的命运。

新闻就此结束。我不敢置信——从头到尾竟然对于我只字未提！我问安妮是否漏了什么。

"我整个新闻节目都看了，"她说道，起身去厨房装盘端上晚餐，"但是你应该知道人们会怎样看电视——碰上无聊的内容基本不进脑子。"

"谢谢。"我说道，说罢给自己倒了一杯威士忌。

她立刻表示歉意："不，不是指你，亲爱的。你一点也不无聊，即使对于全国人来说不一样，至少对于我来说如此。"她这话并非特指我**本人**，她的意思是有些人对政治家们感到厌烦。

但是我有些不满。他们不向观众展现我在议会的重大胜利，却给大家看小孩和小狗的悲惨故事。［尽管哈克认为议会上的辩

论是一场重大胜利,但是第四频道可能认为所谓辩论,不过是一些思想幼稚的粗鲁家伙在彼此争吵。——编者]

"我觉得这个小狗的故事蛮吸引人的。"安妮说道,手里在切西红柿,准备做一份沙拉。

"但是它一点也不重要。"我解释道,同时费劲地拨弄着一盘冰块。

"为什么质询时间的新闻更重要呢?"

"十分简单,"我竭力谦虚地说道,"因为此事与我有关,毕竟我是首相。难道电视台的人对此印象不深吗?"

"你给我们所有人的印象够深的了。"安妮说道。我不理解她为何这种态度。

"安妮,"我抗议道,"在这个国家的最高论坛上,英国国防的未来正在被研究解决,而电视台给观众提供了什么?整个一出《灵犬莱西》①。"

"但是这个最高论坛都做出了什么决定?"

安妮有时候提的问题愚蠢至极。显然,并没有做出任何决定。决定本来就不是留给议员们做的。安妮刚才真是糊涂了。这场辩论的真正重要之处在于:**我赢了!** 我认为媒体应该将此事告知我的人民。[哈克担任首相刚五个月,就已经明显具有了一种摩西情结②。——编者]我告诉她,媒体人士对于现实世界十分无

---

① *Lassie Come Home*,1938 年发表的英国儿童小说,1943 年和 2005 年两度被改编为同名电影。故事讲述了一条牧羊犬从苏格兰北部历经艰险回到伦敦的小主人身边。——译者

② Moses complex,即以为是能拯救万民的领袖,振臂一呼,民众赢粮而景从。——译者

知,而我不愿意再讨论这个话题了。

但是安妮不肯作罢。"我觉得比起一大群满脸老相的男人大喊大叫彼此羞辱对方来,小孩丢了小狗要现实得多。我认为军方应该出面拯救那只小狗。"

该死的愚蠢想法!当你可以从巴特西猫狗之家免费领养一只小狗的时候,为什么要花费数千英镑去救它?孩子们每天都在丢狗,难道军队要拯救每只小狗?这不过是电视台渲染的一个悲情故事。

安妮说我不理解普通人的感受。

"碰巧我本人就是一个普通人。"我自豪地答道。

"绝对不是!"

我努力向她解释,我不过是负责管理公家的钱财,我不能花纳税人的钱去为自己买一些廉价的好名声。

"如果好名声是如此廉价的话,"安妮说道,直接给了我不公正的批评,"那么你的民意测验支持率怎么会如此低呢?"她指出为救这只小狗所花的钱,平均到每个纳税人头上,只有一便士的几分之几,而且大家都希望这样做。如果你生活在一个文明仁爱的社会里,有时你不得不做一些在经济上不划算的事情。

我对她说,你可以写一篇文章交给财政部。在内阁的经济委员会里,我们正愁找不到事情消遣。

6月23日

在我从政的日子里,有过不少震惊和意外,但今天是我平生最吃惊的一次。

军情五处的局长杰弗里·黑斯廷斯爵士来看我。他高个子,走起路来像一只蹒跚的圣伯纳德犬①,棕色的眼睛哀伤而疲惫,下巴上的肉摇摆松垂。

伯纳德把他带到我的书房,我请二人落座。黑斯廷斯示意性地看了看伯纳德。我告诉他,我会客时,伯纳德总是作陪的。

"这次不行,首相。"他的声音温和而坚定。

我想了一下。我会客时也并非总是有伯纳德在场,于是我就挥手让他出去。等他出去后,我突然意识到,这次会见事前没有向我提供任何文件。但是黑斯廷斯表示,这样做是他特意关照过的。显然这个会谈太重要了,因此不能见诸文件。换句话说,此事不能有任何记录。这在白厅街几乎是闻所未闻的事情,白厅街里**每件事**都是记录在案的。

我十分好奇,充满了渴望,而我的渴望很快得到了回报。

"我们刚刚收到一些信息。"黑斯廷斯低声说道。

我感到迷惑:"这不是你们应该做的吗?"

他点点头:"您知道约翰·霍尔斯特德爵士吗?"我从不认识霍尔斯特德本人,但是每个人都知道他是60年代时军情五处的头子。他上个月去世了。"他把全部个人文件留给了我们,我们开始逐一审查。很显然,他在五六十年代曾经向莫斯科提供过政府机密信息。"

我发现自己很难相信他说的事情。军情五处的头子是苏联间谍?难以置信。

告诉我这一切时,杰弗里·黑斯廷斯似乎有点难堪。我觉得

---

① 圣伯纳德犬是瑞士的雪山救护犬,体型巨大,其中一只一百四十公斤的犬曾创下体重纪录。——译者

很正常，换谁都会如此。我问他霍尔斯特德为何要把文件留给军情五处？

"他的遗嘱说他最终是出于良心发现。但是我认为，他只是想死后大出风头，向我们展示他如何至今安然无恙罢了。这对我们是一个毁灭性的打击。"杰弗里看起来无疑垮掉了，他的眼袋已经快垂到脸上了。

"他告诉了苏联人多少东西？"我问道。

"这倒不怎么重要，"杰弗里说道，"我的意思是，由于有剑桥五人组①、克劳斯·福克斯和克罗格夫妇等很多人出卖情报，再多一个人真没有什么实质性区别。"

"那么关键在哪里呢？"假如泄密都不重要，我看不出还有**任何**理由值得重视。

我的理解多么不到位啊！杰弗里·黑斯廷斯忧郁地盯着我，他黑白混杂的胡子随着呼吸上下摆动。我从未见到过一个人能表现出如此夸张的哀伤。"关键在于，"杰弗里以极其沮丧的声音说道，"他是我们中的一个。"

"我们中的一个？"

他看出我没有完全明白。"他牛津毕业后直接加入了军情五处，终身供职于文官部门。如果此事传出去的话，我们之中所有被他招募进来的人都将永远无法洗脱嫌疑。"

我顿时意识到事情的严重性。"我明白了，"我说道，并带着

---

① 苏联在英国招募的间谍小组，活跃于 20 世纪四五十年代，因五人均曾就读于剑桥大学而得名，已知的四个人是 Kim Philby，Donald Duart Maclean，Guy Burgess 和 Anthony Blunt。——译者

疑问看着他,"这么说你不是一个苏联间谍吧?"杰弗里冷冷地看着我,于是我赶紧打消他的疑虑。"开个玩笑,"我说道,"但你真的不是吧?"他继续沉默。我意识到,即使他给了我答案,我也不可能知道到底是真是假。"不,你当然不是。"我说道,然后告诉他,不管困窘与否,我认为应该把这个信息公开。

他恳求我不要这么做。他说此事于安全问题关涉甚大。我不明白为什么,这一信息本身看起来并不重要啊。但是黑斯廷斯说,不让我们的敌人知道我们不能保密,这才是至关重要的。

"我真不觉得那是什么了不起的秘密。"我以无可辩驳的逻辑说道。毕竟,剑桥五人组等间谍一定早就泄露过此事了。但是结果发现,杰弗里此时所说的敌人不是苏联,而是我们真正的敌人——媒体。

"我们在70年代对约翰·霍尔斯特德进行过内部安全调查。当时有大量的媒体猜测。您还记得吗?"

"大体记得。"我告诉他。

"那些猜测都是相当不负责任的、没有根据的。"杰弗里痛苦地提醒我。

"你的意思是,媒体暗示霍尔斯特德是一名间谍?"

"是的。"

"但他**确实**是一名间谍啊。"

杰弗里不耐烦地叹了口气:"是的,但是他们并不知道此事!他们是典型的无知而又不负责任。他们只是碰巧蒙上了,就是这样。不管怎样,调查把霍尔斯特德彻底澄清了,证明了他的清白。但是他们漏过了一些相当明显的问题和检查,如此明显以致,嗯……人们**怀疑**。"

"人们怀疑什么?"我问道。我猜不出,于是就问他。

"人们怀疑那些替他澄清的家伙,说他们是否……您知道的。"

"真是愚蠢啊,等一下,你的意思是,"我突然意识到他的意思,"我的上帝,你是说**他们可能也是间谍**?"他点点头,无助地耸耸肩。"谁主持了这次调查?"我问道。

"老麦基弗勋爵,但是他大部分时间都在生病。"

"生病?"我需要进一步解释。

"嗯……事实上是年老昏聩。因此实际上是秘书在处理此事。"

"那位秘书是谁?"我问道。

杰弗里·黑斯廷斯愁苦地看着我,又紧张地看了看周围,以抱歉的口吻嘀咕道:"很遗憾,是汉弗莱·阿普尔比爵士。"

我不能肯定我听清楚了:"汉弗莱?"

"是的,首相。"

"你认为他也是苏联人的间谍?"

"这种可能性微乎其微,甚至可以说不可能。毕竟他是我们中的一个。"

"约翰·霍尔斯特德不也是?"我指出。

他无法否认:"嗯……是的,但是根本没有其他证据对汉弗莱不利。"

我试图集中思想。"或许我们中的一个正在为他打掩护……"我马上纠正自己,"**他们**中的一个……哦,**你们**中的一个?"

杰弗里认为此事可能性极低。事实上,他相信汉弗莱是完全忠诚的,汉弗莱的一切罪过在于他的极度不称职。

这已经够了，足够了。毕竟，此事涉及最高国家安全。我向黑斯廷斯征求建议，对于汉弗莱一事我该怎么处理？

"全听您的，首相。我们还没有审查完所有的文件。您可以立案调查汉弗莱爵士。"

我必须说，我内心非常乐于享受此事。但是我仔细询问了杰弗里之后，发现他并不真推荐我这么做。"现阶段不可以，事情会泄露的。我们不想再有任何不负责任的、没有根据的媒体猜测了。"

"即使它是正确的。"我评论道。

"**特别**是当它**正确**时，"杰弗里说道，"天下最糟之事莫过于**正确的**、不负责任的、没有根据的媒体猜测了。不过您可以先给汉弗莱放园艺假，以便我们继续审查完霍尔斯特德的文件。"

这个想法也很有吸引力。不过汉弗莱尽管有很多缺点，他还是相当有用的，并且他还担任着内阁秘书。我觉得除非他真的出了安全问题，否则还是留下为佳。

杰弗里认为这样做没有问题。他递过来一份档案，上面标着"绝密仅供首相过目"，并告诉我，可以拿这些实质性的证据找汉弗莱对证。

但是我真的不愿意盘问汉弗莱。"如果你们并非严重怀疑他，我们是否可以忘了此事？"我问道。

他看起来颇为犹豫。"显然，由您决定。"他以低沉阴郁的语调说道，"不过，如果您无所作为而以后又曝光汉弗莱……他是……**他们**中的一个……嗯，事情也许看起来不是很妙。更不用说他作为内阁秘书，负责协调我们的所有安全工作，一切都瞒不过他。"

我不得不同意他的看法。杰弗里从椅子上站了起来，整了整宽松的细条纹套装。"就我个人而言，"他总结道，"我很难相信我们中的**一个**是他们中的一个。但如果我们中的**两个**是他们中的一个，"他意识到这在逻辑上说不通，于是修正道，"他们中的两个，那么我们所有人可能是……可能是……"

他使自己陷入了困境。"他们所有人？"我帮他补充道，我边说边陪他走向门口。"谢谢你，杰弗里，够了。"

6月26日

我在周五无法和汉弗莱谈约翰·霍尔斯特德一事。我全天都有安排，他也是。但是今早我们有一次已经安排好的会议。

会议内容是我正致力的削减国防开支一事。我决定仍按计划讨论，随后再和汉弗莱单独谈话。

我已经尽我所能地在国防预算中找出许多可以节省的小笔费用。这个国家的国防开支完全失控。到了90年代中期，我们将只能买得起半艘护卫舰。我猜想，这对于我们的海防来说显然是不够的。国防大臣毫无进展，所以我决定亲自审视一下。

例如，我找到了一个可以节省三百万英镑的办法，但是三军司令不乐意。当然，汉弗莱站在他们一边，说**任何**国防上的节省都会带来危险的后果。

具有讽刺意味的是，三军司令所做的建议是关闭一百英里长的海岸雷达站。我知道他们**为什么**故意提出这项建议，因为这**是**危险的，他们明知我不会同意。但是**我**所建议的是，他们应该开始吃可供应四十三年的草莓酱储备，而不要再购买新的了。

汉弗莱看不出——或者不愿看出——这管什么用。"据我所知,首相,陆军没有任何草莓酱。只有海军才有。"

他说得没错,但是陆军储备了可供应七十一年的肉罐头。而空军虽然没有如湖的草莓酱和如山的肉罐头,但是他们有可供应六十五年的焗豆。因此我试图说服汉弗莱和国防部,陆军和空军应该吃海军的草莓酱,海军和空军应该吃陆军的肉罐头,陆军和海军应该吃空军的焗豆。如果他们也如此处理其他剩余物资的话,在未来四年中,我们每年能节省三百万英镑。我不相信士兵吃水手的果酱就会危及这个国家的国防。

伯纳德表示反对:"空军的焗豆在东英吉利,陆军的肉罐头在奥尔德肖特,海军的果酱在洛赛斯,因此这将意味着把焗豆……"

我打断了他。"伯纳德,"我问道,"如果我们的武装部队无法在国内调度一些焗豆罐头的话,他们怎么能拦截导弹呢?"

这个问题似乎困扰了伯纳德。"但是您不能用焗豆拦截导弹啊,您有长长的尖尖的东西可以用……"我让他闭嘴。汉弗莱不情愿地同意就这一点来说此事**能够**做到。但是他补充说这件事做起来极为复杂。"行政开支将超过节约的费用。"

甚至都没有人计算过行政费用,他们就敢这样说。为什么呢?因为没有必要。他们**知道**如果他们花些脑筋的话,就一定能使行政开支超过节约的费用。

当会议波澜不惊地趋向结束时,通讯员送来了最新的民意测验结果,有个坏消息,我又降了三个百分点,注意不是政府的支持率,而是我个人的支持率。

我不知道我做错了什么。汉弗莱认为这表明我正在做正确的事情。在他看来,政治上得人心的举措通常都会带来行政上的灾难。

我不知道这是否起因于我没有成功地削减国防开支。或许如此吧。但是完全诚实地说，我不确定在英国超市里的谈话中，削减国防开支能算得上主要话题。一定不是，现在报纸上的头条新闻都被索尔兹伯里平原上那只该死的狗占据着。也许我应该暂时忘记我的国防政策，构思一项有关小狗走失的政策。

不管怎样，会议结束了，没有什么结果。我不能再拖了，不得不和汉弗莱进行私人谈话。我告诉伯纳德，我想和汉弗莱讨论一项绝密的安全事务，并朝门口点头示意。"你不介意吧？伯纳德。"

他到了门口，猛地一下子把门打开！然后上下打量楼梯过道确认没有人在偷听。我意识到他误会了，因此我解释说，我们希望单独待一会儿，希望他回避一下。

他看起来有些垂头丧气。我知道这是为什么，几天之内两次会议都把他支开。但是杰弗里没有选择余地，我也没有。我几乎不可能让伯纳德知道，在**所有**的人当中，此时此刻有安全问题的竟然是汉弗莱。

在伯纳德离开时，**他**或许在怀疑自己是否突然被认为有安全问题。他走后就只剩下我们两个人。我实在不知道怎么开始，因此沉默了足有一分钟，汉弗莱耐心地等待着。

"汉弗莱，"我最终说道，"我想谈一些事情，高度机密的事情。"

我说不下去了。汉弗莱探过身来，希望有所帮助地说道："如果我也回避一下，您会不会容易开口些？"

"这是一件非常严肃的事情。"我答道。

他装出一副恰到好处的严肃表情:"非常严肃,非常机密?"

我点点头:"汉弗莱,你还记得约翰·霍尔斯特德爵士这个名字吧?"

"当然记得,首相,他三周前刚刚去世。十年以前曾对他进行过一项安全调查,那项调查实际上是由我主持的,老麦基弗已经糊涂了。"

到此为止,进行得还不错。我问汉弗莱,他是否发现过任何犯罪证据。

"当然没有。"他自信地微笑着。

"为什么说当然没有?"我问道。

"好吧,首先,约翰·霍尔斯特德是我们中的一个,我们是多年的老相识。其次,整个故事都是媒体编排的。再次,内部安全调查的真正目标就在于找不到任何证据。"

"即使国家安全面临风险?"

他笑了起来:"首相,如果您认为国家安全面临风险的话,您应该找政治保安处。政府的安全调查只用于扑灭媒体谣言。调查的唯一作用是让首相在议会挺直腰杆宣布:我们经过充分调查,发现没有证据可以证实这项指控。"

"但是如果你发现了可疑事情呢?"

"首相,政府中的每件事情其实都是可疑的。您支走伯纳德,只剩我们两个进行秘密谈话,这件事难道不可疑吗?"

这使我感到惊诧。事情不应该是这样的,但他显然是对的。不管怎样,汉弗莱继续说了下去,他认为有关霍尔斯特德的整个故事都是在胡扯,这是媒体典型的哗众取宠。

他太自信了,过一会儿当我揭示真相时,他一定会感到自己愚蠢至极。我开始准备好好享受这出戏了。

"这么说**不**存在这样的可能,"我谨慎地问道,"约翰·霍尔斯特德爵士给莫斯科提供过情报?"

"不可能,"他断言道,"绝不可能。"

"你敢以你的声誉担保?"

"毫不犹豫。"

我开始下杀手了:"汉弗莱,恐怕我不得不告诉你,他在职业生涯中有相当多的时间是在为苏联服务。"

汉弗莱沉默了,但只有片刻。"我不信,"他否认道,"这是谁说的?"

我给了他一个歉意的微笑:"他自己说的。他给政府留下了所有的文件,外加一份详细的坦白书。军情五处说那绝对是真的,从头到尾都验证了。"

汉弗莱无话可说了。我以前从未看到过这样的一幕,我必须说我很享受这一刻。他语无伦次,试图拼凑出一句整话来。最终他说道:"但是,老天爷,我的意思是,哦,他是……"

"我们中的一个?"我帮他补充道。

"嗯……是的,"他开始回过神来,"嗯,当时确实留下了很多问题。"

"是的,"我表示同意,"让我先问你第一个。**为什么你没有多问他几个问题?**"汉弗莱没有明白我什么意思。"汉弗莱,为什么你的调查这么快就为他洗清了嫌疑?"

他突然意识到我的问题将对**他**产生何种不利。"您不会指的是……肯定没有人在向您暗示……"他的脸色变得惨白。

于是我向汉弗莱指出,此事无论怎么看都非常可疑。我问他为什么没有进行一次真正意义上的审查。毕竟,按照绝密文件,汉弗莱已经得到了霍尔斯特德在南斯拉夫逗留过久的证据。在霍尔斯特德离开那里后不久,铁幕后的几个军情五处的特工就遭到围捕,从此杳无踪迹。

在那里时,有一名译员曾与霍尔斯特德长时间待在一起。我问汉弗莱是否调查过她。

"她被证实是一名苏联特工。我们知道此事。大多数南斯拉夫译员都是苏联特工,如果不是为中央情报局做事的话。"

"但是你从未追查过她。"

"我有更要紧的事情要做,我没有那么多的时间。"他为自己辩护道。

我一脸责难地盯着他。"三个月之后,她搬到了英格兰,并定居牛津,离约翰·霍尔斯特德爵士的家只有一百五十码。他们做了十一年邻居。"

汉弗莱完全崩溃了,他竭力为自己辩护:"你不可能核查每件事情,你不知道你能在哪里发现什么。我的意思是,如果你具有那种多疑的头脑,你应该……"

"应该主持一项安全调查。"我替他把话说完。

简而言之,汉弗莱辩护说,霍尔斯特德向他做过保证,是那种绅士的保证。你不可能核查一位绅士的保证,尤其当你们又是牛津校友时。

我问他是否核查过安东尼·布伦特[①],汉弗莱说此事完全不同,布伦特是剑桥毕业的。

[①] Anthony Blunt,前述剑桥五人组间谍之一。——译者

我耐心听着。然后我不得不告诉他,我对他产生了疑问。

他变得恐慌起来:"但是您没有认为……**不能认为**……我的意思是,我根本不会说俄语。"

"但是你必须承认,"我说道,"事情看起来要么是玩忽职守,要么是勾结串通,二者必居其一……"

我故意没把话说完,暗示已经足够清楚了。汉弗莱极其不安:"勾结串通?首相,我保证这里面没有人串通。"

"这是一位绅士的诺言吗?"我讽刺道。

"是的,一位牛津绅士。"他急忙补充道。

我并未感到真正满意。"你的花园最近怎么样?"我问道。

汉弗莱放松了下来,开始向我讲起他的玫瑰花,突然他意识到这个问题的真正含义。"不,不,我求求您,首相,不要给我放园艺假!"

"为什么不呢?"

"我得为我的名誉着想。"

"我认为你已经把你的名誉押在约翰·霍尔斯特德爵士的清白上。"

我告诉汉弗莱,我必须花些时间好好想想此事怎么办。我指出,我将和前任内阁秘书阿诺德·罗宾逊爵士谈谈,怎么对一个内阁秘书实施安全调查。并且我提醒汉弗莱,在我和阿诺德谈话之前,不要先去找他商量。

汉弗莱向我保证,说他做梦也不会想到这么做的。

[哈克怎么会想到警告汉弗莱,说他要与阿诺德爵士讨论此事?而他为什么要相信汉弗莱的保证,说不会找阿诺德爵士事先

商量？这些成为历史学家永远思考的问题。这里只说一句就够了：汉弗莱爵士与阿诺德爵士当晚就在雅典娜俱乐部喝酒碰面了。阿诺德爵士的私人日记讲述了见面的详细经过。——编者]

在俱乐部看到阿普尔比的时候，他神情慌张而焦虑。一杯白兰地下肚，他道出了真正原因。很显然，首相和军情五处的杰弗里·黑斯廷斯都认为他可能是一名间谍，因为他曾替霍尔斯特德做了开脱，而霍尔斯特德现在又坦白了一切。

汉弗莱问我他该怎么办。我告诉他这取决于他是否真的是间谍。他对我也抱有这种怀疑感到震惊，但我解释说我必须避免任何先入为主的看法。

汉弗莱提出了几个有力证据来说明他不是间谍。

（1）他不是剑桥毕业的；

（2）他是已婚男人；

（3）他是我们中的一个；

（4）他毕生供职于文官部门；

（5）与霍尔斯特德不同，他不相信任何**理想**一类的东西。汉弗莱正确地指出，他一生从未相信过任何东西；

（6）与霍尔斯特德不同，他从未有过任何主张——特别是原创性的主张。

这些证据都具有一定的说服力，但是还不足以得出结论。

然而，在我看来，汉弗莱是否为间谍在短期内并不重要。我同意他的看法，无论他是否间谍，我们都必须保证此事不能泄露。

当然，我现在是信息自由运动的主席，这是一个便于阻止敏感信息透露给媒体的职位。泄露信息给莫斯科是严重的，但是泄露给任何人后果都不轻。泄露给内阁尤其严重，比泄露给莫斯科还要可怕。

关键在于，这种性质的丑闻会严重削弱文官部门的权威。它可能会导致政治家势力的深入，就像在美国一样，美国人可以选择让他们的政治仆从担任常任秘书和常任副秘书，甚至副秘书。文官部门的顶级职位将被唯政治家马首是瞻的人所占据。这将是不可想象的！如果英国按照内阁所要求的方式来治理的话，任何人都找不出能对英国造成哪怕是十分之一的伤害的秘密来向莫斯科提供了。因此汉弗莱一定不能认罪，即使他是有罪的。我把这个意思向他说明了。

汉弗莱重申他无罪可认。尽管如此，仍然不能排除另一种可能。不过我告诉他，为了讨论方便，我们假定他是无辜的。

他对我千恩万谢。我再次说明，我仅仅是为了讨论方便才做此假定的，并不代表任何个人的看法。然而，不幸的是，如果他不是间谍，那么他显然就是不称职。

他否认了自己的无能。他还提醒我，是我委任他作为那项安全调查的秘书的，并且他暗示我，说我曾经暗示过他，不希望找到任何对于霍尔斯特德不利的证据。

自然，**我**矢口否认。他没有任何书面证据，我当年就确保了这一点。当然，我给他送过备忘录，这是我一贯要送的。在这份备忘录中，我指示他一定要彻查，一定要一视同仁，不管有多么难堪，都要坚持追求真相。

事实上，我把这份备忘录做了复印件，留在了内阁办公室的档案中，这样就更没有证据支持汉弗莱的说法。

但我还是要求他向我保证，关于我也有串通嫌疑的说法谁也不许再提了。他向我做了保证，然后我们回到**他**的不称职问题上。我告诉他，尽管**我们**或许都知道，他的所作所为是出于他人授意，但是此事很难向政治家们解释清楚。

他问我是否有必要让政治家们知道这一点。我们一致认为，如果可能的话，应尽量避免。不过主要的危险在于首相，他或许会到处跟人说的。

很显然，汉弗莱一定不能让这种情况发生，必须阻止！首相可能告诉内阁，他们可能会做出让汉弗莱停职的决定，他们还可能会让汉弗莱去做战争公墓委员会的主席！

汉弗莱尚未考虑过最坏的可能。他应该考虑一下。坦率地说，我并不介意汉弗莱被怎么处理。他是可以牺牲的，我这样告诉了他。他在感情上无法接受，不愿承认这一点，但事实就是如此。

但是，即使汉弗莱是可以牺牲的，我们也不敢让政治家们开这样一个先例，树立高级文官可以因不称职而被免职的原则。那将成为千里长堤上的蚁穴，我们会损失数十名伙伴，或者数百名，甚至数千名也说不定！

因此我向汉弗莱建议，他应该在接下来几天里增强自己对于首相的重要性，让首相离不开他。我们讨论了首相此时真正在乎什么——当然是人心，这是所有政治家始终不渝的追求目标。

此时最大的新闻当属那只在索尔兹伯里平原迷路的狗，我建议他由此找到切入点。

[汉弗莱的日记只是简要提到了上述与阿诺德爵士的见面。也许他不愿意记录阿诺德认为他是可以牺牲的这个事实,这一点对他的伤害甚至比认为他是间谍还要厉害。不过,汉弗莱记录了次日他和国防部常任秘书诺曼·布洛克的会面,在这次会面中,他提出了一项建议,它明显是基于阿诺德爵士的想法。——编者]

昨天与阿诺德爵士会面。他提了一两个有价值的建议,简单说来是让我想办法在周末前帮首相提高民意测验的支持率。

唯一的办法似乎是让哈克拯救那只在索尔兹伯里平原迷路的狗。阿诺德好像建议,我应该让首相在索尔兹伯里平原上慢慢摸索,一手拿着探雷器,一手拿着维纳洛特牌狗粮。还说他这样做的话,至少对英国的伤害会比他做其他任何事情都要小。

今天,诺曼突然来见我,他想知道他的国防大臣在内阁会议上表现如何。[汉弗莱·阿普尔比作为内阁秘书可以出席所有的内阁会议,而其他各部的常任秘书除非受到难得一遇的特别邀请,通常不能出席。——编者]

我告诉诺曼,即使内阁当时极为愤慨,他的内阁大臣仍拒不同意削减国防开支。诺曼听了,十分振奋。

我告诉他我需要找他帮个忙,是个十分敏感的问题。他问我是否指的是巡航导弹或者化学战争,当我透露说我关注的是索尔兹伯里平原上的那只狗时,他十分惊奇。

诺曼自信地说,此事没有问题,一切尽在掌握之中。他预测这只狗将在周末饿死,然后军方将找到它的尸体,为它举行一场动人的小小葬礼并把它埋葬在大门外。他已经计划好拍摄卫兵行倒枪礼的照片,并摆拍司令官慰问啜泣孤女的画面。他说电视台将会爱死这一切的,所有的星期日报纸都会刊登这些照片。

我认真地听完,然后提出建议,说我们应该去拯救这只小狗。

诺曼一下子蹦了起来,他说这是高度危险的。这样做需要:

(1)一个中队的皇家工程兵,配备探雷器;

(2)一个分遣队的兽医部队,配备麻醉枪;

(3)一架直升飞机(也许两架),配备绞盘设备;

(4)一张几十万英镑的账单。

一切都是为了一只狗,一只五英镑就能在本地宠物商店买到的小狗。

尽管我知道这一切,但我仍坚持要救。我问诺曼拯救这只狗在技术上是否**可行**。诺曼想都不想就答道,如果你有钱的话,**任何事情**在技术上都可行。但是他指出,这样做是疯狂的,首相已经施以重压要求削减开支,而他到底有什么理由在全世界媒体眼皮底下花费几十万英镑,只是为了救一只小狗?

诺曼只能看到**问题**本身。我把事情反过来看,向他点明这是一个**机遇**:如果首相授权了这次行动,如果是哈克主动提议的,那么接下来他就很难再坚持削减国防开支了。

诺曼沉默不语,然后脸上绽开幸福的微笑。很显然,我已经恢复了我的机智。我告诉诺曼有如下条件要做到:

（1）在救援完成之前，真实费用一定不能让哈克知道；

（2）救援行动应该立即准备，随时待命，严格保密；

（3）功劳必须归于首相——这是唐宁街十号做的。

他当即同意。[阿普尔比文件 28/13/GFBH]

[哈克的日记继续下去。——编者]

6月27日

阿诺德·罗宾逊爵士自从退休以来，今天第一次回到十号，这是为了和我就汉弗莱一事进行机密会谈。军情五处已经向他通报了情况。他认为那是一件坏事，一件不幸的事。我接着说道，那是一场灾难。阿诺德似乎认为我在夸大其词。

"并不是灾难，肯定不是，首相，此事绝不会泄露的。"

"你的意思是，"我问道，"只有人们都知道了才算得上灾难？"

"当然。"

也许他是对的，如果没有人发现的话，我猜这只是一场困窘而非灾难。[如果内阁秘书是一个间谍，那将是一场**严重**的政治困窘。——编者]

但是很幸运，这不是一场灾难，因为新的证据出现了。阿诺德爵士带来了汉弗莱不是间谍的证据。

军情五处刚刚在霍尔斯特德的文件中发现了这个记载，是在他的私人日记中发现的。

他把证据交给了我，我怀着难以形容的复杂心情读了它，是宽慰，是喜悦，也许是欢欣鼓舞。我读过那么多材料，但是没有一件能给我带来这么大的快乐。

阿诺德猜想我是为了汉弗莱被证明是清白的而高兴。他想把霍尔斯特德的日记要回去,但是我坚持要留下来。

阿诺德接着建议道,这件事就这么算了吧,既然没有必要再调查了。但是我指出,不称职的问题还没有解决。

"我们都犯过错误。"阿诺德轻声说道。

"不是一个级别的事儿,"我严肃地答道,"你认为我应该让他免职吗?"

阿诺德似乎并不认为这个建议值得讨论。他拒绝道:"基本上我不这么认为。"

"为什么不?"我问道,"你认为文官就不应该被免职吗?"

阿诺德谨慎地答道:"如果他们罪有应得,当然要免职。原则上如此,但是实践中并非如此。"

起初我表示怀疑,但是他解释道,在汉弗莱被免职之前,应该先对他进行一场调查,而经验是,有关文官不称职的调查最终都以某种方式追溯到大臣们的错误上。不过,他提议可以由他主持一个不偏不倚的调查。

我想了一下。既然过去几年来,汉弗莱曾是我的常任秘书,而我是行政事务部大臣,于是我决定不做无谓的冒险。我谢过阿诺德的帮助。让他走后,我派人请汉弗莱过来。

等他一到,我马上替他解除了烦恼。我告诉他,他已经洗清了间谍的嫌疑。他自然是如释重负,并问怎么回事。

"是约翰·霍尔斯特德本人写的东西。"我告诉他。

"这真是太令人高兴了。"他说道。

我很享受这一时刻。"**不是吗?**"我说道,"我早知道你会高兴的。"

"当事人可以看看这个文件吗？"他问道。

"当然可以，汉弗莱，但更好的办法是让别人念给当事人听，大声地念给当事人听。"

"10月28日。又一次见到了头号呆瓜阿普尔比，耍得他团团转。"

汉弗莱脸色绯红："我明白了。谢谢您，首相。"说着伸手去够日记本。

"不，汉弗莱，还有呢，把你洗脱得更清楚了。"我继续念道，"他从未问出过任何难答的问题。他似乎都没有读过军情五处的报告。他的脑子里一团糨糊，连小孩子都蒙得了他。"我抬头看着汉弗莱，满脸笑容："写得好极了，你一定**非常**高兴。"

他噘起了嘴，显然是怒火中烧。"我一直就说，约翰·霍尔斯特德的识人能力简直不可救药。"他咆哮道。

我假装担心："你的意思是我们不能相信这份材料？他在说谎？"

汉弗莱被困住了。他意识到他除了承认材料真实外别无选择。他很不情愿地承认霍尔斯特德的叙述是绝对真实的，但是他坚持霍尔斯特德还不够聪明，不能理解他微妙的问话技巧以及非对抗式的方法。

我点头表示理解。"你其实是用一种真实的安全感来让他感到放松。"我评论道。

"是的。"汉弗莱说道。"不。"汉弗莱意识到我的真实意思。"不管怎样，"他补充道，"我认为现在一切都过去了。"

"勾结串通吗？当然过去了。"我说道，汉弗莱感到放松。

"但是还剩下不称职的问题。"

他紧张地舔了一下嘴唇:"首相,我真是恳求您……"

"汉弗莱,"我说道,"如果有人为你工作,你能容忍这种不称职的行为吗?"

"那是很久以前的事情了,"他争辩道,"在一个非常紧张的时期,我有其他繁重的工作要做。"

"你现在也有繁重的工作要做。"我说道,充满了威胁。

但是接着他挽救了自己。汉弗莱被逼急的时候还是一个有价值的人。"首相,"他开始说道,"我一直在思考怎样提高您的民意测验支持率。"

自然我立即被吸引了。我等他继续说下去。

"一个强有力的政府需要一个受欢迎的首相。"

那当然!我更期待了。

"我认为您应该做些更受欢迎的事情。"

我变得不耐烦起来。"**当然**应该,"我说道,"但是做什么呢?"

他的建议并不是我所期待的。"我建议您亲自出面,去拯救索尔兹伯里平原上那只可怜的小狗。"

起初我以为他是在开玩笑:"这样做肯定受人欢迎,但是必定会花一大笔钱吧?"

"肯定不会吧?"汉弗莱答道。[针对文官部门的观察家会注意到这是一个巧妙的回答——没有说谎,但是也几乎没有说实话。——编者]

他告诉我时间已经不多了。"必须马上做出决定,必须在今天早上,在可怜的小本琪被饿死之前。"我犹豫不决,然后汉弗莱以感情作为突破口。"有时候一个人必须听从内心的声音,即使是首相。"

他说得没错!我表示同意了。他立刻开始给诺曼爵士打电话。他告诉我,诺曼已经让军队处于连续三小时待命的状态,只等我的最后决定。

我很高兴,但是我还担心一件事:"汉弗莱,这不是一个廉价收买人心的问题吧?"

"绝不是,首相。"他意味深长地答道。然后他终于接通了国防部的诺曼爵士。"诺曼,开始'遛狗'①。"

显然这是"莱西回家行动"的代号。

6月28日

他们今天拯救了本琪,我期待着我明天会**大受**欢迎。

我把6点钟新闻从头到尾都看了。事情相当令人激动,我感觉自己就像是一次重大军事行动的指挥官。比如说福克兰群岛战争期间的撒切尔夫人,不,有过之而无不及,事实上简直就是丘吉尔。这个国家需要一个像我这样坚定、果敢、强硬的领袖。

今天一早行动从B靶场开始。四个皇家工程兵小队配备了探雷器,从不同方向向本琪最后出现的区域推进,足足花了一个小时才找到它。然后皇家兽医部队发射了麻醉弹,我们看到狗倒了下去,暂时失去了知觉。

部队如果不引爆那些没有爆炸的炮弹就无法进入该区域,而引爆又可能伤及小狗。因此皇家空军的直升机飞临现场,一个空

---

① 原文为Walkies,是walk的口语变体,主要用于命令狗行走散步。——译者

军救援小组吊下一名士兵,他捡起了小狗——这样就不用穿越危险的地面了。本琪由飞机送抵安全地面与它的小主人会合。孤儿琳达见到小狗后狂喜不已,我想她对于能再见到小狗已经不抱任何希望了。我被自己的智慧和仁慈深深感动,以致不免有些泪下沾襟。我并不羞于承认这一点。

安妮非常高兴,我事先没告诉她我已经安排了人拯救小狗。我们上次说到此事时,我还告诉她这样做颇费钱财。

她的小脸儿由于替那个孩子高兴而容光焕发。

我告诉她我又想了此事。"我思考了**你**所说的话,我认为政府是应该关心。"

"关心选票?"她问道。

我有点生气:"这样说很苛刻,安妮。我仔细想了那个小女孩以及小狗对她的全部意义。个体确实还是有价值的,即使这是一个充满了预算表和决算表的世界。人们可能会批评我使用军队的方式不当,但是我不在乎。做正确的事情,有时候就意味着要冒不得人心的危险。"

我很满意我的这套言辞。我将在明天议会的质询时间使用它——一定会出现的。

安妮完全被我的话吸引住了。[哈克很可能是说被她欺骗了,但是录音很不清楚,因为哈克此时的思想状态异常兴奋并极度情绪化。——编者]①

安妮吻了我一下,并且告诉我,她**肯定**不会为此批评我的。

---

① 被吸引住了是 be taken by it,被欺骗了是 be taken in by it,二者非常接近。——译者

自从我们迁入十号以来,这是我第一次体会到做首相的妙处。她真是不可思议。

6月29日

今天早上的新闻报道精彩极了,甚至超乎我的想象。

首相愈合了一颗破碎的心——本琪获救(《太阳报》)

首相的仁慈使命

一条狗命,拜吉姆所救

我给汉弗莱看了这些。他也很高兴。甚至连社论文章也表示了赞扬:**今天英国发现,唐宁街十号内跳动着一颗真正的人心。**我指给伯纳德看,他的反应是典型的王顾左右:"事实上,十号内跳动着七十四颗真正的人心。"但是他也在微笑。

我在汉弗莱身上犯了一个小错误,我告诉他我一贯是对的,我对于人民的需要有本能的直觉。当然,这话没错——但就此事而言,其实是汉弗莱出的主意,因此当他提醒我时,我大方地把一切功劳都给了他。尽管事实上,他出的主意大多数都非常糟糕,而此事**真正**的功劳在于我一双慧眼,识出这次的主意难得还不错。然而,我仍然让他觉得是自己的功劳,这样做对激励士气总是有好处的。

既然他在此事上颇有贡献,因此我乐于答应他提出的要求。他要求就此打住他在霍尔斯特德调查事件上的不称职问题。我当即表示同意,为什么不呢?又没造成什么实质性的伤害。

在我们开始讨论内阁议事日程之前,我还打算好好享受一下更多的新闻故事,真是精彩的引语。琳达说:**我投哈克先生一票**。BBC 和 ITV 电视台报道说,电话如洪水般打来,纷纷赞扬我做出了拯救小狗的英明决定。此外,按照《泰晤士报》的说法,反对党的领袖拒不发表任何评论。我打赌他无话可说。他要么支持我,要么主张让小狗饿死。我真是把他难住了!

当我们最终回到议事日程上来时,汉弗莱建议我们推迟讨论第三项议程,即削减国防开支一事。他想将此事提交给内阁的海外政策和国防委员会讨论。我看不出这么做有什么意义——我需要内阁做出决定,而不是要他们九个月之后递交一份六十页的讨论报告。

但是一件事情出乎意料地震惊了我。汉弗莱透露,拯救本琪的行动花费了三十一万英镑,不可能!然而这是国防部根据真实数字统计出来的费用。

我喘不上气来。"汉弗莱,"我惊骇地说道,"我们必须做点什么!"

"把狗放回去?"伯纳德建议道。

权衡了一下,尽管我很震惊,但我仍然认为这样做是值得的——花费了三十一万英镑,但我赢得了大量支持。[也许更加准确地说是哈克花钱买了大量的支持,而且是花公家的钱。——编者]

但是接下来我意识到事情的糟糕透顶之处,确切地说,并不是我意识到的,而是汉弗莱解释给我听的。"您不一定非要推迟国防开支的削减,但是如此做需要勇气。"

我的心在下沉:"勇气?为什么?"

"如果削减了国防开支,拯救小狗的费用就一定会被人泄露给媒体。"

"绝不会的。"我无力地说道,但我知道他是对的。

他摇摇头,一脸的苦笑:"当然,首相,如果您对国防部职员的保密能力和忠诚态度有充分信心的话……"

多么荒谬的想法!我怎么会信任呢?他们漏得像筛子一样!

汉弗莱又往我的伤口上撒盐:"我现在可以想象报纸的标题——'首相救狗,英国国防部埋单'。这个故事会很有意思的。"

"一个冗长杂乱、冒充滑稽的故事。"①伯纳德开玩笑地补充道。有时我真想杀了他。

我痛苦地思考了一下,为了削减国防开支,我已经努力了几个月。但是现在,因为出于好心的一时冲动的决定,我被坑了。

"当然,"汉弗莱嘀咕道,"只有泄露一途,倘若……"然后他盯着我。

我突然怀疑这是一个阴谋,汉弗莱是不是故意说服我去拯救小狗,以便达到推迟削减国防开支的效果。

但是我很快意识到,这纯粹是妄想。汉弗莱还没有聪明到那份儿上,他也不会这样对付我。

他完全是在告诉我,如果我不暂时放下削减国防开支一事,国防部必然有人会泄露此事。他是对的。有人肯定觉得这是勒索我的好机会。

---

① 原句为 A shaggy dog story,是一个习语,伯纳德是在借其中"狗故事"进行发挥。——译者

"我绝不会任人勒索的。"我坚定地告诉汉弗莱。

"我希望不会发生这类事情。"他说道,然后等着我说下去。

当我彻底想了一遍后,我意识到自己别无选择。因此我尽力装出若无其事的样子。

"另一方面,"我谨慎地开口了,"人们不能过快地削减国防开支。保卫国家是政府的首要职责,而且总会有各种突发事件,比如朝鲜,比如福克兰群岛,再比如本琪。"

"对,本琪!"伯纳德和汉弗莱赞成地附和道。

"是的,"我总结道,"大概是我搞得太急了一些。"于是我对汉弗莱说,我经过考虑,认为第三项议题,也就是国防开支削减一事,或许需要再想想。我指示汉弗莱将此事提交给海外政策和国防委员会。

从汉弗莱充满敬意的表情上,我看得出他认为我做了一个正确的决定。

"另外你告诉委员会不用太着急,好吧?"

"是,首相。"

10. 落水之人

7月2日

在温布尔登网球场碰上就业大臣时,他显然已经深思熟虑过了。他从中心球场径直向我走来,给我提出一个奇妙的主意。

简而言之,他的计划就是将大批军队调到英格兰北部。他意识到,尽管我们有四十二万现役军人,但只有两万驻扎在北方。几乎所有的人员和物资都集中在南方。海军在朴茨茅斯和普利茅斯。空军在贝德福德和东英吉利,就在伦敦北面不远。陆军就在奥尔德肖特。在华什湾以北几乎没有任何军队。但是问题也在于这里,我们几乎**所有**的失业人口都集中在北方。

达德利〔就业大臣达德利·贝林——编者〕并不担心军人本身有意见,不管怎么说,大多数军人都是来自北方的。他所想到的是,如果我们将二三十万军人从南方调到北方,我们将在那里创造出大量的平民就业机会：店员、供货人员、建筑工人、修车工人……机会多得数不胜数。还会有三十万份军饷花在当地的商店中。

对于这项提议，真看不出有什么好反对的，于是我激将似的请内政部来提反对理由。[好一个鲁莽的激将法。——编者]他们不会再低估我了。对于他们的那些把戏，我现在愈发应对自如了。

[在唐宁街十号任职八个月之后，哈克显然更聪明地知道内政部对于任何改变现状的做法可能做出的反应。即便如此，哈克似乎还是过于自信了，居然双手欢迎该计划的反对理由。新读者或许会觉得这种态度是合理的、恰当的、灵活的，但那些熟悉哈克此前职业生涯的观察者知道，汉弗莱·阿普尔比爵士会无中生有地编出极好的理由。尽管哈克坚持认为自己的聪明才智足以应付汉弗莱爵士的阴谋诡计，但是他显然忘记了他所面对的是一位魔术大师。

就业大臣的调防提议甫经传阅，一场紧急会议就在国防部召开。会议的备忘录完全赞同该计划，只是对于提议在实际执行中的某些次要细节的可行性持轻微的保留意见。汉弗莱爵士的私人笔记最近在"三十年规则"之下得以解密，它讲述了一个相当不同的故事。——编者]

今天在国防部，我与艾伦[国防部常任秘书艾伦·格思里——编者]和杰弗里[陆军元帅、国防部人事主任杰弗里·霍华德——编者]进行了会谈。

杰弗里迟到了。我想，这不太像军人作风，但艾伦解释说,就业大臣的这个提议使整个国防部处于混乱之中。

事实上,新上任的艾伦把这件事看得相当严重。我努力向他解释,在首相看来,这是一个非常合理的计划。艾伦拒绝认为这是首相的观点,他恨恨地说,这份缺德的提议出自就业部,他们干吗要把我们国防部扯进去。我纠正了他的说法:提议出自就业大臣——就业部本身与此并不相关。

此外,由于我能看出两个部门间的内战在暗潮涌动,因此我暗示制定这份提议的所有工作都是就业大臣的政治顾问们干的。

[谨慎小心的汉弗莱大概并没有直说提议出自政治顾问们之手。他仅仅"暗示"如此。他即使不说实话,也很在意不去说谎。他杰出的前任阿诺德·罗宾逊在一个重要的场合中,将此方式描述为"省略事实",尽管他是在转引埃德蒙·伯克的话。——编者]①

我向艾伦指出我们都要保持镇定,我们应对的只是调防提议而非苏联入侵。艾伦说道:"若是苏联入侵,我就不这么担心了——国防部对此早有准备。"

听了这话我备感惊讶。于是他将话澄清:他的意思是国防部知道怎样击退苏联。我更加惊讶,问他我们**能否**击退苏联。他说不能,当然不能,但至少国防部不会为此**多伤**脑筋。

---

① 埃德蒙·伯克是18世纪活跃于英国的政治家和作家。但"省略事实"(economical with the truth)一语是由于1986年英国内阁秘书 Robert Armstrong 的再次使用才变得流行的,本书或影射此事。——译者

既然首相已经公开支持这项提议，因此在名义上我也要支持它。于是我重申尽管军队中有许多人来自北方，但**他们**并不是那些正在失业的人。而就业大臣的提议旨在帮助那些正在失业的人。

艾伦觉得我们做得已经够多的了。我们军队中来自北方的那些人**以前**大都没有工作，这也是他们入伍的原因。这个理由不能打动首相，首相关心的是北方的就业问题，然而那些在北方入伍的人却把钱都花在了他们所驻扎的南方。

艾伦说这在逻辑上不可避免，因为在北方几乎没有什么可花钱的地方。

陆军司令杰弗里·霍华德加入到我们的谈话中。他开门见山，直接告诉我这个提议必须叫停。他说你不能这样在国内调动几十万人。

我暗想你平时调动军队不就是这样么，这个理由真是不堪一击。但是仔细一想才知道他所反对的是永久性的调动。这是非常有道理的。

他承认**一些**军人可以永久性地驻扎在英格兰北部：普通士兵大概可以，低级军官可能也行。但是他极为明确地指出，我们真的不能让高级军官长期驻扎在北方。

我请他列举一下理由。他欣然从命。

（1）他们的夫人受不了；

（2）没有学校；〔当时在英格兰北部是有学校的，或许杰弗里的意思是合适的私立学校很难找。——编者〕

（3）哈罗德百货商场不在北方；

（4）那里也没有温布尔登网球场；

（5）没有迪托·爱斯科赛马会；

（6）也没有亨利·瑞盖塔赛艇会；

（7）更不用说陆军和海军俱乐部了。

简而言之，他担心文明从此会变得遥不可及。在战争时期军人可以接受这种牺牲，但在当前的情况下，这番调动会使军人们士气低落。

我对这类理由感到不耐烦。这件事情下午内阁就要讨论，我们需要更为严肃的理由，而不是高级军官距离俱乐部三百英里开外这类理由，尽管这令人十分烦恼，也非常现实！

杰弗里实在想不出比这些更严肃的理由了，他愤愤地说，怎能把像他和我这样的人调到那里去呢。

我让他找出客观的反对理由。他坚持说这些就是**客观**理由，我好不容易才忍住没有拿本词典让他理解词意。我问他是否有什么**战略上**的反对理由。

他说有，有好几个。我拿铅笔摆好记录的姿势，让他列举出来。他却又说不出来，他说他还没来得及想，但是对于任何事情，都能找到战略上的反对理由。这话倒是千真万确。

于是在艾伦和杰弗里有时间考虑战略理由的同时，考虑到这些理由可能经不起外界审查，我们必须事先确保它们成为顶级机密。这是国防事务的一贯做法，也正是这种做法使得国防始终能得到高度评价。我们可以让这些战略理由仅供首相一人过目，这无疑意味着它们不会受到专家的审查。

然而，战略上的理由或许不足以改变首相对于就业大臣提议的看法。于是我建议,为了更加保险起见,我们改踢球为踢人。这一向是个好办法,这回出了毛病的人是——也应该是——就业大臣,这个可怕的提议就是他提出的。

我们所构思的计划是要利用首相的妄想症。所有的首相都有妄想症,当前这位更是有过之而无不及。向首相暗示就业大臣正在图谋反对他应该是很容易的。

杰弗里问是否真有此事,军人的脑筋真是简单得可怕。问题不在于是否有阴谋(就我所知,目前还没有),而在于首相是否相信有阴谋。

杰弗里问是否有机会彻底摆脱他。起初我以为他指的是首相,于是我指出,我们为了训练[①]他费尽了周折,如果随便就不要了真是很可惜。

但是我后来明白杰弗里要摆脱的是就业大臣。这个人很危险,如果把他从就业部赶走,他很可能当上工业大臣——那样的话他没准打算卖掉皇家空军,或者使陆军私有化,或者让海军下水。

鉴于有一两位国防部的低级官员在场,就有了"旁庭"的危险,我对于霍华德的想法表示了得体的惶恐——他认为卑微的文职人员可以设法把高级大臣赶出内阁。我解释说这绝不可能,只有首相才能罢免大臣。[汉弗莱对于低级官员判断力的评论反映了当时对信息自由的日益关注。一位名叫旁庭的助理秘书出于本人自愿,将信息泄露给在野党议员和

---

① 请注意汉弗莱这里用的是 house-trained,此词专指训练宠物不在室内大小便等。——译者

其他没有资格或者不应当知道此事的人,他还宣称这符合公众的利益。① 此后旁庭便成为泄露秘密给外界的代称,ponting 是其名词形式,pont 是其动词形式。许多低级官员都很担心泄密的问题,他们要么选择忠诚谨慎,要么选择辞职。旁庭显然颇具诱惑力,旁庭者倒不至于获罪,但恶名远播是肯定的,在《卫报》连载个人回忆录也是肯定的。——编者]

然而,如果怀疑内阁成员的忠诚出了问题,任何首相都不得不考虑做出激烈之举。既然只有患深度妄想症的人才会怀疑就业大臣图谋不轨……我们还是有机会的。

在散会前,对于就业大臣调动包括各级军官在内的大批军队到英格兰北部和苏格兰的提议,我们确保了会议备忘录能反映出我们的热情支持。[阿普尔比文件 36/17/QQX]

[在国防部举行秘密会议的次日,就业大臣的提议被提交内阁委员会讨论。以下哈克的日记继续下去。——编者]

7月4日

今天我们在内阁委员会上讨论达德利的建议,如我所料,我遭到了反对。出席会议的有汉弗莱爵士,还有马克斯[国防大臣麦克斯韦·霍普金斯爵士——编者]、达德利和其他几个人。当然,伯纳德也在场。

---

① 此人名叫克莱夫·旁庭(Clive Ponting),他于 1985 年将贝尔格拉诺事件真相泄露给媒体后被迫辞职,但最终裁定无罪。译者倾向于选用"旁庭"二字,谓公布于民是别开辩庭也。——译者

在我的提议下，达德利向大家征询意见。

马克斯首先发言，他一定会反对的。"嗯，首相，我知道就表面看来，这项提议或许可以改善萧条地区的就业状况。但是据我理解，计划的实现必须有赖于重新部署我们绝大部分的国防建制。我想这对于国防部的影响比起就业部来说只多不少，所以我需要时间进行可行性研究。"

我环顾四周。没人发言了。

"别人还有意见吗？"我问道，"请尽快讲。"布赖恩〔环境大臣布赖恩·史密斯——编者〕、埃里克〔财政大臣埃里克·杰弗里斯——编者〕和尼尔〔交通大臣尼尔布莱恩·希区柯克——编者〕看起来都犹豫不决。

布赖恩说："嗯，我对它不太了解，不过看起来像是一场剧变。"他这两点都说对了。

埃里克嘟哝道："太贵了。"

尼尔则小心谨慎地说道："这是个大动作。"

我对这一切欣赏够了，于是给出了自己的意见。"我完全支持这项提议。"我说道。

"我也支持。"杰弗里〔工商业大臣杰弗里·皮克尔斯——编者〕毫不犹豫地附和道。

埃里克说绝对一流。尼尔说这是个杰出的计划。有时候被一群只会点头说是的人围着也很烦人，当然这也有好的一面。毕竟，由于我在国家战略事务上的意见通常是正确的，所以他们这样随声附和也确实为我节省了大量时间。

我向同事们微笑："我想国防大臣恐怕是在孤军奋战。"

马克斯自己站了起来，表情严肃坚决。即使这次他不能取胜,我也很佩服他。"不过,首相,"他说道,"我是负责任的大臣,我在未做可行性研究之前从不做决定。此事关系到这个国家的国防大计,我们必须进一步开会研究,要有充分的讨论时间。"

这是一个合理的请求。我同意在两周后的下次会议上充分讨论此事,随后提交全体内阁讨论通过。

委员会的其他成员再次赞成了我的意见。"同意！同意！"大家吵闹地说道。

达德利补充道:"首相,我能请求在会议备忘录上记下,内阁委员会除了一名成员外全都同意我的提议吗？"

我向汉弗莱和伯纳德点头,他们负责记录。但是马克斯未加多说就拒绝接受达德利的要求。"一名成员,"他固执地评论道,"可他掌管的正是被要求调动的部门。这很成问题。"

我开始对马克斯感到不耐烦:"我能请国防大臣记住每个问题同时也是一个机遇吗？"

汉弗莱介入了:"我想,首相,国防大臣是担心这是很多难以解决的问题的产生机遇。"

我们都笑了起来。"真有趣,汉弗莱,但是并非如此。"我宣布散会,他们顺从地鱼贯而出。我留下来看达德利计划的细节部分。在会议前,我还没来得及细看。

"呃……首相。"我抬起头来。让我吃惊的是,汉弗莱爵士还没走。我开始聚精会神地倾听他的意见。

伯纳德·伍利爵士（与编者谈话时）回忆：

> 我记得不是这样。这次谈话我记得很清楚,有几个月我外出吃饭时经常谈到它。事情是这样的。汉弗莱爵士确实

说了"呃……首相"。到此为止,哈克的叙述还都是准确的,但接下来所谓的聚精会神就是胡扯了。

"哦,还在这儿,汉弗莱?"哈克一面看着计划一面说。

"是的,"汉弗莱答道,"我想和您谈谈就业大臣的计划。"

哈克此时正全神贯注地看着手中的计划。"一份很棒的计划,不是吗?"他头都不抬地说道。

汉弗莱可不这样想。"嗯……我估计,三军司令们根本就不喜欢它。"

"好的,"哈克高兴地说道,然后他抬起头,"你说什么?"他根本没有听见。

汉弗莱对此十分恼火。他从不在意"忽视"这个词,除非他自己被忽视。"首相,"他烦躁地说道,"您在听我说话吗?"

"当然,汉弗莱。我刚才正在看这些细节。"

"首相,黑斯尔米尔地震了。"汉弗莱说道,用以测试首相的反应。

"好,很好。"哈克咕哝着说道。随后尽管缓慢,但一定有什么东西刺激了他,因为他终于抬起头来了。汉弗莱爵士知道首相的注意力非常短暂,于是他以难得简单明了的话不断重复道,三军司令不喜欢这个计划。

[哈克当天的日记继续下去。——编者]

汉弗莱反复说三军司令多么不喜欢这个计划。他们当然不喜欢!人们很难指望他们会赞同把他们的妻儿老小搬到远离哈罗德

10. 落水之人

百货商场和温布尔登网球场的地方去。

汉弗莱爵士对这个说法不屑一顾。"首相,事情并非如此。他们的反对并非出于个人感情,而是完全出于战略考虑。"

"哦,是吗?"我向后靠到椅背上,一脸和蔼地笑了。他骗不了我,再也骗不了我了。我讽刺味十足地说道:"战略?海军部的舰队需要深水港,所以显然只能驻在巴斯——离海三十英里的内陆。海军的任务是保卫挪威,所以我们就只能驻扎在普利茅斯。装甲车的测试是在苏格兰,所以相关军工部门只能驻扎在萨里。"①

"这些都是个别例子。"汉弗莱的回答毫无说服力。

"没错,"我表示赞同,"但是这样的个别例子,在这份文件中还有不下七百个。"我向他挥了挥报告。他凝视着我,面色冷酷而毫无笑容,一副完全不可动摇的架势。当他那锐利的目光从带有贵族气质的鼻子上方投向我的时候,我犹豫了。[我们都知道,哈克一犹豫就会发生什么。——编者]

"你为什么反对呢,汉弗莱?"我觉得我必须弄清其中的原委。

"我?首相,我向您保证,我并不反对。我只是努力向您提供恰当的问题。例如费用问题。"

他完全看不到问题的关键。"一切妙处就在这个,汉弗莱,它很**赚钱**!我们可以把南部那些昂贵的大楼卖掉,然后搬到北方廉价的大楼中去。在伦敦周围数郡中,还有数十万英亩高价的土

---

① 普利茅斯位于英国西南港口,离挪威远了点。萨里是伦敦以南的一郡,离苏格兰也远了点。——译者

地可供出售。"

"所以您认为就业大臣干得漂亮?"

"是啊,这家伙的确不赖。"

出乎我的意料,汉弗莱居然全力赞美起来。"哦,在这方面我同意您的看法。出色至极,无比杰出,才思敏捷,脚踏实地,又有铁腕,毫无疑问是个伟大人物。"

我并不认为他有**那么**好。事实上,我更纳闷汉弗莱为何会对他如此推崇。我就把话直说了。

"但他是好样的,"汉弗莱坚持道,"您不这么认为吗?"

"是的,"我说道,"我已经说过了。"

"确实如此,"汉弗莱沉思道,"他也很受欢迎。"

这事我倒不知道。"是吗?"

"哦,是的。"汉弗莱告诉我。

我想了解得多一点。"没有**那么**受欢迎,是吧?"

汉弗莱点着头,扬起了眉毛,似乎有些惊讶于达德利受欢迎的程度。"哦,不,他很受欢迎。我认为在白厅街和议会大楼莫不如是。"

我思索着这些。我猜他是对的。达德利在议会**的确**很受欢迎。

"有人告诉我,他也受基层民众的欢迎。"汉弗莱补充道。

"是吗?"

他点了点头。我在想是谁告诉他这些事的。

"似乎他在内阁也有一批追随者。"

在内阁有追随者?这怎么可能呢?在内阁不是只有我才有追随者吗?"请再告诉我一些,"我很好奇,"坐下说。"

汉弗莱坐在了我的对面,但似乎不愿意再说什么了。"真的没什么好说的了。只不过,人们都在谈论他将成为下一届首相。"

我吃了一惊:"什么?你在说什么?"

"我的意思是,"汉弗莱小心地说道,"当然是要等您决定引退之后。"

"可我并不想引退啊,我才刚刚上任。"

"没错。"他高深莫测地说道。

我想了一下,最终问道:"人们为什么要谈论下届首相呢?"

"我相信,那只是个一般性的猜测。"他漫不经心地答道。

汉弗莱可以相信这一点,但是我却无法相信:"你认为他想当首相吗?"

汉弗莱似乎突然警觉起来:"即使他想当,您也实在没有理由怀疑他的忠诚。他并没有打算培植党羽或者别的什么东西,是吧?"

"他没有吗?"

"他有吗?"

我想了一会儿:"他用了太多的时间在国内演说,多得有点不像话。"

"他只是一个忠诚的大臣而已。"汉弗莱为何会如此热心地为他辩护呢?"我猜想他在每次演说中,都对您进行了热情赞扬。"

我们对视了一下,都想知道是否如此。"他做了吗?"我问道。我过去从未想过要看看。我告诉伯纳德给我去找达德利最近六次的演说稿,立刻就去。

我们静静地等待着。一旦我开始想这个问题,我就想到达德利还花了大量时间在下院的茶室中和后座议员们聊天。

我向汉弗莱提起此事。他再次安慰我:"是您让大臣们多费心与下院中的党员进行交流的啊。"

此话没错。"但他还宴请他们。"

"哦,"汉弗莱看起来有些沮丧,"是吗?"

"是的,确实如此,"我冷冷地答道,"这就令人担忧了。"

我们似乎没什么可说的了。伯纳德回来说,就业部打来电话,我们要到今天晚些时候或者明天一早才能拿到演说稿。我一拿到它们就会尽快阅读。此前,我并不需要担心这件事。很幸运我并非妄想狂。同样幸运的是,我有汉弗莱这样的内阁秘书,他从不惮于让我知道真相,即使真相有些令人担忧。

7月5日

我无法入睡。达德利的事情实在令人担忧。我把此事告诉安妮,她满不在乎地说没什么好担心的。**她**知道什么呢!

今天早上,我头一件事就是仔细检查达德利最近的六次演说。正如我所怀疑和担心的一样,其中丝毫没有对我个人的赞扬。嗯,事实上是只字未提。

我叫来汉弗莱与之密谈。和我一样,他也很难相信达德利没有对我称道几句。

汉弗莱显然很困惑地问道:"**无疑**,他一定谈了新首相给英国带来新希望吧?《新时代的曙光》,您知道吧,就是您让党部发给议员和选民们的小册子?"

我摇摇头:"只字未提。"

"这**就**奇怪了。"

"不仅奇怪,"我说道,"更值得怀疑。非常可疑。"

"即便如此,首相,他肯定没有积极地阴谋反对您。"

我并不确定:"他没有吗?"

"他有吗?"

"我怎么知道他没有呢?"

他摸着下巴仔细想了一会儿:"您总能查明的。"

"我能吗?"

"总组织秘书一定知道。"

当然,汉弗莱此话不假。我怎么没有想到呢?我让伯纳德立刻去找总组织秘书。很幸运,他此刻就在十二号的办公室里。[唐宁街十二号离首相这里只有半分钟的路程。——编者]我让他放下手头上的工作立刻赶来。

伯纳德·伍利爵士(与编者谈话时)回忆:

我的责任是去迎接总组织秘书,并将他带到内阁会议室。当汉弗莱爵士离开首相时,我急忙出去赶上他。他此刻正享受着对布哈拉城的摧残①——当然,这里是在比喻。对于这个显而易见的阴谋,我迫切地想知道详情。

我在门厅里叫住了汉弗莱,在这里我可以看见十号的前门。

"汉弗莱爵士,"我说道,"我对刚刚知道的一切深感不安。"

他以一副超然事外的愉悦眼神看着我,问我担心什么。我解释说,我觉得自己现在就像是盲人骑瞎马,我从未意识

---

① 成吉思汗曾亲率蒙古大军踏平花剌子模的布哈拉城,该城位于现乌兹别克境内。——译者

到内阁中有反对首相的阴谋。

他扬起眉毛。"有吗?"他问道,"真有趣。"

"你说有的。"我说道。

"我没有说,伯纳德,我根本什么也没说。"

我的大脑迅速回忆着,意识到他确实什么也没说。那么……他一直**在说**什么呢?他一定想说什么,即使此事没什么。但不可能没什么,否则他为什么不明说呢?

我为了哈克也得问个明白。我决定直截了当地发问。尽管很罕见,但毕竟汉弗莱有时也会直截了当地回答问题。"这么说……你的意思是……你知道是否有阴谋吧?"

"不。"

看起来这是个直截了当的回答,但并非如此。我得弄清楚。

"是没有阴谋,还是你不知道?"

"是的。"汉弗莱有问必答。

我决定另辟蹊径。"汉弗莱爵士,"我小心地说道,"就业大臣实际上做了什么?"

"至今没做什么,伯纳德。而且我们必须保持如此。"

我能看出他指的是这项计划而非阴谋,或者指的是阴谋以外的东西。但是我猛然醒悟了。我一直纳闷汉弗莱为何如此热衷于说就业大臣很受欢迎,我现在明白了他是在踢人而非踢球。

那么我偏来踢球。"就业大臣的计划难道不是很棒吗?"

"对谁而言?"

"对国家。"

"或许吧，但这并非关键。"

"为什么不是呢？"

汉弗莱恼怒地盯着我："伯纳德，将来卸任这个职位后，你打算干什么？"

我想这是他的威胁手段之一。我谨慎地回答说我真的不知道。

"你想当负责国防采购的常任副秘书吗？"

他的建议吓了我一跳。常任副秘书的职位相当高。一个人能做到这个职位，爵士身份也就有保证了。常任副秘书属于高层人物，他的名字会被收录到名人录里。通常情况下，如果汉弗莱要威胁我的话，他会让我去战争公墓委员会或者去斯旺西机动车执照署。那么，如果他不是在威胁我，他到底**在**干什么？我等他说下去。

"你将发现工作地点在森德兰，或者特韦德河畔伯立克，或者洛西茅斯。"

他**正在**威胁我。我立刻明白了就业大臣计划的主要缺点。我肯定是不愿意离开伦敦去森德兰或是特韦德河畔伯立克。这些地方都在北部！

但是我还是不明白他说的洛西茅斯是什么意思。"这是个地方吗？"我问汉弗莱。

"你以为是什么？"

"是一种狗粮。"

汉弗莱险恶地干笑着："如果就业大臣的计划实现，你就等着吃三年狗粮吧。你明白吗？"

我明白了。

我还明白了这个计划不可能对国家有益。因为一个对国家有益的计划不可能对文官部门无益——这本身就是矛盾。但我还是不明白,既然这一阴谋根本就不存在,汉弗莱为什么还要建议去找总组织秘书来证实。

我们仍然站在十号的大厅里,这是个非常显眼的地方。汉弗莱谨慎地环顾四周,以确保我们没有被偷听。然后他向我解释了一些我以前从未意识到的事情。

"伯纳德,总组织秘书肯定会含糊其词的。他不敢明确地说没有反对首相的阴谋,以防万一**有**阴谋。即使总组织秘书没有听到任何传言,他也一定会说他有所怀疑,以便将来为自己开脱。他还会说他没有确凿的证据,但他会保证尽快调查。"

就在此时,总组织秘书杰弗里·皮尔逊像一艘全速航行的船一样冲过前门,在宽阔的门厅里直向我们驶来。我用眼神向汉弗莱示意杰弗里来了,汉弗莱转过身热情洋溢地打招呼。"哦,早上好,总组织秘书。"

"早上好,内阁秘书。早上好,伯纳德。"

我叫皮尔逊在私人办公室[即**伯纳德的办公室**——**编者**]里等候。我想确认汉弗莱和我现在是否已有共识。

汉弗莱让我和杰弗里一起去见首相——这件事我总会去做的;然后把他们说的话都告诉汉弗莱——这件事我原本倒是不会做的。

我不确定我能办到,谈话或许是机密的。

汉弗莱不同意:"正在讨论的事情关系到国防和政府的稳定。"

"但你只需要知道你需要知道的事情。"

10. **落水之人**

汉弗莱变得有些不耐烦："伯纳德,我需要知道一切事情,否则我怎么判断我需要知道它们。"

我倒从未想过这些。迄今为止,我都认为内阁秘书需要知道什么都是由其他人判断的。我决定直接把这点弄清楚。

"那就意味着,即使你不需要知道它们,你也需要知道它们。你需要知道并非因为你需要知道,而是因为你需要知道你是否需要知道。如果你不需要知道,你仍然需要知道,这样你才能知道它是不需要知道的。"

"是的。"汉弗莱说道,总算有了一个直截了当的回答。他感谢我帮他把问题解释清楚了。

[哈克当天的日记继续下去。——编者]

总组织秘书杰弗里·皮尔逊在内阁会议室里待了不到十分钟。会谈中他言辞闪烁,但是他明确表明,某种形式的领导权之争确实存在,达德利不是主谋就是傀儡。他的问题在于缺乏具体的证据,因此他无法采取行动去揭穿阴谋。

我很大度。毕竟,内阁总得有胸怀抱负的人,我们**需要**这种人。只要他们别**太**野心勃勃就行。

我感激汉弗莱在此事上对我的提醒。他真是个好人,是个忠诚的仆人。

[杰弗里·皮尔逊对此事的叙述略有不同。我们从他的畅销传记《吸一口瞧瞧》中把相关章节摘录如下。——编者]

我突然接到了来自十号的紧急电话。哈克要立刻见我。他的私人秘书伯纳德·伍利不肯告诉我原因。

我自然想到是我做了什么事让他不满,因此我赔着小心走进了内阁会议室,伍利坐在边上。上午明亮的阳光透过窗子照射进来,在屋子里产生强烈的光影对照。

哈克坐在阴影里:"情况怎么样,总组织秘书?"

我当然要小心,尽管我没有什么可隐瞒的。我告诉他情况很好,并问他何有此问。

"你的意思是,你没有注意到什么?"

这么说他认为我应该注意到什么。我不知道是什么,难道我疏忽了?我想不起有什么特别的事,尽管存在着后座议员的小骚动造成的小麻烦。但是,这种小麻烦总是存在的,除非后座议员的大骚乱造成了大麻烦。["后座议员的小骚动造成了小麻烦"属于所谓的冷读术①:即说起来总是正确、总是安全的话。算命先生的冷读术可能是:你在十三岁左右的时候遇上过小麻烦。在无法诊断某种疾病时,医生的冷读术会是:我想戒烟和减肥是个不错的方法。——编者]

"你还有什么事情没告诉我吗?"首相问道。我绞尽脑汁地思考。他提示了我,"有关阴谋?领导权之争?"

我没有听说过这方面的事,但是我不能据实回答,因为哈克显然已有起疑,或许他已经有了证据。为保险起见,我不做正面回答,只告诉他我没有确凿的证据。

"但是你已经有所怀疑?"

我不能说没有……我总是怀疑这些或那些人。"怀疑是

---

① Cold reading,cold 是"没有任何准备,当场就"之意,reading 是"判断,解释"之意。——译者

我的职责所在。"我谨慎地答道。

"好,说说你怀疑什么?"

问题很棘手。"吉姆,"我以最坦诚的方式答道,"我不能告诉你我的怀疑对象,除非我有确凿的证据。"

"但你知道我说的是谁吧?"

我浑然不知。"我想我能猜到。"我说道。

哈克仍在阴影里,我无法看清他的眼神。他叹了口气。"这事进行到什么程度了?"他最终问道。

我仍在努力寻求这个妄图篡权者的线索。有件事我能肯定:情况尚不严重,否则我一定早就知道了——至少我认为我会知道的。

他在等我确认。于是我说道:"据我了解,才刚刚开始。"我仍保持严格的诚实。

"你觉得你应该和他谈话吗?"首相想要了解这点,"告诉他我已经知道了,不过我不想失去他。只要不越轨就行。"

我连此人是谁都不知道,真不知道该怎么找他谈话。"或许您应该亲自找他谈一谈?"我谨慎地答道。

他摇头:"不,现在不行。"

我继续静候着。

"还有谁参与了?"

我找到了机会。"您是指除了……"

首相愤怒了:"显然,除了达德利。"

达德利!达德利?难以置信!竟然是达德利!

"哦,**除了**达德利,说别人为时尚早。总之,首相,还不一定有事呢。"

首相站了起来,透过老花镜凝视着我。他看起来消瘦、疲惫、憔悴。首相的职位让他付出了代价,此时他上任还不到一年。"杰弗里,我不想冒险。"他平静地说道。

我明白他的意思。我离开了内阁会议室,并安排所有的组织秘书去进行调查。这是重中之重。毕竟,如果真的有阴谋,我需要知道详情。[杰弗里·皮尔逊无疑很想——并且也需要——在阴谋萌芽时就扼杀它,这会使他感到安心。当然,这是说如果确有阴谋的话。如果他扼杀不了,那么趁早改变立场,倒也能令他感到安心。——编者]

[两天后,前任内阁秘书阿诺德·罗宾逊爵士收到了汉弗莱爵士的短笺。它被发现于信息自由运动的档案中,阿诺德是该组织的主席。自然它是机密的,一直被封存着。但是最近,根据"三十年规则",一部分档案向历史学家开放了。——编者]

亲爱的阿诺德:

想必您已经听到传言,就业大臣计划将大部分军事建制迁移到北方。首相支持这项计划,有以下三个理由:

(1)这份计划将降低失业率;

(2)或者说,让人们觉得降低了失业率;

(3)至少,让人们觉得他在**设法**降低失业率。

事实是,他仅仅在设法让人们觉得他在设法降低失业率。因为他担心有人不觉得他正在设法让人们觉得他在设法降低失业率。

奇怪的是,首相开始怀疑这份计划是就业大臣图谋领导权的开端。

当然，这是个荒谬的想法。但是职位越高，政治妄想症就越严重。尽管如此，出于对国家利益的考虑，这个计划最好还是不要实行。如果泄露消息给媒体，说就业大臣这个富有想象力的杰出计划受到了首相的阻挠，首相的妄想症无疑会被加剧，就业大臣在高层的生存机会也将锐减。

我们必须虔诚地希望不要发生这样的泄密。您对此事有何想法？

您永远的
汉弗莱
7月6日

[汉弗莱爵士三天后收到了阿诺德·罗宾逊爵士的回信。我们在信息自由运动总部找到了副本，更为幸运的是我们在阿普尔比文件中找到了原件。——编者]

亲爱的汉弗莱：

谢谢你的来信。你所暗示的信息泄密几乎肯定会导致有人落水。

然而我不明白，这种泄密应该如何发生。你作为内阁秘书肯定不能参与泄密。尽管我作为信息自由运动的领袖，无疑有义务公开某些事实；但我作为前内阁秘书，如果将机密信息透露给媒体，我会于心不安的。

你永远的
阿诺德
7月9日

［汉弗莱爵士派信使向阿诺德·罗宾逊爵士递送了回信。——编者］

亲爱的阿诺德：

我做梦都没想让您把机密信息透露给新闻界，我说的是机密的错误信息。

你永远的
汉弗莱
7月10日

［阿诺德爵士立刻做了简短的答复。——编者］

亲爱的汉弗莱：

我愿意为你效劳。

你永远的
阿诺德
7月10日

［哈克的日记继续下去。——编者］

7月11日

现在我相信有一个卑鄙的阴谋正在我背后酝酿。这是一个不忠不义的背叛之举，我绝不能容忍。

我曾向总组织秘书谈及此事。他说他没有确凿的证据，但是已经**有所怀疑**。他说他要进行调查！在掌握确凿证据之前，他拒绝向我透露更多情况。我认为这代表着该阴谋确实存在。

今天我又和汉弗莱讨论此事。他对达德利在阴谋反对我表示异常惊讶!"我一向认为您的内阁大臣全都忠诚不渝。"有时候,汉弗莱表现出的轻信与幼稚让我吃惊。忠诚?有几个人能理解大臣们口中的忠诚意味着什么,它只意味着他们对失去现有职位的恐惧压倒了取我而代之的希望。

"这么说,"汉弗莱睁大了眼睛说道,"您认为就业大臣在觊觎您的座位?"

"是的,"我向后坐了坐,"但是看看我在它上面都得到了什么?"

汉弗莱没有理会我这句小玩笑,他只是评论说,忠诚是集体负责制的基本要求。

难道他没有注意到集体负责制已经过时了吗?集体负责制意味着,如果我们做了某些受欢迎的事,他们就透露消息说这是他们的主意,当我们做了某些不受欢迎的事,他们就透露消息说他们曾经反对此事。这个国家的统治原则就是集体不负责制。

"您也曾是内阁大臣。"汉弗莱似乎在温和地提醒我。

"那不一样,"我提醒他道,"我是忠诚的。"

"您是说,您更害怕失去您的职位⋯⋯"

"不,汉弗莱,"我打断了他,"我是**真正的忠诚**。"

汉弗莱问我,这些同事为何如此觊觎我的位置。答案很简单:我是政府中唯一一个明天没有可能被送到北爱尔兰去的人。

"即便如此,"他评论道,"我觉得,很难相信就业大臣在积极地阴谋反对您。"

我告诉他事情已经很明显。我问他还需要什么证据,他想了一会儿。

"嗯……"他开始说道,"这份国防建制北调的计划一定会泄露给媒体的,不是吗?"

"一定会的,"我表示同意,"但是我很奇怪,现在居然还没有泄露出去。"

"嗯,如果媒体的消息说这份计划是就业大臣提出的,我认为就能证实您的怀疑了。但是我肯定,消息会说这是政府的计划。"

他说得对。这是一个很好的试金石。我们将拭目以待,看我们能发现什么。

7月12日

汉弗莱对达德利的忠诚真是坚信不疑。今天的《旗帜晚报》刊发了我们等待的消息,这是那只不忠的臭猪向我发难的明证。

哈克打击失业者
彼得·科斯顿报道

据白厅街人士透露,就业大臣达德利·贝林提出了一份富有想象力的计划,旨在降低萧条地区的失业率,但是该计划已经被首相阻止了。

他怎么敢这样?他怎么**敢**这样呢?

汉弗莱给我看了报纸。我真的非常气愤,我告诉汉弗莱,一直以来我是如何支持达德利的。我如何为了他这份倒霉的计划而奋争,如何把第一个内阁职位给了他,又如何像对待儿子一样对待他。难道这就是他感谢我的方式吗？我彻底无话可说了。

汉弗莱悲哀地点点头："一个忘恩负义的内阁同事猛于毒蛇之牙。"①

还有什么可说的呢？无话可说。"嫉妒，"我说道，"嫉妒把达德利给毁了。"

"这是达德利的七宗罪之一。"伯纳德说道，打算活跃一下气氛。我瞪了他一眼，让他闭嘴。

汉弗莱仍旧是我的得力臂膀，他给我提出了一个可行方案：我们起草一封接受他辞职的信吧。

但是这个主意有几个缺点。达德利会否认他泄露了信息，这样我就没有理由让他辞职。如果我执意让他辞职会怎么样呢？他成为后座议员后，将比现在更危险——被解雇的大臣甚至不用假装忠诚。

"那么，"汉弗莱问道，"您还打算推行他的计划吗？"

这个计划我现在同样无法接受了。既然媒体说我阻挠过计划，我就不能让它施行了——否则会让人觉得是达德利打败了我。很遗憾，我必须放弃这个计划，即使它很好。至少，我想我必须这样做。

我告诉了汉弗莱我的难处。

"首相，您不是个优柔寡断的人吧？"

"不。"我答道。他看着我，他知道我就是这样的人。"是的。"我承认了。随后我想，我绝不能表现得优柔寡断。"不。"

---

① 这句话套用了莎士比亚《李尔王》第一幕第四场中的句子："一个忘恩负义的孩子猛于毒蛇之牙。"——译者

我吼道。可我马上意识到我已经用行动回答了这个问题。"我不知道。"我把头埋在双手间无力地答道。我沮丧极了,浑身乏力。我的所有精力都被背叛与不忠耗尽了。

他要帮我,我不知他如何帮我。他从膝上的档案中抽出一份文件:"从技术上讲,我不应该把这个给您看。"

我不明白为什么:"我是首相,不是吗?"

"是的,"他解释道,"正因为如此,我才不能让您看。这是国防部起草的内部文件。绝密。国防大臣还没看呢。"他递给了我。"但您可以看到,它对就业大臣的计划深表疑虑。"

我迫不及待地读起这份文件来。妙极了!其中第一部分指出,达德利所提到的那些"昂贵"的军队大楼不能被卖掉。有些上了国家的保护名单,有些受严格的规划控制,有些不符合私营部门的消防和安全规定。这一切都说明,军队北调的代价高得惊人。

第二部分显示了,军队北调将会在伦敦周围数郡和东英吉利造成严重的失业危机,在南方损失的就业机会要远远多于在北方新增的就业机会。

接下来的第三部分,我是晚上在床上读的,它连篇累牍地阐述了军事战略上的反对意见。

明天,我将向汉弗莱进一步询问此事。

7月13日

今天早上一见到汉弗莱,我就急切地询问起国防部的这个文件来。"这份文件真实准确吗?"

汉弗莱避而不答。他说每件事都要看怎么解释,如果我们看这份报告的结论,我们就会发现,就业大臣在制定计划之前就知道了这些反对意见。汉弗莱还补充了一点,它很说明问题:整个计划或许与达德利出自一个纽卡斯尔①选区不无关系。

这一点从未逃过我的眼睛。[奇怪的是,哈克从未提起过此事。——编者]

"公众,"我评论道,"有权知道这些。"

汉弗莱摇着头:"这是绝密文件。"我只是盯着他,等待下文。"不过换个角度看,"他继续说道,"三军司令的军官在不慎泄密上倒是声名不佳。"

"简直是声名狼藉。"我表示同意。

"消息会很容易传到一个不负责任的记者手中。"

"会吗?"我充满希望地问道,"或者几个不负责任的记者?"

汉弗莱觉得出现这种结果也是可能的。

不过我明确表示,即使这样做至少能让公众明白真相,但我还是不能参与此事。汉弗莱真诚地表示,首相不可能参与这种泄密。

我们一致同意推迟该计划的讨论,具体时间待定[也就是放弃它——编者]。在此期间,汉弗莱还要致力于管道工程。②

汉弗莱走后,伯纳德转向了我。"他打算什么时候去泄密?"他鲁莽地问道。

我顿时一惊:"我让他去泄密了吗?"

---

① 该市位于英格兰中部偏西,是军队北调计划的受益地区。——译者
② 即打通泄密渠道的委婉说法。——译者

"没有很明确……"他犹豫了一下,"不,首相,您没有。"

"确实没有,伯纳德,"我生硬地回答,"我从未泄过密。我只是偶尔提供一些机密简报而已。"

伯纳德笑了:"这是那些不规则动词的又一套例子,不是吗?我提供机密简报,你泄露情报,他受到指控——依据《官方保密法》第二部分。"

7月18日

事情有条不紊地进行着——直到今天。两天前,多家报纸都刊载了一项报道,尽管出自不同的不明来源消息,但都有力地抨击了达德利的计划。

所有的要点都被提到了——国防部无法从伦敦周边地区的诸多昂贵建筑上获利,担心南部丧失大量就业机会而北部却无法产生足够多的新机会,军事战略方面还有不少反对理由。其中至少有两篇还提醒读者,达德利本人就出自中北部的一个选区。

这些内容全被电视新闻选播了。[英国电视台80年代几乎从未自己采编过新闻。——编者]

但是今天一切到了紧要关头。当我看到《卫报》的头版头条时,我被吓了一跳。

达德利·贝林声称遭人陷害——就业大臣否认泄密
戴维·道报道

就业大臣达德利·贝林昨天否认了他上周泄露一项计划的细节,该计划显示政府正在考虑将一些军事基地移往高失业率地区。

贝林先生还声称内阁支持他的计划,包括首相吉姆·哈克在内。但是这次泄露又引发了一连串其他消息的泄露,对于他言论的可信度及这项计划都造成了相当不利的影响。昨晚他愤怒地向记者说明了此事,并要求进行公开调查。

今天一早内阁委员会就要开会。汉弗莱和伯纳德在内阁会议室里等着我,其他人还没到。见面时他们对我说早上好。我告诉他们我早上并**不好**。

他们知道怎么回事。他们也读了报。

"达德利就新的泄密事件向媒体做了回应。"我说道。

"令人震惊。"汉弗莱说道。

"他说他没有泄密,有人打算陷害他。"

"令人震惊。"

"他要求进行公开调查!"

"令人震惊!"他又嘀咕道,感情很真切。伯纳德奇怪地沉默着。

"你们觉得他有脑子吗?"我继续说道,"不管怎样,泄密调查从未找到过真正的泄密源头。"

"但我们知道真正的源头,首相,"伯纳德插嘴道,"就在我们中间,是您让我们……"

我用眼神制止了他的话:"伯纳德,你不会是在说我授权了这次泄密吧?"

伯纳德犹豫了:"不,我……那是……是的,但是……我是说,我记起来了。对不起。"

我必须确认一下。"你记得**什么**,伯纳德?"

"嗯——您想要什么我就记得什么，首相。"

"我想向公众表明，内阁没有分派别。"

"但是内阁存在分派啊。"伯纳德说道。

"我不想加倍地分派。"我解释道。

"首相，如果您要加倍地分派，结果还是原样啊。"我不明白他想说什么。他没停顿，继续解释道："如果您不断成倍地分派，最后每个人都成了一派，那还有什么派可言啊，当然，除非您……"

"谢谢你，伯纳德。"我坚定地说道。他这么咬文嚼字怎么能胜任工作？我们现在很着急，内阁委员会的成员们随时都会到，我们要考虑一下策略，我解释了我的打算。

"汉弗莱，我想把就业大臣留在内阁，国防大臣马克斯**也**留在内阁。但是我不想再争吵下去了，我也不想让人们觉得就业大臣打败了我——我不能冒这样的风险。因此，我们必须阻止他的计划。"

汉弗莱盯着他的鞋尖想了一会儿，想出了一个三要点计划。

"我建议您让委员会同意如下三点。第一，一致接受内阁的集体决定。第二，要有一个不做进一步讨论的冷却时期。第三，就此事而言，今后所有面向媒体的言论和声明都要接受内阁办公室的检查。"

嗯，计划听起来很不错。我马上就明白了。但是会议刚一开始，达德利就质疑起议程来了。

"对不起，首相……议程是不是有点问题，我看到议程上没有我的调防计划。"

我告诉他议程没有错。他追问原因。我解释说由于现在有一系列泄密事件，在媒体上造成了严重的后果，使得政府看起来出现了分歧。

"本来就有分歧。"达德利说道。

他有时候真是固执。"所以才不能让人有如此感觉啊。"我解释道。我补充说这是一个非常复杂的问题，也是我为什么推迟讨论它的原因。

达德利困惑了："我无法理解，上次您还支持我的计划呢。"

我不能让达德利或者任何人有理由这么说，即使它是真的。"不，我没有。"我说道。或许我应该承认我曾经支持过，但现在变主意了。简单的否认似乎更方便。

达德利盯着我，好像我在说谎。[哈克确实是在说谎。——编者]

"您以前是支持的，"他重复道，"除了国防大臣，**每个人都是支持的。**"

"不，他们没有。"我咬住不放。

"是的，他们支持！"达德利毫不让步，"而且您还承诺做进一步的讨论。"

此事千真万确。当我绞尽脑汁地寻找合适的答复时，汉弗莱介入了。我记不住他说了些什么，但是他对上次会议的备忘录进行了冗繁难解的解释，给我解了围。

然后我们就讨论起汉弗莱的三要点计划来，但不知怎么搞的，我完全不能理解，我们竟然把达德利逼上了绝路。我原本希望的和解方案莫名其妙地变成了最后通牒，我发现自己在告诉达德利他必须考虑他的职位。[这意味着要么合作，要么辞职。——编者]

我十分担心失去他。但我至今不明白事情怎么就发展到了这一步。汉弗莱爵士似乎和我一样困惑。

伯纳德·伍利爵士（与编者谈话时）回忆：

在那次会议上，汉弗莱爵士的策略大获全胜。他一直在寻找机会将就业大臣逐出内阁，因为他认为，这是避免数千文官以及国防部官员被发配到伯明翰以北的唯一途径。

汉弗莱并不为最终的结果感到困惑，因为这正是他所计划的。我并未参与他的计划，但是该计划漂亮的构思与果断的执行令我惊叹不已。

汉弗莱在会前提出了一个三要点计划作为妥协方案，但他深知这是决定性的一搏。哈克说他立即明白了，很显然不是那么回事。首先，如果他明白，他会看透其全部含义并直接拒绝；第二，他是如此费解，以致他记不住这项计划。当委员会成员们陆续进来的时候，他还在努力回想计划的内容。

"你的三要点计划，汉弗莱，提醒我一下。"

"首相，您要让他们同意三点。第一，一致接受内阁的集体决定。第二，要有一个不做进一步讨论的冷却时期。第三，就此事而言，今后所有面向媒体的言论和声明都要接受内阁办公室的检查。"

"棒极了，"哈克说道，"就应该这样。第一，他们冷却并且……呃，不，不做不下决定的进一步讨论，或者不做不经讨论的决定。第二点是什么？集体的媒体声明……对不起，汉弗莱，我想我还不是很理解。"

他的状态真是糟透了，什么也记不住。他就像我们常说的无头鸡一样可怜地拍打着翅膀。汉弗莱说要把计划写好了给他，哈克满心感激地答应了。

嗯，议程很快就遭到了达德利·贝林的质疑，这一点哈克的回忆没错。达德利提醒首相，说他上次曾支持这一提议，并同意在这次会议上进一步讨论。

正当哈克不知道怎么回答时，汉弗莱插话了。

"没有这样的承诺，"汉弗莱说道，他又在省略事实，"并且首相不赞成你的计划。如果他赞成的话，会记在会议备忘录上的，可是备忘录上没有。"

达德利被难住了。"没有吗？"他迅速浏览了会议备忘录，备忘录是我们大家都点头同意的，并且为了准确还签了名。他当时没有细读真是失策。

他抬起头来，更加愤怒了："汉弗莱爵士，为什么我要求做进一步讨论的请求以及首相的答复没被记录？"

汉弗莱早有准备。他的回答简直是一场实境教学课。我记得很清楚。"会议备忘录确实是对委员会慎重讨论结果的权威记录，这一点没错；然而不可否认的是，刻意追求对每一个发言和补充进行详尽的记录，势必会造成文件冗长而且令人生厌。"

哈克盯着他。委员会成员们盯着他。外交大臣后来告诉我，他当时真希望是在联合国大会上，那样的话就有同声翻译帮忙了。他的话对大多数人来讲再明白不过，但政治家们却是头脑简单的人。

最后，哈克满怀希望地问道："这是否意味着你不记得那次讨论了？"

汉弗莱爵士的答复很巧妙:"委员会的讨论和决定有一个特点,每个与会成员都清楚地记得,但是每个人所记的内容又相去甚远,于是我们都接受这样一种理念,官方的决定是那些——而且只能是那些——由官员们正式记录在会议备忘录上的决定。于是也就有了这样的必然结果:任何正式通过的决定都被正式记录在会议备忘录上,任何没有记录在会议备忘录上的决定都是未经正式通过的,即使是有一个或更多的成员认为自己记得有此决定也不行。所以就此事而言,如果决定正式通过了,它就会被记录在会议备忘录上,但是,"他最后得意地总结道,"它没有被记录,所以没有被通过。"

会场又出现了停顿。达德利怒火中烧。"纯属耍赖!"他吼道。

哈克严厉地打断道:"给我打住!"

"没错,必须打住。"达德利厉声说。我心里明白他们说的是两回事儿。

哈克接过了话题:"我起草了一个三要点计划,我们大家要全体同意。第一……呃,你是怎么说的,我的意思是我的第一点是什么,汉弗莱?"

汉弗莱默不作声地拉开他放在椅子之间地面上的超薄文件夹,拿出了他手写的三要点计划,把它推向首相,计划在会议桌上滑行了几英寸后停在了首相面前。

"谢谢,"哈克说,"第一,每个人都要接受集体决定。达德利?"

"我非常愿意,"达德利谨慎地回答,"但集体决定是怎么定义的?"

他真行。他知道该弄清楚什么问题。

"由我定义的!"首相生硬地说,"第二,要有一个不做进一步讨论的冷却时期。第三……"

他犹豫了。我们都期待着。他斜身靠向汉弗莱,嘀咕道他认不出第三条的笔迹内容。"所有什么?"

"**所有**面向媒体的言论和声明……"内阁秘书小声说道。

"啊,是的,"首相大声说道,"就此事而言,今后所有面向媒体的言论和声明都要接受内阁办公室的检查。"

表面上看,第三点是一个合理的办法,可以防止内阁成员做出彼此矛盾的声明,导致令人尴尬的局面。但实际上它最大的好处却是,让汉弗莱接管了内阁与媒体的所有联系。

达德利一下子就识破了。"我不能接受第二点,由于官员们拒不记录,或者是疏忽了而没有记录我对进一步讨论的要求——尽管您已经同意了,首相——进而导致讨论被排除出议程,问题至今尚未讨论过,我们怎么能把它就此搁置呢。至于您的第三点,我无法在原则上接受我在公众面前说的所有话都要受到他的检查。"他指着汉弗莱,再也不尊重他了,连名字都懒得提。达德利总结道:"我不信任由他检查我所说的话。"

哈克现在无法回头:"嗯,那是我的决定,请你必须接受。"

"我不接受。"达德利毫不让步。

"哦。"吉姆说道。他看着汉弗莱寻求帮助。汉弗莱向他耳语了几句。吉姆悲伤地点点头,转向他的就业大臣。

"那么,达德利,"他严肃地宣布,"我不得不请你考虑一下自己的职位。"

在场的每个人都明白,达德利的职场生涯结束了。

[哈克的日记继续下去。——编者]

7月19日

今天早上我坐在书房里,抱着最好的希望,等待迎接最坏的结局。伯纳德敲门进来了。

"我给您带来了消息,首相。"

我看着他,但是无法从他的脸上察觉出征兆。我静候着。

"您想先知道坏消息吗?"他问道。

我精神一振:"你是说,有坏消息和好消息?"

"不,首相——有坏消息和更坏的消息。"

这些是在预料之中。达德利辞职了。他送来了常规款式的信,确切地说,比通常的信更简单。伯纳德递给我接受辞职的信让我签字。汉弗莱和新闻办公室的人正在为我起草媒体声明。

我想与汉弗莱谈几句话。我让伯纳德叫他过来。但是伯纳德先告诉了我更坏的消息:显然,达德利在就业部门前的台阶上做了辞职演说,他指控我独断专行,搞总统制的政府。

起初,我认为伯纳德有理由感到沮丧,但事实上并没有那么糟糕:我想达德利对我的指控利大于弊。人们会觉得他们有一位强有力的领袖。我向伯纳德做了解释。

他立刻领会了这一点:"哦,是的,确实如此。此外,强有力的领袖对他们而言将是一个新的乐趣。"

"不,那倒不是。"我简洁地答道。

"对,不是。"他毫不犹豫地附和我。

此时,汉弗莱进来了。我用不着和他咬文嚼字。我提醒他,我一直设法避免辞职事件,并且现在我意识到是他的三要点计划促成了达德利的辞职,但为时已晚。

汉弗莱还有令人吃惊的其他消息要告诉我。他同意三要点计划是压倒达德利的最后一根稻草。"但是,"他补充道,"就我所知,就业大臣不管怎样都会在两个月之内辞职。"

"他会吗?"我很震惊,"为什么?什么时候?"

"在秋季预算日,"汉弗莱说道,"因为据估计,预算不打算给他充足的资金来应对失业问题。"

我吃了一惊。针对秋季预算而辞职将**极具**杀伤力,它会使达德利大受欢迎。事实上,我越想此事,越觉得我把整个危机处理得完美。事实上,简直就是杰作。我迫使达德利按照我的选择——不引人注意的行政问题——而辞职,而非按照他的选择——重大的政策问题——而辞职。无论选民还是后座议员,没有人会支持他,因为没有人理解他辞职的真正原因。

我把这些解释给汉弗莱,他欣然同意我将整个事件处理得巧妙绝伦。

[有趣的是吉姆·哈克从未怀疑过汉弗莱爵士所说的就业大臣将在两个月内辞职的事。大概这可以使他将失败视作一场胜利。

伯纳德·伍利确实注意到了有些消息来得过于容易,他奇怪这些消息从何而来。

当天晚些时候,他与汉弗莱爵士进行了私人谈话,谈话的要点被汉弗莱记录在私人日记中。——编者]

伯纳德·伍利进一步问起有关达德利·贝林将在秋季预算日辞职的传言。

他告诉我,他不知道就业大臣要针对预算问题辞职。我告诉他我也不知道此事。

他看起来很惊讶,并问我此事是否不是真的。

我试图向他澄清此事。我解释说,我从未说过这是真的。我说我**觉得**它将会是真的。我误解的可能性总是有的。

伯纳德打算刨根问底:"这么说,你不知道它是真的?"

我解释道,我同样不知道它**不是**真的,它可能是真的。

伯纳德说,任何事情皆有可能是真的。我祝贺他终于明白了这一点。但我说得太早了:伯纳德还是不明白我为什么要告诉首相,达德利·贝林不管怎样也要辞职。我觉得这答案再明显不过了:为了让首相感觉好受一些。[此外,汉弗莱爵士或许可以在私人日记里加上一笔,因为首相不会为了想要挽留的大臣辞职一事再责难他了。——编者]

伯纳德评论道,很遗憾,达德利·贝林不得不走了。千真万确!但是不这样还有什么办法能阻止他那可怕的计划呢?

[哈克的日记继续下去。——编者]

7月20日

今天我有一个绝妙的主意!

我坐在书房中浏览我带有安抚性的新闻发言稿,这份发言稿是针对达德利恼怒的辞职演说而设计的,旨在使我看起来坚定有力、体恤下情、英明睿智,更颇具政治家风范。

我已经修改了马尔科姆［新闻官马尔科姆·沃伦——编者］的措辞,发言稿便成了这样:"他的计划正在被研究,但是存在着危险,费用比最初设想的要多很多,而且**不一定**能达到就业目标。因此,他的突然辞职令我感到困惑和悲伤。"

我和汉弗莱一起喝着早晨的咖啡,吃着巧克力消化饼干,看着外面的皇家骑兵卫队在阳光下闪闪发光,感到在唐宁街十号里舒适、安全、温暖。我仍旧沉浸在悲伤中,失去了一个人才,失去了一个绝妙的计划,一个可以切实解决失业问题的计划。突然,我有了灵感!

"汉弗莱,"我轻声说道,"既然就业大臣走了,我们可以重新启动这个计划。"

起初他似乎并不明白这样做的妙处。伯纳德也是一样。他们看起来都吓坏了,尽管他们显然也应该高兴才对——我觉得他们只是感到懊恼而已,因为是我而非他们有如此伟大的眼光。

"你还不明白吗?"我解释道,"我现在可以着手进行了。这个计划看起来不再有弱点,它会看起来很有力。"

"但是整个问题在于……"汉弗莱开了口,却又无以为继。他感到困惑,可怜的家伙。

"是什么?"我问道,"我们又不是真想停止调防计划,是吧?"

"不,不,确实不是。我们是要,呃,是要……树立您的威信。"

"对极了!"我说道。

他终于弄明白了。有时候他的脑筋是有点慢,但还不算太慢。

这样,一切就都圆满了。通过重新启动该计划,我可以**证明**

我并非反对它。它还可以向世界表明,达德利的辞职毫无意义。而且我除掉了阴谋反对我的家伙,我还给他人以警告,显示我可以轻松解决挑衅者。"将调防之事安排在下次内阁委员会的议程上。"我平静而自信地告诉汉弗莱。

"是,首相。"他心事重重地注视着我。

11. 官方秘密

7月27日

　　距达德利辞职有一周了，我辞退他实属无奈，我一直把他当作我的老朋友和可信赖的盟友。当汉弗莱告诉我他正在阴谋反对我时，请想象一下我的怨恨和痛苦吧。

　　而现在，仅仅一周后，我的权威又面临着一场挑战——这次的来源更加令人意想不到。前任首相将其回忆录的最新一章提交了安全审查，我**必须**阻止他发表。

　　今天早上第一件事就是内阁委员会开会，与会的有副检察长罗宾·埃文斯和几位低级官员，外加汉弗莱和伯纳德。[副检察长是政府的两位高级检察官之一，另外一位是总检察长。罗宾爵士很有名，有人会说是臭名，因为他对政府同事总是摆出一副秉公执法的样子，为此他有个绰号，叫做好人埃文斯。——

编者］

罗宾今天早上更是一副仁义无比的样子："你们看,我们已经批准了前七章,我看没有理由不批准第八章。"

"等一下,"我连忙说道,"我觉得这一章有些内容颇有问题。"

罗宾一脸惊奇："哪里？"

我昨晚忙活了半宿,把有问题的地方全标出来了。"先说211页吧。"

我把令人不悦的这页纸递给了内阁会议桌对面的罗宾。他透过半月形的金边眼镜来看我标上记号的部分,然后从眼镜上方冷冷地盯着我："这段只是说行政事务部大臣在内阁会议上支持扩建塞拉菲尔德核燃料工厂的提议,但是在公众场合又表示反对。"

我对他竟然看不出问题来感到诧异："但是它说的是我！那位大臣就是我。"

"问题是,首相,这算不上是安全泄密。"

"问题是,"我愤怒地回应道,"这不是真的！"

"里面的材料令人印象十分深刻。"他不带感情地答道。［在白厅街,"印象十分深刻"意味着"难以辩驳"。——编者］

他冷冷的蓝眼睛闪着亮,似乎觉得很有趣。但是我看不出哪里有趣。"恕我直言,首相,"他继续无礼地说道,"如果他诽谤您,您只能等他发表之后告上法庭,发表之前的安全审查是管不着的。"

我坚决反对："不只是211页上有问题,224页还恶毒地指责我,说我因为对媒体毫无理由的恐惧而阻止了化工厂的项目。接着在231页上,有一段说我的文字根本站不住脚。"

汉弗莱抓住机会把它读了出来——我觉得这样做毫无必要。"哈克对选票的兴趣远大于对原则的坚持,他一遇到不得人心的事情就百般逃避。有他在,内阁的平均年龄提高了,而平均智商却降低了。"

"谢谢你,汉弗莱,我们都读过了。"我厉声说道。我不由得感到,在这张桌子的周围,人们对于我的遭遇带有幸灾乐祸的味道。

罗宾犹豫了一下,然后再次开口,但他说话时非常小心:"嗯,要我说,首相,我一点也不想支持他或者为他辩护,但这实在不属于泄密的范畴。再说了,第五章倒是泄密了,可我们也没管啊。"

他没抓住问题的关键。"第五章对我取得了和库姆兰的合约美言了一通,"我解释道,"还称赞了我有关计算机安全的指导方针。"

"但是,"罗宾坚持道,"第五章有很多泄密内容,而您却从未要求过安全审查。"

大家都盯着我。他们都知道真相吗?"都谁有可能把这章的内容泄露给媒体?"我评论道,尽可能做出无辜的样子。

"谁都有可能!"汉弗莱强调。

"第五章根本无法与此相提并论。"我转向了文稿的开头。"你们看看这章的**题目**吧。"我痛苦地叫了起来。

汉弗莱再次读了出来:"吉姆·哈克的两副面孔?"

"那不是一个秘密,是吧?"汉弗莱打算安慰我——我估计!但他看到我的眼神,立刻沉默了。

我又发起了攻势:"很抱歉,这里面**存在**着安全问题,塞拉菲尔德与核有关。"

副检察长摇摇头:"但是,塞拉菲尔德是由能源大臣负责的,他已经看过了,他说没问题。"

对他而言,当然没问题,这一章说他是内阁最能干的大臣——这本身就是对我的贬低。我向罗宾指出了这一点,他说从法律上讲,他无权修改此句。

我烦透了这种蓄意阻挠。我想先弄清一点:"我们有权拒绝发表,是吧?"

罗宾点点头:"我们有权要求如此。但是如果他们无视我们的意见硬要发表的话,从法律上讲,我们无法通过法庭阻止它的发表。"

这不啻于一记重击。我建议,那样的话,我们可以对出版商施加压力。副检察长问基于什么理由,我告诉他国家利益。

他**再次**否决了我!"但是我已经说过,我们没有理由……"

我打断了他。"听着,"我尖刻地说道,"这是肮脏下流的,发表它不符合国家利益,有损于国家领袖的权威。这一章绝对不能发表,行了吧?"

他们都冷冷地看着我,会议不欢而散。他们最终不置可否,但我想他们知道应该怎么做。

[事情很快有了发展,一周后,伦敦最有影响的早报《每日邮报》刊登了一篇报道,称哈克打算封杀其前任的回忆录中的一章,还一字不差地引用了该章的部分内容——正是哈克最恼火的那些内容。——编者]

哈克打算阻止回忆录发表却被副检察长挫败

本报政治组撰文

上周在唐宁街十号召开了一个秘密会议,首相吉姆·哈克在会上试图封杀前首相赫伯特·阿特韦尔回忆录中的第八章,该回忆录至今尚未冠名。按照惯例,稿子被送到内阁办公室接受安全审查……

[在故事传遍大街小巷的那个早上,在伯纳德·伍利的办公室里,几个人忧心忡忡地开了个会。与会的有伯纳德·伍利、汉弗莱·阿普尔比爵士和唐宁街十号的新闻官马尔科姆·沃伦。汉弗莱爵士在日记中提到了此事。——编者]

伯纳德、马尔科姆和我就《每日邮报》的报道交换了意见。我们知道,即使首相还没有读过每天的报纸摘要,在今天的"每日新闻"节目中他也会得到这一消息,他总是边看新闻边吃早餐。伯纳德评说他刚看了新闻节目,主持人已经把哈克当成可口的早餐了。

我们都觉得此事很有趣,同时稍微有些尴尬,但不致有什么严重后果。除了首相的困窘(那也不成问题)以外,唯一的问题在于,泄密报道不仅引用了第八章的内容,还透露了哈克打算封杀一事。这就意味着,泄密者是那天的与会者之一。

马尔科姆眼下就已经有了麻烦:一半的英国媒体在新闻办公室等着报道哈克的反应,另一半则在往这里打电话。外国的媒体也转载了这一消息,《世界报》《华盛顿邮报》和《女装日报》都发出了采访邀请。马尔科姆告诉我,《女装日报》可是海峡对岸的一份重要报纸。感谢上帝,我们没有生活在母系社会里。[阿普尔比文件 1540/BA/90077]

[哈克的日记继续下去。——编者]

8月3日

汉弗莱、伯纳德和马尔科姆鱼贯而入,他们的样子好像在参加一个葬礼。每个人都一脸肃穆,目光下垂。我生气地瞪着他们。

"怎么着？"我问道。

一片沉默。

"怎么着？"我再次问道。

他们死盯着自己的鞋尖。"说话啊！"我吼道。

又是一片沉默。最终伯纳德咕哝着开口了:"早上好,首相。"

"早上好。"其他人响应道,似乎都很感谢伯纳德想出了一句话说。

我把《每日邮报》狠狠地摔在桌子上:"你们都看过了吧？"

他们或从腋下,或从背后拿出了这份报纸。

"你们知道这是什么吗？"我指着那个报道问道。

"这是《每日邮报》。"汉弗莱在说废话。

"这是一场灾难！这才是本质。"

汉弗莱清了清喉咙。"尊敬的首相……"

我没让他说下去。"毫无敬意可言,汉弗莱。"我说得言简意贱。"既不尊重个人隐私,也不尊重安全规定,更不尊重国家利益,特别是不尊重国家推选出来的领袖。此事不可原谅!到底是谁泄露的?"

更长的沉默。我等待着。"问谁啊?"汉弗莱最终无力地答道。

"问的就是**你**,"我说道,"你**最好**把事情说清楚了——否则别怪我不客气!我要求进行调查,立刻调查。一定是参加会议的某个人,我要知道是谁。"

汉弗莱点点头:"我立刻成立一个泄密调查小组。"

我顿时怒了。"我不需要该死的泄密调查小组!"我喊道,"你听见没有,我要知道是谁干的。"[哈克对汉弗莱的建议十分生气,因为他知道泄密调查小组只是在装样子,从不干实事。泄密调查小组的目的就在于找不出任何证据。如果你真的想查出泄密原因,那么你应该请政治保安处出面。泄密调查小组的成员甚至很少碰面,他们最后会报告说,这件事是绝对可以避免的,或者绝对不可避免的。——编者]

"首相,"汉弗莱温和地说道,显然是想让我平静下来,"发生泄密事件时,一般人们并非真的想找出泄密者,以防最终证实他是您的一位内阁成员。"

我难得地对此并不担心。副检察长和我是当时在场的仅有的两位内阁成员。不可能是他,他无利可图,并且不管怎么说,检察官从不泄密。我知道也不是我,因此**一定**是文官之一。我当场告诉汉弗莱,我们将保留向法院提起诉讼的权利。

马尔科姆插话了:"抱歉,首相,我必须得让媒体发条消息了,他们都在等着。此外,还有四家电视台和十一家电台要求采访您。"

"见鬼,真是绝了!"我感到苦不堪言,"上周我想在电台里谈谈我如何成功地缓和了与苏联的紧张关系,他们说不感兴趣。现在有了这事,他们像一伙秃鹫一样奔了过来。"

"没有听清,首相。"伯纳德令人费解地说道。

我告诉他,我可以大声一点。然后我意识到我误解了他的意思。"是 herd(一伙),"他说道,"不是 heard(听清)。我的意思是秃鹫不是论伙的,他们论群。还有,他们不是奔过来……"①

"**是**吗?那它们**怎么样**?"我转向他,怒不可遏地等他回答。一片沉默。"嗯,它们怎么样啊?伯纳德?"

他能看出他在自找没趣。"它们……"他犹豫了,然后用胳臂做出了拍打翅膀状。"没什么。"他说道,然后又开始盯着自己的鞋尖。我已经受够了伯纳德的咬文嚼字!

我转向马尔科姆。"媒体对政府还有信任感吗?"这次我字斟句酌地说道,"为什么他们总是揭短找麻烦?为什么他们不能写写我们的成就呢?"

马尔科姆咬了咬下嘴唇:"比如呢?"

我真得想一下:"比如……比如……比如我缓和与苏联的紧张关系。"我松了一口气,总算很快想出了一个。

马尔科姆考虑着这个主意:"嗯,克里姆林宫的口气虽然友好了一些,但是并没有什么具体行动,是吧?"

---

① 英语中用 herd 表示兽群,用 flock 表示禽群,而 herd 与 heard(听清)发音相近。——译者

"会有的。"我解释道,这帮人**真**是事多!

马尔科姆盯着他的手表:"抱歉,首相,但我必须跟他们谈谈现在这件事。"

他说得没错。我们得说点什么。我告诉他和媒体谈话时用非官方的方式,说这些话都出自接近首相的人士,但是要确保**不指具体的人**。

他等着,铅笔摆好架势。

我开始说道:"就说,前首相有关我的评论是一派胡言。"

伯纳德忧心地打断了我:"嗯,您的意思是,嗯,首相,关于,嗯,关于百般逃避一类的事情?"他的脸红了起来。

"是的,"我说道,"你说他的问题出在哪儿?"

"嗯,"伯纳德坚持道,"唯一的问题在于,这是作者的评价,我们不能把表达评价归结为说谎。"

我不明白为什么,但我还是宽厚地修改了对马尔科姆的指示:"嗯,就说我在内阁支持塞拉菲尔德核工厂而在公众面前表示反对是一派胡言。"

"嗯……"伯纳德似乎有**另外一个**问题。我眯起眼睛看着他。"嗯,唯一的问题是,此事确有其事,不是吗?"

"闭嘴,伯纳德!"我说道。

他并没有安静下来。"我们怎么能**说**这是一派胡言呢?"他问话的语气坚决。

还是马尔科姆比较懂事,他已经用得体的语言把它写了出来。"首相对往事的回忆与他的前任大相径庭。"

伯纳德松了一口气。"哦,我明白了。"他说道,交叉双腿坐回到奇彭代尔式的扶手椅①中。

"然后说,"我告诉马尔科姆,"内阁的会议备忘录完全证实了我的话,但是因为要遵守'三十年规则',所以要过二十八年才能解密。这使得本书完全不正确,极度不公平。"

马尔科姆全部记了下来,他的速记能力非常棒。请一位前记者来当新闻官,真是一个好主意——用偷猎者来当看守人。

"怎么回应他对您本人的抹黑呢?"他需要知道这一点。

"抹回去,"我不假思索地答道,"就说这个老糊涂打算重写历史,以便让他的首相生涯看起来不至于一团糟。你暗示他已经变得年老昏聩。"

马尔科姆咬了咬笔头:"岁月的流逝和接触不到官方记录也许已经模糊了他的记忆。"

"不错,目前为止都很好,年老昏聩的意思怎么表达呢?"

马尔科姆笑了。"对于他这样高龄的人,人们还能期待什么呢?"他建议这样写。

我看着觉得满意了。"这样行吗?"我问大家。

马尔科姆似乎觉得可以了。"反驳此章内容是足够了,说您打算封杀一事怎么回应呢?"

我不觉得有什么难处理的:"就说那也是一派胡言。"

马尔科姆很满意:"这是对例行会议的断章取义,从不存在任何封杀的打算。"

---

① 托马斯·奇彭代尔是18世纪的英国木匠,以其制作的新古典主义风格的精美家具,尤其是椅子而著称。原文此处有误,内阁会议室里只有首相的椅子有扶手。——译者

我环顾了一下四周。汉弗莱和伯纳德没有异议。我告诉马尔科姆，我不会就此接受采访。不过我让他原样引用如下的话："一个无关大局的琐碎之事，一个媒体将政治庸俗化的典型例子。"

"我能说这是您的话吗，首相？"

"当然不能。"有时候我真怀疑马尔科姆是否脑残。"就说出自一个亲密的内阁同事之口。"

马尔科姆走后，我们继续讨论这场危机。我发现他们并不太在意此事。我认为这是一场灾难，但是汉弗莱并没觉得有多严重。

"这还不严重？"我不敢相信自己的耳朵，"这是在告诉英国人民，说他们不能信任自己首相所说的话。"

汉弗莱镇定自若。"他们不会相信这件事的。"他断言道。我正打算采信他的话，伯纳德插嘴了。

"他们会相信的。"他是**如此**令人扫兴。"从逻辑上讲，这将意味着他们不能相信他们自己的**前**首相。"

汉弗莱对伯纳德说了声谢谢。[汉弗莱其实是在暗示伯纳德别那么多话。——编者]

对我而言，这似乎是一个好机会，让人们在我的话和前首相的话之间做出选择。英国公众将会相信我。他们从不相信**他**，此事千真万确。谢天谢地，我给英国的政治生活带回了少许诚实的气息。[像许多政客一样，哈克自欺欺人的能力是他成功的要素之一。当然，人们可以只从字面上来理解"少许诚实"这个说法。——编者]

我们对于《每日邮报》的反驳已经够了。"现在，"我直接说道,"我们就来钉钉漏洞吧。"[我们总是尽可能地保留哈克的比喻之辞,因为这能帮助我们洞察这位伟大政治领袖非同寻常的思想。然而,伯纳德是不会放过推敲机会的。——编者]

"很抱歉,我又得咬文嚼字了,首相。不过如果您钉一个漏洞的话,将会产生另一个漏洞。"

我怒目相向。他再次闭嘴了。"我要找到那个肇事者。"我恨意难消。

"是,首相。"汉弗莱答道,他完全同意。

"我要给他定罪。"

汉弗莱似乎迷惑了:"首相,我们可以设法找到肇事者,我们能提起诉讼,但是在我们现行的政治制度中,由政府直接给人定罪是有问题的,我想您一定清楚这一点。"

我当然知道。但是这种事还不是不断发生吗,天晓得是怎么回事!我建议和法官私下里喝点小酒。

"不可想象!"汉弗莱在假装正经,这是他最拙劣的表演之一。"首相,对于英国法官而言,怎么施压都不行。"

他以为他在骗谁呢?"那么,如果你想给一个人定罪,你会**怎么做**?"我问道。

"很简单,"他很干脆地答道,"可以挑一个不需要施压的法官。"

我倒是没想到这一点。真是一点就透。

"和大法官① 悄悄地谈一谈,"汉弗莱继续说道,"找一个站在

---

① Lord Chancellor,英国大法官通常兼任内阁的法律顾问、上议院议长等职,2007年后改称司法大臣。——译者

政府这边的法官。"

"并且此人还要不喜欢《每日邮报》。"我要求。

"他们都不喜欢《每日邮报》。我们只需找一位想出任上院高级法官的法官,然后,正义就会自有公断了。"

我问这样做是否能奏效,汉弗莱解释说这并非绝对保险。"有时候,他们罗织的罪名太过牵强,陪审团就会故意作对,为被告开脱。"

于是,我明智地总结道:"这位法官还必须有一些常识才行。"

汉弗莱点头同意。我看得出来,事情不像他说的那么简单。

8月6日

今天我和《每日邮报》的主编德里克·伯汉姆相约共进午餐。跟他吃饭毫无乐趣可言。他是第四等级[①]中的代表人物,我可得小心谨慎。

午餐的地点在十号的小餐厅。房间四周有护壁板,这是豪华大餐厅的前厅,并和黄色柱厅相连。这个地方很气派,然而很小,正适合亲密的午餐会谈。有时候如果安妮不在家,而我又不想上楼吃饭时,我就会和伯纳德以及其他官员在此午餐。

伯汉姆叫人难以形容,他是一个苏格兰人,年届中年却说不清到底多大,一头黄棕色的头发,领口和翻领上满是头屑。

"你想要对我的读者说些什么?"他隔着西红柿汤问我。

"我并不想让你告诉读者任何事情。"我谨慎地答道,并且不

---

① 前三个等级指的是上院神职议员、上院贵族议员、下院议员,第四等级指的是媒体人士。——译者

忘了表现得迷人一些。"我只是想告诉你我这边的故事。"

德里克假装糊涂:"但这并不重要,不是吗?"

他总不会喜欢把给自己造谣的话登上报纸吧![哈克似乎已经忘了报纸上发表的关于他的消息是**真实**的。也许他并没有真正忘记,因为读到真相比读到谎言更令人痛苦。——编者]

"何必大惊小怪呢?"德里克坚持道。

"因为,"我感到愤愤不平,"我并非两副面孔,也没有封杀这一章。"

"我可以引用您的原话吗?"他不怀好意地问道。

我的答复详细而明确。我告诉他,他不能引用我对我有两副面孔的否认。

他咧着嘴笑了。"这倒值得一试。"他喝了口汤,"但是,吉姆,我真的不知道你为什么如此消沉。我同意那章的内容并没有夸奖你,但这只是政治生涯中常有的胡缠乱斗的一部分,不是吗?"

我告诉他,我真的认为一份负责任的报纸不应该发表这种诽谤言论。他不置可否地点点头。于是我问他为什么这样做。

"因为这样一来我们多卖出了十万份报纸。"

"难道你不明白这些指责是多么有害吗?"

我把自己导入了困境。"那正是我的观点,"他笑道,"这些指责确实有害,因此你有权公开澄清此事。你不是想让我相信你并没有打算封杀吗?"

"当然,我并没封杀。"

"为什么不呢?"

"这是一个自由的国家,德里克,"我堂而皇之地说道,"只要我还在唐宁街十号,我就要保护言论自由。"

他并没有放过我:"但是如果这些言论严重伤害了您……"

"还不至于**那么**严重。"我气哼哼地说道。

他往后一靠,微笑起来。"好吧,"他说道,"那么您还紧张什么呀?"

我看得出来,再要自圆其说很困难了。于是我只得另辟蹊径,说我并不在意对我**个人**的伤害,我担心的是对于英国的伤害。

起初,他并不明白这碍着英国什么事。我耐心地解释道,伤害领袖就会严重伤害国家在外国人心目中的形象。英镑就会贬值。类似的后果还有很多。

他并不买账。因为当我接着请他撤销那个说我打算封杀那本该死的书的报道时,他说他不可能这么做。

"如果你说**不愿意**我还能理解,但是你说不能是什么意思?"我表示质疑,"你是主编,不是吗?"

他拿起一个面包卷,伯纳德递给他黄油。"首相,主编和指挥军队的将军不一样,我只不过是马戏团的领班。我能决定演出的节目,但是我不能决定杂技演员的跳跃方式,我也不能阻止无鞍骑手从马背上掉下来。"

好言相劝显然没有用,我只能施压了。"德里克,"我为他斟满阿洛克斯—科尔通葡萄酒——据马尔科姆说,这是他的最爱——并谨慎地说道,"我觉得,如果你迫使我们得出一个不能信任你的结论,这就很不好了。显然,我们很想和媒体合作,但是你真的让我们很难办。"

德里克软硬不吃。他猛嗅了一下酒香,然后把杯中之物摇晃起来,让葡萄酒在里面打着旋儿,以便醒酒。"我觉得,如果您让我们觉得你们对敝报怀有敌意,也很不好。显然,我们很想和唐宁街十号合作,但是如果战争不可避免,那么……"

我没有让他说下去。我向他保证,战争是我们最不愿意见到的事情,这对我们双方都不利。"我只是建议……只是觉得可以让你们做独家专访,进行独家拍照……"

"如果我撤销那篇报道的话?"他尖锐地问道。

"如果你发表真相的话。"我纠正道。

他叹了一口气:"吉姆,除非我拿到过硬的反面证据,否则我还是得维护原来的报道。"

我想不出有什么证据可以驳斥这个报道。[或许因为这个报道原本就是真实的。——编者]

"比如说什么?"我问道。

"会议备忘录。"

"我看没有什么不行的,此事关系到我的清誉。"我转向伯纳德,"备忘录支持我的说法,不是吗?"

伯纳德语无伦次起来。我们三个人——德里克、汉弗莱和我——的眼睛都在盯着他。他说了一些诸如"嗯,哦,但是,好吧,是的"之类的话。

伯纳德看起来像是中风了一样。我想他大概是要脑溢血发作了。"但是,首相……"他支支吾吾地说不清楚。

我让他放松。"是的,是的,我知道一般说来它们都是保密的,但这次情况特殊。"

德里克并不满足于看到备忘录:"我可以发表它吗?"

我告诉他我们要讨论一下——我自己还没看到它呢。我吩咐伯纳德今天下午就把它拿给我。

[伯纳德不安的原因有二。没有人知道哪一种担心更让他恐慌。第一个难题是，此事违背了《官方保密法》，把内阁委员会的会议备忘录展示给媒体的想法是史无前例的。即使首相的指示可以使得违背《官方保密法》的做法变得合法（此事并不确定），也还是会有一个额外的问题，哈克曾经发誓要起诉泄密官员，但是口头泄密无疑远不及内阁备忘录泄密严重，还怎么起诉呢？

但是伯纳德还有第二个难题，他一离开首相和德里克·伯汉姆的餐桌，就马上向汉弗莱爵士透露了这个问题。汉弗莱的私人文件详细记录了接下来发生的谈话，通过这个谈话，我们可以十分难得地看到汉弗莱对于政治备忘录和政府保密工作的重要观点。——编者］

伯纳德进入我办公室时显得高度恐慌。他的问题似乎是，首相告诉媒体说，内阁委员会的会议备忘录能证实他并没有封杀第八章的内容。

伯纳德告诉我，可是备忘录还没有写呢。我感到这样一来问题反而好办了——他所要做的就是把备忘录写出来。

伯纳德并未觉得这个建议有什么帮助。他担心的是，据他回忆，首相**确实**打算封杀第八章。当我对他的回忆内容表示惊奇时，他感到很惊奇。

因此，我对他解释说，我记得什么无关紧要。如果备忘录并未说他打算封杀，那么他就没有封杀。

伯纳德变得更为慌张，他说他怎么能伪造备忘录呢。他说，他要保持清白的良心。我真不明白，他有这么奢侈的爱好，为何还要进入政府部门工作。

良心是给政治家们准备的,我们是谦卑的职员,我们的职责是贯彻民选领袖的命令。如果执行的是民选领袖的命令,我们又怎么会错呢?

伯纳德并不认可这一观点。"人不是一座孤岛。"他说道。我完全同意:"莫问丧钟为谁而鸣,它在为你而鸣。伯纳德。"①

惊恐之余,他问我有什么建议,并且依据何在。我让他考虑如下要点:

(1)备忘录并非有言必录;

(2)人们在会议进程中经常改变想法;

(3)备忘录由于择要记录,因此绝不是一个真实完整的记录;

(4)因此,会议上的发言只不过是构成回忆录这碟菜的配料而已;

(5)秘书的任务是从杂乱无章的意见中筛选出一个能代表首相观点的版本,也是他经过考虑、希望看到的那个版本。

当天晚些时候,伯纳德回到我的办公室,仍是一脸的迷茫。他考虑了我的意见以及拿配料烧菜的比喻。这个比喻很危险,在谈及书和备忘时,最好不要用炮制这个动词②。

我们再一次讨论到真实性的问题(不管该称作什么问题吧),伯纳德错误地认为,备忘录在一定程度上必须是一份

---

① 本段中伯纳德和汉弗莱的话出自17世纪英国诗人约翰·邓恩的同一首诗中。——译者
② cook(烧菜做饭)一词也有炮制、伪造之意。——译者

真实的记录。

我换了一个角度又耐心地解释了一遍。我尽可能清楚地说明了如下要点:

(1)备忘录的目的不是记录事件;

(2)它的目的在于保护人;

(3)假如首相说了言不由衷的话,你不必记下来。他会上说的话与公开讲话不一致时,更不要记录;

(4)一句话,备忘录是建设性的,可以借此完善人们的话,使之变得更有策略、更有条理;

(5)备忘录不涉及道德问题,秘书只是首相的仆人。

总而言之,备忘录只不过是为留档做的记录,也是共同决议的陈明——如果真有决议的话。

于是,我们回到了要做备忘录的那次会议。会上发生了什么呢?副检察长曾经建议说,封杀第八章没有法律依据。首相认可了这一点,即封杀第八章没有**法律**依据。[黑体字为编者所加。——编者]这就是我们所要记录的内容。

这没有说谎,这样记录不会让人感到良心上的不安,伯纳德离开时,心里好过多了。

这两次和伯纳德的关于这场小小风波的谈话,让我想起这些基本观点的来源。

这类麻烦的真正原因无疑在于大臣和首相写回忆录。

当我在50年代进入文官部门的时候,一个聪明机智的人可能还会维护这样一种理论:政治是一个诚实和荣耀的职业。大臣们不会泄露内阁会议的内容。泄密给媒体被认为是违背保密原则的,而不是一种斗争手段。如果一个部门的事情办砸了,大臣就要引咎辞职。

同样,文职人员默默无闻地工作,并恪守着三缄其口的传统,从不让国内的其他人知道,是他们在实际治理着国家。

因此我认为,首相的回忆录和日记都该受谴责。通过阅读政治家们对如何做出重大政治决定——或者更为常见的,做不出决定——的痛苦过程的坦率描述,没受过什么教育的人会得到很多乐趣,他们会认为自己被授予了洞察事物的特权。政治家们的文风随意,这一般出自于没有深度思考能力或者没有思想交流能力的人之手,这些限制和不足让他们的叙述更加难读,但是更加可信。

姑且不论大多数大臣回忆录的文学水平之差,最重要的教训是:这种号称大揭秘的东西根本不应该发表。

在这类书中,负责任的大臣和他顺从的仆人这一传统关系,竟被歪曲成心怀叵测的文官在操纵着无辜的政治家。尽管在政府核心机构工作的人士知道这是无稽之谈,但危险在于,总有些头脑简单的普通人受到蒙蔽,相信这里面有几分真话。

始作俑者无疑是克罗斯曼的日记[1]。并且一旦某位大臣揭露了内阁的秘密,其他人就会连忙"澄清是非",当然,这意味着让事情变得对自己有利。

---

[1] 理查德·克罗斯曼(Richard Crossman, 1907—1974),英国工党政治家,内阁大臣,去世后出版了三卷本的《一个内阁大臣的日记》。《是,大臣》一书被公认参考了此书。——译者

在读了同一时期同一政府的两位对立大臣的一连串叙述之后,读者会发现根据各自的叙述,他们都行事光明磊落,判断英明准确,叫你很难说这几十年来史无前例的、源源不断的政治丑闻应该归咎于谁。

因此从逻辑上讲,唯一可能的替罪羊就是文职人员。舆论最终令人悲伤和遗憾地转了向。文职人员的必要角色是:提醒人谨慎行事,暗中调查,征求意见,查找先例,准备意见,告诉大臣其建议如果变成立法的可能后果。舆论开始认为,这些做法是根深蒂固的官僚主义阻力,而不再是一种把狭隘的政治考虑转变为广泛的国家利益的努力。

当然,有一种理由认为,坚持保密只是让我们维护了文官部门的狭隘利益,政府更加透明才有更大的利益。荒谬的是,这种说法从未被证实。

当60年代我首次以私人秘书身份参加内阁会议时,内阁成员们被沉闷无聊的议程所惹恼,于是他们就用揭露真相来增加乐趣,这常常造成针锋相对的场面。二十年后的今天,我以内阁秘书的身份重返内阁,而此时所有的内阁成员都在心平气和地做笔记,以便将来写自己的回忆录,当然,他们也刻意做一些陈述,希望能被别人记在他们的回忆录里。

这对文官部门倒是极为有利,理由很有趣:政府透明化的运动如果成功,总会使得保密水平有可喜的提高。一旦一场会议对公众开放,无论是地方会议、议会会议还是内阁会议,就会被与会者当成是宣传平台,而不再是一个真正的讨论场合。真正的讨论将秘密地发生在一个非正式的小团体里。

在政府中,这些小团体经常包含一名或多名高级文官,有他们在，提议就能提前融入一些理性的思考和可行性的研究，而不会出现贸然提出后，为了个人面子不顾常识地极力辩护的情况。因此，在公共事务上增加透明度的运动已经大大增强了保密水平，因此也增强了政府高层人士的决策质量。

现在这一切都受到威胁，哈克做出了史无前例的愚蠢决定，要把内阁委员会的会议备忘录提供给报纸主编，接下来它很可能会被发表——不，肯定会的。幸亏伯纳德和我都出席了会议，损害才能得到有效控制。正是因为这些理由，伯纳德应该按照我的指示来书写备忘录。[阿普尔比文件 PU/12/3/86/NCH]

[伯纳德担心他所写的备忘录被史无前例地发表出来，这个担心很快变成了现实，备忘录果真在《每日邮报》上发表了。——编者]

独家披露内阁委员会的会议备忘录
简要的参考材料证实了哈克的主张
本报政治组撰文

在首相的首肯下，史无前例第一次，《每日邮报》刊发了内阁委员会秘密会议的备忘录。摘要显示……

副检察长曾经建议说，封杀第八章没有法律依据。首相认可了这一点，即封杀第八章没有法律依据。

伯纳德·伍利爵士（与编者谈话时）回忆：

我没能继续躲在幕后。一生中，我第一次成为公众人物——在我看来,这几乎是文职人员最大的噩梦。当然,要略胜于被遣送回家搞园艺。

这意味着,我不得不亲自回答媒体的问题,这些问题是我不能随便回答,也没有能力回答的——回答这些问题需要一定程度的推诿和省略事实的技巧,我不是一名政治家,没有这种顾左右而言他的本事。

今天早上备忘录出现在了《每日邮报》上,我在上班的路上被记者拦着问话。他们把一堆问题抛给我,我回答得不好。毫无疑问,你们能查询档案看到这些对话。

伍利声称首相凌驾于法律之上
《官方保密法》不适用于首相

本刊首席政治记者

首相的首席私人秘书伯纳德·伍利今天承认《官方保密法》并不适用于首相。

他的回答是对英国不成文宪法的一个有趣曝光。

[所有的报纸都报道了这次采访。完整而详细的对话见于英国广播公司"9点钟新闻"节目的短片,我们将之实录如下。——编者]

英国广播公司

所附文字根据录音整理而成,并非出自原稿。因为误听的风险,英国广播公司并不保证它完全无误。

"9点钟新闻""新闻之夜"

播放时间：8月14日

实况：

伯纳德·伍利在唐宁街走上前来的镜头。

凯特·亚当：伍利先生，我们能和您谈谈今天早上《每日邮报》上发表的吉姆·哈克和副检察长所开会议的备忘录吗？

伯纳德·伍利：您看，我得去上班呢。

亚当：只有几个问题。

伍利：抱歉，无可奉告。

亚当：但是您也认为这看起来很可疑吧？

伍利：什么？

亚当：首相上周四就提议要发表备忘录，为什么拖了这么久才发表？

伍利：因为它还没有……

伍利犹豫了，他紧张地看了看四周。

亚当：它被审查了？被审查以便发表吗？首相上周四审查的是吗？

伍利：是的，但是，嗯，这是因为我们有《官方保密法》。

亚当：这正是我们想弄明白的，伍利先生，如果备忘录属于《官方保密法》的限制范围，那么它怎么能经过审查而发表？

伍利：嗯，首相有权审查一切。

亚当：你是说，《官方保密法》不适用于首相是吗？

伍利：哦，对。

亚当：到底适用还是不适用？

伍利：不。

亚当：因此就《官方保密法》而言，首相是凌驾法律之上是吗？

伍利：理论上不是。

亚当：在实践上呢？

伍利：无可奉告。

镜头切换：

凯特·亚当对着镜头说话

亚当：看起来伯纳德·伍利先生想说的是，首相在制定规则。尽管伍利否认了一个谣言，即备忘录用了四天才发表是因为首相只能用两个手指打字，但是他不愿意透露更多有关备忘录的内容。

［唐宁街十号就凯特·亚当最后的这句评论向英国广播公司的理事会主席进行了投诉。该公司极力否认了这句话含有对政府的偏见。——编者］

［哈克的日记继续下去。——编者］

8月14日

今天早上伯纳德告诉我，他被媒体采访了。我很不高兴，接受采访可不是他该做的事。

他解释说他并不打算这么做，但却上了套，被撬开了嘴巴。

我问他他都说了什么？

"嗯，其实也没说什么。"

这听起来不像真的。如果他什么也没说，就犯不着来找我供认问题。而且他的眼睛游移不定。

"这么说的话，有什么问题呢？"

"嗯……"他犹豫道，"他们向我问起了您。"

这并不奇怪。"都问了**什么**？"

"问了您和《官方保密法》，首相。［当哈克写此日记时，他还没有看过电视新闻和早间报纸。伯纳德回答媒体问题之后，紧接着和首相进行了这场谈话。——编者］他们问我它是否适用于您。"

"当然适用。"我肯定地答道。

"是的，当然如此。"他表示同意。

我等他接着说，但是没下文了。他不快地盯着墙壁。"怎么了？"我开始催问。

"嗯，哦，也许事情的结果和这并不一样。"

"你这话是什么意思？"我威胁他赶紧如实交代。

"嗯，回想我所说的话，您所说的话，以及我所说您所说的话，或者他们也许会说我所说您所说的话，或者他们也许会认为我说我认为您认为的事情，或者他们也许会说我说我认为您说您认为的事情……"

他的声音渐渐小了下去。我严厉地告诉他说下去。

他做了个深呼吸："我想我说了您认为您是凌驾于法律之上的。"

我惊呆了！"你真**那么**说了？"

"我不是有意的,但是结果似乎就是这个样子。我实在是太抱歉了,但是他们拿问题轰炸我。"

我不敢置信。"伯纳德,"我怀着真正的诧异问道,"你怎么会觉得,只要有人问你问题,你就必须得回答呢?"

他说他不知道为什么。我也不知道为什么。这事叫人难以置信。我问他问题的时候,他可不是有问必答。我怒火中烧:"你干了一辈子文职人员,整个职业生涯都在回避问题,**今天却突然决定回答问题了**?而且还是回答**媒体**,你**脑袋进水**了吧,伯纳德!"

他乞求我不要冲他吼叫。他几乎就要哭了。他向我保证,他再也不会回答任何问题了,绝不回答,绝不!

我冷静下来,叫他联系汉弗莱过来。在等候的空当儿,我向伯纳德传授了我处理疑难问题的八种方式:

第一招,**攻击问题**。"这是一个愚蠢的问题,你如何证明你的措辞'凌驾于法律之上'用得恰当?"

第二招,**攻击提问者**。"你在政府部门工作过几年?"

第三招,**赞美问题**。"这个问题问得很好,非常感谢你的提问。作为感谢,我也问你一个问题。"

第四招,**利用问题的修饰做文章**。大多数问题都是被修饰过的,里面充满了假设,比如:"很多人说过,你认为自己凌驾于法律之上。"对于这种被修饰的问题,有两种可用的答复。答复一:"请举出十个人来。"答复二:"在一个五千六百万人的国家中,总能找到说各种话的人,不管是多么不着边际、令人误解或者孤陋寡闻。"

第五招,**使一切看上去像是在拍戏**。这招只适用于电视台现场采访。"你知道,我已经得出了一个结论,对于节目开始前你在楼下问我这一问题时建议我应该回答的内容,我并不同意,**真正的答案应该是……**"

第六招,**利用时间因素做文章**。大多数采访时间有限,特别是现场直播的采访。你可以答复:"这个问题非常有趣,回答时我要总结九点才行。"采访者会说:"也许您可以简单地说上其中两点。"你可以说:"不,这个问题太重要了,不能敷衍了事,如果不能回答得恰如其分,我宁可不回答。"

第七招,**推说要保密**。"这个问题有详尽的答案,但是答案要涉及一些需要保密的事情。我想您不会让我违反纪律吧。恐怕我在一两周内不能答复您。"

第八招,**发表冗长而毫无意义的讲话以回避问题**。如果你能废话连篇地说话,就没有人会记得原来的问题,因此也就没有人能分清你到底回答了问题没有。

对于怎么对付媒体的好事者,伯纳德听得专心致志。当汉弗莱推门进来时,我正在为伯纳德进行总结:"如果你无话可说,就说无可奉告;但是最好你能有一套话可说,不管他们问什么,你就说你这套话。**不要管问题是什么**,你只管说自己的。如果他们重复问题的话,你就说'这不是问题'或者'我认为更**重要**的问题是',然后把你这套话再重复一遍。容易得很。"

汉弗莱落座后,我问他有关泄密调查一事。他闪烁其词。

"哦,"他说道,"一切很快就要启动了。"

"一周前我就吩咐你去做了。"我说道。我重申我希望此事要大力跟进,立即就办。

汉弗莱显得很困惑:"大力跟进?"

"还要立即。"

他仍旧很困惑:"立即?"

"立即。"我重复道。

他明白过来:"哦,您是说……您**真的**要查此事啊。"

我让他盯着我的嘴唇:"我——要——你——立——即——去——办。"

汉弗莱还是很困惑,但是他没有再出言反对:"如果您是认真的话,我就安排一次真正的一视同仁的调查——如果您**真**想这样做的话。我会请政治保安处的普罗德检察官过来。"[汉弗莱提及普罗德检察官时,只是在作比喻。①——编者]

问题解决了,我指出,我们现在必须改善一下和媒体的关系。"今天这些关系肯定恶化了,因为我可敬的私人秘书告诉他们,当涉及官方秘密时,我是凌驾于法律之上的。"

汉弗莱盯着伯纳德,感到很震惊。伯纳德耷拉着脑袋。

"是的,你是该感到羞愧,伯纳德。"我不愿意轻易就饶了他。我请汉弗莱从宪法的角度给我分析一下此事。他答应今天稍晚时候给我书面意见。

[汉弗莱十分守信,晚些时候将一份备忘录送达哈克的书房。我们从内阁办公室的档案中找到了其副本。——编者]

在某种意义上,伯纳德是相当正确的。您提出的问题,其实应该是:违反《官方保密法》和高级官员不具名地、不留记录地通报消息有何区别?

前者属于违法行为,后者属于维持政府正常运转的必要

---

① plod 是行动迟缓的意思,并非真有其人,也可译为拖沓检察官。——译者

举措。

那么两者之间是否有真正的客观区别呢？还是说这只在于如何解释？如果一个官员得到首相的**非**官方授权，从而非官方地、不具名地、不留记录地通报消息，那么这算不算违背法律呢？

您可能会指出，如果此事由首相授权，那就不算。伯纳德的会议备忘录一事正是如此。

作为首相，您不可避免地会说，对于某些事情的披露与否，哪种选择更符合公众的利益，应该由您说了算。这样一来，您就有充分的理由宣称，您与副检察长的会议被泄露一事——这无疑是某位官员所为——**是**违法行为。

然而，这又引起了一些有趣的宪法上的难题：

第一，如果这名官员获得了官方授权会怎样？

第二，如果他获得了非官方授权又会怎样？

第三，如果作为首相，您官方地反对违法，而又非官方地主张违法，这将使泄密变得从非官方的角度来看是官方的，但是从官方的角度来看是非官方的。

我希望这会对您有所帮助。

汉弗莱·阿普尔比
8月14日

[哈克的日记继续下去。——编者]

8月15日

我们再次重新开会了。[叠床架屋是哈克文风的一个特点,我们尽可能地予以保留。——编者]我们昨晚都看到了有关伯纳德的报纸新闻和电视访谈。伯纳德现在可是焦点人物了。他今天早上来上班的时候戴着墨镜和大帽子,这是一种避免被别人认出来的典型的无效办法。

说来也怪,媒体的人立即又来打听,问这个在一年中最热的日子里戴着墨镜和海狸皮帽子的家伙是谁。

我感谢汉弗莱送来了那份有用的备忘录——这是一个无伤大雅的谎话。我们还讨论了如何把这一周的损失降到最低。我建议另找一家媒体的主编共进午餐,这次要找一个态度友好的。

马尔科姆·沃伦也在场。他评论道,他们眼下都不大友好。

"在新年授勋的时候,我们能否给其中一位封以爵位呢?"我问道。

他对这招到底有没有用很怀疑:"授爵的办法是一把双刃剑。它既能帮助您,**也**能伤到您,问题是,一旦你这样做了之后,您还有办法控制他们吗?"

"我总觉得,"我说道,"任何主编都应该为此而感恩戴德。"

马尔科姆摇摇头:"您知道,既然已经获得了荣誉,他们就可以为所欲为、畅所欲言,而不再患得患失。"

我明白这一点。别指望事后收获感激,在政治中,感激不外乎是对将来好处的热切期盼。

马尔科姆认为,与其讨好新闻界,不如分散他们的注意力:"我们可以给他们一个故事。"

"比如呢？"我问道。

"发动一场战争，"他轻描淡写地说道，"诸如此类吧。"

"**发动一场战争？**"我不知道有没有听错。

"我只不过是举个例子。"

"只要一场小规模的战争就行了。"伯纳德补充道。

他们这是在开玩笑，一定如此。汉弗莱也加入进来："容我插句话，即使一场小战争也用不着。但是，说真的，您为什么不驱逐七十六名苏联外交人员呢？这种事情我们过去做过，当时我们就是希望借此转移媒体的注意力。"

我感到震惊，立即就拒绝了这个建议。

马尔科姆看好这一办法："首相，这样您就会拥有一个醒目头条：《政府大破红色间谍网》。多么爱国，对接下来的大选也十分有利。"

汉弗莱点点头："是的，您知道，这个故事很难证伪……"

"即使有人否认，"马尔科姆总结道，"人们也宁信其有。"

"《苏联大使的司机乃克格勃少将》。"汉弗莱兴致勃勃地说道，他完全沉浸在想象中。

我告诉他们，这种荒唐的想法根本行不通。我辛辛苦苦花了几个月时间才缓和了局势，这是我目前唯一有进展的工作。

他们看起来有点失望。我转向我的私人秘书。"你有什么想法，伯纳德？"我语带讽刺地问道，"你不是爆料专家吗？"

他的脸红了。"嗯……皇家事件如何？"他提议道。

我不明白他的意思。"比如说？"

"嗯，订婚……怀孕……离婚？"

"你能安排一下吗？"我问道。

他没有想到这事可遇不可求:"哦,好吧,不,我……"

汉弗莱听不下去了。"我看,"他说道,"这个故事怎么样:《首相的私人秘书在排队领救济金》?"

[五天之后,泄密调查真的查出结果了。肇事者被点了名,此人是能源部的一名新闻官,他曾出席哈克与副检察长的那场会议。发现他是泄密源并不难,因为嫌疑人就那么几个,而他很快就承认了。伯纳德·伍利和汉弗莱·阿普尔比同一天收到了泄密调查报告的副本。伯纳德一定就此打电话向汉弗莱征求意见,因为下面这封信的日期正是调查报告出炉那天。——编者]

亲爱的伯纳德:

没错,我读到了报告。这可能会带来麻烦,因为还没有泄密调查居然能查出肇事者的先例。

尽管受害者只不过是一个新闻官,但是他无疑会被媒体贴上高级文官的标签,仅仅因为他是在白厅街工作的。

不管怎样,我认为我们得想办法搭救他。

汉弗莱·阿普尔比

8月20日

[伯纳德·伍利的回信。——编者]

亲爱的汉弗莱:

我们该如何搭救他?此事无疑是他干的。

伯纳德

8月20日

[汉弗莱爵士的回信。——编者]

亲爱的伯纳德:

一定会有办法的!

汉弗莱·阿普尔比
8月20日

[哈克的日记继续下去。——编者]

8月21日

今天早上的会议开得很费劲,但是在忠诚能干的部下帮助下,我转败为胜了。

泄密调查昨天有了结果,我昨晚看到了。事情是能源部的新闻官干的,证据确凿,也没有人否认。

因此,今天上午开会时,我要求立即解雇此人,并根据《官方保密法》第二部分予以起诉。

汉弗莱很谨慎:"我看还是不做为好,首相。"

我嘲笑了他——最终却证实我是愚蠢的:"你不想做,我猜,是因为他是一个文官吧。"

他并未觉得好笑:"当然不是,首相,因为这会对您不利。"

"难道不惩罚暗中破坏整个政府结构的人就对我有利吗?"我冷冷地问道。

伯纳德插嘴道:"嗯,您不可能暗中破坏一个纺织品①,因为纺织品是薄薄的一层……"我瞪了他一眼,他把话咽了回去。

---

① fabric,既有纺织品之义,也有法构、构造之义。——译者

汉弗莱早料到我会这么想,他已经请教了总检察长。他的建议是,起诉不会成功,因为这不涉及安全问题。

我说我并不在意是否能成功。"我不管,就当是以儆效尤吧。"我补充道。

汉弗莱无视我的回答,继续说道:"总检察长还建议,如果我们想起诉此事,我们必须请政治保安处对此前第五章的泄密做出同样的调查。"

我压根儿就不想听,而且我也不明白为什么非要如此。"第五章的泄露是另一码事。它绝对无害。"

汉弗莱的看法不同:"总检察长说,要么就是两次泄密都无害,要么就是都有害。"他盯着我,眼睛睁得大大的,一脸无辜。"要不我马上去请政治保安处进行调查?"

他很清楚,只有一个人会从第五章的泄密中获益——我总不想让自己被起诉吧。

"我又想了一下,汉弗莱,"我告诉他,"我认为总检察长是对的。别提起诉的事情了,只解雇那名新闻官好了。"

汉弗莱悲哀地摇摇头:"这也很困难,有证据显示,这名新闻官并非擅作主张。"

我倒没有注意到这一点。"此话怎讲?"

"他是在执行他的大臣的意愿。"

我很震惊,要求他解释清楚。按照汉弗莱的说法,这名新闻官并非因为对我有敌意才泄露第八章的内容。实情是,能源大臣看到前首相说他是内阁中最能干的人后,感到很高兴。他对他的新闻官说,他不但不希望封杀此章,而且希望它马上见报,否则公众就永远没有机会看到它了,因为唐宁街十号正打算封杀它。

我问汉弗莱此事是否属实。

他点点头:"我确信,如果他以非法解雇之名把我们告上劳资纠纷法庭,他会这么解释的。他会指出,他是按照指示行事的,是他的大臣让他这么做的。"

我真是大失所望,我们已经找到了泄密者,但是我既不能起诉他,也不能解雇他。

汉弗莱热心地帮我出了一个主意,但是同样行不通:"首相,如果您一定要解雇什么人的话,恐怕唯一的选择是能源大臣,他得为其部门所出的事故负责。"

但是我不能这么做,我悲叹道:"我上个月刚刚失去了一位内阁大臣,这个月不能再解雇一个了。"

"也是啊,"他完全同意我的说法,"失去一位大臣会让人觉得不幸,失去两位看起来就像是识人不明了。此外,能源大臣本人并没有泄密,他也会否认曾经授意别人这么做。这样一来,他同样可以告我们非法解雇!"

我真不知道该如何是好了。"媒体正吵着要看调查结果呢。"汉弗莱递过来一份马尔科姆起草的新闻稿,但这份稿子着实无可奈何。"缺乏沟通……误解……动机是好的……将按照内部程序处理……"

"这是粉饰,"我抱怨道,"一个不是很有效的粉饰。"

"说真的,更像是在抹黑。"伯纳德说道。

汉弗莱不同意:"这不是粉饰,这是责任均摊。"

这是我**最**不愿意见到的结果。这将给人们造成一种印象,好像我**真的**打算封杀第八章一样。[本来就是真的。——编者]

汉弗莱略作思考。"也许……"他小心翼翼地主动提议道,"也许我们应该把消息捅出去——但是马上找东西遮掩住它。"

我立即明白了他的意思。

"你是说……"我问道。

他点点头。

内阁会议室里一片沉寂。我们都知道别无选择。过了一会儿,汉弗莱开始表演了。

"我正打算告诉您,首相,外交部的文件里有一些令人极为忧虑的消息。苏联大使馆和贸易代表团里面有间谍。"

"不!"我的声音听起来很惊恐。

"恐怕事实如此,有不利证据指向多名外交人员。"

"有多少人?"

"七十六人。"他答道。

我并不觉得奇怪。"你知道,汉弗莱,我想我们该采取强硬措施了。毕竟,国家的安全受到了威胁。"

"确实如此。"

就这么办了。"驱逐他们,"我命令道,"我们用不着保密,今天就告诉媒体,同时告诉他们泄密调查的结果。"

"是,首相,"汉弗莱说道,"好主意。"他谦恭地补充道。我们的配合真是默契!

12. 外交事件

9月3日

今天是"二战"中英国对德宣战的纪念日,也是取得一两个极为适当的进展的日子,是一个充满惊喜并且有朝一日会被视为光辉一日的日子,是将来会被英国逐渐意识到其重要性的日子。[哈克偶尔会卖弄华丽辞藻。一般来讲,全都是些毫无意义的话,顶多是些不太重要的小事。但是这揭示了哈克那丘吉尔式的渴望,他希望在史书上留下有意义的重要一笔,但悲哀的是,后人已经把他给忘了。——编者]

度过了一个短暂的夏日假期后,今天一大早,我和汉弗莱、伯纳德开了会,会议的主题是我们所遇到的海峡隧道[英吉利海峡的海底隧道，连接英国多佛尔和法国加莱——编者]①长期拖延的问题。我所关心的是庆祝开工的大型典礼。[这个自然。——编者]不知道为什么，外交部又把这事给拖延了。

汉弗莱觉得不用着急，伯纳德也这么想："他们说协议纲领还没签署呢。"

典型的外交部的拖沓作风。"也该完了啊。"我抱怨道。典礼一定会很棒——大门落成揭幕，首相——尊敬的吉姆·哈克阁下埋下奠基石。我将就这个历史性的连接而致辞，预祝两个伟大的主权国家世代相连。媒体一定会隆重报道的。外交部还没有和法国谈妥一切细节，乍看起来，这并不是拖延的充足理由，特别是当我的民意测验支持率又有点下滑的时候。

于是我告诉汉弗莱我的决定：召开与法国总统的峰会，我将亲自厘清细节。

汉弗莱大吃一惊。"我没有想到，您会采取这样一个激进的方式。"他说道，用了他所会的最过分的形容词之一。

"是啊，我想这样做。"

他紧接着打算摧毁我的自信心："首相，您真的认为您本人有能力和法国完成谈判吗？"

我不明白这有什么难的："是的，我可以。有什么棘手的问题吗？"

汉弗莱答道："他们主要关注的是主权问题，您认为界线应该在哪里？"

---

① 1986年2月12日英法签订了关于隧道连接的《坎特伯雷条约》，次年12月1日隧道正式开工，1994年5月7日正式通车。——译者

界线？我从未考虑此事。他想说的大概是英法两国的边界吧。[这篇日记告诉我们所有人，我们有必要了解哈克的思维过程。还是记住这句格言吧：如果上帝想让政治家们思考，他早就给他们造出脑子了。——编者]

我看不出有什么问题："现行的界线有什么不妥吗？"

"您的意思是，"汉弗莱问道，"按照三海里领海标准[①]吗？那么谁管理隧道的中段呢？"

我想说的就是三海里领海，我从未考虑过隧道中段的问题。[这话不假，哈克考虑的只是如何借助开工典礼争取人心。——编者]

"您知道，"汉弗莱解释道，"英国的立场是英法各占一半。当然，我们也可以遵从您的意见，不过那样的话，隧道将属于国际地带，也许该由联合国管理，或者由欧洲经济共同体管理。"

我感到外交部终于办对了一件事，把隧道一分为二极为公平。

但是汉弗莱解释说，法国人可**不**认为这很公平。他们想把英法边界设在多佛尔附近。真是荒谬至极！"也许，"汉弗莱微笑着建议道，"也许您将乐于对法国人做出一半的让步。"

"为了公平起见，"我告诉汉弗莱，"我会考虑做出一半让步的。"

"哦，天啊，"汉弗莱很得意地答道，"既然法国人要求的是全部，那么他们将得到四分之三。"

这是一个带有陷阱的问题，它说明了刚才汉弗莱为什么微笑。他现在看起来志得意满，这个浑蛋，因为他觉得他让我中计

[①] 英国在1987年将三海里领海标准改成了十二海里标准。——译者

了。没什么大不了的，其实谁都可以糊弄我的。[哈克在无意之中说了一点实话。——编者]

"**显然**，"我强压着怒火告诉他，"我们必须在中间划分隧道，这样的话，我们将拥有一半的主权，他们也是。"

"那么谁拥有列车的主权呢？"

我从未想过这一点。汉弗莱毕竟得益于事先的准备，他向我抛出了一连串恼人的、琐碎的、充满诡辩的问题。

"假如在英国地段的一列法国火车上发生犯罪行为，那么司法权应该归谁，英国还是法国？"

"英国。"我答道。他盯着我，他的嘴角露出一丝令人恼火的假笑。"不，法国，"我说道，"不，还是英国。"

他并没有表态，而是接着问道："如果在法国的地段，一具尸体被推出英国的火车，那么应该由谁来处理呢？"

"法国？"我试着答道，他没有反应。"不，英国，"我又说道，"不，嗯……"

"如果，"汉弗莱继续无情地说道，"事情发生在英国地段中的法国火车上的一辆英国卡车里，那么应该由谁来负责呢？"

我现在开始变得糊涂了。[事实上，此前他也很糊涂。——编者]

伯纳德也是如此。"能不能把刑事司法分为两次审理？"他问道，"搞主客场？"

汉弗莱置之不理："我们是否应该在隧道中央立一块界碑，就在半道上？"

"是的。"我说道。他盯着我，我又犹豫起来。"不。"我补充道。

"我们是否应该在某一端设立海关和出入境检查点?"

我开始体会到整个问题有多么复杂。"不用。"我开始时是这么决定的。"还是要吧。"考虑了一会儿,我又下了结论。

"或者两端都设立?"事情似乎有无限的可能。

"可以。"我表示同意。

汉弗莱暗示我,说我太没有决断力了。此话不假。但是毕竟,正如我指出的,这些问题都应该由律师们谈判解决。

"正是如此,首相。但是我还以为您要亲自谈判呢。"

我有点恼火:"我并非想去处理国际法中的难缠问题。汉弗莱,我只是想敲定有争议的基本政治问题。"

"那么说,"汉弗莱说道,表情中带着过度做作的惊奇,"原来主权不是政治问题啊?真有意思。"他的低劣笑话似乎用之不竭。他应该知道我想说什么。[哈克有点过于乐观了。汉弗莱不见得知道哈克是什么意思。花了好几年研究这些材料后,我们也不明白哈克的意思。有时候,我们不得不怀疑,哈克是否知道自己是什么意思。——编者]

"我猜想,"汉弗莱接续着他那相当无礼的质询,"您会赞同,隧道应该采用最先进的技术建造。"

"当然。"

"那么,"汉弗莱说道,"您就等于承认九成的合同将要同法国公司缔结。但是您同意隧道的路牌法语在前,英语在后吗?"

"不!"我很强硬。

"但是法国人想这样。"

"我们不同意。"

"我们不同意,您就没法搞开工典礼。"

我建议来一次妥协。"英国这边的路牌英语在前，法国那边的路牌法语在前。"

"那火车上的怎么办？"

我变得恼火起来："看在上帝的份儿上，汉弗莱，这很重要吗？"

他仍旧镇定。"对法国人很重要，"他解释道，"火车上的菜单呢，法语在前还是英语在前？"

我在找一个折中的办法："他们就不能半路上换一套菜单吗？"

他悲哀地摇摇头。法国人的态度将会很坚决。"这就是为什么英法联合研制的协和式飞机用法语拼写——结尾多了一个字母e——的原因。当然，如果您想在所有问题上让步，我们立刻就能和法国人签协议。作为选择，"他单刀直入地说道，"您可以让外交部尽力而为。"

尽力而为？看来他也不看好外交部的工作能力。

他证实了这是他的看法。"我也担心他们做不好，但是总归会比您做得好一些，首相。"

恐怕他说得不错。但是，这于事无补。"汉弗莱，"我问道，"我们就从未能压倒过法国人吗？"

"有时候也能。"他承认道。

"最近的一次是什么时候？"

"滑铁卢战役，1815年。"难道真是这样吗？我开始沉思，心中暗自搜索我百科全书般的记忆和历史知识。这时，汉弗莱提出了火车遭劫持的难题。

"如果恐怖分子劫持了火车，威胁要炸掉火车和隧道怎么办？"

这个想法太恐怖了！"我的上帝，"我惊呼道，"把隧道全交给法国人管算了，让他们处理这种事情。"

汉弗莱露出了满意的微笑。"您看呢，首相？"他一副打算保护我的样子。"如果让您磋商的话，您会在**一切**问题上向法国妥协。事实上，我认为法国人为了获利会采取一些不光彩的手段。当然，您早就料到了，是吧，首相？"

他的讽刺之情溢于言表。我不得不承认我不可能胜任磋商工作。跟有些国家，我还行。但是跟法国，我肯行不行。而且，我看到了置身事外的一大好处。"如果协议丧权辱国的话，我想外交部难辞其咎。"

"非常英明，首相。"我们最终达成一致。于是我们开始讨论另一件始终让我怒气难消的事情。"也许我们现在可以讨论另一个难题——您前任的回忆录？"

似乎嫌第八章给我惹得麻烦还不够，他现在打算写最后一章，也就是第九章，这一章涉及他的辞职和我的继任。为此，他请求查阅一些政府文件。

我问汉弗莱，在那本该死的回忆录毁掉我的政治生涯之前，我们就没有**任何**办法可以阻止它吗？那时我还没有意识到，一切竟然会天助我也。

汉弗莱悲哀地摇摇头："唉，写回忆录就是一种职业病。"然后他深深地叹了口气，就像驴子屹耳[①]一样。

我不明白他为何叹气，我才是受伤最深的人，伤害我的甚

[①] 屹耳是小熊维尼系列动画中的形象，经常唉声叹气。1983 年曾拍摄了动画片《屹耳的一天》。——译者

至不是他所写的内容,而是那种背叛的滋味!在我读到第八章之前,我一直把他当成我的朋友!

例如,在今天早上送来的稿子中,他把我称为两面派。我把这一点指给伯纳德看。

伯纳德评价说错误至极,我感到很满意。

我对他的这份支持表示了感谢。

"不可原谅的鲁莽……"伯纳德继续说道。

"鲁莽?"我吃惊地看着他。

"……和错误之举!"伯纳德强调道。

"他怎么能这样给我造谣呢?"我反问道。

"什么谣言?"伯纳德问道,"噢,我明白了。"

说真的,伯纳德有时候真是迟钝得可以。他怎么会觉得我中途转变了话题呢?但他显然以为我开始说另一件事了。

前首相为何要写这种垃圾文章呢?只是为了增加销路?我想不是的。有些人说谎不是为了利益,而是天性使然。"他这个人阴险,恶毒,卑鄙,无耻,"我告诉伯纳德,"要是他想再要什么爵位,或者进半官方机构、王室委员会,让他做梦去吧。有我在,他休想再得到一星半点儿的官方认可。"

想起来我真后悔自己这通发作。因为就在此时电话铃响了。伯纳德起身去接。

"是的……嗯,很重要吗?因为……噢!……啊!……唉!到院前死亡?……我明白。"

伯纳德一脸严肃地放下听筒。

"伯纳德,是坏消息吗?"我问道。

"是,也不是。"他谨慎地答道,"您的前任,大不列颠及北爱尔兰联合王国的前首相,刚刚死于心脏病发作。"

"悲剧啊。"我立即说道。我知道在这种场合该说什么话。

"真是场悲剧。"伯纳德和汉弗莱响应道。

"一个伟大的人物。"我说道,希望有人能把我的话记下来。

"真是个伟人。"他们齐声重复道。

"人们会深切怀念他的。"我说道。毕竟,总会**有人**怀念他。

"深切的怀念。"内阁会议桌的另一侧发出了两声回响。

"他的回忆录也会被人们深切怀念的。"我补允道。

"但它再也完不成了。"伯纳德说道。

"唉!"汉弗莱叹息道。

"唉!"我也发出了哀叹。

"很显然,首相,"伯纳德说道,"他希望自己能被安排国葬①,就在……临终前说的。但是您刚才说了,您不会再给他任何荣誉了……"

伯纳德真是大错特错,葬礼是我最乐于给他的荣誉。我告诉伯纳德,他完全误解我了。"伯纳德,我确信,有非常多的人想来参加他的葬礼。"

"您的意思是,前来哀悼?"

"当然,"我说道,"但这只是原因之一。另一个原因是确认他真的死了。"

[工作葬礼是峰会的最好形式。表面上葬礼是为了悼念死者,但是政治家和外交官可以借机在招待会上、教堂中和墓地里进行

---

① 英国最近一位被安排国葬的非王室成员是温斯顿·丘吉尔,时间是1965年。——译者

非正式的接触,其成果将比被人们寄予厚望的十次官方峰会还要多。这就是哈克为何马上同意为他无人哀悯的已故前任安排国葬的原因。——编者]

9月4日

同意参加葬礼的名单十分壮观,他们都踊跃回复表示愿意参加。到目前为止,已经有七位英联邦总理、美国副总统、苏联外长以及六位欧洲总理要来——真是太棒了!而我将是东道主,被所有这些伟大的政治家簇拥着,站在世界舞台的中央。我将十分庄严和坚毅,强压住心中的悲痛。选民们最喜欢庄严的悲痛了,特别是当有其他各国领导人一同分享时。死亡,真是一件盛事。它让大家同心同德。

然而对于名单,还有一个有趣的疑问:怎么没看见法国总理呢?当我与伯纳德和汉弗莱碰头讨论有关葬礼安排的高兴事时,我向他们问起法国总理的事情。

"我想这正是法国大使明天拜会您时要谈的事情。"汉弗莱说道。

我此刻更关心的是电视台摄像机的摆放位置。"有足够的地方放置,是吧?"我需要得到明确的答复。"我的要求是,唐宁街十号外面要有,行进路线沿途要有,威斯敏斯特教堂外面要有,里面也要有,还要有一架摄像机正对着我所坐的靠背长椅。"

汉弗莱看起来没有把握:"那样的话,摄像机就得放在布道坛上了。"

"有什么不妥吗?"我要确认。

"这样一来,大主教就有点站不开了。"

我不太明白。"那么他要在哪里布道?"我问道。

"我想,他应该是在布道坛。"

问题比我想得要严重。"那你说我的摄像机该放在哪儿?"

汉弗莱想了一会儿:"嗯,倒是还有个主祭台,不过估计大主教也要用的。"

"那他就别用了。"[显然,大主教认为葬礼是一个宗教仪式。没有人告诉过他那是一个政党宣传的平台。——编者]

9月5日

今天我见到法国大使了。事情比我想象的还要糟糕。

不过我首先见到的是伯纳德。"法国大使马上就到,但是我已经知道他带来的消息将是:法国总理不能来了,换总统来。"

"总统?"我大喜过望。"真是太棒了。"

"不,不,首相,这很糟糕!"

汉弗莱也听到了这个消息,他慌慌张张地跑来加入我们的谈话。

起初我不明白这有什么问题。我没有什么和法国人打交道的经验,但是伯纳德却极为老到。

"三年前,女王曾经访问法国,首相。她送给法国总统一只拉布拉多小母狗,现在它生小狗了,总统要回赠一条。"

汉弗莱惊恐万状地跌坐在椅子中。"不!"他喘着粗气说道,"我也听说了这回事,这么说这是真的?"

"恐怕是真的,汉弗莱爵士。"伯纳德的声音听起来像是在参加葬礼。

"我就知道,"汉弗莱一脸宿命地说道,"**我就知道**他们会来这一手的。"

我仍然不明白这有什么大不了的:"在我看来,这似乎是一个友好的姿态啊。"

"这是一个姿态不假,"汉弗莱露出了苦笑,"但很难算是友好的。"

"为什么不算?"

"因为女王陛下将不得不拒绝,这样的话,会……带来连锁反应。"

看起来问题出在隔离检疫上!狗正好是不能进口的。这只小狗将不得不在希斯罗机场被关上六个月。

这对我似乎称不上太糟。"法国人会理解这一点的,不是吗?"

"**当然**,他们私下里能理解。所以他们才这么干。但是他们的官方声明会拒绝理解。"

我突然明白了问题所在。法国人正在制造外交事端,好夺取海峡隧道主权谈判的主动权。我对汉弗莱和伯纳德解释了这一点,他们对我的洞察力表示了钦佩。接着,我果断地派人请来了我的外交事务私人秘书彼得·加斯科因。"我们应该怎么办?"我问道。

"我不知道。"他已经知道了这个消息,并且显然深受打击,沮丧不已。他看起来就像是一个绝望的男人。

我没有料到他会给我这样一个毫无希望的答案。文职人员一般都是有**某些**办法的。"但你是我的外交事务私人秘书啊。"我提醒他,希望他能提供一些积极的建议。

"很抱歉,首相,但是隔离检疫的事情由内政部负责。"

我看得出来他是在踢皮球,或者说是踢开这条狗。我又派人去请内政事务私人秘书格雷厄姆·弗伦奇。在等他的时候,我和彼得讨论了让法国人收回这个礼物的可能性。

"我们什么都试过了,"彼得绝望地告诉我,"我们建议换成小狗的油画,或者小狗的青铜像、小狗的瓷像。但是全都没有用。"

"你能否让他们把小狗塞起来?"我问道。

汉弗莱插话了:"我们宁愿什么都不要……哦,您是说做成标本?没戏。"

格雷厄姆匆匆赶到。"格雷厄姆,"我说道,"告诉内政部的朋友,让他们想办法绕开隔离检疫制度。"

他硬邦邦地答道:"恐怕那是不可能的,首相。"

我没有料到会被人反对。我请他做出解释。

"首先,"他说道,紧张地眨着眼睛,"对于所有英国公民和外国人,我们都严格执行这些规定,毫无例外。其次,隔离检疫法案是女王陛下签署的,您不会让她成为她自己制定的法律的唯一违背者吧。此事在道理上和卫生上都说不过去,完全不可行。"

正在此时,内部通讯装置响了。法国大使已经到了。事情发生得太快,一切都不能耽搁。因为从现在算起,离葬礼只剩三天了。

于是当法国大使在内阁会议室隔壁的小等候室略事休息时,我告诉大家,我们**必须**找到问题的解决方法。我告诉彼得立刻去外交部,让他们去找内政部协商。我告诉格雷厄姆也去内政部做同样的事情。他们两个都和伯纳德保持联系,伯纳德同时还负责与王室进行联系。汉弗莱去找法务官员谈谈,看是否有希望找到法律漏洞——他们都对这个建议坚决摇头。我还告诉汉弗莱,让他负责协调整个事情。

"什么整个事情?"他似乎感到困惑。

"我们想出来用以对付法国人阴谋的无论什么事情。"我解释道。

"哦,这件事情啊。"有时汉弗莱真是有点迟钝。"当然,首相,我将在内阁办公室设一个行动中心。"

我似乎是唯一一个有点想法的人。我问汉弗莱是否有**任何**建议。他说他的建议是,别让法国大使再等了。因此我派人去请大使进来,同时吩咐汉弗莱别走,留下给我帮忙。

"我需要准备任何文件吗?"汉弗莱问道,一想到即将面临的对抗他就感到不安。

"只需要准备一团纱布和一块毛巾。"我冷冷地说道。

法国大使脚步轻盈地走进内阁会议室,他说着一口几乎完美的英语。"首相,多谢您抽空接见我。"他身形瘦小,但很有魅力。

我告诉他,这是我的荣幸。

"我想您正急于达成海峡隧道的协议吧?"

"是的,我非常……"我开口说道,但是我的眼角瞥到汉弗莱正轻轻地摇着头,这个动作虽然不太显眼,但无疑是在告诉我要谨慎行事。我马上改口。"但是,另一方面,也不是**太**着急。"我确信这位大使没有察觉到什么。

事实上,他似乎急于圆场了:"如果我们能达成某些协议,那不是很好吗?"

"好吗?"我扫了一眼汉弗莱,他耸耸肩。"很好,"我表示同意,"当然很好啊。"

"并且,"大使继续说道,"我国政府认为如果我们利用这次葬礼——哦,顺便说一下,我很悲痛,真是一场悲剧——"

"悲剧,悲剧啊!"我悲哀地附和道。

"利用这次葬礼,您和我国总统沟通一下。"

"当然,当然。"我打断了他的话,"唯一的问题是,我将接待大量尊贵的客人,我不确定我能……"

大使阁下感到不快了:"您难道不想和我国总统聊几句吗?"

"我当然想,"我微笑着保证道,"当然,毫无疑问。"自从两天前和汉弗莱聊过后,我深刻意识到由我和法国人直接磋商的危险。因此,我试图去解释,我只是和总统**聊聊天**,而不是磋商问题,并暗示真正的谈判有些不值得我亲自去做。

他能理解我这种矜持,但是他不愿就此罢休:"您不认为如果朋友之间有一些小的争执,最好彼此谈谈,当面解决吗?"

"如果是**朋友**之间,的确如此。"我答道。汉弗莱的脸都白了。

但是大使坦然自若:"我想,若非如此,我国总统会感到受了伤害。他个人倒没什么,但这是对法国的'布景'。"我认为他的意思应该是"不敬",不过听起来很像"布景",但是"布景"说不通。

不管怎样,我还是让大使阁下放心,我们无意对法国不敬,我已将法国视为**挚友**。

他很高兴,我希望他就此告辞,但是他没有。他早准备好了自己的议程,于是我们开始讨论第二个问题。

他声言,他很担心总统访问期间大使馆的安全。这让人感到惊奇。我看了看汉弗莱。有理由担心吗?没有,我从汉弗莱的表情上看出这是法国人的又一个花招。我们向大使保证，大伦敦地区警察局局长将会完全控制住局面。

大使并不满意："我国政府要求准许法国警察出面保卫大使馆。"

汉弗莱给我传来了明确无误的警告信号。他的表情告诉我，无论如何也不能答应。于是我告诉法国大使，我们不可能答应这样一个请求。

他装作愤慨："这肯定不是**不可能**的。"

我决定发起攻击："您不会是说，您不信任英国警察吧？"

"我国政府对英国警察不做评价，"他谨慎地答道，"但是总统更希望由法国警察负责。"

我看得出汉弗莱急于扑上前去。于是我就松开了"绳索"，向后靠到自己的转椅中。

"问题是，阁下，"汉弗莱有条不紊地说道，不知怎么搞的，他把阁下这个词说得像是一种嘲讽，"伦敦有七十三个大使馆。无疑每个使馆都想有自己的警察，如果有机会，大多数使馆还想配上机关枪。女王陛下的政府很难相信，这样会让伦敦变得更安全。"

大使**完全**没有听懂这种嘲讽，而是以一种外交上的优雅风度接受了我们的拒绝。"那我国政府将要大失所望了。好在我现在还有一件愉快的事情，我国总统将带来一个小礼物，赠送给女王陛下。"

我不得不笑了笑："真是太好了。"

"这是一条小狗。"他解释道，但是毫无必要。他一定知道我们已经知道了消息，为什么还要多此一举？"女王陛下访问我国总统时曾惠赠拉布拉多犬一条，这只小狗正是该犬所生。"

我沉默着，不说高兴，也不表示感谢。因此他只能硬撑着说下去："也许您能告知我，赠送仪式怎么安排？"

我叹了口气。"大使阁下，"我耐心地说道，"你们真是客气，想得真周到。但是您知道六个月之内无法举行赠送仪式，我们有隔离检疫的规定。"

他当然拒绝理解。他说这真是荒谬。他还提醒我，女王在国事访问时就赠送了小狗。

我解释说，我们很高兴总统能礼尚往来，但法律就是法律。

"我想，"大使明显很冷淡地问道，"你们的法律只是为了排除受感染的动物吧？"

我表示同意。

"但您不会是在暗示说，总统和法国将赠送英国女王一只病狗吧？"

"不，当然不会。"

"那就没问题了。"

"不，还是有问题。"我很坚决，"我必须请您向总统建议，请他换一个礼物。"

大使阁下告知我这完全行不通。"如果这是总统个人的事情，也许……"他耸耸肩，"但是总统的妻子，我们的第一夫人，非常渴望能这么做，她的态度很坚决。"

很妙的一招。现在看来，如果我说不行，就侮辱了一位女士，她还是第一夫人。

我告诉他，我们将竭尽全力，但事情也许并无可能。[这是外交辞令中最坚决的拒绝方式了。——编者]

大使站了起来："首相，我不得不告诉您，如果女王陛下拒绝接受总统送她一份回礼的请求，我国政府将会感到极度受辱。恐怕这既会被看成国家的屈辱，也会被看成个人的屈辱——受辱的是总统**及其**夫人。"

我受够了这种危言耸听，我也站了起来："大使阁下，请您告诉总统不要带那只母狗①过来。"

汉弗莱吓得透不过气来，大使也只有目瞪口呆的份儿了。我突然意识到，我所说的话有歧义。

"小狗，"我连忙解释，"我的意思是小狗。"

今晚，在办公室楼上的公寓［即唐宁街十号的顶楼——编者］里，我和安妮度过了一个安静的夜晚。我把葬礼期间安排给安妮的事情梳理了一下，安妮不明白我们为什么要给这些夫人安排这么多的参观活动。我解释说，外交部喜欢这样——这样她们就不会碍事。她们不能和丈夫在一起，他们会忙得很。

"就忙葬礼的事情吗？"安妮问道。

我解释说，她没有理解整个葬礼的关键：这些人都是为了政治而来的。这是一场**工作**葬礼。事实上，几个月前我们在挪威参加一个葬礼时，我和德法领导人忙于在饭店磋商欧洲经济共同体的农产品配额问题，结果都忘记去大教堂了。

安妮觉得此事很有趣："他们注意到了吗？"

"葬礼结束前，我们好歹赶到了现场。我们责备了安保人员。现在几乎什么事情都可以推到安保人员身上。"

---

① bitch 本意是母狗，但经常用于骂人，意为婊子。法国总统回赠的也是一条母狗。——译者

事实上，这场葬礼真是天赐良机。这个词用在这里名副其实！这比峰会好多了，因为没有必须带回成果的压力。公众不会指望他们的领导人参加葬礼回来，就达成了禁止核试验协议或者农产品配额协议。因此，我们就能进行认真的磋商。而峰会只是一场展示公共关系的马戏表演，媒体不会给政治家们任何真正的磋商机会。进行外交只是想解决问题，而做新闻只是想找出问题。

安妮想知道，是否有人参加葬礼完全是出于对朋友的哀悼。我笑了起来。如果只有他的朋友来的话，连小礼拜堂都坐不满，更不用说教堂大厅了。不过我指出，我杰出的前任这一死，为世界所做的贡献比他活着时一辈子都大。

她问我葬礼仪式是否都安排妥了。我可爱的老安妮，她经常去教堂，所以很在意这些事情。我告诉她会有很多音乐。事实上，我知道的只有这一点。

"那就好。"她说道。

"是啊，"我说道，"当风琴演奏时，我们就可以进行有用的讨论了。不幸的是，在诵读《圣经》选段和祈祷的时候我们就不得不闭嘴了。"

安妮笑了，她正在逐渐理解其中妙处。"那么布道的时候你们做什么？"

"那是我们的客人倒时差的好机会。"我解释道。

总之，这次葬礼来得恰逢其时。那本该死的回忆录就此在国内寿终正寝，并且选民们会看到我被各国领导人环绕在中央，这将大大提高我的民意测验支持率。此外，北约和华约还有一堆事情可以利用此时解决。这也是一个在第三世界中广交朋友的良机。

"吉姆，"安妮问道，"有个事情我不太明白，如果我们是第一世界，贫穷国家是第三世界。那么谁是第二世界呢？"

"问得好，"我说道，"我从未听过任何国家自居为第二世界，我们认为第二世界是苏联集团，但他们可能认为第二世界是我们——不过既然没有人提出这个问题，它也就不是问题了。安妮，这就是外交！"①

重要的是，中东看起来又有不祥之兆。我确信，只要我有时间，我会把敌对各方拉到一起好好谈谈。但是如果在未来三天之内我们无法解决这些问题的话，就只能盼望着在未来三个月内再有某位重要人物去世。

9月6日

今天外交部和内政部送来了应对小狗危机的不同建议，一个比一个愚蠢。

［第一个建议来自内政部的常任秘书欧内斯特·罗齐。——编者］

亲爱的伯纳德：

经过讨论，我们为这一问题提出了两种可能的解决方案。

第一种：我们可以让议会通过一项授权法案，授权这只狗直接进入英国——授权法案可以做到任何事情；

---

① 法国人阿尔弗雷德·索维于1952年首先提出了三个世界的概念。1974年毛泽东做了不同的阐释，他认为美苏两国是第一世界，其他发达国家是第二世界。——译者

第二种：我们可以把整个白金汉宫变成一个小狗的隔离检疫区，这样虽然并不符合法律的精神，但是也不违背法律的条文。

请告知我首相的反应。

欧内斯特·罗齐

9月6日

[哈克当天的日记继续下去。——编者]

内政部的两个建议真是荒唐至极。"授权法案可以做到任何事情。"——这样说，它也能做到让我下次大选落选。

小狗隔离检疫区的主意并没有回答一个相当重要的问题——女王陛下的其他小狗怎么办？难道要清除出去吗？

外交部比内政部做得更过火。我让格雷厄姆碰了一鼻子灰后，查尔斯国王街送来了一份备忘录。[外交部坐落在白厅街和查尔斯国王街的拐角处。——编者]

亲爱的彼得：

关于这个问题，我们只能想到一个技术性的方案：从概念上把白金汉宫变成法国大使馆的延伸地区。这样一来，小狗就仍然可以待在外国领土上了。

请告知首相的反应。

迪克

9月6日

[哈克当天的日记继续下去。——编者]

见鬼，我就让他们看看我的反应！我告诉他们，正如他们一贯表现的，碰到真正紧要的事情，就会暴露他们的软弱、无决断和愚蠢。我提醒他们，我眼下正在为海峡隧道的主权而奋争，他们认为我会对王宫的主权沦丧作何感想呢？

文官们总是带有可怕的精明和傲慢，**特别是**外交部的文官。当你有很多先例可循时，日子是简单的。但是当他们碰到**新**的危机时，他们没有这项程序，他们的大脑就会短路。[外交部的高级文官被批评软弱、无决断和愚蠢时，一定非常痛苦。被一个软弱、无决断和愚蠢如哈克的人批评会更加痛苦。而最令人痛苦的是，哈克说的没错。——编者]

在此期间，唐宁街十号处在一个疯狂的状态，私人办公室的所有电话**整天**都在响着。

伯纳德干得十分出色。他没忘给王宫打一个电话，问清楚了女王从未被**正式**告知要回赠礼物——也就是说，她无从拒绝。

但是，即使是伯纳德，也完全不知道应拿这只该死的小狗怎么办。他所能做的建议就是，让我们驻巴黎的大使想办法灭了它……下点药什么的，跟保加利亚人借一下毒伞尖。[请参考1978年格奥尔基·马尔科夫谋杀案，这是一个为英国广播公司海外广播部工作的保加利亚持不同政见者，他在伦敦一个公交车站被毒伞尖刺中身亡。——编者]

这实在是一种偷鸡摸狗的做法，一旦曝光，将会令人难堪至极。英国的选民能够容忍不断增长的失业率、通货膨胀、税收，以及不断贬值的英镑、证券，但是一旦他们认为我跟拉布拉多狗的死亡有关，是我打发它去天堂狗舍的，他们就**绝不会**再选我。英国人民知道孰轻孰重！

今天,虽然法国人出的难题没有解决,但是其他事情进展顺利。我们为大量会谈安排了口译员,甚至连我与美国副总统的会谈也列出了口译员,我想这大概是打错了。[几乎可以肯定没错。毕竟,宽宏大量地说,英语国家包括美国。事实上,英美之间的这种特殊关系纯粹基于一个事实:美国人和我们一样显然不会说外语。——编者]

明天各国总理就要驾临敝国了。伯纳德告诉我,皇家海军乐队忙得不可开交——他们不得不练习演奏各国国歌。当听说阿根廷人不来的时候,我们松了一口气——不是因为我们刚打过一仗,而是因为阿根廷国歌有三个乐章,长达六分钟。[事实上,最长的版本大约为四分钟(具体取决于演奏速度),最短的版本只有一分四十八秒。值得注意的是,外交部反阿根廷的游说者给了哈克错误的信息。——编者]

教堂里的座次成了今天的大问题。我不得不亲自审批。不可思议的是,他们竟然按字母顺序排座位,这样一来伊朗和伊拉克就会挨着坐,以色列和约旦也会坐在一条长椅上。① 这样会爆发第三次世界大战的。

伯纳德接通了教堂的电话,教堂方面说他们知道这些人是坐在一起的,但他们的看法是,这些人都来自世界的同一个地方,他们坐在一起会有宾至如归的感觉。伯纳德被迫解释说,相邻并不等于相亲。

有人指出,爱尔兰和以色列坐在同一条长椅上,这或许能使

---

① 1980 年至 1988 年处于两伊战争期间。1982 年刚刚结束了第五次中东战争。——译者

情况有所好转。我指出，有爱尔兰在，**任何事情都不会好转**。对于我们尤其如此。永远不会！①

我的外交事务私人秘书彼得来到书房里，向我简要通报了我们可能会遇到的各种问题。当然，伯纳德也在场。

"西班牙大使说他的外交大臣想谈谈国家的统一，而意大利人想谈谈欧洲的理想。"

这些显然都是冠冕堂皇的话，我问他们到底想谈什么？

彼得翻译了一下。西班牙人想要回直布罗陀，意大利人想扩大欧洲经济共同体的葡萄酒消费。②［当欧洲经济共同体的外交部部长们开完高级会议回国的时候，如果宣布他们把时间都花在了实现欧洲的理想上，各国政府一定感到惊奇。欧洲经济共同体只不过是一个关税联盟——政治家们只能通过英雄般地维护国家利益来获得掌声。——编者］

"新西兰人，"彼得继续说道，"想召开一次英联邦领导人特别会议，以讨论所谓英国支持南非搞种族主义的问题。"

我问他们为什么又旧事重提。他解释说有两个可能：一种是欧洲经济共同体的黄油配额把新西兰的奶制品排除在外，这令他们十分恼火。另一种可能是他们对自己的核政策向后转感到内疚。③

彼得建议对新西兰进行一次王室访问。如果可能，让女王本

---

① 本书出版于1987年。1998年北爱冲突各方签订了《贝尔法斯特协议》，2005年爱尔兰共和军完全解除了武装。——译者
② 意大利的葡萄酒产量与法国大体相当，远远超出世界其他国家。——译者
③ 1984年新西兰工党上台后奉行无核政策，甚至将此写入法律。这意味着他们不会引进英国的核电技术。——译者

人亲自去一趟。这主意很棒,但是远水解不了近渴,除非王室访问的承诺能换得他们闭嘴。彼得提醒我,不管怎样,南非会给我们带来严重的麻烦。

"又是人权问题吗?"我问道。

"不,他们打算倾销柚子。"

我还被简要告知了一些正确的称呼方式:和塞浦路斯大主教谈话时,正确的称呼显然不是至圣宗座,而应该是至福圣座;如果教皇特使说我们想洗洗手,意思是他手头拮据。

我和彼得正谈话时,伯纳德接到王宫的紧急电话。我们都屏住了呼吸。女王知道小狗的事情了吗?如果知道了,有什么意见呢?

但不是这事:王宫听说希思罗机场的红地毯出了问题(是出了问题,但是已经解决了,我不知道怎么解决的)。女王陛下此刻正在担心的是,科特迪瓦[①]总统希望——显然他一定会做的——给她定制一头大象[②]。

我的脑袋都炸了。"伯纳德,彼得,看在上帝的份儿上吧!"我喊道,"我们不能再来一只动物了,特别是大象!整个白厅街,外交部、内政部、内阁办公室、卫生和社会保障部在几乎一周时间里已经为了一只小狗伤透了脑筋。政府已经瘫痪了。千万别再来大象!"

但是我搞错了。显然象牙海岸要送的不是一头真正的大

[①] 1986年我国将象牙海岸改称为科特迪瓦,这是法语"象牙海岸"的音译。该国盛产大象。——译者
[②] 原文"the Order of the Elephant",意为大象勋章,但是哈克将order误解为其他含义或者没有注意到这个单词。——译者

象——而是一枚大象勋章，问题是，这个荣誉要附送一个湿漉漉的吻。

我让外交部去解决这件事。

9月7日

明天就是我杰出的前任的葬礼。今天我们打败了法国佬。我不知道这两件事中的哪一件让我感到更加满足。

事情一开始并不顺利。

今天一早伯纳德抱着两份档案进了内阁办公室。一份有一英寸厚，另一份有六英寸厚。

"那到底是什么？伯纳德。"我问道。

他指着较薄的一份说道："这是海峡隧道的档案，首相。"

"不，我想问厚的那份。"

"噢，"他看起来很无奈，"那是小狗的档案。"

"到什么程度了？"

"今天早上称了一下，有三磅半重。"

"小狗吗？"

"是档案。"他严肃地答道。

我们已经告诉法国人，机场检疫部门将不得不遗憾地扣押这只小狗，并把它隔离在希思罗机场。法国人没有表态。但是，为了说起来好听一些，外交部告诉法国人，希思罗机场位于白金汉宫到温莎堡的路上，女王有机会顺路去看它。

我很诧异："被隔离的狗能随便看吗？"

伯纳德也不知道。"如果不能看的话，"他答道，他已经烦透了此事，"她也能在M4公路上冲小狗挥挥手。"

真正的问题是，在这场所谓的人为冷遇之后，法国人将采取什么办法来刁难我们。最可能的是，如果我们在海峡隧道的问题上不让步的话，他们将大肆宣传这个冷遇故事。

我们对接下来的事情完全没有心理准备。汉弗莱爵士莽撞地冲进了内阁会议室。

"首相！"他上气不接下气，"我有紧急消息。"

"好消息吗？"人们总是抱有希望。

"是……也不是，"他谨慎地答道，"警察在法国使馆的花园里发现了一枚炸弹。"

我很震惊："谁放的？"

"我们也不知道。很多人都有动机。"

"比如我们！"伯纳德说道。

"不管怎么说，"我说道，试图往好的方面想，"被我们发现了，我想这就是好事。"这一定是汉弗莱消息中好的部分。

汉弗莱还有话要说："另一个消息更糟糕，法国总统不会乘飞机来参加葬礼了。"

我不明白这事为什么很严重。事实上，在我听起来，这是一个好消息。当汉弗莱说，总统还是会来的，但是改乘汽车秘密出行时，我**仍然**觉得听起来是一个好消息（虽然不那么好，但大体还算好的）。不乘飞机来只是安保上的一个幌子、一个障眼法。

"听起来像是个好主意！"我说道，但是我不明白这有什么要紧的。

"这是一个绝妙的主意！"汉弗莱说道，气得咬牙切齿，"他们会把该死的小狗放在汽车里偷运过来。"

汉弗莱说得没错！难道我们就无计可施了吗？"首相，您准备下命令拦下法国总统的专车，并对您邀请的客人进行搜查吗？"我完全崩溃了。"您准备侵犯外交豁免权，搜查外交邮袋吗？"

我晕头转向。"总不能把小狗放在袋子里吧。"

"那样的话就成了狗食袋①。"伯纳德说道。

"假设我们真的进行搜索，并且找到了小狗呢？"我在考虑自己的选择，"那就真的如同把猫放进了鸽子窝里——会炸窝的。"

"那就是放狗出袋。"②伯纳德说道。

"但是……更糟的是……如果我们错了呢？"汉弗莱解释道。"万一里面没有狗呢？"

他说得对，我不能冒这个险。无端地侵犯外交豁免权？这将是一场灾难。

"但是，"汉弗莱说道，他总是爱往坏处想，"如果小狗**在**车里，他们就能带着它一直开进法国大使馆，然后小狗将在法国的领地上，就在这里，伦敦的中心。"

"就悬在我们的头上。"我沮丧地说道。

"我们还是祈祷它训练有素，不要乱跑吧。"伯纳德说道。

伯纳德·伍利爵士（与编者谈话时）回忆：

> 今天晚上，我们在唐宁街十号有一个外交招待会。招待会妙趣横生，但大多是即兴的。

---

① doggy bag，即餐馆打包袋。这是伯纳德不着调的联想。——译者
② 习语"let the cat out of the bag"（放猫出袋）的意思是意外泄密。此处伯纳德将猫换成了狗，想说的是一个意思。——译者

当然，我的任务是让首相的客人们感到受欢迎，特别是法国人。我记得自己曾把哈克夫人介绍给联合国教科文组织的贝朗热先生。他今晚特别高兴，还告诉我们，这次葬礼热闹极了，上次他去参加安德罗波夫①的葬礼时，差点儿无聊至死。

我也有幸把他介绍给大伦敦区警察局的局长。我解释说，贝朗热先生是尤奈斯克②驻伦敦的外交代表。"啊，是吗？"这位局长一副无所不知的样子，用手拉拉他的小白胡子，"这个小国真的很美。"

[哈克当天的日记继续下去。——编者]

唐宁街十号里面开着群星璀璨的招待会——你们所敬爱的我轻松横扫了法国人。当然我必须老老实实地承认，我大获全胜的原因在于法国人摆了一个大乌龙。

每个人都兴高采烈，没有人为明天的葬礼感到难过。美国副总统带来了葛罗米柯③给他讲的一个新笑话。"你们听过一个波兰新笑话吗？有关雅鲁泽尔斯基④的。"讲完后他放声大笑了很久。

副总统迫切地想谈谈德国境内的北约基地问题，招待会上不可能谈此事，因此我们决定明天在教堂里面谈。随后他消失在人

---

① 安德罗波夫曾任苏联主席、苏共书记，1984年在任上去世。——译者
② 联合国教科文组织一般只用简称UNESCO，这里根据不同语境做了不同翻译。——译者
③ 葛罗米柯曾任苏联外交部部长（1957—1985）、苏联主席（1985—1988）。——译者
④ 雅鲁泽尔斯基曾任波兰统一工人党总书记（1981—1989）、波兰主席（1985—1989）。——译者

群中,满怀希望地去找一些想和他谈谈的不结盟国家的人。[不结盟国家的定义是不和美国结盟。——编者]

苏联大使兴高采烈,他坐在白色客厅的一个谢拉顿式沙发上,紧挨着汉弗莱爵士,正和我们的一群人缅怀我的前任:"你们知道,前任首相的去世真是令人难过至极。"

"难过至极,难过至极。"汉弗莱尽职尽责地叨咕着,并呷了一口白葡萄酒。

"但是对于英国这也不是一个损失,"苏联人继续说道,"你们知道他的麻烦在哪儿?"

这个问题很重要,我能列出大量理由,但是我很想听听苏联人的看法。"他这儿很行……"这位大使指指他的头,"这儿也很行……"他又指指他的心,"但是他**这儿**不行!"他吼叫着,一把抓向汉弗莱的私处。

汉弗莱尖叫着,一下子蹦了起来,盛着马孔村白葡萄酒的酒杯掉在地上。苏联大使开怀大笑起来。我也笑得喘不上气来,不得不离开这个房间。顺便说一句,苏联大使的话并非无中生有。

此后相当一阵子,我没有看见汉弗莱,他的缺席很惹人注意。我想他可能在重整尊严,或是在重整他被弄脏的裤子。我一直在找他,因为当我和法国总统谈话时,我需要汉弗莱的知识和建议为我提供保障。我并不喜欢这场谈话,但也不能老拖着不谈。

这时,伯纳德和警察局局长这不太相称的一对,悄悄地把我引出招待会现场。我们穿过有护壁板的大厅,来到我的书房里。我们要进行一次密谈,汉弗莱已经等在那里了。

"这一切是怎么回事?"我问道。

"法国大使馆花园里的炸弹是法国警察安装的。"局长说道。

起初我以为他是在开玩笑。但是,这不是玩笑!

"他们是想看看我们能不能发现,以此证明我们的安保措施不力。"

这是我最近几个月来听到的最好的消息,他们给我看了证明材料。在他们所住的宾馆里查到了同样的雷管。他们已经承认了。

我大喜过望。法国警察偷运炸药进入英国恰好给了我求之不得的机会。我告诉汉弗莱,给我几分钟时间,我要和法国总统单独谈谈,当我摁书桌下面用于特殊目的的秘密按钮时,他需要进来打断我们。[这是为了设计成会谈被偶然打断的样子。——编者]

好了,他们把总统引进了我的书房。我向他道歉,因为这让他不得不离开招待会几分钟。我表示我很想和他谈谈隧道的事情。但是他此时还不想讨论此事:"首先,我们可以澄清一个愚蠢的误解吗?我们能不能谈谈明天我作为回礼送给女王陛下的小狗?"

这么说,他们**确实**把小狗偷运进来了!"总统先生,"我态度坚决地说道,"我很抱歉,这里面不存在误解,我不能要求女王违反法律。"

他笑了:"我们也不想让女王违反法律,我们只是想让首相变通一下。"

我再次道歉,非常正式地道歉,然后说不行。他很傲慢,一副不可侵犯的样子,还表示受到了深深的伤害。他评论道,如果法国人民知道了这次"拒绝",他们会觉得法国被扇了一记耳光。听起来,法国民众能否知道此事还有得商量。但是就我个人而言,我认为法国人民——不像英国人民——比他们的领导人要富有常识得多,他们绝不会这么想的。

于是我们回到了海峡隧道的问题上。现在,总统开始随心所欲地利用起了他自认为已经创造出来的有利形势:"至于隧道,您让我对此事很为难,法国人民绝不能接受第二记耳光,而您正在拒绝我们一个非常合理的建议:多佛尔港以外全归法国。姑且不谈这个,我们还有另一个问题,哪种语言作为第一语言?"

我回到了书桌旁,假装拿起一张纸和一支笔。我的左手悄悄地放在了书桌下面,摁下了按钮,他并没有注意到我的小动作。"当然,"我通情达理地说道,"如果一半路牌是法语在前,一半路牌是英语在前,这样会比较公平。"

"公平,是的,但是不合逻辑。"

"逻辑很重要吗?"我问道。

"法律很重要吗?"他答道。

"当然重要,"我说道,"英国是唯一一个没有狂犬病的欧洲国家。"

汉弗莱连门也不敲就闯了进来。他抱着文件:"总统先生,请原谅,首相,我想你们应该先看看这个紧急材料。"

我坐在了书桌前,打开文件看了起来。"不!"我喘着粗气,双眼紧盯着总统先生。当然,他并不知道我看的是什么。我继续看下去,让他继续猜想。然后我站起身来开始谴责他。

"总统先生,恐怕您得做出一个解释。"我把法国炸弹阴谋的全部证据递给了他。他读过之后居然面不改色。

"我希望,不必让我再解释这件事情有多严重了。"我说道,心里非常希望能有个机会发挥一通。

我并没这个运气。他抬起头来:"首相,我很抱歉,我必须请您相信的是，我对此事一无所知。"

也许他真不知道，但是我不能轻易放过他。他处在我的位置，也不会轻易放过我的。"这是一个客人企图欺骗女王陛下政府的阴谋，而且还有非法把炸药运进英国的严重罪行。"

"您必须知道，"他合情合理地答道，"法国政府从不知道法国安保部门在做什么。"

"您的意思是，对于他们的行为您不负责是吗？"

这并不是他的意思，他推卸不了责任。"不，但是如果这个报告属实的话，我请您接受我深深的歉意。"

事情的真相很容易就证实了。接着汉弗莱使出了杀手锏："您看，这样一来，首相将很难处理海峡隧道的问题了。"

我表示同意："当这枚炸弹的新闻被曝光后，英国人民是不会善罢甘休的。"

"他们将怀疑通过海峡隧道时的安全！"汉弗莱嘀咕道。

"隧道里会充满了法国官方安置的炸弹。"我补充道。

总统先生和我四目相对。他一语不发。现在球权在我手里。"当然，"我建议，"为了英法两国的友谊，我们愿意假装不知道你们安保人员的罪行。"

他提出做一半的让步，名副其实的一半！"我建议……我们可以把主权只延伸到海峡隧道一半的地方。"

汉弗莱记了下来，一副很卖弄的姿态。

我说道："我们希望一半的路牌英语在前。还有，最重要的是，两个月之内举行开幕典礼，先在多佛尔，再在加莱。"

"我认为这个主意很棒。"他说道，送上一个很夸张的微笑。"这是我们两国之间温暖和信任的表示。"

于是我们握手言欢。

"明天让我们在葬礼上看到公报的草稿好吗,汉弗莱?一定不能让媒体知道炸弹的事情,还有拉布拉多小狗的事情。毕竟,"我说道,目光尖锐地看着总统,"如果一个故事泄露了,另一个故事也会随之泄露,不是吗?"

"是,首相。"他说道,脸上露出了一丝笑意。这份公报会使本来就愉快的场合变成一个大获成功和绝对欢乐的日子。

13. 利益冲突

10月1日

今天早上的报纸读起来令人非常扫兴。当我早餐之后遇到伯纳德时,我向他提起了此事:"他们说,自从我上任以来,一切均无变化。"

"您必须引以为傲。"伯纳德说道。

我向他解释说,这不是称赞之语,尽管在文官部门看来这可能是好事。"我读了十份伦敦的早报,"我坦诚地说道,这无疑已经超越了我职责的必要了,"其中九份都没说我好话。"

"第十份要好些吧?"伯纳德问道,他误解了我的意思。

"第十份更糟,"我解释道,"它根本没有提到我。"[政治家们通常宁可出臭名也不愿意不出名。——编者]

所有的报纸大体都在说一件事——我就会夸夸其谈。我给伯

纳德看了,他和我一样感到惊奇。[尽管诚实是一位成功的私人秘书的重要品德,但有时还是谨慎为妙。——编者]

"真是太奇怪了。报纸说我的执政全是花言巧语,说了一遍又一遍,就是不干实事。睁眼说瞎话嘛——正如我**一直**在说的,各项改革都在酝酿中,总方针已经今非昔比,确立了新的发展观,执政理念不断升华,社会结构取得长足进步,国家地缘政治面貌也为之一新。"

伯纳德深有同感地点着头,意思是完全赞同。"那究竟有什么成就呢?"他还是忍不住问。

"很显然,什么也没有!目前还没有。"我不耐烦地说道。毕竟,做这些事情得花时间,罗马城又不是一天建成的。

事实上,最近涌现的一大堆荒谬的批评文章,都源于一个有关金融城①大丑闻的该死流言。

因此当汉弗莱来到这里时,我告诉他,我决定对所有的媒体批评做出回应。媒体呼吁对于金融城丑闻采取行动,这是他们应该看到的!

汉弗莱似乎很感兴趣:"哪类行动?"

"我准备委任一个人。"我坚定地说。我很高兴他没有问我此人是谁,将做什么,因为我也没想好。事实上,我最终需要汉弗莱帮我出谋划策。

取而代之,他出乎意料地问了我另外一个问题:"首相,您是何时做出这个重大决定的?"

---

① 伦敦金融城位于圣保罗大教堂东侧,在一平方英里大小的地方高楼密集,聚集着数以百计的银行及其他金融机构,被看作是华尔街在伦敦的翻版。——译者

"今天早上,"我骄傲地答道,"当我读报纸的时候。"

"那么您是何时开始思考这一问题的?"他有礼貌地盘问起我来了。

"今天早上,"我说道,突然意识到这种仓促让我显得有点傻,"当我读报纸的时候。"

"我能否问一下,您对这个决定的利弊权衡了多久呢?"他有时太昭然若揭了!他无非是在竭力使我觉得这个决定太草率而已。

"没多久,"我现在有了对抗情绪,"但我决心要坚决果断。"

他意识到我的决定尽管仓促,却不失正确,因为他随后绝口不谈此事了。[这个绝妙的例子说明,一个有经验的政治家总有能力相信自己想要或者需要相信的东西。——编者]

伯纳德打算安慰一下我:"首相,恕我直言,您未免太在乎那些报纸的说辞了。"

我向他微微一笑,他知道什么?"伯纳德,"我带着疲倦的笑容说,"只有文职人员才会说得这么轻巧。我**不得不**在乎,特别是最近政党大会就要召开了,而这些流言却怎么也平息不了。"

但是汉弗莱不为所动:"让我们等它不只是流言时再来操心吧。请您过目一下内阁议程好吗?"

我不感兴趣。"不,汉弗莱,"我说道,"报纸的事情远为重要。"

"恕我直言,首相,"汉弗莱不礼貌地答道,我拒绝去看他愚蠢的议程激怒了他,"报纸并不重要,理解报纸的唯一方法是谨记:报纸只不过是在迎合读者的偏见。"

汉弗莱对于报纸真是一窍不通。他是一个文官，而我是政治家。我对报纸了如指掌。它们既能成就我，也能毁掉我。《泰晤士报》的读者是治理这个国家的人；《每日镜报》的读者是认为自己正在治理这个国家的人；《卫报》的读者是认为应该由自己治理国家的人；《晨星报》的读者是想把国家交给其他国家治理的人；《独立报》的读者是不知谁在治理这个国家却认为他们做得不对的人；《每日邮报》的读者是治理国家的人的妻子；《金融时报》的读者是拥有这个国家的人；《每日快报》的读者是认为这个国家像过去一样治理就行的人；《每日电讯报》的读者是认为这还是他们的国家的人；《太阳报》的读者并不在乎谁在治理这个国家，他们只要求三版女郎的奶子够大就行。

［对于伦敦报纸的这通评论是在哈克最终离任后不久发现于唐宁街十号的。评论的复印件被发现于整个建筑物里，内阁会议室、私人办公室，当然，还有新闻办公室。——编者］

［上述有关金融城报道的谈话之后不久，汉弗莱·阿普尔比爵士和德斯蒙德·格莱兹布鲁克爵士共进了午餐，地点是在圣保罗大教堂北面福斯特巷的惠勒餐厅，这家餐厅的特点在于餐桌之间的距离很远，并且大多数餐桌还被木质护壁板隔成小间。在这家餐厅可以进行秘密的谈话，这里成为金融城人士趋之若鹜的场所。

德斯蒙德爵士是汉弗莱的老相识。他当时还是高街银行[①]之

---

① 英国很多城市中心的商业街被称为高街，高街银行即指传统的商业街银行，这是对应网络银行而言的。——译者

一的巴特利特银行的主席。汉弗莱爵士在日记中记录了这次午餐。——编者]

与德斯蒙德爵士在惠勒餐厅共进午餐,我们点了多佛尔鳎鱼和两瓶普宜芙赛红酒,这都是德斯蒙德的最爱。结果他比往常更健谈。

我安排这次午餐,目的是想讨论一下菲利普斯·贝伦森银行的事情。使我惊奇的是,德斯蒙德也正想谈谈此事。他说此事看起来并不很乐观,这等于是在承认,他金融城的朋友们犯有欺诈和盗窃的行为。

迄今为止,媒体的说辞是,这是投资银行做出错误投资的又一个例子。但是德斯蒙德暗示说,这只是冰山的一角。他们不仅违背了内部交易的潜规则——这些规则人人都知道,但是并没有人说出来,而且败坏了金融城的基本规矩。[金融城的基本规矩是:如果你能力不足,那么你必须诚实;如果你想要花招,那么你必须够聪明。理由是,如果你诚实的话,出了岔子人们就会帮你。相反,如果你耍花招的话,只要是确保赢利,谁也不会过问。金融城最理想的公司是既诚实又聪明,只是这并不多见。——编者]

我想弄清楚贝伦森银行是否存在违法行为,但是德斯蒙德避而不答。他说他不会做出这种表达。这使我觉得,事实上已经可以下结论了。

我问了一些具体的问题:

(1)贝伦森银行的主管们是否把股民的钱全都侵吞到自己的公司去了?

(2)他们是否在纳税上做了手脚?

（3）他们是否向列支敦士登①的公司转移了资产？

（4）他们是否有贿赂行为？

德斯蒙德的回答闪烁其词，但是隐含的意思一目了然。对于（1），他承认这种事情发生过，尽管后来这些钱或许曾打算归还，但是，归还从未落实。

对于（2），他承认贝伦森银行对于财政部的规则有自己的解释。他们觉得总得**有人**出来解释，特别是当财政部自己的解释看起来并不恰当时。

对于（3），他承认有过一点儿。对于（4），他确实知道有外国官员拿了未公开的预付佣金［这是金融城对于贿赂的隐语——编者］。

事情已经到了非解决不可的地步，贝伦森银行就准备破产吧。现在是他们为破坏规矩而付出代价的时候了——眼下整个故事很可能被曝光。

德斯蒙德情绪激动地认为，此事必须被掩盖起来。这让我感到惊奇，要知道他可是一个很大的既得利益者，不必冒此风险的。此前我从未意识到，一家巨大如巴特利特的高街银行也会受到一家小型投资银行破产的影响。但是今天我得知，巴特利特银行一直在大力支持贝伦森银行。德斯蒙德透露说，他们投资了四亿英镑。

他在竭力辩解。问题似乎出在那笔从阿拉伯人那里借的利率为11%的钱上，如果不想看起来太傻，只能把它以

---

① 列支敦士登为欧洲小国，对在该国注册的外国公司采取低税收政策，而且严格为该公司保密，从而成为避税天堂。——译者

14%的利率借给别人。麻烦在于，没几个人你信任他们能按14%的利率付钱。

贝伦森银行按14%的利率借了钱，结果还不上来。于是巴特利特银行必须不断投钱让对方能维持下去，但最终他们还是翻船了。

为什么巴特利特银行——或者说德斯蒙德——看不出对方不值得信任呢？为什么他们不进行一番调查呢？事后看来，这很容易理解：在金融城，人们从来就不做这类调查。他们看起来都是体面人，因此就要遵照**体面人规则**：体面人从不调查体面人做事是否体面。何况，这样做也没有必要。如果他们是诚实的，那就是浪费时间；如果他们不诚实，那么在为时已晚之前，你无论如何也调查不出什么结果来。

接下来你有两个选择：

（1）你揭发他们，同时你损失全部的钱；

（2）你保持沉默，并成为犯罪行为的帮凶。

因此——我十分明白为什么——德斯蒙德选择了第三种办法：说白了就是假装不知道，这样巴特利特银行的董事会就会看起来像是一群被无赖可耻地欺骗了的老实人。最终，金融城的人将不会介意此事。他们所介意的是人们**发现**有人是骗子，更糟的是，人们发现人们**知道**有人是骗子。

但是问题并没有解决：整个错误的代价是巴特利特银行要搭上四亿英镑。装聋作哑值得了四亿英镑吗？

德斯蒙德觉得可以。装聋作哑是安全的——至少从法律的角度讲是如此。而且，当然了，这不是银行主管们自己的钱。

因此我们顾不上其他琐事，开始讨论这个棘手问题的解决方案。德斯蒙德觉得只有一种办法，由英格兰银行来救贝伦森银行——悄悄地，绝不公开地。这样我们就能内部解决此事，而巴特利特银行也能拿回自己的钱。

这个方案有一个小小的瑕疵：巴特利特银行拿回的钱并非出自贝伦森银行，而是出自纳税人之手。当然，这也不是什么大不了的问题。此事的可行性将取决于英格兰银行的新任行长，这个职位还没有任命。不幸的是，首相很可能会任命亚历山大·詹姆森出任此职。

事实上，金融城的每个人都不喜欢詹姆森。这并不是因为他为人诚实。显然，诚实本身没有问题，并不是一个致命的弱点，因为聪明的人可以既诚实又成功。但是詹姆森又多走了一步——他讲道德［即他实际上打算阻止别人的不诚实——编者］，在金融城，这是一个不可原谅的罪过。他大兴调查惩处之举。而正如德斯蒙德·格莱兹布鲁克所正确地指出的，这个世界的运转靠的可不是这套。

在白厅街，我们已经领教过他的多管闲事和道德说教。他曾就文官部门的浪费和效率低下写过一份可怕的报告，其中包含了二〇九条可行的改革建议。专门委员会经过十八个月的辛苦劳动才把它们削减到三条。

德斯蒙德不想要詹姆森，我也赞同。但是做起来很困难，因为英格兰银行的任命事实上是由财政部推荐的。然而我们不能听之任之，因为一旦詹姆森上任，并做起该死的业余福尔摩斯来，受影响的就不光是贝伦森银行了。各种别的问题也会暴露出来。金融地震，信用崩溃，货币危机，英镑会一落千丈。

　　当然，如果金融城的所有欺诈行为都能查清，那对我们大家来讲是再好不过了。但是，我充分意识到，这只不过是幼稚到家的乐观想法，是指望天上掉馅饼。看看盈亏结算吧，金融城一年为这个国家净赚六十亿英镑。我们总不能赌上这些，去追查几个家伙瞒着股东私下给朋友帮忙的事吧。

　　阻止这类事情或许是**正确**的，但完全不是合理的。影响太大了，现在时机还未成熟。[阿普尔比文件RR/2056/LFD]

[哈克的日记继续下去。——编者]

10月5日

　　政党大会召开在即。今天，我和多萝西[哈克的首席政治顾问多萝西·温莱特——编者]一直在忙于准备我的发言稿，我对这份稿子一点也不满意。

　　她说这还只是初稿，但问题不在于此。问题是里面没有好消息。我指出了这个问题，她无奈地耸耸肩："我们想不到任何好消息。"

　　真没用！办法总会有的。如果真的没有任何好消息，那么你就把坏消息说得像是好消息。

　　例如，我告诉她，你必须说**一些**有关公共医疗服务的话。照顾老人、母亲和孩子，诸如此类，打造一个健康的国度。

　　"物有所值？"多萝西建议道。

　　"我们不能这么说，"我指出，"每个人都知道，花费已经高得离谱了。"

多萝西建议换一种说法："我们正以比以往任何时候都大的财力来打造这个世界上最好的公共医疗服务。"真是妙极了！

接着我们谈到国防。我原本打算在政党大会上谈谈削减国防预算，但是，我至今未能让国防部做出任何让步。多萝西已经有了主意，她的领会能力真是够快："本届政府不会把国家安全置于危险的境地，而去斤斤计较、盲目地节约。"［哈克不会做出诸如把三军的三所音乐学院合并成一所这种事情来置国家安全于危险的境地。陆海空军各有一所音乐学院有什么必要？海军总不见得有一种特有的低音管演奏方法吧。——编者］

我们又谈起欧洲经济共同体，这是一个难题，我不想去攻击它，因为我拼命要签订减少配额的协议。我可架不住这些该死的欧洲国家再次联合起来反对我。"全心全意为我们的欧洲朋友服务，"这是多萝西的精彩措辞，"但是仍要事事警觉，处处着力，下定决心使英国得到公平的待遇。"

她真好。最后，我们谈到了经济问题，这是最大的问题所在。说实话，根本没有好消息。一想到在公众面前我只能强作笑颜，我心中就一片哀愁。

多萝西打算安慰我："总能找到好说法的。"

我问她，在政党会议期间是否可能冒出什么更糟的消息。

"别问我，只有您才能看财政部的机密文件。"

"我其实不是担心这个，多萝西，"我深深地叹了口气，"我担心的是贝伦森银行的事情。"

"啊。"她不置可否。她看起来一如既往地楚楚动人——金发碧眼，苗条冷艳，是智慧、美丽和坚定的化身。看到她，我总是遗憾我从未找一个保姆照顾自己。

于是我催问［我们认为，它并非字面意思——编者］①她："对于此事，你作何感想？"

"大有蹊跷。"

"为什么？"

"因为……"她思索着答道，"因为我注意到了证券交易所主席、清算银行协会主席和英格兰银行行长的声明。"

我感到疑惑："但是说真的，他们谁也没说什么啊。"

她笑了："所以才蹊跷嘛。如果这些传闻只是空穴来风的话，他们会迫不及待地澄清的。"

非常机敏，非常明智！她是对的，当然——**肯定**比表面上看起来要复杂。"你能查出更多的情况吗？"

"我试试看。"她答应道。

整个事情真是**不公平**！金融城的丑闻总是会给政府抹黑，但是这些事情跟我没有任何关系！不过，如果这件事在政党会议期间曝光的话，将会对我造成沉重的打击。

多萝西建议说，如果想弥补一下可能存在的损害的话，我可以宣布对渎职行为进行大规模审查。这个主意不错，但是听起来还不够。

接着我意识到我**可以**做一件事。我可以任命英格兰银行的新行长。"如果我选人得当，就可以让人们觉得，我们绝不会再容忍金融城的丑闻了。"

多萝西似乎有点困惑。"你的意思是……任命一个真的有才干的人？"她没能一下子理解我的想法。

---

① 编者想说这里的 press 并不是紧抱的意思，而是精神上的施压。——译者

我用力点点头，站起身来，在书房里踱来踱去，为这个主意而热血沸腾。"是的！"我兴奋地说道，"任命一个处事警觉、办事得力的人。"

她变得更困惑了。"这有违传统。"她评论道，并且问我看中的人选是不是亚历山大·詹姆森。

她倒不傻。不过，我还没有做出最后的决定。我也还不需要做决定。我知道，如果我任命詹姆森，金融城的人会很不高兴的。如果事后证明贝伦森银行没事的话，也没有必要这么做。

"那是如果！"多萝西说道。

我继续研究我的发言稿。在我们跑题之前，我们正在讨论经济问题。我看不出在这个问题上我能说些**什么**！我的意思是，如果我是从其他政党手里接过这个烂摊子的话，我可以在接下来的至少三年里把一切问题都归咎于他们。但是我又怎么能对我的党员说，是我那已故的、无人哀悯的本党前任带我们驶入这该死的溪流，然后一命归西还带走了船桨？①

多萝西打算表现得有气概一些："您可以说：我们已经共同度过了一段困难时期。"

我对这样可怜巴巴的建议不屑作答。我不满地看了她一眼。她又尝试道："所有的工业国家都面临着严重的问题。"

我摇摇头："美国和日本不都过得挺好吗？"

"好吧，"她说道，毫无放弃的意思，"'所有的欧洲国家都面临着严重的问题'怎么样？"

---

① 英语习语"up the creek without a paddle"即遭遇困难，文中此句是拆开活用的。——译者

这是我们能想到的最好的说法了，但还不足以提升我们党员的士气，让他们兴高采烈地离开。

多萝西需要更多的信息。"产量方面怎么样？"

"下跌了！"

"和去年跌得一样多吗？"

"没有去年多。"我说道。

"太好了！我们止住了这个国家产量下跌的势头。"非常好！她想了一会儿。"失业率也下降了吗？"

"下降得不多。"我答道，但我知道她又有好办法了。

我猜得不错。"我们一向将把解决失业问题看作是头等大事！"她建议道。不错啊！

"薪水呢？"她问道。

"涨得太快了。"我承认道。

"我们不能再透支了，世界其他国家没有义务赡养我们。"

此话不假，但是并不鼓舞人心，事实上，有点吉米·卡特式的说教意味。没有人喜欢听说教，特别是政治家说教。我问是否可以把这部分转变成对贪婪的工会和没有骨气的经理们的攻击，这样就可以把烧我的火引开，把谴责之词光明正大地送给该受谴责的人。

多萝西建议采用一种更为婉转的表达方式："为了英国，劳资双方必须努力在一起和谐地工作。"

最后我们必须要提到一点，那就是利率，目前它无疑太高了。**只要利率能在政党大会前下调一点儿，我就得救了。**但是我似乎无此好运。我们为此想了好几个小时，但关于利率就是找不出什么好的或者积极的说法。

于是我们开始讨论如何收尾。既然整个景象完全是一场灾难，唯一可行的选择就是挥舞爱国主义的大旗了。因此，我在最后将说一些废话，诸如英国在世界上独一无二的角色，以及民族的伟大使命之类。

多萝西想让我这样说："我将竭尽全力为我们的孩子和我们孩子的孩子打造一个和平繁荣的世界。"至少这句话部分是诚实的，因为它说出了这将花费多长的时间。

伯纳德·伍利爵士（与编者谈话时）回忆：

首相无疑正在为政党大会忧心不已，他现在面临一个严重的问题：如果你想提升忠实党员的士气，你总得为他们带来**某些**好消息。

他向我透露说，他正计划任命亚历山大·詹姆森为英格兰银行的行长。自然，我把此事汇报给了汉弗莱·阿普尔比。我必须承认我在某种程度上很幼稚，因为我觉得这是一个好消息。

汉弗莱爵士立刻让我醒悟过来。这是一条**骇人听闻**的消息！他异常激动，以致从办公桌前站了起来，怒气冲冲地在房间里踱来踱去，偶尔停在防弹网窗帘前凝视着皇家骑兵卫队阅兵场。

起初，我并不太了解任命詹姆森的危险，但是我知道一点，那就是汉弗莱爵士比我政治智慧要高，经验阅历要深。于是我问他是否要**争取**改变首相的想法。

他转过身来冲我一笑，然后以他特有的精确性答道："不，伯纳德，我**一定**能改变首相的想法。"

尽管我不禁回以微笑,但我不明白这个目标将如何实现。就我所知,詹姆森是一个真正合适的人选,首相也极为器重他。并且,这似乎也是首相能在布莱克浦市①为一大群后座议员带来的唯一有希望的消息。

汉弗莱爵士认为,首相器重詹姆森并没有多大关系。事实上,他认为这反而是一个有利因素。"这正是我的出发点,如果你想建议某人也许并非理想人选[即诋毁他——编者],第一步就是去全力支持他。"

现在我已经明白了其中的道理,因为你必须保证不留下说人坏话的记录。你必须被视为他的朋友。毕竟,正如汉弗莱那天早上中肯地解释的,如果你想在背后捅人一刀,那么你首先要保证绕到他后面去。

对任命詹姆森表示支持的有趣之处在于,这确实是一件正确的事情。詹姆森的确不错,他极为诚实,又极为高效。汉弗莱爵士也打算这么说。这就是汉弗莱的策略起初让我如此迷惑的原因。

但是我应该保持耐心。他做了详细的解释:

第一步:表示全力支持;

第二步:列出他所有的优点,特别是不适合这一职位的优点;

第三步:大肆夸奖这些优点,让人觉得它们过于美好已经成为缺点;

---

① Blackpool,该市位于英格兰西北的海边,是英国最好的海滨游览胜地。政党大会将于此处召开,就像去北戴河开会一样。——译者

13. 利益冲突 | 481

第四步：提及他的缺点，但要以为他开脱的口气。

那天我学到了，借助于过度简化就能轻松实现第三步。你可以给某人**贴标签**。例如，倘若某人很好，那么称他为"清廉先生"就能彻底毁了他。这很奇怪，但事实就是如此。

汉弗莱听说詹姆森经常去教堂，我证实了这一信息。我补充说，实际上，他曾经做过业余传道士①。

汉弗莱的眼睛一亮。能看到他高兴真是美事一桩。"了不起的消息！我们绝对可以利用这一点来打击他。"

我请他解释一下。汉弗莱转向我，把我当成首相说了起来："多好的人啊，有生以来就没树过敌。但是他**真的**能应付金融城里的那些恶棍吗？"

真是有才！但是我并不确定这一点能站得住脚。正如我对汉弗莱解释的，詹姆森实际上是一个相当强硬的人。

汉弗莱仍旧扬扬得意毫不担心。"那样的话，我们就用第四步，说他**太过**强硬。例如，'他曾经拒绝服兵役，但这也许并不重要，没有人能**真正**质疑他的爱国精神。'或者'我认为，对于他把上一家公司弄破产的批评并非完全公平的'诸如此类吧。"

我清楚了，表面看起来汉弗莱是在为詹姆森说好话，其实是在打击他。以前，我从未掌握赞美也能置人于死地的方法。汉弗莱解释说，有些人的职业生涯无懈可击，那么就把同样的原则运用于这些人的私生活。你所需要的就是**暗示**某些难以证伪的事情。即便被证伪了，但不管怎样你并没有**说**

---

① lay preacher，这些人没有神职，只是普通信徒，但做着传教工作。——译者

过,你只是暗示过。

最好的办法就是暗示存在着未曝光的丑闻,例如:

首先,如果没有结婚——同性恋;

其次,如果结婚了——通奸,最好找一位必须避讳的女士,比如王室成员或者新闻广播员;

第三,如果婚姻没问题——清教徒或者酗酒,或者正在秘密治疗精神疾病;

可能性是无穷无尽的,只要把某人说成是一个伟大的鼓动家、一个超级厨师、一个勇于革新的棋手,都有可能使这个人的职业生涯完蛋。至于如何过度简化,实施起来的步骤很容易:

首先,选取某人的观点,比如说,他认为教育补贴应该经由家长之手,而不是地方教育局;

其次,把这个观点简化到荒谬的地步——"他认为一切都要免费"。

第三,承认这个观点在过去**曾经**有几分道理,"但是,我们已经意识到,这个问题解决起来可以不这么极端"。

第四,每次提及他的名字时,就用这个观点给他贴上标签——"啊,是的,这个教育担保人"。

那天我学到很多我后来在文官部门升迁时用得上而且很有用的东西。事实上,就我所知,我还得承认,我最终能当上国内文官长与我今天早上在汉弗莱办公室的收获不无关系。

[哈克的日记继续下去。——编者]

10月8日

多萝西给我带来了一份新的政党大会演讲稿。这篇稿子略有改进,但是仍然不够鼓舞人。我对贝伦森银行案以及它带给我们的影响仍然深怀忧虑。

然而,早上遇到汉弗莱——伯纳德也在场——的时候,我的内阁秘书似乎不同意我的看法。"肯定没那么严重。"他漫不经心地不予接受。

这对于多萝西而言,就像是在公牛面前挥动了红斗篷。事实上,这正是她经常回答汉弗莱的话。我从来说不准他们永无休止的争论究竟是颇有建设性,还是该死的找碴儿。但是,多萝西的目的无疑是维护我的立场。"这的确很严重,汉弗莱。"她尖锐地反驳道。

汉弗莱很傲慢:"不,不,亲爱的女士,我认为这只不过是银行向一个大客户贷款过度,如此而已。"

"不只如此吧,贝伦森银行的主管们有一些见不得人的事情,你是知道的。"

他冷冷地盯着她:"你能证明吗?"

"不,"她诚实地承认道,"这只是我的直觉。"

汉弗莱嘿嘿地笑了起来,转向了我:"瞧瞧,首相,我们都开始诉诸女人的直觉了。"

多萝西气得脸色发白。她双唇紧闭,站了起来,平整了一下她的黑色亚麻布紧身裙。"等着瞧吧。"她断然说道,随后径直走出门去。

"那就等着瞧。"汉弗莱低声说道,带着得意又做作的笑容。

我不明白他何以有此自信，但他连暗示都没有给我。于是我告诉他一个好消息，我打算任命亚历山大·詹姆森为英格兰银行的新任行长。

我事先并不知道他会作何反应，所以面对他极为热情的态度，我竟然毫无心理准备。

"哦，那个业余传道士！多好的一个人啊！"

我心想，业余传道士一定是一个昵称。我问他这个昵称的得来有什么故事，我必须承认他的回答让我有点惊奇。"嗯，他曾经是一个业余传道士，不是吗？"

我不明白这有什么特别相关的，当然我总是反感各种各样的狂热者，特别是宗教狂热者。但即使是在这样一个世俗社会里，人们也几乎不会反对一个热情信仰上帝的人，尽管我们大多数人会觉得这样不太理性。于是我回到正题："但是汉弗莱，你觉得他好不好？"

"用好来形容他再**恰当**不过了，"汉弗莱答道，"一个真正的**好人**，他在白鳕鱼管理局的工作干得也很好。"

白鳕鱼管理局听起来并不像是一个十分重要的工作。也许他把大量时间都用在了传道上。"他在**哪里**传道呢？"我很想知道。

"在教堂里吧，我猜。他虔敬得可怕，诚实得不像话，对每个人都坦诚相见。"

汉弗莱显然很欣赏他。但是……他的热情总让我觉得有些不对劲。"对谁都坦诚相见是好事，不是吗？"我问道。毕竟，我要任命的是一个去查清事情真相的人。

他毫不含糊："当然是好事。如果他无论在哪里发现丑闻，甚至是十号这里，也一定会昭告天下，绝无二话。"

"你是说……他不太谨慎？"

汉弗莱看起来有些不安。"哦，天啊，"他叹了口气，"这样说带有贬义，我宁愿说他是诚实得着了魔。"

我变得忧虑起来。上帝晓得，我是赞成诚实的，但是一切事情要看时间和地点。而我们正在讨论的是政治，是人事管理之类的事情。"你认为，请坦率地讲，他是不是整顿金融城秩序的合适人选？"

"绝对合适，"汉弗莱毫不犹豫地说道，"如果您想要一个圣人的话。当然有些人会说他与现实世界脱节。他这个人**严格**奉行宗教教义，比一般的《圣经》狂都严重。"

听起来任命詹姆森弊大于利，至少也是利弊相当。我告诉汉弗莱，请告诉我全部的意见，无论正反。他不情愿地继续说道："嗯，我必须承认，他是**如此**诚实，以致他或许并不明白那些人的小把戏。即使金融城把他耍得团团转也没关系。**我**不信石油输出国组织真能把他当早餐吃了。"

他一定是汉弗莱的朋友。他被金融城耍得团团转，**当然**有关系。但是，会吗？我觉得很难相信这一点。还有，**谁**说石油输出国组织要把他当早餐吃了？

我告诉汉弗莱，我相信他既不是那么软弱，也不是那么愚蠢："我听说他极为聪明，并且十分强硬。"

汉弗莱马上就表示同意。事实上，我开始觉得这才是问题的根源。"非常强硬，首相，确实如此。事实上，有点阿亚图拉[①]的

[①] Ayatollah，这是伊斯兰教什叶派的一个高级神职。伊朗的很多领导人都是大阿亚图拉或者阿亚图拉。——译者

味道。唯一的问题是,您愿意冒险让大力士参孙把整个大厦都掀翻吗?"

我无法否认有此担心。我陷入了沉默。汉弗莱继续热情地赞扬他,最后我实在受不了了。"他一视同仁,不徇私情。他很有鼓动性。唯一的问题是,尽管冒犯或羞辱某人有时是必要的,但是他经常把这当成乐趣。当然,他喜欢什么事情都开诚布公,他对媒体无话不说——在这一点上,他真是不够现实。"

我问汉弗莱,他是否知道有关詹姆森别的什么事情。

"嗯,人们总是怀疑,是否**有人**能够**如此**道德高尚,我曾经听说……"随后他犹豫起来。

我愈发好奇了:"听说什么?"

他一贯的谨慎占据了上风:"没什么。不管怎样,这是肯定不会泄露的。"

"什么啊?"我问道,拼命想知道。

"没什么。"他试图打消我的疑虑,但是毫无效果。"我确信没什么,首相。"

而我却不确信我是否还能用这个人了,尽管汉弗莱极力推荐他。他是多么不了解我啊!

[消息在白厅街传播得很快,大约几个小时后,财政部常任秘书弗兰克·戈登收到消息说,汉弗莱正在"诋毁"亚历山大·詹姆森。在这种形势下,内阁秘书和财政部常任秘书有了矛盾的需求、相反的目标以及不同的忧虑。

第二天,汉弗莱爵士收到了弗兰克爵士特别友好的短信。根据"三十年规则",我们有幸看到了其内容,并复制如

下。——编者]

我亲爱的汉弗莱:

您也许已经听说了财政部希望亚历山大·詹姆森担任英格兰银行新任行长一事。

我们认为,这家银行是时候拥有一位精明强干的新行长了。尽管这一做法有些创新,但是值得一试。

财政部已经对金融城的丑闻容忍得够久了。财政大臣对于不得不维护这些难以维护的人感到厌烦,财政部也有同感。

此外,我们相信一个诚实的金融业不可能损害国家的利益。金融城就是一堆狗屎,我提议我们现在就把它清理干净。詹姆森是我们的人。

你永远的

弗兰克

10月8日

[汉弗莱并没有急于答复,但是几天以后,弗兰克爵士收到了如下复信。——编者]

亲爱的弗兰克:

非常感谢您的来信。读您的信总是一件快事。

您对于英格兰银行未来行长的滑稽评论让我感到十分好笑。从财政大臣的角度来看,我充分理解清查金融城的必要。事实上,这符合大臣本人的利益。

但是我相信您会同意,我们必须将国家的利益放在首位。尽管从长远来看,一个诚实的金融业不能损害国家的利益,但是它在短期内将引起严重的问题。

对金融城发起调查会造成信用贬值,英镑会跳水,股指会跳水——政府也会跟着跳水。

这将不符合大臣的利益,也不符合首相的利益。如果我可以借用您把金融城看成狗屎堆的比喻,那么我能否问问您,把一堆狗屎清理之后还能剩下什么?什么也没有了!只剩下清理它的人,他通常会发现自己满身狗屎。

你永远的

汉弗莱

10 月 12 日

[弗兰克爵士对于英格兰银行的敌意体现了财政部的一贯态度。英格兰银行的官员薪俸要高于文职人员,可以说嫉妒起了一定作用;进一步来说,银行是一个奢华的机构,它为其大量职员提供了高档的餐饮。另一方面,财政部的智力门槛较高,他们有点看不起银行家的能力。财政部的精英与外交部的精英不同,他们一贯看不起智商低下者,甚至连低级官员都敢于在政治家面前理由充分地表达不同意见。

弗兰克爵士显然不肯善罢甘休。他给汉弗莱爵士的回信已经丢失,但是这封信一定激起了汉弗莱的强硬反弹。我们有幸找到了汉弗莱的第二封回信,现复制如下。——编者]

亲爱的弗兰克:

我并不觉得这种形势对我构成任何威胁。如你所知,贝伦森银行百分之六十的不良贷款都贷给了三个名声欠佳的外国人,英格兰银行有责任监管贝伦森银行,但是他们的监督漏洞百出。所以英格兰银行就想掩盖此事——把他们的调查员全是外行这一无可置疑的事实掩盖起来。

我理解您想进行清查的心情，但是我想请您考虑一下所有可能的影响。英格兰银行负责监管贝伦森银行，而接下来，财政部负责监管英格兰银行。

因此，如果我们进行清查的话，此事将不可避免地闹得沸沸扬扬，财政大臣最终将发现其实自己负有责任。然后，这次他将维护一个真正难以维护的人。

为了能渡过捅马蜂窝后的难关，大臣将需要来自首相的大力支持。但奇怪的是，首相并不会热心维护难以维护的人。

事实上，大臣能说服首相维护他的唯一办法是使首相相信，他（大臣）是被他的高级常任官员们弄得下不来台的。

好好想想吧。弗兰克。

你永远的

汉弗莱

10月16日

[汉弗莱解释的致命威胁成功了，财政部再也不闹着进行清查了，而詹姆森成为英格兰银行行长的机会也锐减至几乎没有可能。汉弗莱爵士第一次做了他认为最符合哈克利益的事情，他保证了弗兰克爵士在必要的时候也会反对詹姆森。

然而，哈克对于事态的发展一无所知。哈克的日记继续下去。——编者]

10月17日

我和多萝西、伯纳德讨论了我昨天得到的有关贝伦森银行的报告。

多萝西说得对极了。真令人震惊,这里面充满了异常和渎职。我不太清楚二者之间的区别〔异常意味着有犯罪行为但是无法证实,渎职意味着有犯罪行为并且能证实——编者〕,但是贝伦森银行的渎职情况,即使放在一个商业银行身上也多得可怕。

看起来我们已经掌握了一份机密的审计报告。事实上,比机密还机密——还没有其他人看过它。〔在白厅街,"机密"通常意味着此事人尽皆知。——编者〕

我问多萝西这是怎么弄来的。

"他们审计公司的高级合伙人是我的朋友。"

"只是朋友吗?"我想搞清楚这个问题。

她笑了:"显然,他希望在新年授勋名单上看到自己的名字。"

这似乎是一个公平的交易。我问她我们该如何操作:"放在哪个部门?"

伯纳德机密地往前靠了靠:"通过威尔士事务部怎么样?说他泄密有功。"他真是管不住自己的嘴巴。

真正使我惊奇的是,像巴特利特银行这样的高街银行竟然会深陷其中。

但是多萝西一点也不吃惊:"看看他们的主席——德斯蒙德爵士吧!"

"你是说,他也是一个骗子?"我吃惊地问道。

"不,"她解释道,"但他是一个装模作样的小丑。"

当然,她说得没错。我以前和他打过交道。[参见《是,大臣》第7章和第13章。——编者]

多萝西说道:"只要看看他是怎么当上主席的就行。他从没有自己的主意,他说话慢吞吞的,因为他不懂任何事情,所以他总是同意谈话对象的看法。于是人们认为他很可靠。"

她说得太对了,而且麻烦的是,我已经邀请他来就英格兰银行新行长一事进行磋商。其实我没有必要和任何人进行磋商——我仍然打算任命詹姆森,即使他是一个业余传道士。我们想要彻底清查金融城的话,他是唯一合适的人选。

"我想您或许会发现,"多萝西说道,"德斯蒙德爵士并不想让您任命詹姆森去进行清查。"

"我有其他选择吗?"我反问道,敲打着贝伦森银行的审计报告,"看了这个之后!"

她明白我的意思:"没有……一旦事情曝光就没有了。"

"其中一些消息必然要曝光!"

多萝西并不那么肯定。"如果诉诸法律,那么一切都得公开。但是如果英格兰银行出手相救的话,他们也许能瞒下事情最糟的部分。至少是贿赂和侵吞公款。主管们在保险业务大亏前把所有的保险费投资到了他们在列支敦士登的私人公司里去了。"

起初,我不太清楚她在作何建议,但是她接着说道:"首相,立刻任命詹姆森。如果在他开始调查前,人们已经知道了这项任命,那么**您**就能免受金融城丑闻的影响了,而且这是一个可以在政党大会上宣布的**好消息**。"

[在这个很罕见的情形下,有趣的是,多萝西和汉弗莱都在做他们认为能保护哈克的事情,但是他们的意见却截然相反。多

萝西希望立即任命詹姆森以保护首相,而汉弗莱想不惜一切代价避免经济信心的崩溃,这是做正确之事(即清查)时不可避免会随之发生的。当然,多萝西认为,对于经济信心,姑欲予之,必先取之。

危机在持续恶化,而公众仍不知情,这是因为媒体担心诽谤的罪名而未加报道。两天以后,德斯蒙德·格莱兹布鲁克爵士进行了他不受欢迎的唐宁街十号之旅。]

10月19日

内部通讯装置响起的时候,多萝西和我正在讨论着英格兰银行的行长职位。

"你说德斯蒙德想让我任命谁呢?"

"是德斯蒙德·格莱兹布鲁克。"伯纳德站在内部通讯装置旁说道。

"你说得对极了,伯纳德。"多萝西说道。

伯纳德一脸茫然。"怎么了?"他问道。他的糊涂并不奇怪,因为他只是在通报德斯蒙德爵士的到来。但是我意识到,多萝西并非在开玩笑——她的意思是德斯蒙德要毛遂自荐。

我问她是不是认真的。她点点头:"毕竟,最想掩盖事实的人是谁呢?"

说到点子上了。我做了个深呼吸,然后告诉伯纳德请他进来。伯纳德报告说,汉弗莱爵士和德斯蒙德爵士在一起,他们都在来书房的路上。

等待的当口,我问多萝西,汉弗莱和德斯蒙德是否知道贝伦森银行的审计报告。"是的。"她给了我一个警告的眼神,"但他们一定不知道您也知道了。也许您得给那位高级合伙人一个伯爵称号。"

德斯蒙德到达时,我很容易看出他为什么在金融城这么成功:高个子,相貌堂堂,满头银发,哈罗德·麦克米伦[①]式的下垂眼皮,再配上小胡子,优雅中透出随意,带有典型的英国绅士的所有特点——毫不专业、缺乏信仰、无求知欲。他让自己无可挑剔的躯体坐进了我的印花棉布扶手椅中,然后充满困惑地笑呵呵地看着我。大多数人认为这种笑呵呵的表情是装出来的,而我知道,这种困惑的表情也是装出来的。

"您能来真是太好了,"我开始说道,"如您所知,我不得不任命一个英格兰银行的新行长,我想听听您的看法。"

德斯蒙德自信地答道:"我认为您确实得任命一个行长,银行是需要行长的,您知道。"

汉弗莱不会没意识到德斯蒙德的保证用错了地方。"我认为首相多少已经决定了此事,问题在于任命谁。"

"啊。"德斯蒙德开了窍,明智地说道。"啊。"他再次说道,同时脑子在转着。"这需要慎重。"他继续说道。"问题在于任命谁,不是吗?"他核实道。"嗯,"他总结道,"需要一个值得信任的人。"

"是的,"我表示同意,"我们需要一个真正聪明的人,要正直,要能干。"

德斯蒙德看起来有些紧张:"嗯,等一下!"

"您不同意吗?"我问道。

---

① Harold Macmillan,英国政治家(1894—1986),曾任英国首相(1957—1963)。——编者

他小心地权衡着这个问题。"嗯,当然,这是一个非常有趣的主意,首相。但是我不敢确信金融城的人会信任这种人。"

多萝西插话了:"我认为首相担心的是金融丑闻。难道您不担心吗,德斯蒙德爵士?"

"是的,嗯,我们当然不希望出现任何这样的丑闻。但是如果您选择金融城的人信任的家伙,您就能信任他是这样一种人——他能保证金融城的人不被卷入任何丑闻。"

"你的意思是他会替他们隐瞒?"多萝西总是禁不住要提一些带有挑衅性的问题。

德斯蒙德感到震惊:"天啊,不!如果你感到有任何可疑,你可以进行充分的调查,可以把这家伙直接叫来午餐,当面问他金融城里是否有事。"

"如果他说没事呢?"我问道。

"嗯,您就可以相信他的话,这就是金融城运转的规则。"

也许这就是金融城不运转的规则。接下来,我问了他有关贝伦森银行的事情。"你对此知道些什么?"我问道。

"您都知道些什么?"德斯蒙德谨慎地反问道。

"只是报纸上读到的那些东西。"我答道。

"嗯,那就好。"他似乎极为放松,"他们有了些麻烦,就是这样。把钱借给了不该借的人,谁都可能犯这样的错误。"

"没别的了?"

"就我所知,没有了。"他小心地答道。

多萝西并不满意:"说说你对此的看法吧。"

德斯蒙德犹豫了,他说什么对他很重要。像德斯蒙德这样愚钝的金融城人士知道自己诚实的名声非同儿戏——他们就剩这点资本了:"如果你愿意,我可以为你进行调查。"

多萝西真像一条猎犬,一点也不肯放松:"您没有听到过什么传言吗?"

"当然,传言总是会有的。"他答道,明显放松了一些。

多萝西说道:"有关侵吞公款、挪用公款、贿赂和内幕交易的传言。"

德斯蒙德试图摆脱这些逼问,他友善地笑了笑:"行了,行了,亲爱的女士,这些措辞太激烈了。"

多萝西不吃这一套:"难道这不是事实吗?"

"看待事情有多种不同的方法。"他答道,说得很诚实,但是与问题完全无关。

多萝西很好奇:"请问看待挪用公款的不同方式是什么?"

"呃,当然,如果一个家伙挪用公款,你就得做点什么。"

"和他认真地谈一谈?"我充满讽刺地问道。

德斯蒙德完全欣赏不了我的讽刺。"确实如此,"他答道,"但通常,这只是某人从公司账目上给自己做了一次未授权的短期临时贷款,不幸的投资而已。您知道的,人有失手,马有漏蹄,如是而已。"

我明白我们问不出来什么了。显然多萝西是对的,德斯蒙德并不希望我们任命詹姆森。于是我问他,他认为应该由谁出任银行行长。

"呃,首相,我说过,这不太容易。人们信任的家伙没几个。我的意思是,这不应该由我来说。但是如果某人被问到,假定某人被认为是……当然,一个人应该埋头于目前的工作,但是如果真是形势所迫,我敢说这个人总能腾出时间来……作为一种职责,一个人应该属于,呃……国家……"

我突然意识到他想说什么,于是我捅破了这层窗户纸:"我正考虑亚历山大·詹姆森。"

"啊。"他说道,像泄了气的皮球一样。他怎么会**想到**让自己当行长?我对在别人身上看到的明显不着边际的自欺能力感到吃惊。[但是显然,他从未在自己身上看到过。——编者]

"你觉得他怎么样?"我问道。

德斯蒙德明褒实贬:"他是一个好的审计员。"

"诚实吗?"

"是的。"

"强干吗?"

"恐怕是的。"

"那么你会推荐他吗?"

"不。"德斯蒙德毫不含糊地答道。这不奇怪——任何把"强干"视为批评之语的人都不会看好詹姆森。"金融城是一个有趣的地方,首相。您知道,如果您撒落豆子,就会发现里面全是虫子。我的意思是,如果您放猫出了袋子,又怎么能让狗躺着睡觉。如果您拿来一把新扫帚,不小心的话,您会把孩子连同洗澡水一起泼掉。如果您在溪流中换马,接下来您将发现自己被困在水中。"①

---

① 这里德斯蒙德用了一连串带有比喻性的习语。这里为了保持活泼的面貌,全采用了表面意思。全部改为引申义就是:"您知道,如果不慎泄密,就会发现其中问题复杂。我的意思是,如果不慎泄密,就招惹了大麻烦。如果您准备清查,不小心的话,您就会精华与糟粕尽去。如果您中途换人,您就会发现自己进退两难。"——译者

"那会怎么样呢?"我问道。

"好嘛!显然,气球上了天。对方板球一击得满分。其实是个乌龙球。"①

我听懂了,这是叫我听之任之,放任不管。汉弗莱带着做作的赞赏表情点头同意,因为他拜在了近代学者亚当·斯密的门下。

[现在的读者也许会好奇,德斯蒙德·格莱兹布鲁克爵士已经得到了巴特利特银行主席的高位,为什么还想当英格兰银行的行长?事实上,尽管行长一职薪酬略低,但被视为金融城的最高职位,有着显赫的地位、巨大的影响和华丽的服饰,甚至还有点权势。它带有浪漫、神秘的色彩,更重要的是知晓**秘密**,这构成了针线街②的传统诱惑。此外,行长一职除了保证个人富足外,还可以被看作为国效劳,它能使自己稳固地跻身于显要人物之列,在退休之后,进一步的荣誉、半官方机构的职位、皇家专门委员会的任命和赶赴阳光明媚的地带去做调查的机会都会找上门来。——编者]

10月24日

今天晚上,我坐在布莱克浦市冬园的化妆间里,门上有一个破旧肮脏的银色五角星。我并不觉得自己像一个明星,我甚至觉得自己不如一个郡长,我感到异常绝望。

---

① 全部改为引申义就是:"一旦事情开始,您就会一败涂地,这全是您自找的。"——译者
② 这是英格兰银行的所在地。——译者

来的时候，我走在寒风中的海滨地段，似乎整个兰开夏郡的警察都来簇拥着我，他们显然想让我赞赏他们的安保措施。这里又湿又冷，我没碰到任何人，只有几十个摄影师和记者，他们都问我将在大会上说些什么。

当然，他们并不真的期待能得到答案。使我担忧的是，恐怕他们已经知道我无话可说了。就在我演讲前半个小时，我在化妆台前悲愁地翻阅了已经卷边的演讲稿，并且意识到——好像我并不知道一样——演讲**空洞无物**。

当然，发言后的反应不会有多大区别。不管怎样，我都会得到起立鼓掌！三分钟半的鼓掌——前提还是他们并**不喜欢这个演讲**。多萝西已经定了下限。我无人哀悯的已故前任去年得到了三分钟的鼓掌，因此不管怎样，我还得再加上三十秒。今天早上，所有的关键人物已经配发了秒表。

但是人人都知道，起立鼓掌只是摆摆门面的事情，电视台只不过会放几秒钟的起立鼓掌镜头。他们将播放我空洞无物的演讲，以及演讲过程中一些心不在焉的零落掌声。接着政治评论员会站出来，指出我并没有给政党或国家带来好消息。

我再一次无望地拿起铅笔，盯着稿子看起来。"我需要说一些积极的内容。"我对多萝西说道，此时电视顾问团队中的一名漂亮女孩正在为我化妆眼袋。

她翻了一下稿子。我看得出，她也想不出什么好说的来。"就目前的经济状况而言，这是我们最好的说法了，"她答道，"除非您想说一些正在实现的事情。"

"又没有证据。"我抱怨道。

"我们不需要证据——这是政党大会,又不是老贝利街①。您只需要宣判就行。"

我沮丧地想到,在老贝利街我所能得到的就是一个宣判。当伯纳德探头向化妆师张望的时候,我的满心的悲愁一点也没有减轻。

"首相……汉弗莱爵士和布兰达②的高级专员正在楼下。您有时间和他们说句话吗?"

我想不出他们要谈什么,但是我看不出谈话有什么坏处。当我们等候的时候,多萝西说道:"失业情况严重,利率太高,投资不足,我们还能怎么办?"

看起来毫无出路。不下调利率,我们就无法得到更多的投资,然而我们怎么能下调利率呢?有理由下调利率——但是也有理由上调利率。多萝西想为了社会公正下调利率,但这正是通货膨胀的代名词。

"您能否对财政大臣施压,让他向财政部施压,让财政部向英格兰银行施压,再让英格兰银行向高街银行施压呢?"她问道。

离我发言还有二十分钟的时间,要完成这么一大堆任务实在是奢求。我的选择是,干脆任命业余传道士兼清廉先生亚历山大·詹姆森得了。希望明天能看到这样的报纸标题:《哈克不再姑息金融城》。

[哈克明知其中的风险,仍打算宣布这项任命。在文官部门的逻辑学家们看来,这是所谓政治家三段论的产物。

---

① Old Bailey,这是英格兰兼威尔士中央刑事法庭的所在地。——译者
② 这是一个虚构的非洲国家,很可能参照的是布隆迪。——编者

大前提：我们必须做点什么事情。

小前提：这是一件事情。

结论：我们必须做这件事。

从逻辑上讲，这类似于其他一些著名的三段论，比如：

大前提：所有的狗都有四条腿。

小前提：我的猫有四条腿。

结论：我的猫是一条狗。

政治家三段论应该对20世纪英国的许多灾难负责，包括《慕尼黑协议》和苏伊士行动。——编者〕

有一件事情我不明白：汉弗莱明知我马上就要发表我上任以来最重要的演讲，他为什么偏挑这个时候把我介绍给布兰达的高级专员呢？

我很快就明白了其中的原因。他们匆匆赶到了化妆间，汉弗莱刚一坐下，就投入到难缠的问题当中。

"这位高级专员，"他开始说道，"对您打算任命亚历山大·詹姆森为英格兰银行行长一事感到十分忧虑，因为此人必然会着手对贝伦森银行进行调查。"

我不明白此事与布兰达何干，于是我就这么说了。"贝伦森银行是一个有问题的银行，他百分之六十的不良贷款都给了三个名声欠佳的外国人。"我指出。

高级专员说话了："这三个外国人中有一个是布兰达的总统，还有一个是布兰达企业集团的主席。"

好个汉弗莱，真得谢谢你让我这么尴尬。"啊。"我若有所思地回答。

高级专员说话并不旁敲侧击："如果您追查这些贷款，布兰达总统除了将此解释为敌对行为和种族主义行为之外别无选择。"

"种族主义?"我不敢相信自己的耳朵。

"当然。"布兰达高级专员答道,他似乎对此深信不疑。

我打算解释一下:"我……我做梦也没想过要攻击贵国总统本人,我只不过是……"

我说不下去了,伯纳德给了我一个建议:"您只不过是说他声名欠佳?"我瞪了他一眼让他闭嘴。

"我能否进一步指出,"咄咄逼人的布兰达人继续说道,"对我国总统的种族主义攻击无疑将促成非洲国家的团结,并使我们得到其他非洲国家的支持。"

"英联邦国家,首相。"汉弗莱的话毫无必要,不知道是在提醒谁。

"我们会提议把英国从英联邦中开除掉。我国总统将被迫取消英国女王下个月的访问。布兰达将即刻抛售它所购买的英国国债。"

我转向汉弗莱低声问道:"这会造成英镑贬值吗?"

他严峻地点点头,然后他转向高级专员动情地说:"还有别的吗?"

"还不够吗?"我对汉弗莱厉声说道。我指出谈话必须立即结束,因为我很快就要登台了。我向高级专员表示感谢他的光临,并保证会慎重考虑他的话。

非洲外交官走了之后,我把汉弗莱留了下来。我暴怒不已!"你居然**敢**将我置于如此难堪的境地!"我吼道。

他在强词夺理:"不是我,首相,是布兰达人。英联邦俱乐部是另一个捅不得的马蜂窝。"

我怒火中烧："布兰达总统就是一个骗子，他不属于英联邦俱乐部，他应该被开除出去。"

"他已经被开除了，不是吗？"伯纳德微笑着说道。"抱歉。"他立刻补充道，赶在我准备掐死他之前。

我对汉弗莱从未这么生气过。"汉弗莱，你在**耍**什么花招？我不明白！你为什么如此固执地想让我再次放过金融城？你能得到什么好处？"

汉弗莱的答复听起来既无奈又真诚。"**什么也没有，首相，我向您保证。我没有任何隐秘的私人动机。我正打算阻止您做出错误的决定，我是站在您这一边的。**"

"谁能相信呢？"多萝西充满怀疑地说道，她显然不信。

"这次是真的。"汉弗莱发人深省地喊道。我们盯着他。"我的意思是，这次我**格外**站在您这一边。"

我已经江郎才尽。我知道我必须在演说中说一些好消息，除了宣布把这个业余传道士任命为银行行长之外，我想不出其他办法。

"宣布下调利率怎么样？"汉弗莱说道。

我正要告诉他别犯傻了时，他的表情让我意识到，他已经秘密准备了一个具体而现实的建议。但我不明白他怎么实现这一点。"詹姆森不会同意为了政治原因而下调利率的。"我告诉汉弗莱。

"但是德斯蒙德·格莱兹布鲁克可以，"汉弗莱说道，"如果您任命**他**为英格兰银行行长的话，他明天一早就可以下调利率。您可以在演讲中把两件事一块儿宣布。"

"你怎么知道的？"

"他告诉我的,他就在这里。他想让您第一个听到好消息。"

我真是左右为难。我已经糊涂了,不知道怎么做才是正确的。[他没有糊涂,哈克知道任命詹姆森对于国家是正确的。但是他或许指的是怎么做才对他自己,对他的政党是正确的。任何政治家都经常为一个误解而苦恼:他们把对自己正确的事情看作是对国家正确的事情。——编者]但是我的问题在于,德斯蒙德这么愚钝,怎么能当英格兰银行行长呢?他满嘴的陈腔滥调,能说到太阳落山,牧牛归家。

多萝西的反对矛头直指汉弗莱。"你这是任人唯亲。"她义正词严地谴责汉弗莱。

汉弗莱耸耸肩,他无法否认。但是他指出,下调利率将使我的演讲拥有一个可观的成功。

多萝西在想将来的事:"下调利率难道不意味着通货膨胀吗?"

她说得没错,但是坦率地讲,此刻我顾不了那么多了,只要获得长时间的通货膨胀就行。[我们相信哈克想说的是鼓掌,但是经过慎重考虑,我们决定保留他的口误,因为它发人深省。——编者]

多萝西似乎痛苦地明白过来:"您不想找一个诚实的人来掌管金融城了吗?"

这使我感到不公平。德斯蒙德并不是严格意义上的不诚实,只不过他太笨了,搞不清楚自己何时诚实,何时不诚实。"事实仍旧如此,"我一边说,一边准备上台了,"没有金融城的善意支持,政府就完全不能运转,不是吗?"

"是,首相。"汉弗莱说道。

"毫无必要地使他们感到不安是没有意义的,对吧?"

"是,首相。"

"多萝西,"我说道,"修改我的演讲稿,宣布下调利率。汉弗莱,叫德斯蒙德爵士立即来此。"

"是,首相。"他们同声答应道。在两分钟之内,德斯蒙德得到了任命,而我也出现在了电视上。我得到了六分钟的掌声,这充分证明我所做的决定是正确的。

14. 还政于民

10月29日

今天上午我在电视上露了面。我早就对这种事不那么向往了。通常是,有了坏消息,他们就来采访我,那才是他们的兴趣所在。在今天的采访事项中,特定的难题是地方政府长期面临的麻烦,对此我真是无能为力!

白厅街**和**议会的几乎每一个人,**无论**属于哪个党,都一致认为,某些自治区的区务委员会①被一群聪明过头的腐败白痴操纵着。

---

① 大伦敦地区(Greater London)属于郡级,下辖伦敦市区和三十二个自治区(borough,或称自治市镇),每个自治区由区务委员会(council)负责管理,此即本章所指的地方政府。——译者

伯纳德并没有表示反对,他只是评论道:一个白痴最多只能做到**不够**聪明。尽管他不喜欢对没什么争议的问题发表意见,但我还是要求他说说对此事的看法。

"他们都是民主选举出来的。"他谨慎地评论道。

"那得看你怎么定义民主了,"我指出了问题所在,"地方选举中只有四分之一的选民参加了投票,而且大家投票时都把它当成是支持率调查,为稍后进行的议员选举做参考。"

"不管怎样,他们仍然是代表。"伯纳德执迷不悟。

"但是他们代表了谁?"我质问伯纳德,"没有人知道他们的委员都是谁。而这些委员也明白没有人知道他们是谁,或者他们在做什么。因此他们完全不负责任地在四年任期中拿着公款沽名钓誉,把纳税人辛辛苦苦挣来的钱用于资助女同性恋讲座,资助与窃猫贼做斗争的市镇宠物看护工程。他们败坏了学校,把市中心搞得破破烂烂,使警察纲纪松弛,使法律和秩序遭到破坏,而他们却反过来指责我们。"

"他们在指责您。"伯纳德一丝不苟地说道。

"说得对!"我同意了,"是**我**。"

"您真打算说这些话吗?"

"我不是已经说了嘛!"我打断了他,"见鬼,你没听到吗?"

伯纳德解释说,他想问我是否打算在电视上这么说。他昏头了吗?我当然不会这么说!这显得我多没度量啊。[有意思的是,哈克相信自己颇有容人之量。一些更有思想的政治家或许会以不能容忍这种批评为荣,并且会认为这样更可获得人心。然而,哈克的所求就是招人喜欢,这些地方当局使他不得人心,无疑是他的心腹大患。——编者] 因为我是首相,所以人们认

14. 还政于民 | 507

为我应该负责任。现在豪德沃斯自治区①区务委员会的主席，那个该死的女人阿格尼丝·穆尔豪斯，正在威胁说要停止给伦敦警察局划拨资金，并且禁止他们使用地方政府的房产。②如果她侥幸得手的话，这将意味着，在事实上中央政府把控制权拱手让给了地方的政务委员会。

伯纳德已经查了相关的法令。"她不能那么做，"他说道，"根据1964年的《警察法案》第五款，政务委员会必须提供充足而有效的警力。"

我刚看了《卫报》最近采访穆尔豪斯女士的报道，因此我暂时让自己故意唱反调。"她说了，除非有一半警察是黑人，否则将永远做不到充足而有效。"

"她不能证明这一点，是吧？"伯纳德问道。

谁知道呢？她治下的警察目前是清一色的白人，无论质和量在全国都是倒数第一。这里的每个人都担心，如果我们把她送上法庭，她没准儿真能胜诉。

[不幸的是，哈克当天的电视访谈记录没有保存下来，我们据此认为，它或许并不重要。然而，第二天早上，哈克与汉弗莱·阿普尔比爵士见面讨论了豪德沃斯自治区的问题。——编者]

10月30日

"汉弗莱，"我开口说道，"显然，我得对这个阿格尼丝·穆

---

① 在伦敦的三十二个自治区中并没有 Houndsworth 一处，怀疑是作者参考 Hounslow 和 Wandsworth 两区之名而虚构的。——译者
② 伦敦警察局（Metropolitan Police Service）负责统一管理三十二个自治区的治安（但伦敦市区由市区警察局单独管理），目前约有一百四十个警察分局。——译者

尔豪斯做点什么了。她的自治区几乎成了不宜前往的禁区。"

他贤明地点点头："确实如此,首相。"

"嗯……做点什么呢?"我问道。

他满怀希望地盯着雕花石膏天花板,并且若有所思地挠了一下后脖颈子："给她写一封措辞强烈的信如何?"

在我看来,这个建议不怎么样。她完全可以给我们写一封措辞更为强烈的回信,并抄送给所有的报纸。

伯纳德问提醒她注意法律条文如何,我认为这也不会有多大的帮助。她是一个律师,钻空子正是她的看家本领。

事实上,汉弗莱和伯纳德都不知如何是好。他们根本不明白,人们并不按照规则出牌。一封措辞强烈的信函竟然难以起到作用,这对于他们多少有些难以理解。就此而言,**这两个人倒是在一个水平上。**

汉弗莱在便笺簿上胡乱地涂着鸦。最终他建议道："我们干脆不理她好不好?"

我盯着他："然后每个人都说,我把国家的控制权拱手让给好战的疯子?不,汉弗莱,必须有人找她谈一谈,指出存在着哪些安全问题。"

我等着,但他没有反应过来。"找一位检察官?"他困惑地问道。

"不,"我说道,"这不是一场政治对抗,必须由行政官员出马。"我再次静候,但是仍然没有效果。"负责安全事务的官员。"我暗示道。

他终于明白过来。"不,不,首相,绝对不行!"他不顾一切地抵制此事,我倒不能真的责怪他。"显然这事归伦敦警察局管,我是说内政部、军情五处、政治保安处、大法官、环境部……"

"白鳕鱼管理局？"

"白鳕鱼管理局！"他一本正经地重复道，随后意识到我在和他开玩笑。"关键是，不能是我！这不公平。"

"关键是，汉弗莱，"我解释道，"负责协调各个安全部门的那个人是你。"

"是的，但是……"

"要不我们另找他人委此重任？"我的威胁一听就懂，他的话戛然而止。

我深表同情地一笑："这么说，你同意了。悄悄地去谈，达成一个绅士协议。"

汉弗莱满面愁容："但她根本就不是一个绅士，她连淑女都算不上。"

"不要紧，"我安慰他道，"我希望你能够驾驭她。"

他的眉毛扬得老高。"驾驭她？"很显然，他觉得这比死都难受。我没有再争执下去。

[汉弗莱爵士在其日记中提到了他与阿格尼丝·穆尔豪斯精疲力竭的、耐人寻味的谈话。——编者]

10月31日　星期三

在首相的要求下，我今天会见了豪德沃斯区区务委员会的主席。

使我惊讶的是，阿格尼丝·穆尔豪斯是一位沉静可亲、善于辞令的中产阶级女士，显然受过良好的教育，在良好的环境中长大。这样看来，她对我们的态度更加令人困惑了。

她的敌意甚深,但我必须说,她仍是很有礼貌的。她一到此地,就接受了给她倒杯茶的好意。但是当我友好地问该称呼她为穆尔豪斯小姐还是穆尔豪斯夫人时,她却不屑一顾。我只是想知道怎么称呼她更合适,她却粗暴地反问我,她的婚姻状况和我今天的话题是否有关。

当然无关。我对此一点兴趣也没有。在此期间,她做了一个明确的选择,她要喝产自印度的上等红茶,而不是蒂芙牌袋茶。这说明她对生活中的好东西并非完全无知,或者并非毫不在意。

我谨慎地问她是否愿意被称为穆尔豪斯女士(这似乎完全适合她),她告诉我可以称她为阿格尼丝。顺便说一句,我是不愿意这么称呼她的。她问我应该怎么称呼我,我表示称为汉弗莱爵士就可以了。

然而,我觉得以我们目前的关系,直呼其名很不恰当。因为我不太愿意称她为阿格尼丝,我就称呼她"亲爱的女士",准备开始谈话。这种表达纯属习惯,全无半点讽刺意味,我也不打算显得盛气凌人。然而,可爱的阿格尼丝却对我说省省吧,她不喜欢任何"带有性别歧视的陈腔滥调"。

她的敌意现在得到了证实,也就是说,这次会见注定不可能很融洽。我意识到,如果我们不绕过关于彼此如何称呼的无尽争执,我们的谈话就不可能取得进展。于是我直奔主题。我说我们需要彼此理解,并且我希望我们是大体一致的,尽管她对于如何治理英国无疑另有一套看法,但是双方都同意,社会需要秩序和权威作为基石。

她说我只说对了一半。

"一半?"我不明白。

"是你同意,而我不敢苟同。"她说道。真是滑稽,这只能算是一个有趣的辩论招数,而很难算是一个严肃的回答。

简而言之,她声称,为了维护精英阶层的特权,我们现行的政治制度正在滥用权力。而这样一来,那些流浪汉、失业者和年老体弱者就只有遭罪的份儿了。

她似乎认为,我根本接触不到普通人。我真不知道她是怎么有这种想法的。我耐心地解释说,我充分了解我们社会中的弱势群体,我读过所有发表的论文,看过所有的统计资料,研究过所有的官方报告。但她随后却问了我一连串不相关的问题:半磅人造黄油要多少钱?社会保障办公室几点关门?半英镑的电能让单管取暖器开多久?诸如此类。

当然,我对这些问题的答案全无概念,我也不觉得这些问题有什么意义。但是,她似乎在暗示,只要我能回答这些问题,我对当局的态度就会大不一样。

这是一个荒谬的看法。我们都同意能够消除贫穷是再好不过的,我们也都同情那些不及我们富有的人,但是,我们完全没有办法让每个人都过上同样高水准的生活。事实上,经济上的"平等"观念完全就是幻想,总会有人比别人富有。

令我吃惊的是,她从椅子上站了起来,开始在我的办公室里参观,评价她所看到每一件东西的价值,就好像她周日下午在逛波尔图贝罗街①一样。她问我办公桌是不是我自己

---

① Portobello Road,此地是英国最著名的古旧物品市场,有上千家商号。——译者

的，还有画像和瓷器是不是。她明知道这些东西都是政府财产。随后她估价说，我办公室的这些东西值八十个千镑——我知道这是八万的民间说法，这笔钱可以供二十个单亲家庭开销一年了。

我认为"八十个千镑"显然是过于高估了，而且即使她说得对，她在经济上也是一窍不通。我正想向她解释，为何长久来看剥夺富人的财富并不能给穷人带来财富，而事实上恰恰相反。这时她突然问起了我的薪俸。我拒绝透露，但是她显然已经查过了。现在哪还有什么个人隐私可言？哪还有什么尊重？还有什么东西能受保护？

她无耻地建议我每周只要一百英镑，这样每年我就可以省出七万五千英镑给穷人。我又一次试图向她解释，我的薪俸只是一个复杂的经济结构的一部分。但是她拒不接受，她说如果她掌权的话——但愿不要如此——她将简化这个结构。

我默默地忍受着这一切。这是我的职责，我要忍辱负重。但是这个该死的女人实在太过分了！她居然问我，不是为了发财才为国效力的吧。

她对我做了一点研究，当然，只是在我的薪俸方面。但是我在会见之前也没闲着。现在我倒要请她回答几个问题。比如，她正在商讨中的一项政策——抵制带有性别歧视色彩的日历——怎么会有利于消除贫困？

她的回答倒是很新颖，她宣称，性别歧视是一种对女性的殖民主义。把这种日历称为下流的无疑会更合适，但是"下流"这个词现在被错误地用来形容战争、金融诈骗，以及其他可能错误但并非下流的行为方式。

很显然，阿格尼丝认为，"殖民主义"一词从定义上看就是邪恶的，因此用它来描述带有性别歧视色彩的日历是非常恰当的，无须做进一步的争辩。于是我问她，对女性的殖民主义是否就是豪德沃斯区鼓励和批准同性恋的单身工作女性领养孩子的理由。

"是的，"她说道，"我反对一切形式的偏见，我认为孩子不应该在歧视同性恋的无理偏见中长大。"我注意到，她在这里回避了一些问题。

然后我问她，她的自治区内只允许卖自由散养的母鸡所生的蛋，她所制定的这一政策是否有利于反对歧视同性恋的斗争、争取女权的斗争以及消除贫困的斗争。

她的回答是：动物也有权益。我心中暗想，这大概就是对鸡的殖民主义。但是当我为此笑出声来的时候，她变得慷慨激昂起来："层架式鸡笼中的鸡所过的生活根本就不值得过。你愿意生活在一个不能呼吸新鲜空气、不能四处走动、不能伸展身体、不能思考的环境中，并且周围挤满了六百个不可救药的、没有头脑的、不停抱怨的、臭气熏天的家伙吗？"

我当然不愿意，这就是我从不竞选**议员**的原因！但是我试图使她明白一点，用层架式鸡笼饲养母鸡，所产的蛋更加充足，因此更加便宜，因此她治下的穷人就更能买得起食物，她不是非常关心他们吗？

她拒绝接受这一点："鸡因此而受罪，它们付出的代价太高了。"真是可笑，不过我有点明白她的想法了。我倒是喜欢买自由散养环境下产的鸡蛋——反正我也买得起。事实上，她对动物世界的关怀促使她开展了一项宠物看护工程，与窃猫贼做斗争。我想指出这笔钱用在穷人身上也许会更好——但是她一定会争辩说，应该用在穷猫身上。

现在，阿格尼丝对我有点生气了。她问我是否在反对我们的哑巴朋友。我说，我一点也不会反对它们，因为我在地方政府里有**很多**朋友。我的答复一点也没有逗乐她。

我们争吵了一阵，最终无法达成任何共识。因此我们停止了互相讲大道理，转而处理原定议程中的事情：她希望停止给警察局拨发资金，禁止他们使用政务委员会的房产，解雇警察局局长，允许一些禁区的存在。

我语带讥讽地问她，她的反对内容是否也包括对罪犯的殖民主义。但是我的笑话再一次石沉大海。阿格尼丝认为，正是社会的不公正造成了人们的犯罪。然而，这种好心的理论解释不了遗传的因素，也解释不了为数众多的有权有钱人何以成为罪犯，按说社会待后者不薄。

她还认为她治下的警察麻木不仁，带有种族偏见。我相信有很多人属于前者，有一小部分属于后者，但是配备警力仍然有利于我们所有人，**特别**是那些住在高犯罪率居住区的平民。

她也不认可这一点，这让我对她完全失去了同情。她承认自己并不介意人们是否处在被抢劫、被强奸、被用玻璃瓶燃烧弹攻击的危险当中。

我试图向她解释，这可能会颠覆我们政府的整个制度，并彻底改变我们的生活方式。"是你们的，"她笑着说道，"不是他们的。"

一句话，她乐于废除议会、法庭、君主制——一切事物!我递给她一盒火柴,我说你干脆把我的办公室烧了算了。但是她笑着拒绝了,我问为什么。

"我可能会用得着。"她说道。

[哈克的日记继续下去。——编者]

11月3日

今天晚上,我坐在楼上公寓心爱的扶手椅上,处理红盒子中的文件。我想我恐怕晚上要一个人过了,但是安妮很早就从伯明翰[哈克的选区所在地——编者]回来了。

我告诉她,我已经吩咐汉弗莱去见那位可怕的阿格尼丝·穆尔豪斯。安妮觉得此事挺好笑:"听上去就像是一个有趣的社会实验。"

事实上,汉弗莱说这次会见进行得非常成功,但我注意到他不愿意多谈此事。据伯纳德说,汉弗莱在阿格尼丝走后的十分钟里,连喝了四杯威士忌。

安妮说,在我的选区里,她本人也对地方政府感到不满。"区政厅刚刚取消了老年人圣诞晚会。"

我感到很震惊:"为什么?"

"和新员工超时工作协议有关,他们说这都是你的错,如果你给他们钱,他们就举办这次晚会。"

这正是我要抱怨的!这样不公平,在英国的每一个区政厅的每一件蠢事和不作为都被算在我头上,而我实际上根本管不了他们。我打算请多萝西帮我弄一份有关地方政府的可供我思考的文件。明天就找她!

11月6日

我今天和多萝西进行了一场最富于启迪性的谈话。关于地方政府,她有很多话要对我说——显然,她知道我迟早会找她谈此事,并已经为此思考了好几个月。

"简要地说,"她开始说道,"存在着一个绅士协定,只要政治家们不说行政官员多么无所作为,行政官员就不说政治家们多么不称职。"

我想,这简直跟十号的情况一样。我问多萝西,如果可能的话,我们能为此做些什么?

"您真的想知道?"

我很奇怪她会这么问:"我当然想知道。"

"这是一种'他们'和'我们'的对立关系,地方当局本来应该属于'我们'阵营。"

我糊涂了。她说的"我们"是指人民,还是中央政府?

"在一个民主社会里,"多萝西不无恰当地指出,"这应该是一回事。"

理论上当然如此,但我们知道事情从来是另一回事。我随后弄明白了她指的是人民。"地方当局本来应该为我们做事,是我们的一部分……但是他们没有这样做,他们为自己做事,这群官僚是为了自己的方便,自己的利益。"

这我知道。人人都知道。但是怎么办,和他们斗争吗?

"不,"多萝西说道,"把他们变成我们。"

我又糊涂了,我让她举例说明。

"假如您想去阻止一项重大工程,"她说道,"那您会怎么办?"

"这很容易,"我说道,"找行政机构配合一下。"

她笑道:"不,说真的,如果您是一个普通人呢?"

"我不记得当普通人是什么感觉了。"我承认道。

她让我把自己想象成一个普通人,但可不那么容易。

"请想象一下您要阻止一个公路拓宽计划,或者一个在您的房屋附近修建机场的计划。您会怎么办?"

我想不出来该怎么办。"写信给议员?"我满怀希望地建议道。

她不以为然:"您认为这有用吗?"

"当然没有用。"我承认。毕竟,我知道**自己**是不大会注意这种事的。"但是普通人一定会这么干的,他们很蠢。"〔显然,哈克从未意识到这句评论对于他个人的意味:愚蠢的选民和他的当选之间的因果联系。——编者〕

多萝西想要说明的是,普通人会成立一个组织来与他们想抵制的官方计划做斗争,这个组织代表着当地人民。另一方面,地方当局**并不**代表当地人民,而是代表着当地**政党**!

"当地方社会真正关心一个问题时,他们就会成立一个委员会,"多萝西说道,"委员会的每个成员负责弄清几百个家庭的观点。他们走街串巷,在门阶上和超市里与人们谈话,争取支持并筹集款项。您看,这种委员会和地方的政务委员会有什么区别呢?"

"他们是有脑子的正派人。"我说道。

"还有呢?"她问道。

"他们**知道**自己代表谁。"我说道。

"这就对了,"多萝西说道,"因此他们所做的正是那些投他们票的人真正**希望**他们做的。他们筹集的钱也不像收上来的税,因为他们把这些钱花在人们真正**希望**他们花的地方。为什么?因为那是他们自己的钱。本地政务委员会胡乱花钱,因为那是在花别人的钱。"

当然,她说得对,举例来说,我家乡四邻的普通人想为老年人开场圣诞晚会。但是,区政厅的人宁愿花钱建造一个新的区政厅,或者去巴哈马进行一次考察旅行。

我明白你的意思,我说道,废除政务委员会,将一切置于中央政府的控制之下。[哈克完全不得要领,这是汉弗莱爵士想要的解决方案。——编者]

但是多萝西的主意甚至更为激进:"关键是剥夺区政厅核心人士的权力,把它还给普通人。使地方政府真正负起责任来。"她拿出了本月号的《政治评论》杂志。里面有一篇马里奥特教授写的文章。他的主张是这样的:

第一,创建城市村落——约有二百户的选民区;

第二,每个城市村落创建村政委员会——由二百户选民选举产生;

第三,给每个村落的村政委员会发钱——从本地的税赋中出钱,每年一千英镑,只用于该选民区,即几条大街,一个城市村落;

第四,村政委员会的主席自动成为区政委员会的委员——这就意味着每个自治区将有五六百名委员,就像议会一样;

第五,每个自治区选举一个执行委员会——这就意味着每个自治区既有议会,又有内阁。

听起来很有吸引力。但是我对于由议会来选举内阁的想法不太感兴趣。这样会把人民的参与推向一个可笑的极端,并且树立一个危险的先例。多萝西坚持说,这就是地方政府的解决方案,结果就是,每一个自治区政务委员会的委员都会挨家挨户地与选举他们的人民接触。

她说得对,这个主意真妙。如果人们接触到了阿格尼丝·穆尔豪斯本人,谁还会选她呢?〔可能会有更多的人。——编者〕这个方案的影响将是巨大的!它可以媲美 1832 年的《大改革法案》。事实上,所有的区政委员会全都腐败不堪——决定谁将入主区政厅的只有地方政党的六个人。

如果我做成此事,我将成为伟大的改革家。我现在就看到了这一点——《哈克改革法案》。我将名垂青史。我将亲自提出这个方案。我随即想象起该如何开始讨论,并对着多萝西演练起来。

"英国的力量并非出自办公室和政府机构,而是出自勤恳男儿勇敢的心和坚强的意志。"

她打断了我:"妇女也有选举权。"

"以及勤恳女性……"听起来不太舒服,"勤恳民众、勤恳之人……整个英伦三岛的民众。"我最后重新措辞,并接着往下说道,"在他们宽阔和睿智的肩膀上……"

她再次打断了我:"肩膀不可能是睿智的。"

我加紧说道:"在他们宽阔的肩膀和睿智的心灵……哦,头脑,命运**就在**他们坚强的心和睿智的头脑中。我们必须信任他们朴素的智慧,我们必须还政于民。"她鼓起掌来。

"多萝西,"我谦卑地说道,"我为自己成为这一新制度的提倡者而感到骄傲,我们应该怎么称呼它呢?"

"民主。"她说道,她的蓝眼睛熠熠生辉。

伯纳德·伍利爵士(与编者谈话时)回忆:

  一平方英里大小的白厅街是当今世界上秘密最多的地方,但它就像是一个筛子。没过多久,汉弗莱·阿普尔比爵士就知道了多萝西·温莱特把马里奥特教授的方案推荐给首相一事。在那周的一天晚上,他请我下班之后去他办公室小酌。

  我也读了马里奥特教授的文章,但是我必须承认,由于我比汉弗莱爵士要稍微稚嫩一些,我还不能深入领会这一理论将会产生的深远影响。因此当他提到这个话题时,我评论道,我觉得是时候对地方政府进行改革了。

  看到他脸上的表情,我觉得自己应该更慎重些。于是我指出,我只是想说,我并不完全反对地方政府的改革。他的难看表情仍然没有改观,我觉得我还是明智点好。于是我又说,我看得出,可能会有很多令人信服的**反对**改革的理由,事实上,人们可以认为这些理由足够下结论了。我感激他并没有追问这些理由,因为相当诚实地说,我根本不知道。我太傻了!

  当然,汉弗莱一贯小心谨慎,他已经想好了理由。他解释说,一旦我们真正创建了民主的地方社区,事情就不会止步于此。一旦它们被组织起来,就会坚持要更多的权力,政治家们将会因为害怕而不得不给它们。

  不可避免的结果将是建立地区性的政府。

  白厅街的每个家伙都明白,这是一个极为糟糕的消息!让我给你举个例子:如果有一块空地,比方说在诺丁汉,在使用上有几个方案在竞争,比方说建医院和建机场。我们的一贯做法是成立一个跨部门的委员会,我们过去是这样做的,我们将来也会这样做。

委员会将创造几个月忙忙碌碌的工作,所有相关的部门都为此联络起来:卫生部、教育部、交通部、财政部、环境部等。我们都不得不去看文件,开会,提建议,讨论,修改,汇报,重新起草。这是正常的工作流程。

为什么会这样呢?因为这样总会得出成熟而可靠的结论。但是如果我们有了地区性政府,他们就会自己决定诺丁汉的一切事情。大概只需要开三四次会。怎么会这样呢?因为他们并不专业。

你也许会指出——就像我那天向汉弗莱指出的一样——这是他们的城市,他们有权做出决定。但我是错的,你也错了。理由如下:

第一,不要相信他们知道什么是对的;

第二,白厅街将没什么工作可做,剩下那点事情各部的大臣一个人干就够了。因此,文官部门也就没有什么权力了。

第三,文官部门没有什么权力本身并没有错。事实上我,我本人就总是谢绝权力。[**我们必须提醒读者,当伯纳德退休时,他已经当上国内文官长了。——编者**]但不幸的是,文官部门没有权力必然会导致权力跑到**不当**的人手中。

一旦汉弗莱爵士把下面的事情向我解释清楚。我很快就明白我整个思路都错了。在他所谓的不当的人当中,排在首位的就是政治家,无论是地方的还是中央的。

起初,我认为自己找到了他理由中的瑕疵:既然政治家们是普通人选举出来的,怎么**能**称之为不当之人呢?在一个民主社会里,权力无疑应该归于选民。

汉弗莱爵士纠正了我:"我们实行的是**有英国特色**的民主,伯纳德,它与众不同。英国特色的民主认为需要一个制度来保护重要的事物,让它们免受野蛮人的控制。这些事物包括艺术、乡村、法律,还有大学——两所都算①。而**我们**就是那个制度。"

当然,他说得对。我们文官部门是一个有文化、有教养的精英班子,管理着一个平稳运行的政府机器,这台机器的运行偶尔受到大选的干扰。自从1832年以来,我们已经把选民逐步从政府中摒除了出去。现在我们已经达到了只让他们每四年或者五年选举一次②的地步,但还是有些小丑利用这个途径,企图干涉我们的政策。

而且我很高兴看到那些人都被摒弃掉。当汉弗莱爵士讲话的时候,我因为困窘而涨红了脸,并羞愧地低下了头。

"你想让湖区国家公园变成巨大的活动房聚集区吗?"他问道,"你想让国家剧院变成一个赌场大厅吗?你想让国家剧院变成一个地毯拍卖行吗?"

"事实上,现在它看起来就像地毯拍卖行。"我争辩道。

汉弗莱听了很伤心。"为了不让别人说这种怪话,我们还授予那位建筑师一个爵士头衔。"我咬了咬嘴唇。"你想让

---

① 汉弗莱是牛津毕业,经常褒牛津而贬剑桥,在这里他也承认了剑桥的地位。——译者
② 英国议员和内阁的任期是五年,但是执政党有权在任内提前发动大选,以便利用形势对自己有利的时机谋求连任,所以有时候会是四年一次大选。——译者

高雅的三号电台一天到晚播放流行音乐吗?如果他们把电视上的所有文化节目都砍掉,你将作何感想?"

我打算辩解一下:"我不知道,我从不看这些节目。"

"我也不看,"汉弗莱说道,"但是知道它们**存在**是至关重要的。"

我们的谈话结束了。但是我还对一件事情感到烦恼。据我所确知,吉姆·哈克不管是在上任首相之前还是之后,总是说他想对文官部门进行改革。

既然他已经及时当选了,被民主地任命为首相。[这取决于你对民主的不同定义,参见本书第1章。——编者]我感到不管我们有没有责任改革地方政府,我们**肯定**有责任改革文官部门,而且如果地方政府的改革不可避免地导致地区性政府的出现,并因此导致文官部门的改革,那么我们应该有责任促成此事。

于是我鼓起勇气,给汉弗莱爵士写了封信,表明了这些看法。他后来告诉我,他把信撕得粉碎。我相信,他这样做是出于好意,如果我的信被保留在档案里并且被人再次看到的话,那么我荣升为常任秘书的美梦就要泡汤了。我将对他的宽宏大度和深谋远虑永怀感激。

但是我留下了汉弗莱爵士给我手写的回信[**手写的意味着办公室里没有副本——编者**],如果你们愿意的话可以复制。

[我们自然接受了伯纳德爵士的慷慨给予,我们将汉弗莱爵士的这封罕见的私人信件录写如下。——编者]

我亲爱的伯纳德：

　　首相是否说过他要改革文官部门完全不是关键所在。不管他说过什么，这都不是他真正想要的。

　　因此，你可以发问，他**真正**想要什么呢？一个更好的英国？是的。更好的天气？也没错。但是一切政治家的主要目标是什么？他们毕生朝思暮想的东西是什么？赢得人心！人心、声望、曝光率，他们的镜头出现在电视上，他们的声音出现在广播中，他们的照片出现在报纸上。为什么？不只是因为这能给人心头一热的感觉。香槟酒还能让人心头一热呢，他们怎么不为香槟酒神魂颠倒呢？

　　他们在意人心的最主要原因是，他们梦想再次当选。从政就意味着声望、荣耀、显赫的地位、大办公室、专职司机，以及特里·沃根的专访。沦为反对党的结局就是无权无势，默默无闻，在晚会上人们会问你是否认识罗宾·戴爵士。

　　因此，一届政府的唯一的真正工作就是做到再次当选。既然六万人的选区太大了，选民不可能熟悉他们的议员，那么他们就只能根据电视、电台和报纸来做决定了。然后，选民可能会投票给由十几个人的小班子所推出的任何白痴候选人。

　　换句话说，一个政治家**并不真正代表**选民的利益。他的工作是在公众场合进行表演，树立形象，变得名声赫赫而大受欢迎。

　　因此我们必须发问：政治家们到底想从文官部门得到什么？

第一，**宣传**。他们希望自己所做的——或者自认为已经做的——好事被大力宣传。这就是我们为何在白厅街拥有千余名新闻官的原因，也是我们为何花费大把时间帮他们组织演讲、写文章、安排媒体拍照时间的原因。

第二，**保密**。他们希望对任何不利于他们的事情严加保密。这就是我们为何拥有《官方保密法》的原因，也是我们为何把从三叉戟导弹到茶水女侍执勤表的所有文件都列为机密的原因。

第三，**捉刀**。他们希望我们帮忙维持一个神话——他们是被民主选举出来的。这就解释了我们为何帮他们编写各种荒谬的借口，例如议会辩论。我们也帮内阁起草文件，以便首相能提醒他的同事们注意一些不见于报纸的事情。

第四，**治理**。他们需要我们治理这个国家，这是最重要的任务。政治家们没受过这方便的训练，没有资质，没有经验，而且也没有兴趣。

第五，**掩饰**。最终，他们需要我们为他们掩饰：他们做出了所有的决定，而我们只不过负责执行而已。这就是他们帮我们分掉很多工作的原因。这些工作如：礼仪宴会、开幕式、发射或下水仪式、正式典礼、接见外国使团，等等。

他们做了如上的工作，以便我们能腾出时间施展我们的所长。

因此，政治家并非真的希望改革文官部门。在现行政治制度下，我们正做着制度要求我们所做的一切。我们做着他们需要的每一件事情，而且请允许我这样说，还做得相当出色。

因此，必然可以得出如下结论：如果首相想改革文官部门,那么他必须先改革现行政治制度。

但是他怎么可能这样做呢?正是这个制度给了他现在的位置。这等于抽掉他一路爬上来的梯子,而他此时还站在上面呢。

当哈克还是反对党的那些时候,他提出这些主张是完全可以理解的。反对党总是希望改变把自己排斥在政权外的制度。但是一旦他们入主政权,他们就想维持不变。例如,没有**当权者**想把我们的选举制度改为比例代表制①。尽管每个反对党都保证过要废除《官方保密法》,但是没有一届政府这么做过。

总之,伯纳德,我们的职责就是让首相也这样来看问题。这不光是为了他自己好。我们并非没有同盟,马里奥特教授和阿格尼丝·穆尔豪斯都是,你会看到的。

你永远的
汉弗莱
11月12日

[伯纳德妥善地保管着这封信,在他日后努力帮大臣们乃至首相理解他们正确角色的日子里,这封信成为他的信条之一。

收到信后,伯纳德对汉弗莱爵士的最后一段话大感困惑,他并不理解在这种形势下马里奥特教授和阿格尼丝·穆尔豪斯为何会成为我们的盟友,为何在所有人中竟然会是他们俩。就在伯

---

① 各政党按照其所得票数在总票数中的比例获得议员席位,主要用于欧洲大陆,此制度有利于小政党的发展。——译者

纳德困惑时,汉弗莱爵士第二次会见了穆尔豪斯女士,他在私人日记中简短地记下此事。——编者]

11月13日　星期二

我今天与穆尔豪斯女士再次会面。不管发生了什么事,我都决心以礼相待,因此当我感谢她牺牲时间前来,而她却说"您的意思是要浪费时间"时,我并没有反唇相讥。

相反,我告诉她一个明确的事实:首相对于她对警察的态度备感忧虑,以致他准备对地方政府进行大刀阔斧的改革。方案如下:

第一,街道性代表;

第二,平均每二百户组成一个选区;

第三,由全体选民来选举地方当局的候选人;

……

我把文件给了她,让她自己看全部细节。当然,她很惊骇。"这正击中了我的民主社会改革的要害。"她告诉我。

"你这话的意思是,人民并不喜欢你的政策。"我说道。

她说不喜欢。"当然,如果人民能理解改革的全部含义,他们是会喜欢的。但是普通选民是头脑简单的人,他们并不明白自己需要的是什么。他们没有受过分析问题的训练。他们怎么能知道什么东西是好的?他们需要合适的领导指引他们走正确的道路。"

"你认为人民会选出这样的领导吗?"

她看起来表示怀疑:"人民有时候分不清好坏。"

"我非常赞同你的意见。"我告诉她。

她感到惊讶。于是我告诉他,文官部门总是能够找出这样一个并不咄咄逼人的领导,这就是文官部门能够在几个世纪里屹立不倒的原因。正是我们使得国家有了今天的样子,但是没有人会把票投给我们。

这么一来,我们发现彼此还有不少共同语言。阿格尼丝和我都相信,我们知道什么事情对于国家有利。首要的事情是,只选一小群领导人,并且只让人民几年大选一次。此外,不建议让选民对候选人太熟悉,因为如果让他们说上话,他们都会迷上各种老一套的蠢办法。

这时,穆尔豪斯女士有了自认为独到的见解,其实这正是我辛苦引导的结果。

"汉弗莱?"

"说吧,阿格尼丝?"我们现在已经相当和谐了。

"对你来讲,这也是一场灾难。"

我解释说,我已经意识到社区的政务委员会将不可避免地发展成地区性政府。这正是我们为何必须阻止首相的原因。

她很惊奇,这是她第一次意识到我也想和首相对着干。我说假如我想成功,我需要她的帮助。

我要求她给我写一份书面保证,保证她将不再骚扰豪德沃斯警察局。她答应给我写一封信,保证将不再要求警察局承担民主方面的义务。[其实是一回事。——编者]

我们的会见在极为亲切友好的氛围中结束。她告诉我,激进运动没有我的参与真是一大损失。我告诉她,文官部门没有她也是一大损失。我们在一片尊重和遗憾声中作别。

[哈克的日记继续下去。——编者]

11月14日

今天早上我将与马里奥特教授见面。这显然是汉弗莱安排的,我事先并不知情。

伯纳德解释道:"首相,我想汉弗莱爵士认为,如果您接受他的方案,将有助于和他谈话。"

多萝西评论道:"汉弗莱一定有见不得人的目的。"

"为什么?"我问道。

"汉弗莱的所有目的都是见不得人的。"

我看看伯纳德:"是吗?汉弗莱爵士是**怎么**看待这些改革方案的?"

伯纳德的回答十分含糊:"嗯,我想,就是说,我确定,如果,哦,如果这是您想要的,那么汉弗莱爵士会,呃,哦……"

"他竟然这么敌视?"我问道,"不管怎么样,把他叫进来吧。"

当汉弗莱进入内阁会议室时,我注意到马里奥特教授没有跟着。

"教授呢?"我问道。

"他就在外边,"汉弗莱亲切地答道,"要我现在带他进来吗?"

"你先说一下,"我命令道,"**你**怎么看待改革地方政府的计划?"

"我认为这是一个英明的计划,将给英国政府带来真正的民主。"

他在搞什么花样?我想不明白。"你的意思是你赞成?"

"他可没这么说。"多萝西一针见血地指出。

汉弗莱无视多萝西的话,他一贯如此:"首相,如果您真想要一个完全民主的政府,我会全力支持您的。您想现在就见马里奥特教授吗?"

马里奥特是一个和蔼的大个子,紧张地调整着他的领结,和我见面让他有些不知所措,我们握了手,彼此说了寒暄话。最后汉弗莱点到了正题。

"下个月,马里奥特教授将发表他的大作的续篇,续篇将更加激动人心。"

我请教授先跟我说说。

"是的,"汉弗莱鼓励道,"请告诉首相,这会给议会带来什么好处。"

教授欣然从命:"嗯,您看,按照这一计划,每个自治区将有五百名街道代表,而地方议员能在一个大厅内直接和这些人交流。"

"因此,他们能真正彼此了解。"汉弗莱富有帮助性地补充道。

"正是如此,"教授说道,"这些代表能告诉他们所在街道的人们有关这名议员的一切。面对面地口头推荐。"

我听起来觉得很恐怖。我盯着多萝西,但是她看起来无动于衷。她示意自己有话要说。

"选区的政党将起什么作用?"她平和地问道。

马里奥特得意地笑了:"嗯,这是最精彩的地方,党组织就完全成了摆设,议员们变得真正独立起来。"

我吓得目瞪口呆。

"您看,"马里奥特热情地接着说道,"如果议员在选区内被所有选民所熟悉,或者被所有街道代表所熟悉。那么议员能否再次当选将不再取决于政党的支持，而取决于选民是否认为议员工作出色。"

汉弗莱朝我微笑。"因此，如果议员不依靠于政党机器，他们就敢于反对自己的政府，而得不到惩罚。"他解释道。

"确切地说，"教授再次说道，"因为不再需要'官方推荐'候选人，选举将取决于每个议员本人的名声，而不是政党领袖的形象。这样政党机器就完蛋了，党的组织部也完蛋了。"

我无法想象怎么能实行这样一种体制。"那么……既然政府强扭别人的胳膊，那些不受欢迎的法案有什么办法通过呢？它怎么能赢得多数议员的赞同呢？"

马里奥特的态度十分明确。"这正是**关键**所在。这种事再也不行了！政府再也不能**控制**多数议员了。它必须做得值得大多数人赞同。就像1832年那样，那时一个议员的选区只有一千二百名选民，只有多数议员真正赞成，一项立法才能通过。并且只有选民赞同了，议员才会赞同。议会将会再次实现真正的民主。"

我简直不敢相信自己的耳朵，哪个神智正常的人会把这样危险的提议带给首相呢？只有愚蠢到家的老学究才会这样做。在我看来，这位好心的教授应该回到他原来的象牙塔中去——马上就回去！

"非常感谢您，教授，"我以做结论的口吻说道，"非常迷人。"然后我站起来和他握手。

他很惊奇，汗珠从他渐秃的前额上方沁了出来。"噢，哦，谢谢您，首相。"他说道，还没来得及站稳，伯纳德就把他领出了房间。

沉重的格板门随着一声轻响被关上了。汉弗莱朝我微笑："很精彩吧，首相？真正的民主！"他双手合拢，兴奋地搓着手。

我不理他,转向了多萝西:"他说的对吗?会有这种局面吗?"

"我认为,恐怕会的。"

我目光呆滞地大声重复了这可怕的威胁:"议员们由着性子自由投票,这简直不可容忍!"

"正像是1832年的改革法案。"汉弗莱确认道。

但是,我对汉弗莱解释道,好像他并不知道一样,整个制度取决于我们的议员按照我交代的方式投票。而在这种制度下,他们将按照选民的意愿投票。

"或者按照自己的良心。"汉弗莱补充道。

"确实如此!"我说道,用的正是那个该死的教授的口头禅。"多萝西,这份计划根本不能实施。"

多萝西问我,在这种情况下,我打算怎么处理阿格尼丝的警察局问题。我一时语塞,但是令我惊奇的是,汉弗莱说他有办法。"我又和她谈过一次话,首相,全都解决了。这是我给您写的备忘录。"

他提给我一页文件。

[幸运的是,这份备忘录被找到了,就在记录下这部分日记的盒式磁带旁边。现复制如下。——编者]

我们进行了一番非正式讨论,充分而坦率地交换了意见,从而提出了一系列提议。经过调查,已经证实,只要我们着手按照提议中的富有希望的研究路线进行下去,我们就能找到另一种行动方案,事实上,在某种情况下,它允许以某种方式进行谨慎的修改,重新评估原有的分歧之处,并指出一条鼓励意义重大的妥协及合作的途径,如果双方都做出适当的让步,这条途径在形势许可下催生了一种合理的可能,即在日暮时无论正确与否,我们达成一个双方都满意的结论。

汉弗莱·阿普尔比

11 月 14 日

[哈克当天的日记继续下去。——编者]

我盯着这份文件,昏昏欲睡。最终我抬起头看着汉弗莱。"你能总结一下吗?"我问道。

他做出一副思考的样子。"我们做了一笔交易。"他答道。

他和阿格尼丝·穆尔豪斯做了一笔交易?真精彩!"你怎么做到的?"

他谦卑地微笑道:"旧制度有它的好处,您知道,在它的时代,很管用。"

我坐回椅子中,一身轻松,感到满意而不再追问。"是的,是这样啊,不是吗?"我高兴地喃喃自语道。

"那么……马里奥特的计划怎么办呢?"他问道,其实他完全知道我的答案。

"我认为国家对于充分实施民主还没有准备好,是吧?"他悲哀地摇摇头,"下个世纪再实施好吗?"

"下个世纪,您可能仍然是首相。"[1] 多萝西插话道。

"好吧,那就再下一个世纪。"

"是,首相。"汉弗莱相当满意地说道。事实上,汉弗莱、多萝西和我,大家都很满意。我们最终又成为朋友了。

---

[1] 托尼·布莱尔曾连续担任三届首相,温斯顿·丘吉尔曾间隔五年两度出任首相。因此哈克完全有可能在 21 世纪仍担任首相。——译者

15. 蛛网缠结

［就在哈克、多萝西和汉弗莱一致同意让民主推迟到22世纪再实施的第二天,哈克在下院进行了答议员问。这种首相答问时间每周有两次。首相可能会被问任何问题,而且事先没有任何通知。说得更准确点,某位议员的第一个问题可能是:首相能说一下他今天的官方安排吗?补充问题则天马行空:"首相愿意抽空谈一下上涨的利率吗?"或者"首相愿意抽空谈一下阿格尼丝·穆尔豪斯打算将豪德沃斯自治区设立为警察禁区一事吗?"或者"首相愿意抽空谈一下25%的荣誉被授予占人口比例不足1%,而且几乎都是政府官员的这一丑闻吗?"

首相的回应方式可以有很多种:诚实的,不诚实的,以及列举一大堆数字的。他可以反唇相讥,也可以恭维提问者,还有开玩笑。开玩笑是最危险的回应方式,因此最不推荐。

像所有的首相一样，哈克会为首相答问时间做精心准备。伯纳德和议会问题秘书——首相私人办公室的秘书之一——将于下午2:30—3:10在下院的首相房间进行会面商讨。他们有一本三卷本的手册，里面可以查到议事日程上的每位议员以前都问过什么，该议员有什么特别的兴趣，以及最重要的，首相以前是怎么回答的。

首相有责任回答有关政策的问题。然而，如果问题只需要一个纯粹的事实答案，首相也许会书面作答。

暗中设计一些问题可以减轻首相的负担。问题由议会的朝野双方交替提问。一位渴望晋升的朝方后座议员可能会充分暗示首相说："我一直渴望为政府服务，首相。"甚至会提出："您希望我问什么？首相。"

进一步来说，首相的议会问题秘书的工作还包括"收买"议员："首相希望你问这个问题。"但不管怎样，首相面对的问题有三分之二到四分之三都是带有敌意的，而其中最难堪的问题往往来自朝方议员——那些失望的、不忠的、嫉妒的后座议员，他们要么被忽视了，要么刚被解除了行政职务。

也就是说，首相答问时间所造成的结果往往是，万里无云的碧空中突然刮起了龙卷风。——编者]

英国议会议事录首相答问时间

口头回答部分，11月15日，第727—728页。

首相对答

问题一，泰勒先生问首相是否能列举一下11月15日星期四的官方活动。

首相（吉姆·哈克先生）：今天上午我会见了内阁同事和其他一些人。下午除了在议会履行职责外，还有其他的一些会见安排。

泰勒先生：首相是否意识到了内政部当前政策的不力导致了监狱官员短缺这一不光彩局面？

首相：我想请这位可敬的绅士去参考我4月26日在下院的发言。

问题二，弗莱德·布罗德赫斯特爵士问首相是否能列举一下11月15日星期四的官方活动。

首相：我想请这位可敬的绅士参考我几分钟前的答复。

弗莱德·布罗德赫斯特爵士：首相是否能向我保证，就业部并没有周期性地重构被收集数据的基数，以便使公众注意不到事实？

首相：我很乐于向这位可敬的绅士保证，我从未发现有关此事的任何重大证据。

问题三，赫胥黎夫人问首相是否能列举一下11月15日星期四的官方活动。

首相：我想请这位可敬的女士参考我几分钟前的答复。

赫胥黎夫人：首相能否确认一下内阁在能源部处理核废料的计划上不能达成一致？

首相：并非如此。内阁做出了一致决议。[议员的呼喊声：说得对，说得对。]

问题四，奥尔格罗夫先生问首相是否能列举一下11月15日星期四的官方活动。

首相：我想请这位可敬的绅士参考我几分钟前的答复。

奥尔格罗夫先生：首相今天是否愿意抽空考虑一下，尽管我们花了大量的钱在反导导弹上，但是在第一枚导弹走下生产线之前，它们就因为过时而被决定弃用了，这是为什么？

首相：我们的政策并没有我们所希望的那么有效，很显然，我们搞错了。[大笑声。]

反对党的领袖乔治·赫德利先生：那么首相何时会请应对此事负责的大臣辞职？

首相：这位可敬的绅士很清楚我会让我可敬的朋友辞职的，但是需要当他犯错误被人抓到的时候，而非事后诸葛亮时。

[许多议员起立鼓掌。]

主持人：安静。

查普曼先生：请注意程序问题。主持人先生。

主持人：我会让程序符合规定的。

问题五，吉尔先生问首相是否能列举一下11月15日星期四的官方活动。

首相：我想请这位可敬的朋友参考我几分钟前的答复。

吉尔先生：我可敬的首相能否向议会保证政府没有也从不窃听议员的电话吗？

> 首相:尽管我极为尊重和珍视议会的意见,但是我必须承认,除非工作需要,否则对于这些可敬议员们的话,我多一句也不愿意听。[大笑声。]
>
> 反对党领导人:首相是否正在说哈利法克斯先生的电话没有——[被打断。]——没有被窃听……

伯纳德·伍利爵士(与编者谈话时)回忆:

当有人问吉姆·哈克是否一直在窃听议员电话时,他的回答非常精彩:"尽管我极为尊重和珍视议会的意见,但是我必须承认,除非工作需要,否则对于这些可敬议员们的话,我多一句也不愿意听。"他博得了一阵大笑。[大笑的议员主要来自首相所在的政党,渴望被提升的人和担心被解聘的人几乎构成了大笑者的全部。——编者]

但是那天下午晚些时候,在通往内阁办公室的狭窄走廊的拐弯处,汉弗莱爵士拦住了我。他问我,我们伟大的政治家今天下午表现得怎么样。

"很快活,"我答道,"他在今天下午的答问时间表现得非常出色。"

"真的吗,这是谁的看法?"

"他自己的。"我说道。事实上,我是在开玩笑,他有关电话窃听问题的答复给每个人都留下了深刻的印象。

……除了汉弗莱以外的每个人。事实上,他是如此忧虑,以致我开始担心事情比表面看起来的更复杂。他责备我没有事先警告他这个问题——作为内阁秘书,汉弗莱负责协调所有的政府安全问题。我解释说,这是一个不可预见的补充问题，但是他不认可，认为这是一个可预见的不可预见的补充问题。

从汉弗莱的举止和不安中可以清晰看出，尽管首相否认了他曾授权窃听议员电话，但这并非事实！

英国首相故意对下院撒谎，这个念头令我大为震惊。真叫人难以置信。汉弗莱的腋下夹着一本厚厚的档案，他告诉我，这里面有大量对于首相不利的信息，甚至包括根据声音录写的内容。

汉弗莱要求立即面见哈克。我问他我们是否能稍等一会儿，因为首相正在享受他的成功——他并不常有这种真正欢乐的时候。但是汉弗莱认为，哈克不配得到这么多欢乐，他坚持要立即面见。

[哈克的日记继续下去。——编者]

11月15日

我在答问时间的表现精彩绝伦，我今天的竞技状态绝对一流。因此，当汉弗莱在下午晚些时候不期而至，来到内阁会议室时，我一点也不惊讶。

"首相，我想和您谈谈今天下午的首相答问。"

"谢谢你，"我说道，带着得体适度的谦逊，"我接受你的祝贺，伯纳德，我是不是很棒？"

伯纳德毫不犹豫地答道："我认为，首相，您今天下午的答复不会很快被人们遗忘的。"

汉弗莱打算说话，但是我没让他说。从他的表现上，我本应该察觉天边出现了乌云，但是我没有，我傻乎乎地坚持叙述我的胜利。"让我告诉你都发生了什么，汉弗莱，"我欢快地说道，"第一个问题是内政部把监狱缺少官员的事情弄得一团糟，我巧妙地答复说，请这位可敬的议员去查一下我4月26日在下院的发言。"

"他还记得您说过什么吗？"汉弗莱问道。

"他当然不记得了，我也不记得。但这是回避问题的完美样板答案，因为他不再记得我所说过的话，于是我们转入关于失业和就业部是否曾篡改数字的问题。"

伯纳德为我做了修正："您的意思是周期性地重构被收集数据的基数，以便使公众注意不到事实。"

"正是这样，"我重复道，"篡改数字。"

汉弗莱忍不住感兴趣了。"**当然**，他们是这么干的。"他说道。

"我知道，"我说道，"但是我回答得很好，我说我从未发现过有关此事的任何重大证据。"

伯纳德说道："那是因为您从未调查过。"

"也因为我们没有给您看过。"汉弗莱补充道。

"我知道，汉弗莱，谢谢你，做得好。接着我们又谈到了能源部正在酝酿处置核废料的计划，提问者想迫使我承认内阁在此事上存在分歧。"

"是这样的！"汉弗莱评论道。

"我知道，"我说道，"于是我说，我的内阁做出了一致的决议。"

汉弗莱笑了："那是因为您威胁要解聘不同意的人。"

当然，他说得对，但是这无疑使他们变得一致了。不管怎么说,此时我的后座议员们为我的话而喝彩。"接着问到了一个关于为什么的问题。尽管我们花了大量的钱在反导导弹上,但是在第一枚导弹走下生产线之前,它们就因为过时而被决定弃用了。"

汉弗莱很好奇我是怎么摆脱这个问题的。

"我这一招真是绝了。我没有回避它!我的回答真是天才。我简单地说,我们的政策并没有我们希望的那么有效,很显然,我们搞错了。"

汉弗莱惊得闭不上嘴,我的坦然承认让他震惊不已,但这是一个聪明的回答。这就让他们无东风可借。在下院里说实话总能唬住人,让他们措手不及。

伯纳德也很享受这场回忆。"事实上,还有一个补充问题,汉弗莱爵士。有人问首相,他何时会请应对此事负责的大臣辞职。"

这个问题太容易了。一个直投球,被我直接打飞出界。"当他犯错误被人抓到的时候,而非事后诸葛亮时。"支持我的议员们站了起来,欢呼,跺脚,挥舞着议程纸。这一天真是令人难忘!

但是不幸的是,这一天也有别的事情令我难忘。当然,从汉弗莱蹑手蹑脚地进入内阁会议室的方式,我就应该察觉出事情有哪里不对。但我错误地把他因迫在眉睫的灾祸而产生的哀伤,当成了他因我不需要他的任何帮助就巧妙地应对下院而产生的嫉妒。但是事情远不止于此。

"我听说,"他看似随意地评论道,"有一个关于窃听议员的问题吧?"

"一个愚蠢的问题,"我说道,"我们为什么要窃听休·哈利法克斯?一个议会私人秘书,我自己行政办公室的一员。我不知道他们哪里来的这么愚蠢的想法。"随后,我意识到这样答复汉弗莱听起来也许很愚蠢,但是我根本没有理由去怀疑事实本身。汉弗莱试图打断我,但是我不听。毕竟,我怎么可能知道我当时不知道的事情呢?

"你能想象吗?"我说道,完全无视汉弗莱,"我们为什么要去窃听一名议员。烦人、傲慢、自负的夸夸其谈者。我最好**不要**听他们讲话。而且休只是一个议会私人秘书,我的意思是,在弄清国防部的事情上**我已经够头疼了**,**他**能知道些什么?在我看来,这无异于下地狱,如果我人生邪恶的话,上帝将会这么惩罚我——让我坐下来听议员的谈话录音。"

我必须承认,我都被自己逗乐了,但是汉弗莱却高兴不起来:"那么我认为,您否认哈利法克斯先生被人窃听了?"

"是的,"我说道,"这是今天我能给出简单、清晰、直接、诚实的答案的一个问题。"

接下来,汉弗莱咆哮了相当一会儿,我虽然竭尽全力,但是完全不能理解他在说什么。

[幸运的是,汉弗莱爵士在这天的私人日记里记录了他的这番评论。——编者]

  我对首相解释说,不幸的是,尽管这个答案配得上简单、清晰、直接这三个形容词,但是第四个形容词[即诚实——编者]的适用性却值得商榷,因为在他所传达的信息和能被确定的事实之间的准确关系造成了规模可观的认识论难题,这使得英国语言的逻辑和语义被加诸了它们无法合理

承受的负担。[阿普尔比文件 TK/3787/SW]

[哈克当天的日记继续下去。——编者]

我意识到，他正在包装他想说的意思，以便使话听起来不那么伤人，不那么令人难堪，或者诸如此类吧。但是我让他有话直说。

他鼓起勇气想要作答。他看看地板，又看看天花板，再看看窗外，最后他的眼睛看到了我的眼睛。"您在说谎。"他说道。

我不敢相信我的耳朵："说谎？"

"说谎。"他重复道。

"你是什么意思，说谎？"我完全不能理解他指的是什么。

"我的意思是，首相……"他犹豫着，好像在寻找一个具体的解释方式，"您……没说实话。"

我还是不知道怎么回事。我茫然地盯着他，他再次解释道："嗯，我知道一个政治家很难理解这个概念，但是您在骗人。"

我暗想，他的意思莫非是指我们窃听了休·哈利法克斯的电话。我不知道对不对，于是我问了他。

他点点头："是这样。"

"**真**这样做了？"我被吓坏了，"我们何时停止的？"

汉弗莱盯着他的手表："十七分钟以前。"

我被伤害了，并为我的正直受到这种方式的打击而不安。"你不能称此为说谎。"我抱怨道。

"我明白。"汉弗莱把头歪向一边，充满希望地盯着我，就像一只想学本领的长毛牧羊犬。"但是您把讲真话的反面称为什么呢？"

"我不是有意的,我没打算欺骗他们。我不是有意误导下院的。"[哈克因蒙在鼓里而感到屈辱的时候,显然忘记了他曾经骄傲地承认他那天曾经误导了下院好几次。不管怎样,几乎可以肯定的是,哈克从未有意向下院撒谎。事实上,历史学家搞不明白的是,说谎似乎是一个下院绝不原谅的冒犯之举,尽管相比于政治家带给我们的诸多重大灾难而言,它是那么微不足道。——编者]

"不管怎样,"汉弗莱说道,"您没对他们说实话。"

"但这不是我的错!"他似乎并不理解,"我不知道他正在被窃听。"

伯纳德轻轻咳嗽了一声以吸引我的注意。"首相,"他充满同情地解释道,"光说您不知道是不够的,人们认为您应该知道,因为您是最终的负责人。"

现在我被激怒了:"见鬼,那为什么没人告诉我?"

伯纳德看看汉弗莱,两个人都十分窘迫。汉弗莱嘀咕道:"或许内政大臣觉得没有必要告诉您吧?"

"为什么?"

"也许因为,他得到建议说,您没必要知道。"

这是荒谬的。"但是我**有必要**知道啊。"我指出。

这时,伯纳德开始求助于文官部门深奥的套话。他和汉弗莱在一起太久了,我简直听不懂他说了什么。

伯纳德·伍利爵士(与编者谈话时)回忆:
> 我对自己的话记得非常清楚。我简要地解释了,当时并没有人知道哈克有必要知道现在知道当时有必要知道的这回

事，因此给内政大臣提供信息和建议的那些人感到，是否要向高层报告这一已知信息的信息仍属未知，因此没有权力去授权告知，因为当时并不知道知道它的必要性，或者不必要知道。

我想我已经解释得一清二楚了，但是，唉，哈克却不这样认为。也许是因为他过于紧张不安，以致无法理解我的话。

[哈克当天的日记继续下去。——编者]

我需要有人解释一下。我转向了汉弗莱，我竟然会向这个人求助！他提供了解释。

"也许内政大臣也并不知道。我们设想，如果您在下院被问到某个问题，您会搁置它，或者说您不知道，或者说您将进行调查。我们不知道，也**不可能**知道，作为首相，您竟然采取一个新方法——切实回答问题。"

我明白他的意思。但是我已经回避和搁置了前面四个问题，我必须给出一个直接的答案了，而且这个问题看起来似乎是最安全的。

汉弗莱一脸同情："是的。但是我们不知道您会回答它，不知道您会在下院切实否认一切窃听行为。"

"如果我不知道此事而我又被问到了，显然我会这么回答的。"

汉弗莱说道："我们不知道您在不知道的时候会被问到。"

这个理由真是白痴。我解释说，如果我不知道的话，那么我**一定**会在不知道的时候被问到。但是他似乎并不明白。有时候，老汉弗莱是有点迟钝了。真幸运，他没当政治家。

汉弗莱继续为他毫无道理的理由辩护。他以一种我很不喜欢的急躁语调说道:"首相,人们认为您最好能不知道。哈利法克斯是您政府团队中的一员,因此最好不要制造不信任感。我们只在有必要的时候才告诉您。"

"那是什么时候?"我问道。

"嗯,譬如**现在**,您就有必要知道了,因为您刚刚否认了这事。"

"在我否认**之前**告诉我岂不更好?"

汉弗莱并不这么认为:"恰恰相反,在您否认之前让您知道的话,您就**不会**否认了!"

"但是,"我情绪激动地喊道,"我有必要知道!"

"但这不是标准。"汉弗莱顽固地认为他是对的,"当您有必要知道的时候,我们并不告诉您,只有当您**知道**您有必要知道的时候,我们才告诉您。"

"或者当您有必要知道您有必要知道的时候。"伯纳德说道。

"或者当**我们**知道您有必要知道的时候。"汉弗莱说道。

"您看,"伯纳德帮忙补充道,"有时您有必要不必知道。"

"**够了!**"我喊道。令人震惊的是,他们立刻沉默了,盯着我显得很困惑。"为什么?"我冲汉弗莱喊道,"为什么要由你决定我不应该知道?"

"我并没有。"他说道,听起来有点被冒犯。

我糊涂了:"那么是谁决定的?"

"没有人啊。"

我变得绝望了:"那么我为什么不知道?"

"因为没有人决定告诉您。"汉弗莱说道。

"那不是一回事吗？见鬼！"

汉弗莱现在采取了一种与危险的精神病人说话的冰冷口气："不，首相，这不一样。决定向您隐瞒一项信息是任何官员也承受不起的严重责任，但是决定不向您透露信息则是一个日常程序。"

我告诉汉弗莱我想知道一切事情。

"一切事情，首相？"

"一切事情！"

"很好，"他查阅了他的一个档案，"本周送到内阁办公室的文具包括五百七十六包二号曲别针，六百令 A4 打印纸，九打毡尖笔……"

他真是愚蠢。"重要的事情！"我咆哮道。

"那么谁来决定什么事情重要呢？"他一脸无辜地问道。

"我来。"我说道，但接着我意识到我又要面对一大堆文具补给了。"不，你来。"我说道，但接着又意识到陷阱就在**那里**。问题似乎没有答案，我怒气冲冲地请他简单地告诉我，他是怎么解释这个错误的。

"正像您在下院里所说的一样，"他顺顺当当地答道，"很显然，我们搞错了。"

虽说模仿是奉承的最真诚的形式，但是这种模仿我宁可不要。将首相置于这种绝境，可不是一句"我搞错了"就能解释得了的。

"我仅仅是一名谦卑的仆人，"我所遇到的最谦卑的仆人继续说道，"一个低下的官员。这是内政大臣的决定。"

真的吗？我早该猜到了，他从不喜欢我。"你能否告诉我，还有什么理由不该请他辞职?"

他无礼地答道:"恕我直言,首相,或许您不该请他辞职,除非当他犯错误被人抓到的时候,而非事后诸葛亮时。另外,今天的麻烦起因于您自己做了错误决定,否认了此事。"

我被他厚颜无耻的冒犯行为震惊了。[我们不做进一步的评论。——编者]"什么?"我说道。我真是无话可说了。

"您不应否认一件您不知道的事情。"他自以为是地教导我。

我不能相信自己的耳朵。"但这都是你的错!"我吼道,"你刚才承认不让首相知道的。"

现在他愤慨起来了:"根本不是!只有首相事先把他要说的事情告诉文职人员,这个制度才能运行良好。但是如果他不事先和他的官员把事情弄清楚就鲁莽地说了出来,那么就只能怪他自己。如果没有弄清楚,您就不应该公开说任何事情。恕我直言,首相,您必须学会谨慎。"

我从未听过这么一个不可思议的循环论证:"汉弗莱,但是我**不知道**有任何事情需要**谨慎**处理!"

"在政府里,首相,总有一些事情需要谨慎处理的。"

我突然想到一个新的问题。我不明白我此前为什么没有想到:"但是汉弗莱……我们为什么**非要**窃听休·哈利法克斯的电话?他正在和苏联大使交流吗?"

"不,"汉弗莱说道,"和法国大使,问题更加严重。"

"为什么?"

"苏联大使已经知道我们在干什么了。"伯纳德说道。

但法国是我们的盟友,无论我们怎么看待他们,也不管谁不喜欢他们。[读者应该记住,外交部喜欢的三个民族集团是：阿拉伯人、德国人和美国人。他们痛恨的三个民族集团是：苏联人、以色列人和法国人。外交部最痛恨的就是法国人，这就是为什么直接和法国人说话被外交部视为叛国行为。这也解释了苏伊士入侵事件对于外交部而言是一次外交损失——内阁竟然站在法国人和以色列人一边，反对阿拉伯人和美国人。——编者]

"谁授权的？"我问道，"谁授权了这次窃听行为？"

"外交部，我刚才说了！"他刚才没有说过！我从未意识到他们有权授权窃听。但是既然他们掌握军情六处，我猜也有可能。不过军情六处并不正式存在，因此他们不能正式授权监视。我猜想，外交部的正式官员非正式地授权了军情六处非正式的官员。

汉弗莱想赶紧结束这个讨论："首相，话说得越少越好，您同意吗？"

我糊涂了："关于什么？"

"一切都是。"

[汉弗莱不希望再谈休·哈利法克斯被窃听一事了，但是天不遂人愿。此后不久，他收到了下院委员会的来信，邀请他出席讨论此事。汉弗莱将此信送呈哈克，并附言问首相该如何处理此事。哈克做了如下答复，根据"三十年规则"，答复得以公开。——编者]

亲爱的汉弗莱：

你不大可能拒不出席下院委员会的质问，而且你显然必须告诉他们你必须告诉他们的一切事情[汉弗莱将一切事情理解为委员会能从其他渠道获知的事情——编者]。我确信你会找到恰当答复的。

> 你忠诚的
> 吉姆
> 11 月 21 日

伯纳德·伍利爵士（与编者谈话时）回忆：

汉弗莱爵士把我叫到他的办公室，并向我展示了首相的回信。当然，它没有提供任何答案。汉弗莱忧虑的是，如果委员会问他首相是否曾经授权窃听一名议员的电话，他作为一个忠诚的公仆应该如何作答。事实上，这个问题是极有可能被问到的。

我建议他说，这个问题不应该问他，应该去问首相本人、内政大臣或者外交部才对。

"或者英国电信服务工程部？"他充满讽刺地问道。

显然，他对我的回答并不满意。于是我建议他采用我们常用的以安全问题作为挡箭牌的答复：这是一个安全问题，因此我无权透露，无权证实或否认，等等。

汉弗莱叹息道："伯纳德，你认为我没想到这些选择吗？"

他自然已经想到了。他解释说这是一个陷阱：如果他对首相是否授权电话窃听这个问题不置可否的话，接下来的问题将是："为什么你不做出明确的否认，就像首相昨天所做的一样？"对于这个问题，就没有万无一失的答案了。

我向汉弗莱建议道："你可以说首相比你知道得更多。"

"那么他们就**知道**我在撒谎。"汉弗莱说道。这是无可辩驳的。

我很羞愧地承认,由于我急于帮助他,我甚至建议汉弗莱完全否认此事,就像哈克所做的一样。

值得赞扬的是,汉弗莱表现得相当震惊:"你的意思是说谎?"

"没有人能证实这是一个谎言。"我说道。

汉弗莱似乎对我非常失望:"只要人们不能证伪,那么事情就是真的了?你现在说话越来越像是一个政治家了,伯纳德。"

他说得没错。但我必须告诉你,如果汉弗莱能够**确信**他的声明不会被证伪的话,他也会像政治家一样说谎,否认电话窃听一事的。我的建议不好,并非因为要说假话,而是因为说这样的假话风险很大。

然而,经过这次虚伪的责难后,我再也不愿意为汉弗莱支招了。

就在这令人不安的时刻,电话铃响了,是英国广播公司打来的,与电话窃听一事无关。双方说了一通话,他们想采访老汉弗莱,请他为三台的节目谈谈政府的结构。汉弗莱似乎兴奋得让人好笑。他接受了邀请!现在轮到我震惊了,一个文职人员怎么会接受公开采访?他怎么**能**这样做呢?但他似乎毫无疑虑。

我感到有责任提醒他此事的风险:"他们可能希望你去爆点料。"

"对于电台而言,这很正常。"这是一个滑稽可笑的、回避问题的、误导他人的答复。汉弗莱明知道在电台讲话会违背文官部门的一切传统,开始会出现口误,随后会发现自己在讲引人注意的事情,甚至是有争议的事情。

但是时代在改变,文职人员正在走出小房间①。他宣称他有责任这么做,因为他要打破人们的偏见,而我根本就不觉得这是偏见。

"这不是为了某个人!"在我看来,他太急于否认了!"我一点也不想成为名人,名人只为了满足微不足道的虚荣心。但是人不能**太过**自谦。"

我不明白不接受采访怎么就是自谦了。我告诉他,我对文职人员的理解是:我们是不能抛头露面的。

"他们又没法让你在电台上抛头露面。"

我讨厌这种自私自利、自欺欺人的诡辩。我看得很清楚,三台的这个既危险又诱人的讨论节目一定会让他跌跤的,但是我确实感觉他应该更清楚此事。我提醒他:"匿名,服务,谨慎。"

他感到很尴尬,于是为自己倒了一杯缇欧佩佩(Tio Pepe)葡萄酒。[此时一定过了下午6点。——编者]"伯纳德,他们说如果我不去,阿诺德[前任内阁秘书阿诺德·罗宾逊——编者]答应去。"

"也许那样更好。"我说道。汉弗莱的眉毛一扬,但我当时并非是故意无礼的。阿诺德爵士已经退休了,因此透露不了什么事情了,特别是眼下的事情。此外,他是信息自由运

---

① 习语"out of the closet"的引申义为摆脱不切实际的做法。——译者

动的现任主席，正在格外致力于政府的透明化——只要它符合国家利益。

汉弗莱从未克服对于阿诺德的嫉妒之情，而且他渴望获得公众认知，但是他死也不承认这一点。我永远不会忘记他蹩脚的借口："伯纳德，**当然**，我宁愿不接受这次采访。但是我认为，一个人的责任感会迫使他去阻止阿诺德被树立为高级文官的榜样。"

我向汉弗莱指出，他应该征求首相的同意，他立刻关注起来。但是我愉快地补充说，在我看来，首相那边没有问题，因为三台的节目几乎没人听。

[在英国历史的这个时期，常任秘书们一定非常苦恼。这群才华横溢的聪明人占据了英国最有权力的四十二个职位，尽管薪俸丰厚，荣誉加身，但是仍然令人深怀同情，因为按照传统或者根据他们自己的利益出发，他们得保持默默无闻。对于大多数英国人而言，一个常任秘书就是一个政府长工，顶多是一位高级助手。这也许就是汉弗莱很难拒绝电台之邀的原因，他的内心无疑需要这种宣传。——编者]

[哈克的日记继续下去。——编者]

11月26日

今天上午，汉弗莱突然来看我，看起来不可思议地紧张。起初我认为自己又遇到什么新的危机了，但随后记起这是电台采访他的日子。

我告诉他不要担心,但是他傲慢地否认他在担心:"我有一些处理刁难问题的经验。"

"是的,"我表示同意,"但是如果你在电台回避问题或者兜圈子,他们只好把你的发言都删掉。你最好能有些可说的。"

他看起来很茫然。"说什么呢?"他并不明白。

"一些简单有趣的事情。"我解释道。

他的手开始发抖。"简单有趣的事情,"他重复道,然后舔了舔他的干嘴唇。"呃……哦,如果您有什么忠告的话……特别是如果问题咄咄逼人的话……"

我解释说,处理一个咄咄逼人的问题,就像是处理一个快速滚来的保龄球——只要它的方向不是绝对精确,你可以利用它的动量帮助你得分。"问题越咄咄逼人越好,它们会让观众转而同情你。"

"但是不管怎样,我必须得回答问题。"

"为什么?"我问道,"你从不回答我的问题啊。"

"那不一样,首相,"他答道,"我可能会被问到几个很内行的问题。"

我顿时怒目相向。"汉弗莱,"我反问道,"你为什么接受这次采访呢?大概是去解释文官部门的观点吧。因此你必须像我一样做——准备一些要讲的话,然后讲出来。你只需提问自己你想答的问题,无论什么问题都行。"

"回答时要无畏而诚实。"伯纳德赞同地鼓励道。他显然牢记了我几个月前对他的教育。

"或者,"我继续说道,"如果你想更好地支配自己的发言,你可以说'这实际上包括**两个**不同的问题',然后,无畏而诚实地问自己两个想答的问题,并予以回答。"

汉弗莱拿出手绢擦了擦手心里的汗:"电台的调研员提到,有很多人想知道我为什么拥有这么多权力。"

"很多人?"我强忍着没笑出来,"绝大多数人都没听说过你是谁,汉弗莱。"

这个深刻的洞见看起来对他的鼓励作用不大。

"也许他们说的是三台的大量听众。"伯纳德说道。

"这个说法本身就不成立,三台几乎就没什么听众。"我和蔼地说道,"如果他们真的这么问,汉弗莱应该怎么回答呢?伯纳德你说说。"

"请举出其中的六个人来。"伯纳德立即答道。他真是一个好学生。

"对极了,"我说道,"这么一来你就难倒了他,他绝不会举出两个以上的人来,明白了吗?"

汉弗莱第一次笑了:"我明白,首相。伯纳德,你是怎么知道的?"

伯纳德说道:"还记得我在8月时不幸被记者套了很多话吗?当时我一不留神说了在官方秘密方面,首相是凌驾于法律之上的。此后,首相教了我一些这方面的技巧。"

"我明白了,"汉弗莱转向了我,"还有什么别的技巧吗?首相。"

我看了看伯纳德。"有的,"他说道,"你还可以攻击提问者:'你显然没有读过白皮书。'你也可以反问一个问题:'这个问题很好,现在让我问你一个问题:你上次参观一个地方政府部门——比如斯旺西机动车执照署——是在何时?'如果你实在无计可施,你总是可以说:'事关安全问题,恕难回答。'"

"**说**得好,伯纳德!"我向他祝贺道,"你会有所成就的。"

但是似乎有别的什么事涌上了汉弗莱的心头:"首相,这使我想起,恐怕我不久后就要回答委员会的质询,回答所谓的休·哈利法克斯议员被窃听一事。"

我知道此事,伯纳德已经告诉了我:"你必须对我在下院所说的话予以证实。"

他假装不明白:"但那是要说谎啊。"

我耸耸肩:"没人知道的。"

"我们编就了一张多么缠结的网……"①他说话真是拐弯抹角。

"别扯了,汉弗莱。"我厉声说道。

他露出一副看似无辜的样子:"对不起,首相,我不能说谎。"

我简直不能相信他会来这一套。"但是汉弗莱!"令我感到恐怖的是,我发现自己竟然是在求他,"如果你不这样做,那么就好像是**我**在说谎了。"

他噘起嘴,保持沉默。显然,他并不觉得这是他的问题。我顿时就火了。"汉弗莱,"我吼道,"你得忠诚!"

"忠诚于真相。"他一本正经地表示赞同。

我现在从椅子上站起身来,从会议室这头踱到那头,又踱了回来。"但是……"我一时无话可说,"但是你总不能在媒体和反对党面前出卖我,而这根本就不是我的错,你必须支持我,你必须!"

---

① 语出苏格兰作家沃尔特·斯科特(Walter Scott,1771—1832)的一首诗,下一句是"当我们第一次开始骗人的时候"。——译者

他拒不接触我的目光。"您使我很为难,首相。"他的答复令人极不满意。

"汉弗莱,"我态度坚决地说道,"我正在命令你去证实我在下院所说的话。"

他傲慢地盯着我:"很好,首相。我将告诉他们您命令我去证实您的话。"

这绝不是我的意思!"汉弗莱,我命令你不准告诉他们我命令过你。"

他冥顽不化:"那么我将告诉他们,您命令我不准告诉他们您命令过我。"

我恶从心头起,真想过去杀了他。他摆出一副只有他才有的冷冰冰的优越感:"对不起,首相,我不能卷进这种不体面的说谎行为中去。"

好一个阴险、不忠的浑蛋!

[汉弗莱爵士从唐宁街十号出来驱车直奔电台,在那里,他生平第一次接受了电台采访。这些录音带现在仅存一份,倒并非在英国广播公司,而是在汉弗莱爵士的私人档案里。蒙其遗孀阿普尔比夫人惠允,我们得以进入位于黑斯尔米尔的米特兰银行的保险库。我们把录音带整理成文字,并将相关部分附之如下。——编者]

汉弗莱爵士:然而对于治理英国,难免会产生某些需要立法者和行政者共同承担的责任,在任何特定的事件中,原因之于结果或者说手段之于结局,其准确界定总是如此复杂,以致即使并非不用负责,也是最终没有束缚力。[汉弗

莱爵士似乎并不能让他的话既简单又有趣,就像哈克忠告的一样。——编者]

采访者:是的。请允许我要求您回答得确切一些,或者举一个具体例子来说明,对于目前的失业率,文官部门应负多大的责任呢?

汉弗莱爵士:嗯,当然,失业是一个笼统的名词,媒体以此来指一种实际上要广泛得多的社会经济学现象,它在政治上最可行的表现形式正是……

采访者(打断道):但是请您确切地回答,有多大责任……

汉弗莱爵士:请等一下,让我说完。……正是全国范围内失业登记处当前每周登记的人次,而它被认为高于从历史的角度来看被认为是可接受的水平。但是,即使是对各种原因的分辨剥离,且不说为它们分配责任,就已经是一个需要细致解析的任务了,它无法在这样一个受大众欢迎的广播节目中被完整阐释。[汉弗莱爵士说三台的谈话节目受大众欢迎暗示着他对节目的收听率近乎无知。或者说,汉弗莱也许会使用"受大众欢迎"来暗示其听众不会包括高级文官。人们也许会好奇,如果这是一个受大众欢迎的节目,那么一个不受大众欢迎的节目会是什么样。——编者]

采访者:汉弗莱·阿普尔比爵士,非常感谢您。

[至此,访谈显然已经结束了,磁带里能听到制作人厌烦而不失礼貌的声音。——编者]

制作人(通过演播室的内部通讯装置):非常感谢,汉弗莱爵士。精彩极了。

[接下来还录了一些谈话,因为即使访谈节目结束了,磁带仍在运行。——编者]

汉弗莱爵士:讲得还行吧?

访谈者:您真的不能多讲讲吗?至少是失业问题。

汉弗莱爵士:比如什么?

访谈者:嗯,实话。[汉弗莱爵士的笑声。]

访谈者:您笑什么?

汉弗莱爵士:我亲爱的伙计,关于失业没有人会讲实话。

访谈者:为什么不会?

汉弗莱爵士:因为人人都知道,只需几周就可以让失业率减半。

访谈者:怎么做到呢?

汉弗莱爵士:砍掉至少两次拒绝接受工作者的社会保障金。在北方确实有真正的失业者,但是在英格兰南方充斥着懒汉,其中许多人是大学毕业生,他们过活靠的是救济金和租房补贴,再加上他们偷着挣来的大笔外快。

访谈者:您的意思是说不见天日的私活儿?

汉弗莱爵士:嗯,这完全就是欺诈。他们只需要一周挣两百英镑,日子就会比全职工作者要好,但是有成千上万的工作没人干。大多数雇主都会告诉你他们的人手短缺。如果给失业者提供一个扫大街的工作和一个洗盘子的工作,那么你就犯不着骂他们是寄生虫了,因为他们一旦不干的话,社会保障金就被取消了。坦率地说,一个国家准备付多少社会保障金,就会有多少失业者。但是没有一个政治家有勇气解决这个问题。

访谈者：我真希望您刚才能说这些话。

汉弗莱爵士：我肯定您会这么想的。

［磁带至此结束，伯纳德·伍利爵士向编者回忆了这之后的事情。——编者］

接下来的一天，汉弗莱请我去找一个磁带播放机来，他好听英国广播公司送给他的一盒磁带。他感到相当兴奋，因为他觉得自己已经做了一次发人深省的、充满活力的、令人心潮澎湃的访谈，尽管他的措辞仍旧低调。

我向花园室的一位姑娘［她们都是唐宁街十号地下室打字组的高级人士——编者］借来了一只收放机①。汉弗莱爵士没听说过这个词，问我它是否用于爆破作业。说得对极了——它能损害听力！

磁带上还附有一张字条。［我们复制如下。——编者］

亲爱的汉弗莱：

这里有一个电台访谈之后您的非正式谈话的副本，我们发现它特别有趣。不久我会联系您的。

你真诚的，

克劳福德·詹姆斯（谈话节目制作人）

11月27日

这封信让我起疑，理由有好几个。首先，它似乎不够坦率，"特别有趣"是什么意思？其次，我对经常把姓名颠倒

---

① ghetto blaster，ghetto 的意思是少数族裔聚居区，blaster 的意思是冲击波。——编者

的人总是有一种本能的不信任感。但是当我惊奇于汉弗莱访谈能被形容为有趣的时候，他感到很不快——但是我不知道为什么，因为他总是说他什么也不打算说。

我非常怀疑，他能否在电台真的做到什么也不说。这封信已经使我做了惊诧的准备，但是我做梦也没有想到会有那么惊诧。当我们按下收放机的按钮时，我听到一个和汉弗莱几乎一模一样的声音在说："我亲爱的伙计，关于失业没有人会讲实话。"

"为什么不会？"接下来是提问。

"因为，"汉弗莱的声音说道，"人人都知道，只需几周就可以让失业率减半。"

"怎么做到的？"磁带依旧在不紧不慢地说道。

汉弗莱扑向收放机，我想他是打算把它关掉，但是他误按到了快进键上。他的声音像米老鼠一样高速冲出，直到他放开了这个按键，这时我们听到了最后一句话："但是没有一个政治家有勇气解决这个问题。"

我探身向前，自己把收放机关了。我们彼此静静地凝视了好一会儿。我第一次察觉到摩尔街方向远远传来的交通嘈杂声。

最终我说话了。"我必须得确认一下，汉弗莱爵士，"我平静地问道，"那个人是你吗？"

"是的，伯纳德。"

"不是迈克·亚伍德［80年代英国著名喜剧演员——编者］？"

一个淡淡的希望出现在他憔悴的脸上："你认为我能推

说是他?"

我沮丧地摇摇头。"不,他们能证明这就是您。"我说道。我几乎不敢相信他在电台说了这些话。我问他是否还说了别的什么,他默默地点了点头。

"像我们刚才听到的一样要命?"

他再次点点头。他似乎已不能说话,但是我耐心地等着,最终他声音低哑地开口了,听起来颓废不已:"更要命的是,我相信我提到了'寄生虫'。"

我感到难以置信,我问他怎么能如此不谨慎。他可怜巴巴地解释道:"当时访谈结束了,我们只是在进行无伤大雅的闲聊。无伤大雅!"

"这是非正式的。"他说道。

"或许是吧——但是它被录到了磁带上。"我评论道。

突然,汉弗莱猛拍了一下前额,蹦了起来,痛苦万状地喊道:"噢,我的上帝啊,噢,我的上帝!"他绝望地哀号着。"我刚意识到,这是敲诈。"他一把抓起了这封信把它塞到我的手中。

我重读了这封不祥的来信。无疑,它酷似一封敲诈信。我的怀疑看起来不无道理。

汉弗莱盯着我,眼窝深陷,他的领带歪向一边,他的头发——通常梳理得很完美,分开得很整洁——直立起来,好像是凌晨3点41分被斯坦利·鲍德温[①]的鬼魂惊醒了一样。

[①] Stanley Baldwin,英国保守党政治家,曾经出任财政大臣及第54、56、58任首相。——译者

"他们想把我怎么样？"他哀号道。

我仔细思考了这个问题。英国广播公司想把汉弗莱怎么样？它想把某个人怎么样？这是20世纪永恒的秘密之一，不可能是愚钝如我者短时间内就能想明白的。

我试图从政治上来考虑，这对于像我这样一生都效力于文官部门的人而言也是困难的。我怀疑，或许英国广播公司想借机把收视费涨价50%，或许这是制作人的**私人**敲诈，先叫你相信他还**没有**说出去。

汉弗莱在我面前垮掉了，这景象真是惨不忍睹。他瘫坐在一个奇彭代尔式的扶手椅中，探身向前，把头埋在双手之中。"他不知道我是一个穷人吗？"他再次哀号道。

我很奇怪。我想制片人也许没有读到这样的消息：汉弗莱爵士住在黑斯尔米尔，过着一年七万五千英镑的清苦日子。

"我该怎么办？"汉弗莱睁大了眼睛，一脸恐惧，他正面对着毁灭的威胁。

"以后闭上你的嘴。"我建议道。

"我说的是**现在**！"他斥责起来，改为面对着**我**了。

我并不知道他能做些什么，只能等待和祈祷。等着去看对方有什么要求，祈祷对方不要把磁带分发给每一家全国性的报纸。我眼前似乎已经浮现出了可怕的标题文章：《内阁秘书称失业者为寄生虫》，或者《政府没有勇气，汉弗莱爵士如是说》。

我把自己的感觉告诉了他。他目瞪口呆地坐在那里，乞求我不要把此事告诉任何人。

我完全不打算在白厅街上散布它，即使我能靠它一连几个月受邀吃饭。但是汉弗莱所说的任何人似乎包括首相，因此我被迫指出，对首相尽职是我的首要任务。

汉弗莱试图重振权威，他站了起来，紧盯着我："伯纳德，我在命令你。"

"很好，汉弗莱爵士，"我答道，"我将告诉首相，你命令我不要告诉他。"

他搬起石头砸了自己的脚，他认输了，坐下来向后靠着，像是在问天花板应该怎么办。

尽管他似乎并没有打算问我，但是我犹豫了半天，还是告诉他我想出来的唯一建议：他可以向媒体发表一个声明，说明他是同情失业者的。毕竟，他随时有可能加入到他们当中。

[哈克的日记继续下去。——编者]

11月28日

我坐在内阁会议室，独自思考着，这时伯纳德打断了我。

我问他想干什么。

"请允许我打扰您一会儿，首相，既然您看起来没做什么事，我能否和您说两句话。"

我不待见地瞪了他一眼。"事实上，"我简略地答道，"我正忙着呢。我正在考虑怎么向内阁交代窃听的事情。是重复我在下院的观点，还是告诉他们实情？"

伯纳德毫不犹豫地说道："首相，我斗胆建议您，您希望内阁怎么对待您，您就应该怎么对待内阁。"

"你说得对极了，"我告诉伯纳德，"我将重复我在下院的观点。"

我转向桌上的一大堆文件，并且开始去读关于反导导弹的可行替代品的八十页简报。这时我听到了伯纳德的一声咳嗽。他还站在原地，显然是想把肚子里的话一吐为快。

"还有什么事？伯纳德。"

"有个事情，您有必要知道。"

我顿时警觉起来："有必要知道？"

接下来他所说的话我就听不太懂了。为什么伯纳德和汉弗莱在谈到"有必要知道"的事情时，总是变得病态地啰唆，怎么说也说不明白。他们似乎倾向于以一种实际上什么都没说的方式来告诉我事情。

伯纳德·伍利爵士（与编者谈话时）回忆：

我当然不想拐弯抹角地说话，尽管我那时相当激动。我查了一下我的日记，我所说的是，哈克有必要知道，特别是因为汉弗莱爵士曾经特别要求我对于这一特定事情的细节要谨慎。我提醒哈克，他应该知道汉弗莱极为苛求，特别是对于哈克有必要知道的事情，或者汉弗莱认为有必要让哈克知道他认为哈克并不知道的事情。就是说有必要让哈克知道。

我想我已经说得很清楚了。

[哈克当天的日记继续下去。——编者]

我的私人秘书似乎在谈汉弗莱爵士的电台受访一事。"很乏味吗？"

"开始的时候是的,"伯纳德说道,"但是由于他越来越不谨慎,就变得大大地有趣了。"

我几乎不敢相信我的耳朵:"你说汉弗莱?不谨慎,在电台?"

"是啊,他认为采访已经结束了,因此就随便聊了起来,非正式的。但是磁带还在走着。"

我的胸中有一种下沉的感觉,我的心提到了嗓子眼儿:"这种老套的招数他都上当?"

伯纳德点点头。

"凡是麦克风**都**应该看成是开着的。他连这都不懂?"

伯纳德想为他辩解一下:"我想他没有什么广播经验,首相。"

"看起来这下倒是有经验了,"我抱怨道,"你听过这盒磁带吗?"

"听过一个复制的。"

"都说了些什么?"

"他说明天就能把失业率减半,但是政府拿不出勇气来。"

我吓得连火都发不出来了,我只是坐在这里发呆。

伯纳德打算解释一下:"他不知道自己被录音了。"

我的脑海中闪过一连串可怕的场景。如果英国广播公司保存了母带——伯纳德认为他们送给汉弗莱的只是复制品,这就意味着,明天所有的报纸都将刊载这一消息。但是伯纳德似乎根本不担心。他只是评论道,汉弗莱没有担心报纸的事情,至少目前还没有。他更担心的是被敲诈的威胁。

被敲诈的威胁?这倒是一条新闻。

"随着磁带还有一封来信,说寄信人不久会与他联系。他们把磁带寄给了汉弗莱——这就说明他们保留了原始的大卷轴录音带。"

我眼前似乎浮现了一个场景,大量的复制带将散发给所有电台。"伯纳德!"我富有决断地说道,"你必须做点什么!"

"事实上,首相,我已经做了。"

我并不太惊奇。他一直如此镇定,我自然想到他已经在某种程度上控制了此事。

"制作人是我在牛津时的同校。当我打电话给他时,他向我提起了此事。但我根本不记得他了,但是聊起来我们都有共同的朋友,他还清楚地记得我在学生俱乐部的一次演讲——那天晚上,我滔滔雄辩地表达了对现状的支持。显然,他是那种负责录制辩论场面的不那么引人注意的同学。不管怎样,他透露说自己无意公布这份录音。于是我就让他把录音带给我了。"

于是伯纳德从他的书包里取出了一个大卷轴磁带。

"那是母带吗?"伯纳德点点头。"没有其他复制品了?"他再次点点头。"汉弗莱知道你做过此事吗?"伯纳德摇摇头。一个深感满意的微笑慢慢地浮现在我的脸上。他也笑了。

"我要告诉他吗?"伯纳德一脸天真地问道。

"为什么要告诉?"我反问道。

"我想……"伯纳德小心翼翼地说道,"他很想知道结果。"

"我也知道他想知道,"我反驳道,"但是他是否有必要知道呢?"

"啊。"伯纳德答道,他的眼中光芒一闪。他想了一会儿,说道——我此刻能写下来,是因为我后来让他重复了一遍——"您是说**总有人**有必要知道,但是如果您现在知道,那么汉弗莱爵士就没必要知道,而且您有必要知道汉弗莱不知道,他却没必要知道您知道或您知道他没必要知道?"

我盯着伯纳德,惊奇于逻辑教育对他居然毫无用处。"我是没有本事把一句话说得这么令人费解的。"我说道。

伯纳德问我是否想听听磁带的内容。当然,我正急着想听,但是我突然有了一个好主意。"我觉得独乐乐不如众乐乐,你看呢?我想汉弗莱爵士也应该听一听,请他过来好吗?伯纳德。"

都不用再催,他就急忙去打电话了:"请告诉汉弗莱爵士,首相让他立刻过来!"

他挂了电话,愉快地跑出房间去找磁带播放器。他回来以后,一边把磁带从一头倒到另一头,一边提醒我,他可是偷偷告诉我的。这毫无必要——我会为他保密的。

现在他笑得合不拢嘴。我试图板起脸来,做出庄重的表情,我告诉伯纳德也严肃点儿。

"是,首相。"他说道,嘴角咧了两下。

这时传来了敲门声,汉弗莱探头进来:"您在找我,首相?"

"啊,是的。快进来,汉弗莱。电台采访怎么样?"

他说起谎来眼睛都不眨:"挺好,挺好。"

"那就好,那就好,"我和蔼可亲地轻声说道,"你还记得谈了什么吗?"

汉弗莱爵士似乎已经记不清了。"哦,泛泛而谈,"他慢吞吞地说道,"我想我指出了,在政治家和文职人员之间分配责任存在着一些困难。"

"你谈得很谨慎吧?"

他清了清嗓子:"您为什么这么问?"

"是,还是不是?"

稍微有些停顿:"是的。"

"是很谨慎,还是不谨慎。"

"是的。"

他开始质疑我:"您希望我很谨慎,是吗?"

"是的。"我说道。

"那就是了。"他反驳道,巧妙地回避了问题。

"我明白了,"我说道,"那么一切都好。"我目光炯炯地盯着他。

他在椅子中不安地动了动,跷起二郎腿,然后又放开,最后再次清了清嗓子。"首相,您为什么这么问?"他的声音听起来比平时高了不少。

"因为英国广播公司刚给我寄来了一份磁带。"他顿时往后缩了一下。我指给他看了磁带播放器,它就放在门后的桌子上。他刚才进来的时候没有注意到。

他咽了一下口水:"磁带,什么磁带?"

我假装若无其事:"只是一盒关于你的磁带,汉弗莱。我想我们一起听听你的电台采访一定很有趣。"说罢我走向了磁带播放器。

"不,"他站了起来,"不,不要。"

我转过身来,似乎很惊奇。"为什么不?"

"这……这根本没什么意思。"

我嘿嘿笑道:"汉弗莱,你太过自谦了,太甘于自我埋没了。**内阁秘书**对人民谈谈政府会没意思?"

他的眼睛游移不定:"嗯,没什么意思。"

"你的意思是，"我暗示道，"你不**太**谨慎吧？"

他沉默了，他知道我知道了。我知道他知道我知道了。伯纳德也知道我知道他知道我知道了。[哈克与伯纳德在一起也太久了。——编者]我打开了开关。

我必须承认，我完全没有料到汉弗莱真是语不惊人死不休。他说没有人会讲真相，失业率能被减半，还谈到了懒汉、干私活、寄生虫，等等。

我关掉了磁带，一言不发地盯着他。

我从未见过一个人能比眼下这位内阁秘书兼国内文官长更加愁苦不堪。他看着我，看起来甚至无法原谅自己。于是我只是等待着。最终他突然说道："首相，我太抱歉了。我不是有意的，他们没有告诉我。您知道，我们已经结束了访谈并且……"

我做了个手势让他停下来："汉弗莱！这是不负责任！还有别的内容吗？"

"没了。"汉弗莱说道。

"还有。"伯纳德说道。

我说道："我们最好还是听一听。"

"不！"汉弗莱说道。

伯纳德又播放起了磁带。"坦率地说，"汉弗莱快活自得的声音说道，"一个国家准备付多少社会保障金，就会有多少失业者。但是没有一个政治家有勇气解决这个问题。"

磁带停了下来。只剩下一片死寂。我不敢相信，汉弗莱竟然蠢到公开讲这种话，即使**我**知道这是不会被播放的。

"你能说那种话？"我最终问道。

"我……我……这是迈克·亚伍德。"他以一种近乎窒息的声音说道。

"是吗?"我问道。

"不是。"伯纳德说道。

我从桌旁走到窗前。11月下午的天空一片灰暗,似乎就要下雨。"我真的不知道该怎么处理此事,"我沉思道,"看来我得接受一些建议。"

"建议?"汉弗莱嘀咕道。

"是的,"我说道,直击他的痛处,"我想我得把它拿到内阁去放,看看他们有什么反应。"

他似乎就要跪下来了:"噢,请不要。"这是他唯一能说的话。

"或者枢密院。"我建议道。

"噢,求求您。"他乞求道。

"或者女王陛下。"我轻声说道。

"噢,上帝啊!"他哀鸣着,跌坐在椅子中。

我走过去站在他面前:"如果报纸拿到这个消息,你知道会给我带来多大伤害吗?还有政府?"

当然,汉弗莱仍然认为它将要被发表。"我会说我错了,我核实了数字,发现这样说不对。"

"但是这**是**真的。"我发出了嘘声。

"但是我可以说这不是真的,没有人能证实它,从未有人尝试过。"

我装作震惊:"你准备说谎?对公众说谎?"

"是的,首相,我是为了您!"确实是为了我!

他还有其他的主意:"我们可以对媒体发表一个澄清声明。"

我指着磁带说道:"我想你的观点已经相当清楚了。"

"首相,在政界,发表声明并不是为了把事情解释清楚,而是为了把人洗清白。"

"我看即使像你这样的天才这次也无能为力了吧,"我说道,"但是你愿意为了我去说谎,让我很感动。这事我请你以后再兑现。现在我要告诉你一些事情。"接着我把他救出了苦海。"伯纳德,把磁带拿来。汉弗莱,这就是母带,原始的磁带。"

他愣了一会儿来体会这话的含义。"您的意思是……"

"没有其他副本了。"我向他保证,"我们把它从英国广播公司追了回来。"

"怎么要回来的?谁要回来的?"

伯纳德双眼欲裂,给了我一个"请记住您的承诺"的眼神,但是他不必担心。

"情报部门。"我镇定地说道。

伯纳德一下子放松了。

"那么——你的意思是没事儿了。"汉弗莱问道,心中充满了希望,但是竭力压制住喜悦。

我不想让他轻易脱身,因此我还有一笔交易要跟他谈。"是否没事儿要取决于你的想法。"我说道。

"还有人知道吗?"这就是他的想法。但我还是思考了他的问题,而**他**在焦虑不安地等待着。

"我想,"我最终答道,"这取决于我是否选择告诉他们。我的意思是,我可以只是把磁带给你……或者我可以先拿着,考虑一下安全问题和纪律问题。我当然不想卷入一些不体面的说谎行为中去。"

他在等候法庭的判决。于是我漫不经心地提出了我的交易:"哦,汉弗莱,还有一件事。你什么时候出席下院委员会的会议?"

"明天,首相。"

"你还没决定怎么跟他们说吗?关于我授权窃听议员电话一事?"

"哦,是的,是的。我已经……已经……"他试图收拢起有关其他问题的模糊记忆,磁带事件一定已经独占了他的大脑。"这个问题我想了很久,问题很难。"

我问他做了什么决定。对于答案,我一点儿也不感到惊奇。"我决定,首相,为了国家的安全考虑,唯一体面的办法是证实你在下院的观点。"

我提示他:"你会说从没有人窃听过休·哈利法克斯的电话?"

"我会说,我没有证据说……"

我打断了他:"不,汉弗莱,你会说,政府从未授权窃听议员的电话。"

他做了个深呼吸:"我会说,政府从未授权窃听议员的电话。"

我笑了。他却轻声说道:"如果他们发现了真相怎么办?"

我不觉得这有什么问题:"你可以说没人告诉过你,因为你没有必要知道。你同意吗?"

他点点头,我把磁带递给他:"那么这事就算定了?"

"是,首相。"他咕哝道,并把磁带紧紧地按在胸口上。

16. 资助艺术

12月3日

"您是否认为,或许……"伯纳德犹豫着问道,"我的意思是,那样更明智一些?您知道,事后看来,它是错误的?"

"是的,伯纳德。"我说道。

我们正在讨论英国戏剧奖,一个其实不太重要的、为圈内人服务的、让他们自我陶醉的聚会,首相的时间是不应该浪费在这种事情上的。

但是我的新闻官马尔科姆、伯纳德和我已经花了将近一个小时来讨论如何处理我目前所处的困境。

具有讽刺意味的是,我其实是不必出席颁奖晚宴的,但是马尔科姆推荐我去!当然,他现在否认了这一点。"恕我直言,首相,我并没有推荐您去。我只是说,英国戏剧奖会被电视台现场直播,而作为贵宾,您会在欢快、祥和、有趣的气氛中给一千二百万观众留下深刻印象,也会和人们喜闻乐见的演员们搭上边儿。"

"你认为这不是推荐吗?"我感到极为怀疑,"就凭你这种描述方式,在民意测验中能打十分。"

马尔科姆遗憾地点点头。但是伯纳德困惑起来:"和演员们搭上边儿总不太好吧?我的意思是,他们是靠装模作样混饭吃的,如果您跟他们搞到一起,人们可能会意识到……"

他的话突然停了下来。"**意识**到什么?"我盯着他,看他敢不敢继续说下去。"继续说,伯纳德。"我带着威胁让他接着说。

他犹豫了:"哦,我的意思是说,不是真的**意识**到……可能怀疑,可能认为您是……我的意思是,他们不认为您是在**应酬**,显然不会,我的意思是,他们可能认为您是在**演戏**……嗯,您想对马尔科姆说什么?"他绝望地结束了这番话。

除了象牙塔里伯纳德那样的文职人员,这对任何人来讲都构不成问题。马尔科姆向我保证说,出席这个场合是不会引起争议的,演员们通常对政治家都很友善,因为他们是靠彼此恭维过活的。其中一些人越是渴望被恭维,就越会拼命地恭维他人。

但是没有人把问题考虑周到。我充满责难地敲打着面前的档案,问道:"这是怎么回事?"

马尔科姆一脸尴尬:"抱歉,首相,我们收到邀请时还不知道有这回事。"

我所有能说的是:他早就**应该**知道,他早就应该注意到此事,这是他的本职工作。"你明知道政府被批评对艺术十分吝啬吧?"

他耸耸肩:"所有的政府都被批评对艺术十分吝啬。"

伯纳德迫不及待地表示同意:"这是艺术记者讨好演员和导演

的标准做法。这是他们在发表恶评之后,想要重修旧好的办法。"

"但是你明知道——或者应该知道——目前的形势如何。"我坚持道。

马尔科姆拒不认错:"不,首相,我们不知道艺术委员会的资助只提高了这么一点点。我们怎么可能知道呢?这是昨天才决定的。"

他说得对。尽管我不承认,但这是我的错误——是我坚持要为出席晚宴一事保密的。我**再次**弄巧成拙。昨天的新闻披露,对国家剧院的资助并没有实质性的增长。而且一个可怕的巧合是,国家剧院的副总导演正是颁奖晚宴的主席,他对我的介绍发言将不可避免地充满冷嘲热讽,说我吝啬小气,是十号里的大老粗。这可是一千二百万人面前的电视直播啊。

"我演讲时会怎么样呢?"我不抱希望地问道。听众会充满了敌意,甚至有人喝倒彩。

"总会有很多喝的。"马尔科姆说道。我震惊了,他是认真的吗?"但是我们不必付账。"他继续保证道。我突然意识到他说的是喝酒,不是喝倒彩。

"喝倒彩!"我大声解释道,并把"彩"字拖得老长。

伯纳德很惊奇。"演员们也能喝倒彩吗?"他睁大眼睛问道,"我以为只有观众才会这么做呢。"

"这些观众全都是演员,"我提醒他,"他们一年也就能喝倒彩这一回,他们想要把一年所被喝的倒彩喝回去。"

伯纳德提了一个建议:"您为什么不找艺术大臣,请他提高资助额度呢?嗯,更好的办法是,让他替您参加晚宴。这样他们就会责怪他,这是他自找的,不是吗?"

表面看来这是个好主意,但仔细一想,我意识到这样不行:"他会迁怒财政部的。"

"您可以找财政部谈谈。"伯纳德回应道。

"我一直在跟他们谈。问题就出在这里,六个星期以来,我一直让他们削减支出。"

"但是派艺术大臣去仍是个好主意。"伯纳德坚持道。

"好吗?"反正我不信,"你没有想到过这样的标题文章吗?《吉姆怯场》《首相逃避批评》。"

"如果您有一场重要的危机要处理,他们就不会这样说了。"

我转向马尔科姆:"最近有什么重要的危机吗,马尔科姆?"

他悲哀地摇摇头:"真的没有,首相。"

不可思议,没有危机竟然成了我们的坏消息!我绞尽脑汁,但也想不出来一个。"有什么远期的危机可以让我们激化一下吗?"马尔科姆和伯纳德绝望地摇了摇头。

我想从正面来解决这个问题:"哪类危机能作为缺席的正当理由呢?"

伯纳德可以想出一堆来:"英镑跳水、南太平洋爆发小规模战争、核电站失火……"

我打断了他。"伯纳德,"我和蔼地解释道,"我认为这些危机不利于提升我的形象。"

"不,但这些是您缺席的正当理由。"他说道,完全忘记了他的核心目的——如果不是提升我的形象,至少也要阻止它进一步恶化。

伯纳德突然来了灵感:"我知道了,内阁同事去世怎么样?"

此事确实可行!"谁去世了?"我问道,竭力抑制住心中的希望。

"没人去世。"伯纳德愉快地说道,对解决了他眼中的学术难题感到十分高兴。"但是这样既能使您缺席又不损害您的形象,是不是?"

马尔科姆表示同意:"他说得对。但是这种事很难发生在我们需要的那天,至少靠凑巧是不行的。"他带着威胁的口吻补充道。

他是在暗示吗?我真诚地希望不是。我明白自己别无选择,在这种仓促的通知下别无选择。"我不得不去,"我决定,"我将咬着上嘴唇①,笑着面对。"

伯纳德说道:"事实上,您咬着上嘴唇的话就笑不出来了,因为……"他做了示范,"您看,上嘴唇被咬住了,就没法水平伸展了……"

我真想揍他一顿,但是铃声救了他,是电话铃在响。汉弗莱就在外面,急于和我讨论内阁议程。

我欢迎他进来:"啊,汉弗莱,不要管议程,我需要帮助。"

"您确实需要!"我立即瞪大眼睛盯着他。"您需要吗?"我并不确信他是否在问我。

"我得进行一次演讲,"我开始讲起来,"但是我认为这会使我很尴尬。"

"噢,首相,您的演讲不像以前那样令人尴尬了。事实上……"

这些文官真是好为人师得可怕。"不,汉弗莱,我并非在说演讲本身令人尴尬,我是说演讲的场合令人尴尬。"

---

① 英语习语的 keep a stiff upper lip 的本意为咬着上嘴唇,引申义为坚定不移。——译者

"真的吗？为什么？"

我尽可能不带偏见地做了解释：这次演讲将要面对的是一大群充满敌意、孤芳自赏、装腔作势、自以为是的做戏酒鬼。

"您指的是议会下院？"

我简单明了地解释说，我指的是在多尔切斯特大酒店举行的英国戏剧奖颁奖晚宴。作为荣誉嘉宾如果不受尊重就毫无荣誉可言。

汉弗莱立刻明白了："您的意思是，艺术委员会的资助增幅太少？那么，要想对国家剧院的副总导演施压恐怕很难。这件事我深有体会，我是该剧院理事会的成员。"

我没有想到这层关系。于是我问他我能做些什么："我怎样做才能使戏剧界人士觉得我真的是他们中的一员？"

"真的吗？"汉弗莱尖酸地嘀咕道，"您不会是想，让他们认为您也是一个孤芳自赏、装腔作势、自以为是的做戏酒鬼吧？"

"他们很难不这样认为。"伯纳德说道。我猜他是在暗指我的戏剧天赋。毕竟，伟大的政治家必须是伟大的演员。[哈克再次回避了一个重要的问题。——编者] 不管怎样，节目将会电视直播，我可不能冒险去出席一个充满敌意的场合。

汉弗莱确信这是不可避免的："恕我直言，首相，如果您想深入虎穴，您不能一上来就把虎食给抢了。"

"那你有什么建议？"

"多给他们点食物，增加艺术委员会的资助。增加两百万左右，情况就会大为改善了。"

"两百万？这顿食物真够奢侈的啊。"

汉弗莱笑道："嗯，这可是豪华大酒店多尔切斯特啊。"

这很难算是一个不偏不倚的建议。作为那个惹事机构［国家剧院,不是多尔切斯特大酒店——编者]的理事之一,他是一个既得利益者。这里面有利害冲突!嗯,他倒想去支持那个该死的地方,但是我又不欠他们什么。他们不断上演一些攻击我的戏剧。他们把《错误的喜剧》①的背景设置在唐宁街十号。我还提醒他,他们演出了一个现代服饰版的《理查二世》②,把他刻画成一个虚荣愚蠢、最终因无能而被赶下台的国君。"你别否认,汉弗莱!我知道他们影射的是谁。"

"我只是想说,首相,这总比把《麦克白》③的背景设置在十号要好。"

这根本不能算是理由。"真相是,他们痛恨我的存在。他们演了一整出戏剧来攻击我们的核政策,"我提醒他,"是一出闹剧。"

"您说核政策?"

"我说的是**戏剧**,汉弗莱!"他其实很明白我的意思。我问他,这帮人为什么这么做?另外他为什么漠不关心?

"这样做颇有好处。"

"有好处?"我感到莫名其妙。

"事实上,几乎没有人看政治戏。"他坐回到椅子中,优雅地跷起了腿,"去的人一半看不懂,看得懂的人里又有一半人是不赞同的,剩下的那些横竖都是反对政府的。同时,这样可以让人们发泄一下情绪,您又显得像个民主的政治家,还很有幽默

---

① The Comedy of Errors,莎士比亚的喜剧作品,讲的是主仆两对孪生兄弟闹笑话的故事。——译者
② Richard II,莎士比亚的历史剧作品,总结了理查二世丧国失身的历史教训。——译者
③ Macbeth,莎士比亚的悲剧作品,剧中麦克白是一个弑王篡位的暴君。——译者

感——资助你的批评者。"

我还是看不出这是有说服力的理由:"如果他们想要批评我,他们应该腰杆硬气些,去靠票房挣钱。"

汉弗莱不明白这里面的逻辑。"首相,他们总是挣不够钱,批评政府的戏剧向来堪称第二无聊。"

我很好奇:"第一无聊的是哪类戏?"

"赞扬政府的戏。"

我本人还以为这类戏最有意思呢。我还是不明白,为什么这些戏侮辱了我,还要让我掏钱?但是汉弗莱解释说,艺术家们总是这样。"一点也不自重,不是吗?他们一面跪着追随政府,一面却挥舞着拳头。"

"还用那只乞讨的碗来敲我的脑袋。"

"嗯,首相,"伯纳德说道,"如果他们跪着,就不可能敲到您的头,除非您也跪着,或者他们是长臂猿。"

我耐心地忍受着这些迂腐的唠叨,这是我为伯纳德做事的高效而不得不付出的代价。不幸的是,这种纠缠于细节的癖好使他既令人恼火,又让人离不开。我等他把话说完了,然后转向马尔科姆。

"是不是真的没人赞成我给艺术投钱?"

"是的,但是,如果您取消了这笔钱,将会带来可怕的媒体反响。"

他说得对,但是这不公平。

汉弗莱又开始为他的既得利益说项:"也并非真的不公平,首相。艺术大厅里坐的都是受过教育的中产阶级,这是他们享用他们缴纳的所得税的为数不多的途径之一。抵押贷款免税、子女大学教育资助、一次性退休金……再就是戏剧、歌剧和音乐会的由政府补贴的便宜门票。"

我责备汉弗莱:"汉弗莱,你离题太远了。"

"啊,"他严肃地答道,"主题是什么?"

不幸的是,我也忘记了。伯纳德不得不提醒我:"如何阻止国家剧院的副总导演在周日的介绍发言中批评您。"

"说对了。"我转向汉弗莱,着重说道。"既然你认识他,我建议你赶紧找他谈一谈。你可以指出,他在漫漫岁月中所期望得到的骑士身份,首相正在考虑之中。"

汉弗莱对这个计划不感兴趣:"坦率地说,首相,他告诉我,他一点也不在乎骑士身份。"

汉弗莱真傻。在骑士勋章挂在他们胸上之前,每个人都这么说。

[汉弗莱·阿普尔比爵士真的与国家剧院的西蒙·芒克共进了午餐,他们是在剧院前厅的内部餐厅里碰面的。因为餐厅中就他们一桌在吃饭,因此能保证他们的会面非常谨慎,无人旁听。西蒙·芒克的畅销自传《大吵大闹》中提到了这次午餐。——编者]

我们在剧院餐厅碰了面。汉弗莱爵士此前曾经打电话给我,想找一个不会被邻桌人无意中偷听的地方。很自然地,我建议选在剧院的餐厅,在那里,邻桌根本就不会有人。

汉弗莱爵士告诉我,首相又得了妄想症,是关于那些攻击他的戏剧。我请汉弗莱告诉哈克,没有人写支持他的戏,但是汉弗莱觉得这不一定有用。

哈克在执政,因此他就成为可以被攻击的对象。在我看来,带有敌意的戏剧只不过是他必须忍受的折磨(cross)之一。值得赞扬的是，汉弗莱对此也并不在意。"他能忍受任何叉子（cross），"他狡黠地笑着说，"只要它们出现在选票的正确位置上。"

事实上，我对哈克的事情从不上心，当然他也很少替我着想。我想知道的是那年艺术委员会的资助数额有多少。艺术委员会需要这笔已经申请增加的三千万资助。

但是汉弗莱却故弄玄虚："亲爱的西蒙，我不能预先透露数字，尤其不能向国家剧院的导演们透露。"

我并不希望他公开透露，尤其不希望他说那么多话。于是我拿起了桌子上的一盘意大利面包棍递给他。"请拿一些吧。"我提议道。

汉弗莱谨慎地拿起三根面包棍递给我。①

我十分惊骇："只有**三个**？"

我不敢置信！但是汉弗莱沮丧地点点头："恐怕饮食调整了，三个就是极限了。"

"那是毛面包棍，还是净面包棍？"

"净面包棍。"

我不得不问下一个问题，尽管我很怕听到答案："那么国家剧院能分到多少？"

汉弗莱严肃地从其中一个面包棍上掰下四分之一递给我。

只有四分之一？这简直是天灾啊，他们能指望我们用四分之一去干什么呢？［应该指出，这里的四分之一指的是增

---

① 英语三千万的表示法是三十个百万，故此处及下文的每个面包棍代表的是一个百万。——译者

加额，不是总数。——编者〕

汉弗莱看起来一脸无辜："我不知道你的数字从何而来。"他就喜欢玩这种小把戏。

我请他帮帮忙。问题很严重——真的很严重！二十五万美元不仅比我们告诉**媒体**的度过灾难的最小数字要小，甚至比**真正**所需的度过灾难的最小数字还要小。

汉弗莱说，他没法再帮忙了。他解释说，即使他是剧院的董事，但是他首先要效忠于政府和首相。最后证实这又是一个小花招，因为他接着说道："让我把话明说吧，我在这里是代表首相利益的，现在有些事情使他非常困窘，我必须替他劝您不要再这样做了。"

我拿出了笔记本，事情有了希望。"好的，"我说道，"什么事情？"

他笑了："嗯，你将会在颁奖晚宴上的发言中介绍首相是吧？如果能事先把稿子给十号过目一下会比较有礼貌。"

"征求他们同意？"我很惊奇。

"我们不如说……征求信息。"我听出了眉目。"首相极度担心，您的发言不应该提到资助的增幅少得可怜，也不能提到如下一些词语：**吝啬、庸俗、愚昧、小气鬼、煞风景……**"汉弗莱说得很快，我尽可能地记了下来。"他还希望你不要提到其他国家在艺术上花了多少钱。"

我问他是哪些数字，他立即拿出一张纸来："都在这里，你千万不要无意中提到它们。"

"我肯定不会**无意**中提到它们的。"我保证道。

"其中最重要的是，"汉弗莱爵士总结道，"首相绝不希望你把剧院所需增加的钱款与政府去年在某些项目上的花费做比较。"

他说得真是模糊。我请他明示到底不能和哪些花费做比较。

"嗯，假设你需要的数目是四百万。你明白，这纯粹是个例子。首相真诚地希望你不要向大家提起：政府为已经决定弃用的战斗机配置了价值五百万的雷达设备，或者能源部已经积存了可用一千年的档案标签，而另外一个部门已经积存了一百万罐清洁剂。更不要提花费十亿英镑的迟迟不能服役的猎迷预警机[①]。"

"我们还能做什么事情？"我一边飞快地写着，一边问道。

"这些是你不能做的事情，"他假惺惺地提醒我，"你**能**做的事情是……或许可以为首相安排一个奖项？并且事先让他知道。"

这个要求有点高。给哈克一个奖？什么奖呢？我唯一能想到的头衔是"年度最佳市侩奖"。我指出他甚至从不去剧院。

使我惊讶的是，汉弗莱爵士为他辩护起来。他真的不能去，他担心会给漫画家和专栏作家带来太多的谈资。他不能去看《国家的一个月》，怕会带来关于大选的谣言；他不能去看《对手》，因为有太多内阁成员觊觎他的职位；他不能去看《学校丑闻》，因为担心会让选民想起教育大臣被发现

---

① Nimrod，英国国防部1973年决定生产猎迷预警机，1980年首次试飞，但迟迟达不到服役要求，1986年12月改为订购美国 E-3 预警机。——译者

与小学女校长上床的事情。①

我几乎为哈克感到难过。

"至于您所导演的易卜生作品《人民公敌》……"不用他说完,我已经明白了。"因此如果你能给他一个好听的荣誉奖项,将有利于改善他的形象,满足他的自负心理……"

汉弗莱究竟打的什么主意?"年度最佳演员"?就为他掩盖一个又一个后台灾难的完美表演?我把这个建议说了出来。

"非常滑稽,"汉弗莱咯咯笑道,"不,我想'年度最佳滑稽表演奖'也许更合适。"

我的主意更胜一筹——"年度最佳悲剧表演奖"!

"两项都是!"汉弗莱说道。我们乐得东倒西歪。

[哈克的日记继续下去。——编者]

12月4日

今天我和艺术大臣尼克·埃弗里特见了面。

"吉姆,"他说道,"我想,当他们发现资助的增幅如此之少时会有大麻烦的。"

"我们必须硬着头皮干下去,"我说道,"你行吗?"

他看起来不太乐意,两眼不安地从宽大的长方形镜片向外张望。作为年轻而真诚的格莱德堡歌剧院的常客,他可不想被人看

---

① 第一个戏剧是屠格涅夫所写,后两个则是谢里丹的作品。这里均为表面联想,与戏剧的真实内容无关。译名根据本书语境略作调整,如第一个原译《村居一月》。——译者

成市侩。"我真是觉得我们必须努力多给一点。"

我告诉他，我们很早就通过了这项决定。他摇摇头："我们还没有真正把就业理由提交讨论呢。"

我叹了口气，不管这些演员多么有名，多么有影响，他们的就业问题绝不可能左右我们的财政方针。我告诉尼克，他们将不得不在剧院外边找活儿干。

"这不行。演员怎么可能在剧院外边找到活儿干呢，很多演员在剧院内部都找不到活儿。"

他这话可是大错特错了。安妮告诉我，她所遇到的小型出租车司机有一半是失业的演员。

尼克对此有不同的解释："大多数微型出租车司机都会**说**他们是失业的演员，因为这比说自己是'月夜守夜人'光彩得多。"

伯纳德看着我，举起了一根食指示意，显然，他觉得自己有必要发表一个很有见地的意见："嗯，守夜人并不一定是月夜的，他也可能是雨夜的。"

尼克又重复起了已经被财政部拒绝的理由。"剧院能招徕游客。"他激动地说道。

"是的，"我保持着冷酷，"那么应该找英国旅游局来资助。"

"但是，他们不同意，"他抱怨道，"这就是问题所在，他们说他们有更好的办法招徕游客。"

"因此，"我总结道，"你想让我们资助一个吸引游客的糟糕办法。"他试图打断我。"不，尼克，反正我们在艺术上已经浪费了太多的钱。"

他退缩了，接着试图弹起艺术多么富有教育意义的老调来。或许是这样吧，但是我为什么要把公家的钱给那些人用来攻击我呢？这样做显然毫无教育意义。

"不管怎样，我们必须花掉这些钱，"尼克在耍他最后一招，"这笔钱暗中也保护了那些古建筑。"

我不明白他在说什么。"所有这些剧院、画廊、博物馆和歌剧院都列入了建筑保护名单，"他请求道，"反正我们都要维护它们。它们在其他方面也没有用处，因此我们给它们装上中央空调系统，任命保管员，列入资助名单，这样就好像是我们在资助艺术事业了。"

说对了一半，但是没有说服力。我有一个简单的办法：干脆把它们卖了。

12月5日

艺术委员会的危机正在转化为一个该死的麻烦。今天我们在唐宁街十号开了一个有酒有自助餐的招待会。来了两百多位客人，其中很多是戏剧界人士——我们经常这样做以博得媒体的好评，但是今天晚上的招待会是几周前就定下来的，早知道形势如此，我们应该邀请一批更为尊贵的客人，比如说后座议员，他们从不在公众场合与我争论，顶多是无伤大雅地喝醉酒。他们把这里变成了安妮酒吧。[下院的众多酒吧之一。——编者]

事实上，我经常觉得，我们得让议员们进行酒精测试——不是在他们驾车时，而是在他们立法时。我猜晚7点以后，有多于一半的议员都超过了合法的酒精限制。请想想吧，他们被削弱的判断力和差劲的反应会对国家造成永久的伤害啊。①

---

① 英国议会是经常在晚上进行投票表决的。——译者

不管怎样,我们今晚必须面对一群醉酒的戏剧界人士了。而更糟的是,还要面对清醒的戏剧界人士。安妮没有意识到潜在的危险,她祝贺我费心招待了这些"可爱的戏剧界人士",尽管他们并不重要。

我解释说,他们非常重要。并非因为他们手里有选票——总共也没几张,而是因为他们很有影响力。

安妮不明白他们多有影响力。

"安妮,"我耐心地解释道,"媒体热衷于报道娱乐界的人士。一旦你在《伦敦东区人》[1]中演过一个只喝了两品脱酒的人,媒体就会要求你对一切发表意见:英国的学校、公共医疗、法律和秩序……一直到欧洲货币体系。他们比我那些内阁成员的曝光率还高。"

当然,这样做并无意义。但是主编们总希望有人读他们的报纸,因此如果任何文章的开头配上一幅丹恩·沃茨[《伦敦东区人》中的角色——编者]的照片,就会有很多人读;但是如果文章配上工贸部大臣的照片,就很难想象还会有谁去看。

安妮说道:"这么说所有的演员在十号喝上两杯之后就都成为你的支持者了?"

"有些是的。"我告诉她,"但是这样做还不够。这就是我们每年授出几个巴斯爵士或者骑士身份的原因。让他们怀有希望,他们下次就不会在特里·沃根的节目[20世纪80年代英国著名的电视访谈节目——编者]中批评政府。"

---

[1] *East Enders*,20世纪后期英国著名的电视肥皂剧。——译者

[西蒙·芒克有幸成为这次酒会的宾客,他在自传《大吵大闹》中记录了他与汉弗莱爵士的谈话。汉弗莱焦急地等在十号内大旋转楼梯的顶部,盼望着芒克的到来。——编者]

汉弗莱爵士把我拉到一边,走到主会客大厅外边的有护壁板的走廊里。他避开旁边的一些人,在我耳边轻声说起话来。他要求我在那个晚上和哈克谈谈。事实上,他向我暗示,我几周之前被邀请参加这个酒会的目的就在于此。宣布资助额的日子几个月前就定下来了。

"但是等数字公布了再谈不好吗?"我问道,那晚我并没准备好和哈克交锋。

汉弗莱爵士很惊讶:"为什么?"

"如果我事前游说他,他可能什么也不说,不是吗?"

汉弗莱解释道:"他当然不会说什么。你不需要他说什么,你需要的是他**做**什么。"

我开始争辩,但是接着我意识到我从国内最富有政治经验的行家那里得到了免费的建议。"如果你等待的话,"他对我耳语道,"数字将会被宣布,每个人都得为此负责。他们会为了面子而不得不坚持到底。如果你想改变政府的决定,你必须在人们知道决定已做出之前下手。"

这条原则很重要。"但是,"我问道,"实行起来是否很困难呢?"

"是的,"汉弗莱答道,"那就是文官部门所做的事情。"

"去改变政府的决定?"我意识到我对此一窍不通。

"是的,"他微笑道,"嗯,只改变那些不好的决定。当然,政府的大多数决定都是不好的。"

我问汉弗莱要求我做什么。相当简单,他让我帮忙去向哈克强调:资助的增幅太少会让他难堪的……在周日的颁奖晚宴上便见分晓。

伯纳德·伍利爵士(与编者谈话时)回忆:

每个人都在激烈地进行着政治活动。汉弗莱把西蒙·芒克拉到了一个角落,而一群演员把首相拉到了另一个角落,哈克竭力使这群演员相信他是一个戏剧爱好者,但是恐怕收效不大。

"您真的相信英国戏剧吗?首相。"一位深表怀疑的年轻女演员问道。她染发后新生的发根露了出来,她的立场也暴露出来。①

"当然,绝对相信。"

"为什么?"

哈克的大意是"呃,哦,它是,哦,它是英国的最伟大的荣耀之一"。

"您的意思是指莎士比亚?"一位安详的老演员说道,这显然对哈克颇有帮助。

"是的,"哈克感激地说道,"绝对如此,莎士比亚。"

"**还有谁呢?**"这位老演员询问道,他的嗓音圆润,我曾经在皇家莎士比亚剧团见过他,我记不得他叫什么了,但是我很喜欢他。

"还有谁呢?"哈克重复道。他拼命地拖延着,以便给

---

① 这句话的原文是 Whose roots were showing, metaphorically and literally。——译者

自己时间来思考。"嗯,除了莎士比亚,还有,嗯,谢里丹、王尔德、萧伯纳。他们都是伟大的英格兰戏剧家。"

"他们都是爱尔兰人。"那位年轻女士咄咄逼人地说道。

哈克打算用微笑来迷惑她,但是徒劳无功。"是的,我知道这一点,但是,爱尔兰、英格兰现在都是一家人,不是吗?"

"萧伯纳死于1950年。"人群边缘一个瘦瘦的年轻男士说道,他端详着墙上庚斯博罗的油画,显然是非常痴迷,甚至都没有回头看首相一眼。

"哦,对此我感到很难过。"哈克不太恰当地答道。

一个带着迷人微笑的中年女演员问哈克是否经常去剧院,她的嗓音低沉而沙哑,显然是三十年烟酒生涯的结果。

哈克闪烁其词:"嗯,当然,我很想去,但是你明白我的工作有多忙。"

嗓音圆润的老演员再次开口了,他引用了首相刚才的话:"如果它是英格兰最伟大的荣耀之一,您不认为作为首相应该去吗?"

首相的回答有点失策。"哦,是的,"他说道,"但是艺术大臣经常去。说真的,这是他的工作。"

"为什么?"老演员问道。

"嗯,首相不可能所有的事情都亲力亲为,他必须把工作分配下去。"

嗓音沙哑的女演员似乎有点挑衅:"去剧院是工作吗?"

"是的,不,"哈克有点拿不定主意,"但是我不想侵犯另一位大臣的职权范围。"

"您的意思是,"充满怀疑的女演员笑着问道,"要生病还得先征求卫生大臣的同意?"

"确实如此。"接着他意识到这样回答不妥。"倒也**不是**。"他补充道,妄图澄清自己的观点。

人群边缘的瘦男士转过身来问首相,当他是反对党的时候是否常去剧院。哈克开始解释说,即使那时他也不常去。

"那么说,当您说您相信戏剧的时候,"这个男人接着问道,"就像相信上帝一样,您的意思是您只相信它的存在。"

哈克急忙予以否认。但是我想他还是承认事实更明智一些,因为他谁也骗不了。

"您最近看过的是哪一出戏?"年轻女演员一脸轻蔑地问道。这些人根本就不懂得尊重人,你知道。

"你说**看**啊?"首相重复道,似乎他整天坐在家里**读**剧本一样。"上一出?"他又紧张地重复着,以便争取时间。"啊,是了,大概是《哈姆雷特》。"

"谁的?"嗓音圆润的老演员问道。

"莎士比亚。"首相自信地答道。

"不,是问您谁演的哈姆雷特,"人群边缘的瘦男士问道,"是亨利·欧文[①]?"

"是的,"哈克答道,"我想这大概就是他的名字。"

这帮演员面面相觑,不能理解首相怎么会既不知道也不在乎在他们文艺殿堂里发生的事情。

---

① Henry Irving,生于1838年,卒于1905年,是英国第一位被授予骑士爵位的演员。——译者

我看见汉弗莱爵士离开了西蒙·芒克,所以我就离开了哈克和演员们,拉着内阁秘书到一边说话。

我解释说,首相这会儿很不自在。

"他就不该自在,"汉弗莱反驳道,"十号里举办酒会绝对是个让人发怵的活儿。"

"但是人们正在向他发问。"我说道。

"他会习惯的。"

"但是这些问题没有事先提交给我们,我们也就无从为他准备材料。"

"他的话并没有被记录下来,这有什么要紧的。"

我解释说,晚宴上的人都认为他是一个市侩。

"老天有眼!"汉弗莱说道。

我要他别开玩笑。我强调说,我觉得应该去救救他。汉弗莱说他自会处理。

当我们走进被戏剧界人士包围的哈克时,我们经过了安妮的身边。她正与一位衣饰整洁的小个子音乐家聊天,他最近被伦敦五大交响乐团之一聘任为首席客座指挥。安妮可能喝得太多了。

"我对高保真(high-fidelity)也很感兴趣,"她说道,"我的丈夫就是一位高度忠诚(high-fidelity)的丈夫。"

"那很好。"指挥家说道,他以说反话而闻名。

"就某件事而言,"她不怀好意地嬉笑着说,"高忠诚,低频率。"

这位指挥家显然觉得哈克夫人很有魅力,但似乎不知该怎么回答:"您的意思是,类似于邦和奥卢夫森(Bang and

Olufsen）①。"

"嗯，不管怎么样，奥卢夫森。"哈克夫人说道。

[哈克当天的日记继续下去。——编者]

我和演员朋友们相处融洽。诚实地说，我对戏剧真的不懂什么，但是我确信他们并没注意到，他们都是以自我为中心的人。

他们都知道对艺术委员会的资助随时会宣布，当然，他们逼得我很紧，但我已经习惯于被既得利益者施压了。我提醒他们，还有很多开支在召唤国库里的钱，其中有些人认为自己可能**更加**重要。

当然，这是自私的施压者的一个基本原则，明明正在为自己谋求经济上的利益，却说得好像更在乎公众利益。教授们提出要涨工资，说是对教育更好。即使他们在罢课，其组织者也会说，这是为了那些被他们遣散回家的孩子着想。如果我们相信的话，那么矿工罢工是为了老人能用上更便宜的煤，医疗机构的工作人员——从医生到看门的——关闭医院是为了在此期间得不到任何治疗的可怜的患者们好。

这些供人开心的娱乐界人士需要几千位陌生者的喜爱和掌声，他们上演戏剧是因为粉墨登场让他们自我感觉良好。因此很明显，他们也假借公共利益——通常是富有教育意义——的名义，提起资助要求来了。

因此我在反驳中指出，在真正的教育目标上，我们迫切需要更多的钱。我相信这么一来，他们就不会说我没有按照事情的轻

---

① 这是一个创立于 1925 年的丹麦音响品牌。bang 有性交的意思，故有安妮接下来的回答。——译者

重缓急来安排资助了。更不用说医院、人造肾……

"但是坦克和火箭,"一位女演员说道,"是您花钱最多的地方。"

"还有氢弹。"另一个人插嘴道。

"说得不错,但是我们不能用表演《亨利五世》来抵御苏联人的进攻啊。"我说了这话后,他们都被逗笑了。

这时汉弗莱来到了我身边。我离开这群人时,竟然感到有些轻松。

"这不是一场酒会,而是一场围攻。"我充满苦涩地抱怨道。

汉弗莱只是说,人们都非常关心艺术。他说错了,**这些人**当然非常关心——但是老百姓却不在乎。如果他们在乎,他们就会把钱花在艺术上。"政府的钱为什么要花在少数人的乐趣上呢?"我问他。

"没有人称之为乐趣。"汉弗莱惊讶地说道,他在内心是一个加尔文宗[①]的教徒。"关键在于我们有支持艺术的传统,绘画几乎没有人欣赏,音乐几乎没有人聆听,戏剧几乎没有人观看,我们不能因为没有人感兴趣,就让它们消亡。"

我很好奇:"为什么不能?"

"就像英国国教一样,首相,人们并不去教堂,但是教会的存在会让人们觉得踏实。艺术也是同样的道理,只要它们存在,你就能感觉自己生活在一个文明的国度里。"

这话并没有错,但是他既不懂政治,也不现实。"艺术上没有选票,"我提醒他,"因此也就没有人**感兴趣**。"

他拒不接受我的观点:"没有人对社会科学研究委员会感兴

[①] 加尔文宗认为拼命工作的目的并不是享乐,而是为了荣耀上帝。——译者

趣,也没人对牛奶经销管理协会、牙病防治顾问委员会或者海洋倾倒垃圾代表小组感兴趣,但是政府还是出钱支持它们。"

"难道它们没做很多好事吗?"我问道。

"当然没做,它们几乎不做任何事情。"

"那么,"我提议道,"让我们取缔它们吧。"

汉弗莱现在有些恐慌,这并不是他对谈话所期望的转折。"不,不,首相,它们是一种象征,您资助它们不是为了让它们做事,而是为了展示您支持它们。政府的大多数支出都是象征性的,艺术委员会便是其中之一。"

我告诉他这样不好,我意已决。他马上建议我和国家剧院的副总导演谈一谈,他碰巧也被邀请参加这次酒会。我可不想再遭受一通猛烈攻击,但是汉弗莱告诉我,他正试图说服这位西蒙·芒克在颁奖晚宴上进行得体的发言。

"你真是太好了,汉弗莱。"我充满感激地说道。

"没关系,但是您来说服他也许会比我更有效。"这么说,汉弗莱根本就没有完成说服工作。

唉,我还没有来得及理清思路,这位戏剧奇才已经站在我面前了。事实上,他彬彬有礼,而且有点局促不安,就像我经常在报纸上看到的一样,稀疏的头发,没有胡子,几乎就像一位政客一样。

我也有点紧张。"在颁奖晚宴上将由您来介绍我是吧?"我开了腔。

"是的。"他答道,随即沉默起来。我们都很不安地勉强微笑着,这种状况似乎要一直保持下去。很显然,如果我不说话,谈话也许就要结束了。

"您会说些什么呢?"

"我想这都得看情况而定。"

"看……呃……看什么?"

"看资助的多少。"

问题正如我曾被警告的一样。此外,我知道他还不清楚具体的资助额。[首相不知道西蒙和汉弗莱在国家剧院餐厅里关于面包棍的那场谈话。——编者]因此我告诉他,资助额仍在讨论之中。

"当然,"他表示同意,"但是如果最终证实资助是慷慨的,我会说政府把钱花在了刀刃上,懂得弘扬传统文化,做事高瞻远瞩。"

我向他暗示,即使我无法说服艺术大臣被迫出资,他也应该这么说。但是他指出,这样一来就很难了。

"你真的想把晚宴变成一个政治色彩浓郁的场合?"我不赞成地说道。

"我本人并不想,当然不想。但是我要对这一行业负责,"——他真是能说!——"要对艺术负责,"他继续说道,"我的同事们希望我能说出他们的心里话。"

我试图使他理解,内地城镇、学校、医院、人造肾都要花钱。他表示明白我的苦衷,并提出要用拿政府开玩笑的话来帮我解决此事。

这真是一个严峻的消息,幽默的攻击是最难以还击的。我不能忍受的是,让自己看起来不够大度或者缺乏幽默感——英国人民最不能原谅这一点。

[第二天早上,首相收到了西蒙·芒克的来信。这封信被汉弗莱爵士保存在内阁办公室的档案中,我们将之复制如下,其中包含着严重的威胁。——编者]

亲爱的哈克先生：

兹附上我一部分发言的草稿，谨供您消遣。您也一定认为，这样会以一种轻松的方式使电视直播变得大受欢迎吧？当然，我希望自己不必这么说，因为我不想使您难堪，但是我希望您理解，如果资助得不到实质性的增长，国家剧院会关门大吉——将有一个巨大空旷的建筑矗立在泰晤士河的南岸，一边腐朽，一边见证这个国家的愚昧粗俗。

您真诚的

西蒙·芒克

12月6日

奥利维尔剧院

利特尔顿剧院

科泰斯洛剧院[①]

女士们，先生们，我想你们今晚将会因政府**别出心裁**的花钱方式而感到好笑。

但是，政府对艺术花不起这笔钱。

你们知道伦敦有一个自治区一年花费一百万英镑来建造家庭旅馆，而他们的区政委员会却有四千栋空房吗？

你们知道另一个区政委员会每周花费一百英镑雇用一个负责修脚的行政官员吗？英国的另一个城市在最后一盏煤气灯停用后仍然雇用了四个点灯人并持续了八年吗？这花费了

---

① 英国国家剧院由这三个相互毗邻的分剧院组成。——译者

二十五万英镑。

更不用提的是,有个区政委员会花费了七百六十三英镑为两平方码①的灌木丛除草,而一座政府办公大楼在完工两周前上了拆除名单。

最后,你们知道所有的英国地方政府在哪里召开关于削减开支的会议吗?在皇家咖啡![位于伦敦摄政街的一个昂贵优雅的饭店。——编者]

[哈克的日记继续下去。——编者]

12月6日

今天早上我收到了那个芒克的来信,信中充满了恶毒的威胁。他不仅列举了地方政府奢侈浪费的大量例子,还威胁说如果我不把资助大幅提高的话,国家剧院就会关门,这对于我来说无疑是一条灾难性的消息,媒体会用唾沫淹死我的!

我叫多萝西过来讨论芒克的发言稿。她的观点是,电视观众是不会区分究竟是地方政府在浪费还是国家在浪费的——因为花的都是公家的钱,是纳税人在埋单。

因此他们会同意芒克的观点:如果钱都被这样浪费了,那么国家剧院因为经济原因倒闭将是不可原谅的。

我知道她所说不假。事实是,国家剧院正在迫使我摊牌。

"您的底牌是什么?"

"我的底牌是:我宁愿冒险让他们摊牌。"

---

① 1平方码约合0.84平方米。——译者

"他们的底牌是什么？"

"他们的底牌是：他们认为我不敢摊牌，然而……"

"然而您敢摊牌。"她说道。

我意识到自己不再知道是谁也搞不清谁摊牌了。多萝西认为这很清楚，但是我感到糊涂。

因为我打算口述一些日记要点和几封信，所以我的盒式录音机就在桌子上。伯纳德为我阐明了形势。他说了好几分钟，但是我仍然一无所知，因此我请他对着录音机再讲一遍。

"首相，"他说道，"您认为国家剧院认为您正在唬人，但是国家剧院认为您认为他们正在唬人，而您的唬人之处是使国家剧院认为您正在唬人而你其实没有，或者您**正在**唬人而您的唬人之处是使他们认为您**没有**唬人。而且他们的唬人之处一定是他们正在唬人，因为如果他们没有唬人，他们就唬不住人。"

我谢过伯纳德，又恢复了与多萝西的正经的谈话。她问我，我的方针到底**是**什么？如果我不增加资助的话，我是否愿意冒国家剧院关门的风险？

我慌张地答道："我已经陈述了我的方针，我所能做的就是不断重复它，直到……"

"直到您知道它是什么？"伯纳德于事无补地问道。

"问题是，目前的形势真像一只烫手的山芋，如果你不做点什么，它就会变成指不定让谁摔倒的香蕉皮。"

伯纳德插嘴说道："对不起，首相，烫手的山芋不可能变成香蕉皮。如果您不对烫手的山芋采取措施的话，它只会变成凉山芋。"

我很想知道，伯纳德是否意识到，他有时候是多么接近死亡。

12月7日

  多萝西给我提供了一个计划,不是一个好计划,也不是一个伟大的计划——却是一个出奇制胜的计划!

  总之,她建议我逼迫他们摊牌。她说,我应该把国家剧院给卖了,还有国家电影院。它所在的泰晤士河南岸是一个绝佳的地点,可以俯视圣保罗教堂和大本钟。

  她提议说,这块地应该卖给一个房地产开发商。她称市价是三千五百万英镑。用这笔钱能建立一个艺术信托基金,这样每年可以产生百分之十的利息,即每年三百五十万英镑。

  这笔信托基金的利息收入,也就是三百五十万英镑应该用于资助国家剧院,当然不是剧院**本身**,因为它已经被卖了,而是这个机构——这就是关键所在。

  显然,目前国家剧院的**建筑**吸收了将近一半的资助额,即七百万资助中有三百万花在了建筑的维护上。多萝西主张,这是一种金钱的浪费,这笔钱其实可以花在作品上。西蒙·芒克上周不是还抱怨不应该把钱这么花吗?——"剧院非砂浆水泥之谓也,乃剧作演员之谓也。"

  那么他们将在哪里演戏呢?答案是伦敦拥有大量的剧场,全国有更多的剧场。国家剧院可以租用它们,就像其他剧团一样。

  这个计划很完美,国家剧院甚至不得不巡演,这将使它变成真正的国家剧院——而现在它只服务于一些伦敦人和大量旅游者。这样国家剧院的作品就能挣比以往更多的钱,而政府能用三千五百万英镑的纯利润来投资,这样每年就有三百五十万的利息可以用来资助整个英国的戏剧。

我情绪高涨地说:"再没有人能指责我是市侩了!"

她也笑了:"除非他们认识您。"

12月9日

颁奖晚宴之夜。我穿着礼服,被安妮挽着,自信地抵达多尔切斯特大酒店,急切地盼望着那场交锋。如果今晚注定有人会被击倒并被拖出场外的话,我觉得我应该是那个胜利者。

既然知道听我演讲的大部分听众都是有经验的演员,我只得不厌其烦地做些准备。我在镜子面前进行排练,多萝西调看了我近来的电视露面,并给了我一些忠告。

"手势要做充分,如果您的手势局限于肘部不动,那么您看起来就像是个地毯推销员。"

总的来说,像美国地毯推销员比像演员要好,甚至比像一个政客要好。但是我既然将自己视为政治家,那我就只能做一些有政治家风度的手势——坚决、有力的手势,而且只能在说话**之前**做,安妮告诉我,永远不要在说完话之后做!那样会显得虚弱无力。

当然,在演讲以前,我要和芒克先生最后谈一谈。如果一切顺利,我就不会说些有争议的话了,这是最好的结局。我一直记得几年前我刚刚进入内阁时一位年老的同事告诫我的:如果你想进入内阁,那你要学会如何说话;如果你想留在内阁,那你要学会如何不说话。

在晚宴前,汉弗莱把我和西蒙·芒克两个人聚到候见室里。西蒙已经听说了资助的消息。我向他粲然一笑,并真诚地〔这是否是反话?——编者]握了握他的手。

他没有笑。"有关资助额的消息很糟糕,首相。"

"肯定不会吧,"我一脸无辜地说道,"额度提高了。"

"根本不够。"

"但是够让你不必在今晚提出国家剧院关门了吧?"

"恐怕不够。"他语气阴沉,但很自信。

我拿起了一把花生。"但是明年,"我继续不挑明了地说道,"我认为我们能真正做点有意义的事情了。你记得你抱怨过你把资助中三百万英镑用于建筑维护了吗?"

"是的,怎么了?"

"我有一个计划能使你免除这笔开支。"

他的眼睛一亮:"真的?那实在是妙极了。"

"是的,"我热心地说道,"难道不是吗?这个办法将使国家剧院真正成为全国性的。"

他立即警惕起来:"您的意思是?"

"我打算卖了它。"我开心地解释道。

他顿时惊呆了!他站在那里,张着嘴巴盯着我,仿佛我是匈奴王阿提拉[①]。于是我趁机向他解释,这样一来就可以节约三百万英镑的维护费了。

他终于开腔了:"首相,这不可能!"

"不,没什么不可能的,很容易,"我向他保证道,"已经有人愿意为此出很好的价钱了。"我们也确实有买家。

[①] Attila(406—453),古代匈奴人领袖,曾多次率领大军击溃东罗马帝国和西罗马帝国,被欧洲人称为"上帝之鞭"。——译者

汉弗莱插话了，显然他已经大受刺激，他私下里一直相信我会就范于西蒙的要挟的："但是，首相，国家剧院需要有个家啊。"

我解释说会有家的。他们可以在任何地方找到办公室——例如伦敦的布里克斯顿或利物浦的托克瑟斯，北部城市米德尔斯伯勒也行。

西蒙问我在哪里演出，在哪里制作演出道具。

我解释说，可以像其他剧团一样租场地。事实上，由于管理不善和开支过高，国家剧院的很多道具车间已经关门了。

"就像其他剧团一样，"我规劝他道，"到西区剧场去，到老维克剧场去，到各郡的剧场去。再次成为巡演艺人，而不再是文职人员。你不是曾经说过'剧院非砂浆水泥之谓也，乃剧作演员之谓也'吗？"

正当他在拳击台的围绳上晕头转向时，我又送上了致命一拳。我提出了多萝西的**第二个**计划——这是她今天早上带给我的。如果有人抱怨国家剧院需要一个**永久**的家，那么我们可以把英国**所有**的地方性剧院命名为国家剧院。例如，莱斯特市的赫马基特剧院将称为莱斯特国家剧院，谢菲尔德市的克鲁希波剧院将称为谢菲尔德国家剧院，格拉斯哥市的公民剧院将称为格拉斯哥国家剧院。"而你，"我对西蒙解释说，"将只能领导国家剧院伦敦分部。"

这个描述相当真实。我提醒他，这些剧院都用同一种模式来管理，由地方理事会委任艺术导演和行政人员，财政上由艺术委员会资助、地方当局资助和票房收入三块构成。为什么国家剧院伦敦分部就应该独享国家的美誉？我们可以使用总计三千五百万英镑，或者说每年三百五十万的利息来资助它们。这将得到圈里人的大力欢迎,难道不是吗?

　　汉弗莱事先也没有听过第二个计划,他一时无言以对。他双眼突出。"首相,这样做很野蛮。"他喘着粗气说道。

　　"把钱花在演员和剧作家身上而不是建筑身上很野蛮?"

　　"是的!"他气急败坏地说道。"不。"当他睁大双眼意识到自己说了什么之后,又补充道。

　　"不管怎样,"我总结道,"这只是一项选择,我或许会弃用它,或许不会。我可以在我的演讲中透露一下这个计划。真的,这要看情况而定。"

　　西蒙最终说道:"看什么情况?"

　　我向他亲切地微笑着:"让我们换个话题吧,西蒙,你还没决定在你的发言中说什么吗?"

　　他脸上冒汗了。"还没有最终决定。"他知道自己被击败了。

　　"你看,"我解释道,"好好想想吧。我可不认为这些政府的浪费例子多么有趣。但是,当然,一切由你决定。"我等他开口,他恶毒地看着我。"我相信你明白我的意思。"我说道,说罢离他们而去。

　　好吧,无论哪一种结果,我都是赢家。但是不到最后时刻,我也不知道是哪种结果。我们吃着煮过头的鸡,外加油炸土豆——除了正式晚宴,我从不吃油炸土豆。我提议举杯庆祝。瘾君子们被告知可以吸烟。转眼之间颁奖时刻到了,宴会主持人用洪亮的声音介绍西蒙登场:"首相大人及夫人、各位议员们、女士们和先生们,请大家安静,有请国家剧院副总导演西蒙·芒克先生。"

　　他站了起来,掌声雷动。"女士们、先生们,"他说道,"你们一定已经知道了今天早上公布的艺术委员会的资助以及国家剧院的资助,我知道我们很多人对此数额十分失望。"

宴会厅中响起了一片带有敌意的嘀咕声。有几个人在说"同意",很多人赞同地敲打着桌面。西蒙·芒克停了下来看了看我。我瞪着他。他的两颊出现了由于生气所致的小红点,他的目光又回到了发言稿。

"当然,我们都希望资助能更多一点。但是显然国家目前手头拮据,我们必须为国家利益着想。很多开支在召唤国库里的钱,"——这是我最喜欢的话之一,就是这句话——"教育、内地城镇、公共医疗服务、人造肾。"

我英明地点点头。又一阵嘀咕声响起,这次是失望的声音。很明显,西蒙·芒克不会再攻击我了,事实上,此刻他从讲稿中抽掉了两页纸,并把它们掖进口袋。非常明智,也许他想起了一句老话:"生气之时莫说话,免得将来后悔大。"

西蒙的发言出人意料地简短。发言中剩下的部分是:"我想我们应该高兴,毕竟资助还是增长了,这应该感激我们的荣誉嘉宾,正是他的努力使得这小小的增长成为可能。"

我向他微笑着。我知道,镜头正对着我。"女士们和先生们,"芒克说着举起了他的杯子,"敬我们的荣誉嘉宾、艺术的资助者,首相大人。"

在一片不热情的稀疏掌声中,他坐了下来。他的听众不知道内情,但是他做了聪明的选择和唯一可行的发言。

我让他看到,我也从**我的**讲稿中抽出了两页,而且我对汉弗莱低语道:"西蒙的发言很不错,是吧?"

他似乎和戏剧界人士一样生气。"是,首相。"他咬牙切齿地说道,不过老汉弗莱的举止总是有点做戏。

17. 国民教育

12月11日

从艺术到教育——真正的教育。我们党在地方当局和教育制度上遇到了严重的问题。

但是因为其他原因，今天还是令人着迷的。在我处理有关英国学校的这桩小事之前，我一整天都在以颇有政治家风范的方式运筹世界舞台上影响到未来——事实上正是人类（mankind）未来——的大事业。也许该用中性的人类（personkind）[①]，因为我们的一些更富于献身精神的所谓教育家用的正是这个词。

我已经安排好在圣诞节以后访问美国，这将会对我的民意测验支持率有所帮助。接下来我打算赶往莫斯科，这能向选民们表

[①] 一些人认为mankind具有性别歧视，提倡使用personkind。——译者

明,我是可以给世界带来和平的人。

当然,在短期内我也许做不到——我们得有几次工作葬礼才行,但是这对于形象的树立绝对有利。

因此今天早上,我为纽约期间我在联合国特别露面的演讲准备发言稿。我认为我的初稿非常棒,我是参考着《联合国宪章》本身写的稿子。我所用的这一册是外交部送来的,他们还附有一条说明,说《宪章》的序言被认为是英语的无条件投降。①

[序言的第一句话如下:
我联合国人民同兹决心
　　欲免后世再遭今代人类两度身历惨不堪言之战祸,
　　重申基本人权,人格尊严与价值,以及男女与大小各国平等权利之信念,
　　创造适当环境,俾克维持正义,尊重由条约与国际法其他渊源而起之义务,久而弗懈,
　　促成大自由中之社会进步及较善之民生,
并为达此目的
　　力行容恕,彼此以善邻之道,和睦相处,
　　集中力量,以维持国际和平及安全,
　　接受原则,确立方法,以保证非为公共利益,不得使用武力,
　　运用国际机构,以促成全球人民经济及社会之进展,

---

① 英国人认为《宪章》的英语不合传统规范,但这里不便保留原文,请读者自行上网参考。——译者

用是发愤立志，务当同心协力，以竟厥功。

——编者]

我的初稿提到了英国对正义、自由和和平的信念。稿子说：当联合国的大多数成员国还有政治犯的时候，**正义**是谈不上的；当大多数成员国实行一党制（尽管当你任该党领导时，这个想法很诱人）的时候，**自由**是谈不上的；当每个人都盲目地投票给特殊利益集团而不是和我们站在一起的时候，**和平**的机会也是不大的。[有趣的是，哈克在政府中混了这么久，很少能在政治实践中坚持他的道德立场，但是内心难得还这么有道德情操。——编者]

外交部看了一眼我的演讲稿。他们周六才拿到它，今天就有力地否定了它。迪克·沃顿[外交部常务秘书——编者]打电话跟我说，看在上帝的份儿上，这种话一句也不要说。

"因为它错了？"我问道。

"因为它是正确的。"他答道。

我告诉他，我不想再用陈词滥调来敷衍塞责了。[这句话本身就是陈词滥调。——编者]我重申，我希望能谈谈和平与自由。迪克说，如果我非要说的话，我可以谈谈联合国的和平，但不要谈自由——因为它的争议太大。我告诉他我不介意有争议，越有争议媒体报道的时候会越醒目。

午餐过后，我在下院我的房间中为议会答问时间做准备。议会问题秘书估计说，反核游说团会就今天媒体上关于美国最新式导弹的一条传闻进行提问。这条传闻似乎在担心苏联人渗透了我们大多数导弹芯片的制造地。

"是加利福尼亚吗？"我问伯纳德，"硅谷？"

"是台湾。"他答道。

我很吃惊:"台湾?"

伯纳德点点头:"似乎我们已经订购了一千五百万枚有问题的芯片。"

"什么叫有问题?"我谨慎地问道。

他无奈地耸耸肩:"没有人知道到底有何问题,首相。但是我们不敢问。也许这些导弹根本用不着;也许一旦有人按了按钮,它就会当场爆炸。"

"我的上帝!"我说道。我感到很恐惧。我问还有别的什么可能没有,伯纳德再次耸耸肩。"也许它们像回飞镖一样,在世界上兜一圈又落回到我们头上。"

我沉默地注视着他,我被吓坏了的思想正在竭力消化这个恐怖消息的全部含义。

伯纳德再次开口了:"或许最好避免将此事和盘托出。"

新闻官马尔科姆·沃伦也受邀参加了这次会议,他用力点着头表示极为赞同。

我突然想到一点,比回飞镖式导弹更可怕的一点。我因为心慌而口干舌燥。"这些芯片是什么时候买的?"我惶恐地问道。

伯纳德安慰了我:"在您上任以前,首相,因此您没什么可操心的。"

谢天谢地!我不必负责真是大幸。但是我现在要负责,因为现在我知道了!而且,用没什么可操心的来谈论自动运行的导弹还真是奇妙。"真没什么可操心的?"我充满怀疑地重复道。

"没什么。我的意思是,对于**个人**,没什么可操心的,"他说道,"除非它们飞回到白厅街来。"他凄凉地补充道。

"难保不会啊。"马尔科姆嘀咕道,他非常沮丧!

我问此事该由谁来负责。"国防部,"伯纳德说道,"还有五角大楼,问题是看来对国防工业缺乏控制。"

"问题是,"马尔科姆说,"看来对导弹缺乏控制。"

"问题是,"我说道,"看来国防部的人智商太低了。"

"或许,这个事实最好也能避免被曝光。"马尔科姆建议道。

最终议会答问进行得非常顺利。像往常一样,我一完事就离开了议会大厅。总组织秘书和党主席都已经到了我在下院的房间,我命令伯纳德也留下来旁听。

他不太情愿:"这不是政党事务吗,首相?这是跟党主席和党的总组织秘书谈话。"

"这也是政府事务,"我坚定地告诉他,"事关我们的教育政策。"

伯纳德十分坚持细节:"是政府的教育政策,还是党的教育政策?"

"都是一回事,伯纳德!"我有些不耐烦了。

党主席尼尔看起来太胖了,有点喘不过气来,他愚蠢地插话了:"恕我直言,首相,这不是一回事儿。"

总组织秘书杰弗里·皮尔逊也插话了:"这正是我们要来开会的原因。"

伯纳德打算溜出去:"嗯,看来这是党务会议,如果您允许的话,我打算……"

"坐下!"我命令道。他坐了下来。他现在非常顺从,被我训练得很听话。"你得有圣徒的耐心,"我告诉他,"现在待在这里。"

他老实待着。我转向尼尔和杰弗里,问他们哪里出了问题。

"教育。"尼尔简洁地答道。

我感觉自己受到了挑战:"你们认为我究竟能做什么事情呢?"

"您是首相。"杰弗里说道。我知道这一点,但是那又怎么样?首相无法直接控制教育。我管不了课程、考试乃至校长的任命——什么也管不了!但是选民们认为一切乱子的责任都在我。

"您很有影响力。"尼尔说道。

我对此已经烦透了,我评论道,我曾经认为,我当上首相就会大权在握。可我现在得到了什么呢?**影响力**!该死的影响力,仅此而已!我控制不了警察、利率、欧洲经济共同体的指令、欧洲法庭、英国法庭、法官、北约、贬值的英镑……我到底**有**什么权力?

尼尔大眼珠子瞪着我:"您有权力让我们在下次大选中失败。"

"您一定会失败的,"杰弗里严肃地点头说道,"除非我们为教育做点什么。"

我很想知道他们是否在危言耸听,但或许不是。我告诉他们我在洗耳恭听。

"选民们,"党主席说道,额头上沁出了汗珠,"希望我们管一管基础能力低下、没有竞争精神……"

"你的意思是读、写、算三能力。"我打断了他,我已经明白了。

他沮丧地点点头:"他们在给孩子们讲解马克思主义、大男子主义、和平主义、女权主义、种族主义、异性恋主义……"

伯纳德插话道:"这些全是主义,它们正在导致分裂主义。"我想他正在努力让我把他赶出去,但是我偏不!

我没有听说过异性恋主义。尼尔对我解释说,这是一种观念,它教导孩子们不要怀有不合理的偏见,一味支持异性恋。"这种观念在以前就有了,"我评论道,"但是我觉得有问题,我们不需要这种偏见。"

尼尔爆发了。"您这是偏见!"他吼道,"您不能把教孩子做正常人称为偏见。"他的脸涨成了奇怪的猪肝色,我想他的心脏病就要发作了。我并不太操心,我可以告诉你真相——我已经烦透了他说**我**会在下次大选中落败的忠告。他是该死的党主席,他所能做的就是批评我。我或许会在大选之后失去职位——但是**他**或许只需要等到我改组。

他仍在喋喋不休地讲着"正常",我让他闭嘴。"这都取决于,"我解释道,"你怎么定义正常。我本人当然不反对同性恋的教师,而且我也不反对性教育。现在请镇静下来。"

他试着去做。他做了个深呼吸。"我并不反对在课堂上告诉孩子们生活方面的基本知识。但不是同性恋的技巧,事实上,也不是异性恋的技巧。"

"那么他们去哪儿学呢?我好奇地问道。"

"在自行车棚后面,"尼尔坚定地说,"就像我们当年一样。"

这让我对尼尔有了全新认识。"你是在那里学的?"我颇感兴趣地问道。

我们的总组织秘书杰弗里对于尼尔的成熟过程毫无兴趣。"别管什么性技巧了,我们的一些学校里教的印地语比英语还多。"

这就更棘手了。或许我在教育方面没有权力倒是好事了。我同意英语比印地语更加重要，但是我不能公开说——我会被指责为种族主义的。就在上个星期，我接待了种族觉醒委员会的代表团。当一位黑人女代表发言的时候，我只是看了一下手表，于是这个动作立刻被指责为种族主义兼性歧视的肢体语言。我只不过是无聊极了才看的。

我明白了他们的意思，但是我仍然不知道我能做些什么，于是我请他们明说。

"让帕特里克［教育大臣帕特里克·斯诺德格拉斯——编者］执掌起教育部来。"

"你们知道这做不到，"我答道，"他们已经把帕特里克调教得服服帖帖了。"

"那么解雇他。"

"我不能让内阁再来一次人事变动了，现在还不行。"

"那么，"党主席说道，"邀请反对党领袖的妻子来十号吧。"

"为什么？她能做什么？"我感到很迷惑。

尼尔的脸色不那么紫了，但依旧冷酷："她可以开始量地毯和窗帘的尺寸了。"

［哈克转而向汉弗莱爵士征求建议，因为他相信汉弗莱会追求完美，他是为了完美而完美。但是汉弗莱却有自己的动机，他的私人日记说明了这一点。——编者］

12月12日　星期三

伯纳德和我私下里谈了话。他告诉我，首相在教育方面遇到了麻烦。这我早就知道了，而现在，特别是当他胸无点墨地来到十号后，再想补救的话为时已晚。

但是，我显然误会了。首相担心的并不是自己的教育问题,或者说自己缺乏教育的问题——那是无望解决的问题。他所想是教育**体制**的问题,在我看来,此事若想补救的话也为时已晚。

伯纳德告诉我,首相认为教育问题会让他在下次大选中失败。事实上,有这种可能性,但是在我看来,这对于国家来讲并不算太坏的结果。

此外,没有什么可担心的。我们的教育制度满足了大多数家长的需求,也就是当他们工作的时候帮他们看孩子。不管怎么说,这是大多数家长的需求。

正如伯纳德指出的,必须承认,这种教育制度并不能训练孩子们的思想,或者为他们的职业生涯做好准备。但是如果真做到了的话,我们的一些地方当局会很不高兴的。

伯纳德向我引用了党主席的论文,它指出整个综合教育的制度正在失效,我立刻讽刺了他一顿。他显然受到了敌人——准确地说是首相的首席政治顾问多萝西·温莱特——的影响。我不能容忍伯纳德站在我的办公室里对我说,因为综合教育是个实验,所以它应该被验证。它当然应该被验证,但绝不应该被验证为错误。

综合教育的目的不是提高教育水平,而是取消阶级差异。但是有一种相当错误的印象是:它的目的是消除**孩子之间**的阶级差异。

然而,教育部没有人提到孩子,他们从未想过孩子。引入综合学校的目的是消除教师行业的阶级区分。它旨在提高教师的生活水平,而不是孩子们的教育水平。它使任教于小学和现代中学的全国教师联合会会员的薪水水平赶上他们的竞争对手——曾任教于文法学校的全国男教师联合会会员。①

工党执政时,教育部的官员会说:综合教育废除了阶级制度。保守党执政时,教育部的官员会说:综合教育价格便宜量又足。因此,教育部对选择性教育的看法是它造成分裂(如果工党执政)或者它是昂贵的(如果保守党执政)。

因此最符合文官部门利益的办法是保持现状。这样教育部和政府就能作为一个整体与全国教师联合会搞好关系。当然,这对于我们个人没有影响,因为我们的孩子受的是独立教育。[即上的是私立学校。——编者]

伯纳德固执地认为政府需要改变。有时候他真是愚蠢。教师联合会不需要改变,对于任何政府,我们只需要应付四五年就可以了,而教师联合会却永远在那里。

此外伍利似乎有一个错误的印象,即我们的工作是让教师联合会接受政府的政策。正是在这个基础观点上,他被敌人俘获并洗脑。多萝西或许相信这样做是有利于政府的,她甚至可以说服首相,但她是错的!

我们文官部门的目标是和谐一致,协调持续。这个目标值得赞美,任何人都会同意。既然政府的政策总是变来变去,而教师联合会的政策始终不变,那么根据常识,在实践中,政府应该与教师联合会保持一致。教育部就是用来做这

---

① 现代中学招收才质平平的学生,毕业后直接就业,而文法学校侧重古典教育,为大学深造做准备,学制比现代中学多两年。20世纪60年代起综合学校兴起,至今已占英国中学的九成,它招生时不问成绩,高年级时再分流。综合中学有利于不同阶级的学生融合。——译者

个工作的——让政府来接受教师联合会的政策。

伯纳德仍旧保持怀疑,对此我感到很遗憾。他只是说他的主子,即首相,极度担心事情没有改观,他要负责任。

我相信他确实要负责。我称之为"有责无权",这是历朝历代太监的特权。

[哈克的日记继续下去。——编者]

12月13日

一吃完早餐,我就像往常一样和汉弗莱碰了面,他提出了教育这个问题。

"我知道,首相您正在为地方教育局担心吧?"

"不,我告诉他,我是在担心教育部。"

他显然很惊奇:"依我看,教育部的工作很出色。"

他不可能相信这一点!**没有人**相信这一点。"我不相信你相信它。"我说道。

"您不信吗?"

"对不起,我不信。"我意识到,他现在觉得受了侮辱。我猜想,我在不经意间指责了他是骗子,但是我不打算改口。"你不相信我不相信你相信它吗?"

他带着情绪较上了劲:"我相信您不相信我相信,但是我必须请您相信,尽管您不相信我相信,但我是相信的。"

我感到不得不接受,特别是因为要弄清他的意思颇费周章。"别管它了,"我继续道,"让我们看看这个国家的教育现状吧。"

多萝西已经给我提供了学校考试试卷中的实际题目。"原子弹与慈善,你更喜欢哪一个?"还有一个数学问题,原来数学题也可以出得这么有政治性:"如果维持英国的核国防力量一年要花费五十亿英镑,而让一个饥饿的非洲儿童吃饱一年要花费七十五英镑,那么取消核国防力量的话,可以拯救多少非洲儿童?"

汉弗莱立即回答了第二个问题:"这很简单,一个也救不了。国防部会把这笔钱花在常规武器上。但是这道题只是在问五十亿除以七十五得多少。"

我抗议道:"你能否认他们甚至不教孩子们基本的笔算吗?"

"不能,"他谨慎地答道,"但是地方教育局无疑会争辩说,孩子们根本不需要——他们都有袖珍计算器。"

"但是他们需要知道结果是怎么算出来的,"我有力地提醒道,"我们都学过基本的笔算,不是吗?"

汉弗莱接着问了我一大堆愚蠢而离题的问题,想以此来证明严格的学院教育毫无价值!汉弗莱,偏偏是他在问!我不敢置信。在我遇到的人中,他接受了最严格的传统学院教育。不管怎样,我驱散了他放出的烟幕弹——这实际上就是烟幕弹。

伯纳德·伍利爵士(与编者谈话时)回忆:

读哈克的这部分日记使我乐不可支。他所指的问题既不愚蠢也不离题。

当首相宣称我们都学过基本的笔算时,汉弗莱爵士立即问他:"$1971 \div 73$ 等于多少?"

哈克推托说,他需要纸笔才能计算。我把纸笔提供给了他。然而不出所料的是,他拒绝接受,口中只是说,他从学校毕业时就会算这道题了。

"但是现在您得使用计算器吧?"汉弗莱问道。这是一个很好的证明。但是哈克否认汉弗莱的问题有任何意义。相反,他粗暴地评论说,现在几乎也没有任何人再懂拉丁语了。

"Tempora mutantur, et nos mutamur in illis."汉弗莱得体地答道。

哈克茫然地盯着他,沉默了一会儿,最终被迫屈尊请汉弗莱翻译一下。

"时代在变化,而我们随着时代的变化而变化。"我替他说道。

"正是如此。"首相说道,似乎这句话证明了他的观点一样——其实任何傻瓜都明白它支持的是汉弗莱的观点。

汉弗莱继续挑衅地说着拉丁语:"Si tacuisses, philosophus mansisses."

哈克一点也不明白,他问这是什么意思。汉弗莱满足了他:"如果你闭嘴的话,我们会认为你很聪明。"

哈克大怒。我想他几乎就要心脏病发作了。汉弗莱赶紧解释:"不是说您,首相,那是译文。"

哈克接着痛斥汉弗莱,说他否认学院教育的价值。于是汉弗莱答道——在我看来相当无礼:"有什么用呢,我连跟大不列颠的首相交谈时都用不上它们?"

我心中的确感到,汉弗莱爵士在盛气凌人地决心赢得这场为争论而争论的争论时,已经忘了他本来的目的。他如此刺激和羞辱哈克,是在逼他不肯罢休——这是一大失策。

[哈克当天的日记继续下去。——编者]

汉弗莱拒绝承认我们的教育制度根本就是一场灾难。我告诉他:"孩子们正受到这样的教导:'服从就是一句废话。'课堂上已经变得毫无纪律可言。"

汉弗莱完全不承认这一事实。他的理由总是毫无价值,例如这次:"如果课堂上毫无纪律可言,孩子们就无法知道自己正在被教导'服从就是一句废话'。他们肯定学不到任何东西。不管怎样,一个没有服从观念的孩子不会相信老师教导的任何东西。"

我对这些滑稽可笑的、毫无意义的答复感到非常生气:"人们指望我们能教育孩子们为将来的上班生活做好准备,但是有四分之三的时间他们却无聊透顶。"

"我们应该这样想,四分之三的时间无聊透顶正是对上班生活的最好准备。"他的回答真是轻浮。

"汉弗莱,"我坚定地说道,"我们把毕业年龄提高到十六岁以便让他们学到更多东西,结果他们反而学得更少了。"

他突然严肃地答道:"我们把毕业年龄提高到十六岁,并不是为了让他们学更多知识,我们是为了把十几岁的孩子关在就业市场的大门之外,以便降低失业率。"

他说得对。我不想陷入此类纠缠之中了。我回到了问题被搁浅的地方,我问他是否想告诉我,我们教育体制毫无问题。

"当然不是,首相,它就是个笑话,一直以来都是一个笑话。只要您让地方当局来掌管教育,它就永远是一个笑话。不管怎样,一半的地方当局是您的敌人,而另一半是让您更喜欢您敌人的那种朋友。"

我终于看清他在这场讨论中持什么观点了。他相信,只要教育屈从于地方当局的愚蠢指挥,就绝无改善的可能。他不失正确地评论道,我们从来也不会把像国防这样的重要事务交给地方当局——如果我们给每个地方每年一亿英镑让他们保卫自己,那么我们就不必担心苏联人了,因为在三周之内就会爆发内战。

他声称这就是我们对教育所做的事情,没人会以对待国防的认真劲儿来对待教育。

这当然是真话,就像没有人会重视民防,所以我们把它交给地方当局来管。但是我向汉弗莱保证,我对于教育极度重视——因为它能使我在下次大选中失败。

"啊,"他露出了傲慢的微笑,"我还天真地以为,您是在关心孩子们的未来呢。"

"是的,我是在关心。这并不矛盾。毕竟,孩子们长到十八岁就有选举权了。"

汉弗莱有一个振兴教育的简单计划:中央集权!把责任从地方当局手中夺回来,交给教育部,这样我们就可以有所作为了。

我想知道这样做是否正确,它听起来太过简单了。但是……我的希望又被点燃了。

"汉弗莱,"我说道,"你认为我行吗?我能披荆斩棘,拗着牛角走①?"

伯纳德第一次插话了:"首相,您不可能既披荆斩棘,又拗着牛角走。"

我几乎不能相信,这就是伯纳德对于这么重要的一场讨论的唯一贡献。我坐在那里瞪着他。他一定认为我没有听懂,于是

---

① 英语习语 grasp the nettle 的本义是握住荆棘,引申义是迎难而上;take the bull by the horns 本义是拗住牛角,引申义是不畏艰险。——译者

又开始解释了:"我的意思是,您可以一手斩荆棘,一手拗牛角,但无法拗两只角,因为您的手不够大,如果只拗一只角又太危险,因为……"

我重新开口了:"伯纳德……"他停了下来,也许他只是忍不住。都说注意细节是好事,但**真的**如此吗?

我让汉弗莱给我来一点精神食粮。

"这样的话,"他自鸣得意地答道,"祝您胃口好。"

12月14日

我明天将去西北部地区做一次圣诞节前的短暂旅行。多萝西给了我一份日程,里面包括一些对工厂和医院的访问安排。

"在边缘选区招徕选票。"我兴奋地对伯纳德评论道。

"不,首相。"他说道。

我起初并未明白他的意思。

"我和您一起去,"他谨慎地解释道,"因此这是一次政府之旅。但如果要在边缘地区拉选票,这就算是政党活动,我就不能跟您一起去了,而且财政部也不能为这次活动埋单了。"

他的迂腐有时候也是有用的!多萝西立即在记录上澄清了这一点,我们对西北地区进行的是一次政府访问,只不过停靠站凑巧都在边缘选区。伯纳德对此很满意。

我仍然对教育问题耿耿于怀。我问多萝西对此有何良策,要能立即实行的!

"您的意思是真干,还是显得在干?"她想知道。

问得真愚蠢。当然是显得在干,我根本**不可能**干什么。

她想了一会儿,然后建议我在电视上露面,并与一些教育上优秀、成功的事例联系在一起。

我很高兴听说能**有**这种事。她从公文包中拿出了一张纸交给我,上面有圣玛格丽特学校校办企业的细节。她认为我此行应该访问一下这所学校。显然,行程里还塞得下。

这家学校已经建立了自己的制造兼贸易公司。他们制造干酪板、镇纸和烤面包架等,然后把货物卖掉。此外,他们还在数学课和商业课上追踪分析整个流程。他们与当地的商人合作,并获得家长的帮助。

听起来很棒。更何况这**不花教育部一分钱**——而且还有利润。我想知道是否也有不利的一面。

但是不——多萝西告诉我,他们会把钱捐给当地的慈善机构。

显然在我的西北部之旅中,此处是**非去不可**了。我告诉多萝西,在日程上给电视台安排足够的时间,好报道此事。我还补充道:"给我准备一个二十秒的发言,要简短有力,以供电视新闻使用。这会帮我赢回一些席位。"

伯纳德在椅子中不舒服地动了一下。"哦,首相……"他有力地提醒我。

"我的意思是,伯纳德,"我换了一种口气说道,"这会给那些该对这个国家的教育负责的人们一点启发。"

"当然,首相。"他笑着说。

[哈克的西北部之旅是一个巨大的成功,他对圣玛格丽特学校的访问在国内新闻中播出了。虽然胶片并没有保存下来,但是我们有幸找到了录写文字,蒙独立电视新闻公司惠允,我们将之复制如下。——编者]

独立电视新闻公司

所附文字根据录音整理而成,并非出自原稿。因为误听的风险,英国广播公司并不保证它完全无误。

10点钟新闻

播放时间:12月17日

实况:

新闻播音员(画外音):最后,今天上午,首相在他的西北部之旅中参观了威德尼斯的圣玛格丽特学校。

吉姆·哈克的镜头,身后是伯纳德·伍利,被大量记者簇拥着,正进入一间校办木工车间,里面穿着整洁校服的孩子们正在忙碌着。

新闻播音员(画外音):这家学校建立自己的小型加工厂,孩子们在木工车间里制作各种小商品在当地出售。市场推广和销售工作也是由孩子们负责的。

画面切换:

吉姆·哈克和一群孩子站在一起,看他们打包、贴标签、码放成堆。

新闻播音员(画外音):他们把从企业活动中得来的经验作为他们学习数学和商务知识的基础。

画面切换:

学校大厅的广角镜头,哈克站在讲台上,一个高年级女孩赠送给他一个三腿凳。他们握手,合影。

新闻播音员（画外音）：孩子们赠送给首相一件产品。

画面切换：

首相的中景特写镜头，他正在致辞。

哈克：你们工作努力，纪律良好，经营成功，我必须向你们表示祝贺。你们是英国教育界的榜样，其他学校都应该向你们学习，我们需要更多圣玛格丽特这样的学校。我会永远珍惜你们的礼物，没有哪位首相会轻易抛弃他的座位。

画面切换：

学校大厅内听众的广角镜头。笑声和掌声。

画面切换：

首相微笑着走下了讲台，同时频频挥手致意。

[哈克的日记继续下去。——编者]

12月17日

我看了今晚"10点钟新闻"中关于我访问威德尼斯的新闻短片，感到非常满意。陪我一起观看的还有安妮和留下来吃晚饭的多萝西。我们一致认为整个活动很成功，特别是在我简短发言最后的小笑话。

事实上，多萝西还提出那个笑话是属于**她**的。她真小气。如果说**她的笑话**指的是她**想**出来的笑话，那么我认为她是对的——此事无关痛痒。

它比英国广播公司的报道要好，因为后者并没有把这说成是"首相访问西北地区"，而是说"吉姆·哈克访问边缘选区"。

两种说法都是对的，但是在我看来，这显示了英国广播公司对我抱有偏见。我试图向安妮说明这一点,但是她没看出这有什么不妥。

"他们为什么不能报道事实呢?"安妮问道。

我解释说,他们不必报道**所有**的事实,此外,访问边缘选区又没有错,但是他们想暗示这里面有问题。

安妮**仍然**不明白:"你的意思是,报道大部分的真相没有问题,但是报道多数票的真相就不行?"

电视台这种自作聪明的评论真让我生气。关键是,这仅仅是更广阔图景的一部分。英国广播公司在稍早些时候的"9点钟新闻"节目中对我做了同样的事情,他们在报道我们与法国人的争论时说:"哈克先生声称此举是合法的,但是法国政府声明它有违于条约。"

"不是真的吗?"

"当然是真的!"我要气炸了。但是这样说的话,听起来像是我一个人被整个法国给击败了一样,就好像我做了什么错事。

"但是法国人认为你做了错事。"

"见鬼,这又不是关键!"我吼道,"他们完全可以这么说:'迪布瓦先生声称此举有违于条约,但是英国政府声明它是合法的。'这样听起来就像是——其实就是——我们全体将那个厚颜无耻的法国佬打回原形。但是他们不这样说!噢,偏不!他们在跟我过不去!"

英国广播公司明显的偏见、敌意、狭隘和堕落显然并没有让安妮感到不安。"但是他们并没有说谎啊。"她固执地重复道。

我因为愤怒和沮丧而咬牙切齿。我从牙缝中迸出话来:"他们这么说**就是**偏见!事情还有其他的说法!"

在多萝西面前，我不想因为发脾气而失态。我们争执时，她一直保持安静。我做了几次深呼吸，然后镇静地走到酒桌边给自己倒了一大杯苏格兰威士忌。

安妮仍然很平静。"吉姆，"她说道，"我对你的妄想症并不感兴趣，我对那所学校更感兴趣。"

多萝西说话了，能够避免在家庭大战中表态让她感到轻松。"是的，既然家长们排队把孩子往里送，说明这地方的确不错。"

真遗憾他们不能都进去，安妮说道，说着给我们两人各倒了一杯咖啡："为什么**不让**更多的家长把孩子送到那里念书呢？"

"没地方了。"我解释道。

多萝西纠正我："实际上是有地方的，吉姆。学生总数在下降。"

在某种意义上，她说得对。"但是这样就等于是和其他学校抢生源了。"我指出。

安妮抬起头来："这有什么不妥吗？"

"显然，其他学校将会生源短缺，甚至会被迫关门的。"

"那好啊，"安妮说道，"那么圣玛格丽特学校就能接管其他学校的建筑了。"

我试图向安妮说明，他们不能这样做，这样不公平。

"对谁不公平？"她很想知道。

"对于那些关门学校的老师。"

"但是优秀的老师会被受欢迎的学校留任的，人们需要他们。"

"那些水平差的老师呢？"我指出，"会对他们不公平。"

"那对于孩子的公平呢？"安妮说道，"难道教师的职位更重要吗？"

我喝了一口咖啡,把我的脚放在皮面的脚凳上。"这样不好,安妮,"我尽量容忍,"谁来决定哪些是差老师呢?这很难行得通。"

"为什么不行呢?"

我确实没想出什么理由来,但是我敢肯定,这是有理由的。出乎意料的是,多萝西接着问了同样的问题:"为什么不行呢?"

这难住了我。让我吃惊的是,我发现自己竟然无言以对。

多萝西讲起了道理。"假设学校就像医生一样,"她一边沉思,一边给自己拿了一块薄荷奶油巧克力,"毕竟,在国民医疗服务中,你能找你喜欢的医生看病,不是吗?"

我点点头。

"而医生按患者人数领薪水,"她继续思索道,"因此我们为什么不对学校采取同样的措施呢?推行国民教育服务,家长选择他们喜欢的学校,而学校按照学生人数领资助。"

"会有人强烈抗议的。"我答道。

"家长吗?"多萝西说道,她这是明知故问。

"不是,"我不得不承认,"是教育部。"

"我明白了。"她微笑道,然后问了我另一个她早就知道答案的问题。"那么谁拥有更多的选票,学生家长还是教育部?"

这根本不是问题的关键,她也知道这一点!"教育部会禁止这么做的。"我提醒她。

接着她说了如此富有革命性,如此鼓舞人心,又是如此绝情的一句话,可以说把我惊得人都僵硬了。

"好吧,"多萝西说道,"那就摆脱他们!"

理解她的话让我花了一点工夫。我想我当时只是茫然地盯着她:"你说摆脱教育部?"我并不明白。

"摆脱它！"她重复道，"废除它，取缔它。"

我问她这到底是什么意思？

"去掉它，废了它，把它连根拔起。"她解释道。

我开始明白她的意思了，但我还是请她做进一步的解释。

她看起来有点狼狈。"嗯……我也不清楚还可以怎么说……哦，让我这么说吧，"她犹豫了一会儿，小心地考虑着措辞，"我的意思是，"她最终说道，"解散它。"

"解散它？"我问道。

她确认她的意思就是我应该解散它。

"我不能那么做。"我说道，我有点晕了。

"为什么？"她问道，"它有什么用呢？"

突然，我意识到，我**可以**那么做！地方当局可以管理一切必要的事情。我们可以设立一个国立学校监察委员会，然后把教育部的其余职能交给环境部来完成。最后，我可以把已经被人驯服的那个白痴帕特里克送到议会上院去。

"天哪！"我迫切地想知道，"汉弗莱会怎么说呢？"

多萝西露出了幸福的微笑。"您管他说什么呢，"她高兴地说道，"不过当您告诉他时，我希望自己能在场。"

"你想去见证政治家的愿望和行政官的愿望之间的冲突？"

她若有所思地往椅子中一靠："我想这是政治家的愿望和行政官的失望之间的冲突。"

12月18日

今天早上一上班，我就派人找来了汉弗莱。多萝西和我在一起。我竭力掩饰内心的激动，漫不经心地告诉他，我有个新的主意想征求他的意见。

通常,"新的"一词会让汉弗莱警觉到麻烦就要来了,但是这次当我说自己已经知道如何对教育制度进行改革时,他似乎很放松,还嘿嘿地笑了笑。

于是我就告诉了他:"汉弗莱,我想让家长们把孩子全部从学校领走,然后再把孩子送到他们喜欢的学校去。"

他仍是一脸无所谓的样子:"您是说经过申请、审查、听证和上诉等程序之后?"

轮到我嘿嘿笑了:"不,汉弗莱。他们可以直接送孩子去,无论何时,只要他们想去就行。"

"抱歉,首相,我没听懂。"我看得出来,他是真没听懂。

多萝西无情地为他解释了一下。"汉弗莱爵士,政府将让家长自己选择把孩子送到哪所学校去上学。"

突然,他明白了我们所说的话的真正含义。他爆发了抗议:"首相,您不会是认真的吧?"

我和蔼地点点头:"我是认真的。"

"但是这很荒谬!"

"为什么?"多萝西问道。

汉弗莱完全无视她:"您不能让家长来做选择,家长怎么会知道哪所学校更好呢?"

我冷冷地打量着他:"你上的是哪所学校,汉弗莱?"

"温彻斯特公学①。"

---

① 这是一个世界闻名的私立寄宿制男子中学,创建于 1832 年。"公学"是表示可以公开招生,而不限于特定的宗教、种族或地区。——译者

"它很好吗?"我不失礼貌地问道。

"当然,棒极了。"

"谁选择的?"

"自然是我的父母。"他看见我在朝他微笑着。"首相,那不一样,我的父母是有眼力的人,您不能指望**普通人**知道该把孩子送到哪里?"

多萝西显然被汉弗莱的势利眼和血统论震惊了:"到底为什么不能呢?"

他耸耸肩,对他而言答案很明显:"他们怎么分辨得出来呢?"

多萝西本人也是一位母亲,她认为这个问题太简单了:"他们能分辨得出孩子是否会读写算;他们能分辨得出邻居们是否喜欢某所学校;他们能分辨得出孩子的考试成绩是否优秀。"

汉弗莱再一次故意无视她:"考试并不代表一切,首相。"

多萝西站了起来,绕着内阁会议桌走过来坐在离我很近的地方,这样汉弗莱就不再能躲避她的目光了:"没错,汉弗莱——不想让孩子接受学院教育的家长可以选择进入推行进步教育① 的学校。"

我看得出来,对汉弗莱而言,多萝西和我就像是在讲中国文言文。他完全听不懂我们的话。但他再次表明了自己的立场,他变得越来越激动:"家长没有资格进行选择。教师们才是专业人士。事实上,家长是最没有资格带孩子的人,因为他们没有取得

---

① 进步教育是兴起于19世纪末并发展至今的一套教育哲学及方法,它强调个体教学和课堂的非正规化,以小组讨论及实验作为教学技巧。——译者

认证。而教师没有认证是不允许从事教学的,在一个理想世界中,家长也应该是这样。"

我极为清晰地意识到,也是第一次意识到,汉弗莱心目中的理想世界和我的之间有多么大的差距。"你的意思是,"我缓慢而平静地问道,"家长在受训练之前不可以有孩子?"

他不耐烦地叹了口气,显然我没有抓住要点。"不,不,有孩子并不是问题,他们早就被训练过怎么**有孩子**,性教育课程已经推行好多年了。"

"我明白。"我说着转向了多萝西,她正睁大眼睛盯着汉弗莱,极其不愿相信我们的顶级文官竟然是一个奥威尔①式的公司国家的鼓吹者。"也许,"我建议道,"我们能改善一下性教育课程。在人们有孩子之前,我们要先考考他们,书面或者实践考试,要不两者都考?考试合格的人我们将颁发《养娃执照》。"

汉弗莱一点也不觉得好笑。他责备我说:"没有必要开玩笑,首相。我是认真的,家长没有资格做的事情是**照看**孩子,这就是他们不知道该选什么学校的原因。这样做行不通。"

多萝西欠身挡到我面前,去迎汉弗莱的眼睛。"那么国民医疗服务是怎么实行的呢?没有医学文凭的人们也在选择他们的家庭医生?"

"啊,"汉弗莱说道,他在争取时间,"是的,"他狼狈地说道,"但那是不同的。"他总结道,好像他真的说出了一通道理一样。

---

① 乔治·奥威尔(George Orwell,1903—1950),英国记者、小说家,其代表作有《动物庄园》和《一九八四》。——译者

"为什么不同？"多萝西问道。

"嗯，医生是……我的意思是，患者并非家长。"

"真的吗？"多萝西公开嘲笑了他，"你怎么会有这种想法呢？"

汉弗莱开始变得气急败坏："我的意思是，**就某一点而言**，他们是不同的。不管怎样我认为，事实上，让患者选择医生是一个糟糕透顶的主意，简直是一团糟。更有序的办法应该是把人们分配给全科医生。我们甚至能限定每个医生看病的人数，这样每个人都有同样的机会碰到蹩脚的医生。"

我为汉弗莱——以及文官——对于"公平"一词的理解而暗自感到吃惊不已。

我从未见过汉弗莱讲话讲得像现在这么流畅，这么热烈，这么激动，这么严厉，这么肯定。"但是，我们并非在讨论医疗，而是在讨论教育。恕我直言，首相，我认为您应该知道，教育部会对这个相当新奇的提议做出某种谨慎的反应的。"

这是在宣战！汉弗莱重装上阵。我从未听他说过如此恶毒的话！

但我不为所动："那么你认为他们会阻止此事？"

"我的意思是，"他生气地说道，"他们将会立即慎重考虑此事，但是坚持对所有建议做出彻底和严格的审查，结合详细的可行性研究和预算分析，拟定一份参考方案，递交各有关部门，请他们做出评论和建议，汇总成一份简报，送给一系列工作组，分别独立研究，基于其调查报告，起草一份涵盖内容更广的文件，据此判定，该建议是否能进入下一步骤。"

他的意思就是他们会阻止此事！但这不是什么问题，根本就没有问题。因为就像我告诉他的,我已经有了解决方案。"那么我就废除教育部。"我轻描淡写地说道。

他以为自己听错了:"请您再说一遍。"

"我们将废除它。"我亲切地重复道。

"废除?"他一时搞不懂这个词的含义。

"为什么不呢?"多萝西倒想知道还有什么理由。

"为什么不呢?"他说道,他的声调陡然提高到巴兹尔·弗尔蒂[1]的高度。"废除教育和科学,我们都知道,这将是人类文明的末日。"[2]

我冲他摇摇头。他真是可笑极了。"不,我们废除的只是部门,教育和科学仍将兴旺发达。"

"没有一个政府部门领导的话?"他一脸恐惧地盯着我们,似乎我们已经被确诊为神智失常了。"这不可能!"

多萝西几乎要为他难过了。她打算解释一下:"汉弗莱,政府部门就好比墓碑。工业部标志着工业的坟墓,就业部标志着就业的坟墓,环境部标志着环境的坟墓,而教育部标志着英国教育的尸体埋葬于此。"

汉弗莱脸上的表情就像是看着哥特人或者汪达尔人[3]。他没有答复,因此我问他为什么需要教育部。它干了些什么?它有什么用?

他试图平静下来并加以解释。"我……我几乎不知道从哪儿

---

① 这是英国连续剧《弗尔蒂旅馆》的主角之一,该剧首播于1975年。——译者
② 1992年以前,英国的教育部被称为教育与科学部。——译者
③ 两者都是曾经洗劫过罗马城的蛮族,他们对文明造成严重的破坏。——译者

说起。"他开始说道,"它制定方针,它集中资助,并将之下发给地方教育局和大学资助委员会。它设立各种标准。"

我问了他一连串的问题。"它制定课程吗?"

"不,但是……"

它挑选和任免替换校长吗?

"不,但是……"

它维修学校建筑吗?

"不,但是……"

它设立考试并评判成绩吗?

"不,但是……"

它负责挑选学生吗?

"不,但是……"

"那么,教育大臣**怎样**才能影响**我**的孩子在**她**的学校的学习呢?"

对于汉弗莱而言,答案很明显:"它为学校提供了六成的资金。"

这就是了。我们想得对。多萝西进一步盘问道:"我们为什么不能把现金从财政部直接拨到学校,直接拨到大学资助委员会呢?我们真的需要两千个文职人员来经手发钱吗?"

汉弗莱几乎绝望了,他摇着头嚷道:"教育部也负责为教育立法。"

他在说什么啊?教育方面根本就没多少法可立。有的话,环境部就可以代劳——环境部也经常处理政府杂事。

汉弗莱正在打一场毫无希望的保卫战。"首相,您**不是**认真的吧?谁来负责事先评估、人事变动、生源调整、规划城乡地区

17. 国民教育 | 637

的学校密度……谁来保证一切事情**有条不紊**呢？"

"现在算得上有条不紊吗？"我指了出来，"还是让我们来看看废除官僚机构之后我们能否做得更好吧。"

"但是谁来规划未来呢？"

我笑了。不仅是笑出声来，而且是爆笑不止。我笑得直不起腰来，眼泪都留下来了。这可是我当首相以来的第一次。"你的意思是，"我最终气喘吁吁地说话了，但同时还在边笑边流着眼泪，"英国今天的教育是教育部**规划**出来的吗？"

"是的，当然是。"汉弗莱说道，但接着又毫不犹豫地做了自我否定。"不，当然不是。"

多萝西烦透了这个会议。她站了起来。"两千五百所私人学校每天都在解决着这些问题，"她简单地评论道，"他们只需要对环境和供需关系灵活应变即可。这很容易。"

我想给汉弗莱最后一个机会："教育部还做什么事情呢？"

他的眼珠来回转着："呣……呣……呣……"

我站了起来。"好吧，"我说道，"就这样了。我们不需要它，是吧？证明完毕。"

［多萝西·温莱特在其《首相的耳朵》一书中进行了一个有趣的尝试，她想解释汉弗莱·阿普尔比爵士对于国民教育的复杂态度。她的书现在已经买不到了，但是我们将相关部分摘录如下。——编者］

汉弗莱爵士的家长式统治的态度或许并非完全是玩世不恭的。他显然相信，更集中的指导是解决所有国家问题的答案。可能他将国民教育的主要目的视为让孩子免受其半受教育的父母的不良影响。而且他无疑认为，大多数家长都将学校视为他们上班时寄放孩子的地方。总之,他真的认为只有白厅街的人才知道什么是最好的。通过这场关于教育的激烈争论,我们可以看到白厅街人和威斯敏斯特人[①]之间根本存在的部落斗争。

汉弗莱爵士并不真的反对在学校管理中给予家长所谓的发言权。事实上,他并不关心家长的参与管理,因为只要大批家长不能把他们的孩子从不喜欢的学校带走,他就放心地让家长们参与管理。如果有个别家长感到不满意,不让孩子去上学,主管就学的官员很快会来警告他,说将向法庭起诉他。

最终,那些收入颇丰的中产阶级会从这项制度中获益,他们享有这个福利国家的大部分好处,不光是在教育上,在住房和医疗上也是一样。好处不可避免地落到那些有话语权的人们头上,他们能充分提出他们的主张,他们能搬到有着最好的教育和医疗的最好的社区,他们能主张住房抵押贷款免税[②],他们能享受国家资助的艺术。

然而汉弗莱爵士在为政府服务了三十年而退休之后,只剩下唯一的一条信念:如果有更多的权力,他就能把事情做得更好。任何社会问题都只是证明了他没有足够的权力。令人悲哀的是,他始终不可动摇地相信这一点,直到他在圣丁普娜敬老院去世的那天为止。

[①] 白厅街是政府各部门所在地,指的是行政官员,威斯敏斯特是议会所在地,指的是政治家。——译者
[②] 英国政府对住房抵押贷款实行免税政策,因此金融机构可以以较低的利率向居民提供贷款,从而减轻了借款人的利息负担。——译者

[在那一年的最后一篇日记上,汉弗莱记载了他与前任内阁秘书阿诺德·罗宾逊的会面,地点是在他们常去的雅典娜俱乐部。——编者]

12月18日　星期二

与阿诺德在俱乐部午餐时,我把哈克今天早上令人震惊的言论告诉了他。

和我一样,他认为这是不可思议的,一旦他们废除了各个部门,文明的根基就会垮掉。他说得对极了。野蛮生活已在眼前,黑暗时代又卷土重来了。

我问他,当他还在白厅街七十号的时候,是否有人提出过这么惊人的建议。显然没有。当然,阿诺德曾经让他们合并过部门,但那是完全不同的事情:合并意味着要保留一切现有职员,还要在最上面增设一个负责协调管理的机构。

但是他同意,不管上刀山下油锅,我都必须阻止废除教育部一事。他问我是否已经设法诋毁那个提建议的人。

当然,在此事上,这是不可能的。虽然温莱特是始作俑者,但是首相把它当作了自己的主意。

阿诺德还有另外两个老套的办法。

第一,**攻击这个建议的事实基础**。

行不通,这是一个政治主张,因此显然与事实无关。

第二,**调整数字**。

行不通,建议中不涉及任何数字。

我问他到底怎么看这个问题。他不体面地向皮面扶手椅的左右进行张望,以确定没有人旁听,然后俯身向前,对我低声做了惊人的坦白:在他看来,这真是一个好主意。

我从未想到过事情会是这样。我一度疯狂地怀疑,我们是否应该付诸行动,为了这个国家的孩子们实行此策。

但是这并非阿诺德的意图,看见我动摇了,他又来鼓励我,给我勇气去面对。"不要管全国的孩子们!教育部的同事们怎么办?"

我为自己的动摇道了歉,说我只是太紧张了而已。

事实上,喜欢这个计划的**只有**家长和孩子。每个重要人士都会反对它,包括:教师工会、地方教育局、教育类媒体、教育部。

我们确定了一些暂行措施,包括:

(1)工会负责扰乱学校秩序,其领导人将在电视上宣称是政府引起了这次混乱;

(2)地方教育局威胁要选区当权政党转而反对政府;

(3)教育部将延迟实施的每个步骤,并将一切能使政府难堪的消息泄露出去,阿诺德可以利用信息自由运动组织来帮忙;

(4)教育类媒体将发表我们为之提供的一切谴责蠢人的故事。

我们放松了一下,又点了两杯白兰地。还有一个小问题:我们还没有决定反对的理由是什么。阿诺德建议我们可以说:新提议将毁掉我们的教育制度。但是问题来了,大家都知道教育制度早就被毁掉了。因此我们决定这样说〔阿诺德的意思是借媒体之口说——编者]：政府的干预已经毁掉了教育制度，这个计划将会使事情雪上加霜。

我心里没底，不知道这样做行不行。阿诺德向我保证，过去一直都是这么做的。当然，他说得没错，但是这一次政治压力格外大。

我们没有答案。阿诺德强调说，我必须找到一件**政治**武器来打赢这一仗。我说这么做无疑是为了国家利益，即使与政府的政策有所冲突也在所不惜。

"政府的政策，"阿诺德若有所思地说道，"几乎总是与国家利益背道而驰的。我们的工作就是让国家利益胜出。最终，政府总是会感激我们的。"

也许他说的对，但是我想不到一件政治武器，他也想不到。这是我的工作，我必须得设法证实我对得起如此高位。

[但是幸运之神眷顾了汉弗莱。一个几乎不可能的事件发生了，它改变了历史的进程。当这位内阁秘书第二天迈着沉重的步伐，怀着沉重心情，束手无策地走进白厅街七十号的时候，伯纳德正焦急地等着他。伯纳德·伍利爵士向编者回忆了那天早上的事情，这是一个重要的转折点。——编者]

我在汉弗莱饰有橡木壁板的办公室等候他，他迟到了。是首相派我来找他的。

汉弗莱看看议程——它太简单了，就是废除教育部一项。

他评论说这真该死！我表示同意。

在去内阁会议室的路上，我说我另有一件迫切的小事想征求他的建议。

事情是这样的：威德尼斯的圣玛格丽特学校，也就是首相在本周之初曾访问并获赠小凳子的那所企业学校，现在有了法律上的麻烦。

现在人们发现，木工车间的木料是偷来的。事实上，它是政府财产，去年从一个青年培训计划车间里失窃的，是两个在那里工作的学生偷的。

汉弗莱的反应令我大吃一惊，他突然在阴暗的长走廊里停了下来，盯着我，然后脸上露出了微笑，我只能说那是心花怒放的笑容。"真令人震惊！"他笑容满面地说道。我把相关材料给了他，材料显示，就业部已将此事转交给教育部，因为这是在一所学校中发现的，他们不知道是否该予以起诉。

我向汉弗莱道了歉，说我不该用这种小事来打扰他。那时我并没有意识到这份报告的重要性——但是五分钟之后，一切都清楚了，我在哈克的教育改革计划上投下了一颗原子弹。

[哈克的日记继续下去。——编者]

12月19日

真是悲哀的一天。我最宏伟的、最根本的改革计划不得不宣告流产。教育部倒不是白厅街最重要的部门，但是对于我来说，它代表了最纯粹、最彻底的官僚主义，一个完全没必要的部门，它不但全然无用，而且其存在本身正是改革的阻力。

会议开始的时候很好。"今天的议程只有一件事，废除教育部。"我兴致勃勃地说道。

我注意到汉弗莱的兴致比我预想的要好。"如果只有一件事，议程一词就不应该用复数，不是 agenda，而是 agendum。"他坐在我对面，傲慢地纠正我说。

伯纳德跳出来为我辩护："我想首相的水平还达不到拉丁文第二变位的程度。"至少，我认为他这是在为我辩护。

不管怎样，我极为宽容，甚至有些仁慈。"我不介意你的强词夺理，汉弗莱，"我说道，"因为你已经输了教育部一仗。"骄兵必败！

"教育部会非常苦恼的，首相。"汉弗莱答道。我注意到，他轻松得让人担心。

"既然它都快没有了，"我问道，"这有什么关系？"

汉弗莱给我一切机会来收回成命，挽回脸面。但他就是不说出那有利于他的关键信息，我知道他藏了一手牌，但我不知道这是一张致命的王牌。

此时我们争辩起来。他告诉我，废除教育部的过程会持续一两年，在此期间，他们会以死相拼的。

我问他们能把我怎么样。他的话令人费解，想威胁我又不明说，净讲些这样的话："它是个令人生畏的部门。"

"我也是一个令人生畏的首相。"我回应道。

"哦，确实如此，"我的内阁秘书表示同意，"但是您仍然需要他们的合作。"

事实上，这个想法让我觉得好笑。教育部与政府合作？真是荒唐。但是正当我坐在那里发笑的时候，大祸临头了。

"那好,"汉弗莱说道,"如果您不需要他们的合作,那我会告诉他们只管起诉好了。"

起初我以为自己听错了。起诉?起诉什么?我不知道他是什么意思。我看了看伯纳德,伯纳德盯着自己的鞋带。没有办法,我只好问汉弗莱到底是怎么回事。

他再次笑了,于是我知道自己麻烦大了。"嗯,这不太值得打扰您,但是本周电视上播的您访问的那个企业学校……"他优雅地停下了,留下我提心吊胆。

"怎么了?"我说道。

"这所学校是教育界最好的榜样。"他在引用我的话。

"怎么了?"我重复道,我的心提到了嗓子眼儿。

"真是其他学校效仿的榜样。"我开始觉得他是在模仿我的演讲。

"说下去。"我吼道。

"嗯……只不过它的利润显然来自偷窃行为。"

我不知道他想说什么:"偷窃,你指的是什么?"

"我指的是,"他耐心地解释道,"在主人不知道或者未同意的情况下拿走物品,并意图永远剥夺物主的所有权。"

"没错,汉弗莱,"我现在变得怒不可遏,"我知道偷窃是什么意思,但是你想说的是什么事情?"

好了,一切可以概括如下:我获赠的那把凳子是用偷来的木料做的。两个学生去年从当地的青年训练计划车间偷的。"一条灯笼裤。"①伯纳德说道,妄图活跃一下气氛。

---

① 灯笼裤被认为是小偷的好道具。在英语中,一条裤子是 a pair(一对)。——译者

汉弗莱说道:"教育部对此有不同的看法。"真是奇怪,令人奇怪!

我打算来硬的。我说教育部必须归还木料,并把此事忘掉。"这是他们的职责,"我争辩道,"否则我会显得很可笑,在电视上告诉几百万选民这个学校是英国的榜样。"

"确实是**某种**榜样。"汉弗莱恶毒地承认道。

"但并非企业学校的榜样。"我坚持道。

他阴险地笑了起来:"它是在办企业。"

"他们不能起诉!"我命令道,不容他争辩。

他看起来很吃惊:"这是您的指示吗?"我点点头。他深吸了一口气:"好吧,我希望教育部不要泄露一个事实:首相正在包庇偷窃行为。"

敲诈,简直是赤裸裸的敲诈。我马上改变了态度。"你误会了,汉弗莱,"我大度地说道,"这不是我的指示,我只是建议他们不要起诉。"

"啊,"汉弗莱若有所思地说道,"这样的话,将需要他们的合作。"

我被将死了,只得重新摆棋再来。我处于困境,不敢想象如下标题:《包庇罪犯的首相》,或者《吉姆富有事业心的学生们》。

现在轮到我求人了。"汉弗莱,"我说道,"你必须说服他们住手。"

他不肯妥协。"说服一个被判了死刑的人合作,"他懒洋洋地答道,"这不是一般的困难。"

我除了说谎别无选择。"死刑?"我问道,口气显得很吃惊。

"我认为您正打算废除教育部。"

"废除教育部，"我说道，"噢，你说**那件事**！"我尽可能笑得令人信服，"不，不，汉弗莱，那只是一个模糊的想法，我并不是认真的，你连我开玩笑都看不出来吗？"

"您确定吗？"

"我确定我是在开玩笑。"

我给自己留了一个反悔的漏洞。但是汉弗莱立即堵上了它："您确定您不打算废除教育部了？"

"是的。"

"您能做出保证吗，首相？"

我做了个深呼吸，安静地说道："我保证。"我的计划灰飞烟灭了，正如我所有的计划一样。突然，我从未像现在这么清晰地发现，尽管我偶尔也能取得政策上的胜利，做一些小的改革，或者被人用无关痛痒的小事纵容一下，但是从根本上来讲，什么也不曾改变，也**不会**改变。

汉弗莱现在心情好极了。我听到了他的声音，似乎从遥远的地方传来："首相，首相，您怎么了？"

我努力看清楚他："我没事。"

"太好了，那我们继续议程上的问题吧？"

"议程？"我笑了。对于我，所有的战斗都结束了。"不，汉弗莱，我们没什么可讨论的了。宣布会议结束，好吗？"

"是，首相。"他充满同情地朝我微笑着。他看得出，我终于真的明白了。